U0957785

有两种东西，

我对它们的思考越是深沉和持久，

它们在我心灵中唤起的惊奇和敬畏就会日新月异，

不断增长，

这就是我头上的星空和心中的道德律令。

—— 康德 ——

大鱼

有爱的青春陪伴者

赠你一夜星空

上

皎皎
JIAOJIAO
著

ZENG NI
YI YE
XINGKONG

百花洲文艺出版社
BAIHUAZHOU LITERATURE AND ART PRESS

图书在版编目（CIP）数据

赠你一夜星空 / 皎皎著. — 南昌 : 百花洲文艺出
版社, 2019.11
ISBN 978-7-5500-3374-0

Ⅰ. ①赠… Ⅱ. ①皎… Ⅲ. ①长篇小说 - 中国 - 当代
Ⅳ. ①I247.5

中国版本图书馆CIP数据核字(2019)第193728号

赠你一夜星空

皎皎 著

责任编辑 余丽丽
特约编辑 伍 利
封面设计 刘 艳
内页设计 孙欣瑞
特约绘制 摘 米
出 版 者 百花洲文艺出版社
社　　址 江西省南昌市红谷滩世贸路898号博能中心A座20楼 邮编：330038
电　　话 0791-86895108（发行热线） 0791-86894790（编辑热线）
网　　址 http://www.bhzwy.com
E-mail bhzwy0791@163.com
经　　销 全国新华书店
印　　刷 湖南凌宇纸品有限公司
开　　本 880mm×1230mm 1/32
印　　张 19.5
字　　数 570千字
版　　次 2019年11月第1版
印　　次 2019年11月第1次印刷
书　　号 ISBN 978-7-5500-3374-0
定　　价 65.00元

赣版权登字：05-2019-225

目录

ZENG NI
YI YE
XINGKONG

目录

ZENG NI
YI YE
XINGKONG

第一章

回国 / ZENG NI YI YE XINGKONG

国际航班的旅程总会让人觉得异常疲惫，在经济舱窄小的座位里蜷缩着身体十六七个小时后，跨越了半个地球的飞机在首都机场徐徐降落。

郗羽拖着发麻肿胀的双腿，拉着陪伴她多年的灰色行李箱，和无数眼神发直脚步匆匆的旅客一起，出现在国际到达厅出口。

“小羽！小羽！”

郗羽抬头一看，一个熟悉的身影冲出人群来到自己面前——她的高中同学，迄今为止最好的朋友王安安冲过来给了她一个让钢铁也能绕指柔的火热拥抱。

长达一分钟的拥抱之后，王安安才依依不舍地放开了郗羽，对她露出了开心至极的笑容。

“好久不见！”

确实很久没见了。两人的上一次见面还是在三年半前郗羽刚回国那会儿，虽然长久不见，但现代通信技术十分发达，两个好朋友之间的交流从来不少。郗羽在美国的这些年，两人差不多每隔一段时间都会联系一次，在视频中畅谈近况，就算是郗羽在南极那几个月都不忘用宝贵的卫星宽带和她聊上几句。

郗羽大笑：“我说了你不用来接我呀……马上就要当新娘子的人，应该很忙吧。”

郗羽笑起来脸颊就露出那对标志性的动人酒窝，王安安伸出手，如之前的若干年一样用白皙的指头戳了戳她的小酒窝：“忙是真的，但是我亲爱的伴娘为了我不远万里从美国回来，怎么都是要来接一接才能表达我们的情谊呢。”

郗羽失笑，把行李箱交给她：“既然如此，爱卿，快来帮朕拿行李。”

王安安哈哈一笑：“陛下，遵命！”

两人兴奋地交谈着离开接机口，到达了机场外的露天停车场。

七月阳光灿烂，暑热正盛，热浪在大气中蒸腾翻滚，炙烤着郗羽的皮肤。不过郗羽没来得及感慨这可怕的热岛效应，因为她被面前簇新的闪光的进口奔驰震惊了一下。

“这是你的车吗？”她问。

王安安是郗羽的中学同学，她出生于小县城，父母都是公务员，高考考入首都名校法学系。和郗羽不一样，她对学术没有太大追求，本科毕业后留校念了三年法学硕士，硕士毕业后考了公务员，现在是国家某部委里的一名小公务员，工作压力不算大，当然，工资也不怎么样，好在单位还提供了一间宿舍给她，否则大概连在首都生活都会紧巴巴的。因此，看到眼前这辆明显超出了她经济实力范围的车，难怪郗羽会觉得吃惊了。

“不是我的车，连号都摇不到哪儿来的车啊。是我老公的车，现在给我开。”

王安安把郗羽的行李箱放进后备厢，又把她赶上车，娴熟地启动了汽车。

“原来如此。”郗羽恍然大悟。

郗羽完全不是八卦的个性，对好友如何选择老公并不在乎，两人平时的聊天中也不会出现这样的话题；王安安也不是那种爱炫耀的人，就算在最好的朋友面前也不太说自家的事情。两人在此之前几乎没谈过王安安的老公如何如何，直到此时郗羽才瞥到好友老公的经济实力。

王安安拍了拍方向盘：“理论上说，也不是他有钱，主要还是他爸妈的钱。”

郗羽明悟了：“哦，你老公原来是个低调奢华有内涵的富二代？”

王安安啼笑皆非：“你这等学霸在 MIT（麻省理工学院）待了这么多年，是打哪里学来的这么多网络用语？”

“我也没有那么落伍的，表情包我也知道的。”郗羽立刻表达了自己对网络语言的熟练。

“是啊是啊，你只是落后了十年而已。”

王安安一边吐槽着自己的好友，一边驾车一个拐弯上了正路。她在京读了七年大学，再加上工作了两年，对这座城市的熟悉完全不是郗羽这个外人可以比拟的，因此一边开车，一边还可以充当解说员，向郗羽介绍这座城市。

郗羽对伟大的首都并不熟悉，她是百分之百的江淮省人，本科就读于南大大气科学学院，大学四年本科毕业后，漂洋过海去了美国，随后在麻省理工求学整整五年。人生境遇决定了她的孤陋寡闻，满打满算，这还是她平生第三次来首都——既然来得少，便觉得视线所及的一切都很新鲜，于是感慨挺多。

“不是说首都是‘首堵’？看起来交通还可以，而且空气质量似乎也没有传说的那么糟糕。”

“这几年我们下了大力气进行交通管制，道路重新规划，增加了公共交通，城内没那么堵了。”王安安作为相关部委的工作人员，很有自信地回答，“何况现在也不是早晚高峰，堵不起来的。”

“原来如此。我看到的数据也证明了这一点，这几年首都的汽车尾气排放几乎没有增长。”

“你哪儿看的数据啊？”

“我们研究所有个数据库，可以看到美国大部分气象卫星的监测遥感数据。”

“美帝对监控全球真是够上心的……”王安安吐槽，“不过，还有部分数据看不到吗？”

郗羽摊手：“保密的内容肯定不会让我这样的外国人看了。”

“还真是小里小气的。”王安安继续吐槽，“看来除非你入籍，否则是没指望了。”

“入籍这个事情吗，我倒是没打算……”郗羽很小幅度地摇了摇头，随后转开了话题，“不说这个了，你婚礼办在哪里啊？”

王安安抬了抬下颌，有点小得意地指了指前方那栋沐浴在夕阳下的大厦。

“好了，我们到了。”

出现在郗羽视线里的是一栋皇皇高楼，镜面亮堂堂，连一丝灰尘都看不到，只看外观就知道这栋楼绝对是这附近的地标建筑。车子拐进大厦外的停车场时，郗羽终于看到了这栋建筑的名称“东方酒店”，看规模应该是五星级的。

郗羽跟着王安安进了大厅，她环顾着这金碧辉煌的大厅，询问好友：“这就是你办婚礼的地方？”

“是的，就在二楼的宴会大厅。”

王安安跟酒店前台交代了几句，拿了张房卡出来，又牵着郗羽，在服务生的带领下上了电梯到了二十五层，开启了一扇厚重的木门。宾馆房间敞亮，装修色泽柔和，面积足有三四十个平方米，比一般的宾馆面积大了百分之三十以上。

“这是我给你订的房间。”王安安道，“还可以吧？”

“相当好了！”郗羽觉得这番待遇超出想象，“让你破费了。”

“别客气，你可是不远万里回国当我的伴娘的！”

“呃，我回国也不全是因为你结婚……”

王安安重重拍着她的肩膀：“就算你是顺便回国参加婚礼，我也是领情的。”

郗羽站在这间舒适的酒店房间里环顾四周，若有所思地感慨：“原来你真的要当有钱人的太太了啊。”

王安安看着她目光沉着表情深邃，搞半天居然冒出这样一句，一时间真是哭笑不得。

“本来想跟你一起吃晚饭，但我实在太忙了……待会儿还要去见我老公那边的大堆亲戚，想起就头疼。”王安安一脸歉疚，“你先好好休息倒时差，明天一早我再来找你。婚礼彩排明天下午两点开始，你可以好好睡个懒觉！”

要结婚的人总是有无数麻烦的事情要做，郗羽怀着深刻的理解笑着挥手把她赶走：“忙你的去，新娘子。”

王安安踩着高跟鞋离开了房间。郗羽按照王安安的指示，拿着房卡去酒店的餐厅吃了顿相当美味的自助餐——反正房间是含餐的，不吃也是浪费；在餐厅大快朵颐后她去洗了个澡，瞧着时间过了晚上八点，她翻出电脑连上网络，不愧是五星级酒店，网络速度也还算可观。

视频那边最先浮现的是一个圆头圆脑的小男孩，瞧着三四岁的样子。

他大声说："小姨来电话啦！"

三岁外甥可爱的笑容让郗羽顿时心情大好："小阳好像又长大了一点啊，越来越帅了！"

小男孩挺了挺胸脯："那当然了！"

虽然不知道谦虚，但真的太可爱了，她逗小朋友："小姨从美国给你带了礼物哦，想不想要？"

小男孩奶声奶气道："好呀好呀，是什么礼物呀？"

"猜猜看哦，小姨过两天就回来拿给你。"

"为什么不现在回来？"

"那是因为小姨有事情要做。"一双白皙的手落在小男孩头顶，郗柔笑着出现在视频那头，"小羽，已经回国了？"

郗羽欢快地汇报了一路的行程："姐，下午到的，已经在宾馆住下了。"

"一路顺利就好，安安的婚礼怎么样？"郗柔顺便打听着妹妹的好友。

整个高中阶段，郗羽和王安安两人都是秤不离砣，砣不离秤，感情好得尽人皆知。当姐姐的人，自然也认识妹妹最好的朋友，还挺熟悉。

"我还不知道呢，明天彩排，后天才正式举行婚礼。"郗羽说，"我定了后天晚上的飞机回南都。"

"把航班号发给我，到时候我跟你姐夫去机场接你。"

"好啊。"和自家亲姐姐没什么好客气的，郗羽说，"对了，姐姐，我才知道安安的老公很有钱呢，很有钱很有钱的那种。"

郗柔无语地看了看屏幕那边的妹妹："你们不是无话不聊吗，怎么才知道这事？"

"她之前也没说，我也没问。"

郗柔显然也知道自己妹妹的性格，略过此话题不谈，感慨得很："看来你当年的同学里，还是安安嫁得最好。”

“她长得漂亮，学习又好，嫁得好是天经地义的。”

郗柔看着屏幕里巧笑倩兮的郗羽，一句“其实我觉得你才……”已经到了嘴边，终究没能出口。

“什么？”郗羽问。

“没什么……”开门声响起来，郗柔回头看了看门，“哦，爸爸和方姨散步回来了，你跟他们聊聊。”

随着镜头的短暂晃动，郗广耀和方慧很快出现在视频的那头。大概是常常在视频聊天的缘故，郗羽和家人的联系从来也没有长时间的间断，谈话中不会有任何生疏感，家里人对她的一切都知之甚详。郗羽笑着表示给老爹带了礼物，又赞美了方慧越来越年轻。

郗广耀说：“带没带礼物不重要，不过应该先回家一趟，再去当那什么伴娘。”

郗羽的老爹当了许多年高中老师，为人严肃端方，就算对女儿说话也偏严肃。依照人情伦理来说，游学在外多年的学子回国，的确应该先回家似乎才说得过去。不过郗羽要回家，必然要在国内转机一次，她干脆选择了在京转机，参加婚礼后再回家，可以一举两得。

郗羽讪讪一笑，只好说：“爸，我这次假期挺长的，可以在家里待久一点的。”

方慧拍了拍丈夫：“老郗，这不挺好的嘛，可以少乘一次飞机呢。”

郗羽读本科的时候，她母亲因病去世，两年后郗广耀和方慧结婚。方慧性格温和，家务也很拿手，姐妹俩对这个后妈的印象很好，也很尊敬。

郗广耀也不是真要批评女儿，有了台阶自然就顺着下了，他神色缓和了一些，和方慧两人问起女儿这一路的行程。

开心地和家人通完电话后，疲劳感后知后觉地涌上眼前——要知道上飞机前，她连续三天只睡五六个小时，而飞机从来不是休息的好地方，把身体缩在经济舱那小小的空间的痛苦真是谁坐谁知道。这家五星级酒店的床铺这么软，不大睡一觉真是对不起这么昂贵的房价，她扑到松软的被子上，三分钟内就已经睡着。

数年来麻省理工的求学生涯让郗羽养成了晚睡早起的生活习惯，加上倒时差的疲劳，第二天中午，郗羽是被电话叫醒的。

王安安欢快地说："我亲爱的伴娘一号，睡醒了吗？两个小时后，在二楼的宴会厅彩排！"

想起自己的沉重使命，郗羽的睡意瞬间被吓跑，她从柔软的大床上挣扎着爬起来，迅速洗漱完毕换好衣服。

事实证明，王安安的这场婚礼的规模完全超出了郗羽的想象。

婚礼现场设置在这家酒店最豪华也是最大的一间宴会厅，宴会厅外有楼梯盘桓而下，连接着一块极大的露天草坪，此刻有几十名工作人员正在用至少两集装箱的香槟色玫瑰布置这偌大的会场，厚厚的红毯从宴会厅铺到了中心的舞台下，像一片燃烧的火海。

王安安正站在舞台中央，她左手挽着一个年轻男人的手臂，右手对郗羽使劲挥舞。

两人身边围了五六对年轻男女，看起来正在商议什么，郗羽和唯一认识的王安安打了个招呼。

"安安。"

王安安笑着拉过她，跟身边的男人介绍："小羽，这就是我老公，马臻。"

马臻长相不算很俊，但身高可观，站姿也挺拔，眉宇间颇有精神，和王安安很相配。夫妻俩非常亲昵，感情好得一望可知。

他伸出手和郗羽一握，惊讶地笑道："你就是郗羽博士？我听安安说过你好多次了，这次终于见到你本人，真是闻名不如见面。"

郗羽立马恭维回去："彼此彼此，我也是久闻大名。"

王安安抿嘴偷笑——天知道这个"久闻大名"是哪儿来的，在今天之前她可从来没跟好友提过自己老公姓甚名谁，由此可见，在这么多年的磨炼后，就算是郗羽也攒了一些社交技能。

"你这么远回国当安安的伴娘，真是太感谢你了。"

"安安是我最好的朋友。"郗羽自信满满，"恰好我也有假期，当然应该出力了。”

马臻笑问：“酒店房间还住得舒适吗？”

“很好的，你们真是太热情了。”

“应该的，毕竟你不远千里回国，连家都没回来当我的伴娘啊！”王安安笑得分外开心，又拉过郗羽，“来来来，我给你介绍下其他的伴娘和伴郎。”

既然即将嫁给有钱人，婚礼的排场还这么大，王安安自然不可能只有一名伴娘——除了郗羽外，她还有四名伴娘，分别是她的大学同学、现在的同事，还有她的表妹和马臻的表妹。

伴郎的数目和伴娘的数目自然同样多，郗羽一眼看过去，都是不认识的年轻男人面孔。人数如此庞大的伴娘伴郎团让郗羽震撼不已也哭笑不得——她原以为自己是独一无二的伴娘，因此颇有些义不容辞的感受，此刻猛然发现自己只是五分之一，忽然产生了微妙的心理落差。

王安安无奈道：“你以为我愿意找这么多伴娘？主要是马臻朋友圈子里嚷嚷当他伴郎的人太多，逼得我也不能不多找伴娘了。但你放心，你是我唯一的首席伴娘！”

这“首席伴娘”真是毫无意义的存在，郗羽内心已经无力吐槽。

尽管如此，她还是履行职责，跟着其他人一道试衣服去了。

这场婚礼还真不怕烧钱，伴娘的衣服居然都准备了两套，一套中式旗袍，一套西式长裙，不同场合要穿不同的衣服，跟着伴娘团的服装师和化妆师也有两名。

“有钱人结婚真是麻烦。”其中一名叫汪湘的伴娘跟郗羽吐槽，“我还是第一次见到花样这么多的结婚典礼。”

汪湘是王安安现在的同事，看起来也是很贴近平民生活的一名普通人。

郗羽心有戚戚地点头。

郗羽低头看了看这套露肩的粉色伴娘裙，挺合身的，在服装师的指挥下，又换上了另外一套。

有伴娘一边换着衣服一边问：“说起来，我听说婚礼的司仪是程茵。”

“啊，居然是她吗？她这么大的名气，还会来主持婚礼吗？”

“可不是，”马臻的表妹得意地说，“我表哥也是费了很多力气才能请到她的。”

“我听说电视台的主持人不能随意地走穴接活吧？”服装师也按捺不住八卦的欲望，加入闲聊。

“确实不能，但不拿钱就不算了，只能说是帮朋友的忙而已。”

“这么说也对啊。”

“听说程茵和新郎关系不错，过来帮帮忙也在情理之中。”

伴娘们都是二十来岁的年轻女孩子，虽然起初都不认识，但人以群分，伴娘们很快通过聊八卦，让气氛瞬间火热起来了。

确定衣服合身后，婚礼的彩排就在这间尚未完工的宴会厅开始。

总的来说，婚礼的中心人物是新郎新娘，伴郎伴娘到底是绿叶，需要做的事情其实不多，无非是不动大脑充当快递员，送花送戒指之类。

下午三点过后，婚宴现场更热闹了，所有的筹备人员都已经到达，宴会厅和露天草坪上一片忙碌。

在两车乐器到达宴会厅之后，门口一阵新的动静引发了今天以来最大的喧嚣。

在服务生陪同下进屋的是一名年轻的女人，一身米色长裙衬托得她身段修长，气质也非常好，相貌相当出挑，眼角上挑，看上去端庄而又有一丝妩媚。

马臻和王安安立刻露出喜色，迎了上去，和来人交谈起来。

汪湘也一脸喜色地跟郗羽道：“呀，程茵来了。”

郗羽瞪大眼睛盯着刚刚进门的女人，视线长久地落在她身上：“她就是婚礼的司仪？那个程茵？”

“是呀，她那张脸现在全国没人不认识吧？”汪湘看起来比郗羽还要震惊一些，“你不知道？”

“我之前都在国外，好多年没看过国内的电视节目了。”

人类大抵都有好为人师的渴望，汪湘也难得遇到如郗羽般来自火星的人，便精神抖擞地尽责地跟郗羽科普起来。程茵是当今国内知名度最高的音乐选秀节目的主持人，仅仅是主持人也就罢了，不仅如此，她还是这节目的制片人之一。汪湘还说，她很有才能，思路敏捷，主持风格犀利而幽默，网友们还把她的主持言论编成了段子，广泛流传，被人称赞为“才华和容貌并重”的主持人。

说话间，程茵已经走到了舞台附近。她真是挺有影响力的一个人，仅仅从宴会厅门口走到舞台这短短一段路，就让新郎新娘和婚礼策划团队的负责人围着她转了。

郗羽目光不移，好半天才扭头去看汪湘：“我想，她应该很年轻吧？”

“是的，还不到三十岁呢，似乎二十七八岁。”汪湘依依不舍地收回了注视程茵的目光，“照说我们都一样大，但人和人的差距怎么这么大呢？”

郗羽随口“嗯”了一声，盯着程茵蹙起了眉。

正如汪湘所形容的，程茵确实很有才能也相当敬业。在接下来的彩排中，她只看了几遍婚礼策划师给的台词本，就一个人 hold（掌握）住了全场。她那经过发音训练的嗓音不但悦耳动听，还非常有感染力，从头到尾连个结巴都没打，有一两次她忘了词，但也凭着强大的专业能力圆了场。就连还在布置会场的几十个工作人员都忍不住放慢了手中的工作，抬头看着她。

几位伴娘已经结束工作在一旁休息，郗羽想了想，走到王安安身边，问她：“程茵是哪里人？”

王安安忙了一天也没想太多，随口道：“不太清楚，肯定是南方人就是了。”

“哦。”

王安安后知后觉地反应过来，诧异地问：“郗羽，你怎么对程茵这么有兴趣？”

郗羽抽了抽嘴角：“没，我就是有点好奇而已。”

她连水都不喝了，瞪着自己的好友：“你不是从来对八卦没兴趣吗？怎么，你认识她？”

“没有没有，就是随便问问……”

王安安深知自己的好友的性格，自然也不会逼问——更何况，她现在即将结婚，行程单上起码还有十个任务，就算有天大的八卦也没时间追问了。

需要司仪参与的婚礼流程大约一个小时，流程全走过一遍后，时间已近傍晚。马臻要留程茵吃晚饭，程茵婉拒，说自己已有安排。

马臻和程茵是关系不错的朋友，笑言："程主播可不要见外啊。"

"这么熟悉的朋友，我怎么还会客气。"程茵笑着摆手，"晚上我要跟一位朋友吃饭，他马上就来接我了。"

王安安一脸八卦："哟，是男朋友？"

程茵眸光闪动，笑而不答。

马臻举手做出一个投降的姿势："好好好，我们不问了。先让你保密，我想早晚会知道的。"

程茵笑言："借你吉言。"

从二楼的宴会厅出门左转，沿着中庭扶梯下行一层，就是这间五星级酒店的豪华大厅。目睹了程茵消失在宴会厅门口，郗羽略一犹豫，还是跟了上去。程茵虽然穿着高跟鞋，但步速不慢，郗羽追上她的时候，她已经走到了一楼的酒店大厅，门口的服务生贴心地为她拉开了门。

不远处，一辆黑色轿车徐徐从道路的另一边滑了过来。

郗羽早就换下了伴娘服，穿着短裤和运动鞋，动作极其利索地迈步冲出酒店大门，叫道："那个，程小姐，稍等一下。"

脆生生的声音颇有效果，完美地阻拦了服务生关门的动作，也让程茵停下了脚步，慢慢回过头来。她目光落在冲出酒店大门的郗羽的身上，露出偶像看到粉丝的完美笑容："什么事情？"

"是这样，我是安安的同学，也是她的伴娘……"

"我知道，"程茵说，"刚刚看到过你。"

"有个问题，或许很奇怪，我希望你能回答我。"郗羽顿了顿，"我想问一下，你认识我吗？"

程茵奇怪地皱了皱眉，看来确实对这个问题分外不解："今天还是我第一次见你。"

"程小姐，你是不是在南都二中念过书？"

程茵摇头："不是。我没有印象。"

"你没印象啊？"郗羽流露出显而易见的失望神色。

说话间，黑色的捷豹在两人身边静静停了下来。

程茵看了看车子，态度也变得有些不耐烦："你没有别的事的话，我要离开了。"

"噢……"郗羽当然还有话说，只不过程茵已经转过身去，不再理她。

守在大厅门口的服务生立刻上前一步，似乎准备拉开车门，但已经没必要了。驾驶座的车门"吧嗒"一下自己打开了，一双长腿迈出，有人下了车。

"抱歉抱歉，刚刚被人叫住了……"程茵对着刚刚下车的年轻男人做了个双手合十的动作，看来是真的非常歉疚。

郗羽完全没想到一脸职场精英女性气质的程茵也会有如此小女生的动作，诧异之余也朝着下车那人看去——然后就以"我完全没想到居然会有这样的神展开"的表情，目瞪口呆地盯着来人，石化当场。

"Professor(教授)?"再次开口时，她的尾音忍不住抬高了好几个八度。

是的，小概率事件和惊叹这个词从来都是密不可分的。

"好久不见。"

这是李泽文开口说的第一句话。

郗羽在最初三秒钟的震惊之后已经平静多了。对她来说，各种偶然事见得不少，不应该为这么点小事而惊讶了。上次两人见面还是一个多月前MIT的毕业典礼上，这一次就在国内的五星级宾馆大门口，在没有任何约定的情况下，两人横跨了大洲和大洋同时到达同一个地方，这巧合还真是让人感觉到人生的奇妙。

李泽文穿着笔挺的白衬衣和藏青色西装裤，看上去身形匀称修长，他站在全黑光亮的车身旁，微笑着说了第二句话："你什么时候回国的？"

"昨天回来的。"

"来参加婚礼？"李泽文问。

"是的。"

郗羽随后好学生般解释了自己在酒店的原因是好朋友要结婚，自己回国了顺带着来当伴娘。她态度认真，宛如在课堂上回答老师的提问。

这形容完全没错，因为李泽文的的确确当过她的老师。

郗羽本科毕业后就出了国，进入了麻省理工学院这所世界知名学府的大气科学专业深造，研究方向是大气动力学。三十年前，大气科学还是绝对的冷门学科，随着这些年来全球各国对环境问题越来越重视，大气科学也逐渐成为显学——学习这门学科的学生变多了，各种各样的经费也多了些。地球的气候变化是个宏大的命题，和每个国家都脱不开关系，郗羽在研究中遇到了比气候问题更复杂的国际政治问题，于是去隔壁的哈佛选了一门李泽文担任老师的国际组织学，恶补了一下政治知识——这些社科知识对她的研究没什么帮助，只能起到拓宽视野的作用。

现在吃惊的人轮到了程茵，她左看看李泽文，右看看郗羽，脸上浮起了轻微的怀疑之色。

“怎么，李教授，你和她认识吗？”

李泽文说：“在美国的时候，我教过她一门功课。”

程茵表情微微松动，问：“这么说，她也是哈佛的学生吗？”

“不是，我是 MIT 的。”郗羽连忙说。

李泽文扶着车门，微笑着瞧了郗羽一眼。麻省理工和哈佛与国内的京大、华大一样，可谓一对欢喜冤家，互相之间都有些隐约瞧不起对方，你觉得我市侩无底线，我觉得你学习再好也只能给我打工——总之，两所学校的学生绝不肯让人误会自己是对方学校毕业的。郗羽就是典型的一例。

程茵不太懂这个典故，她对李泽文笑了笑，转过身手搭上车门把手：“李教授，那我们走吧？”

“不急，”李泽文不紧不慢道，“郗羽不是找你有事？你们谈完了吗？”

郗羽闻言一怔，饶是迟钝如她也听出李泽文的言外之意，似乎是帮她拖住程茵。

但……还是算了吧。

好歹认识足足两年，她深知李泽文儒雅俊逸外表下的厉害，乖乖当学生都被折腾得半夜差点跳查尔斯河，有求于他的时候……大概要被扒一层皮吧。

“嗯……其实没什么大事……”郗羽摇头，“没事，我打扰了。”

李泽文深深看她一眼：“你确定？”

“嗯嗯，我确定。”她脸上的酒窝比之前更深，果断挥手道别，“我回房间去了，professor，程小姐，再见。”

郗羽离开的动作如此之快，一如既往的爽利作风。郗羽如此果断地离开，李泽文没叫住她，为程茵拉开车门，示意程茵上车。

两人坐在后排，程茵回眸看了眼逐渐消失在酒店大厅的郗羽，内心的疑惑一闪而过，但她不会在李泽文面前表现出来。她抬起手，白皙的手指轻轻抚了抚鬓发，轻松地笑道：“李教授，真是谢谢你来酒店接我。”

“没事，恰好顺路。”李泽文说。

“不过还真是巧，这么容易就在国内遇到你的学生。你教她什么？”

“她念理科 Ph.D（学术研究博士），选了我一门不重要的选修课。”司机熟练地驾车拐了个弯，“她找你有事？跟你说了什么？”

“她刚刚叫住我，问我认不认识她，”程茵摇了摇头，“但我怎么可能认识她？”

“一点印象都没有？”

“确实没任何印象，”程茵轻快地笑起来，“我从来没见过这么问我的人。我差点就要怀疑她是不是脑子有什么问题了，不过，她既然能在麻省理工读书，那应该是很聪明才对啊。”

李泽文一笑：“聪明人也未必善于社交。”

“这倒也是。”程茵美眸一眨，“聪明人的思维方式和我们普通人不一样吧。”

李泽文只侧目看了她一眼，眼神中流露出一点笑意算作回答。

程茵转开话题笑着问：“对了，你明天来参加这场婚宴吗？”

“没有意外的话，应该会来的。”

程茵以一种夸张的神态笑言：“马家真是投入了巨大的本钱，我刚刚才知道，他们居然请了一百多桌！你想，每桌十个人，就是将近一两千人啊。

我也参加了不少婚宴，这么大规模的婚宴真没见过几次。我听这对新婚夫妇说，他们光是筹备这场婚礼都花了半年时间。”

“的确规模不小。”李泽文随口道，“那他们感情确实不错。”

程茵笑起来：“按照常理是这样的。不过我前阵子还看到新闻说‘最新的调查显示，结婚花钱越多，感情破裂的概率越高’呢。说的是小夫妻为婚礼准备筹备更多，各种鸡毛蒜皮的事情扯皮越多，反而更容易产生矛盾。”

“未必。你看的新闻来源是哪里？”

程茵一愣，点了点头：“说是美国一个教授做的调查。”

“这就是了。国情不同，民族不同，社会环境不同。至少在中国，婚礼的花费越多，离婚率肯定越低。”

和美国人相比，中国人更好面子，举办婚礼——尤其是大规模婚礼的目的基本上出于社交需求，为了让别人见证幸福，为了收礼金，为了显示人脉，为了虚荣心……当然，追求婚礼的仪式感也很重要，但仪式感说白了还是金钱和时间的升华。打个比方，在凡尔赛宫办婚礼就是比在路边小广场有仪式感，十万块钱的钻戒就是比一千块的戒指有仪式感，绞尽脑汁策划了三个月的婚礼就是比只琢磨了三天的婚礼更有仪式感。

婚礼的档次越高，客人越多，在婚宴上表达的感情越激烈，离婚的概率也越小。因为婚礼的本质是契约，你的婚礼规模越庞大，就意味着你为了结婚付出的时间成本、社交成本和金钱成本越多，违约成本也就越高，你在离婚的时候就会多斟酌一下。

“确实是这个道理。”

程茵侧过脸，笑盈盈道。她好歹也是半个娱乐圈的人，每天都要接触到大批靠脸吃饭的人，多美多帅的脸她都看过，但她还是忍不住把视线放在身边的男人脸上。

李泽文有一张俊朗好看的脸，鼻梁如峰，唇线柔和，五官分明到有人描线似的，再配上那副无框眼镜，英俊之余又添一份难得的儒雅。当然，真要打分的话，和娱乐圈的那些纯靠脸混饭吃的男人比还有点差距，但他身上的气质寻遍整个娱乐圈都找不到的。程茵当然也见过很多靠才华吃饭的人，或清高，或骄傲，或自负，但李泽文和他们不一样。他当然是富有自信的，却不张扬；他很睿智，却不外露，“腹有诗书气自华”这句话在李泽文身上体现得淋漓尽致。哪怕你什么都不做，只盯着这个人看，都能欣赏很久。

真是的，程茵嘴角轻轻弯起来，她想，李泽文这样的人，上辈子一定是拯救了地球吧。

新郎新娘晚上有别的安排，但还是贴心地给伴娘伴郎团安排了大餐。郗羽神游地吃了饭，也不知道自己吃了什么。对面的伴郎团有人跟她搭话，她也没听清，只是拒绝了伴郎团某人去“泡吧”的提议，带着满腔疑惑回了房间。

郗羽在书桌前的电脑面前坐下来，关键词输入，点击电脑开始搜索。程茵虽然是主持人常常访问别人，但人有了名气成为公众人物，别人对她的关注也会升级。搜索引擎里和程茵有关的条目起码有几百万条，这些信息也囊括了她人生中的方方面面。

根据网络资料显示，关于程茵最早的信息可以追溯到中学，她中学就读于安江省省会的一所中学，和郗羽同级；大学则就读于中央传媒大学，读大学的时候她就在电视台当记者和主播，参加过若干比赛，获得几个播音主持类的奖项；本科毕业就到了中视，最开始主持一个读书栏目，这个栏目请名人来推荐图书，反响不错。一年后她又主持了一个综艺节目，为期两年时间，让她在小范围内积累了一些名气。

两年前，她开始主持一个音乐类选秀节目，这个节目不是简单的展示歌喉，参赛者都是一些创作型歌手或者新鲜作曲人，嘉宾对他们的歌曲进行点评和改进——这个节目的创意不能说很新鲜，但胜在制作人手段高超，能把想法变现的能力非常高，每个环节都力求完美，节目效果非常好，顿时红遍全国。许多人说这款节目拯救了“日渐式微的原创音乐事业”，也让程茵的事业迎来了一次爆发。

郗羽怀着好奇，点开了其中一期开始观看——天知道她多少年没有认真地看过电视节目了，此刻她不得不发挥学术研究一般的认真劲钻研这些视频。不看不知道，一看才发现，这节目确实很不错，一首不怎么样的原创歌曲改编后，简直达到了改头换面的效果，足以惊诧路人；而程茵在节目中的表现也异常出色，妙语连珠，吐槽和点评十分到位，急中生智和博学无一不有。

这不奇怪。

毕竟，这个程茵和李泽文关系不错。

她和李泽文也算是认识许久了，充分认识到这位大教授各方面的水准，让他看得上并且亲自来接送的女人，绝对不会只是外表好看。她记得，有一次上完课后，她恰好看到有名特别漂亮的外国女生特意主动约李泽文去参加派对，但李泽文摇头拒绝了对方的好意——当时郗羽身边的男生的眼珠子都快掉下来了。要知道那名女生金发碧眼，长腿细腰，就连郗羽都觉得这女生太美了，拒绝她也太难了。

教授的目光到底多高呀。

现在似乎有答案了。

郗羽思索着，困惑地用笔尖戳了戳记录资料的笔记本。

婚礼的当天总是忙忙碌碌，郗羽早上八点起床，然后就配合其他伴娘一起开始了连轴转。光是梳妆打扮做头发就用了两个小时，随后就是乱糟糟的接新娘活动，她顺带着拿到了一个几百块的红包。宴会安排在晚上，正午过后就陆续有客人前来。

下午，酒店安排了自助餐和很多娱乐项目，让客人们休闲；郗羽和其他几位伴娘跟在新郎新娘后，向每一个客人致谢并且为他们领路，发喜糖。

一百多桌酒席带来的客流量极为惊人，整整一个下午，郗羽几乎一分钟休息的时间都没有，亦步亦趋跟在王安安身后赔笑迎接客人，在接待台和大厅间来回奔波，脚都麻木了。

此刻的郗羽太感谢王安安有五位伴娘了——否则真是忙不过来！

婚礼的宴席定于六点，因此五点到六点这一个小时，是客人最密集的时候，郗羽刚刚把礼物递给一位客人，笑着抬起头来，就看到了一个熟悉的身影。

郗羽脸上惊讶的表情还没来得及显露，马臻的父母立刻迎上去和对方握手：“李先生，谢谢你的到来。”

李泽文穿着一身极为贴身的灰色西装，微笑着把红包交给礼宾处，转身笑着跟新郎新娘和双方父母握手道喜。

他跟马臻的父亲握手时间挺长，同时笑道：“马叔叔，我父亲在外参加会议，只能派我来参加婚礼了。”

“哪里哪里，你爸那么忙，来不了也正常的，你来了就已经很给面子了。”马臻的父亲特别感慨地轻拍他的胳膊，“倒是我们，因为客人太多，真是招待不周。”

李泽文笑着寒暄几句后，视线就扫到了郗羽身上，然后朝她走了过来。

看到李泽文的时候郗羽确实有点小诧异，不过马上想通马臻认识程茵，程茵认识李泽文，这么说来，李泽文也来参加婚宴不足为怪。

“教授，您好。”郗羽端着放精美糖果的盘子，脸上是公式化的客气笑容，“您要糖吗？”

李泽文摇了摇头，目光略带审视地从她浑身上下掠过。她和其他伴娘一样，穿着希腊风格的月白色高腰裙，长裙下摆及地，浅浅地盖住了白色皮鞋的鞋面；她的头发被小心地盘起来，鬓角还插了一支怒放的月桂，配合上瞳孔里的亮光，宛如希腊神话中的女神。

李泽文先垂眸看了看地面，再抬头看她：“要不要去休息一下？”

“嗯？”郗羽眨眨眼。

“鞋子不舒服？”

“啊，您看出来了？”郗羽不太好意思。

她脚上的鞋子也是新娘子准备的。郗羽是伴娘团里身高最高的一位，为了让伴娘团的身高差不那么大，她分到了唯一一双平跟的白色小皮鞋，比她的脚略小了半个号。起初她觉得还能凑合，但在三四个小时的站立后，鞋子开始磨脚，走起路来也没之前那么轻便。

“鞋子不合脚就要去换，你至少还要站两个小时。”李泽文道。

“没关系的，还有一会儿就好了，我不陪着敬酒的。”郗羽比画了一下，微微欠身给他带路，“那您去大厅坐坐吧，座位上有时间表。”

李泽文看她一眼，没再说什么，跟着人流进了宴会大厅。

大批客人拥入，郗羽又忙着下一轮招待。

经过两天的战斗，汪湘和郗羽熟悉起来，她百忙之中看着李泽文的背影消失在大厅，还不忘记凑过来跟郗羽八卦：“聊那么久，你认识刚刚那位帅哥？”

“他是我教授。”

汪湘吓了一跳：“这么年轻就是教授了？”

“是啊。”

“人比人，气死人啊……”

客人全都在大厅坐齐的时候，婚礼正式开场。

一百余桌客人坐满了整整一个大厅，程茵一身紫裙出现在舞台上，在她甜美而循循善诱的引导下，婚礼极其成功，一点小岔子都没出。

随后晚宴开始，重金请来的乐队和歌手上了台，新郎新娘挨桌敬酒，与此同时大厅外的草坪上，绚烂的烟火冲上天空，映得天空乍紫乍红。

在新娘扔捧花的环节结束之后，郗羽这一天辛苦的伴娘工作终于告一段落——她跟正在和客人们拍照寒暄的新娘新郎道别，然后上楼回到房间收拾行李。

等郗羽拖着行李箱走到酒店大堂，拿出手机查询最快捷的去机场的路线时，她一抬起头，恰好看到李泽文和程茵交谈着从依然灯火辉煌的宴会厅走出来。郗羽原以为他俩会一起肩并肩地离开，但奇妙得很，这事儿并没有发生。李泽文和程茵聊了几句后，他低下头拿出手机打了一个电话，同时一辆黑色的SUV商务车开了过来。驾驶座上下来了一个酒店的服务生，服务生把车钥匙送给了程茵，程茵上了驾驶座，独自驱车离开。

“在看什么？”

“教授……”宛如被异响刺激的小松鼠一样，郗羽迅速收回落在远去的SUV车身上的目光，连忙和瞧着自己的教授打了个招呼，“我没看什么……程茵一个人离开的？”

李泽文不答反问：“怎么，你觉得她应该和谁一起离开？”

郗羽抓紧了行李箱，有些窘迫地一笑：“没有没有……我以为，她应该有人接的，嗯，助理什么的？”

李泽文侧目看她一眼，倒是笑了：“你以为她是明星？身边应该跟着十个八个随行人员吗？”

郗羽抿着嘴，脸上的赞同神色充分暴露了她的想法。

“主持人和明星不一样。她所在的中视是国企，有一套严密的规章制度，从工资到员工职位安排自然有规范。虽然程茵现在有相当的名气，但说到底无非也就是电视台的普通员工，连管理层都不是。对程茵来说，绝大多数事情当然要自己去做，包括开车。”

“哦，原来是这样……”郗羽受教地点头。

李泽文的视线扫过她身旁的行李箱，微笑道：“首席伴娘准备回家了？”

郗羽被这个打趣得脸一抽：“是的，我要去机场。”

李泽文道：“我送你。”

郗羽摆摆手：“Professor，不麻烦您了，我出去搭地铁就好。”

李泽文不理她，转身跨出大厅。

“车子已经来了。”

停在恢宏大门外的车子还是昨天郗羽看到的那辆黑色的捷豹，这次仍有司机，一个西装革履，看起来就是精英的年轻人。

“我喝了一点酒，所以让助理来接，”李泽文为她打开车门，“上车吧。”

简直就是个幽默喜剧。郗羽情不自禁地用一种奇特的眼神注视着李泽文。刚刚他还在说“程茵没有随行人员”，转头就召唤了自己的助理过来充当司机，这一切还挺微妙的。

不论内心如何吐槽，两人毕竟相识挺久，对教授的热情帮助，郗羽也不好生硬地拒绝，客气地接受了好意。

“好……”

李泽文吩咐司机开车。在随后的交流中，郗羽知道司机的名字叫周翼，也是李泽文在国内的助理。

车内宽敞整洁，没有多余的陈设，冷气很足，郗羽坐进车内觉得浑身都凉快下来了。

“今天谢谢您了，professor……”

李泽文轻笑一声：“第一，我现在不是你的老师；第二，我们现在也不在美国，不用叫 professor 了。”

“教授这个职位又不会过期。”

李泽文露出微妙的笑容：“可我总感觉被你叫老了好几岁。”

“你确实比我大好几岁”这句话在郗羽舌尖一滚，终于还是没能顶着李泽文那淡定的笑容说出来。她有一种感觉，这位教授绝对不喜欢从她嘴里听到这句话。

“可我想不到应该叫什么。”

“可以随便一点，”李泽文侧目，“你平时怎么称呼你老板的？”

“我用 first name（西方人名的第一个字）……但你又不是美国人，这么叫很奇怪吧？”

“那就叫名字好了。”

“哎？”

“你之前不是很有底气地叫我李泽文吗？”

郗羽默默望天并讪讪一笑。当面直呼老师姓名的事情，她确实干过，但也就那么一次。

两年前她选修了李泽文开设的国际组织学，这门课的课后作业和其他课程一样，都挺多。她每次辛苦写成论文，李泽文从来只给打低分。简单来说，对班上其他人而言，李泽文对事不对人，他会综合考虑学生的知识层面再进行打分，但是对她就对人不对事。他手持放大镜用鸡蛋里挑骨头的精神审判她的每一篇作业，挑出她的单词错误、语法错误、引用错误、结构问题、逻辑错误，连基本的 a 和 the 的用法都会指出来，然后有理有据地标上一个低分。

郗羽是应试教育制度下培养出来的最优秀的人才，她夜以继日，废寝忘食，分秒必争，举一反三，把自己的大脑磨得跟绝世宝剑一样雪亮，即便在麻省理工这所世界名校也可以获得极高的 GPA（平均分数、平均绩点），然而这份骄傲和自信在李泽文手下折戟沉沙。她看过其他同学的论文，同档次的文章，人家可以拿到 A 或 B，但她的论文上永远都是红彤彤的 D 或者 C。

她愤怒，她抓狂。见过偏心的，没见过这么偏心的——上选修课是要花钱的，写论文是要付出时间和精力的，付出了这么多金钱和精力却得不到认可，就算是一向尊敬老师的郗羽也忍不住了。因此，某次下课后，她忍不住冲着这个自带偏见的教授愤怒咆哮。

咆哮是因为气急了，怒火上头，觉得李泽文对她太刻薄。

冷静下来后，她才慢慢察觉了李泽文的苦心。

她的母语毕竟不是英文，纵然她花了大量时间提升自己的英文水平，但到了“写作论文”这一关时总会存在瑕疵。只不过因为她是理科生，理科论文中三分之二的篇幅都是公式，对遣词造句的要求远不像文科那么高，因此看上去还凑合。李泽文细致周密的意见大幅度提升了她的论文写作水平——厚厚一沓论文放在面前，看着每一页上都是他手写的详尽且富有针对性的修改意见，想到对方在自己身上花费的大量时间，她只恨不得穿越时空把那顿咆哮收回去。

“那是我不对……”郗羽改了称呼，“好吧，教授。”

汽车掠过夜色中的京城街道，路边的霓虹灯光在她脸颊上急速一闪，映出了她眼角的微微上挑的金红色眼线和一对醒目的酒窝。

因为离开得匆忙，郗羽没太多时间卸妆，只草草擦了脸就冲出了房间，脸颊上的妆是洗掉了，但眼角眉梢的细微妆容却没能完全洗掉。

郗羽和大多数读到博士的理科女生一样，对自己的外表不是特别在意，向来素面朝天见人。学习压力那么大，论文那么多，资料堆满一张桌子，每天只能睡五六个小时，能三天洗一次头一周洗一次衣服把自己收拾干净都不错了。但她现在不一样。绝不是说郗羽平时不好看，她皮肤很好，笑起来一对大大的酒窝更是她的标识，绝对是清纯的邻家美女；然而马臻夫妇请来的化妆师水平实在高，一点淡妆加深了她的眉眼轮廓，改变了她的气质，让她生出了一分平时绝不会在她身上出现的艳丽妩媚，完成了小美女到大美女的蜕变。

李泽文失笑，当下也没了纠正郗羽叫法的打算，转开了话题。

“今天的新娘子，王安安是你同学？”

“是的，”郗羽道，“她是我的初中和高中同学。”

“好朋友？”

“是的，她是我最好的朋友之一。”郗羽加重语气。

李泽文微笑着看她一眼。以郗羽的个性，肯花时间当人家的伴娘，那关系一定相当到位。

“晚上几点的飞机？”

“十一点。”

“飞机有没有晚点？”

“我刚刚看了下 APP，应该是准点的。”

“那你到家应该很晚了，有人到机场接你吗？”

“我姐姐、姐夫会来机场接我。”

李泽文略一颔首：“这么晚还要赶回去，好几年没回国了？”

“是的，这五年我就只回了一次国。”

郗羽在美国整整五年，中间只在读博的第二年的寒假回了一次国内。绝不是她不想回国探亲，但总因为各种各样的原因被阻碍，比如课业负担重，想回国的时候被其他安排所阻，再则研究生的后几年要么在海上，要么为了毕业论文呕心沥血……说一千道一万，她很少回国的主要原因还是因为经济限制。回国一次开销不小，往返机票就要上万——而她没那么多钱。她家境普通，不可能给她提供经济上的援助，她平时依靠学校每个月给的两千块奖学金生活，每个月都是基本收支相抵的状态，一年下来攒下的钱连往返机票都买不起。

李泽文微笑着看着她：“我看你今天当伴娘当得还不错，完全可以考虑开拓一个副业。”

这说法前所未闻，郗羽忍不住笑：“哪有这回事，伴娘还能当副业吗？”

“我堂弟也在筹备婚礼，正愁找不到伴娘，”李泽文还真给出了建议，“要不要来兼职一下？”

“你堂弟？”郗羽一愣，想起两年前感恩节的那次偶遇，“啊，是李知行？”

“是的，新娘子你也认识，唐宓。”

“哎呀？他俩居然要结婚了啊？”郗羽还挺惊奇的。

“他们正是那次感恩节来波士顿时在一起的。”

“那真是要恭喜他们了。”郗羽随口感慨，随后摇头，“当伴娘就算了吧……其实我和他们也不熟悉。”

李泽文当然也不是真的要劝她当伴娘。郗羽虽然曾经和唐宓、李知行有一面之缘，但关系也着实没好到“当伴娘”的亲密程度。只不过开车去机场路上要大半个小时，总归是要聊点什么。

李泽文于是旧事重提：“说起来，你找程茵有什么事？”

郗羽刚刚还带着笑容的脸庞浮起了一丝犹豫：“其实，也没什么事情。”

“真的？”

很亲切的声音听得郗羽头皮发麻——每次在课堂上李泽文用这种音调说话时，那就是暗示学生“回答错误”。

她在想什么，李泽文心里有数，他只问：“怎么，不能说？”

“不是的，”郗羽否认，“只是我想应该是认错人了。”

“怎么认错的？”

“是这样的，程茵长得很像我的一位初中同学，名字也一模一样……所以我昨天才跟她搭话，”郗羽停了停，眉心不自觉地皱起来，“不过我仔细想了想，可能是巧合。”

“仅仅因为这个你就叫住她？”李泽文轻描淡写，“其他原因呢？”

他听得出郗羽话中的迟疑，对她的性格也是摸得一清二楚，自然知道她的话没说全。

在李泽文眼里，郗羽是少数有趣而特别的人。

可以这么说，郗羽是李泽文见过的将开朗和封闭两种气质融合得最好的人。说她开朗，是因为她善良乐观、认真努力，没有许多博士生对本学业的苦大仇深，发自内心地热爱科研，甚至可以因为对新知识的渴求来选修一门文科专业。她当然也不至于随时都笑口常开，但社交时脸上都带着明朗的笑意，不高傲不冷漠不虚伪不做作，社交时，和每个正常人都可以畅快沟通，该附和就附和，该说笑就说笑，相处愉快。

但同时，她也是封闭的，最明显的表现就是她对和学术无关的任何八卦都没有兴趣。比如说，一群人聚会的时候总会一起讨论一些男女关系，只有她绝不会参与这类话题。她对同学、老师的私生活一点兴趣都没有，别人交男友女友、结婚离婚、生孩子没生孩子和她有一毛钱关系吗？没有！除非别人强行要她发表意见时，她才会“嗯嗯”两声表示自己听到了——简而言之，她是一个很难对别人产生兴趣的人。能让她产生兴趣，并且主动询问的人，那真是非常非常罕见。

喜欢八卦算得上是好奇天性的最直观体现。人类之所以八卦，好奇名人的生活，好奇身边人的私生活，是因为这样的八卦闲聊能使大家对朋友有更多的了解，对这个世界有更多的了解，从而让自己更好地适应环境，了解让他人知道哪些行为是可以接受的，而哪些行为是不被接受的。

但是，郗羽完全没有这种八卦的欲望，她不关心别人的私生活，自己也几乎没有私生活。她始终站在一堵玻璃墙外，用一种“没有私生活”的状态把自己和其他人隔绝起来。你可以看到她，可以大致了解她，但是绝对触碰不到真正的那个她。

这是一种非常罕见的性格，几乎不太可能是先天形成。

坐在人家的车上，太直截了当地拒绝对方也不好。

郗羽深呼吸，慢慢道：“因为我最后一次见到程茵的时候，她说过要跟我谈一件非常重要的事情。”

“最后一次是什么意思？”

“嗯，”郗羽垂下头，眼睛里有一道光闪过，“那之后……我们都转学了，我也不知道她去了哪里。”

李泽文反问：“你是说，你转学了，程茵也转学了？”

“是的。”

转学这种事情并不常见，在中学阶段，一所学校每年能接收的转校生数量是有限的。而现在郗羽却说两人同时转学，怎么也算是小概率事件。

“程茵为什么转学？”

“似乎是因为她妈妈工作调动——老师是这么告诉我的。”

“调动到哪里去？”

“我不知道。”

“那之后你和程茵再也没有任何联系？”

“是的。”

“那你呢，为什么转学？”

“……”

话音一落，李泽文就看着她的表情犹如没了电的手机屏幕那样明显地黯淡下去。不夸张地说，他几乎听到了电力不足的“嘶嘶”声。

李泽文耐心地等了三十秒还是没能从她那儿得到回答。郗羽自顾自地沉默着，捏着自己的手指，抿着嘴盯着车里的地毯，这是一种无可辩驳的拒绝交谈姿态——哪怕因此让车内气氛变得更尴尬，她也不想提这件往事。

李泽文从她的肢体语言里得到了回答，于是转开了话题：“转学时你几年级？”

郗羽总算有了点反应，她轻声说：“初二开学前转走的。”

“你后来没找过程茵？”

“找过的，但我不知道她转学去了哪里。那时候我们没有手机，她家里的电话停机，老师那边也信息不详，只知道她妈妈带着她离开了当地。”

实际上，程茵的转学甚至发生在她转学之前，极其突然，以至于郗羽几乎没能从程茵那里获取到任何信息；程茵消失得又快又迅速，就好像游戏里的 NPC（非玩家角色）人物，说删除就删除了。

“要查的话，总会找得到的。”李泽文道，“她父母之前的工作单位里的同事，认识的朋友，这些人总归还是有信息的。”

“是的，我也是这么想……所以当时也请老师帮我联系了她妈妈的工作单位，但是对方说他们也没有新的联系方式。至于联系程茵的爸爸，那更不可能。她爸妈离婚了，而且程茵跟我说过，她偶尔才能见一次她爸爸。”

李泽文眼眸一深，他思考了两秒钟：“继续。”

那瞬间郗羽找到了在他课堂上听课的感觉，一五一十地道来。

郗羽当时的年龄毕竟比较小，也想不出更多联系对方的办法和手段，而时间是磨灭记忆的最好的办法。到了高中时她的学习压力变大，后来上了大学又出国，鸡飞狗跳地读博士，条件不足精神也不足。直到昨天，郗羽在酒店里再次看到程茵——当年的许多记忆纷纷浮出水面，于是忍不住叫住了程茵跟她求证。

“程茵跟我说，她不认识你。”李泽文道。

“看上去是这样。”郗羽无奈道，“我也上网查了查她的资料，找不到什么线索。”

“你的那位初中同学程茵，她的照片，你有吗？”

郗羽抿了抿嘴：“没有。我们当同学的时间也不长……没太多机会一起合影。”

“那就是说，这十几年来，你都没有见过你的同学程茵了。十几年时间，足够改变一个人的相貌了。”

郗羽连忙道：“我记忆力很好的，而且当时我和程茵关系也很好，同桌了好几个月，我敢保证再过十几年我都不会认错。”

“我不是说你记忆力差，”李泽文指出，“但这位主持人程茵整过容，并且还有着国内顶尖的化妆师为她服务。”

“啊！”

这下子轮到郗羽瞪大眼睛无言以对了。

“她是半个娱乐圈里的人，也是靠脸吃饭的人，容貌对她来说也相当重要，她在自己的脸上动一动刀子也是这个行业里司空见惯的事情了。”考虑到郗羽对国内的娱乐圈八卦了解为零，李泽文颇有耐心地解释，“就算不整容，现在的化妆师也可以做到让一个人化妆后自己都不认识自己。”

“这样啊……”郗羽茫然回应。

千算万算，她也没想到靠脸认人这么靠谱的方法居然也会失效。可见现代的人们在自己的脸上到底下了多少功夫啊。

“我也没有说程茵一定不会是你的同学，实际上这种可能性还是存在的。”李泽文的手指在膝盖上轻轻一敲，“如果我没有判断错的话，程茵的确在江淮省待过一段时间。”

“是吗？你怎么知道的？”郗羽再次震惊地看着自己的教授，她已经有点拿不准他到底要表达什么观点了。

“程茵偶尔透露的生活习惯，都说明了她在江淮省和安江省这两个省都待过。”

郗羽想起昨天在酒店门口的一幕，不由得恍然大悟。李泽文和程茵认识，大概对她的情况也很熟悉。

李泽文道：“她是不是你同学，你需要的话，我可以帮你弄清楚。”

“教授，这真的不麻烦你了，”郗羽大吃一惊，激动得摆摆手，“不要紧的，不用麻烦你了。”

李泽文转过脸看着她三秒钟，不置可否：“真的？”

“真的真的，没什么关系的。”郗羽加重语气，彻底表达了自己的恳求。

就算是李泽文也很难在毫无信息储备时撬开不想说话的“蚌壳”，他转移了话题：“你的假期有多久？”

“嗯，应该可以待一个月，到八月底。”

“八月底？你的假期有这么长？实验室的工作呢？”李泽文盯着她。

自从两年前的选修课之后，她和李泽文一直保持着还算密切的联系，即使她去普林斯顿做博士后，两人也保持着邮件往来。两三个星期前，李泽文告知她自己即将回国，问了问她现在的工作情况。郗羽回复说自己在实验室的工作很忙碌，一时半会儿无法回国——没想到这么快就被现实惨痛打脸。

李泽文的问话当然有依据，一个博士后确实不应该有如此长的假期。

美国的博士生毕业后，有一部分人会选择进入业界工作，剩下的一半人只要有可能，多半还是想在学术圈子找一份博士后的岗位。郗羽也不例外，今年六月从麻省理工毕业后，她在美国大气海洋局下辖的地球流体动力学实验室里找到了一个为期两年的博士后岗位。博士后这份噱头在普通人看来还挺高大上，其实和普通的打工仔也没什么区别，是一份朝九晚五的全职工作，干活才能拿钱，只不过干活的地点是实验室罢了。

美国国家实验室是博士后们最好的去处，类似国内的国企，经费充足，工作压力也不大，她的税后月薪可以拿到四千美元——不算很多，但对没家庭负担的单身人群来说，足够用了。总体而言，国家实验室的工作比学校的实验室轻松一些，老板不苛刻的话，每年给十天半个月的假期当然是可能发生的，但一个多月的假期，还是给刚刚入职不久的新人？至少李泽文从来没听过如此慷慨的老板——他自己也当老板，算是很理性不为难人的那种，可他也从不会给手下的学生和助教这么长的假期。

"嗯……"郗羽无奈道，"暂时遇到了一些问题。"

"什么问题？"李泽文盯着她，镜片后的目光压得人喘不过气来。

这事儿要从头说起。

一两周前，郗羽所在的项目组一位华裔专家田教授忽然被传说中的美国联邦调查局带走调查，说她泄密，研究所的内部调查和重新审核也随之展开。美国大气海洋局下辖的实验室确实有许多机密项目，这些机密项目大都分布在全美的其他实验室里，审核严格，背景排查都要做个三五次，从来不招外国人。但郗羽所在的普林斯顿地球流体动力学实验室主要做基础理论工作——工作内容就是建立各种模型，进行各种数理计算，和机密信息关系不大，绝对称得上兼容并包，实验室的各国人民可以开一个小型联合国会议了，华裔研究员的人数不少——但田教授的事情发生之后，一切都变了。

郗羽才进入研究所一个多月，是簇新簇新的新人，完全做理论研究，毫不涉密，所以也不在调查人员的视线内，至少美国联邦调查局没让她这段时间待在美国哪儿都不许去。不过她手上的项目还是被暂停，门卡被收回，研究所的位置也显得飘忽不定。有小道消息称研究所里将展开一次大规模的政审，清除非美国国籍的人员。项目组的老板打听了一下，觉得这事儿应该要一个月才会有结论，于是给她放了一个月假，说如果情况糟糕到她没办法把这一轮博士后做完，可以帮她联系业内其他学者，同时还表示，不论去哪里，他都会给一份很好的推荐信。

恰逢此时，王安安一封邮件过来邀请她当伴娘，她心说留在美国也没什么用处，她现在连实验室都进不了——于是她匆匆忙忙把美国的工作处理了一下，就收拾包袱回国了。

这件事里唯一值得安慰的，大概就是实验室慷慨地表示工资照发了。

这事儿对李泽文来说也是新闻。他自己学政治学，对国家之间的明争暗斗了解得很深，何况他手段多渠道广，来自各方面的信息也很多，但在这件事上，确实消息滞后了好几天。

“你们组多少人？有多少和你这样的中国留学生？”

“全实验室三十二个华裔，我们组有三个，中国学生就我一个。”

“你们三个都停职了？”

“是的……”郗羽叹了口气，情绪难免有点低落。

“田教授做什么研究？”

“据我所知，是冰川运动方面的研究。”

“你还在做博士论文的选题？”

“我在做延续的内容，极地的大气动力学模型。”

“具体哪方面？”

“低温下的声学耦合和动力学的模拟数值研究。”

“需要许多仪器设备和海量数据的支持？”

“是呀，否则一切都只是模型……没有证明就没什么意义。”郗羽忧愁地又叹了口气。她一点也不奇怪李泽文为什么会知道这一点。这位教授知识储备量极大，数理水平也基本上达到了理工科本科生的水准。

李泽文点头，转开了话题：“田教授现在的情况如何？请律师了吗？”

郗羽默默摇了摇头，她只是研究所里最底层的打工者，了解的信息少得可怜。反正出事后，她在研究所里再也没看到田教授。

郗羽的手握紧又松开：“总之我们都觉得泄密没可能，田教授十年前就入籍了，现在一家人都在美国，怎么可能泄密？何况，她也不太可能接触到什么机密信息啊。”

李泽文脸上毫无笑意：“欲加之罪何患无辞。以后这样的事情还会更多的。”

“我想也是……当时去美国留学，是觉得美国的科研体系成熟，环境优越，没想到才几年，还是遇到这种烦心事。”郗羽有些泄气，“我打算看看情况，如果实在没办法干下去的话，趁假期再找一份工作。”

“现在是暑假，机会比较多，”李泽文问，“那还打算留在美国吗？”

“我正在做的研究比较前沿，除了美国，能去的研究所极少，”郗羽摊手，无奈道，“实在不行，去欧洲也是个选择……法国的一个实验室可能有点意向。”

“没考虑回国？”

“当然是考虑过的。”郗羽说，实际上每个留学生都把“回国”作为备选项，只不过通常放在比较靠后的位置，“但国内的科研环境也不算理想，仪器和设备与我在美国接触的有代差，而且听说人际关系也是麻烦事。”

郗羽绝不是不爱国，也不是对美国有什么深厚的感情，想留在美国的原因无他，还是因为国内的经济和科研实力与国外的差距。如果把大气科学比喻成金字塔的话，美国绝对站在最尖端的位置，资源丰富，机会特别多——譬如，她身边的人都是行业内的一流学者，可以随时和同行交流最新资讯，她念博士的时候就可以蹭麻省理工的船去南极，写一个简单申请就有超级计算机用，更别说还有海量的数据可以查阅。如果在国内，因为资源有限，竞争激烈，这些好事几乎很难轮到她。

理工科的情况李泽文也清楚，他眉心微松：“事在人为。你是做数学模型的，设备差一点也不是不能出成果。而且据我所知，国内的研究设施虽然不如美国，但在世界上也是第一梯队了，至少不逊色于欧洲。”

“这我也知道……”郗羽含糊地附和了几句。

她内心当然同意李泽文的判断，不过她还是认为，自己才刚刚博士毕业，就算要回国，也要在美国获得足够的经验值再考虑，起码要发三五篇影响因子过10的论文再说。

她不想再提自己的未来问题，反正一团乱麻连个线头都找不到——李泽文自己也是这个学术界的一分子，还是特别成功的那类，她还在苦哈哈当学生的时候人家都当上了教授，对其中的结症认识肯定比她深入不少。

为了让李泽文减少提问，郗羽主动出击：“教授，你呢？你现在是回国度假？”

“不是度假，有一些事情需要回国处理。”

“这样啊。”郗羽微微前倾身体，“我好像听说，你已经评上副教授了吧？”

“你知道？”李泽文侧目，似乎并不相信她能获知他的近况。

“其实……也是前不久知道的。”

美国一流大学特别反对近亲繁殖，几乎不允许自己本校培养的博士生直接留校工作。郗羽离开了麻省去新泽西做博士后，但是以前留学生圈子的联系还在，她就是从群发的邮件里看到了这则消息，留学生们一片赞叹。三十岁出头就在世界顶尖学校评上副教授，真是牛人中的航天飞机，何况他的研究方向还是社会科学，那是一条比理工科更窄更险恶的晋升路径。

“真是厉害！教授，真的要恭喜你。”郗羽佩服得五体投地，“只是我现在说恭喜是不是太晚了？”

“没什么，”李泽文不以为意，“还没拿到终身职位。”

在美国的绝大多数大学里，副教授就已经是终身职位，学校不能随意解雇，经费充足，很多教授视这一职位为人生最大目标。但只有两三个例外，其中就包括哈佛。在哈佛大学，只有正教授是终身职位。

“我想对你来说，终身职位不会是什么障碍。”

李泽文说：“应当还需要三四年时间。”

他的语气虽然轻描淡写，但那份笃定和自信郗羽绝对不会听错。

三四年时间，他也不会超过三十五岁，这个年龄的人能在世界顶尖大学当上终身教授当然不是绝无仅有，但数量真是不多。郗羽身在麻省理工，这几年时间里世界各地的天才男女见了不少，但这些“非人类”人群里厉害到李泽文这个程度的实在也不多，此时唯有肃然起敬。

说话间，汽车到达机场，临近晚上的机场灯火通明，将整个天空渲染成金红的色泽，郗羽默默感慨了一句“光污染真严重”，然后下了车。李泽文从后备厢里取出她那个沉重的26英寸大行李箱拿给她，又抽出一张名片取出一支笔，在背面写上一个号码递给她。

“这个暑假我会在国内，这是我在国内的电话号码，需要帮忙的话就给我打电话。”

郗羽站在机场门口目送那辆漆黑的汽车驶远，再默默地把手中质感极佳的名片翻到正面，眼角蓦然跳了跳。

李泽文的名头下，除了他在美国的职位外，还有一则是京大政策研究院的副院长。

郗羽摩挲着名片，脸色镇定地矗立在机场大门口，冥思了一会儿，最后才气沉丹田地抒发出一声悠然长叹。

她对自己的职业生涯做过规划。她觉得自己有点小天赋，也很努力，即使算不上理科学科留学生中最优秀的，但也绝对不差。她今年二十六岁，接下来去几个大的研究所做两轮博士后，绝对不能超过五年时间。这几年时间拿出几篇有分量的论文，三十岁左右可以凭借资历去美国某大学申请一个助理教授，再努力奋斗六七年时间，在四十岁之前争取在美国拿到一个终身职位。

但人家才三十出头就实现了她的全部目标。

她衡量了一下自己和李泽文之间的差距，默默叹了口气。这个世界呈现金字塔结构，最顶端的那些人做什么事情都会成功——算了算了，人生还长，再接再厉吧。

第二章

跟踪 / ZENG NI YI YE XINGKONG

送走了郗羽，李泽文脸上一直挂着的笑容彻底消散无影，他拿出手机，面无表情地开始发邮件。

李泽文虽然人在国内，但大部分的联系人都在国外，他对外的主要联系方式还是邮件。他花了十几分钟写了邮件，发给了数位自己在美国的助手和朋友。

“出了什么事情吗？”

周翼一路上都很敬业地充当了一个好司机，一句话都没说，此刻看到李泽文神色凝重，忍不住开口询问。

他是李泽文父亲的秘书，比李泽文小了一岁，非常干练。李泽文回国这阵子事情也很多，京大要组建一个新学院可谓千头万绪，虽然学院那边也临时安排了一位秘书给他，但那位秘书用起来不算顺手，李泽文父亲就把自己的得力手下暂时派给了儿子，充当他的助理，辅助他进行工作。

“田教授的事情，我需要了解一下情况。”

周翼对这些学术圈的事情没了解，但还是尽责询问：“需要我做什么？”

“还不确定，相关信息太少。”李泽文揉了揉眉心，脸色微沉。

横在大国间的矛盾永远不会有缓和的一天，田教授的事情，李泽文大致能推断个八九不离十，但他素来不会觉得自己的推论就是事实，信息这种东西从来都是多多益善。

周翼点了点头，李泽文在国外的事情他帮不上什么忙，于是岔开话题：“刚刚的那位女生是你在美国的学生？”

李泽文略微点头，容颜稍霁。

周翼从后视镜里看了一眼李泽文，笑道：“她这次回国时间也很长，其实可以问问她在国内的联系方式。”

“她很快就会回京的。”

“啊？不是才回家吗？”

李泽文端坐在后座上，手指轻轻敲了敲腿，道：“她从来都不是一个会对人产生好奇心的人，而她一旦产生好奇心，便会想方设法查清楚。”

“那要不要帮她的忙？”

李泽文不置可否：“她应该有人脉查清一个人的基本信息。”

以他对郗羽的了解，深知她肯定有备用手段，否则绝对不会这么轻易地放走程茵——至于后续如何，等等看吧。

飞机准点到达了南都机场，郗羽拖着行李箱出现在机场到达大厅门口时，时间已经来到了第二天，已经过了十二点半。

时至深夜，到达机场的航班比较少，郗羽一眼就看到了站在接机大厅出口处的自家姐姐。

“姐姐！”

“小羽。”郗柔笑着拥抱妹妹。

郗柔人如其名，性格绵软温和，小时候说话总是细声细气，成年后当了老师，即便跟熊孩子说话音量也从不会很高，现在当了母亲，更是温柔得和水一样。

姐妹两人已经整整三年半的时间没有见过，此时一见，真是说不出的兴奋。郗羽抱着姐姐，小孩子般跳了两下：“姐姐，我好高兴啊！”

虽然视频里常常见面，对对方的高矮胖瘦也了如指掌，但这种实在的拥抱亲人的感觉也实在太好。小时候郗家住房紧张，她和姐姐共用一间卧室，姐妹俩在一张高低床上睡了十年，直到家里换了大房子才分开。

在长达一分钟的拥抱之后，郗柔拍了拍妹妹的肩头，笑着说：“见见你姐夫。”

郗羽这才注意到姐夫的存在，她不好意思地一笑：“姐夫，谢谢你来接我。”

郗柔的老公姓“黎”名“宇飞”，身材高大，相貌俊朗，是一名光荣的人民警察，目前是市分局安保大队的民警。基层警察的工作十分忙碌，这几年和姐姐视频聊天的时候也没见到他几次，几乎每次问“姐夫在哪里”，郗柔都能说出“加班”“出任务”两个关键词。

黎宇飞一伸手拖过郗羽的行李箱，爽朗一笑：“一家人说什么客气话，咱们回家。”

“回家”这两个字，承载了世界上最温暖的感情。

南都市的机场和市区距离不算近，正值深夜，交通状况无与伦比地好。半个小时后，郗羽就出现在自家客厅里了，路上时间太短，郗羽都还没来得及跟姐姐把王安安婚礼的细节聊完。

三年半的时间，家里也不可能有什么变化，家具电器一概没变。姐姐姐夫的儿子黎午阳小朋友已经睡了，方慧也熬不住，于半小时前睡了，但郗广耀还在客厅等着女儿回来。

郗羽冲上去兴奋地给了老爹一个拥抱：“爸，我回来啦。”

郗广耀当然也很激动，但做爹的尊严始终都在，他上下打量女儿一番，发现其精神状态不错，脸颊饱满，遂满意地伸出手拍了拍女儿的肩：“回来就好。”

“爸，我在美国给你买了礼物呢。”郗羽得意扬扬地准备去拿行李箱。

郗广耀简直好笑：“你不看看都几点了，明天吧。”

“哦，对哦。”

家里的摆设毫无变化，挂钟还在餐桌上方的墙壁上，郗羽目光一扫，惊觉现在都深夜一点了。

郗广耀年龄也大了，平时的生活习惯都不错，早睡早起，今天为了等小女儿回来熬到现在。此刻看到女儿一切安好，那种兴奋慢慢褪去，疲惫也慢慢浮现，他嘱咐：“那先早点休息，有话明天再说。”

郗柔笑着把房间指给了郗羽：“房间我和方姨昨天就收拾好了，你洗个澡就睡吧。”

“好好好。”

郗羽常年不回家，家里也没有她的房间，这次回家的住处就是书房。书房面积不大，四壁都是书架，放满了书——房屋中间临时搭了个单人床，床单被子都簇新无比，飘荡着太阳曝晒后的干爽香味，应当是姐姐前几天才准备好的。

郗家的房子有些年头，是十多年前郗广耀任职的中学打政策擦边球修房子的时候分的，面积不小，一百多个平方米。父亲和方阿姨住主卧，姐姐姐夫则住在次卧，黎午阳小朋友也快到四岁，也已经分床睡，家里也给他安排了一间卧室，剩下的一间则是书房。郗家父女俩都是教育工作者，对清静的书房要求挺高。

四室两厅的房子说起来大，但毕竟住了老中青三代五口人，人均面积就相对一般。和父母同住在一个屋檐下对已经成家生小孩的郗柔来说，也是无奈之举。

这么多年来，郗家的经济状况都没有特别好的时候。两个女儿带来了较大的经济压力，加上后来郗羽的母亲患了重病，家里花了许多钱。没过两年郗柔结婚，姐夫黎宇飞人品好相貌也好，但家庭负担较重，父母还在农村，他干着警察这份很有意义但收入一般的工作，年轻小夫妻没什么钱，只能继续和父母住在一个屋檐下——好在家里也大，也不是住不下。

这几年夫妻俩攒了点钱，再加上郗羽父亲的支持，几个月前付了首付买了个两室一厅的小房子，目前已经交房正在装修。

家就是家，即便数年没有回来，但想到亲人就在屋子内，内心顿时充满了满足感，郗羽合眼躺到床上，不到几分钟就睡着了。

大概是倒时差的缘故，郗羽醒来的时候已经到了第二天中午，为了迎接郗羽回家，方慧做了一大桌子菜。郗羽完全吃撑了，这还是她一边吃饭一边喂黎午阳小朋友的前提下。

“方阿姨厨艺真好。”郗羽揉着黎午阳小朋友的短发，由衷地感慨，“我都好些年没吃过这么好吃的饭菜了。”

“你喜欢就好。”方慧笑得很温和。

郗柔笑道：“你不知道，两周前，方阿姨就在准备你喜欢吃的。”

黎午阳小朋友也附和点头：“可不是，外婆常常说‘小羽最喜欢这个了’。”

郗羽心中一暖，把她的喜好记得那么牢，也是难为方阿姨了。

在母亲因病逝世后，有人将方慧介绍给丧妻的郗广耀。方慧是个很温和的中年妇女，虽然和已经有两个女儿的郗广耀是半路夫妻，但她对郗家倾注了所有的热情。

方慧是个传统意义上的中国好老婆，勤劳能干，家务万能，厨艺非常好，她把家里打理得一尘不染，柜子里的衣服干干净净、整整齐齐，对老公的两个女儿也是尽心尽力，黎午阳小朋友就是她一手带大的。这么好的女人却命运坎坷，年轻时被老公家暴好不容易才离婚，唯一的女儿还在一次意外事故中去世了。

因为父亲再婚的时候郗羽、郗柔姐妹俩已经成年，实在没可能对方慧改口叫“妈”，不过两人也确实把她当作了自己的长辈。

郗羽把黎午阳小朋友从膝盖上放下来：“对了，对了，来拿礼物啦。”

她给家里所有人都准备了礼物，最新的智能手机就买了两部，给小朋友的昂贵船模，还有给姐姐和方阿姨的护肤品，装满了整整一个行李箱。

“买这么多东西干吗？”郗柔吃了一惊，郗羽箱子里的东西就没一个便宜的。

“没花太多钱的。”郗羽很豪气地挥挥手，“你们都没来参加我的毕业典礼，我也应该带一点礼物。”

郗羽其实是打肿脸充胖子。她每个月固然有学校给的两千多美元奖学金，交了税和保险后到手的只有两千美元。波士顿消费高，学校附近的公寓极贵，每个月光是房租就要一千二百美元，她的可支配金额也就八百美元。她算得上是极度节省的人，不旅游不娱乐尽量自己做饭，每天过着三点一线的生活，每个月最多就能剩个两百美元，加上每几个月总会遇到一些计划外的状况，所以额外的开销也不少，所以在去美国的前三年时间里，她几乎一分钱都没能攒下来。她现在还有钱给家里人买礼物，主要得益于出海去南极那段时间，那几个月她转租了房子，在南极也没花钱的地方，因此省下了一万多美元。

“需要用钱的时候多，要记得量入为出。”郗广耀一脸语重心长。看到小女儿回国他心情非常好，但他当了一辈子教育工作者，习惯了教育人，一开口就是过来人的谆谆教诲，不说女儿两句都不舒服。

“我们实验室的工资还可以的，爸，不用担心。”郗羽如同每一个漂泊在外的学子一样，只报喜不报忧，也没说自己这份工作没准就保不住了。

郗广耀看着女儿自信满满的脸，也觉得没法劝了。

如果说郗柔还要在父亲的羽翼下生活，那郗羽已经完全独立了。身为妹妹的她上本科时就跟家里没什么太大的经济联系了，每年拿到的奖学金就足以支付她的日常开销。在这种情况下，郗家人没什么立场指责她花钱，何况这一箱子礼品还是给家里人买的。

接下来的几天，郗羽过得非常繁忙。作为郗家在学术界水平最高的人，她时隔三年多后回国怎么也是个不大不小的新闻，因此有许多社交工作要做。她用了两天时间去给逝去的亲人扫墓，同时各路亲戚的邀请也纷至沓来，姨妈姑姑舅舅伯父等纷纷打电话来说请吃饭。

四天之后，她回国带来的热潮才慢慢平静下去，家里也恢复到往日的平静，就像世界上的任何一个普通家庭。

郗家一家人都有自己的生活节奏，不可能因为郗羽的回国而改变原有的安排。黎宇飞继续上班，郗柔则要去盯着正在装修的屋子，方慧要照顾小朋友忙碌家务，郗广耀则回到学校去上课，他的学生九月份就要升高三，正是学习压力最大最辛苦的时候。

回家的第五天，郗羽终于有了一点自己的时间。她坐在书房，整理了一份自己的简历出来，发给了世界范围内的一些院校和研究所。

发完简历，郗羽准备出门，却和姐夫黎宇飞来了个巧遇。黎宇飞昨天上了夜班，今天本来应该休息，不过他刚刚接到了局里叫他回去加班的电话。警察不好干，尤其是黎宇飞所在的治安大队，随着这些年社会环境的复杂化，更是一分钟都闲不下来，总是做好了随时出动的准备。

“小羽，你去哪儿？”黎宇飞一边拿着车钥匙往外走，一边问她。

“去南都二中。”

“很巧，和我去局里恰好顺路，你搭我的车走吧。”

郗羽当然不会拒绝姐夫的好意，有便车坐总是好事。

车子是姐姐姐夫小两口攒钱买的家用小车，买来三四年时间，爱护得非常好。黎宇飞熟练地启动了汽车，等车子平稳驶出小区后才问她："小羽，你去南都二中做什么？"

"我在南都二中念过初中，想回去看看。"

"原来是你的母校啊。"黎宇飞这些年和郗羽几乎没有打过交道，对这位小姨子的过往一概不知，"回母校看老师吗？"

"是的。"

黎宇飞从一个父亲的角度发表了感想："真是从小到大都是好学生。我听说南都二中难考得很，就不知道阳阳以后能不能考上。"

"还早，阳阳没问题的。"郗羽盯着前方的路，犹犹豫豫地问，"姐夫，你能帮我一个忙吗？"

"什么忙？说来听听。"

"呃，你可以帮我查一个人吗？"

她知道拜托警察去查其他人的隐私其实不合适，但是人一旦好奇心迸发出来，实在是按捺不住。

"要查什么人？"黎宇飞听到这话下意识就是拒绝。作为治安警察，查某个人的权限他当然是有的，如果是平时，这种要他违反规定的事情他压根不会听下去，但是这话是小姨子说的就要慎重一点。因为郗羽从来都不是给人添麻烦的人。

郗羽讲了一下自己前两天在京的遭遇："……程茵说不认识我……但她真的跟我同学很像，我想确定一下她到底是不是我初中时的同学。"

"这事不好办，我们在内网查公民的个人资料会留下记录。要是普通人倒也算了，主要是她还是公众人物，这个问题比较大，上面有一些规定，出了事情就要脱警服的。"黎宇飞知道这个小姨子在国外待了多年，对国内的情况并不了解，便耐心解释了一番。

"公众人物就不能查吗？"

"如果信息被泄露，影响会很大。"

"……"

郗羽当然知道自己的要求不合理，也没好意思觍着脸解释说"我不会泄漏信息”。

黎宇飞看着郗羽那明显纠结的脸色，好心建议道：“不过她这样的名人，大部分信息都可以用公开渠道查到吧？”

郗羽无奈地呼出一口气：“我已经搜过一遍，她公开的信息不多，我只能搜到她就读的中学、大学，之前的就没有了，而这些信息里看不出和我有什么关系。”

“可我们毕竟是有规定的。”

郗羽睁大眼睛愣了好几秒，脸上露出了显而易见的失望之色。

说实话，对小姨子这个要求，黎宇飞是很纠结的。郗羽这次从美国回来送的礼很重，他手上拿着的就是郗羽从国外带回来的手机，除此外，就算考虑到孩子的教育问题他也不想得罪这个小姨子——郗柔信誓旦旦地说自己妹妹以后肯定会当教授，自己儿子以后能有个在国外当教授的姨妈，孩子要出国留学什么的也是个依靠。至于局里的规定，俗话说，规矩是死的，人是活的，仅仅是知道一些户籍信息的话，还是有办法可以想的，他也相信，这个小姨子很知趣，不会把查到的信息到处乱说。

“那好吧，我来想想办法。”黎宇飞一边开车，一边思索着，“直接从你同学身上入手调查，把你还记得的程茵的信息告诉我。”

郗羽没想到剧情还能峰回路转，心情顿时雨过天晴，连连道谢，一五一十地道来。

“程茵也是南都人，在哪个区出生的我就不清楚了。我不太清楚她具体的生日，只能肯定她比我大一到两岁。对了，姐夫，还有一点，她妈妈的生日是四月五号，和我妈妈同一天。”郗羽一脸抱歉，“姐夫，我只记得这些了。”

“这些信息也足够了，”黎宇飞说着把车子停下来，“右手边下车，就是二中的大门了。”

郗羽仰头看去，十数年不见，母校的大门一如既往地巍峨庄严。南都二中建校百年，而这个校门存在的历史也超过七十年，古朴而庄严。此时艳阳高照，将大门上方的庄严校名照得金灿灿一片。

“好的。姐夫，慢走。”

目送着姐夫的车子走远之后，郗羽没有直接进入母校，她绕过学校的大门，走到学校旁边的一家花店。

下午时分店里生意冷清，年轻的店主笑着问她：“小姐，你要什么花？”

店里各种花卉争奇斗艳，郗羽环顾了四周，报出自己的需求：“我要白色的花。”

店主是个年轻的女孩子，她略微一愣，反问道：“白色的花？是祭扫用的吗？”

“嗯……”

“那马蹄莲和百合最好。”

“百合吧，不用太多，几朵就行了。”

“我帮你把花包起来。”

“不用，简单地用绳子捆好就行。”

郗羽的要求虽然很奇怪，但店主做了这么久的生意，什么奇怪的人没见过？当即按要求包好鲜花，交到郗羽手中。

怀里的鲜花素雅精致，凑近了，似乎还能闻到它散发出淡淡的清香。

郗羽捧着几枝百合，走到了母校的校门处。暑假的学校很安静，天气太热，守门的老大爷坐在传达室里打瞌睡，压根没给郗羽报上姓名的机会，郗羽也不会打扰他的睡眠，步入了学校。

和国内绝大多数重点中学一样，南都二中这些年也扩建扩招，除了市区的主校区外，还有两个分校区来容纳越来越多的学生，但郗羽读书那会儿，学校只有这个位于市中心的校区。主校区位于市内的极佳地段，校园虽然不算很大，但设施齐全，能容纳四千名学生。进校门后有一条宽阔的绿荫道，道旁的花坛里草木繁盛，给整条道路带来了清凉。

穿过绿荫道，一栋栋建筑和绿地犬牙交错，学校里最高的是那栋高达七层的办公大楼，从办公大楼穿过就来到了学校的小广场——有活动的时候，学校就会在小广场上开会做讲座，十几年前看起来这个小广场还挺大的，现在看来就显得颇为袖珍了，小广场的另一头则有一排有着红色外墙的教学楼。

十几年前，二中的初中部和高中部是合校的，就分布在这几栋教学楼里。教学楼都是五层，站在树荫下，郗羽把手中的百合放在楼外的花坛上，静静矗立，凝视着面前的花坛。

站在教学楼底下，能听到老师铿锵有力的讲课声从角落的教室传来。

“……分解因式法是解一元二次方程的重要办法之一……”

是哪个教室在上课？郗羽仰起脸朝上看去，有些恍惚，明明当年觉得巍峨的教学楼，现在看来也不过如此。

“是郗羽吗？”

似曾相识的声音从身后传来，郗羽猛然转身朝后看去——校园里空空荡荡，在她身后只有一个人。十秒钟后，她终于认出，面前拿着厚厚一沓书、表情温和、两鬓略微斑白的中年男人，是她初中时的班主任周宏杰。周宏杰当郗羽班主任那会儿非常年轻，只有二十五岁，比郗羽现在的年龄还小一点，而现在周老师已经年近四十，曾经青春洋溢的脸上现在也爬上了那么几条皱纹，也难怪郗羽第一眼没有认出他。

“周老师。”她下意识地轻声道。

周宏杰看上去真的挺开心，脸上浮现了植树人看着自己栽种的树苗茁壮成长后的欣慰：“小羽，我果然没有认错。你回学校了啊。”

“是的，老师，好久不见。”郗羽收敛了脸上的肃穆神情，迅速露出笑容。

周宏杰的视线落在花坛里的那一束百合花上，顿时明白了郗羽的来意，脸上的笑意一瞬间便消失了。

“郗羽，我再强调一次，当年的事情不是你的错。”

不希望老师太过担心，郗羽立刻解释：“周老师，我……只是想来看看。”

周宏杰也明白她的心情，身为当年那幕惨剧的当事人，恐怕再过三十年，也不会真正释怀吧。

看着如今的郗羽身上也确实没有了旧日的阴霾，周宏杰不再在那些不愉快的旧事上打转，笑着说起别的：“郗羽同学，一起跟老师去办公室坐坐？”

郗羽乖巧地点头：“当然，我本来也想来看看您的。”

教师办公室里非常安静，只有角落里有一位三十岁左右的女老师在备课。南都二中的规模越来越大，当年一个年级十个班，现在一个年级三十个班，校园里的新老师越来越多，绝大多数老师郗羽已经不认识了。

“现在学校里有几个快班在补课，所以办公室没什么人。”周宏杰解释。

“明白的。”郗羽深有同感地点了点头，“我爸的学校也是这样，初中部只给快班补课。”

教师办公室比学生教室还要大上一号，可以容纳二十多位老师，周宏杰的办公桌在教师办公室靠窗的一边，教学楼外那排翠绿的香樟树长得郁郁葱葱，树干似铁笔挺立，坐在周宏杰的座位旁，可以看到一片深绿的树冠。

周宏杰收拾了一下本来就特别整齐干净的桌面，把刚刚从图书馆借的书放到自己的书桌上，分门别类地仔细放好，又给郗羽倒了一杯水，随后询问起郗羽的求学经历。

郗羽当年转学后，基本上和二中的所有人都没再联系，除了周宏杰。他是非常负责的好老师，善于跟学生沟通，相当关心她的近况和学业，她上高中那会儿隔三岔五地会接到他的电话。上大学后，这对师生的联系渐渐变少，但一年到头也有那么两三次。直到后来郗羽去美国后，联系才彻底中断。虽然五年没有联系，但有一些人，哪怕很长时间不见，再见面时亲切感立刻就恢复了。

这些年郗羽在美国也见了不少世面，师生两人聊得十分愉快。

“所谓士别三日，当夸目相看。我们这么多年不见了，小羽，你真是完全不一样了。”周宏杰满意得不得了，“我教过的那么多学生里，你是最有出息的了。”

“周老师，您这个说法我可不同意。老师是园丁，要耐心等着小树苗长大，不可能立竿见影地看到效果的。您当时教我们的时候也才大学毕业没多久，你的学生里年龄最大的也就跟我差不多，才刚刚进入社会，根本谈不上‘有没有出息’呀，但我相信，你的学生都是潜力无限的。”

周宏杰欣慰地看着郗羽：“真不愧是麻省理工学院的博士生，说话都掷地有声。”

郗羽不好意思地摆手：“不过，周老师，与我同级的学生里应该有成就更大的。我前两天在电视上看到了程茵……我不是很确定，她应该就是我的同学程茵吧？”

程茵的名气确实已经深入了人民群众的心中，周宏杰笑了：“也许是吧，看着是有点像，不过难说。”

南都二中是老牌名校，建校超过百余年，这一百年出过的知名校友极多，著名的校友们如果排个队，可以排个两里地，即便这位主持人程茵就是曾经南都二中的学生，二中也完全不需要沾这份光。实际上，除了当年教过程茵的老师，学校里可能也不会再有老师记得曾经有一个名叫“程茵”的转校生。

“不论那个主持人是不是二中的学生，都无所谓。你的工作才更有意义，科学家的重要性可比那些明星强多了，推动社会发展的是你们这样的人。”

郗羽完全不觉得自己能代表“科学家”这个群体，连忙道：“周老师，我这样的，充其量也就是刚刚摸到了学术圈的大门，距离真正的科学家还有漫长的距离啊。”

周宏杰开心地一笑：“我对你有信心。小羽，你还要在国内待几天？”

“估计还有一段时间吧。”

“如果你有时间的话，能不能抽半个小时来给我班上的学生上节课？”周宏杰问她。

“啊？上什么课？”郗羽睁大眼睛。

“跟你的学弟学妹说一下你是怎么到美国读博士的，给他们现身说法，”周宏杰鼓励地看着郗羽，“当当他们的榜样，榜样的力量是无穷的。”

“我也不算榜样吧……”郗羽连连摆手，“何况现在的小朋友肯定比我们那时候强多了。”

“那可未必。现在的小孩子啊，可比你们那时候浮躁多了，每天想着玩，玩手机、玩游戏……而你是我见过的最踏实的学生了。当然，我也不认为你和他们上上课他们就能更努力地学习，但是一个活生生的成功例子站在面前还是不一样的，比书上的说教更有用。”

既然曾经的老师这么盛情相邀，郗羽也不好拒绝，只能答应了。不过时间再议，因为郗羽接下来还有其他事情。

“当然，以你的时间为准，”周宏杰叮嘱她，“但最好在八月中旬之前，那之后补课就结束了，学校要放假了。”

和曾经的老师聊天是相当愉快的，郗羽和老师一直聊了一个小时，她才告辞离开学校。

她顺着原路返回，走到校门口时，手机“嘀嗒”响了两声，提示有短信。郗羽这趟回国时间比较长，她回家第二天就去通信公司买了张 SIM 卡。

短信是姐夫黎宇飞发来的，内容极短，只有一句话：你的初中同学程茵就是现在这位知名度极高的节目主播程茵。

随后，黎宇飞又打了电话过来，大致解释了整件事的原委，过程远比想象的容易。

黎宇飞通过郗羽的描述搜索了二十六七年前的本市出生人口，那两年出生的所有孩子里，只有一个女婴名叫“程茵”；这个程茵十四岁那年的八月，户籍信息从本市转走了。然后，黎宇飞进一步检索，发现了程茵现在的户籍正在首都，就挂在电视台集体户口下。

铁一样的证据，证明了电视台的这位主持人就是自己的初中同学。

谢过黎宇飞又挂了电话后，郗羽心中一块大石落地，然后更多的疑问浮上心头——

可是，为什么程茵不认识自己？难道自己的模样改变那么大，以至于老同学都认不出来了吗？自己可不像程茵，没有化妆师也没有整过容啊。

转念一想，现在的程茵和当年可不一样，她怎么说也是全国知名的主持人，事务繁忙工作也多，恐怕人家一个小时收入就比得上自己一个月的收入了。加上多年不见，一时间忘记了老同学的长相也是情有可原的。

实际上就算是她本人，除了中学时寥寥几个朋友她还记得长相之外，其他人的相貌她基本上忘得差不多了。

仔细算来，她在二中毕竟只待了不到一年。

郗羽拿着手机一阵恍惚，回过神来人已经站在了二中的校门口。

她蓦然回过头去，凝视这所自己曾经待过的学校。

片刻后，她甩甩头，头也不回地离开。

离开首都的第六天下午，郗羽这位胡汉三又回来了。

她这次回京十分低调，也没打算通知任何人，包括王安安。

王安安还在蜜月中，何苦去打扰她？郗羽拖着行李箱，直接到电视台附近找了一家快捷宾馆住下。

家里人对郗羽回家才五天又要离开不太理解，郗羽用的理由是去国家的大气海洋研究所了解情况——这还真不是骗人。她昨天中午给国内的研究所提交了一份简历，晚上就收到了来自大气海洋研究所的面试通知。对方表示，她有空的时候就可以来面试，时间比较宽松，如果不方便过来，网络面试也行。

学术领域内的事情，郗家人并不了解，但他们绝对不会拖小女儿事业的后腿，支持她的任何决定。

然而，郗羽在家人的支持下回到了首都，目的却不是参加面试，而是想办法和程茵见面。

于是，问题来了：如何才能见到一个前呼后拥，拥有很高知名度，粉丝堪比明星的电视台主持人？

最简单的办法莫过于求助王安安或者李泽文，只要他们出面，再见一次程茵不难。但郗羽不是一个给人添麻烦的人，求人帮忙实在是下下之策。

郗羽顶着烈日出门去，用整个下午的时间对电视台周围五百米内进行了详细而周密的考察，然后租了一辆车。郗羽在国内读本科时就在父母的建议下考了驾照，后来到了美国，在室友赵蔚的建议和帮助下考取了美国驾照。虽然她在美国读书期间没有自己的车，但赵蔚的车她开了不少次，驾驶技术还是过关的。

准备妥当之后，郗羽回到宾馆，上床睡觉，为明天的计划做准备。

早上六点，郗羽准时醒来后开始行动。她拿好自己的笔记本电脑、相机和一台十分专业的望远镜——是的，作为一名有着光明前途的大气科学专业的研究员，她当然有一台非常专业的望远镜——高倍高清带夜视功能，还可以直接连接到电脑上进行视频处理。

清晨时分，街上车辆稀少，郗羽把车子从宾馆的车库开出去，不到一公里就到达了目的地，一处位于电视台对面的停车场。她停下车，架好望远镜，镜头正对着电视台的车库入口。

郗羽很清楚自己在做什么。要见到程茵难度大，没人引领没有介绍信她是绝对进不了电视台的，她准备制造一起巧遇。

程茵是电视台的主播，主持的选秀节目正在播出中，她肯定每天都会到电视台录制节目。这一点，郗羽可以从程茵主持的节目官方的信息发布平台上得到证实。

而她又碰巧知道程茵的车牌号——王安安的婚礼当天，程茵离开宾馆的时候，她看到了程茵那辆黑色的商务 SUV 的车牌号，并且从李泽文的话里确认了这就是程茵平时的座驾。

知道了车牌号，又知道程茵平日上班的地方，那么剩下需要做的就是运气和守株待兔了。

事情总是知易行难。

蹲点是一件很痛苦的事情，连上厕所都只能速战速决。如此炎热的天气坐在车子里，为了省电不敢开空调，确实是一场对意志力的考验。但郗羽的意志力确实比一般人强一些，在南极的时候，她为了获得数据在天寒地冻风力十级的冰原上调试仪器，忍受过极寒的考验。

七点半之后，电视台的车库入口就热闹起来，各种档次的小轿车、越野车、商务车鱼贯而入。

直到八点半，她终于看到了程茵的 SUV 出现在电视台的车库出入口。

她彻底松了一口气，接下来只需要等着 SUV 离开，那应该是下午的事了。

中午，她啃了一个面包，喝了一瓶水对付过去。

李大教授说得没错，再大牌的主持人也是国企里朝九晚五的上班族。下午五点的时候，那辆黑色的商务 SUV 从造型独特的电视台大楼里缓缓驶出。

郗羽立刻发动汽车，从电视台对面的露天停车场里开了出去，并且很快跟上了程茵的SUV。

原以为一切都会按照计划进行，然而，她低估了伟大首都的交通情况。首都的道路纵横交错，奇妙的红绿灯完全没有任何规律，加上车子的手感也不是很对，在迷宫一样的道路上，十分钟之后，她跟丢了程茵的SUV。

郗羽看着前方拥挤的汽车，默默叹了口气，她知道自己要等到第二天了。

实际上第二天也没有成效，她依旧目视着程茵的车子消失在茫茫的车流中。跟踪工作远比她想象的难。

然而，再一次在电视台外蹲守了一天后，在傍晚五点十分时出现了转机——她看到一辆车牌号很熟的捷豹平稳地开了过来，停在了电视台的出入口。

她睁大眼睛，用望远镜对准车牌三秒钟，确定了那正是李泽文的座驾。

她相信，李泽文来电视台绝对和程茵有关。果不其然，一分钟后，郗羽就看到穿着长裙的程茵拎着一个小包包从电视台大门走了出来，随后拉开了那辆捷豹的车门。

连续三天的蹲点后郗羽已经相当疲惫，但紧要关头再累也只能打起精神——狙击手出击时怎么可能松懈！

她连忙发动了汽车，迅速驶出停车场跟了上去。

吸取了昨天的教训，郗羽这次跟车跟得很近，紧紧咬在那辆捷豹后面，前后不超过十米的距离。

好在被跟踪车辆的速度不快，极为遵守交通规则，如果说昨天的跟车是一场接近高考难度的专业考试，那么今天的跟车大概只有小升初的难度了。

半个小时后，黑色的捷豹拐进了一条很是静谧的绿荫道，随后进入了一家古色古香的院落。院落外挂了个牌子，写着“竹磬会所”。

只需要一眼就可以判断这会所的价格一定不菲，不入虎穴焉得虎子，郗羽咬了咬牙方向盘一打，车轮一拐，也打算进入，没想到却被侍者拦住了。

她摇下车窗，挺清秀的小哥隔着车门微笑询问：“小姐，请问您有预约吗？”

郗羽瞧了瞧院子里的小桥流水和竹林，困惑地眨了眨眼：“没有预约就不能进去吗？”

“是这样的，今天本店已经客满了，您就算进去了也没有位置。”

“那个，我要找人。”

“您找哪一位？”侍者不失礼貌道，“方便的话，可不可以告诉我对方姓名或者手机号后四位？我帮您查一下。”

这家会所还真是滴水不漏，不给任何别有用心的人可乘之机，让郗羽想一掷千金都没机会。

“哦，我知道了……”

郗羽无奈地掉转车头，把车子开走。

当然，也不是真的开走。好不容易才追踪到程茵的所在，怎么可能轻易放弃？

她驾车驶到距离会所百米开外的路边，在马路对面靠边停车。

理论上来说，这条路上应当是不允许停车的，但郗羽此时哪管得了那么多，反正她也不打算挪窝，交警来了再说。

这条路总的来说比较僻静，查抄违章停车的概率应该不大。郗羽拿出百分之一百二十的耐心，再次架好望远镜对准会所大门，开始守株待兔。

夕阳缓缓沉入地平线下，璀璨的路灯一盏盏亮起，将整座城市的夜空映得通红。郗羽热得受不住，她摇下车窗，当凉丝丝的夜风慢慢吹进车内时，那家会所的大门敞开，陆陆续续有车辆离开。

黑色捷豹跟在一辆路虎后面缓缓驶出会所，郗羽倏然一惊，马上准备发动汽车跟上去，却听到了右侧“咚咚”两下，有人敲了敲自己的车窗。

谁在如此关键的时候打扰自己？郗羽恼怒地扭过头去。

路灯光线很足，车外的人五官分明。

那一瞬间，她受到的震撼堪比她第一次走进李泽文的课堂。

她选国际组织学这门课是临时起意的，网上选课时匆匆忙忙，看过老师的文字介绍就点了“确定”，只粗略从名字上判断老师可能是华裔。直到在课堂上，她才第一次见到这位老师本尊——年轻的男人身着贴身的白色衬衫和深色的西服背心，整个人修长挺拔到不行；至于相貌更是没得说，五官深刻俊美，眼镜后的目光睿智锋利。上课时，他声音低沉悦耳，用词精准流畅，因为写板书他时不时地会在讲台前走动，侧脸轮廓异常鲜明。

她身处名校，有才有貌的人见过不少，但颜值这么高气质这么好的年轻教授，她此前几乎没见过，此后……也没见过。

“教授？”

郗羽瞠目结舌，下意识地摇下了车窗。

“久等了。”李泽文微微笑着，一脸的轻描淡写。

郗羽心中掀起了狂风巨浪，可面对李泽文云淡风轻一切尽在掌握中的笑容，她大脑短路智商归零，什么都说不出来。

“不请我上车？”李泽文问她。

“啊……是的，教授。”

李泽文身上有一种难以言说的气势，只可意会不可言传。郗羽一秒钟都没想着反抗，连忙侧过身去，把塞得满满当当的副驾驶座上的笔记本电脑、手机、望远镜，外加矿泉水、面包通通给挪到后座上去，给李泽文腾出座位。李泽文这才打开车门，从容落座。

坐下之后，李泽文教授似乎浑然不觉自己给学生带来了多大的压力，淡定地发表评论：“车子里很热。”

“是的……我才开空调。”

在这样炎热的车子里待足一天，意志力真够坚定的。

李泽文瞥向后座，用“你这个小同学还真会玩”的表情挑了挑眉：“装备倒是够齐全的。”

齐全又怎么样，还不是被你发现了？郗羽几乎要泪流满面。

自家教授坐进车内后，郗羽这才发现他没空着手，手里还拿着一个写着“竹磬会所”的棕色纸袋，里面似乎放了几个打包的外卖盒。

“这两天就在车里蹲点？”

“呃，是的……”

李泽文视线一扫过来，带着些微的凉意：“开车在城内逛过吗？”

“我才来三天，没有时间到处逛。”郗羽的声音不自觉低了几分，随后敏锐地转了话题，“教授，你什么时候发现我的？”

“这里是首都，路网密集，交通复杂，何况你跟车技术那么差，对道路也不熟，准备工作都没做好，还学人家当跟踪狂？”

郗羽被他的目光看得背后发麻。

“我也不是故意要当跟踪狂的……”郗羽底气不足，分辩的声音也着实不算大。

从内心深处，她知道自己的举动很奇怪，看上去确实和变态没啥区别，但是做人总要看看动机，动机决定了一件事是高尚还是卑鄙，不能一竿子打死。

李泽文也没兴趣和她争论“你到底是不是跟踪狂”，他靠上汽车椅背：“先送我回家吧。”

“送你回家？”郗羽睁大眼睛，这是什么剧情展开，“教授，你的车呢？”

“司机已经把车开走了，所以现在你要送我回去。”

你的车可不是我叫人开走的吧……郗羽腹诽，然而也不敢提出任何异议。原以为自己会遭到自家教授暴风骤雨般的询问，没想到他居然一句话都没有，只是叫她送他回家？好像这个提议还可以接受呢。

“那你家在哪里，我不认识路的。”

李泽文在汽车自带的导航里输入了一个地址。

“走吧。”

被人家抓着把柄，不论是当司机还是免费劳动力，郗羽也只好乖乖照做了。为了避免意外事故的发生，郗羽定了定神，敬业地充当起李泽文大教授的车夫来，把他安安全全地送回家去。

也不应该那么奇怪的，自己的举动在李泽文看来……恐怕是小儿科了。

她想起和李泽文的第一次相遇。到美国的第四年时，郗羽已经完全适应了北美的生活习惯和节奏。她的老板虽然才四十几岁，但在学术界也算得上响当当的大牛，身兼若干个协会顾问的头衔。“师父有其事，弟子服其劳”这句话在世界各地都是通用的，更何况博士生本来就是廉价劳动力，所以身为学生的郗羽也在老师的要求下和一些国际大气、气象、环境组织协会有联系，试图从他们那里获取一些数据和资源——毕竟气体是在全世界范围内运动的。

但是，问题来了。这些国际组织内斗得相当厉害——学者们的扯皮方式含蓄而充满策略，你说我的数据是拍脑门想的，我说你的仪器出了问题云云，为了数据是否共享嘴仗不休。郗羽无奈至极，深深觉得自己的知识不够用，于是去哈佛选了李泽文开设的国际组织学。

她因为惨淡的经济情况没有买车，主要的交通工具是环保的自行车。在美国没有汽车当然很不方便，时不时地，她便会借一下室友赵蔚的车开。当时她不得不去哈佛处理一件急事，就借了实验室某位同学的车开过去，大概是因为对车子不太熟悉，拐弯的时候和路边的一辆银灰色轿车发生了剐擦。

剐擦不严重，绝不会影响驾驶，郗羽当时着急赶去处理事情，没时间留在原地等人，于是在对方的挡风玻璃上留了张字条说明了情况，写上了自己的联系方式。

她想，对方看到字条后应该就会联系自己了。

两天后，对方才联系了她，但不是通过她留下的联系方式，而是直接在课后叫住她，问她是否在两日前撞了某辆车。她这才知道自己留下的字条消失在当日下午的狂风骤雨中，李泽文用了其他途径锁定了她这个罪魁祸首。

她连连道歉，透支了信用卡赔了修车钱给李泽文。

说实话，她至今也不知道李泽文到底是用什么办法锁定了她这个肇事者，但仅从这件事上判断，李泽文追查线索的能力绝对一流。

因此，注意到她当跟踪狂，似乎也不是太奇怪的事情了。

因为实在不熟悉伟大首都的道路，郗羽全神贯注查看导航，车里安静下来。

晚上八点半后市内交通已经顺畅多了，何况会所与李泽文家相距不远，半个小时内两人已经到达目的地。

郗羽踩了刹车，打量着四周的环境。只看导航地址并不觉得这地名有什么了不起，开到后才发现，李泽文的住处坐落在三环内某商业中心旁的一个小区。这处小区并不像很多市中心老小区那般陈旧，相反相当高端，房屋很新，毗邻一个大公园。小区里绿化很好，安保也到位，里面只有不到十栋楼，看上去都不超过十六层，铅灰色墙壁上闪闪发亮，一点灰尘都看不到。

郗羽彻底松了口气，在车库入口处停下来：“教授，到了。”

李泽文摇下左侧车窗，跟敬业值守的保安交谈了两句，又转头吩咐郗羽：“开进去。”

“……”

所谓送佛送到西，郗羽听命，开车把人送进了地下车库。

地下车库灯光很亮，李泽文一路指挥，最后指了指电梯旁的空车位：“倒进这个位置。”

“不用了……我马上就要走了。”

李泽文把那个写着“竹磬会所”的纸袋放到郗羽的怀里：“吃了晚饭再说。”

她瞠目结舌，因为太惊讶甚至出不了声。她确实没吃晚饭，实际上这两三天她根本都没好好吃过饭，原来李泽文一直拿着的纸袋是给她打包的饭菜？外卖还是热的，应该是刚刚出锅不久，暖暖的热力和食物的香气透过纸袋直达手心。

李泽文似笑非笑地瞧一眼她：“另外，我还有话要问你。”

“啊……”

“你不会以为你当跟踪狂这事就这么揭过了？”

“……”

有把柄被人抓在手里，这感觉真是糟糕。

郗羽被噎得说不出话，她长叹一口气，拎上自己的挎包，捧着外卖袋默默跟在李泽文身后下了车，又跟着他亦步亦趋走到了电梯门口。看着自家教授刷卡打开电梯门，又看着他摁下了这栋楼的第十六层，也就是顶层。

郗羽站在电梯一角，凝神看着李泽文倒映在电梯金属门上的修长身影，深呼吸了一口气。

她真的很困惑，自己的这位教授到底在想什么呢？从认识到现在，李泽文的举动总是大大出乎自己的意料，此刻也不例外。开车带着自己在路上兜圈子，故意让自己在会所外苦等，却好心地给自己打包？

是的，她想，自己也许从来没弄懂过他真正在想什么。

电梯直接入户，在玄关换了拖鞋后，郗羽跟在李泽文的身后进了他的家。

郗羽不是一个具有好奇心的人，然而目睹了面前的房间时还是吃了一惊。

映入眼帘的是一套两层复式结构的公寓，装修得精美讲究，客厅非常宽阔，挑空应该足有五六米，靠墙处有一整排书架，视野极好。巨大的落地窗外的封闭阳台上绿意盈盈，欧式铁艺栏杆钉在木质台阶上，楼梯旋转而上，目光所及至少可以看到两条走廊和两个房间。郗羽估计这套房子的面积应当不低于三百平方米，仅第一层的面积看上去就比她家大。

从李泽文在国内的座驾也可以判断出他经济条件不错，几十万的车还在情理之中，有助理也不是很奇怪，他毕竟还担着一个副院长的职位……可面前这套犯规般的房子让郗羽第一次意识到李泽文的背景可能超过了她的想象。她听过王安安多次吐槽伟大首都的房价何等离谱，三环内的房价和曼哈顿有得一比。她说“如果不是因为嫁人，我一辈子估计也没办法在伟大首都买房子……不，嫁了人也买不起，房子也没我的名字”，还跟郗羽说“如果你回国的话，最好功成名就作为高端人才被引进回来，那时候就有资格分房子，否则你根本买不起房”，然而李泽文就是有这样一套违反自然规律的房子。美国学术界的收入都是公开的，他在美国当教授的年收入大约有十几万美元，再加上一些研究经费、顾问经费，也不会很多，他绝对不可能靠自己的工资买得起这样的大房子。

进门后穿过玄关右手边就是厨房，餐厅和客厅打通，李泽文把纸袋里的饭盒取出来在桌上摆开，四个饭盒里有一个炒菜、一个卤菜，还有一个菌汤，外加一盒米饭。

“来厨房洗手吃饭。”

虽然感觉很像被父母教育的小学生，但不知为何，仅仅这一句话，她对这套宽敞豪华公寓的陌生感一下子去了大半。郗羽来不及诧异这一句话带来的情绪转变，听话地跟着他进了厨房旋开水龙头仔细地洗了手。

“要喝饮料吗？”李泽文问她。

“不需要。”郗羽拨浪鼓般摇头。

“那就好，我这里也没饮料。”李泽文拿出一瓶矿泉水放到她手畔。

郗羽忍了很久，才没让那句“既然没有，你干吗要问我”从嘴里蹦出来。

李泽文又从厨房里取出一套餐具，他把筷子放到讷讷无语的郗羽手里："有话吃完了再说。"

“哦……”

李泽文转身走进厨房，片刻后声音从厨房传来："我煮咖啡，你要吗？"

“要……”

郗羽在十五分钟内吃完了饭，在连续三天面包和纯净水的生活后，这顿晚餐显得美味无比。

她收拾好饭盒和桌面后，又去厨房冲洗餐具。李泽文的咖啡刚刚煮好，最简单的美式咖啡盛在白瓷杯里，醇厚的香气飘荡在整个厨房。

原来，李教授煮咖啡的水平……还真好。

“来京几天了？”

两人面前的茶几上各摆着一杯咖啡，热气氤氲。李泽文靠坐在沙发上，身体稍稍后仰，锐利的目光扫过她，预示着这一场严肃的谈话即将开启。

“呃，三天前来的。”

“从前天开始就跟踪程茵了？”

“是的……”郗羽抿了抿嘴，“教授，你很早就注意到我了吗？所以车子才开得很慢？”

“否则你怎么跟得上？你的跟车技术简直糟糕透顶，”李泽文说，“何况我想你也应该快行动了，所以更注意了一些。”

“哎？”

“你同学婚礼的当天晚上，离开酒店的时候，我看见你盯着程茵的车，那时候你就在默记车牌了吧？”

简直无所遁形，想什么都被人家看穿。郗羽垂着头：“是的……”

“太笨了。”李泽文毫不留情地批判。

“我很笨？”郗羽反问。

“你真的要和她见面，办法有千百种，完全没有必要当跟踪狂。”

郗羽打心眼觉得自己的想法还蛮好的，否则她也不会采取现在的行动了。她老老实实地道：“我不想让她对我产生戒心，因此除了跟踪她了解她的日常生活制造巧遇，我想不到还有其他办法和她见面了。”

李泽文摇头：“你直接选了一个难度max的办法。其实办法很多，比如中视的许多节目都会招募现场观众，报个名就可以进电视台里面了。”

“……”郗羽一脸无语，她完全没想到还有这种仿效特洛伊木马的操作。

李泽文当然也不是要苛责她，郗羽出国多年，这些年恐怕根本没看过国内的电视节目，一时半会儿想不到也是人之常情。

“说吧，为什么跟踪程茵？”

都到了现在这种时候，坐在别人家里，吃了别人的饭，也没什么可矫情的。

“她就是我当年的同学，我可以确定。”郗羽加重语气，“我姐夫是警察，我请我姐夫查过了程茵的户籍信息，不可能有错。”

李泽文微微颔首，这和他的判断不谋而合。

“之前她不认识我可能是没想起来，我想再跟她仔细聊一下，她应该会想起我了。”

“这样的话，你会失望的。”李泽文说，“你就算见到了程茵，也不会有什么结果，我试探过她，她对你没有印象。甚至可以说，她对十三四岁的大部分事情都没印象。”

这件事情郗羽真是闻所未闻。

“这太夸张了吧？程茵难道失忆过？”郗羽匪夷所思。

李泽文道：“在医学上叫‘逆行性遗忘’。”

郗羽当然听知道逆行性遗忘。逆行性遗忘，就是俗话说的失忆症。郗羽在麻省理工的室友赵蔚就是念神经科学的博士，两人同居四五载，基本上每隔一段时间，赵蔚都会跟她分享一些神经科学方面的奇葩案例，也知道失忆症并不是只在小说里出现的。虽然人类现在已经可以搞清星球的诞生宇宙的起源，但对自己的了解如同孩童，对人类社会的了解——基本上一窍不通。人脑的运行机制可能是有史以来人类遇到的最难的谜题，连个“之一”都不用加，正如赵蔚多次对郗羽感慨的，“研究大脑的时间越长，越觉得大脑是不可能被研究的”……总之，大脑到底是怎么运作的，现在也没人说出个准确的结论，总之失忆的方式多、种类多、症状多，有的病人对早年的事记得很清楚，但对当前的一切转瞬即忘；有的病人只有瞬时性记忆，大脑空空一片；还有的病人记忆是凌乱的，没有时间观念；还有的病人记不住其他人的脸，还有的病人记得住脸，但记不住名字……

真正让郗羽吃惊的不是失忆症本身，而是为什么程茵会失忆。失忆好歹也是小概率事件吧，怎么这么轻易地发生在自己曾经的同学身上？这玩笑开得太大了吧！

“程茵的失忆不是巧合，她的大脑应当受过比较大的创伤。”李泽文说。

“什么？”郗羽手一抖，几乎要从沙发上弹起来，咖啡杯里的咖啡洒了一点出来，滴在她的膝盖上，“她怎么受的伤？”

李泽文停住话端，扯过茶几上的纸巾递给她，待她胡乱擦了擦膝盖后才道：“程茵一直以来都在接受心理咨询，而她的心理医生恰好是我的一位朋友。我的朋友自然不可能把她的情况告诉我，但根据他偶尔透露的信息，我推测，程茵应当是曾经伤到了大脑。”

这样就能解释当年程茵为何不告而别。否则，程茵不会忘记和她的承诺，消失得那么彻底。

郗羽皱起眉头，喃喃自语：“这样就对了……这也许就是她转学的原因吧。”

李泽文看着她：“你不惜当跟踪狂也要跟她再见一面，是为了什么？”

“有一件很重要的事情我希望从她这里得到答案。”

“有多重要？”

“很重要。”郗羽苦涩道，“非常重要。”

李泽文把手中的咖啡杯放在茶几上，吐出两个字：

“说吧。”

第三章

往事 / *ZENG NI YI YE XINGKONG*

因为老爸是老师的原因，郗羽的启蒙比很多同龄人早，上小学的时候年龄也很小，用她爸当年的话说“不要输在起跑线上，早点进校读书可以先适应学校氛围”。郗羽的生日在5月，上初一的时候也就十一岁出头，还是个小女生。

南都二中是全省最著名的中学——甚至不用加“之一”。当年南都二中自恃身份，还不兴扩招，一个年级的人数也不多，每个年级十个班，每班五十余人，一般稍微知名一点的人就会传得全年级皆知。

郗羽就算“有名的学生”之一。她成绩好，长得也好，笑起来一对可爱的酒窝忽隐忽现，非常讨人喜欢——当然，不笑也很讨人喜欢。整个学校里对郗羽抱有好感的男生还真不少，不过也没有人太过明目张胆地追求她，因为她实在是太认真的好学生。

郗羽的出生带着很强烈的偶然意味。她作为小女儿，理论上本不应该出生，但她姐姐郗柔是早产儿，还有先天性心脏病，动脉导管未闭，根据政策，独生子女有先天性心脏病，可以生育二胎，郗羽就在这种环境下出生的。

因为发现得早，郗柔的手术做得很及时，身体恢复了健康。医生认为她和正常人没有什么区别，但郗羽的父母没打算给大女儿很大的学习压力，把大部分的希望都放在小女儿的身上。

郗广耀既是个严厉的父亲，也是个成功的教师，有自己的一套教育理念。他认为影响一个人智力的主要因素是后天的教育，还认为三到十岁是孩子大脑开发的关键期，更认为绝对不要让孩子“白了少年头，空悲切”，一个人的潜力是要挖掘才会体现出来的。他对郗羽的要求是三岁背唐诗，五岁读《三国》，七岁诵《史记》，同时还不忘记培养她对自然科学的热爱。

郗羽对老爹灌输的知识接受良好，从小就体现出了对新知识的热情，让郗羽的父母深觉骄傲。虽然这个小女儿的出生让全家的生活水准有所降低，但一个乖巧聪颖的女儿带来的幸福感足以掩盖任何物质上的缺失。

从小到大，郗羽的生活轨迹总是一样的：放学后一分钟都不耽误，回家做作业。每天不是在复习就是在预习，假期不是在补课就是在前往补课班的路上，上了初中后这种情况也没改变。别说小说，她几乎连童话都没看过几本，以至于“早恋”“成熟”这类字眼完全不可能出现在她的生活中。

但凡事无绝对，初一下学期5月初，准确地说是5月8号，郗羽刚过了十二岁生日没多久，就接到了男生的情书。

情书来自隔壁班的男生潘越。

潘越学习成绩相当不错，眉清目秀，还热衷于文学创作，几乎每个月都会有文章发表在各类报纸期刊上，算是全年级里排名前几位的名人之一。

郗羽真没想到自己会收到情书，她看着潘越所写的情书里华丽的辞藻，体会到其中丰富的感情，她拿着信封的手直抖，既慌张又紧张，彻底手足无措。

她当然知道有早恋这回事，也知道很多女同学在私下里讨论哪个男生比较帅，还知道隔壁班有一对走得近的同学被请了家长，甚至还知道已经上高中的姐姐因为有了点早恋的苗头被爸爸批了一顿……但她没想到早恋这种事情会发生在自己身上。

信的末尾，潘越请郗羽在当天放学之后，去教学楼旁的荷塘边等他。

郗羽内心是如此纠结，根本无法做决定。

好朋友兼同桌程茵比郗羽年长，也更成熟，她说：“就算你要拒绝他，也要当面拒绝才好呀。”

郗羽采纳了这个建议，于是平生第一次放学后没有急匆匆回家写作业，而是留在教室里，又悄悄绕行到了花园里。

荷塘边，潘越跟郗羽说“我喜欢你”，郗羽吓得直摇头，匆忙把情书退回给潘越。

“不行不行。”她连连否认，“我们还是初中生。”

潘越倒是没有太气馁，反而建议说：“那我们当朋友行不行？可以一起学习一起进步？”

郗羽想起了爸爸说的“早恋是大毒草”，想着姐姐因为早恋苗头被爸爸狂批一顿的惨剧，心想“我绝对不能被这根大毒草缠上”，连忙拒绝：“也不行的。”

潘越问：“是我哪里不好吗？”

其实潘越真的没什么不好，学习成绩好，长相很顺眼，才华也不缺，家里条件好像也很不错……郗羽心里太紧张，完全被他绕进去了，完全没想到喜欢与否这种感情和“对方好不好”其实没关系。

她为难地看着潘越，忽然灵感迸发：“你太矮了！”

女孩子的青春发育期比男孩子早些，郗羽虽然只有十一二岁，但身高已有一米六五，整个年级都找不出几个比她还高的女生。潘越当时大约还不到一米六，比郗羽矮了不少。

“身材矮小”四个字正中红心，潘越呆了好一会儿，显然被伤了心，眼眶微微发红。

“我会长高的……”潘越努力地辩解，“男孩子本来就比女孩子长得慢一些。”

“我比你高了那么多，你赶不上我的。”郗羽比画了一下，坚持道，“总之……你太矮了。”

潘越垂着头，收紧身体，肩膀微微耸动，那是一种显而易见的难过。

郗羽却没法跟他感同身受，松了一口气，觉得自己找了一个不错的理由，完成任务般赶紧离开了学校。

然而，社会上的事情从来不可能那么单纯，因为整个社会是一个无法预测的混沌系统。

上大学后，郗羽在大气学概论的课堂上第一次接触到了混沌理论，那瞬间她醍醐灌顶，猛然想起自己和潘越的往事——她终于明白，她随口说出的无心之言成了引发风暴的那只蝴蝶。

第二天，发生在郗羽和潘越之间的那番对话传遍了全校。这些流言详细生动，细节活灵活现。别说是十几年前，就算到了现在，初一学生表白失败也会沦为笑谈，潘越自然也不例外，还有人引用郗羽的“你太矮了”来取笑他。

郗羽觉得很气愤。她完全没想到事情居然会变成这样，她没有把自己拒绝潘越的那番交谈告诉任何人，她相信潘越也不会告诉其他人。那只有一个可能，就是有人偷听到了他们的对话，然后恶意传播。

到底是谁听到了他们的交谈？

她和潘越交谈的地方在学校的绿荫带，那地方有亭子有树木，虽然她和潘越都看过四周有没有人，但是倘若有人为了躲避视线藏在亭子后的大树背后，依然可能听到他们的交谈。

这件事让她脑子里乱糟糟一片，连上课都在走神，她不知道怎么处理这件事。她想过要不要跟潘越澄清这件事——但没找到什么机会，她没办法顶着甚嚣尘上的流言去隔壁二班的教室找人，那必然会带来更猛烈的嘲讽。

她心神不宁，觉得自己遭遇的这一切是有史以来在她身上发生的最糟糕的事件时，另外一件更糟糕的事情也发生了——

潘越跳楼了。

当年的5月11号，表白后的第四天的傍晚，下午放学的时候，他从五层教学楼的楼顶上跳了下来。

暗红色的血迹打湿了石板路面，慢慢渗入了泥土中。

警察调查了这起跳楼事件，他们翻开了潘越的书包，书包里放着一张短笺——那是从笔记本里撕下来的一页纸，折了两下后放在书包的醒目位置，任何人只要一打开书包就会发现。

世界改变了，生活也改变了。我见到的不是真实的，连感情都不是真实的。我无法忍受，我想要告别，我想要离开这个世界。

字迹有些潦草，加上这段时间潘越精神不稳定，警察调查后认定他是自杀，这寥寥几行字是他的遗书。

潘越是家里的独子，可想而知儿子去世对潘家是怎样的打击，潘越的父母怪天怪地怪学校怪自己怪郗羽。郗羽没办法去学校，潘越的母亲冲到她家对她破口大骂，说她害死了自己的孩子。

接下来的几个月，郗羽都是浑浑噩噩地度过的。她蜷缩在家里裹着被子睡觉，她无法思考，注意力不集中，完全没办法处理生活中的任何细节。她不知道自己干了什么，也不知道自己听到了什么，每天醒来眼前都在发黑。

她甚至因为心猝进过医院。

她那时候才知道，原来人真的会因为心碎而死掉的。

好在家里人和老师始终是支持她的。郗广耀始终跟她说，潘越的自杀不是她的错，她没有做错任何事情。

班主任周宏杰也付出了很多努力，他努力说服潘越的父母不要闹事，还常常来郗羽家里探望她、鼓励她，把警察的调查结果告诉她。

潘越去世之前，他的家庭就已经陷入了一场大危机，他的父母矛盾重重，挣扎在离婚的边缘，他本来就比普通人敏感，糟糕的家庭环境让他心情低落；在郗羽这里的感情受挫和同学间的玩笑绝对不是他自杀的主要原因。

至于流言是谁传出的，这件事的调查则没有了下文。警察倒是询问了一些学生，但潘越自杀一事太过严重了，这些完全不成熟的初中学生吓破了胆，全年级的学生都变成了哑巴拒不承认自己传播了流言，有人还试图把责任推到郗羽身上。同时，警察已经认定了潘越是自杀，也不会一定要追根问底地查这件小事。

潘越出事后，郗羽几乎没再去过学校，缩在被子里蒙着头不愿意见任何人。其中有一次，程茵来她家，坐在她床边，轻声跟她说："小羽，对不起。"

这话挺莫名其妙，什么"对不起"？郗羽一点力气都没有，但还是攒了一点力气从被子里探出头看她。

当时的程茵眼睛红红的，看上去像大哭了一场，她小声说："潘越的事情，我对不起你。"

"什么？"

然而程茵再也没有说什么话了。

郗羽当时的脑子也有些糊涂，只能眼睁睁地看着程茵背着书包离开了她家。

等她反应过来程茵这话的意思时，已经是几天后的事情。

程茵的话到底是什么意思？她为什么要因为潘越的事情对自己道歉？

她甚至怀疑难道是程茵传的流言——毕竟潘越跟她表白的事情，她只告诉过程茵。难道是程茵偷听了他们的谈话，把两人的话传遍了全校？

她的疑心越来越重，想要找程茵了解清楚原委时，程茵转学离开了本省，自此音信全无。

程茵离开了，郗羽周遭的情况仍没有好转，因为流言猛于虎。

了解内情的人都知道她和潘越的死没什么关系，但是外人不这么想。小区里的邻居投来了好奇的眼光，总有一些恶毒的三姑六婆因为私心在背后编派郗羽。郗家人在那个暑假搬了家，郗羽也转学去了母亲的老家，距离南都市三百公里的安县的中学读书。郗羽住在外公外婆家，妈妈辞职在县城陪读了一年，直到确定女儿的精神状态恢复后才返回南都。

郗羽知道父母为自己付出了多少，经过了悲伤的五阶段之后，终于还是时间起了效果。她告诉自己要向前看，一切都会过去，不要让父母担心。她努力振作起来，一门心思开始读书，除此外，其他所有事情都放在一边。

学习，只有这件事是她可以掌握的。

她确实在读书上颇具天赋，一心一意埋头苦读，高考发挥有些失常还是考上了南大。为了弥补高考的缺憾，大学四年她勤奋无比，别人在睡觉，她在背单词；别人谈恋爱，她在做习题；别人去旅游，她在做微积分。念博士学位的五年，她的努力程度比大学阶段还有过之而无不及，就算在学霸遍地的麻省理工，她的勤奋也是排得上号的。

时间衰减了记忆，也衰减了伤痛和悲伤。

而今的她，也终于强大到可以回到曾经的母校，站在潘越去世的地方，献上一束白色的鲜花。

李泽文素来冷静，就郗羽的情况，他之前也分析出了八九不离十，此刻听了郗羽的讲述也为之动容。

在波士顿的留学生群体中，郗羽绝对属于条件最好的女留学生。她外形出挑，身材修长纤细，那张脸说一句可爱动人不会有男性反对。外表永远是男女感情的第一推动力。在美国的中国留学生通常可分两类，要么是学霸，要么家境好，以郗羽的外表，她只要多参加一些留学生聚会，找个高富帅男友简直再容易不过了。

可她几乎没有业余生活，过着彻底的“实验室—公寓”两点一线的生活。如果有人追求她，她不论对方高矮胖瘦、家庭条件及前途如何一律拒绝，口径都是一样不带修改的，她会很抱歉地跟对方说“谢谢你，但我不打算谈恋爱”。若是对方询问原因，她的回答是“对我来说，只有学术是第一位的，我从来不考虑恋爱”，如果还有人要进一步，她就把人拉入黑名单。

她这么说，也是这么行动的。

她没有周末也没有假期，除了因为学术交流而出差去其他城市和大学，在美国这个旅游成本低廉、图书价格比电影票贵的国家待了五年，她没有进过电影院，没有一次想走就走的旅行，她手机上没有游戏和社交软件。不论美国的娱乐产业多么发达都很难撼动她那强韧的神经，完全就是一副“我已经嫁给工作”的样子。

能在世界知名的高等学府读书的男生就没有太蠢的，而且大家的自信心和自尊心也很高的，一个个都是天之骄子，被女神拒绝后也不会再有人死皮赖脸地缠上去。更何况她的拒绝给人留出了余地，还包含着一分难得的尊重和善意——不是你不好，但我已经有自己的追求了，所以不行。

郗羽对男女感情的态度相当罕见，可以说是有悖人的生理和伦理。她对感情的态度简单来说就两条：1. 别人恋爱不恋爱关我什么事？ 2. 我自己的感情？不好意思，那是什么东西？

李泽文曾经试图跟她谈论这个问题，她则完全拒绝交流，闭口不言。

郗羽性格中单纯的地方很多，顺着她日常行为的脉络可以梳理出她的性格和爱好，但是在感情生活上，她犹如一只封闭的蚌。

能造成如此畸形的感情观，李泽文判断，郗羽在男女感情上一定遭逢过极大的挫折——这个挫折让她患上较为严重的PTSD，也就是创伤事件应激障碍。

在现实生活中，涉及死亡、危及生命的不可抗事件都会带来创伤，比如家庭暴力、性侵犯、意外交通事故、突发自然灾害、亲人朋友离世等。在逐渐接触并了解郗羽后，他排除了原生家庭带来的侵害和与家人有关的可能性，剩下的选项就不多了。

最可能的原因就是，她在感情生活中遭逢过一次重大的失败。

究竟是什么感情上的重大失败呢？他没有准确的答案，他在心中列出了几个可能的选项。

现在，正确答案揭晓，选B。

在她那么小的时候，尚未真正认识到男女感情为何物时就遭受了变故，喜欢自己的男生死在自己面前，这足以让人从此对“男女之情”这种东西畏如蛇蝎了。

当然，如果她更加没心没肺一点，潘越之死带来的创伤也许不会太大，可十二岁的郗羽的人生观和价值观已经成型，她已经被父母成功地教育成了一个单纯善良的好学生。眼睁睁看着熟悉的人死在自己面前，来自内心的愧疚和自责足以彻底改变她的人生观。

但不论怎么说，郗羽还算得上是意志力顽强的那种类型，经过了多年的时间，她不再回避当年的事件，还可以和人建立起正常的人际关系和“付出—回馈”制度，已经算是时间的善意。

此时在李泽文面前，讲述往事已经不会使得郗羽再难过，她觉得茫然，还有点冷，忍不住瑟缩了一下。

她好像一只蚕蛹，原本安安心心缩在自己的茧里就好，安全而舒适，此刻被李泽文以蛮力撕开了一个口子，原以为一定会被外界侵袭，结果却发现——不会，虽然有点冷，却死不了。

李泽文拿起遥控调高了空调的温度，又拿起咖啡杯轻轻放在她的手里。

“你当时和潘越往来多不多？”

“很少。我们是两个班的，因为我们都是课代表，接触最多的时候通常在办公室给老师送作业，偶尔碰上了我们也会说上几句话，但基本没有私下的交情。”

李泽文道：“说一说流言。什么时候开始传播的，你通过什么渠道知道的，包括你还能想起的任何事情。”

流言发生在表白后的第二天。当天上午一切如常，学校里没有任何波澜，吃过午饭后，郗羽去了图书馆。郗羽从图书馆回到教室的时候，流言已经发酵酝酿妥当。郗羽当时的座位靠着走廊的窗边，下午第一节课后，就在走廊听到了叽叽喳喳的议论声。

“中午你们在哪里吃饭？”

“一般都在学校食堂，校门外各种小饭店很多，零花钱多的同学偶尔也去学校外面吃，但大部分人都在食堂吃饭。”郗羽明白他的意思，“我也认为流言应当是从食堂开始传播的。”

随便建一个数学模型就知道，流言的扩散，是呈指数增长的。能容纳上千人吃饭的学校食堂，是一个完美的流言传播和发酵的场所。尤其是对潘越和郗羽这样在校内比较有知名度的人物来说，恐怕只要二十分钟，全年级里该知道的人都知道了。

“当天中午你和程茵一起吃饭的？”

“是的。”

“吃完后，你还和她在一起？”

“她吃饭一直慢吞吞的，我动作很快，我吃完就去图书馆看书了，她回了教室。”

“所以你认为不是程茵传播了流言？”

“我认为不是的。第一，她不知道我和潘越谈话的细节，她也没问过我；第二，她没有动机，她早知道我不喜欢潘越，知道我一定会拒绝他；第三，流言是中午那段时间传开的，她的时间也有限；第四，如果是她传播了流言，应该很容易被问出来——当天午休时间里，我就询问了几位同学，他们都说从二班的人那里听来的，完全没有提到程茵；第五，流言开始传播的时候，她也跟我一样吃惊，还一直在问‘怎么会发生这种事’，应该不会是演戏。”

也许现在的程茵因为职业原因，习得了比较出众的演技，但是当年的她是没有这个才华的。她连在全班同学面前讲个话都有些紧张，应当没有做了坏事装作没事人的才能。

条理很清晰，也有些说服力，李泽文表示认可，又问："你没再查下去？"

"嗯……"郗羽声音轻下去，"而且我也不想追根问底……因为，我觉得很尴尬，很丢脸。"

李泽文理了理思绪，又问："潘越的遗书，原文你记得吗？"

潘越的遗书，是郗羽在那浑浑噩噩几个月中印象最深的东西了。她默默点头。

李泽文推过茶几上的纸笔："写下来。"

遗书不长，百来个字，李泽文仔细读了几遍，再抬眼，表情冷峻，视线锐利。

"这就是他的遗书？"

"是，我不会记错。"

李泽文再一次确认："一张从笔记本上撕下来的纸，放在书包里？"

"是的，警察给我看过复印件……"

"那么，这封遗书就很有问题。"

"什么？"

李泽文起身去了书房，片刻后拿了一本陈旧的棕色封面的英文书出来，翻开某一页，推到郗羽面前。这厚厚一本书是《英国诗歌选集》，书页略略发黄，一看就是很有年头的书。

郗羽把目光从李泽文脸上挪到书页上，看清了书上的内容后，她顿时呆如木鸡。

潘越的这封遗书几乎就是女诗人克里斯蒂娜•罗塞蒂的诗《海市蜃楼》的中译版，可以这么说，忽略英文中韵律的优美，这封遗书完全就是照着《海市蜃楼》翻译的。而克里斯蒂娜•罗塞蒂是一个一百年以前的英国女诗人，她敏感多愁，写的诗大都哀怨悲伤，在英国知名度不错，在中国却名声不显，作品没有中译本，哪怕是十几年前后的现在，国内也几乎没有她的诗集出版。

即便这短短的几个小时内，李泽文给了她无数的惊讶，不得不说，面前的这个，是最让她震惊的。

郗羽"啊"了一声，捂住了嘴。

她脑子发蒙，几乎不能思考："这……会不会是巧合？"

"你觉得从意境到含义都一样的诗歌，相同的概率有多少？"

"……"

不需要反问，郗羽也知道，这问题毫无意义。一百年前的英国女诗人和十四岁的中国男孩的思想穿越时空发生了碰撞？这几乎不可能。

李泽文问："你说过潘越喜欢写作？"

"是的，他从小学的时候就发表文章了，作品很多……"郗羽深呼吸一口气，"你怀疑是伪造的？但是警察鉴定过笔迹的……"

"我没说这段文字不是潘越写的。喜欢文学的少年，通常也会有搜集素材的习惯，翻译外国的诗歌，抄在自己的笔记本上，这不是奇怪的举动。"

郗羽浑浑噩噩地点头。

"那么，你认为他这样热爱文学的学生，会用别人的诗当遗书吗？"

"不会……应该不会……"

她努力回忆当年关于潘越的一切。她和潘越其实没什么太多交往，但知道他喜欢看书，喜欢写作且成果斐然，他对文学作品的态度非常严肃，觉得"表达自己想法的文学作品才是最好的作品"，写给她的情书也是很优美的散文。她叫他"大作家"，他严肃地否认，说自己写得不够好，距离作家远得很。

"教授，"晴天惊雷响在她的耳畔，她抱着头忍了好一会儿才让大脑中的"嗡嗡"惊雷声过去，再抬起头脸上毫无血色，"你是说，潘越的死也许有隐情？"

"我没有这么说，"李泽文打断郗羽未出口的话语，"做出结论需要进一步判断。"

是的，确实如此——警察当时下了自杀的结论，岂是那么容易推翻的。

郗羽努力平复呼吸，整理思绪，竭力把心底的焦躁压下去。现在的她已经不是十几年前的小女孩，这么多年过去，她绝对算得上久经考验，说一句"大风大浪见多了"也不算太夸张。在美国这五年，她半夜送过急诊，摔过楼梯，遭过抢劫，进过警察局，还被美国联邦调查局的探员叫去谈过话，在南极的时候更是险些掉进冰缝隙从此化身南极洲上的化石，也算得上是精神强韧抗挫折能力一流了。

咖啡早就喝得见了底，李泽文收拾了杯子放到洗碗机里，又看向站在洗手台旁愣神任凭满手水乱滴的郗羽：“你今天就在我这里住。”

“这怎么行啊？”郗羽从沉思中回过神来，想都不想就拒绝，“我在快捷宾馆订了房间的。”

“快十二点了，”李泽文让她看墙上的挂钟，“就你现在这样，还开什么车？”

郗羽虽然比之前镇定多了，但还有些魂不守舍，精神状态明显不稳定。李泽文再怎么宽心也没办法让她一个人开车回去。他清楚郗羽的日常习惯——她对自己的生活非常粗心，骑车的时候分析数据，做饭的时候构思论文，做实验废寝忘食，分心太多，生活中出事的概率比一般人高得多。

“没关系，我可以叫个车。”

李泽文视线扫过她煞白的脸庞，与她惶惶的目光相接，声音柔和下来：“既然叫我一声‘教授’，那就是我的学生。学生在老师面前就不要客气。当我家是宾馆就可以了。”

郗羽目光逐渐聚焦，也慢慢对上了自家教授的眼眸。灯光那么温柔，李泽文目光里褪去了惯有的锐利，温柔得像三月的湖水。

她心头微微一跳，拒绝的话再也难以出口。

好吧，这套复式楼房子大，房间多，多住一个人也确实不是什么大不了的事情。

李泽文显然是一个尽责的主人，他带着她熟悉房间，还给她拿了套一次性洗漱用品和一套看起来挺新的睡衣，事无巨细地交代细节。

“我姐姐的睡衣，她就在隔壁楼住。我不在国内时，她偶尔会来看管我的房子。”

“这里是洗衣机，按下按钮设置可以自动洗衣烘干，明天早上就可以穿了。”

“空调开关在这里。”

“这里是电灯的开关。”

“Wi-Fi 密码是我在美国的邮件地址。”

郗羽看了看自己身上皱巴巴的衣服，她在闷热的汽车里待了一天，身上的衣服不洗也不行。她的喉咙堵得慌，攥着手里的睡衣轻声道谢。她站在客卧门口，微微低下头掩饰了自己心中复杂的情绪。

她垂着头道谢：“那个……教授，谢谢。”

郗羽上次剪头发还是去南极之前，她是那种头发很软且长得很慢的人，即便两年时间没有剪短头发，长度也不算长，此时灯光下一照，隐约透出一股酒红色。

李泽文抬起手，轻轻抚了抚她的头发。

“去睡吧，别担心。我就在楼下的卧室，有事叫我。”

目送郗羽进了房间后，李泽文下了楼。他给自己再煮了一壶咖啡，随后回到书房，打开电脑，点开邮箱。数十封新邮件整整齐齐列在屏幕上，他一一看过且处理妥当后，又点开了数个期刊报纸的数据库。

果不其然，搜索作者“潘越”，出来了成百上千篇文章，用时间和类别作为关键词过滤后，还剩下数十篇文章。半个小时内，这些文章一篇篇地被下载到了他的电脑里，很快，打印机旁已经堆积了五六十页文稿。

李泽文慢慢喝着咖啡，靠在打印机旁一页页翻看文章。中小学生的作品不可能多长，文笔以成年人的目光看也谈不上多么出色，没什么细嚼慢咽的余地——按照李泽文平时读书的速度，这几十页文稿仅仅需要几分钟就可以看完。但此刻他看得很慢，读到某些段落时，他还会提起笔做下笔记。

半个小时后，他放下笔，轻轻叹息了一声。

郗羽洗漱后躺到床上，闭上眼睛。潘越的事对郗羽来说，是一条不能逾越的红线。这么多年来，她不敢想不敢提，偶尔做噩梦，还是能看到潘越毫无生机的身体和浸透了路面的鲜血，醒来后浑身冷汗、气喘心跳，简直一不小心就要心跳过速死去。

她如此努力地学习奔赴异国他乡，一个重要的原因也包括不想留在国内，她想到一个完全没有人认识的地方，重新开始。

这不是她第一次跟人述说往事，之前她只跟两个人说过自己这段悲惨的往事，一个是王安安，一个是赵蔚，她们俩听完后都目光潸然，用女性与生俱来的柔和安慰了她。郗羽从她俩身上也接收到了很大的安慰。

和李泽文的这次交谈，是她第一次对异性述说。

说时费力，但说完后却豁然一松，血淋淋的伤口被剖开，却没有想象的那么难受——大约是李泽文冷静的态度与随后的分析太让她吃惊。这么多年来，郗羽一直根深蒂固地认为潘越是自杀身亡，但现在李泽文却提出了另外一种可能！

郗羽不知道自己是怎么睡过去的，她做了很多乱七八糟的梦，醒来时整个人疲惫不已，睁开眼睛，不熟悉的环境吓得她立刻就清醒了。

郗羽冲到洗衣机里拿出烘干的衣服换上，匆忙洗漱后下楼冲到厨房，却看到李泽文衣着周正地坐在餐桌旁吃早餐，一旁木架子上的平板电脑正播放着 BBC 的新闻，女主播用极快的语速播报着世界各地的变动，灾祸、战争、恐怖袭击，让郗羽只觉得时空错位。

李泽文穿着一身运动服，应当是运动过后又洗了澡的缘故，他浑身上下荡漾着一股浓郁的水汽，头发刚洗过还没有完全吹干，软绵绵地耷在额前。

"来吃早饭。"

郗羽没什么在别人家留宿的经验，更没有在过夜之后还起来和主人在同一张餐桌吃饭的经历，但总之先道个歉没错的。

"教授，不好意思，我起得太晚了。"

"没关系。睡得好吗？"

"还可以。"

很明显的假话，李泽文也没打算戳穿，给她盛了一碗杂粮粥："看看合不合口味。"

桌上的早餐宛如艺术品，做得异常精美。杂粮粥、煎蛋、小笼包，还有很可爱的糯米团，分量都不多，但餐具多，摆了小半张长桌。郗羽拉了拉皱巴巴的 T 恤，极力使衣服平整一点不那么失礼，才在餐桌旁坐下。之前在美国时倒是没特别多的感想，但在国内的两次接触她感觉到李泽文的确是一个食不厌精、脍不厌细的人——并且他也有能力享受这一切。

因为郗羽看到一位四十多岁的中年阿姨一边放下卷着的袖子，一边从厨房里走出来。

“阿文，厨房我已经收拾好了，早餐吃完后把盘子放到洗菜盆里，我过一会儿来收拾。”

李泽文微笑颔首：“好的，张阿姨，你辛苦了。”

“怎么会辛苦呢？”张阿姨笑眯眯地摆了摆手，“你大部分时间在外面吃，我也没做几顿饭。”说着她已经把自己收拾妥当，走到玄关换鞋，很轻地掩上门离开。

从始至终，这位张阿姨都没看郗羽一眼，对她的出现毫无兴趣，专业素养可见一斑。

李泽文侧目看了郗羽一眼：“我姐姐请的阿姨，我在国内的这段时间也帮我做一些家务。”

“很好吃的，阿姨的厨艺很好。”郗羽连忙说。

李泽文把盘子推到她面前：“喜欢吃就多吃一点。”

两人吃过早饭，郗羽主动要求收拾餐桌和清洗餐具，李泽文也没拦着。虽然阿姨会来收拾，但如果郗羽觉得付出劳动才能吃得心安理得，那就让她做好了。

郗羽洗完餐具后离开厨房，李泽文坐在沙发上，修长指间夹着一沓文稿正在翻看，茶几上放着两支笔，一红一黑。

“教授。”她坐得端端正正。

李泽文抬起视线，看着她。

“我昨晚一直在想关于潘越的遗书的问题。”

李泽文不奇怪，她不想才是怪事。

“我想，潘越的那封遗书也许只是巧合。他翻译了诗，撕下来夹在笔记本里，警察发现后，认为是遗书。”

“这的确可能发生。”李泽文没直接表态，转开了话题，“我有问题要问你。”

郗羽连忙道：“你说。”

“潘越的英文如何？有没有翻译英文诗的能力？”

“他喜欢看书，英语也很好，我们两个班的任课老师是一样的，英语老师常常夸奖他。”郗羽道，“我想他是有能力翻译的。”

“我的这本《英国诗歌选集》是我母亲的藏书，潘越有没有渠道拿到英文书？”

“他的家庭条件应该是比较好的，”郗羽不能特别肯定，“阅读量也很大，也许在机缘巧合之下恰好看到了这种外国诗集，就翻译过来写在自己的笔记本上。”

李泽文略微颔首。他无意再追究什么，看到当年的案卷之前他不会下任何结论，信息不全之前做出的任何判断都可能是误导。

倒是郗羽，此刻才注意到李泽文手中的那沓文稿——她眼神好，文稿上的字看得清楚，当即动容：“这是潘越发表的文章？”

潘越从小学二年级开始就发表文章，小学阶段发表的主要是诗歌和童话，到了初中阶段，题材更加宽泛，文章的长度也在增加，还发表了一些小说和散文。对一个只有十三四岁的中学生而言，绝对是了不起的成就。

李泽文把文稿递给郗羽。

郗羽拿着一沓稿子，有一丝恍惚——从昨晚到现在才几个小时，他到底花了多少时间来整理这些文稿？

“我在数据库里找了他当年发表过的作品读一读。从一个人写过的文章基本上可以对这个人的性格做大致的侧写。”

文以识人这个道理郗羽还是懂的，郗羽的爸爸是语文老师，她从小就接受了完整的语文教育，她深知文学创作是一种复杂而又微妙的审美精神活动，作家与其作品之间都有着密切的关系，不论什么文章，其思想来源的背景总是要归结到作者自身：性格、年龄、家世、环境与其平日的理想及遭遇。一个心情抑郁的人，是写不出鸟语花香春暖花开的；一个粗枝大叶的人，是无法写出人物敏感而纠结的内心的。

“从他的文章可以判断他是不是会自杀的人吗？”

“一定程度上说，可以，虽然对青少年来说不是特别准确。成年人自杀是会考虑、会权衡各种利弊，思前想后很长时间最后得出符合逻辑的判断。青少年自杀大多数则是冲动所致，他们并非遭受了天大的困难和挫折，可能仅仅是一时半会儿无法从牛角尖里走出来。”

“那你看出了什么？”郗羽只觉得心口一跳。

李泽文却沉吟了一下，没有立刻接话。

“怎么了？”郗羽连忙追问。

“我想先听一下专业人士的意见。”

“专业人士是？”

“一位心理学家，我一会儿要去拜访。”李泽文以征求意见的态度看着她，“你去吗？”

根本不必问，她怎么可能不去？潘越和李泽文一毛钱关系都没有，这完全是她的事情。

李泽文起身：“等我换身衣服。”

车库里，郗羽租的福特旁停着一辆闪闪发光的捷豹——昨晚回来时，这个位置还是空的。

“上我的车。”

李泽文打开车门坐进了驾驶座，郗羽只犹豫了半秒钟就毅然抛下自己的车，毕竟自己租的这辆车子不论从性能还是外观来说都没法跟李泽文的车子比较。

好的车就是不一样，制冷效果一流，车子才驶出车库，车内已经彻底凉了下来。

车子驶出去的时候，李泽文眼角余光看到旁边停着的郗羽租的那辆福特：“车子租了多久？”

“预订了一周。”郗羽说。

“快捷宾馆预订了多久？”

“也是一周。”

“对自己的跟踪策略还挺有信心？确定一周内可以见到程茵？”

“那天你说了的，她就算再怎么出名，也是电视台的普通员工吧，应该上班打卡的时候肯定还是要去打卡的，我想这样跟上几天，总会有效果的。”

李泽文微微一笑：“我的话你倒是记得很清楚。”

郗羽无法反驳，只能露出一个讪讪的笑容，又说：“当然，我也在网上做了调查，有几个网友说在电视台附近见到过她。”

“没想过找王安安？”

“也是想过的。她现在应当在欧洲的什么地方度蜜月吧，不到最后关头我不想打扰她。”

李泽文看她一眼：“没想过找我帮忙？”

郗羽被李泽文的目光看得浑身一颤，大概是被冷的。

李泽文纯属明知故问，他比谁都清楚郗羽是个不会抄近路的人，她连王安安都不想麻烦，自然更不会求到自己门上。他和郗羽熟识起来的契机，是因为在美国的那次剐擦事故。美国人工昂贵，加上他的车还比较新，修车费并不便宜。但郗羽连一秒钟迟疑都没有就直接说“我赔钱给你”，并且当天下午就转了一千美元给他修车。

但饶是他素来目光如炬也犯了错——他以为那辆车是郗羽自己的，她会找保险赔付，几天后看着她骑车来上课才猛然惊觉她压根没有四个轮子的车，出事故那辆车是她同学的。为了不给同学添麻烦，她没让别人走保险，自己拿出积蓄赔了两辆车的修车费。这笔钱应该超过了两千美元，是她一个月的全部收入，对一个在美的博士生来说，不论如何都不是一笔小钱了。

这是郗羽让他产生的第一个意外。绝大多数人在这种情况下都会想办法和事主商量一下，看看如何才能减少损失。但郗羽没有。

李泽文是当教授的人，加上身为同胞，实在不想见到她为了省钱每天节衣缩食地过日子，当时提出把钱还给她自己走保险，没想到她完全不觉得高兴，倒是警惕地看着他说“不用不用”。

是的，她当时的目光就是警惕。在那份警惕态度的背后，是“我们没必要有太多来往”的潜台词。

对他戒心这么重的人，在此之前，李泽文还真是没见过。

郗羽一时无话，过了好一会儿她才斟酌着用词道：“教授……如果找人帮忙，那对方问我原因我怎么回答？我找程茵的原因总归不是什么好事。和潘越有关系的事，我都不希望其他人知道。”

李泽文打着方向盘：“但是我现在知道了。”

他出门时换了件藏青色的衬衣和西裤，此时深色衬衣袖口卷起，露出结实的手腕，色泽对比鲜明。

郗羽瞪着他，轻轻“嗯”了一声。

现在的她比昨晚清醒多了。昨晚的情况其实根本容不得她拒绝，李泽文先怀柔后威逼，恩威并重、软硬兼施，用极高超的手段硬生生把她多年打磨而成的惯性思维打破，让她温顺地告诉他那些复杂的往事。

隔了一会儿，她轻声开口：“如果不是你，我也意识不到潘越的死或许不那么单纯……但是，教授……这毕竟是我的事情……”

“如果潘越的死真的有蹊跷，你能解决吗？”李泽文锋利的目光扫到她身上，“还是又打算逞强？”

郗羽如遭雷击，张了张嘴，竟一句话都没说出来。她知道自己的能力，倘若潘越的死真的有可疑之处，接下来应该怎么办？这绝对不是靠跟踪狂的小聪明可以解决的事情。她垂头丧气，大脑沉重得根本不想抬起来。

李泽文的那句“又打算逞强”似曾相识。

去年感恩节前后，郗羽正绞尽脑汁做论文的收尾工作。她做博士这几年只发表了一篇论文，全部心血都在手头上的这篇论文里，她打算不鸣则已，一鸣惊人，闹个大新闻——她的论文是关于低温模式下的湍流问题，湍流问题极为复杂，被称为经典物理学中最后一个未解决的问题，这问题要是能解决，物理学和数学的最高奖都唾手可得。

郗羽当然不觉得自己能解决这个超级无敌大难题，但她准备试着啃一啃湍流问题外围的小砖块。她在论文里试图建立低温模式下的湍流模型，和别人不同，她另辟蹊径，从声学的角度建立数学模型。这个崭新的想法带来的就是复杂的方程和海量的数据，整篇论文里一半的篇幅是数学计算，校对起来非常复杂，剩下的部分是数字模拟，需要分析的数据也装了十几个硬盘。她准备投向业内影响因子最高的几本期刊之一，因此不断修改再修改，精益求精——去年的11月就是最后截稿期限。在极大的压力下，她患了重感冒，她起初以为凭借自己顽强的意志力可以抵御疾病的侵袭，但终究抵不过身体的警告。

她头昏脑涨，忽冷忽热，终于不慎晕倒在图书馆。好在麻省理工的图书馆总是人满为患，有留学生认识她，连忙送她去看急诊，还通知了她的室友赵蔚。赵蔚已经毕业，正在哈佛大学医学院附属医院做博士后，忙碌不堪，在医院陪了她一个晚上后又上班去了。

第二天，郗羽醒来时就看到了李泽文，他正站在她的病床前，俯身帮她更换了额头上的冰袋。

高烧让人思维迟缓，郗羽脑子浑浑噩噩不太清楚，一时间也没想清楚李泽文到底为什么会出现在自己的病房里。

李泽文挺耐心挺好脾气地解释了原委——他说有事找她，就给她打了电话，被赵蔚接听了，赵蔚告知他"郗羽病倒住院"一事，于是他就来探病了。

郗羽头昏脑涨地道谢，说自己没事了，李泽文可以离开了。

李泽文不但没离开医院，反而在病床边坐下来，问她，怎么求Navier-Stokes（纳维叶－斯托克斯）方程的数值解。

郗羽脑子生了锈，愣了好一会儿才绞尽脑汁地回答了这个专业领域里最基础的问题。

李泽文说都笨成这样了，还说自己没事？

下一瞬间，郗羽难过地哭起来。她发现自己确实变笨了，随后想起自己的论文——变笨了就永远也写不完论文，写不完就无法毕业，那她不远万里离开家人来美国求学到底是为什么呢？这些年头悬梁锥刺股的辛苦彻底付诸东流怎么办，她的人生她的未来一片灰暗。天知道在这次生病之前，她都若干年没有哭过了。

李泽文在她病床边坐下来，等她哭完了，说你这个人固执的时候跟颗石头没有两样，寻求他人的帮助对你来说那么难吗？

人家说酒后吐真言，郗羽不喝酒，但高烧也成功地瓦解了郗羽的自控力，所以郗羽居然回答了这个平时她绝对会置之不理的反问。

她说不喜欢和男生来往太多。

李泽文问为什么拒绝和异性来往。

郗羽沉默了好一会儿才慢吞吞地回答说，如果他们喜欢我怎么办呢？

这新奇的理论李泽文还是第一次听到。他饶有兴趣地问，你就觉得自己魅力那么大，和你接触的异性就一定喜欢你吗？整天担心“别人喜欢我”，这叫自恋型人格障碍。

郗羽为难地说，不是……我不想有太多麻烦。

李泽文继续问，难道之前有人喜欢你给你带来了麻烦吗？

刚刚还知无不言，言无不尽的她居然不说话了。

李泽文问，为什么不说？

郗羽摇了摇头，继续沉默。

李泽文再一次感受到了郗羽的心防之重，连疾病都很难摧毁。

于是李教授转开了话题，说你的逻辑太片面，你应该知道同性之间也可能产生爱意的。

郗羽被问住了，困惑了好一会儿才吭吭哧哧地回答说，但那种事情毕竟不太多。

李泽文说，概率也没有那么低，如果发生怎么办呢？

郗羽思考了很久也没答案，大脑宛如电脑死机般无法调动答案，脸颊因为高烧更红了。

以李泽文的双商，欺负正常人都可以称得上胜之不武，何况是高烧的病人。他鸣金收兵，探了探郗羽的额头，通知护士来更换输液瓶。

小护士打趣两人是男女朋友，郗羽眼睛都睁圆了，挤出力气叫李泽文走。

李泽文自然没走，继续问她，那你拒绝我的帮助是因为担心我会喜欢你？

意识昏沉，但思维能力和逻辑能力还是在的，郗羽酡红着脸，看了李泽文好一会儿，做出分析，嗯……应该不会吧，你那么好。

李泽文饶有兴趣，我很好？

郗羽这次有把握一些了，晕晕乎乎地说，是啊，教授你很帅，条件也很好，是不会喜欢我的。

她想什么通常都直接写到脸上，就算生病了也不例外，脸上的情绪实在好懂。

李泽文拉了拉她的被子说，那我帮助你，你就不用担心了。

郗羽一想，好像也是，遂点了点头。

那天李泽文在医院里陪了她一天，其间帮她买了一顿午餐。他似乎知道自己要陪很久，还带了书来看，郗羽好几次迷迷糊糊醒来都看到他坐在病床边。

病情稳定之后，郗羽回到了实验室继续加工论文，文章成功收尾顺利发表得到认可完美毕业。此时她再想起高烧后的那些胡话，恨不得撞墙嗷嗷直叫再穿越回去洗掉那段记忆。好在接下来这半年两人都太忙了，郗羽忙着毕业论文，李泽文则出国了一趟，回美国后又忙于副教授的晋升评审，两人几乎没时间碰面，成功避免了可能产生的尴尬，虽然这份尴尬极有可能只是郗羽单方面的。

因为李泽文从来不像会尴尬的人，他只会轻描淡写地化解一切复杂的情况。

“到了，下车吧。”

郗羽回过神来，她几乎是慌乱地抓着自己宝贝的书包匆匆下车，随后才注意到车子正停在某栋大厦的地下停车场。李泽文拿着文件袋走在前方，郗羽亦步亦趋紧随其后，看着他修长的背影，脑子里各种念头千回百转，最后她猛然冲上去，扯住了他的衣角。

“教……教授……”

李泽文转过身，低头看她。

两人目光对视片刻。郗羽听赵蔚说过，眼神很多时候比话语更有说服力。因为眼睛诞生于五亿年前，而相对成熟的语言系统诞生于石器时代，不超过一万年时间，所以四目相对时，眼神可以传达出远比语言更丰富的内容——这是镌刻在人类基因里的种族天赋。

她不知道自己从李泽文的目光看到了什么，但她就是确信以及肯定，自己面前的这个男人值得信任。

郗羽目光里的迷茫一扫而空，取而代之的是掏心掏肺的真诚和执着。

她猛然弯下腰，对李泽文来了个九十度的深鞠躬：“教授，如果可能的话，在不妨碍你的情况下，请你帮帮我……”她下意识抬高了声调，“帮我找到潘越死亡的真相！”

通常来说，郗羽一般不会求人，就算求人也不会求异性帮忙。以她这么多年的经验，她发现了一个微妙的规律，当她开始请求男生帮忙做事，尤其是私事的时候，两人之间的气氛就不太对了，哪怕仅仅是请求对方帮忙搬张桌子也很可能引起什么不必要的谣言或者不必要的联想。

但现在的情况不一样。她已经是立身处世的社会人，深切地明白，世界上就是有很多事情是个人难以独立完成的，很多时候我们就是需要别人的帮助，做科研如此，做人更如此。

既然决定请求别人的帮忙，那面前的李泽文是最合适的人选。对李泽文的判断力和分析能力，她没有半分疑心。

李泽文嘴角微弯，露出一丝笑意，随后那丝笑意扩展到眼角眉梢，这是他很少有的真正微笑的时刻。

他伸手拍了拍她的头，拉着她站起来：“早点说不就好了吗。走吧，上楼。”

上了电梯直到升到大厦的二十层，郗羽才跟在李泽文的身后出了电梯。

电梯门一开，一大片整齐美丽的植物墙映入眼帘——这片植物墙是用木架子搭好的，格子间放着许多长势良好的盆栽，沿着这片动人芬芳的植物墙直走到底，就到了这层楼的正入口——蓝天心理咨询事务所。

李泽文看来是这里的常客了，两人刚刚来到前台，一个漂亮女孩立刻迎上来，笑容可掬：“李教授，季教授等你很久了，请跟我来。”

李泽文颔首：“有劳。”

郗羽跟在李泽文身后，打量四周。事务所的大厅挑空很高，估计超过四米五，装修色调很淡，环境幽雅，与其说这是个办公室，不如说它更像是那种一杯咖啡两百块的高级咖啡厅。有几人正在大厅里喝咖啡，隔断后的角落里还有个小书房，似乎还有人在看书。

绕过另一面绿墙，前台小姐推开一扇虚掩的门，房间的主人笑着迎上来：“泽文，真准时。”

“季时峻，我朋友，师大心理学教授，也是这间心理诊所的心理医生。”李泽文做了介绍，“这位是郗羽，我曾经的一位学生。”

季时峻笑着伸出手去：“郗羽小姐，你好。”

郗羽连忙和他握手：“季教授，打扰了。”

季时峻指了指办公室的沙发：“请坐。”

这是郗羽第一次来这种专业的心理咨询机构，目光所及都觉得出乎意料。

当年潘越的事情之后，郗羽有很长一段时间精神不振，她的父母都是眼界开阔的知识分子，深知心理健康的重要性，她母亲通过关系联系上了一位据说是研究青少年心理的教授，请教授帮她做了好几次心理辅导。她接受心理辅导的地方就在那位教授的办公室，那是一间普通朴实得堪称简陋的房间。

而她现在身处的办公室和当年所见截然不同。房间挺大，至少就心理咨询中心的标准而言很大，约有三十平方米，装修雅致精美。地毯厚实，空调温度适宜，沙发松软，右侧还有一个较大的温室花园，现在窗帘拉了一半，挡住了炙热的阳光。郗羽在美国这几年，诺奖获得者的办公室她也见过不是一间两间，很少有谁的办公室有这么舒适的。

所谓物以类聚，人以群分，郗羽再一次认识到了这句话是何等正确。面前的这位季教授看上去十分年轻，和李泽文年龄相仿，相貌俊朗，浑身上下都看不出烟火气。郗羽可以肯定，这位季教授在大学里的受欢迎程度应该和李泽文不相上下。

助理端着三杯绿茶走了进来，在三人面前放下，又轻手轻脚退了出去。

“我知道你还有客户，长话短说，”李泽文开口，“你有什么结论？”

“你发给我的文档，我早上已经看过了。”季时峻从自己的书桌上拿过一沓打印文稿，“泽文，其实你自己就可以下结论了。”

“如果是普通的事，我是可以下结论。但这事很重要，我希望听听更专业的意见。”

季时峻笑了：“你这么恭维我啊，真是受宠若惊。”

李泽文瞧了眼友人，省略了互相吹捧的客套话，直接说：“说吧。”

“因为年龄所限，潘越的大多数作品都是童话，这篇童话可以作为代表了，”他点了点手中的文稿，“说的是一位小男孩追寻彩虹的故事，哪里有彩虹他就会去到哪里，试图追到彩虹的尽头。当然，我们都知道彩虹是没有尽头的，故事的主角也认识到了这一点，不过他没有灰心丧气，转而树立了‘我要制造彩虹的梦想’，给了一个光明灿烂的结局。实际上他的文章都是这种风格，主角遇到挫折，但不会灰心丧气，反而会更振作。”

郗羽连忙把自己知道的情况说出来：“我听说，他在日记本里写着很多负面的情绪。”

季时峻微笑着喝着茶，仔细打量了郗羽。

李泽文没有告诉他太多细节，只在今天一早就把潘越的文章打包发给了他，再把潘越的背景资料简要介绍了一遍，让他对这个十四岁的男孩做一个心理侧写。提出这个古怪的要求后，只过了两个小时，李泽文就带来了这位叫郗羽的女孩，用脚指头想也知道，这个早逝的男孩子肯定和郗羽有一定瓜葛。

高挑纤细的女孩子，纯素颜，肤质不错，五官很动人，笑起来有一对让人非常想戳一戳的酒窝；衣着是最简单的基本款，换个人穿就淹没在人群中找不到，但是穿在她身上，倒是很衬。

这种女孩子的身上，从来都不缺少故事。

“日记本里有负面的情绪不奇怪。日记本其实跟我们心理医生的作用差不多，是一种宣泄情绪的手段。他发表文章则是他成熟思考的结晶，两者定位不同。他发表作品里所展现出来的精神状态是积极向上的，”季时峻最后下了个结论，“就目前的情况侧写，我认为潘越虽然敏感，但性格中不乏坚韧，很难轻易折断。自杀这种事情不应该出现在他身上。”

郗羽脸色发白，她盯着茶几上潘越曾经写的那么多文章，喃喃自语：“当年……警察很快就下结论认为是自杀的。”

季时峻的结论和李泽文自己的判断也是一样的。李泽文看她一眼，解释道："你要知道警方的工作流程。出了人命案，有人报警后，第一个到达现场的是辖区派出所的民警，同时，分局刑侦队也会接到通报。民警到达后会迅速控制现场，维持秩序；随后，公安分局的刑警、痕迹专家、法医会陆陆续续到达，他们走访、取证，初步分析案件，做出定性分析，判断案件是否属于犯罪事件。如果不是，出具报告，结案；如果是，作为刑事案件立案调查；再根据案件的恶劣情况，需要的技术支持程度决定是否成立专项组，是否通报市局、省厅以及更上级的机构。"

这些知识对郗羽来说是完全新鲜的，她凝神听着李泽文的讲述。

李泽文继续道："你可以看出，对命案而言，公安分局的工作是至关重要的一个环节，操控性很大。分局的取证详细程度，调查过程的细致程度，决定了一件案子是大还是小。好在大部分命案案情都较为简单，分局的刑侦队调查在比较短的时间就可以得出结论。"

"什么结论？"

"意外死、自杀、他杀。"

"在司法实践中，"季时峻补充，"最难判断自杀和他杀的就是两种情况，一种是溺水死亡，一种就是高坠死亡。很不幸，潘越的案件就是后一种。"

郗羽默默点头。她算是看过一些推理小说，当然知道这样的案子是最难破的。

李泽文说："警方的原则是'命案必破'，如果破不了案，年终考核也不光彩。警方对坠楼这样的简单的案件，他们一定会出具一个结果，只要没有明显的疑点，就会归纳为意外死和自杀两种情况；倘若有证据证明某人坠楼前情绪低落，遭遇变故，那结论会倒向'自杀'——同时，如果此人还留下了一份遗书，那就可以办成铁案了。"

季时峻道："还有一点也要考虑，那就是校方的态度。我可以负责任地说，只要出了学校的负面新闻，校方的态度一定是息事宁人。对学校来说，没有什么比'影响学校名声'更可怕的事情。校方一定会在最短时间内把这起人命案压下去。通常来说学校方面的施压都很管用，毕竟警察的孩子也是要送进学校读书的。”

李泽文继续耐心科普：“而且，对自杀人员做心理分析和侧写也是不可能的。基层派出所和公安分局工作量太大，接警电话可以从早响到晚，他们哪有这个时间去请教心理专家？更何况，案件发生在十几年前，大部分警察是没有对死者做心理侧写这种认知的。就算有这个意识，他们也很难找到真正专业的从业人员。实际上直到现在，心理侧写在国内都是玩笑一般的存在。”

“当年我能理解，现在居然还不重视心理侧写吗？”郗羽很吃惊。

季时峻反问：“你在美国看过那种破案的美剧吗？”

“有机会就看一点。”郗羽点头。

实际上她在美国这几年，也就只有“偶尔看看破案美剧”这一项娱乐了。

季时峻说：“在美国，心理侧写从理论进入犯罪学领域花了数十年时间；而国内呢？现有的理论完全是舶来品不说，还很原始，想要嫁接美国的套路又水土不服，专家们得出的结论千差万别，有人甚至连简单的鉴别都不做，直接拿外国人的理论往中国人身上套，时不时还会闹几场笑话。在这种情况下，心理学在警方的工作中几乎没有生存余地。”

郗羽凝神听着两名专家上课。

“在这种情况下，警察的调查也只能触及表面。比如一起杀妻案，警察根据已知信息判断，丈夫因为迷上女性网友而杀妻，”季时峻说，“但真相却是另外一种，如果丈夫没有在网上遇到异性网友，可能更早的时候就预谋杀妻了。”

“信息，是一切的基础。”李泽文说。

“也就是说，要拿到之前的案卷是吗？”郗羽问。

李泽文用容忍的目光看了一眼郗羽：“当然，收集信息永远是侦查工作的第一步。不收集信息，侦查无从进行。”

“十几年前的案子还会有资料吗？”

季时峻道：“郗羽，我和警察有过合作，知道他们的工作方式。当年的案卷肯定还在公安分局的档案室。”

郗羽重重点头：“我知道了。我会想办法的。”

“你怎么想办法？”季时峻问。

“我姐夫就是公安分局的警察，我回去问问他能不能想想办法。”

“这个渠道的确可以利用。你的中学在他的辖区内？”

“是的。”

南都市下辖六区五县，南都二中就在黎宇飞工作的开云区公安分局辖区内。请姐夫去查旧案，这事不会简单，但是总比没有可能性来得好。

李泽文颔首：“你可以试试，找不到也没关系。”

“我姐夫是个很认真的人，之前找他查程茵的户籍资料他都表现得有些勉强……不过我想，他最后肯定还是会帮忙的。”

“我建议你直接给你姐姐打电话。”

“嗯？”

李泽文无奈地看了自己的这位学生一眼，大约是搞科研已经耗去了她绝大多数智商，她在某些事情上实在太天真了。小姨子和姐夫的关系本就比较微妙，小姨子拜托姐夫帮忙，于情于理应该知会姐姐一声。既然姐姐总要知道这件事，还不如请姐姐开口对老公提出恳求来得更加委婉有效。

“你不会以为，找你姐夫帮忙查旧案的案卷，你姐夫会瞒着你姐姐吧？夫妻间没有隔夜的秘密。”

“确实是这样……”郗羽一时没想到，经过点拨倒是明白了。

“打电话告诉你姐姐，就说你见到了程茵，所以想起了潘越的事，想看看当年的案卷，具体细节不要多说，其他随你编，能说得你姐姐泪流满面是最好，”李泽文说，“再由你姐姐跟你姐夫开口，让你姐夫去档案室看看案卷，资料也不用拿出来，拍个照或者复印一下就行。”

“是的。”季时峻道。

“我明白了。”郗羽受教地点头。

“也快到中午了，泽文，难得你今天过来，一起吃顿饭？”

李泽文看了看郗羽，他自己没什么意见——反正自从他回国，在家里吃饭的时候太少。

季时峻扬眉一笑，对郗羽笑道：“不会耽误太多时间，一顿便饭而已。”

说是“一顿便饭”，真的就是一顿便饭而已。吃饭的地方就在大厦旁边商城的餐饮区，数十家餐饮店宛如煮开的沸水，在沸水的中央有那么一家门脸不大的小店，客人很多，看价格也并不贵。

郗羽和两位教授就坐在店内的一角，正在点菜。三个人各自点了一份套餐，李泽文和季时峻则各自点了一份面食，郗羽则在季时峻推荐下点了一份馄饨。点好餐后三人在不太大的店面落座，季时峻热心地跟郗羽介绍：“别小看这里，这家店是连李泽文这个嘴巴极其挑剔的人都说过不错的。”

郗羽眨了眨眼：“是吗？”

“当然了。”季时峻竖起手指头对李泽文一摇，“我一直说，他改行去当美食家都没问题。食材是否新鲜，佐料是否适宜，摆盘是否漂亮，菜是否过了夜……他一尝就能发现问题。有一次更邪门，我们吃海鲜时，他居然一口说出那些北极虾冰冻了多少天。”

李泽文并不接受好友的恭维，只说：“没有那么夸张，只是凑巧听说了‘北极虾滞销’的新闻。”

“很厉害！”郗羽才不管三七二十一，先佩服了再说。

季时峻笑着看她：“怎么，你不吃惊？”

郗羽绝对不是会伪装掩饰情绪的人，季时峻的眼力很不同凡响，一眼就看得出来她眼中的情绪——她对李泽文有打心眼的佩服，但不是真的很吃惊。

“我有时的确觉得教授可能是对食物很挑剔的人。”郗羽说。

李泽文觉得这种说法挺有趣，微笑着反问：“你没见过我啃汉堡和三明治吗？”

她确实见过。在美国的时候，郗羽自己其实很少到外面吃饭，自己做饭比外面买饭便宜多了，她很穷，为了省钱基本自己做饭，前一天晚上做好一大锅第二天带去实验室，用微波炉热一热就可以吃。但人总有忙得连做饭都没有时间的时候，有那么一次，她在哈佛上完李泽文的选修课后就在附近找地方吃午饭，凑巧看到了李泽文挺接地气地在某台餐车前排队，还问她要不要帮她也带点吃的。

当时排队队伍还挺长，郗羽看了看，觉得这主意不坏。于是李泽文教授就买了三个一模一样的三明治，一个给她，两个打包带走说去办公室里吃。

要说为什么她对此事印象如此深刻，大概是因为那次的三明治除了价格偏贵外，味道也很不错，算得上是她在美国吃过的最好吃的三明治了。当时她就觉得李泽文在“吃”这件事情上的标准应该挺高的，哪怕是在路边买个三明治都选味道比较好的。

“这又不矛盾。”郗羽有点感慨，“忙的时候就没必要在一日三餐上下功夫，不过一旦有条件，就会吃好一点吧。”

她感慨的不是李泽文堪比美食家的水准，而是他能吃苦。

毕竟李泽文和她这种北美穷博士有着完全不同的出身，他在国内明显可以过上养尊处优的大少爷生活，一日三餐都可以珍馐玉馔，出入有司机，还有阿姨做饭……他却选择了留在北美苦读十余年，饭要自己做，车要自己开，衣服要自己烫，屋子要自己收拾，生活上各种各样的琐事都要自己处理，和普通的留学生没什么本质差别。

服务生麻利地送来三人的套餐，李泽文拆了筷子递给她。

“趁热吃，冷了味道就差一些。”

确实味道很好，面皮厚实，馅料肉质新鲜。但是要说特别好吃，郗羽觉得也许不如昨晚李泽文给她打包的那顿晚餐，不过就性价比而言，确实已经称得上良心食品。

“确实很鲜美。”郗羽品尝着馄饨，“和我吃过的馄饨味道都不一样。”

“这家的馅料很扎实，除了肉之外至少混进了十种食材，比如香菇、皮丝、西芹、香菜，很用心了。”

郗羽咋舌：“看来做馄饨也是学问。”

季时峻道：“食客也是有眼光的，所以生意才好。”

“衣食住行皆学问，”李泽文也拿起筷子开吃，“如果不够就再点一份。”

看来昨晚自己把他打包的食物一扫而光给他留下了深刻的印象，郗羽默默想。

“够了……我真的没那么能吃的。”

这顿饭吃得快，郗羽埋头苦吃，两名引发高回头率的男士则不慌不忙地吃着面，随口闲聊。

郗羽本来对八卦没什么兴趣，奈何这两人也没避着她，因此也知道了这两人的情况——季时峻毕业于斯坦福心理学系，比李泽文高一级，李泽文在斯坦福求学的时候也上过心理学的课程，在此期间两人成了好友。

心理症状和人种、民族、学历、教养密切相关，季时峻归根到底还是对自己同胞的心理研究更有兴趣一些，而且国内有庞大的人口基数，是一片更值得心理学家深耕细作的沃土。在美国做了一轮博士后之后，季时峻通过国内的人才引进政策回国任教，在师范大学的心理学系谋得了一个职位。

这些年来，越来越多的年轻人认识到心理健康的重要性，季时峻在学校课程不算多，主要做科研，每周来这间心理咨询诊所两天——这间心理咨询诊所是他朋友开的，需要他这样的专业人士撑场子。

不同的想法决定了不同的道路，作为对文科专业不了解的外行，郗羽觉得这种说法也挺有道理。

但郗羽还是有疑问："教授，你不是学政治学的吗？心理学又是怎么回事？"

郗羽好歹上了李泽文的选修课一学期，对这位教授的履历有点印象。

"我辅修过心理学。"

季时峻指出："虽然是辅修，分数比我们系大多数人还高。另外，他还辅修过统计学。"

郗羽唯有肃然起敬。虽然说在美国学有余力的学生可以辅修一两门其他专业，但像李泽文这样的，辅修了两三门专业还都可以保持优异成绩的就实在不多了。

"文科专业有共通之处，"李泽文道，"何况你们以为不累吗？"

"肯定很累的，"郗羽说，"但是二十岁的时候确实应该逼一下自己才对，否则不知道自己的极限在哪里。我有时候就很后悔本科的时候怎么不选数学双学位。"

"数学？"季时峻问，"我还没问你，你学什么专业？"

"我的研究方向是大气动力学。"

饶是季时峻也一时被这个答案弄得哑然，他先入为主地认为郗羽是李泽文的学生，也是一个社科学生，此时才恍然大悟，彻底明白了郗羽身上那种微妙的刻板气质从何而来。

他瞧了眼坐在自己对座的好友，李泽文回了他一个意味深长的笑容。

季时峻笑，张张嘴无声说了句：

难怪。

第四章

婚宴 / ZENG NI YI YE XINGKONG

一顿饭很快吃完，三人兵分两路，季时峻返回学校，李泽文没有驾车离开的想法，直接带郗羽拐进旁边的一个大商场。

大商场里人不多，毕竟这些年来愿意在实体店购物的客人越来越少，上行的扶梯上只有他们两人。郗羽把盘桓在自己心中好一会儿的疑问抛出来："季教授是不是就是程茵的心理医生？"

"对。"

"没想到还真的是。"郗羽说，"如果我跟季教授打听程茵的事……"

李泽文不客气地打断她的话："不要试图从心理医生那里入手。涉及病人的隐私，他不会告诉任何人。这是一条底线。"

郗羽为难地蹙眉："我只是想知道，程茵真的没可能想起我吗？"

"难度不小。"李泽文说。

郗羽有点泄气，垂着头想了一会儿："就算这样，我也想再见一见程茵。"

"是应该见一见。"李泽文目光扫过全场，以郗羽绝对没有想象到的速度转移了话题，"你这次来京，带了几件衣服？"

"啊？哦……"郗羽已经适应李泽文敏捷的思维和出其不意的谈话风格，马上跟上他的话，"宾馆里还有一套。"

李泽文道："T恤和牛仔裤？"

"是啊。"

郗羽根本谈不上有自己的穿衣风格，身上的衣物纯粹是为了保暖而已。女为悦已者容，郗羽又从来不想用外表取悦于人，自然没啥改善的必要。只幸亏父母给的基因不错，在这个看脸的时代占据了先天条件，偶尔也能给人一些"郗羽博士的穿衣风格还可以"的错觉。只不过这种错觉在李泽文面前，就好像肥皂泡一样一戳就破。

两人沿着扶梯到了二楼，李泽文下了楼梯：“到了。”

郗羽晕晕乎乎地跟在李泽文身后，打量四周赫然发现自己来到了这个商场里的时尚女装楼层。

“怎么来这里……教授，你要买衣服吗？”

“是的。”

话虽这么说，李泽文看来对这一层的女装也不太熟悉，研究电梯旁的导购牌之后，他直接带着郗羽进了坐落在商场中央的占地面积较大的知名女装品牌店面里。

这两天郗羽在李泽文这里获取的惊讶比得上之前的两年，但她还是没料到，李泽文居然还有闲心给女人买衣服？

店面面积很大，装潢精美，一尘不染的玻璃橱柜里的模特展示着各色裙子，每一件都华美得惊人，不用摸也能看出裙子质感柔软细腻。

女装店的专柜小姐培训得十分到位，两人刚刚进入店内就笑容满面地迎了上来，甜丝丝地询问：“两位有什么需要吗？”

李泽文的目光在店内一扫，指了几条裙子：“带她去试试这几件小礼服。”

专柜小姐立刻恭维：“这位先生好眼光，这几条裙子都是今年春季的新品。”

郗羽完全处在状况之外：“教授，要我去试什么？”

“试一下衣服。你的身材比较符合我的要求。”

“好吧……”

郗羽于是找了个解释，大概是李泽文赠送裙子的对象和自己身材相仿。

专柜小姐自然能看出这对年轻男女之间谁拿主意谁出钱，立刻微笑着对郗羽做了个请的手势：“小姐，这边走。”

李泽文不着急，在店内沙发上落座下来。一名专柜小姐特别周到地奉上几本服装宣传画册给他，又在一旁细致解释着画册上的衣服鞋包是如何如何的设计时尚、做工精细，衬托女性气质。说真的，李泽文也是平生第一次坐在这种高级时装的店面等女生换衣服——大概在别人看来，他也算得上是为红颜一笑一掷千金了吧。

“先生，你还看中了其他什么款式吗？”专柜小姐特别热情地询问。

李泽文想起郗羽脚上的运动鞋，手指又在画册目录上画了一大圈：“这几款鞋子也拿去让她试试。”

“好的。”专柜小姐连连点头，目光不自觉地落在李泽文的腕表上，一瞬间心跳快了好几拍，她抓紧一切机会推销，“那手提包是否需要？”

李泽文顿时才想起来，对女性来说，鞋包搭配也是必不可少的，他说：“你们有的话，可以准备一些。”

郗羽提着裙子走出试衣间，在专柜小姐带领下走到穿衣镜前。

李泽文眼眸一深，走到镜前打量她。

王安安婚礼的时候，李泽文看到她那身伴娘装扮就忍不住想，她还挺适合长裙，现在看来，这个判断真的太精准了。郗羽人高腿长，湖蓝色的长裙穿在身上，衬托着白皙的肌肤，真的仙气十足。

“你自己觉得呢？”

郗羽看了看镜子里的自己，除了有点新奇外，实在找不出什么特别的感觉，反正她也就是个给李泽文当参谋的衣架子。

“这种裙子散热不好，”郗羽理性分析，“裙摆有点长，走路不方便。”

“而且也太隆重了，喧宾夺主不好。”李泽文抬起下颌示意专柜小姐，“再换换。”

谁出钱，谁说了算。随后郗羽马不停蹄地换了四条裙子，有长有短。说真的，她身高足够，四肢纤长，身材比例相当好，当衣架子挺合适，专柜小姐拿出来的衣服都异常合身。

专柜小姐自然也不会放过恭维的机会：“小姐你可以去当模特了。”

郗羽不以为然：“怎么可能。”

李泽文忍不住轻笑出声。

“很好笑吗？”郗羽窘迫地拉了拉裙子。

郗羽现在试的，是一件及膝的淡粉色裙子，脚上则是同款的小皮鞋。裙子蓬松但线条流畅，做工非常细致，雪纺流苏点缀着裙边袖口，深色的腰带勒出了纤细的腰身，正适合二十来岁女性的装扮。毕竟长裙虽然华美，但是偏厚重，郗羽穿起来美则美矣，但她又不走红毯，太华丽并无必要。

“我想起一个有趣的故事。”李泽文微笑道。

“什么故事？”

李泽文托住她的手腕略一用力，让她转过身来面对自己。

“我有一位朋友，物理系博士生毕业之后，去了华尔街做投资分析师。有一天，他和同事去酒吧喝酒，看到一位美女也在独自喝酒，在同事的建议下，他上前和美女搭话。他性格严谨，比较古板，开口后说自己是model designer（模型设计师）。美女说我也是。他滔滔不绝地跟美女聊起了自己的工作：‘我正在设计一个新的模型，希望能够扩展Black-Scholes-Merton（期权定价模型）……’美女一听就笑了，说：‘哦，我的博士论文也是这个题目，但后来我发现穿着Bikini（比基尼）在T台上来回走能赚得更多。’”

他用英文说的这个故事，郗羽听得莞尔一笑。

这是在英文环境下才会出现的笑话。模型和模特的英文都是model，才造成了这个有趣的误解。

随着这一笑，郗羽之前的些微不好意思不翼而飞。

李泽文之所以讲这个故事，不仅仅是因为觉得这故事有趣，而且是因为他面前站着郗羽。对漂亮的女孩子而言，想轻松简单地挣钱是很容易的，她们面前的道路就是比普通人多上几条，对某些人而言难得的机会，对美女来说唾手可得。同样去大公司面试，你长得好就是容易被选上。

在这个看脸的社会里，长得好的人天生就有了一条通往成功的捷径，没必要苦哈哈地埋头苦读，毕竟读书从来都不是一件容易的事。所以故事里的这位美女虽然拿了博士学位，结果却选择走T台，那样更轻松，更好赚钱。毕竟人都是有惰性的，无关人品问题。

郗羽则是例外中的例外。饶是以李泽文的见多识广，但他平生见过的努力程度和美貌程度成正比的女生一只手都数得过来。郗羽就是其中之一。

李泽文看着她脸颊的酒窝，脸上笑意加深，他转头吩咐专柜小姐：“就这件。”

直到李泽文付账时，郗羽终于发现这身裙子以及配套的鞋和包底有多贵——折合成美元，几乎是她做博士后三四个月的收入，都可以去买台简易的激光遥感仪了。

“真是暴利啊，”虽然没花她的钱，但郗羽还是略微有些心痛，“根本不值这个价。”

在美国的这些年，她见过不少有钱人，他们买几万块钱的包包和几千块一小瓶的化妆品。远的不说，她的室友赵蔚就干过这样的事情。赵蔚每次回国前都会帮她的亲戚朋友代购许多奢侈品。虽然人各有好，别人钱包里的钱，自然有随意花钱的自由，但她还是觉得，如果大家把这些买奢侈品的钱投入到科技发展上，那人类文明进步的幅度会大很多。

“实际价值和定价相去甚远，”李泽文说，“奢侈品行业的品牌溢价效应。”

“你很清楚还要买？”

“因为最简单，不会错。”

“咦？”

李泽文瞧了一眼郗羽：“你不会以为我对女装很有研究吧？”

“总觉得你应该没什么不知道的。”郗羽老老实实道。

“我怎么可能事事皆知，实际上我不知道的事情很多。”

郗羽挺认真地反驳：“那是因为普通人连‘我不知道’都不知道吧。”

李泽文微微一笑，又说：“而且，我有些轻微的色弱，在服饰的选择上从不擅长。”

“哎？”

这倒是个新闻。郗羽的心情有点诡异的复杂，她觉得自己发现了他不为人知的另一面——虽然色弱不是什么大毛病，但毕竟是身体上的缺陷，并非每个人都愿意告诉他人自己的短处。

“那对生活的影响大吗？比如驾车？”

“几乎没有影响，有两次体检都没能检查出来。”

“那你怎么知道自己色弱的？”

“因为物理实验。”

“啊？”

“看人家做光的双缝干涉实验时才发现自己对绿色的辨认不准确。”

郗羽恍然大悟，嘴角露出一点笑意：“我还是第一次知道物理实验可以检测色盲呢……”

李泽文失笑：“当然，我就算没有色弱，也不会试图研究服装如何搭配。福尔摩斯关于大脑的观点我很认同。他说，人的脑子本来像一间空空的小阁楼，应该有选择地把一些家具装进去，只有傻瓜才会把他碰到的各种各样的破烂杂碎一股脑儿装进去。”

郗羽深有感触地点头。她就是那种每天都觉得自己的脑子不够用的类型，人家可以每年发几篇高水平论文，还琴棋书画样样精通，而她需要调动所有脑细胞才能做好本职工作，压根没时间没精力发展任何业余爱好。她本来觉得李泽文是前一类人，看来就算对于李泽文而言，也有做不到的事情。

唯一的问题是，他虽然说自己没有研究过服饰搭配，但他自己的穿着打扮都很棒。至少以郗羽的眼光，觉得很不错。那他选衣服的才能是如何锻炼出来的呢？郗羽很想开口问他，但这事儿显然有点微妙，她想了想，克制住了自己的好奇心，闭了嘴。

衣服、鞋子、手袋全套齐全，两人踏上了返程的路。上车后李泽文把装裙子和鞋的购物袋放到郗羽怀里，从容地启动汽车。

“拿好，明天穿。”

手里的袋子忽然烫手无比，郗羽险些直接把购物袋扔到车窗外去。

“什么？这是给我买的？”

简直就是天方夜谭。这一身华服，比她这辈子所有的衣服鞋包加起来都要昂贵，而李泽文居然要她穿？

“不用那么大声，我听得到。”李泽文很有耐心地解释，“你不是说要见程茵吗，最好的机会是明天。”

“是的，我是说过，但这件事和裙子有什么关系？”

“我堂弟明天结婚，程茵也会参加婚宴。”

“她又要主持婚礼吗？”郗羽深深觉得程茵的业务开展得还挺广泛的。

“不是。”李泽文一句话就否决了郗羽的猜想，“她是客人。”

郗羽琢磨了一下，终于明白了李泽文的意思：“你是说我也去当客人，然后趁机和程茵接触？这样也不错。但他们没有请我，我没有婚宴的请帖。”

王安安结婚的时候，程茵是婚宴主持人，忙碌得很，郗羽一直没能找到机会和她单独聊一聊，但如果程茵是客人的话，那应该是比较闲的。

“你不需要请帖，跟我一起去。”

郗羽瞪大眼睛看着李泽文，困惑地反问：“我和你一起去参加李知行和唐宓的婚礼？”

“这是见到程茵最快的办法。”

郗羽很快地接受了这个设定，觉得还挺合理：“如果是这样，那我还要准备礼金吧……国内的婚礼应该是这样吧，我给多少？”

郗羽在国内参加婚礼的次数极其有限，满打满算只有两次——头一次是姐姐结婚，一次是王安安结婚。这两次完全不具备代表意义，比如王安安就根本不让她给礼金，反而塞给了她一个金额还不小的伴娘红包。

“跟我一起去婚宴，不需要给礼金。”李泽文知道她在某方面的常识稀少，直接给了答案。

“咦？”

“他们已经在国外办过一次婚礼，礼物我已经送过。”李泽文简单两句打消她的顾虑，“国内的婚礼主要宴请亲朋，总之比你同学王安安的婚礼规模小许多。”

“那我稍微放心了一点。”郗羽低头看了看自己身上的T恤和牛仔裤，再瞧向精美包装袋里的裙子，无奈得恨不得穿越时空勒着李泽文的脖子阻止他，“这样的话你可以早点说，我可以去买便宜的裙子……教授，我没什么钱的。”

“不用想太多，也不要跟我谈钱，裙子不是给你的，借你穿一天。”李泽文打断她的话，“但你跟我一起参加婚宴，衣服最好不要出错。”

李泽文说这话纯粹是安慰郗羽，尽量不给她造成心理上的负担。实际上李泽文从不受从众心理的支配，作为一个学富五车、一个月看的书比别人一辈子看的书还多的人，他当然不会因为其他人的观点影响自己的判断。说真的，郗羽就算穿得破破烂烂去参加婚宴也无所谓，他不会在乎，更不会觉得没面子，带她去买裙子，从头到尾都是为了他自己考虑。盛装打扮的郗羽是何等模样，他真的非常非常有兴趣。

郗羽想了想王安安那盛大的婚礼现场，深深地觉得李知行和唐宓的婚宴，规模可能小一点，但是档次和格调绝对不会低于自家好友的……那么，穿得正式一点也应该的，至少，不能让李泽文丢脸吧。

“好吧，我知道了。”

李泽文驾车送郗羽回到自己的公寓楼下，让郗羽去取她租来的车。

下车后，李泽文道：“将身份证号告诉我，我让助理去订回南都的机票。”

“我刚刚也在想这件事，不如我来订机票？”

“我这边可以拿到优惠价格。”

“这样啊……也好。”郗羽从善如流地拿出身份证，又问，“你把你的银行卡号告诉我，要美国的，我转账给你。”

大部分人的证件照都不好看，郗羽的倒还不错，是她出国前拍摄的，看上去和现在没有什么差别。李泽文拿出手机拍了照片，随口道：“过两天就告诉你。”

郗羽抱着自己的挎包和三袋衣服鞋包下了车，李泽文驾车掉了个头，直接开车去了京大。

他不是白白顶着一个政策学院副院长的名头的，是实打实做事的。京大政策学院的正院长是京大的一名副校长担任，副校长的本职工作也很繁忙，没那么多时间来管理这个新学院的具体事务，最多只能给一些政策上的指导和大方向的规划，具体的管理由他这个副院长承担。

回国这一个月，他每天一大半的时间待在学校里，上至协调关系，用自己的私人关系邀请世界著名学者前来授课，下至课程统筹、数据库的建设，哪怕是客座教授的工作，事无巨细他几乎都要过问——新学院刚刚建立，不论正副院长都是要上课的，李泽文当然也不例外，他还有门决策论的课程要上，课程安排不算紧张，一周只有两节，他的课件和讲义已经备齐，接下来就要委托其他教授代课。除此外，还有一个政治经济学的峰会要召开，虽然这次会议也已经安排妥当，但总还有一些小细节要磨合。他考虑到他接下来要离开几天时间，总得去学校把事情安排妥当才可以。

郗羽把自己租的福特从车库里开出去，又开回租车公司退了车，再回到宾馆。

房间里十分安静，掩着窗帘，半透光。郗羽这几天疲惫不堪，昨晚在李泽文家也不可能睡得好，此刻把东西一扔，重重呼出一口气往床上一躺睡了一觉——醒来后才发现已经到了晚上，她积攒了力气坐起来，抱着被子坐在床上，摸出手机慢腾腾地拨出去一个电话。

片刻后电话接通，郗羽道：“姐姐，是我。”

郗柔正在对着电脑备课，姐妹俩总有说不完的话，郗柔也问了郗羽在研究所的面试的情况。天知道郗羽完全把这事儿忘了，打哈哈把这个话题敷衍过去，然后把话题转到正事上。

“查潘越那件事的案卷资料？”郗柔吃惊，“为什么现在想起查这件事？”

郗羽对姐姐也没办法说假话，只说自己遇到了程茵，想起当年潘越的自杀一案，就想看看案卷。

“遇到旧友”和看旧案的资料这两件事其实关联度不大，但郗柔没有多说什么，叹了口气后就答应下来。

郗柔挂掉电话，坐在梳妆台前，慢慢梳理着自己的头发。

黎宇飞一边擦着头发，一边从卫生间走出来，看着老婆抱着手机却没玩游戏，只盯着黑漆漆的屏幕叹气，不由得好奇询问：“是谁的电话？”

“小羽的。”

黎宇飞问：“她怎么了？不是说去面试了吗？结果如何？”

“不知道结果呢，我估计她压根忘了这事儿了。我这个妹妹也不太擅长说谎的。”

“嗯？没面试的话，她去干吗了？”黎宇飞问，“怎么回事？”

“不说这个了。”郗柔犹疑地看向自己的老公，“宇飞，有件事我想你帮帮忙。”

人如其名，郗柔不论什么时候都是温温柔柔的，就算是恳求自己老公帮忙也是客气得很。黎宇飞坐在床沿上问：“老夫老妻的说什么帮忙。什么事？”

郗柔沉吟了一下，徐徐问：“你们分局的档案室里会有十四年前老案卷的资料吗？”

“要看什么案子了，有些可能在派出所。但没大意外的话都在的。”

“自杀案。”

“这个肯定在。”

“小羽想看一桩发生在十四年前的自杀案的案卷，你可以帮忙吗？”

“前几天小羽还让我查了程茵的信息呢，到底发生什么事情了？”

郗柔把玩着手里的梳子，清秀的脸上浮起了无奈的笑容：“你前几天不是问过我，小羽为什么没有男朋友？”

“我就随便问问，”黎宇飞道，“你不是说她在国外读书很忙？”

黎宇飞对郗羽完全不了解。他和郗柔认识的时候郗羽已经去了美国念博士，这么多年没和小姨子打过交道，对小姨子的印象仅停留在老婆说的“在美国名校读博士的学霸”。学霸专心念书不交男朋友也在情理之中，老婆这么一说，他也就点了头，半点疑心都不会有。

“这确实是一部分原因，但是也不只……我想不论读书多忙，也不至于找男朋友的时间都没有，何况我家小羽那么漂亮。”

“也对，是这个道理。”

“更重要的，是十几年前的一件事。”

“什么？”

“小羽上初中的时候，学校里有一个男孩子很喜欢她……”郗柔徐徐讲完往事，又叹了口气，“这事儿挺惨的，我们家那阵子鸡飞狗跳，小区里都是流言蜚语，对我们家指指点点的人也很多。好在事情都过去了，所以这些年我也没跟你提起这件事。”

这的确是黎宇飞第一次听到郗家的往事，震惊后唏嘘不已。

“年纪轻轻有什么想不开的事情要自杀，真是害人害己。”黎宇飞摇头。

郗柔笑容苦楚：“我知道小羽对这件事一直无法释怀……这件事对她打击太大了，差一点就精神崩溃，三个月瘦了三十斤，还送了两趟医院，好在后来还是振作起来了。不过……振作得有些过头了。她这些年只做一件事，那就是读书，‘恋爱’两个字根本不能在她面前提起。有时候我在想，她去美国不回来只怕也是不想面对这些事情吧。”

“难怪家里人也从来不提起这话题，就算你那个最喜欢给人做媒的舅妈也从来不提给小羽介绍对象。要说的话，社会上她这个年龄的女孩子，没男朋友的话都被家里人逼着去相亲吧。”

“可不是。”

“但听你的说法，这件案子案情很清楚啊，就是简单的自杀案。那她为什么要看这老案卷的资料？”

“她没说太详细，但是我能感觉到她的坚持。我猜测，应该是这次在首都遇到程茵让她想起什么事情了，觉得自己有必要看一看老案卷。”郗柔期盼地看着自己的老公，“宇飞，不麻烦的话，你可以试试吗？小羽说了，复印一下就可以，如果不方便无法复印，用手机把那些资料拍一份就行。”

显然，小姨子又给自己出了一道难题。

“十四年前的老案子，我估计没有电子化。就算有电子版，我也没这个权限，要去弄权限还挺麻烦。真要查看的话，去看纸质版的可能性还大点。纸质版在档案室，档案室肯定有存档，正常情况下不可能被查阅，除非当事人提出申请或者出现什么新线索。”黎宇飞思索了一会儿，又摸到了口袋里的手机，反正他已经帮过一次忙了，再帮一次也没什么大不了的，“我和档案室的周大姐比较熟，我明天去局里拜托她试试。”

“那就太好了，谢谢你，老公。”

“别别别，我也就是试试，成不成还不一定呢。”

郗柔抱着黎宇飞的手臂，讨好地在他脸上一亲。

刚过九点半，门铃就响了。

郗羽小跑过去开了门，然后发现门外站着李泽文和一位看起来就有别于普通人的年轻男人。那年轻男人留了一头飘逸的长发，马尾扎起来和郗羽的也不遑多让，整个的气质相当另类，走在路上绝对会引发百分之百的回头率。

也不待她询问，李泽文道：“是造型师，帮你做头发和化妆。”

“哎……”

昨天李泽文说今天来接她去参加婚宴，郗羽以为自己的工作就是换上衣服就行，没想到居然还有这一出！

这位特立独行的年轻造型师对郗羽微微一笑，把随身的大挎包放在镜子前的桌子上——随后用探照灯一样的目光对郗羽上上下下一扫描，露出了一个成竹在胸的笑容。

对李泽文的思维方式和不按套路出牌的行为几乎麻木了，她下意识反驳：“可我这次不是伴娘啊，只是客人，还有必要做头发和化妆吗？”

“不会花很长时间，稍微修饰效果会更好。”

“好吧……”

人都来了，难道把人家从房间里赶出去？郗羽无可奈何，没办法再反对，默默在镜子前坐了下来。

造型师对郗羽一笑，打开自己的挎包，变魔术一般，琳琅满目的化妆品瞬间摆满了桌面。

郗羽的房间是大床房，靠窗处是沙发和茶几。李泽文解开一颗西装扣，在窗边的单人沙发上坐下来，旁边的小圆桌上放着厚厚一沓草稿纸，起码二三十页，他拿起来翻了翻，一页页写满了方程，笔迹很新，看得出是昨天一晚上的成果。

李泽文垂下眼眸，无声地笑了。

之前的两天，郗羽受到的刺激相当大，情绪剧烈震荡，对普通人来说，恐怕会变得焦虑茫然无心工作，但郗羽还真不一样——像她这样专注热爱研究的科学家，只要她还能工作，就不会被其他情绪压倒。

化妆的间隙郗羽偷偷看了看李泽文，也想通了，觉得自己是应该更好地配合他。他身着藏青色西装、白色衬衣，配蓝色领带，西装剪裁得体，腰身紧收，衬托着五官英俊得有些炫目。和这样的李泽文一起参加婚宴，如果自己太马虎一定会让他丢脸的。

四十分钟后，造型师已经将郗羽打扮好，他上下打量了一番郗羽，觉得毫无瑕疵后又把视线投向李泽文，笑道：“郗小姐底子好，不用费劲儿就可以很漂亮。”

“站起来看看。”李泽文道。

“哦……”

李泽文端坐在沙发之中，以一种“考试时查漏补缺”的神情仔细打量郗羽。

郗羽之前当伴娘时饱受参观，对“被看”这件事已经有一定程度的免疫力，但是对方是李泽文的时候，她不知道为什么，还是有点窘迫和惴惴不安。她抿了抿嘴，两颊的酒窝一闪而逝。

“站直。”李泽文说。

郗羽无奈地直了直腰。

“把手包拿上。”

“哦。”

造型师给郗羽的头发简单做了造型，刘海轻轻覆在额角，半掩着修长的眉毛，精美的发卡斜斜别住了鬓角，眼影眼线衬托得双眸熠熠生辉；至于肌肤，只能用“肤如凝脂，吹弹可破”来形容。郗羽没有什么饰品，露出一段白皙优美的颈项，再穿上那昂贵合身的裙子鞋子，就像被PS软件精修过的美女。此刻的郗羽宛如天鹅立于中世纪的庭院之中，绝对可以称得上光彩照人。

足足一分钟后，李泽文终于露出了一个认可的笑容。

“可以了。”

造型师先行离开，两人随后驾车离开快捷宾馆，前往婚礼现场所在的酒店。

郗羽的落脚处和婚宴酒店都在四环内，交通顺畅的情况下还是挺快的。半个小时后两人在酒店门口下了车，酒店服务生主动上来为他们泊车，郗羽跟在李泽文身后下了车，走进大堂。

豪华酒店的大堂内，李泽文站在郗羽左侧，微笑着对她伸出右臂，那是一个显而易见的邀请姿势。

郗羽一怔，随后才会意，慢慢伸出左手去挽住李泽文的手臂，两人踩着红毯，移步上楼。

婚宴时间选择在周日中午，是一个很体贴的时间。从人群往来的频率上判断，李泽文没有哄她，婚礼的规模并不是很大，也没有出现王安安结婚的时候那种客人比肩接踵的情况，总体而言，气氛更轻松一些。

和世界上绝大多数婚礼一样，新郎和新娘是要站在门口迎宾的，郗羽挽着李泽文的手臂出现在宴会厅门口时，就看到了今天结婚的这一对新人。因为两年前见过一次并且留下了深刻印象，她一眼就认了出来。

李知行穿着一身复古的黑色西装，细节处的刺绣极其华美，唐宓身着雪白婚纱，美得惊天动地，让郗羽倒吸了一口凉气。

她忍不住轻声感慨："你弟弟很有眼光，我一直觉得唐宓是我见过的最漂亮的女生了。"

难得她如此兴致勃勃地评价别人的长相，李泽文自然也不会泼她冷水，低头瞧她："评价挺高。我想你也应该很喜欢她那张脸。"

"你怎么知道？"郗羽不服气。

"明明只是初识，你居然同意她去你的公寓甚至参观实验室，"李泽文笑，"你到底是多喜欢她的外表啊？"

"我当然也不是全看脸的，唐宓为人也很好。"

"就因为你摔倒了扶你起来对你表露了善意？"

郗羽毫不犹豫地点头："是啊。"

李泽文看了看她理直气壮的样子，失笑："至少百分之九十五的人在那种情况下都会扶你起来。如果是个男生，或者说长相不符合你审美的女生扶你起来，你还会同意她去你公寓吗？"

"……"郗羽哑口无言。

如果对方是异性，以她平时处事的小心程度，不论如何都不可能同意对方送她回家；如果对方是女孩子，有极大可能她也不会同意。

自己当时在想什么呢？郗羽默默剖析内心，她当时的的确确惊叹于对方的美貌，脑子还在想：“人家都长成这样了，怎么可能会对自己心怀恶意？”

李泽文说：“你和她才认识多久？初次见面时产生的第一印象只需要零点五秒就会形成，而第一印象一旦形成后基本不会再改变。零点五秒的时间也就只能看看脸了。”

郗羽勉为其难地承认了这个观点：“好吧。长得漂亮的女孩子谁不喜欢呢？”

“这的确是放之四海而皆准的普世真理。”

李泽文轻轻拍了拍她的手臂，带着她迎着所有人的视线朝着新人走去。

从李泽文和郗羽踏上铺着红毯的扶梯的时候，宴会厅门口处的所有人就注意到了两人。李知行和唐宓当然也不例外，这对新婚夫妇完全没想到会在此时此地看到郗羽，更没想到她会跟李泽文一起出现，还是以这种含义深远的姿势。

走到新人面前后，郗羽把手臂从李泽文臂弯中抽出，上前一步，先后跟新婚夫妇握手：“恭喜，恭喜。”

唐宓眨了眨眼，露出了笑容：“谢谢学姐。”

李知行颇有深意地看了眼李泽文，没能从堂兄的脸上瞧出任何线索，他决定暂时无视，笑眯眯地对郗羽发问：“学姐，你什么时候回国的？”

郗羽道：“一周之前回来的，我也是才从教授那里知道你们要结婚了。”

唐宓嘴角一弯，露出好看的笑容：“是的，时机到了就结婚了。”

李知行笑着问：“我记得学姐应该毕业了？”

“是啊，就是上个月的事。”

“那还在波士顿吗？”

“不在了，我去了新泽西。”

“新泽西？”唐宓有点惊讶。

“是的，我在普林斯顿的地球流体动力学实验室做博士后。”

“我记得那是美国大气海洋局下辖的实验室？”李知行问。

“你居然知道啊。”郗羽有点诧异，她所在的实验室规模不大，在同行内知名度很高，但外行人知道的概率还真是比较小的，“我这个专业，能去的地方也就那么几个了。”

唐宓说：“我想这个实验室一定很适合学姐。”

郗羽笑：“是的……我也很喜欢。”

李知行扬眉：“学姐，你环球考察得如何？”

郗羽提起这一次考察就眉飞色舞，笑盈盈地跟这对新人说起所见所闻。

“我们去了很多地方，收集到了非常丰富的数据。南大西洋和南太平洋也真是漂亮，不过到了最后也麻木了，也有点大洋无景观的感觉。”

“在南极看到企鹅了吗？”李知行又问。

“其实没近距离接触过，南极也不是到处都有企鹅。不过在船上的时候倒是看到过那些被我们的破冰船吓得到处跑的企鹅……后来到了南极内陆的冰穹，就更是没有企鹅了。”

唐宓睁大眼睛：“南极内陆？那地方的气候很恶劣吧？”

“环境的确比较恶劣，有时候觉得自己到了外星球，那些新奇新鲜的事物在别的地方一辈子都见不到。”

“你们也一定很辛苦。”

“也还好，除了放飞气球维护仪器我也不怎么出实验室。不过再怎么说，比几十年前的前辈们好多了，实验室的设备都是全球最先进的，自动化程度非常高，都不用太操心。”郗羽提起自己的专业可以滔滔不绝，“那几个月太划算，我们获取的数据真的很宝贵，靠着这些数据建立起了比较完整的模型，顺便，我还捡到了几块富铁陨石，这可是很难得的发现。”

唐宓美眸一眨，不解地问：“陨石？”

“是啊，南极是世界上陨石最富集的区域，要知道世界上百分之九十的陨石都是从南极收集回来的……我们小组出去放仪器的时候居然发现了一些，说实话还真没想到。”郗羽得意扬扬。

李知行侧目看着郗羽和唐宓相谈甚欢地聊学术问题，用一种“只有男人才懂的目光”看着自己老哥，略微压低了声音：“这是怎么回事？哥，你什么时候把郗羽学姐骗回来了？”

李泽文当然知道李知行的目光里蕴含的强烈好奇，他以一种“你不懂”

的态度拍拍堂弟的肩膀：“别想太多。”

“不想多才不可能啊，你没发现所有人都在看你们俩？今天明明是我结婚来着……快说，你们发展到哪个阶段了？”

李知行评估的视线在这位一两年不见的学姐身上稍稍停留。郗羽是那种典型的理科女，那一身华美得可以跟今天的新娘子比美的装束有悖她的风格，李知行有十足把握，学姐这一身造型一定出自自己兄长之手。

“你猜？”李泽文没打算满足堂弟的好奇心。

“……”

对兄长的感情生活，李知行充满了一种深层的探究精神，谁知道还没详细打探，就被李泽文这么一句噎得不上不下的。不过他也习惯了自己堂兄素来的行事风格，在没有确切把握之前李泽文从来都不会把话说死。

想到此，李知行淡定下来，他深深一笑，一脸推心置腹：“还没追到吧？革命还需努力呢。”

李泽文懒得理自己的堂弟，看到郗羽和唐宓的寒暄也进行到了尾声，伸手牵过郗羽的手，拉着她进了大厅。

大厅不算大，分布了三四十桌宴席，装饰得非常漂亮，一支乐队正在演奏莫扎特的音乐，场中人三三两两地闲聊，气氛悠闲，远不如王安安那场婚礼热闹。

两人没走两步，李泽文就遭遇了人肉袭击——一个三四岁的小萝莉一路小跑着从十几米开外冲到了李泽文身边，跳起来对他伸出手，奶声奶气道：“哥哥抱。”

咦，哥哥？

“我妹妹，李亦宸。”

跟郗羽解释后，李泽文俯下身去，轻轻松松地抱起这个小萝莉，让她的视线和自己齐平。

郗羽努力消化着面前所见的这一幕——是的，李泽文李教授，今年三十有一，已过而立之年，却有一个这么小的妹妹。

小萝莉脸蛋圆滚滚，头发如漆，脸颊微红好像苹果，穿着一身粉色的连衣裙。连衣裙不知道是什么材质做的，闪闪发亮，不过再亮也不如她黑珍珠一般的眼睛闪亮。真是个可爱的小萝莉，可爱得让郗羽这个不太喜欢孩子的成年人都觉得心都要融化了。李家的人确实长得不错，郗羽默默感慨着。

小萝莉在李泽文怀中，捧着他的脸，“啾啾”左右亲了他两下，用软绵绵的嗓音撒娇：“哥哥，你好久都没来看我了。”

李泽文摸了摸她的头：“哥哥现在太忙了，过几天就来看你好吗？”

“为什么要过两天？”小萝莉用嫩脸努力蹭了蹭李泽文的脸，让郗羽深深觉得她的撒娇技能点已经点满了，“哥哥，我好想你啊。”

“是真的想念我，还是想我的礼物？”

“都想……”小萝莉绞尽脑汁地想了想，随后道出答案，“我想你每天都来幼儿园来接我上学放学。”

李泽文温言道：“有时间就会来的。”

郗羽凝神静气地看着这一幕，她想起姐夫黎宇飞抱着外甥黎午阳的样子好像就是这样，再转念一想，黎宇飞和李泽文同岁，难怪乍一看去李泽文和李亦宸看上去更像父女。

她一个人这么乱七八糟地瞎琢磨，岂料小女孩却趴在李泽文的肩头，以一种挑剔的目光看着郗羽：“哥哥，她是你的女朋友吗？”

郗羽感觉到轻微的无奈，她知道自己今天和李泽文一起出现肯定会引发无数猜想——但真没想到，连这么小的妹子都可以敏锐地指出疑点了。

李泽文问她：“谁告诉你的？”

“我发现的！”

李泽文示意她看郗羽：“叫姐姐。”

小萝莉用费解的目光看着郗羽好一会儿，说：“是阿姨，不是姐姐。”然后她以迅雷不及掩耳之势伸出右手，一把抓向郗羽的发卡——别看小萝莉手小，但力气挺大，死死抓着郗羽鬓角那只精美的蝴蝶发卡不分青红皂白就要往下扯。

上一次被人扯着头发还是十几年前，当时潘越的母亲愤怒发狂，抓着她的头发骂她，没想到十几年后，居然在四岁女孩手下遭受到同样的待遇。

郗羽头痛欲裂，她伸出手去护着自己的头，试图从小女孩手里抢救自己的头发。

李泽文压根没想到妹妹会有这一出，脸色一沉，马上腾出一只手，冲着李亦宸的手腕就是一巴掌。

“啪！”

一道极重的响声之后，李亦宸小朋友的手松开了，精美的发卡“吧嗒”一声掉在地上，发卡别着几绺头发飘飘荡荡落到地面，乌黑的头发在大理石地板上十分显眼。

李泽文看得眼角一跳。

他沉着脸把李亦宸放在地上，转过身手心轻轻覆住郗羽的鬓角轻轻揉了揉：“疼吗？”

“没什么，”郗羽好不容易缓了一口气，抬起脸连忙跟李泽文道，“教授，没关系，我不疼。”

怎么可能不疼。李泽文没有说话，继续揉着她的鬓角。

“泽文，不好意思。”看到女儿闯了祸，原本站在大厅另一角和其他客人聊天的严静也连忙中断了和其他客人的聊天，走过来道歉，“真是对不住。”

李泽文并不领情更不会接受这个道歉，他放下手，转身正色道：“她对不起的不是我。”

严静尴尬一笑，看向了郗羽：“这位是……”

“我朋友，郗羽。”

“郗小姐，”严静连忙道，“我女儿不懂事，对不住。”

面前这位容貌姣好、一身精致套装的女士大概只有四十岁，不知道和李泽文有什么关系，郗羽连忙说：“没关系的。”

李泽文表情里笑意疏无，他看着自己的妹妹，问：“知道自己做错了什么吗？”

小萝莉大概从来没有被人这么严厉地训斥过，她瘪了瘪嘴，仰头看了看李泽文，又看着自己通红的手腕，泫然欲哭。

李泽文说：“向姐姐道歉。”

“呃……”严静为难地看了看李泽文，“泽文，你妹妹也不是有意的……”

李泽文语气冷硬：“让她自己道歉。”

李亦宸小朋友满脸委屈地看着李泽文，脸憋得红红的：“我不！”

严静连忙蹲下身和女儿聊了几句，在看到女儿手腕的红痕时，她脸颊明显抽搐了一下，看起来比打在她身上还疼。李亦宸看到母亲出现，伸手抱住了妈妈的脖子，本来还没掉下来的眼泪和泄洪一样滚滚滴落，开始号啕大哭，雪白小脸涨到通红，哭得上气不接下气，仿佛受了天大的委屈一般。已经到场的宾客都围了过来，看热闹嘛，谁都喜欢。

李泽文没理这个惹祸的妹妹，捡起刚刚掉在地上的发卡，抬起手把发卡重新别回郗羽头上，又轻轻揉了揉她的鬓角。

“我说今天是知行结婚呢。你可低调点，现在这样是要喧宾夺主还是怎么的？”

爽朗利落的女声打破了小朋友的哭泣声。李泽文一侧头，就看到自家姐姐李君子风风火火地走了过来。

李君子无奈地看了看李亦宸，一手拖着李泽文，一手拉着完全蒙住的郗羽走到一边去：“算了，我们去别的地方。”

小孩子需要有人哄，哄的人越多越高兴越要博取关注，受到了大量关注后李亦宸的哭声更响了，因此三人虽然走到了一边，小朋友的哭声却没有衰减的趋向。

“真是的，不知道爸和严阿姨怎么教的孩子，”李君子皱着眉头抱怨，“小小年纪的女孩子不知道怎么养成这个样子的，简直两面派。平时能给她好处的时候看起来倒是可爱的，但是一个不顺心就撒泼打滚，就算是老来得子也别宠过了头吧。”

李泽文眉心微蹙：“我之前没注意到她居然有这样严重的行为问题。”

“你一共才见她几次啊。”李君子摇头，“何况在你这个哥哥面前，我们这个妹妹是只会卖乖的。”

郗羽知道这事儿完全是自己引起的，她连忙说：“没关系，她还是小姑娘呢，大概是我不讨她喜欢吧。”

“你这么可爱的妹子，怎么可能不讨人喜欢。”李君子笑眯眯地对郗羽伸出手，“这位姑娘，自我介绍一下，我是李泽文的姐姐，李君子。”

想到一天前才穿过她的睡衣睡觉，郗羽对她的感觉立刻亲切起来。郗羽连忙对这位姐姐进行自我介绍：“你好，我叫郗羽。”

和郗羽打过招呼后，李君子又对李泽文道：“她扯郗羽的发卡无非是要博取关注，以前她所到之处，大家的注意力都在她身上，今天情况有了变化，心里不高兴，坏脾气就发作了。”

“问题不在于孩子，她毕竟还小。所有问题儿童的背后，都有一对或者一个问题家长。”李泽文说，“教育方法出了问题，不改不行。”

“我之前提过好几次，说要身教大于言传，要给孩子制定规矩，可严静压根不理我，还心疼地抱着亦宸委委屈屈，好像我是囚禁公主的恶龙一般。至于我们那个老爹，因为老来得女，心痛孩子心痛到了骨头里，总说什么‘年龄小不懂事’。爷爷奶奶就更别提了，对这孙女简直是心肝宝贝一样。”李君子对李泽文无奈地一摊手，“不过你面子大一点，他们大概会听你的。”

李泽文说：“这样下去不行。”

“当然不行。”李君子沉重地说，“我看，只有一个解决办法了。”

李泽文看她：“你想怎么办？”

“很简单，你生个孩子就好了。”

“哧——”

郗羽之前一直敬业地当着李泽文身边的花瓶，一举一动、一言一行都极谨慎，可谓笑不露齿，目不斜视。但李君子的话还是让她一个没忍住，笑了出来。

“说真的，你要有个孩子，爸爸和爷爷奶奶保管分一半的心去关心你的孩子，绝不会再把亦宸当心肝宝贝看了，她那身宠出来的臭毛病大概可以不药而愈了。”

“你对我说这个不如对今天的新郎和新娘子说。”李泽文显然并不为所动，淡定道。

“那还差点意思。今天的这对新人的孩子确实可以转移爷爷奶奶的注意力，但我们那个老爹也不好去宠叔叔的孙子啊。”李君子的身高大约有一米六七，比李泽文矮不少，但她今天穿了双高跟鞋，看上去应该有一米七五，于是可以很轻松拍弟弟的肩膀，“你好歹是长子，你的孩子地位当然不同啦。”

李泽文看她两秒钟，点头道：“姐姐，你还真是拼。”

“……”李君子失笑，“我发现现在要惹你真是越来越难了。”

郗羽总觉得这姐弟俩之间的关系挺有意思。

李泽文没接腔，只道：“不论怎么说，亦宸的教育需要我们费心。养出一位刁蛮公主，对谁都没有好处。”

“这个我也是明白的，”李君子无奈道，“要说，我们明明都不是一个妈来着。”

“不是一个妈？”什么意思？郗羽猛然醒悟李君子刚刚那句话中的丰富信息——李泽文的父亲有三个孩子，都是不同的女人生的。她是不是应该感慨李泽文的老爹真是老当益壮？李家的家庭关系很是复杂啊！

“没错，我们家确实比一般家庭复杂。”李泽文一眼看出她在想什么，直接道。

“教授，我也不是这个意思……”郗羽连忙说，“亲戚多也很好的。”

“亲戚的数量和麻烦的多寡成正比的，”李君子亲热地、完全没有任何陌生感地伸手拍了拍郗羽的肩膀，露出一副“年轻人你还是太年轻”的表情，“小羽，待会儿你就明白这其中的辛苦了。”

“……”

很快，郗羽终于明白了李君子的“辛苦”是什么意思。

随着宾客越到越多，她因为在李泽文身边，受到了极其强烈的关注，所有人的目光都化为实质，宛如夜航船的探照灯一样，在她身上扫来扫去。

这真是一次奇妙到让人抓狂的体验。郗羽在二十分钟之内认识了李家上下，从老到幼的所有人。同辈或者晚辈也就罢了，反正都不认识，走马观花地客气笑着应付一下就行，可是长辈们的信息量实在太大，如此显赫的家庭，让郗羽的大脑险些死机。

既然领着郗羽出现在所有人面前，李泽文对面前这一幕当然有所预料，郗羽的基本信息也透了个底朝天。

一直以来，李泽文身边不能说没有过异性的存在，但从来存在感稀薄，持续时间也不久，至少他从来没主动带过任何异性见家长。对此李家上下统统觉得无奈，老人们想抱孙子想得上火，但他们又能怎么办？

毕竟那种跟小说写的一样干涉孩子婚姻的事情通常只可能发生在孩子经济不自由思想不自由的情况下，李泽文哪一条都不沾。他远在美国，经济独立，思想更独立，在家族里的地位超然，谁还能管得了他？全家人统统感慨男人条件太好水准太高了也不好，而此刻，他居然一改常态，带着一位异性出席堂弟的只邀请了亲朋好友的结婚仪式。

是的，虽然李泽文说郗羽是“朋友”，其中的意味只要稍稍有点社会阅历的人都能体会得到。谁会带“普通朋友”来参加这种所有亲戚朋友统统都会出席的婚宴？大家都是社会人，社交也要按照基本法好吗。

何况，在场的不少人都注意到了李亦宸拉扯郗羽头发的那一幕，李泽文对郗羽的维护之意，只要不是瞎子都可以看得出来。

好在李家人很有素质，对郗羽的关注虽然强烈但并不露骨，得到了她的基本信息后都也觉得还算满足。

不论郗羽怎么看待自己，实事求是地说，她的外在条件的确出色，和李泽文站在一起，极为耀眼夺目，和今天的新郎新娘比起来也不逊色。至于内在嘛，看得出是教养很好礼貌懂事的孩子，名校学历更是锦上添花。从这个角度看，李泽文这么多年来高眼光也不是没道理。

李泽文的父亲很和蔼亲切地跟郗羽说“会好好批评女儿，有时间就跟泽文一起去家里玩”，至于李泽文的祖父祖母则也显示出了对郗羽的关爱，完全没什么长辈架子。李泽文的祖母还拉着郗羽的手，说要给她见面礼，并且还要求她下午一定和自己一起打麻将。

对这所有带着好奇的好意，郗羽只能微笑着“嗯嗯”了几声表示知道了。

但不论怎么被人围观和搭话，郗羽也没忘记自己来参加这场婚宴的目的，见程茵。否则，她才不会一直忍受旁人的视线到现在。

婚宴开始前夕，郗羽总算在人群中看到了程茵。她暗自松了口气。倒不是郗羽不相信李泽文的话，只是她挺担心，万一程茵今天有事来不了呢？

程茵今天穿得青春洋溢，浑身上下没有多余的装饰，只有脖子上戴着一根简单的银项链，浅蓝色衬衣和白色七分裤的打扮让整个人看起来活力四射，简直可以直接去拍杂志照片。她右手拿着小小的手袋，正在和李泽文的婶婶，也就是新郎的母亲言笑晏晏地交谈。

李泽文目光一扫看到这一幕，跟郗羽道："她算是我婶婶的朋友。"

"算是你婶婶的朋友？"这说法有点奇特，郗羽没忍住反问。

"我婶婶就是李知行的母亲。"李泽文说，"知道国内的方舟慈善基金会吗？"

难得有她知道的机构，郗羽肯定地点头："嗯，似乎听过。"

"我婶婶是基金会的主席，程茵很支持她的工作，慈善基金会的许多活动都是程茵主持经办，两人关系不错。"

"原来如此。"郗羽小声问他，"我在想要不要过去跟她打个招呼呢……"

"没必要。"

仿佛是为了印证这句话一样，下一瞬郗羽就看见程茵结束了和李泽文婶婶的交谈，随即面带微笑地朝他们走过来。

程茵笑着跟李泽文打了个招呼，寒暄了几句，然后把视线转了过来，看着郗羽笑问："这不是前几天安安婚礼上的伴娘吗？"

"是的。"李泽文代为发言。

"对呀，你说过，她是你的学生。"

"我叫郗羽。"介绍了自己的名字之后，郗羽盯着程茵说，"在安安的婚礼上，我叫住你，是因为我觉得你是我的初中同学。"

一旦确认了程茵是曾经自己的同学，再看她的时候，郗羽依稀总能发现小时候的影子。郗羽一直觉得程茵类似自己在古装剧里看到的古典美人，雪白肌肤，一双桃花眼，鼻梁挺直，从哪个角度看都挺好看的。

"初中同学？"程茵眨了眨眼睛，看起来很为这个说法而吃惊，旋即露出笑容，"安安婚礼的时候，你叫住我原来是这样……我和你的同学长得很像吗？"

"非常像。"郗羽一字一顿道。

"那你应该是认错了。我确实对你没有什么印象。"

郗羽已经从李泽文那里听说了这件事，因此对于程茵此刻的回答也做好了准备，但还是觉得心脏猛地往下一沉。她补充了一句：“我觉得我没有认错。我们初一的时候是同学，初一下学期的时候，我们还是同桌。”

“你为什么这么肯定我是你同学呢？这个世界上长得很像的人很多。”程茵反问。

“……”

郗羽一瞬间思维卡壳。她是通过公安局的姐夫获取了程茵的信息，但这一点不能说破。

“我告诉她的。”李泽文之前没作声，此刻才徐徐道，“你两天前把你的履历给了我，你就读的小学和郗羽那位和你同名的同学就读的小学是一所，而且也是同级生。我想世界上没有那么巧合的事。”

此言一出，程茵当即一愣。郗羽连忙感激地看了自家教授一眼。

“这样啊……既然是这样……”程茵下意识地看向李泽文，却没能从他淡定的模样里看出任何线索，她也只能重新看着郗羽，“郗小姐，我也不瞒你……我人生中有几年的时间，我的记忆都有些模糊。”

曾经叫她“小羽”的好友，现在对她只剩下一句“郗小姐”了。

“记忆模糊？”郗羽有点急了，“怎么回事？你大脑受伤了吗？”

程茵脸色不复刚刚的明朗，无奈一笑后摇了摇头：“说实话，我也不知道原因。但根据我妈妈的态度，我失忆前后发生的事情绝对不是什么愉快的事情，所以就不要提了吧？”

“你不想找回记忆吗？”

“不想。”程茵回答得很干脆，“既然知道这不是好事，我为什么要想起来？”

“……”

郗羽情绪低落得简直不想说话，无奈、失落兼而有之。她心中原本还盘算着其他想法——赵蔚所在的实验室对人的大脑相当有研究，水平当之无愧的全球最顶尖，只要程茵流露出一点遗憾，她就帮程茵联系赵蔚，请程茵去美国看看有没有修复记忆的可能性。

但是，程茵那彻底拒绝谈论的态度让她的小小盘算落空，难怪李泽文一开始就没打她的主意。抛开那不到一年的同学关系，她和程茵变成了彻头彻尾的陌生人，连搭话都无从谈起的陌生人。

好在三人也没时间搭话了，婚宴已经正式开始。

李泽文跟程茵点头示意，带着郗羽走向自己的座位。

跟在李泽文身后走了几步，郗羽心有所感，猛然回过头去，只见程茵还站在原地，以一种奇特的表情看着她和李泽文离开的背影。对上郗羽的目光后，程茵露出极为专业的笑容，别开了视线，转而跟前来与她攀谈的某人闲聊起来。

“教授，你有她的履历？”落座后，郗羽琢磨了几分钟，然后又想了想，问了出来。

李泽文倒是一副知无不言的样子：“两天前她发了一份履历给我，就是你当跟踪狂的那天。”

提到自己的跟踪行径，郗羽的底气就没那么足了，她抬头看了看酒店大厅的屋顶，讪讪地转移了话题：“这样啊……不过其实我不知道程茵读的是哪所小学来着……”

“已经有公安局的证据了，这只是辅助验证手段，并不重要。”

“嗯……你对她的话怎么看？”

“情理之中的回答。”李泽文说。

“早知道她这么回答我，还不如不来参加这场婚礼了。”郗羽说着，又瞄到了自己身上华美的裙子。为了参加这场婚礼，李泽文砸了上万美元，这笔钱真是白白浪费掉了。

“不会，任何事情都不会没意义。”李泽文微微一笑，又拍拍她的头，“如果不来，你大概会想‘我还是应该亲自求证’‘有没有那么一点可能她会想起我呢’。”

他说的当然是对的。身为科学家的求证精神和身为当事人的怀疑精神让她无法忽略这种可能性。

“更何况，婚礼的当事人毕竟还是你的两位熟人，”李泽文示意她抬头，“既然来了，至少发自肺腑地对这对新人表示祝贺吧。”

郗羽抬起头看去，宴会中央的舞台上灯光昏暗下来，预示着这场婚宴即将开始。

和绝大多数的婚宴一样，这三十余桌安排了座次，郗羽就跟着李泽文坐在了第二张主桌旁。李泽文能在这里落座，无可辩驳地证明了他在家族中的地位。

主桌上的所有人都在谈笑风生，李泽文自然也不例外。郗羽没怎么说话，她的注意力主要集中在餐桌上印着宾客姓名的名单上。她会来参加这场婚宴完全是偶发事件，然而今天的桌子上就已经有了自己的名字，想来忽然加进来的自己一定给他们添了很多麻烦。

她小声跟李泽文说："我觉得我还是应该给礼金……"

李泽文瞧郗羽一眼。他真心觉得郗羽的敏感点非常有趣，为人处世的想法的确和普通人不太一样。在这一场众目睽睽的婚宴上，人人都以为郗羽是他的女友，言语中也时有提及，和两人开玩笑的也不少，但郗羽都以一种淡定的态度接受了他人的玩笑，脸上连一点尴尬都没有。毫不露怯到现在的郗羽，却因为临时增加的名字而不好意思。

"现在给也来不及了。"李泽文说，"重点是没必要。"

虽然为她省钱是件好事，但郗羽还是无奈地抿了抿嘴。

这对新人的婚礼规模可能不算很大，但不论是整体还是细节做得比王安安的婚宴有过之而无不及，仪式感更足。郗羽也总算知道为什么程茵没来主持这场婚宴了，因为站在台上的那位司仪是连郗羽都认识的老主播，程茵现在名气虽然高，但和这等德艺双馨的老牌主持人没得比。

最让郗羽吃惊的是，在婚礼现场，她居然还看了一部长达十分钟的手绘动画片。动画讲述了这对新人相知相遇到最后相爱结婚的历程。手绘非常精美，两位主角的还原程度很高，脚本也写得不错，背景更是美得没话说，每一帧都可以截下来当桌面的那种美，再配上动听的BGM（背景音乐），堪比大片。

长见识，真是长见识。要说王安安的婚礼也是大场面了，至少是她这辈子见过的最大场面的婚礼，可那一场婚礼奢华归奢华，也没有做到这种程度的精致用心。

一场动画片看完，郗羽对这对新人有了全新的认识，原来他们是高中同学，大学也在同一所学校就读，至今为止相识十一年，难怪感情深厚。

“这动画做得还真是精美。”郗羽由衷地感慨。她虽然对八卦不敏感，但显然有欣赏美的能力。

“无奈下的另辟蹊径。”李泽文说。

“嗯？”

“虽然同学多年，但是他们没有多少合影，只能通过动画展示这段经历了。”

“但很精彩啊。”

“动画嘛，当然要浪漫一些。”李君子坐在郗羽的另一侧，发表着自己的感慨，“现实就稍稍要复杂一些了。”

话中有话。

郗羽忍不住看了这位姐姐一眼。

“他们能走在一起并不容易。”李泽文解释。

郗羽轻声附和：“我想应该也不会容易。”

李泽文难得听到她对这种“和自己无关事情”的表态，若有所思地看她一眼：“怎么看出来的？”

郗羽目光看着台上正在致辞的新郎母亲，声音压低了几分：“新娘子的父母都没出现吧。”

“唐宓的父母很多年前就去世了。”

“啊……是这样啊……”郗羽闻言愕然。她下意识地盯着台上的新娘子看了整整一分钟，有点震撼，也有些潸然，一时间竟无法言语。

单亲家庭的孩子的成长不是容易的事情，何况唐宓这种父母双亡的，那她在成长过程中遇到的挫折恐怕超出一般人的想象。

李泽文只需要看她一眼就知道她在想什么，他道：“唐宓是很坚韧的。”

郗羽幅度很小地点头，表示由衷地赞同。

服务生流水般开始上菜。

宴席非常好，口味照顾得很周全，那么多花样的菜肴郗羽从来没见过。

她吃得漫不经心，时不时把目光投向身边的李泽文。

李泽文绝大多数时间都在和同桌其余人闲聊，但也注意到了郗羽的目光。他跟她对视两秒，拿过分酒器给她倒了小半杯红酒。

“在想什么？”

几秒钟后，郗羽才犹犹豫豫地问：“我今天没看到你妈妈……”

是的，李家所有的亲戚她几乎都认识了，甚至连李君子的母亲也到场祝贺了新人，唯独缺少了一位相当重要的人物，那就是李泽文的母亲。

李泽文微微垂眸，平静地回答：“她已经去世了。”

“啊，她怎么去世的？”郗羽不知道自己当问不当问，但她还是问了。

“一次意外事故。”

郗羽反问：“意外事故？”

李泽文有短暂沉默，让郗羽以为自己是不是问错问题时他开了口：“算是飞机失事。”

郗羽面露诧异。飞机失事在什么年代都是小概率事件，怎么恰好被李泽文的母亲遇到呢？而且，“算是”是什么意思？

她想进一步询问，但话到嘴边，数年来的“不多管闲事”的惯性思维还是发挥了作用，话题一转：“那时候……你多大？”

李泽文也没回避的意思，直接道：“十岁。”

估算一下，李泽文十岁的时候，他的妈妈很可能不到四十岁，绝对算得上年轻了。六年前郗羽的母亲因病去世，郗羽伤心了很久。母亲的概念从此只能存在她的回忆中，寻遍天上地下，再也找不到全世界最爱她的那个人。但不论多么伤心，她那时候都已经成年，可以用相对成熟的心态面对。没想到李泽文比她惨多了，在那么小的年龄就体会了失亲之痛。那时候的李泽文心情到底如何，她不太能够想象。

“那么小？那时候你一定……很难过啊。”她小声说。

李泽文平和地说：“没事，都过去了。”

应该是过去了吧，现在的李泽文教授身上确实看不出有阴影的样子。

两人说话声音很小，但一旁的李君子可以听到两人的交谈。实际上，她在这顿饭期间一直偷偷摸摸关注着他们。她对新婚夫妇的兴趣远没有对李泽文和郗羽的兴趣来得大。在她看来，李知行和唐宓是一曲已经谱写完成的故事，不再有悬疑和新鲜感；可李泽文和郗羽两人，则是一段刚刚开始的故事，未来充满了无限可能，她对他们非常好奇。

她气定神闲地一笑，问李泽文：“你还是第一次告诉她家里的事？”

李泽文简短道：“是。”

看这个情况很难从李泽文嘴里撬出资料了，李君子转而又问郗羽：“是不是你当过他的学生，所以不好意思问？其实你这位教授没有那么严肃的。”

否认和承认都不是正确答案，郗羽只能苦兮兮一笑：“哈……”

“其实我们家也没那么复杂。”李君子对郗羽努努嘴，示意她看坐在主桌的父亲，“我妈是我爸第一个老婆，当时两人都年轻，你能想象吗？他们才二十岁就折腾出了我，当时两人还在读大学。两人奉子成婚又年轻气盛，每天早中晚各吵一次架，特准时，结婚不到一年他们就离了婚。”

她的语气充满了调侃，说起自家父母也毫不客气。

郗羽下意识地看了看李泽文的表情，他很淡定地和旁边的唐宓舅舅交谈，没有阻止自己姐姐说下去，想必也没有什么不能对人言的事情。

“后来我爸和泽文的母亲结了婚，但那时候我妈已经带着我去国外了，我当时三岁。后来泽文的母亲去世，泽文十八岁的那年，我爸和李亦宸的妈妈结了第三次婚。所以我们家变成了现在的样子——三个孩子都不是同一个母亲生的。”

“虽然之前觉得家庭环境挺复杂，但这么一想都很合理。”郗羽老老实实地说。

李君子莞尔：“我家的事情较普通家庭更复杂一些，但一切都是在当年的环境下自然而然发生，是光明正大的，没有乱七八糟不能诉之于口的剧情。”

郗羽听得一愣。

“就像今天的这对新人一样，”李君子说，“在他们走到一起的过程中虽然有波折，虽然有难过，但所有的问题全在他们自身。”

她隐约能察觉到李君子和李泽文的意思，她觉得自己陷入了八卦的深渊。

交浅言深，这是好事吗？

郗羽专心看向舞台中央。在证婚人的致辞后，新娘新郎交换戒指，音乐声响起，这一场婚宴眼看着到了尾声。最后一个环节，新郎新娘奉上了一个挺大的惊喜——投影屏幕上出现了一个硕大的二维码，提示语说，扫码二维码会得到新人赠送的红包，金额总计十万，从八千八百八十元到八点八元不等。

稍微做一个除法就知道这红包的金额挺大的，郗羽一分礼金没给，也没好意思觍着脸刷二维码领钱。李君子一拉她：“刷啊，客气什么。考验人品的时候到了！”

李泽文说：“还记得我刚刚说的吗，既然来了，至少发自肺腑地对这对新人表示祝贺。这个红包不是代表钱，而是新郎新娘对来参加婚宴客人的谢意。”

是的，如此显赫的家庭，对他们来说，金钱并不重要。办婚礼的目的是一种仪式，是一种在太阳下昭告四方的仪式，告诉所有人：这里有一场快乐的婚礼，有一对幸福的新婚夫妇，我们得到了大家的祝福，也感谢大家的祝福。

郗羽环顾四方。

婚宴现场气氛高涨起来。李家的亲戚朋友显然都不缺钱，但显然不会有人会拒绝这笔喜气洋洋的钱。

于是，郗羽也拿出手机对准二维码一扫——这是一个专门为了这场婚宴制作的 APP——她看着屏幕上这对新人的笑脸，狠狠摁下了那个巨大的红包。虽然她运气还没有好到抢到那个独一无二的最大红包，但也相当不错了，抢到了一个金额八百八十八元的大红包；李泽文的运气也很不错，和她金额相同；至于李君子就沦落到八十八元的级别了，她仰天长叹一声，说自己连平均数都没捞到。

这次抢红包行为让全场所有人都振奋起来之后，新娘则微笑着抛出捧花，被一个年轻的小姑娘接到，她兴奋地尖叫一声，简直要飞起来。

郗羽当然不会去接捧花，她收回目光，落到这个八百八十八元的红包上，琢磨着拿这个红包干点啥。

李泽文提示道："留着吧，一会儿没准还要用掉。"

"用掉，什么意思？"

李君子拍了拍郗羽："刚刚我奶奶叫你玩麻将，你不会以为是开玩笑的吧。"

是的，在婚宴开始前，李泽文的祖母就拉着郗羽邀请她打麻将，但郗羽以为那是一句戏言，完全没当真，此时终于惊觉，这不是客套？

第五章

天台 / ZENG NI YI YE XINGKONG

“打麻将”这事儿的确不是客套，也不是玩笑。

吃完饭后，大部分客人陆陆续续告辞离开，程茵是其中之一。离开之前她特地前来和李泽文打了个招呼，当时人声嘈杂，试图和李泽文打招呼的人也很多，两人的交谈过程很短，李泽文说“过几天再联系”，程茵言笑晏晏地回答“谢谢李教授”，又对郗羽客气一笑，转身飘然离开了。

两人的交谈很短暂，但似乎透露出一些不得了的信息。郗羽盯着程茵的背影看了好一会儿，直到她消失在楼梯的拐角处，才默默收回目光。除了相貌之外，从这个失忆的程茵身上再也找不出和当年的相似之处了。

没离开的客人听从主人的安排，分散到了酒店的各个包房中。就在这种环境下，郗羽稀里糊涂地被李君子强行拉到了酒店的某一间精致的麻将包房中。

“会玩吗？”李泽文对姐姐的行为没发表反对意见，反而问郗羽是否掌握了这一国粹。

李君子看上去对郗羽充满信心：“不会玩也可以现学的，麻将又不难，凭你的智商，分分钟就可以掌握这门技术。”

郗羽说：“呃，其实我会一点。”

李泽文眉梢一挑：“什么时候学的？”

麻将基本上是一种浪费时间的社交活动，至少要凑足四个人才能成行。李泽文比较深切地怀疑，就算郗羽有时间学麻将，但她那社交圈里估计也凑不足四个喜欢打麻将的人。

“学了好些年了，高中的时候学的。”

李泽文心里有数了：“跟着王安安学的？”

郗羽点头。高中的时候，郗羽在安县中学就读的那几年，周末放假的时候，如果她不回南都就会去王安安家玩。王安安的妈妈是个很有趣的阿姨，大大咧咧，平时的休闲活动是玩麻将，家里还有间专门的麻将房。某一次麻将活动时，四缺二，王安安的妈妈就强行把女儿和女儿的同学拉上了桌。郗羽当时想，王妈妈真是心挺大的，至少她妈妈就做不出让未成年少女上麻将桌的事情。

“麻将的类型很多，你会玩哪种？”李君子问。

“我当时玩的是108张牌的那种，只有万、条、饼，可以吃可以碰。”

“那是最基本的麻将牌了，和我们家的玩法不一样。”李君子爽利地说，“不过规则大同小异，让泽文教你就行。”

郗羽微微蹙眉，有点轻微的焦虑。她焦虑的倒不是会不会玩麻将的事情，而是另外一件更要紧的事。她小声问李泽文：“那个，你们家打麻将通常打多大？我没有很多现金。”

郗羽从来也不是有钱人，此时她钱包里算上人民币和美元也不超过一千块，她对自己的麻将水平也没啥自信，估计上桌了就得输钱。虽然刚刚捞了个红包，也不知道等下能不能电子支付……

李泽文微笑着看她一眼：“不用担心，玩麻将的重点不是你玩得多好，主要取决于你的运气以及和其他人的水平差。”

事实证明，李泽文的话总是卓识而富有远见的。

一桌四个女人，除了李泽文的祖母外，一位是今天的新娘子，在婚宴结束送走最后一批客人之后，她被强行拉到了麻将桌上，剩下的接待任务就完全转交给她老公；还有一位则是李泽文的表弟唐明朗的女友，一个名叫贺优的女孩，长得清秀可人，目前在加州大学洛杉矶分校念本科，也是一个麻将新手。

除了老太太的牌技非常棒之外，剩下的三个年轻人似乎技巧都不算出色。

李君子看了两轮后就吐槽了一句：“真有菜鸡互啄的感觉，赢钱全靠运气。”

老太太好气又好笑，抬起手就敲了李君子一下。

“年轻人能不低头玩手机，陪着我这个老太太打几圈麻将就很好啦，你还在说怪话。”

李君子捂着头叫痛，表情之夸张，让人忍俊不禁。

郗羽莫名觉得李泽文的祖母像极了《红楼梦》的贾母，李君子则客串了王熙凤一角，活跃气氛。不难理解，一个八十岁的精神矍铄的老太太，喜欢打麻将不是为了赢钱，而是享受儿孙绕膝的感觉吧。毕竟儿孙平时都很忙，能这样全家聚在一起陪她玩几局麻将，应该就是最幸福的一件事了。

李泽文指导郗羽玩了几局之后就被人叫走谈事，但这之前他把自己的钱包留了下来，且示意郗羽随便玩，把钱输完了也没关系。

此举引来了麻将桌旁一群人的奇妙笑意，郗羽还没来得及发表意见，一旁观战的唐明朗更是行动比语言还快地一把抄过了钱包在手里迅速翻看起来，嘴里还大呼小叫地嚷嚷开了。

“我得看看大表哥的钱包里都有什么！”他快速扒拉钱包，嘴里念念有词，“银行卡，信用卡……哈佛的教师 ID 卡，哦，又一张教师 ID 卡，俱乐部的卡，驾照，社保卡……怎么一点特别的都没有啊，好让人失望。”

“你想看什么？”贺优问。

“不是说从钱包里可以看出一个人的生活状态吗？我看大表哥的生活状态真是乏味得很呢。”唐明朗说，“咦，不对，还有一张照片，在最里面的夹层里……这是大表哥的照片吧？”

此言一出，包房里的一群人立刻精神一振，拿麻将的动作同时暂停，照片就像是磁铁一样吸引了所有人的视线。郗羽也探过身瞄了一眼，不能免俗地瞪大了眼睛。

照片看上去有相当的年头，但保存得很好。整个照片的背景是一片绿意盎然的大草坪，草坪的远处有一栋白色的大房子，优雅美丽的年轻女人穿着样式简洁的成套西装，她的手臂搭在一个十来岁的小男孩肩上，笑意盈盈。小男孩穿得同样正式，一套笔挺的儿童西装、白色衬衣，脖子上打着整齐的领结，他看上去不太喜欢照相，背着手，平静地注视着镜头。

郗羽想，原来这位教授从小就这么一本正经的样子了。

“这是小时候的大表哥吧？”贺优眼睛放光。

“肯定是了。”唐明朗依据常理推测，“旁边的这位，是不是大表哥的妈妈？”

李君子也是第一次看到这张照片，她端详了好一会儿，又拿过去放到老太太面前：“奶奶，您看看。”

老太太接过照片一看就点了头：“没错，是泽文的妈妈。我也是第一次看到这张照片呢。”

贺优露出神往的表情：“大表哥的妈妈很漂亮，难怪大表哥那么英俊。”

唐宓也饶有兴趣地凑在老太太身边仔细地看了一眼照片，随即指出：“照片背后有日期和地点。”

老太太翻过照片一看，照片背后的字体娟秀，日期表明这张照片拍摄于国外某使馆，距今二十一年。

唐明朗对家里的事情还是有些了解的，敏锐度也不缺：“外婆，大表哥的妈妈是做什么工作的啊？”

“她是外交官。真是太可惜了，多聪明的孩子，精通六七种外语，都是专业级别的。”老太太眯着眼睛想了想，有些唏嘘地摇了摇头。

“六七种？真是开挂的人生！”唐明朗感叹。

郗羽盯着照片背面的时间，再想起李泽文说的“十岁”——算起来，应该是拍了这照片不久后，李泽文的母亲就因为飞机失事去世，难怪他随身带着照片这么多年。这也许是他和他母亲最后一张照片。

“她出了什么意外吗？”贺优对李家的事情了解不多，看着老太太并不避讳，于是好奇地询问。

“外交官要面临许多危险，她当时乘坐飞机去哪个国家来着，不巧遇到两国交火，一不小心飞机被误伤打了下来。”老太太记忆力不如年轻的时候，一些细节模糊了。

李君子是知道这段故事的，但唐明朗不太清楚，毕竟一直以来也没人告诉他。

她唏嘘得很：“真是太倒霉了。”

这段故事一出，麻将桌上的气氛就有些不太对了。老太太笑了笑，拿着麻将牌敲了敲桌子：“行了，把照片放回去吧。”

唐明朗对外婆的话还是很听得进去的，他心满意足地把照片放回钱包，把钱包还给了郗羽。

“不过现金不太多，才两千多吧。”唐明朗对女朋友鼓气，“加油加油，把大表哥的钱全都赢过来！”

贺优无语地看了一眼男友。她先瞧了瞧左手边笑眯眯的老太太，再看看右手边有着一对可爱酒窝貌似人畜无害的郗羽，最后再看向对面沉稳得不行的唐宓，总觉得自己想赢钱并不是那么容易的一件事。

事实证明，贺优对自己的判断还是很精准的。

一桌四个女人，老太太打牌喜欢做大牌，输得不少，但赢得更多；唐宓的麻将技术倒是中规中矩，看得出来之前有玩过但也不算很熟练，从头到尾都保持了赢得少输得也少的水准；至于贺优，完全是这四个人中一盘肥美的大菜，基本上从开局到现在就没赢过。

虽然郗羽觉得自己打牌的技术并不好，但和贺优比起来，还算可圈可点。

“七条，我和了。”

喊完这句话后，郗羽才注意到又是贺优点的炮。郗羽简直不太好意思了，尤其是考虑到对方还是一个学生，自己已经有了工作，总觉得这钱赢得有些于心不忍。

雪上加霜的是，唐宓也在一旁默默地摊平自己的牌，微笑道：“七条，我也要。”

一桌人哈哈大笑起来。

“怎么这样啊？一炮两响？我还以为这张牌很安全呢。”贺优眼睛都瞪圆了。

郗羽一脸抱歉：“不过因为这是最后一张了，我不和也不行了。”

“最后一张七条？牌面上可只打了一张啊？”贺优不可思议。

“牌面上的这一张第二轮就打出去了，后面没再出过。从概率上说，剩下两张应该都在一个人手里，”唐宓解释道，“其他两张都在奶奶手里，她还在等碰。”

老太太笑呵呵地看看郗羽，又看看唐宓，愉快地也推了自己的牌让年轻人观看：“你俩说得没错。”

“晕，原来是这样……”

唐明朗在一旁观战到现在，从很有自信变得气虚起来："我看出来了，在运气差不多的情况下，想要赢两位学霸的钱，我看是有点难。"

"是的，这学习能力太强了。"贺优也有些感慨。她可是眼见着郗羽从一个生手变得熟练起来，对牌面的判断越来越准确。可见对这群理科学霸来说，善于总结，发现规律已经形成了一种下意识的习惯。

老太太笑着道："好了好了，输钱也不要紧，让她俩请吃几顿饭好了。"

唐宓安慰贺优："小优，还没打完，麻将也很看运气的。"

"当然，赢到最后才算赢。"贺优点头，摆出豪情万丈的样子。

她当然也不在乎输的这点钱，无非是开玩笑调节气氛罢了。她一边摸着麻将牌，一边和郗羽攀谈起来。

"郗羽姐姐，我听说你现在在普林斯顿工作？"

"是的。"

"我在美国的时候去了很多地方旅游，但一直没去过新泽西，听说普林斯顿挺美的？"

"主校区的确漂亮，有很多壮观的建筑。你要来新泽西的话，我带你逛一逛。"

"那就这样说定了。我下学期应该不太忙，可以在感恩节过来。"贺优笑容很甜，"郗羽姐姐，你天天在那么漂亮的地方读书，是不是就像走进童话故事一样？"

"也许吧。不过我不在主校区工作，也没办法体会这种感觉了。"

贺优没想到，她眨了眨眼："不在主校区，那是在哪里？"

郗羽扔出去一张牌："我们的实验室在 Forrestal（法瑞斯特）校区。"

唐宓抬眸，有点好奇地问："我没有听说过这个地方。"

虽然她也曾经去美国交换了一个学期，但基本只在旧金山活动，对其他学校知之甚少。

郗羽说："这地方的确没有什么知名度，只有几个研究所。"

"和主校区远吗？"唐宓问。

"不算远，四五公里，坐校车只要十几分钟。"郗羽说。

唐宓继续问："学姐，研究所怎么样？"

“很好的。比读博士时轻松一些，怎么说也是一份正式工作，还有工资拿。”郗羽说。

抛开她现在在研究所飘忽不定的位置不谈，郗羽对这份工作还是很满意的。

唐宓想起当时在麻省理工和郗羽的那次见面她那苦哈哈的样子，也觉得她现在的状态更好一些。

“学姐，你在普林斯顿有见过其他留学生吗？”

“当然见过。你知道吕子怡吧？我记得你们好像认识，是大学同学来着？”郗羽还记得一年半前感恩节的那次偶遇，“我在普林斯顿的房子就是她帮我找的。”

唐宓说：“她是一个挺热心的人，能帮忙的她一定会帮。学姐，我记得她是你室友的高中学妹？”

“对呀。就是赵蔚让她帮我找房子的，我本来是说不用麻烦她，但她很快就找到了合适我的房子，也挺巧了。”

“她现在怎么样？”

“好像还不错，就是挺累的，不过在美国念博士，不论如何都不可能很轻松地过日子了。我回国之前她给我打了个电话，说正在写论文。”郗羽摸了张麻将牌又打了出去。

唐宓又问：“学姐，那你见过叶一超吗？”

“嗯？叶一超？”郗羽想了想，“哦，对的，叶一超也是你同学？”

“是的，我高中同学，大学也是校友。”

“我还真见过他两次。”郗羽从大脑里抽出一些信息片段，再将之告诉唐宓，“六月底的时候，我到普林斯顿报到的时候，吕子怡请我吃饭，也叫了叶一超。他风风火火地来，急匆匆地走，包括吃饭时间内大概就待了二十分钟，吃饭时几乎没有说话。第二次就是两周前，我等校车的时候恰好看到他，他当时急匆匆的，大概是去上课吧。”

唐宓莞尔。她已经可以想象到叶一超背着书包奔走在普林斯顿校园的样子。她想，如果把人类现有的知识比成一个圆，那么叶一超，还包括旁边的郗羽学姐，现在正在拓宽这个圆的边界，而自己真是差远了。

郗羽定睛瞧着唐宓几秒钟，不知为何，她觉得唐宓对叶一超的信息很有兴趣，于是又补充了几句："叶一超真挺厉害的。我在 GFDL（地球物理流体动力学实验室）同组有一个同事，她和她丈夫都是法国人，一起来普林斯顿做访问学者。她到了 GFDL，她老公去了高等研究院，和叶一超的导师合作做一个什么 program，叶一超也在跟着他们做研究。"

郗羽一时间找不到合适的翻译，只能使用英文了。

"什么 program？"

叶一超读博这几年，一篇文章都没发，让人很难得知他到底在研究什么——唐宓想知道他的研究进展，听闻这个信息真有些好奇。

"我不太清楚，据说挺前沿的。数学界的事情不是外行可以了解，和天书一样。但我同事的丈夫获得菲尔兹奖就是靠着对代数几何的贡献，他们研究的内容应该差不太多。"郗羽竖起一根手指对唐宓晃了晃，"你知道，最有趣的一点就是他特别特别欣赏叶一超，信誓旦旦地说等他结束访问学者生涯回法国时一定要把叶一超忽悠去法国呢。"

唐宓觉得有点放心了。既然菲尔兹奖得主都这么称赞叶一超，应该不用为他能否毕业而担心了。

"法国数学界的实力非常强，如果有机会去那边学习应当也不错。"

"迟早的事情。数学界的交流本来就非常频繁，对叶一超这样的天才来说，在数学界攒下名气是很快的事情，那时就是真正'天下可去'了。"

郗羽和唐宓两人的话越来越学术，听得一旁的贺优和唐明朗面面相觑。唐明朗去年六月本科毕业，他没打算学表哥表姐继续在学业上深造，更没打算从事本行业的工作，反而跑去南加州大学继续学了个音乐学位，和学术圈的距离如此遥远，简直没有任何靠近的机会了。

贺优的嘴可能是这一圈人里最甜的，她笑起来："郗羽姐姐，他和大表哥比起来谁更天才一些啊？"

郗羽一下子被问住了，她有点迟疑地说："我想不能那么简单地比较，毕竟不是同一学科的。"

"看来是我没问对。"贺优吐了吐舌头，"我一直觉得大表哥是我知道的人里最天才的人。"

郗羽想了想："我对叶一超并不了解，也不知道他做的研究的难度。但是，教授可能不是我认识的智商最高的人，但一定是我认识的人里智商和情商同时最高的人。"

"哇，郗羽姐姐，你对大表哥的评价很高啊！"贺优眼睛冒着星星，奈何她的感慨还没发完，就已经被刚刚走进包厢的李泽文打断了。

"谁在说我？"

声音到人已至，李泽文在包厢里环顾一圈，一屋子人的视线顿时聚焦在了郗羽身上，给出了无声的答案，连老太太都不例外。

李泽文走到郗羽身边，手臂撑在她的椅背上，微笑着垂眸看了看她："谢谢你的评价。"

郗羽仰头和他对视了一眼，"背后说人闲话被当事人抓住"这事儿当然会让人感觉到尴尬，哪怕你是在夸奖对方。

她脸上发热，小心翼翼地抿了抿嘴："呃，我其实……没说什么啊。"

"应当轮到你拿牌了吧？"李泽文也没等郗羽回复，视线扫过牌面，就判断清了目前的形势。他径直探身在贺优面前的牌尾里取了一张牌，指腹在牌面上一弹，利落地靠在郗羽的牌面右侧，修长手指轻轻划过那一排立着的麻将牌，全部推倒摊平。

"自摸三家。"

李泽文大杀四方的气势太明显，一桌人都愣了，一个个骇然地扑上来检查核对了足足两遍才确认是真的和牌不是吓唬人。

老太太都摇头："泽文，你这手气也未免太好了。"

李泽文似笑非笑道："总不能让你们白白翻了我钱包。"

"原来你知道啊……"唐明朗小声嘀咕了几句，他实在佩服大表哥这明察秋毫的功夫，"难道只让郗羽学姐看你的钱包？"

"当然。"李泽文说，目光扫过四周，"诸位，掏钱吧。"

一桌人纷纷表示佩服，且笑且叹地乖乖掏钱。

在一片乱糟糟的掏钱动作中，郗羽搁在桌面上的手机一闪，一条信息跳出了手机界面。

"小羽，你姐夫说已经拿到案卷的资料了。"

飞机在南都机场降落的时候，是上午十点。前几天刚刚回过家，郗羽熟门熟路地带着李泽文和周翼出了机场，就在机场出口处等到了来接他们的酒店的车，于是三人上了车回了市区。

得知李泽文要跟自己回南都后，她第一时间就想到了应该由她来安排两人的衣食住行才对，显然，李泽文和周翼这两个大男人没法住在自己家，这种可能性郗羽压根没想。

在咨询过姐姐后，郗羽跟李泽文提议：“我问过我姐姐了，说青山湖饭店不错。车辆的话，可以开我姐姐、姐夫的车。”

李泽文直接忽略了她的建议，只说：“酒店和车辆都不用担心，周翼会安排。”

郗羽也是此刻才知道李泽文还会带着周翼随行，于是好奇地发问：“周先生也一起去？”

“我需要他帮我处理一些事务。”

“这样啊，我明白了。”

两人大男人的话，住酒店倒是不错的选择。

李泽文嘱咐她：“记得通知你姐姐和姐夫也来酒店，把资料拿过来，顺便一起吃顿午饭。”

郗羽自然应允，她也想早点看到当年潘越案的资料。

李泽文入住的地方是南都的一家连锁五星级酒店，叫环江大酒店，经理亲自接待，把三人送到酒店顶层的商务套房。这间套房面积不小，绕过门厅就是餐厅和客厅，附带了两间卧室，一眼看去，整体装修奢华又精美。这样的套房住一晚的价格，郗羽只是想一想都觉得头皮发麻。

她一直以来都没什么钱，因为开销不大，很少想自己到底穷不穷——然而此刻她忽然觉得自己很穷。刚刚上飞机之前，郗羽借着托运行李李泽文从钱包里拿身份证时要到了他的银行卡号，准备通过网上银行转账给李泽文，被他当即阻止了。

李泽文带着助理跟她来南都，付出的金钱和时间成本其实无法计算。别的不说，就昨天李知行婚礼上她穿的那身昂贵的华服，她就买不起。她见过李泽文家中所有人，也知道李泽文不会在意这么点钱，她也完全不知道自己可以拿什么报答他，只有等自己赚钱了再还给他，自己能力范围内的应该还是可以做到的，她不想含混了事。

但李泽文只问了句：“你还有钱吗？”

“有的。”郗羽连忙说。

然而李泽文看上去并不太相信她的话：“只剩下回程的机票钱了？”

“呃……比机票钱还是多一点的。”

李泽文挑挑眉，用“别打肿脸充胖子”的表情看她一眼。

“还剩下三千美元吗？”

“差不多……”

郗羽无奈地点头，李泽文估得很准。学术圈的收入都是公开的，很好估算她收支情况。她读博士期间攒了将近一万美元，到新泽西后租房买家具花了三四千美元，这趟回国又花了三四千美元，研究所目前为止给她发了半个月工资，七七八八算下来，卡上也就这么点钱了。

“留着。你现在连工作都不确定，如果出了意外情况，还需要用钱。”李泽文看了她一眼。

这还真是大实话。如果她研究所的工作真的丢了，她必须要重新找工作，又牵涉搬家重新租房，接下来的开销还真不少。

郗羽当然也是果断的人，立刻做了决断：“教授，我不知道你跟我走这一趟到底要花多少钱，等我回了美国后半年以内还给你。”

“可以。记着量力而为。”

李泽文当时说了这么一句，便结束了这个关于金钱的话题。

李泽文和周翼在酒店放好行李，郗柔的电话也到了。今天是周末，黎宇飞恰好休假，也跟老婆一起来了酒店。

总的来说，越好的酒店餐厅也越上档次，显然李泽文下榻的这家环江大酒店也不例外，排场很足。在酒店的豪华中餐厅门前，郗羽看到了站在门口没进去的姐姐、姐夫，她连忙当中间人做了介绍。

接下来自然是礼貌周到的寒暄。

李泽文还好说，他对郗家的情况已经足够了解；郗柔和黎宇飞夫妇则处于信息不对称的困惑中，很想私下问问妹妹这位忽然冒出来的李教授是怎么一回事——郗羽在美国这么多年，和家里联系时从来报喜不报忧，只谈大事不提小事，询问家里的情况远远多于汇报自己的近况。但是昨晚，她忽然告诉姐姐自己会带朋友回南都，用的理由是“他想要进一步了解当年潘越的事故”。因为了解妹妹平时的作风，郗柔以为她带回来的朋友一定是个妹子，此时看到居然是位英俊挺拔的异性，一时间都不知道是震惊多一点还是喜悦多一点。

几人寒暄之后，周翼指了指酒店：“已经订了包厢，我们进房间说。”

服务小姐将一行人引到豪华的包厢里，拉开椅子请众人落座。

周翼道：“菜我已经做主点了，据说都是酒店的招牌菜。”

“那真是不好意思，”郗柔连忙说，“应该是我们来点的，也好尽尽地主之谊。”

黎宇飞则问：“李教授，你是第一次来南都？”

“是的。”

“我们这里有些特色小吃很不错的，有时间的话，我们可以去尝尝。”

李泽文笑着道谢。

因为提前预订菜单的原因，菜上得很快，虽然每一份分量不多，但是十多个精美的盘子摆在桌子上还是显出这顿饭的实心诚意。

这几个人其实都不熟，但也是饱经考验的社会人士，交谈氛围很快融洽起来。当然，最主要的共同话题是郗羽。

郗柔对李泽文有了进一步了解，听到了他教过郗羽的一门选修课的事儿，忽然“噫”了一声，一脸的醍醐灌顶。

李泽文眉梢微挑，笑着问：“怎么，听说过我吗？”

郗柔温和一笑：“是的。李教授，小羽曾经提过你。”

“她怎么说的？”李泽文瞧了眼郗羽。

郗羽以迅雷不及掩耳之势拉了老姐一把：“没说什么啊，真的。”

郗柔觉得这事儿没什么可隐瞒的，她反而觉得能和客人说点妹妹的八卦有助于拉近和这位大教授的关系。她拍了拍妹妹的手，道：“小羽说过，上课的老师很严厉，当时我还以为是位老教授，今天见到才知道这么年轻。”

郗羽唯有无奈地抿了抿嘴。虽然是小事，但她仍有点轻微尴尬，那感觉好像在背后说人坏话被抓到一样——这已经是两天内的第二次了。

李泽文闻言失笑：“没办法。当老师的人，有时需要以严厉立威。”

“是啊，老师不容易当，松一点学生就放羊，紧了学生怨声载道。”郗柔也是做老师的，在这一点上深有感触，“不过，李教授，大学生总归好些吧，而且你教的可是著名大学的学生，自觉性应该很强吧。”

“也不是那么简单，不好好听课写作业的学生一样有，总是要找到严厉与宽容的平衡点才可以。”

郗柔欣然同意这个观点。

愉快的交谈中，这顿饭也到了尾声，也终于可以商谈正事。

郗羽这时才问：“姐夫，案卷的资料可以给我看看吗？”

“在这里。”黎宇飞递过一个大信封。

“也足够了。姐夫，真的谢谢你。”郗羽由衷地道谢。黎宇飞做这样的事情是要担风险的，郗羽不是知恩不报的人。

“一家人不用客气。”黎宇飞道，“看这些老资料也没什么用处吧，小羽，事情过了这些年，你也不用再放在心上。”

“姐夫，”郗羽勉强解释，“我就是看看。”

郗羽拆开文件袋拿出材料。郗柔给了老公一个眼神，以去卫生间为名暂离座位。

郗家并不富裕，平时不论如何也不会来这种昂贵的酒店吃饭的，但也做不出让远道而来的客人请吃饭的事。岂料这位教授压根不给人机会，郗柔站在服务台前一问，才知道这顿饭已经直接算在了房间费用里，没办法单独结算。

郗柔思索着返回包厢，只见郗羽和李泽文两人头碰头地看着文件袋里的资料。

夫妻两人对视一眼，郗柔微微摇了摇头，黎宇飞眼底的惊诧一闪而过，然后又看向李泽文。

应该说，从刚刚碰面到现在，黎宇飞一直不动声色地打量李泽文。当警察的人，观察能力远超平常人，此刻，他的视线停留在李泽文拿着资料的手腕上。从翻看照片时，李泽文脸色丝毫不变，手腕稳得好像可以拿起千钧。

这位名校的教授先生绝对不是第一次看这种事故现场的照片——黎宇飞可以百分之百确认。

包厢里彻底安静下来，只有纸张翻动的“沙沙”轻响。

整个案卷的资料分为图片材料和文字材料，相当具有分量的厚厚一沓。

对待人命案，警察是比较重视的，留下的现场照片不少，包括自杀现场、坠楼的楼顶等照片。这些照片虽然是手机拍摄后再重新打印而成，不过现在手机的拍照功能越来越好，打印出来的图片质量像素也不太差，各种细节可以看清。

李泽文看得最久的，就是潘越坠楼现场的照片。警戒线内躺着一具少年的尸体，身穿校服，身体和建筑大约呈 45 度角，脸朝下，双臂垂在身体两侧；头部和上身处有一摊血迹。黑白纸张冲淡了血腥之感，萧索意味更浓。

周翼凑过来看了一眼，为之动容，感觉到一股阴寒之气从照片里蹿出来，生命的流逝被一张照片展现得淋漓尽致。

当年这一幕犹如刀刻般刻画在了郗羽的脑子里，无数个夜晚，她闭上眼睛就能看到潘越躺在地上鲜血横流，后来随着时间过去才慢慢平复。此时再次看到照片，尘封的记忆复苏，郗羽浑身一颤，她几乎看到当年的那个清秀的男孩再次站在自己面前。

李泽文侧目看了郗羽一眼，手指在照片上微微一挡，轻声说：“不习惯就不要看。”

郗羽深呼吸一口气，克制住了那份恶心反胃的情绪，定了定神，拨开了他的手：“我应该看的。”

李泽文和她对视三秒钟，看出了她眼中的果决，拿开了手。

几人看了若干张事故现场照片和法医检验照片后，进入了文字材料范畴。

潘越遗书的复印件也作为最重要的证据，被警察们复印了一份，李泽文仔细看了看原文，和郗羽之前告知的一字不差，可想而知她对这封遗书的印象有多么深刻。这个事实让李泽文较为宽心——这份遗书可以证明郗羽的大脑是经得起考验的，十几年后也依然没有发生记忆偏差。

实际上，你不能完全相信你的大脑。大脑通过亿万个神经元存储记忆，这数量听上去很多，但实际上呢？大脑神经元容量有限，远远不够存储所有你接触到的全部信息——而且潘越的事件发生在十几年前，随着时间流逝，神经元中的联系会逐渐减弱，这进一步导致人的记忆变得模糊、扭曲，只剩下一些零散的记忆片段。若干年后再回忆当年，大脑就会生造一些细节把片段填补起来，形成一个比较完整的“记忆”，但这份“记忆”和真实情况可能相去甚远。

在现在的司法系统中，因为记忆偏差发生的冤假错案简直可以堆成一座小山，所以现在司法界才形成了“重证据、轻口供”的风格。郗羽作为“潘越坠楼事件”的重要相关者，甚至可以说是“船锚”般的存在，她是否有一份准确的记忆对接下来的调查极为重要。

警察用潘越的日记本比对遗书做了笔迹鉴定，认定是他本人的笔迹。

除了遗书这个重要证据外，警方还有另一份重要的材料。那就是潘越的日记，警方通过这份日记判断潘越的精神不稳定。日记的日期不连贯，大致都集中在事发的两个月内。

黎宇飞道：“如果我们警察仅仅凭着一封遗书就认定是自杀，也太过草率，这份日记是很好的佐证。”

潘越的日记，郗羽一直只闻其名，现在才第一次看到原文。

一个人的日记简直是通往这个人大脑的最佳捷径，李泽文翻看着日记本上的内容，看完一页就拿给郗羽一页。

在这些零零散散的日记中，潘越主要提到了自己的家庭。那段时间，潘越的家庭十分动荡，日记里说潘越的父亲欺骗了全家人，准备跟潘越的母亲离婚。潘越的母亲因老公的欺骗生气，夫妻二人互相憎恨，家里沦为战场。潘越在日记里说“我不知道这样的生活有什么意义”“谩骂、责怪，在家里的每一分钟都像溺水的过程”“我的家变成光怪陆离的舞台”“一个家庭变成这样就没有存在的意义”。

日记里也有部分关于郗羽的内容，他说家里根本待不下去，只有在学校里看到郗羽时才会心情好一些。他说自己总是找理由从一班的教室外经过，只是为了多看郗羽一眼。

在郗羽拒绝他之后，他在日记里说，我没想到，我和她居然连朋友都做不成。

潘越的日记资料之后是法医报告：在进行了化验、X光勘验后，法医确认，死者系教学楼楼顶高坠致颅脑损伤身亡。

其次就是现场勘察、调查走访的成果。警察们询问了潘越的父母、班主任、任课老师、要好的同学朋友，还包括郗羽的问话记录，最后得出结论：潘越坠楼之前情绪不稳，频遭打击；潘越坠楼事件发生在下午五点四十五分左右，他坠楼后当场死亡；部分初三学生目睹了他坠楼的那一幕，但是表示没有听见求救和呼喊声；至于其他的目击者报告，卷宗里一份都没有。

最后则是这件案子的调查人公安分局的刑侦队副队长吴建国警官的总结报告，他总结了所有情况后，排除了他杀可能，认为这是一起自杀事故，就此结案。

二十分钟后，李泽文终于把这起案子的资料全部看完，他把这一大堆纸质文件合拢理齐，又在桌上轻轻一磕，抬头看向黎宇飞。

“黎警官，其他资料还有吗？”

“没有了，你看到的就是全部的，我一份都没有落下。”黎宇飞说，“我昨天拿到卷宗后就仔仔细细看了一遍，在我看来，这件命案情况很清晰。我现在的大队长曾经也参与了这件案件的调查，他是个很认真的人，说一句火眼金睛都不为过。如果这件案子真的有什么疑点，他绝对不可能轻易放过。”

“你的大队长是哪位？”李泽文翻了翻案卷资料，卷宗里当然有参与调查的警察名字。

黎宇飞指了指其中一个名字：“徐云江。”

“如果要重启命案调查，”李泽文冷不丁问，“我记得应该是需要新的证据出现？”

“是这样的，但一定要特别强力的证据。比如有人主动认罪。”作为一名警察，李泽文刚才说过的话，实在是不能听过就算，黎宇飞问，“李教授，你觉得有疑点？”

李泽文淡声道：“疑点总是有的。重点是问对问题。”

黎宇飞一愣：“什么意思？”

“我不能百分之百确定，”李泽文说，“我需要再证实一下。”

郗柔从刚刚开始都没说话，此刻才缓缓看向自己妹妹，道：“小羽，是程茵跟你说了什么吗？”

“……”郗羽抿了抿嘴，看了眼李泽文。

在飞机上，李泽文已经叮嘱过让郗羽暂时不要和其他人谈案件的事情。毕竟到目前为止，他所有的怀疑都基于推理，没有实证。

李泽文没给结论，只简单对姐妹俩说：“这案子要重新查。”

他的语气十足肯定，也充满自信。但落在黎宇飞耳中，是对警方工作的否定。

黎宇飞沉声问：“你准备怎么做？”

“我要按自己的办法梳理一下全部的案情。”

“你自己的办法？”

“目前来看，这份资料不够详细，警察的工作还不够细。”

“不够细致？”黎宇飞对李泽文的判断不以为然，“你指的哪方面？”

李泽文修长的手指敲了敲那一沓材料：“调查取证时间太短，仅用了三天时间就结案，问询笔录不超过十人，法医的检查也做得不算彻底，没有做详细的病理检验和毒理检验。”

作为一名警校毕业，工作整整八年的警察，黎宇飞不喜欢外行人不专业的判断，即便对面的人是小姨子带回来的客人。

“你不知道我们警察的工作方式，你可能觉得问话对象太少，法医报告不够，但依专业的眼光看已经足够下结论了。警察不会罔顾人命。”

“也许你说得对。”李泽文没跟黎宇飞在此问题上争执，也没有打算刺激这位帮忙的姐夫，退了一步又转了话题，“黎警官，你刚刚说，你的大队长是参与这起案卷的警官？”

黎宇飞似乎没太适应李泽文这急速换转话题的方式，一愣后才点头：“是的。”

“那过两天，请帮我联系一下他，我想和他谈一谈。”

“我尽力吧。”

至少这件事比去档案室查旧案简单多了。

到这个地步也没什么可谈的，黎宇飞并不能左右这位教授的想法，他想了又想，神色慎重道：“李教授，如果你真的发现了什么确切的线索……”

李泽文直接道：“请放心，我不会擅自行事，我一定会通知警方。”

黎宇飞神色一松。

郗羽则看了看姐姐：“姐姐、姐夫，这件事……你们暂时不要告诉爸爸。”

两口子对视一眼，还是答应了下来。

一顿饭吃到接近下午三点，整个中餐厅只剩下寥寥几桌客人。一行人在酒店门口道别，郗柔和黎宇飞先行驾车回家，周翼也已经把联系好的车开了出来，一辆普通的奥迪，挂着酒店的标志。

上车后，周翼打开导航，一路直接往南都二中而去。

三人下了车走进校园。

夏日炎炎正好眠，门卫老大爷还坐在传达室里的躺椅上半眯着眼睛打着瞌睡，压根懒得理这三个闯入者。李泽文扫了一眼门卫室，问：“保安在学校很多年了？”

“他在学校二十多年了，我读书那时候就在了。”郗羽说着，跟在李泽文身后进了校门。

南都二中据说有三个校门，后门常年关闭，学生们通常通过正门进入。穿过正校门，有一条长两三百米的林荫大道。此时是午后三点多，正是一天内最热的时候，林荫大道两旁的香樟树宛如列兵，给予行人足够的树荫和清凉。

但凡历史悠久的名校，其他设施不谈，但校园的绿化都是顶好的，因为学校成立时栽下的小树苗长了几十年后就会变成参天大树。

郗羽的思绪有点飘，直到三人在第一个路口朝右拐后才后知后觉地发现：“啊，教授，你怎么知道路呢？”

“来之前看了学校的卫星地图。”

这个人真是深谙兵马未动，信息先行的道理啊，即便有她带路，也一样会做好准备工作。

三个人沿着校园的绿荫道走到了初中部教学楼前，角落的几个班传来老师们激昂慷慨的上课声。

初中部的这栋教学楼共五层，外观方方正正，有着敞开式的走廊，呈“L”形，修建于20世纪末期，至今也有二十余年历史，有些跟不上时代，一层楼仅可以容纳八间学生教室和一间教师办公室。在“L”的短臂上，有两间学生教室；在长臂的那一侧，有六间学生教室和一间教师办公室，同时，长臂的两侧各有一道宽阔的楼梯；卫生间则在长臂的尽头。

李泽文拿着警方的照片进行对比，最后在当年潘越坠地之处停了下来。

“潘越就是在这里身亡的？”

郗羽沉默地点了点头。

“你亲眼看到的？”

“是的。当时我做值日，在教室里打扫完卫生才准备回家，我下到二三楼的时候，听到有人在尖叫，我跑下楼……就看到了倒在地上的潘越。”

李泽文的视线落到花坛里那束已经完全干枯的百合花上。

“这花是你拿来的？”

郗羽轻声说：“嗯……我前几天来了学校一趟。”

在初中部教学楼面向操场的那一面，有一片比较宽阔的空地。空地上整齐地排列着两排椭圆形的花坛，花坛间相距七八米，里面种着矮小的花木，中央则种着挺拔的香樟树，香樟树之间相距七八米。

周翼仰头看了看：“这些树不小。”

“是的，因为校园真的很有些年头了。”郗羽虽然只当了不到一年的二中学生，但总归是知道的，“二中建校有百年历史了，这些树起码有六七十年树龄。”

李泽文侧目看向郗羽：“当年的香樟树有这么大吗？”

“大小好像差不多，”郗羽查了查手机，“资料里说香樟树过了三十后生长速度就会放慢。我们的教室在顶楼，香樟树的树冠就在教室旁，坐在窗边的同学甚至一伸手都能摸到一两片树叶。”

李泽文说：“这两排大树在一定程度上可以解释没有直接的目击证人。”

周翼站在树下开始估算：“学生教室的净高大约为三米五到三米六，层高约四米，五层教学楼的高度约为二十米。教学楼本身从地面上抬高了半米，所以教学楼的楼顶大约高度是二十一米。这些香樟树略矮一点，我估计十八九米……”

“对。”郗羽接过话端，“最外面的一排香樟树距离教学楼大约二十米，要看清屋顶发生了什么，至少要站在一百米开外的地方再抬头。”

潘越跳楼一事发生在春夏之交的五月，此时香樟树枝繁叶茂，具有很好的遮蔽视线的作用，简单的射影几何就可以解释。而且当时的学校里也没多少人，这就解释了为什么警方的报告里提到没有找到目击者。

潘越出事的时候是放学后四十五分钟，基本所有初一初二年级的学生都离开了学校，初中部大楼里只剩下初三年级的学生，他们都在一楼；潘越坠楼的地方恰好在初三（三）班的教室外几米远的地方，位于花坛和教室之间的空地上，于是，初三（三）班的学生们成了这次事故的第一目击者。

李泽文略微点了点头，拿出手机将教学楼的全景拍摄下来，又转身看向远处的角落。

“那几个是垃圾桶？”

李泽文转过身，指着前方角落里的几个颜色各异的大塑料桶，和整个学校其他的固定木箱垃圾桶风格完全不协调。

“是的。我们平时做完值日后就把垃圾倒在这里。想不到这么多年过去，连放垃圾桶的地方都没变。”

李泽文对着垃圾桶又“咔嚓”了一张，然后收好手机，对郗羽说：“带我去看潘越对你告白的地方。”

南都二中的绿化规模足以超过全市大部分中学。从初中教学楼背后出发前往图书馆的一路，就有数亩的绿化带，绿树和灌木花卉交错掩映。穿过绿树和花坛，绕过一个小规模的荷塘，沿着弯弯曲曲的石板路走上几十米，就可以看到绿化带中央的六角凉亭。

“这处小花园和当年相比变化大吗？”

“肉眼看不出什么变化……除了当时荷花没有开。”

南都二中池塘里的荷花是观赏用的花莲，据说六七月盛开，绿叶与红白荷花互相映衬，绚烂娇美。这还是她第一次见到母校的荷塘的景色，她当年没有等到荷花开放就转了学。

“你和潘越在什么地方？”李泽文一边询问，一边再次拿出手机拍照。

“我们当时站在这里，”郗羽走到六角凉亭边上，“我觉得很尴尬，当时特地看了看周围，没看到有人。”

李泽文打量了一下四周：“如果有人蹲在灌木后或者躲在凉亭背后你们也看不到。”

“是这样的，现在我们知道肯定有人躲在这里……”

既然要告白，那地点隐蔽性自然是很好的，环境应该也是幽美的。不论是郗羽还是潘越都没有被人围观的打算，两人都希望低调处理这件事。

“当时几点？”

“五点二十分。这是他在给我的信里定下的时间。那时候这里应该比较安静了。”

李泽文“嗯”了一声：“潘越怎么把情书给你的？”

“我当时是一班的数学课代表，他是二班的语文课代表，我们每天至少要去教师办公室两次，时不时会碰上。那天我出了办公室后，他忽然叫住我，一句话没说把信塞我手上就走了……”

实际上，她当时根本不知道发生了什么事情，茫然地拿着信回了教室拆开后才发现居然是一封情书。

“那封情书现在还在你手上吗？”

郗羽摇了摇头：“没有，我拒绝他之后就把信还给他了。”

“信还了你就先走了？”李泽文问。

“是的……”

她记不清楚潘越受伤的表情，只记得自己惶恐无措的心情，她不想保留那封情书，但觉得扔掉也不对，于是她强行把信塞他手里后就一路小跑离开学校。李泽文说得没错，她和潘越见面的主要原因就是想把信还给他。

李泽文本来想说有更好的处理方法，又欲言又止，对一个十二岁的懵懵懂懂的小女孩而言，接受这份炙热的暗恋心情也过于沉重。

“可以了，去教学楼里。”李泽文转开了话题，最后说。

“初一的学生在顶层？”

“是的。”

南都二中有一个不成条文的规定，那就是年级的高低和楼层的高低呈反比，初三学生、高三学生永远都在一楼二楼，这是为了节约他们上下楼的时间。至于初一和高一的，就被打发去最高的楼层，再说爬楼梯还可以锻炼身体呢。

五楼的教室空落落的，都上了锁，每个班级的正门外都钉了一块名牌，写着班级名字和班主任名字。

“你坐在哪里？”站在一班的走廊外，李泽文问郗羽。

“我当时坐倒数第二排。”郗羽凝视着曾经的教室，指了指自己曾经的座位，“但是课桌都全换过了……”

李泽文瞧了瞧郗羽：“倒数第二排？因为身高？”

“是的。我当时比大部分男生还高，只好坐在最后。”

随后郗羽又把二班的教室指给李泽文看。一班在“L”教学楼短臂的端头，二班位于一班的旁边，二班的旁边是走廊，过了 90 度弧形的走廊就到达教学楼的长臂上，依次数过去就是三班、教师办公室、四班、五班……

“潘越的座位，我记得在第三排，每周轮换一次座位……出事的时候，他坐在靠窗的位置。”

郗羽想起听过的一个古老的传说。据说，人死之后，飘荡的鬼会拖着铁镣，回到他这辈子曾经住过、走过的地方，它会像捡鞋底那样，把留在人间的脚印一只只捡起来。倘若这个故事是真的，她想，潘越曾经留下的脚印一定密密麻麻密布了这间教室的每个角落。

李泽文推了推教室门。门当然是锁着的，他让开一个身位，对周翼略一颔首。

“教授，你想进教室吗？”郗羽想了想，“不然你们等一等，我去找找当年的班主任周老师，他今天应该也上班，我请他想办法找校工拿钥匙……”

话音未落，她就呆住了。她看到有着精英气质的周翼先生拿出一串钥匙，又从钥匙链上选出个类似细铁丝模样的东西，细铁丝探进锁孔轻轻搅和了两下，锁“吧嗒”一下应声而开——前后耗时不超过十秒。

郗羽觉得灵魂受到了强烈的震撼。难怪这位李教授要带周翼随行了。

“好厉害……”

“雕虫小技而已，只对普通的弹子锁有效。”周翼对她露齿一笑，“幸亏教室用的锁很老，复杂一点的锁就难多了。”

听到没有，只是难得多，不是开不了。

有这样一手神技，为什么还要去当什么助理呢？

三人推开门走进二班的教室，教室的窗户旁挂着浅蓝色遮光百叶窗，李泽文伸手调整了百叶窗，午后阳光顿时洒满教室，三人目光所到之处，一切细节变得清晰起来。教室里非常整齐，前后黑板擦得干干净净，凳子整整齐齐倒扣在厚实的课桌上。因为空置了近一个月，课桌上覆盖上了一层薄薄的灰，手指擦过桌面，拖出一条灰白的痕迹。

“这些百叶窗很新，”李泽文回头看郗羽，“你们当年有装窗帘吗？”

“有的，但不是百叶窗，挂着普通的布窗帘。”郗羽比画着说，“太阳直晒进教室时，我们就会把窗帘拉上。窗帘上的灰尘很多，每次拉动窗帘大家都会把鼻子捂上。”

“教学楼的建筑设计不合理，根本不应该搞成L形，”周翼皱着眉头说，“其他教室是南北朝向，但你们一、二两个班是西晒顶晒双晒合一。”

“当时大家也都这么说，但抱怨也没用，学校安排了教室也不能罢课啊。”郗羽说，“好在南都这个地方，太阳辐射量比较低，还算可以接受。”

“你们一、二两个班不是快班吗？为什么不安排好教室？”周翼问。

“我们当年没有快慢班一说，每个班的教学质量都差不多，毕竟是初中还是义务教育阶段。”

“这倒也是。”

李泽文问她：“潘越出事的时候，在哪个座位？”

教室布局是八行七排的格局，郗羽指了指靠窗边第三排的座位。

“我们每周轮换一次座位，当时他坐在窗边的这个位置。”

李泽文看她一眼。

郗羽知道他的意思，解释说：“不论上厕所还是上下楼梯，我们每天都要从二班教室经过无数次……流言传得很厉害的时候，我想找潘越谈一谈……所以特意留心了他的座位。”

虽然后来她最终也没能和潘越见上一次，没能向他解释“流言不是我说出去的”。

李泽文收回目光，走到潘越的座位处，伸手推开窗户。初中部教学楼位于学校的中部偏北，视线越过香樟树的树冠，可以看到学校西侧的一些景观——林荫大道、实验大楼、大礼堂、体育馆等等。

“从这里看不到潘越坠楼的地方，在另一边。”周翼在整个教室里兜了一圈后，站到李泽文身边往下看，“如果潘越想不开的话，其实可以从教室往下跳，这一面没有遮挡物，墙上连个空调架都没有。”

“当时有人在教室里搞大扫除，”郗羽说，“我想，他是因为这个原因去了楼顶。”

李泽文没有发表评论，凝神看了教室一会儿，又留下一组照片，随后抬腿往外走：“去楼顶。”

三人出了二班的教室，再向右略略一拐，就是上楼顶的阶梯——这扇灰扑扑的大门上，挂着一把看起来就颇有些年头的挂锁。

“果然上着锁。”郗羽解释，“当年也是天天锁着，只有修天文台的那段时间开着。”

“你看看锁。”

郗羽盯着那把一寸挂锁良久，问：“教授，看什么？”

“锁上几乎没有灰尘。最近这段时间有人动过这把锁，甚至到过楼顶。”

郗羽为自己的观察能力汗颜：“我没看出来……”

“重点是观察，而不是看。”

“现在是暑假，还有些初三的学生在补课，也许他们没事跑到楼顶看热闹……”

李泽文不置可否。他又拍了一组照片，随后对周翼点头示意。

有了刚刚的经验，郗羽很平静地看着周翼再一次用了不到十秒钟就用那根细铁丝打开了挂锁。

郗羽深呼吸一口气，走上天台。

这是这么多年来，她第一次到达天台现场，第一次亲眼看到潘越当年坠楼的地方。

楼顶上并不空，最醒目的建筑就是安静矗立的半球形天文台。

有那么一段时间，全国各地的中小学都兴起了一阵修天文台的热潮。天文台应该修在哪里？中小学的领导们普遍选择修在教学楼屋顶上，毕竟，屋顶距离天空总比操场距离天空更近一点，不是吗？

因为修天文台的缘故，那一段时间，通往教学楼楼顶的大门大部分时间都打开着。当年的郗羽在好奇心驱使下，和其他同学一起去围观过正在修建的天文台。结论是，没什么可看的，就是一个典型的建筑工地的样子。

这一点在警方的照片里也有体现。天文台在L形教学楼楼顶的中央部位，差不多位于五班教室的上方。校天文台的要求不高，因为其特殊性也不会使用钢筋水泥建筑，采用的砖混结构，砖已经砌到第二层，外墙的修饰还没开始，旁边的空地上堆着各种建筑水泥砖块沙石，还有搅拌机电锯等中小型建筑设备，看起来就像个农村的储粮仓库。

李泽文拿着照片比对了一会儿：“天文台对勘查非常不利。”

郗羽一直凝神观察他，此时不懂就问：“什么？”

李泽文说：“高坠案件中的现场一般都具有很好的勘查条件，警方会通过发现的手印、足迹排查。但这里呢？”

郗羽哑然。因为修天文台，楼顶堆放了大量建筑材料，这些建筑材料容易让现场留下足迹，问题是，足迹太多了。警方报告中提到“在现场发现了上百个足印”。

“是的……我觉得全年级所有人都上天文台去看过，还不止全年级，初二初三的学生也有上天台看热闹的。”

“你上去过吗？”

郗羽无奈点头：“是的，看过好几次。”

“有点不太对，”周翼拿过照片举在空中，“这个天文台非常简陋，从这照片里看到的楼顶上堆放的砖瓦、水泥、钢筋之类的建筑用料远比修一个简易天文台用料多。”

李泽文早就发现了这个问题，并且得出了答案：“这个天文台多半是乱搭乱建，我疑心学校可能都没有拿到施工许可。但不论如何，学校肯定要考虑学生安全，部分材料应该是对楼顶进行加固用的。”

“说得对。”周翼心悦诚服地点头，“我没想到还有这一层，算上加固用料的话，这些材料差不多了。”

“对。”经李泽文这么一说，郗羽也想起了当时的一些细节，“那年的‘五一’七天假期（那时候还是七天假）应该就在加固楼体。因为五月八号我们回来上课的时候，发现天文台本身的进展不是很大，反倒是楼顶的其他地方稍微变了点模样，那几根柱子处还搭着架子。”

三个人交谈着走到天文台旁，透过蒙着厚厚灰尘的玻璃往里看去。

“原来这就是天文台修成后的样子，有些凄惨。”郗羽感慨。

周翼说：“这天文台看起来很旧了，锁都上了锈，好像很多年没用过。”

郗羽摇头：“就算能用效果也不行，南都这地方根本不适合天文观测，光污染也相当严重。”

这方面她当然有发言权。原因无他，地面上的天文台探测星空的时候，观测到的星空会因为大气扰动变得模糊，郗羽为了验证自己的模型是否正确，拜访过不止一个天文台，和不少天文学家打过交道，跟他们要到了不少原始数据。在南极的时候，她一个同事就负责维护冰穹上的天文台，她知道长期使用的天文台是什么样子——总之绝不是从窗户里看进去那种连扶手上都挂了两斤灰尘的模样。

“完全是个摆设，简直是浪费资源。”周翼一脸不赞许，“何必修这个天文台。”

“面子工程。”李泽文说。

郗羽就在李泽文身边，看到他手机界面上刷开了一则十几年前的新闻——就在郗羽念初一的那段时间，省教育局突发奇想，觉得应当深入展开科普工作，对各重点中学提出修天文台的要求，于是全省范围内有条件的中学马上行动。二中就是响应最积极的，连暑假都等不了，马上筹集了经费动工修天文台。潘越就是在天文台开工后的第二个星期坠楼的。

屋顶四周是一圈约一米一高的水泥栏杆，栏杆上方还加了三十厘米高的不锈钢金属围栏，强行把栏杆的高度撑到了一米四。

周翼拿着警方当年拍摄的照片进行比对：“十四年前没这个金属栏杆。”

“看栏杆的老化情况，”李泽文屈起手指，敲了一下栏杆，“估计是出事后加的。”

“根据照片，他的书包就放在这里，这里应该是他坠楼的地方。”

三个人站在潘越坠楼的所在之处。李泽文伸手从周翼手中接过了照片，他拿着照片，从栏杆边探头往下看去，并且看了很久。

二十米的垂直高度，坠下去生还可能性很小，就算活着，伤残率也极高。一个人要伤心到什么程度，下怎么样的决心才能从这里跳下去？或者说，一个人要恶毒狡诈到什么程度，才能让人从这里摔下去？

这里面向学校的大操场，此时操场正被热辣的阳光炙烤，操场上热力沸腾，让人疑心塑胶跑道几乎要被晒融化；在大操场的另一头，则是一栋结构和初中部教学楼相似的建筑。

“那栋大楼是？”李泽文指了指那栋和初中部教学楼遥遥相对的大楼。

“当时是高中部。”

“高中部的屋顶没有天文台。”

“一个学校只需要一个天文台。”郗羽说，“其实这一个天文台也没发挥应有的作用。”

“高中部上不上晚自习？”

“要上的，通常要上到九点半左右。教授，你怎么问这事？”

“我在想天文台为什么不修在高中部的大楼上。”

“就是你说的这个原因。在初中部的楼顶修天文台，可以晚上六点开始施工。而且高中部教学楼距离学生宿舍比较近，晚上施工容易吵到住校的同学。”

李泽文又一次拿出手机拍下了操场那边的高中部教学楼，然后道：“没什么可看的了，下楼吧。”

“也许还有的。”郗羽吸取了刚刚的教训，仔细观察着这些金属栏杆，还伸手去摸了摸，肯定地下结论，“教授，你看，栏杆上的灰尘好像也不多，看来最近是有人上过屋顶。”

李泽文默默地把手机递到她面前，让郗羽看新闻——两天前，南都下了一场暴雨，2 小时平均降雨量达到 30 毫米，局部地区达 50 毫米。

“……”

作为大气专业的研究人员，郗羽太知道 30 毫米的降雨量能够带来什么——足以把天台栏杆上的灰尘冲刷得干干净净，一切了无痕迹。

郗羽惭愧了三秒钟，迅速恢复镇定。

“教授，我们下楼吧。”

第六章

旧案 / *ZENG NI YI YE XINGKONG*

下课铃声响起的时候，三个人离开了楼顶。当然，离开前周翼把挂锁恢复了原状。

正是课间休息时分，一群初三小朋友在走廊上嘻嘻哈哈，打打闹闹，整个走廊的噪音飙到了八十分贝以上，郗羽刚在心中感慨了一句“青少年就是活力无限”时，抬头看到了自己的老师周宏杰。

来之前他们已经有了见周宏杰的计划，原本打算直接到教师办公室找人，没想到在走廊上就来了一个偶遇。

郗羽连忙叫：“周老师。”

周宏杰正抱着教案朝着教室走，看到郗羽也是微微一愣，然后笑了起来：“哎，小羽，你回学校了，怎么事先没跟我打电话？”

“我想直接来找您。”郗羽笑着说。

师生两人寒暄之后，周宏杰的视线落到李泽文身上：“这位是？”

李泽文微笑着伸出手去，那是一个准备握手的姿态：“我是郗羽的男朋友，叫李泽文。”

郗羽遭到猛烈一击。她猛然转头看李泽文，他浑然不觉，脸上那自信的笑容让她一瞬间产生了错觉，好像面前这个人真的是自己的男朋友？

吐槽归吐槽，郗羽心里也是拎得清的。这个借口也是情理之中，李泽文必须要有一个身份取信于人。

周宏杰轻轻“啊”了一声，端详了李泽文几秒钟后才发现李泽文伸出的手，他连忙把右手的教案转移到左手，又和李泽文握了握手：“你好，你好。”

“周老师，您准备要去上课吗？”郗羽问。

“是的，马上要开一个主题班会。”周宏杰解释着，顺势提出请求，“小羽，你有时间来参加这次的主题班会吗？之前我说过请你和我现在的学生上上课，你没忘吧？”

“我没忘……”郗羽有点迟疑，请示般地看了眼李泽文，征求他的意见。她不介意和周宏杰现在的学生们进行交流，可这样一次班会怎么也要用一节课的时间，她不知道李泽文是否还有别的安排。

李泽文对她颔首，又笑道：“周老师，我也想旁听一下可以吗？”

“当然没问题。”周宏杰自然应允，随后介绍了一下这次班会的主题和内容。

作为十多年的优秀班主任，周宏杰对开班会很有一套自己的心得，此时正值暑假补课期间，天气炎热，学生们的学习热情不高，他就想干脆搞一个“朝着梦想飞翔”的主题班会。恰好郗羽来了，她这样有着闪亮名校光环的学生本身也是“实现梦想获得成功”的最好诠释。

现在的初中生不像当年的学生那样信息闭塞，各种成功人士的段子也听了不少，但不论如何，郗羽身上的光环还是很闪亮的，因此，周宏杰热情洋溢地对全班同学介绍她的身份之后，所有学生都发出了“哦”“啊”“噢”的感叹声，掌声也非常热烈。

看着几十张稚嫩面孔上的憧憬和崇拜，郗羽说了些诸如“很高兴认识同学们”的套话后暂时退到了教室最后一排的空座上，她旁边则坐着悠然看戏的李泽文。班会开始后，他让周翼先行离开自己则从教室后门进入，在一个空座上坐了下来。

“有点紧张？”李泽文低声问。

“感觉我不太适应这种讲话……”

“我不觉得你的胆子那么小。”

“也不是……就觉得很奇怪……”

郗羽见过大场面，她曾经在学术会议上面对几百学者讲报告——但那时她是作为后进者向前辈展示成果请教问题，做报告时她保持着低调谦逊的态度，这和她一直以来为人处事的风格是一致的。此时却不一样，她是作为“权威”对后辈师弟师妹们传授自己那不靠谱的“成功学”，有一种难以言说的违和感。而且，初中生涯对她来说是遥远的过去时，满教室的初中生对她来说，简直是另一个世界的生物。

李泽文不由得莞尔，让坐在两人面前正在回头偷看他的女生涨红了一张生嫩的脸颊。小女生脸红归脸红，嘴巴却很快，她以迅雷不及掩耳之势将“后排还有个帅哥”的消息扩散出去，女生们纷纷回头打量这位不速之客。

现在的初中生胆子也很大，两人前座的女生还回过头小声对李泽文提出诸如“你是谁啊”“为什么来我们班”“怎么周老师没介绍你”等问题。

李泽文笑而不答，只是竖起一根食指放在嘴角边做了个“嘘”的手势。

两名小女生显然被取悦到了，头碰头地叽叽咕咕笑了一阵，方才依依不舍地回过头去。

郗羽抿了抿嘴，她觉得真是开眼界，李泽文平时给大学生上课的时候挺严肃的，连笑容都不太多，对学生要求很严格，此时在初中生的课堂居然如此有童心，这么轻易地就逗小女生开心了。

讲台上的周宏杰正在有条不紊地安排班会的进程：先让同学们拿出纸，写出自己现在的年龄，再写下自己可能的寿命（以家族里最长寿的人为基准）；随后他让同学们想象一下自己一年后上高中的模样；四年后上大学的模样；八年后大学毕业的模样；十二年后工作的模样……

班上的气氛渐渐凝重起来，哪怕是最不专心的学生也陷入了思考中。

社会上的人对青春期的少年怀有偏见，觉得他们叛逆和浮躁。但实际上这只是表象。青春期是青少年们思维最活跃的时期，他们接受力强，对外部世界表现出强烈的探寻与渴望，只要给他们一点启发，他们就会真的开始思考。

看着同学们陷入了思考，郗羽想起曾经的自己，有点触动地吸了口气。当年的周宏杰也是特别善于做思想工作的人，在教育上颇有章法，现在看来，他的教书育人水平又上了一个台阶。

周宏杰看着效果很好，趁热打铁：“那么，同学们，你们的梦想是什么？现在开始，把你的梦想——或者说目标写在笔记本上。”

同学们被触动，纷纷伏案写下自己的梦想，郗羽也叹了口气。周宏杰确实是一位有着自己的教育理念的老师，和那种只知让学生刷题的老师绝不一样。

此时学生们写完了自己的梦想，周宏杰又问全班同学“为了这个目标你能做到什么”。班会的节奏被控制得非常好，对此问题，同学们踊跃发言，整个班级的气氛十分火热。

五六位同学发过言之后，周宏杰微笑着对着郗羽点了点头，示意她可以上台了。

郗羽最后瞄了一眼自己的笔记本，随后走上讲台。她之前已经大致打好了腹稿，记下了几个关键词，此刻站在讲台前，倒是放松了不少。

在简单的自我介绍后，郗羽进入正题：“我蛮佩服各位同学的，你们有这么清晰的目标，真是非常难得。我像你们这么大的时候，根本不知道自己的梦想是什么，只有一个模模糊糊的概念，那就是当一名科学家。我打心眼觉得科学家们一脸深沉地思考问题很是帅气。”

“有科学家梦想的人很多。我对梦想没有什么很细致的规划，也不太知道怎么才能当科学家。”郗羽往下说，“不过我不挑食，还列了几个目标。最好的呢，是当数学家；其次，当物理学家也是不错的；再不行，研究计算机也不错，在实验室里对着许多电脑的样子好像也很帅气呢；最差的话，研究生物看看显微镜也是可以的……”

因为课堂上并不禁止学生提问，有活泼的学生举手：“学姐，那你怎么学了大气科学呢？”

郗羽摊摊手：“因为高考成绩不太好，我没能进入理想的专业，被调剂到了大气科学学院，只好学这个专业了。我起初以为学大气科学后只能预测天气，不算什么正儿八经的科学，心中其实有点失落——要知道，我们这个学科是有点冷门的。举个例子，大家都知道物理化学的最高奖是什么吗？”

班上的学生们一起叫起来：“诺贝尔奖！”

“那同学们知道计算机学界的最高奖是什么吗？”

大部分同学安静下来，前排的一个戴着眼镜的小男孩举起手臂，小声回答：“图灵奖？”

“回答正确。数学的最高奖呢？”

南都二中的学生们的知识储备还是很不错的，有个小女孩脆生生地抢答：“菲尔兹奖！”

“不错。”郗羽对她露出欣慰的笑容，抛出下一个问题，“我们这个大气科学界的最高奖，有谁知道？”

果然，学生们都茫然地摇头。对这群初中生来说，大气科学的确是很遥远很遥远的一门科学。

“是吧。大家都不知道，这说明大气科学这门学科不属于基础学科。这么说吧，大气科学这门学科如果是一栋房子的话，它的地基就是数学和物理。”郗羽说着，从粉笔盒里挑出一支粉笔在黑板上画了个大的圆圈。她又在大圆圈里画了个火柴小人，旁边标上“数学”两个字，随后又在数学圈旁画了个大圆圈，里面写上“物理”，再然后她继续画了一个大圆圈，写上“计算机”，三个圆两两相交……她在相交的那一小块三角形处，才写上了一个小小的“大气”。

郗羽拿着粉笔头戳了戳黑板，对着满教室的同学们道：“所以呢，大气科学这门学科在学术界的地位差不多就是这个样子，在数学、物理、计算机专业的夹缝里生存着，基本位于底端。”

满教室的学生连连点头，郗羽的说法浅显易懂，他们一瞬间就明白了。

“一开始我觉得大气科学这门学科不是很理想，还为此郁闷了一个学期，还雄心勃勃地考虑转系。但随着课程的进行，我发现，这门学科变得有意思起来。”郗羽脸上露出一点笑容，和学生们娓娓道来，举了几个大气科学里的经典案例，比如蝴蝶效应、寻找地外生命等例子。

她的知识水平和见识远超这群初中生，讲述的内容深入浅出，而且科学本身的魅力就足够让同学们听得惊叹连连，连周宏杰这个当了十几年老师的都觉得她这番话实在是讲得好。他想起当年的郗羽，在潘越的事件后，她变得胆小害羞，说话细声细气，现在能成长成这样，真是让他有一种“余心甚慰”之感。

“……那之后我就喜欢上了大气科学这个专业。我想，反正是当科学家，研究大气科学也很有意思，毕竟这是一门有用的科学。”郗羽语气微妙地一顿，又指了指黑板上那幅台阶插画，一本正经道，“后来学了之后才知道，以我的水准，当纯正的数学家和物理学家真有难度，正如这个台阶显示的，越底层的研究对智商的要求越高，而我的智商拿来研究大气科学倒是正合适，更高一点就不太合适了。”

她是以开玩笑的语调说的，班上的同学们也开心地笑起来，气氛更热烈了一些。

李泽文微笑着轻轻鼓了鼓掌。虽然她刚刚还有点紧张，对自己不太有信心，但是郗羽就是郗羽，做出来的远比说出来的更好。在美国这几年，她也难免被人感染带上了一点美式幽默，这无论如何都是个好现象。

“……定下目标之后，我就全心全意朝着这个目标努力，因为梦想的基石是脚踏实地，最后成为你们今天看到的这个我。”郗羽最后说，“当然，我现在也还没有获得成功，因为我还不是一名科学家，只能说是一名科研工作者，但我真的觉得，为了自己热爱的事业而努力，是一件非常有意义的事情。”

伴随着全班同学热烈的掌声，郗羽走下讲台，坐回原来的位置。周宏杰最后做了总结发言，伴随着下课铃声，这一场班会也就圆满结束了。

好不容易打发走了前来询问的学生们，周宏杰带着李泽文和郗羽往教师办公室走去。

周宏杰笑着说：“小羽，多亏你精彩的演讲，班会的效果才这么好。”

“没有，”郗羽说，“是您规划得好，我其实都是瞎说的。”

周宏杰直接把她的谦虚当作浮云忽略过去，笑呵呵地摆了摆手：“瞎说都这么打动人，果然是名校毕业的呀。”

因为刚刚在黑板上写了字，周宏杰把两人带到办公室，他放下手里的教案后露出个抱歉的笑容：“你们在办公室等我一下，我去卫生间洗个手，我手上都是粉笔灰。”

周老师还是和当年一样，喜欢用板书上课。在这样 PPT 大行其道的时代，已经很难得了。他字写得好，板书漂亮至极，同学们当时都说，上语文课的时候哪怕你其实听不懂，也会愿意多看黑板上的板书几眼。

“我手上也有灰，我也要去。”

李泽文微笑着摊了摊手：“那我也去。”

卫生间就在走廊的末尾处，不过卫生间打扫得很干净，没有异味，环境比李泽文想的更好。

学校的卫生间里有备用的洗手液，洗过手后周宏杰拿出随身携带的卫生纸擦了擦手，又递给了李泽文一张，示意他擦干净手。

周宏杰仔细地拍了拍身上的灰尘，不太好意思地说：“当老师的人，身上都是粉笔灰。”

“可以试试用无尘粉笔。”

同样是当老师的人，李泽文授课时也会用PPT，但粉笔也必不可少。

周宏杰摇头：“只要是粉笔就没有真正防尘的，而且那些无尘粉笔很不好写，手感不对。”

几乎每个老师都有自己的固有习惯，有些习惯简直顽固得可以称之为强迫症了。李泽文认识不少对课堂习惯有迷之执着的老师。比如与李泽文关系挺好的某位数学教授就只用某个牌子的粉笔，他声称没有这款粉笔自己甚至无法进行思考；还有一些教授则非常不喜欢PPT，在二十一世纪的今天还只用手绘幻灯片来播放教学内容。

“周老师，你说得对。”李泽文从善如流，“十几年的习惯确实难改。”

“对，我当了十八年老师了。”周宏杰笑着说，神情很满足。

李泽文说：“那你当小羽老师的时候才大学毕业吧？”

“是啊。我那会儿也才二十五岁。”

“那是大学毕业就直接进了二中当老师了？”

周宏杰笑了笑：“对的，我是校招进来的。”

两人交谈着回到办公室，郗羽也已经回到办公室了。周宏杰用纸杯给两人倒了水，继续之前在楼梯上未说完的话题：“小羽，你刚刚是从楼上下来，是干什么去了？”

“我去看以前的教室了。”郗羽说。

李泽文对周宏杰道：“我叫她带我去的。”

“以前的教室啊……”周宏杰语气微微一沉，用询问的目光看向郗羽。

“是的，”郗羽和自己的老师对视一眼，轻声说，“周老师，潘越的事情，我跟他说过……”

想起当年的事情，周宏杰也说不清什么感受。他轻轻叹了口气，眼角的纹路忽然明显起来：“李先生，当年的事情小羽是受害者，她是个好孩子。”

“是的，这一点我很明白。”李泽文道，“我这次和小羽一起回学校其实也是为了请您吃顿饭。她跟我说过，当年能从打击中恢复过来，都要感谢您。”

郗羽真诚地附和自家教授的观点。

周宏杰摆摆手，失笑道：“我是老师，照顾学生是应该的，而且我也没做什么。”

李泽文说：“所以，周老师答应了吗？还是今晚您有其他安排？是不是担心家里人？那可以叫上家里人一起去。”

“这倒不是……”周宏杰摆了摆手，“我没什么安排。”

李泽文道：“周老师，方便的话，我们还想请您联系一下小羽当年的其他任课老师，我很想亲自向他们道谢，他们愿意赏脸让我和小羽请一顿谢师宴就更好了。”

原计划中，李泽文就打算见一见当时郗羽和潘越的所有任课老师，此时时机得当，他便自然提了出来。当年的南都二中，一班二班是重点班，郗羽和潘越分属两个班，但两个班的任课老师是相同的，唯一的不同在于一班的班主任是语文老师，二班的班主任是英语老师。

周宏杰当了近二十年教师，和成百上千的学生家长打过交道，识人的能力相当出众，但像李泽文这样的人却也没见过几个。面前的年轻人俊美成熟、斯文有礼、举止得体，浑身上下流露出的从容气质说明了这人出身极好，只怕见识也非凡。而这样的人一言一行都透露出对郗羽的爱护之心，周宏杰对此倍觉欣慰，自然不会拒绝他的要求。

或许是因为周宏杰的强大号召力，又或许是因为对当年好学生郗羽的好奇，又赶上暑假时间比较空闲，她当年的七位任课老师都表示可以来，比如教英语的邓玉梅、教数学的刘铭刚、教生物的彭华东——来不了的两位老师有一位因为工作调动已经不在二中，另外一位已经退休人在外地，身体欠安，没办法出席。

今天来的目的已经达成，加上周宏杰接下来还有班会要开，于是三人告辞离开。

刚刚起身，李泽文的视线扫过教师办公室墙边的那排书柜时，便站住了。他指了指书架上一本极厚的大书，书脊上写着“南都二中校志”几个大字和起止年月，问：“南都二中有百年历史了？”

“是的。”周宏杰说，“去年办了百年校庆，这本《校志》就是当时出版的。”

“小羽，你没赶上百年校庆，真是遗憾。”李泽文把视线转向了郗羽，对她露出一个耐人寻味的微笑。

郗羽也不知道自己为什么那么快就领悟了李泽文的言外之意，她马上反应过来，对周宏杰说：“是的，是的……百年校庆一定很热闹……周老师，这本《校志》可以借给我看看吗？”

“当然没问题。”周宏杰打开书架，随手抽出了厚厚一本大书——实际上书架上摆着三四本《校志》，一看就是去年校庆时没送完的存货，“不过也没什么好看的吧？”

“我还是想看看……看看这些年有没有错过学校的什么重大事件。”

周宏杰自然应允，他欣慰地把这本重达一公斤的大书放到郗羽手里“那这本书你就拿回去吧。本来你也应该拿到一本的。”

李泽文把书从郗羽手里接过去拿在手里，跟周宏杰告辞。

“那我和小羽晚上就在餐厅等着周老师了。”

“好。”

周宏杰把两人送到办公室门口，看着他们下了楼，轻轻呼出一口气，重新走回办公室。

回程的一路上，李泽文都在翻看这本厚厚的《校志》，郗羽在他身边规规矩矩坐着，微倾着身体看着他一页一页翻过。这本《校志》的开本很大，厚达七百余页，书页里的字号很小，记录了南都二中建校以来的几乎所有事情，如老照片、历史沿革、办学理念、学校大事记、历届学生名录等等，最后还收录了一些著名校友的回忆散文——可想而知，这本《校志》一定是经过了相当长时间的编写和资料整理，最后才得以印刷的。

郗羽第一次看到这样大部头的《校志》，觉得真是开了眼界，小小惊叹了一番："对了，教授，你要这本《校志》干什么？"

"看《校志》是了解一所学校最快捷也是最全面的方式。"李泽文说。

"教授，听你的意思，你似乎看过很多《校志》？"郗羽问。

"看过一本。三年前参加过我中学母校的校庆，学校也发了一大本《校志》。"

"你母校？"郗羽眨了眨眼，"你在国内读的高中？"

"我高中毕业后去的美国，在美国读的本科。"

"真是没想到。"

她看上去真的挺吃惊的，李泽文侧目瞧她。

郗羽老老实实道："我一直以为你在美国接受的基础教育再升的大学。"

"怎么这么想？"

"就是一种感觉。"郗羽也觉得自己有些唐突了，她平时不是这样多管闲事的人，但她还是把话说完，"我也认识不少华裔的教授，他们学术水平很高，但总的来说比较严肃，你给我的感觉就更像那种土生土长的欧美教授。"

李泽文轻笑一声，他明白郗羽的意思。

中美的教育制度相差很大，国内教育制度培养出的学生，不论多天才，总归都有种内秀的气质，比较谦虚，很少主动炫耀，打个比方，让他们站在几千人面前的台子前演讲吹嘘自己，估计很少有人做得到；美国教育方式教出来的学生明显会更自信一些，毕竟他们从小就在这种"鼓励展现自我""鼓励演讲加强口才"的教育环境下长大的。教育制度的烙印会跟随一个人一辈子，也决定了这个人大致的性格。郗羽觉得李泽文身上两种烙印都有，他既可以用"我的理念很高明""我非常正确"的态度要经费做演讲，也可以用恰到好处的语调表达谦虚和谨慎。

"你的预感一定程度上也是对的，"李泽文说，"我小学时的确在国外念过几年书。”

郗羽眨眨眼：“是吗？”

李泽文说：“我母亲是外交官，我小时候跟着她去了不少国家。”

“哦，是。”郗羽想起李泽文钱包里的照片，顿时明白，“难怪你的英文水准那么高，简直比许多以英语为母语的人还要好。”

她这话绝非过誉，李泽文的英文水平的确就是有那么好。政治学不是理科，没那么多公式符号可以作为表达的载体和工具，政治学里浩瀚如海的各种概念和理论，只能通过复杂而严谨的政治术语才能准确表达。

“完全掌握一门其他语言，的确需要一些外在环境的帮助。”李泽文说。

“不论怎么说，自身的努力也很重要。”郗羽接道。

随着两人的闲聊，这厚厚一本《校志》的历史章节已经被李泽文浏览完毕，进入了学生名录章节，他翻阅的速度明显慢下来，也明显比刚刚更用心一些。

“呃，这些名录有什么好看的？”郗羽真心认为这些枯燥的名录还不如前面的历史部分好看。

“只要仔细看可以看出许多东西，比如可以看到学校的成长史，可以看出一个地区的文盲率、人口出生率、人口流动规律……”李泽文随口道，“最起码也可以看出这一百年来，名字里的时代变迁。”

“从社会科学研究的角度来说还真是这样，有点管中窥豹的意思。”

“不止于此，只要你带着问题去看，就可以看出许多有意思的东西。”李泽文的手指敲了敲书页，抬眸和郗羽对视，“譬如，你姐姐没在二中上学？”

“郗”这个姓氏是很罕见的，全国姓这个姓的可谓万中无一，且还带有很强的地域特征，大都群居在一些固定的地方。然而在李泽文的翻阅中，学生名录里他连一个姓“郗”的学生都没看到。

“是的……”

郗羽再一次服气。同样看一本书，人家就能看出有用的信息，而她宛如一个“睁眼瞎”。

“为什么？大部分姐妹都会在一所中学读书。”

“嗯，我家算例外……我姐姐没有考上二中。”

“你姐姐成绩不太好？”

郗羽小幅度地点了头：“姐姐的成绩也不算不好，但是够不上二中的分数线。”

南都二中面向全市招生，每年小升初的时候，二中会自行组织一场小升初考试，郗柔也参加过这场考试，不过惨遭淘汰；三年后身为妹妹的郗羽以笔试第二名的成绩被录取。更微妙的是，在那年的中考中，郗柔再次挑战二中也遭遇惨败。

小升初考上名校是郗羽人生中第一件大事，亲戚朋友纷纷前来祝贺，把她夸得天上有地下无，对比得郗柔十分尴尬。郗柔性格温和，脾气极好，很少因为父母对妹妹的特殊照顾产生什么特别的情绪，但被家里那些多嘴多舌的亲戚这么一对比，依然委屈得直流眼泪。那也是郗羽平生第一次感到自己的存在究竟给姐姐带来了多少压力。

“那你姐姐后来在哪所学校上中学？”

“她就在我爸爸任教的学校里读的高中。不算市里最好的中学，但也不差，也是省重点。”

“你呢？”李泽文抬眸深深看了她一眼，“你为什么不转去你爸爸所在的学校？”

郗羽抿了抿嘴：“不想去，爸爸学校里有很多熟人……”

李泽文声音放缓：“希望到一个完全陌生的环境重新开始？”

“嗯……谁都不认识我最好。”

她有这种想法也是人之常情了。李泽文的手指没有停下，又翻开了一页名录。

“书里没有你的名字。”

摊开的书页显示着的正是郗羽所在那一级的学生名录。

“不光没有我，程茵的名字也不在书上，潘越的名字在，”郗羽看得心情复杂，“也不知道编书人的标准是什么。”

这就是转学和死亡的差别了。转学后，就不再是这所学校的学生；但在校时死亡，从生到死依然是这所学校的学生——这个念头在李泽文脑中一转——他没有对此多点评，手指一动翻过了余下十来页的学生名录，进入了这本大书的下一个条目，也就是学校大事记。《校志》里的大事记，就是一本编年体的历史书，按照日期将学校这百年来发生的称得上“有影响力”的事件都记载在案。

草草浏览过前面的内容后，他翻阅到了郗羽在南都二中就读的那个学年的记录。这部分内容是他关注的重点。在这个学年里，发生了不少值得写到《校志》中的内容，比如：头一年九月，某某领导前来学校视察；十月，某某老师成为特级老师，受到表彰；十一月，多名同学在各种学科竞赛中获得了很好的名次；十二月，学校的文艺社团成果非凡；……次年五月，学生们在中学生运动会上取得了还不错的成绩；次年六月，天文台落成启用，中考高考成绩冠绝全市……

李泽文注意到，除了学校内部的活动外，至少要省级别以上的奖项才会出现在这本《校志》里。

在这一个学年里，潘越的名字出现了一次，就是“一二·九”征文大赛的一等奖。根据记录，这次征文比赛的主办方是省宣传部，级别很高，该奖项的分量很重，能得到这样的奖，真真切切地说明了潘越是一名相当优秀的少年。

“还记得这个比赛吗？”李泽文点了点《校志》上和潘越有关的条目，“潘越获得征文比赛一等奖。”

郗羽当即回答：“记得。学校有宣传。”

“记得这么清楚？”

“除了学校的宣传外，周老师还在作文课上给我们仔细讲了这篇作文，这也是他第一次在作文课上讲我们同龄人的作文，所以我印象深刻。在这次获奖之前，我对潘越没有很深刻的印象，只大概知道他作文写得不错，常常在期刊报纸上发表文章。因为我爸妈的工作关系，我一直觉得发表文章没什么难度。但这次征文是现场写作，写作时间仅有两个小时，潘越写得比很多高年级学生还要好，这就是真的靠实力了。我觉得如果我在现场，很可能一个字都憋不出来。”

“周老师第一次在作文课上讲同龄人的作文？正常而言，很多老师都会把自己学生的优秀作文拿来当范文。”

这位李教授会提出这个可能性真是一点都不奇怪。郗羽想，他也干过类似的事情——他时不时地，也会让论文写得最好的那个学生讲解自己的写作思路。

“周老师一般不会这么做，他的确让我们向潘越学习，但从来没有正儿八经地把潘越的作文当作范文讲解。他一般只给我们讲解名家的作品。”

“他给你们讲什么名家、什么作品？”

“他说名著营养丰富，从里面学东西会比较快，”郗羽想了想，“比如老舍、海明威、普希金、狄更斯、拜伦之类的。”

李泽文道：“比较典型的文学青年的阅读取向。”

郗羽说：“周老师是中文系毕业的，看这些名著很正常。”

李泽文转开话题：“那潘越的作文里写了什么？还记得吗？”

郗羽说：“记得。大概是说‘我’生活在三十年代，过着食不果腹、衣不蔽体的生活，梦想是读书。‘我’运气很好成功圆梦步入学校，但日本人的炮弹炸死炸伤了好多人，我的梦想也破灭了，于是我扛起了枪走上战场——文章最后揭示这个‘我’就是潘越的外公。”

李泽文读过不少潘越在期刊上发表的文章，但没有看过这篇获奖作文——可见再好的数据库也不可能面面俱到，搜集信息的渠道永远不能只依靠电脑。

李泽文随口道：“结构精巧，也很投巧。”

“‘投巧’，什么意思？”

“我认为可能是真事，所以他比别人占了先机。”

“确实有这个可能……”和这次得奖相关的许多细节都已经被郗羽淡忘，但文章给她的感觉还在，“但他胜过许多高年级学生得奖，肯定不是因为题材投巧，确实是因为文字本身出色。我记得这篇作文的文字很有张力，让人身临其境。”

李泽文道：“我说的投巧是形式上的取巧，征文比赛必须要在形式上表现出色才能博得最初的关注，但最后拿到大奖，则必须要靠文字取胜。

潘越对文字的掌控力非常强，以他这个年龄来说极为难得。”

李泽文说着，看了郗羽一眼。

在这么多年后，估计她早就不记得自己当年写了什么作文，却依然能记得潘越的大作，这就是好文章的感染力——哪怕这个人已经不在世上，他的文章依然可以感染世人。

“在他出事前的 4 月 26 日，学校进行了期中考试，潘越期中考试成绩如何？”李泽文浏览着《校志》，问她。

“这我就不知道了……”郗羽想了想，“他的成绩还不错，中考成绩差不到哪里去。”

她和潘越毕竟不是一个班的，平时来往极少，而且十几年前初中生们还是比较讲究男女大防的，她对潘越的日常生活了解不多。

李泽文也没指望她能记住那么多细节，“嗯”了一声，手指指向了书页中的某一行：“南都二中每年都会举行一次大规模的元旦晚会，你在二中的那一年的元旦晚会上，你们班的舞蹈获得全校二等奖。”

“是啊……这点事我也记得。”

语气如此肯定，李泽文又抬眼看了郗羽一眼：“你有参加舞蹈比赛？”

郗羽“呃”了一声：“有的……”

这件事在李泽文意料之中。她所在的班级全班人数五十二人，女生不过半数，凭郗羽的身高和长相，不选她参加舞蹈队根本说不过去。

“二等奖应该是个不错的成绩？全校这么多班级，获得一等奖仅有三个班。”

“成绩确实很不错……大概是因为我们练习很刻苦吧。每天中午要练，晚上放学了还要练，周末还要抽半天时间来练习。”

“你们跳的什么舞？”

“民族舞。就是穿着古装，撑着一把伞跳的那种。”

“这个小舞蹈队有几个人？程茵有没有加入舞蹈队？”

“我们一共有五名女生，程茵当然有参加。她舞跳得特别好，比我这种凑数的强很多。我差不多也是那时候才和她有点熟悉了，之前几乎没怎么和她说过话。”

“谁给你们编的舞？”

“我们的音乐老师。”

“她应该也是你们年级的音乐老师？如果她指点你们一个班，其他班难道不会觉得不公平？”

“不是每个班都选择舞蹈，不少班级还会选唱歌、乐器等节目，”郗羽无奈道，“至于我们班为什么会表演舞蹈，是因为有人说我们班漂亮女生多，不跳舞就太可惜了……音乐老师觉得说得对，周老师也支持这个提议，所以我们就赶鸭子上架了。”

李泽文莞尔，“有人说”多半是郗羽打了个折扣，真相很有可能是“班级男生的共识”。这说法毫不夸张，哪怕是全班其他女生都长相平平，只要有郗羽和程茵在，照样可以大大提高班级女生的平均颜值。如果小舞蹈队的其他三名女生能达到清秀的水准，这几位女生再穿上古装撑着伞跳舞，男生们绝对会像打了鸡血一样鼓掌欢呼，也不难理解她们为什么会得二等奖了。

“你们的小舞蹈队有合影吗？”

“没有，”郗羽说，“我当时光顾着紧张了，想不起照片这回事。”

李泽文“嗯”了一声，又翻到了下一页。

“教授，你要这本《校志》就是为了看这些吗？和潘越、程茵有关的信息？”郗羽问。

“有没有他们的信息不是我最关注的，我想全面了解整个学校的环境氛围。”

郗羽是个好学生，当然听懂了这段话。在大部分案件里，研究受害者的环境都很重要。就像求一个未知的方程，受害者的生活环境、结交的人群仿佛已知量，已知量越多求解越容易。只不过在她看来，《校志》记录的事情太概述了，想从中看出这些事情对潘越的影响……郗羽觉得还是挺难的。

“可环境本身太复杂了，是混沌系统，也不好预测。”

“海洋大气环境固然复杂，但也会形成规律的环流。比如说，在一个贫富差距大、失业率极高的社会，非正常死亡里为财而死的比例一定相当高，毕竟大多数恶性犯罪都受经济形势的影响；在一个校风恶劣校园欺凌遍地的环境里，造成学生心理失衡的最大压力可能来自于群体的压力；在一个升学压力极大的名校里，引发学生心理压力最大的原因一定是学习上的负担。”

宛如两年前在李泽文的课堂上，郗羽心悦诚服地表示同意——没错，李泽文永远都是这样富有洞察力，任何事情他似乎都可以一眼看透本质。

李泽文说：“郗羽，你认为南都二中是一所什么样的学校？”

“我想，是一所比较重视应试教育，但也尽可能地让学生全面发展的重点中学。”郗羽想了想，她出身于教师家庭，中学阶段转过学，就读于全省名校和县中两种全国最具典型意义的中学，在学校建设上的发言权也还是有的，“看重学生成绩，但没有那么疯狂，休息时间是留出来的，比我后来就读的县中好得多——县中完全以考试为唯一追求，早上六点起床，晚上十点半睡觉；二中也比较注重学生的综合发展，学校里有各种社团，不少社团都是娱乐性质的，当然在多样性上肯定不如美国的中学，但在国内横向比较，也相当不错；如果学生真的有才能，二中还会组织他们参加比赛。老师们的水平也不错，大部分老师是重点师范大学毕业，这一点也是我后来所在的县中比不了的。”

李泽文道：“所以，你认为二中是一所对有特长的优等生非常友好的中学。”

“嗯嗯，教授，你的形容很准确。”

“所以问题来了，”李泽文又翻开一页《校志》扫过，“对初中生而言，一天中除了睡觉之外，二分之一的时间都在学校里，在学校遇见和发生的事情，在学校认识的同学和老师对初中生的影响力一定很大，甚至会超过父母的影响力。对潘越尤其如此，他在校园里获得了许多荣誉，学校对他来说，大约比学校在普通学生心中的分量更重。而这样一位学生，最后死在了他喜欢的学校里。”

“……”郗羽无言以对。

李泽文意味深长道：“潘越为什么在教学楼楼顶坠楼？在我看来，这是所有谜团中最关键的一个。”

请老师们吃饭的地方是李泽文敲定的，还是他入住的环江大酒店的中餐厅，只不过菜色都换了。

晚上六点半，郗羽在酒店的餐厅见到了当年的老师。大约是因为初一那年的经历给她的印象实在深刻，她毫无障碍地认出了这些只教了她一年的老师，看上去每一位都老了许多。

老师们也都记得郗羽——潘越坠楼事件是他们从教以来发生的最大的事故，郗羽这半个当事人的名字，他们怎么会忘记？

英语老师邓玉梅拍了拍郗羽的肩膀，感慨得很："小羽，你和当年比几乎没什么变化。"

初一时的郗羽就长到了一米六五，现在的她身高一米七二——从这个角度来说，她这十四五年来的变化也真够小的。

郗羽立刻说："邓老师您也很年轻啊。"

任何女人都喜欢被人评价为年轻。实际上邓玉梅也确实不显老，她的年龄比周宏杰大了三四岁，相貌温婉，性格爽朗。她拉着郗羽的手入席："我女儿都上大学了，哪里还年轻啊！"

"周老师说你是麻省理工的博士，真是太优秀了。"刘铭刚这样夸赞郗羽，他的赞许由衷地发自内心，"我一直都觉得你是我教过的最聪明的女孩子，如果你不转学的话，那该多好。"

郗羽也只能无奈微笑。

她当时的确是老师的宠儿，老师们对她非常偏爱。刘铭刚一直希望她走竞赛这条路子，对她有极高的期待。只可惜计划不如变化快。当年那种情况下，除了转学，她没有别的选择。

"各位老师请坐。"李泽文微笑着和老师们打了个招呼，招呼他们落座。

装修豪华的包厢里，菜已经陆续端上来了，看上去异常精美。省重点中学的老师都见过不少世面，每学期开学前后、教师节前后学生家长请吃饭的档次从来都低不了，不至于因为一顿丰富的菜肴就大惊小怪。

他们好奇的，是理由——请人吃饭总是需要理由的。

再说，郗羽当他们的学生不到一学年，师生感情再好也有个上限在，多年失联后再次联络，总要有个说法的。

李泽文当然不会让老师们怀着疑惑入席，他有条不紊地向各位老师解释了自己和郗羽的关系。他和郗羽是在美国的大学里认识的，这次两人一起从美国回国探亲，先各自回家探望了父母一趟，随后他就来了南都旅游顺便拜访郗羽的家人。和郗羽成为男女朋友后，两人之间也没了什么秘密，他知道了女友中学时代的不幸事故，所以跟她一起回到母校看一看，希望能扫除女友心中的阴霾。

郗羽侧过脸，无语地看了看自己的这位教授——瞎话说得这么严丝密合，好像是真的一样，如果不是因为自己是当事人，她自己都差点信了。李教授虽然只是研究政治理论，但脸皮的厚度和那些政客似乎也有得一比了。

有了这一段“爱情故事”的调剂，宴席上较为生疏的气氛迅速消散，包厢的气氛迅速活跃起来。

邓玉梅好奇地问：“你们在学校里认识的，那李先生你也是麻省理工的学生吧，你学什么专业的？”

郗羽自然有义务为老师们排忧解惑：“不是的，他是哈佛的教授。”

此言一出，诸位老师的目光顿时亮起来，这的的确确是让人肃然起敬的身份。如果说之前李泽文给诸位老师的感受是年轻英俊的优秀青年，看他和女友回国探亲身边还带着助理，那多半也是个富二代，此刻教授身份一亮出，老师们已不敢这么想，目光立刻由欣赏变成了尊敬。

这就是知识带来的地位转变。

“教授，这么年轻的教授？”

“那可是哈佛大学，全世界最牛气的大学呢。”

虽然李泽文的年龄比所有老师都小得多，但“学无先后，达者为师”的道理在座的老师们都懂。精美的菜肴陆陆续续上桌，老师们也以一种请教的态度和李泽文聊起天来，原本有着光鲜亮丽履历的郗羽顿时遭到了无视。至于周翼，则是完全沦为背景，他唯一做的事情就是协调服务生给老师们斟酒倒茶。

李泽文和在场的老师们聊政治聊军事聊经济聊社会热点，见解和意见都让老师们觉得是金石之音，简直恨不得拿笔记下来。又因为邓玉梅上大学的女儿也在考虑是否去美国读书，话题又自然而然转移到教育问题上，李泽文还表示，如有需要可以帮忙推荐高校和教授。这话换来了邓玉梅十足的感激，现场的气氛十分热烈。

郗羽第一次见识到李泽文把控全场谈话气氛的能力——他在每个话题之间转换自如，轻而易举掌控着大家的交谈方向。

现场的气氛很好，酒过三巡后，包厢里的谈话方向就被李泽文一句“我也是前不久才从小羽那里知道潘越的事情”带回了十四年前。

时间虽然过去十四年，但谈起当年的事情，几位老师还是面露浓浓的遗憾。

“这件事，怎么说呢……我教了这么多年书，唯一一次遇到学生自杀。”

“这种事情本来就不应该发生，一次都嫌多了。”

刘铭刚感慨：“小羽当时也才十二岁吧？那么小就遇到了这种事情，肯定有阴影。”

彭华东说：“我反正不懂这些孩子在想什么。轻掷生命，看上去似乎有一种获得解脱的快感，却给亲人带来了永远的伤害。”

“这么多年过来，我一想起潘越都觉得很难受。”邓玉梅脸上写满了叹息，“我是他的班主任，和他交流得比较多。按照现在的说法，他是个很正能量的孩子，就算那段时间发生的事情很多，也实在不像是会寻短见的那种。”

邓玉梅的判断和李泽文不谋而合，不过他却道：“有些崩溃是瞬间发生的，极难以预料。这种事情并不罕见：没有前兆，没有导火线，忽然有一天，某人自杀了。”

邓玉梅摇头：“这种情况的确可能发生，但我还是觉得潘越当时的心理状态不应该糟到那个程度。”

“郗羽说当时流言很多，潘越很不好过。”

“没错……这种流言对一个孩子来说还是太不友好了，”刘铭刚附和，“所以我对早恋严防死守。副作用太大，一不小心闹出事情，也不好跟学生家长交代。”

“哪那么容易？现在的孩子早熟，各种媒体日夜熏陶，早就不是十年二十年前了，”周宏杰说着摇起头来，“那天我上课的时候还有学生传情书被发现，全班都在看那个女生的笑话，也不好处理。”

“别说了，我班上还有用密码写情书的呢！也不知道他们哪有那么多感情抒发。”

大家都笑起来。

彭华东“哎”了一声：“所以我有时候就不想当初中老师，这些孩子啊，还是太幼稚了，用时髦的说法，就是‘中二’。”

初中生是最不理智的一个群体，刚刚进入青春期，身体迅速成长，脱离了幼稚的小学生阶段，但是世界观、人生观、价值观这俗称的“三观”完全没有形成，连个轮廓都没有。他们自我意识过剩，接受外界事物的能力偏偏又很强，特别想要凸显出独一无二的自己，于是仿效流行文化里的人物，看着人家谈恋爱好玩，自己也去谈恋爱，却根本没有处理后续麻烦的能力。

邓玉梅一直听着其他老师的发言没有说话，此时才道：“你们说得对。但在一个普遍中二的群体里找一个例外的话，那就是潘越，他比一般学生成熟。”

李泽文循循善诱地提问：“是吗？”

这位潘越曾经的班主任沉思了一会儿，又放下手里的杯子，看向郗羽：“有件事我没告诉你，最开始我怀疑过流言是你传出去的。小羽，你是什么学生我还是知道的，我不是说你存心传播流言，而是无心之失。比如你无意中告诉了其他人，比如你的好朋友，被他们故意传播出去。”

郗羽默默听着。

“这件事一出，班上的氛围对潘越不算很友好，我跟他谈过，他是有点难过，但大体还是平静的。”邓玉梅陷入回忆里去，“我问他知不知道最初传播流言的是谁，他说肯定不是你。他当时跟我说，如果你是那种女生，他绝对不会喜欢你了。”

郗羽心中百感交集，觉得鼻尖发酸，不得不努力抿着唇才能控制住自己的情绪。

“他知道不是我……”郗羽轻声说。

她的每一缕情绪变化都在李泽文的眼中，他轻轻握住她的手。这一幕落在老师们的眼中，成了两人又一个感情融洽的铁证。

邓玉梅无声地叹息：“是的。他还跟我说，他知道那个人是谁。”

“啊！”

这件事不论是郗羽还是李泽文都闻所未闻。

郗羽瞪大眼睛，急切地追问：“他说了是谁吗？”

“我当时问过他，他不肯说。我承诺绝对不会去找那个人的麻烦，他依然不告诉我。”

李泽文轻轻拍了拍郗羽放在桌上的手，示意她冷静，然后道：“他既然不肯说，应当是在维护对方。”

“我想是有这种可能，他说不想把事情搞大了，说等这件事的影响消退就好。”邓玉梅缓缓道，看她的神情，已经完全陷入了回忆中去，“潘越出事后，我问了班上的一些学生流言到底是谁传的，每个人都说是从别人那里听说的，总之根本没办法继续问下去。”

话到最后，邓玉梅语气轻缓下来，看起来似乎是想起了别的事情。

“流言这种事情本来就很难查到源头，当年那种环境也不适合追究真相。我的班上，不，全年级的气氛已经很糟糕了，我这样一问搞得人人自危，需要心理干涉的学生多得数不过来。而且查出来又有什么用？学生们大都是十四岁不到的未成年人，什么都不懂。”

这是实情，十分符合社会心理学的客观规律。

李泽文说：“如果流言没有造成太大损失的话，传播流言算不上很大的过错；但是在一起人命事故后，传播流言就会变成严重的校园欺凌事件，恐惧效应发酵，每个学生第一时间想的恐怕是推卸责任，就算学生们想不到他们的家长也会让他们这么做。”

“就是这样的。”在座的诸位老师肩膀沉重地垮了下来。

这也是当时警方面临的困境：学生们战战兢兢，闭上了嘴；老师们压力太大，不希望横生枝节；至于校方，他们不关心真相，他们只有一个目的，那就是低调而隐蔽地处理这件麻烦事。

任何一种情况都对案件调查不利。在十四年后的现在，这种困境不复存在，问题在于，人们的记忆还剩多少？

邓玉梅像打开了话匣一般，接着说下去："说真的，光是控制班级状态就让我整个学期都睡不好觉，别说学生，我当年承受的压力也够大，实际上，我都差点改行不当老师了……"

这一点确实可以想象的。班上的学生在学校自杀，身为潘越的班主任，邓玉梅也肯定要负责任的。她后来还能当老师，说明学校领导没有苛责她。

"幸亏没有。"李泽文说，"您这样有责任心的老师如果改行，是学生的巨大损失。"

这句恭维让邓玉梅脸上露出很浅的微笑，她看上去开心了一点，又对郗羽说起来："对了，郗羽，你转学后应该就没有和当年的同学有联系吧？"

"没有了。"郗羽摇头。

"还是有点可惜的。"邓玉梅说，"我有个学生比较关注你，问了我好几次你退学后转去了哪里。"

"是谁啊？"

"孟冬，你还记得吧？"

"孟冬……"郗羽在记忆中搜索了一圈，抽出来一个模模糊糊的影子，"他当时是二班的数学课代表？我是一班的课代表，我们还算熟悉。我记得，他和潘越关系很好。"

"没错。孟冬和潘越这两人，一直秤不离砣，每天一起上学一起放学中午也在一起吃饭。"其他两位老师也纷纷附和。

"没错，"周宏杰说，"孟冬也一直跟我打听郗羽转去了哪里，问了我好几次。"

李泽文问："好几次？"

"对。我一直没告诉他，他找机会就问我。"

郗羽疑惑："周老师，为什么你不告诉孟冬？"

"开始我确实不知道你父母的安排，准备让你转学去什么学校读书，你爸爸也是老师，选项应该很多。后来我知道你家的选择后，也没告诉他。这是因为他和潘越关系挺好，我担心他可能会找你麻烦。”

“老周，你这话就有点想当然了，孟冬可不是这样的人。”邓玉梅立刻道，看得出她对这个学生印象好得不得了，“他说，因为一直当数学课代表的原因，和郗羽关系很好，所以才想知道她的近况。”

周宏杰看了邓玉梅一眼，表情有些复杂：“邓老师，看来是你跟孟冬说的郗羽转学的去向了。”

“是我说的，”邓玉梅道，“这也没什么大不了。”

周宏杰把目光转向郗羽：“孟冬找过你吗？”

郗羽茫然摇头：“完全没有。”

“所以我说你是多虑了，”邓玉梅拿到了证据，“孟冬就不是你说的那种孩子。”

“我记得他学习很好，后来怎么样了？”郗羽问。

邓玉梅脸上露出了一点骄傲的神色：“他直升了二中的高中，高中的时候成绩依然非常优秀，他拿过数学竞赛的奖，高考成绩全校第一，全省第三，最后考入了京大。”

刘铭刚也挺满意地补充：“对，在京大念金融专业呢。”

初中那会儿孟冬的学习就挺不错的，郗羽不奇怪他取得的优异成绩，问：“邓老师，你知道他现在哪里吗？”

“我上次见他是两年前的事情，他当时和一群学生回学校看过我。那时候他在港岛的投行上班，现在应该还在那里工作。”

李泽文示意服务生给各位老师又倒了一轮酒，又道：“小羽跟我说过，潘越父母有一些矛盾？”

“是的。他家里的事情我之前也知道一些，感觉有些复杂。他爸爸是建筑师，平时非常忙碌；他妈妈是全职主妇，所以潘越的教育问题一直是她在管，她平时也跟我联系很多。但时不时地，潘越的爸爸也会给我打电话，问和他妈妈差不多的问题，我一番话要说两遍。可见他们两口子平时压根没有私下的交流，”邓玉梅说，“不过有一说一，他父母的关系可能是不太好，但对儿子还是关心的，也舍得投入。”

李泽文问：“舍得投入？送去语言培训班？”

“对啊。就是那种有外教的、一个学期起码要花几万块钱的语言培训班，我其实觉得这种培训班性价比不太高，但他爸妈眼睛都不眨一下送他去了。”邓玉梅说，“除此外，买书也舍得花钱。我常常能看到潘越的书包里有一些英文原版书。”

李泽文眉梢一抬：“什么书？”

“我印象比较深的，就是他带过一套英文原版的‘哈利·波特’系列，当时国内还没译本，他把书带到班上，非常轰动。”

李泽文和郗羽对视一眼：“你记得这件事吗？”

“‘哈利·波特’系列的英文版……”郗羽绞尽脑汁回忆了一下，记忆如同被火石点燃了，“我有印象，是初一上学期开学没多久的事情，好像是第六本来着。”

“你没借来看一看？”

她凝神细想，缓缓道：“那时候我和同学也不太熟悉。课间时有一群人在传看这本小说，我是因为好奇，凑过去看了看。我不知道书是潘越的，也没想过借来看。我当时的英语水平肯定也不足以看懂英文原版。”

“是的，初一学生要看懂英文小说难度很大，”邓玉梅说，“潘越当时看得也很不容易，他一边查电子词典一边看，还常常捧着书来办公室问我一些语法问题。”

“除了英语外，”刘铭刚道，“他数学也不错的，一直是班级前几名。”

周宏杰深深叹了口气：“他是我的语文课代表，也是我这么多年教过的最可能成为作家的学生了。”

“嗯，他也说过想当作家的。”郗羽道。

邓玉梅用复杂的眼神看了一眼郗羽，最后叹了口气，露出一个无奈的苦笑：“潘越要还活着的话，成就也一定不低。”

一个“也”字充分说明了邓玉梅的遗憾。在她想来，潘越能取得的成就至少不会比孟冬和郗羽这两个优秀学生低。

李泽文把话题引向另一个方向：“贵校的学生都很优秀，现在一个很红的节目主持人，叫程茵，也是小羽的同学。”

恭维总是让人受用的，几位老师的兴趣高昂了一点，也纷纷在他们教过的成百上千的学生里搜索起来。

“是吗？”几位老师都有点没想起来，“当时有这个学生吗？”

邓玉梅的记忆力明显更好一些：“是的，好像是有个学生叫程茵，平时挺安静，挺漂亮一个小姑娘。”

“有的，我班上的，”周宏杰作为班主任，对班上的学生记忆要深刻一些，“但初一后她也转学走了，我记得是她家长工作调动吧。”

“那难怪我们没什么印象了。”彭华东说。

郗羽的这些老师教龄至少也有十七八年，桃李满天下，十几年前的只教了不到一年的并且成绩也不好的学生，他们没有印象也不足为怪。李泽文转开了话题：“邓老师，你说过你和潘越的父母常常有联系，那学校流言传得沸沸扬扬的时候，你为什么没有告诉他的父母？”

邓玉梅表情黯然：“这就是我最后悔的一件事。我原本是打算把这件事告诉他父母的，但潘越恳求我保密，说不想让他们操心。他担心他妈妈知道后可能会来学校找郗羽的麻烦……我当时答应了，谁知道第二天就发生了那种事……”

郗羽完全说不出话来。

即便她伤了他的心，他居然还在为她考虑。

邓玉梅最后说：“这些年，我总是在想……如果我跟他父母先沟通一下，也许就没有后面的惨剧了。”

“有些事情永远不在人们的计算范围内，”李泽文拿起鲜榨果汁给邓玉梅斟了一杯，她不是很能喝酒，“邓老师，您也不用介怀了。”

“是的，只能这么想了。”

晚上的这顿“谢师宴”吃到了九点，老师们吃得开心，聊得也开心，郗羽也觉得收集到了足够的信息。最后几人互相交换了联系方式，结束了这次宴请。

送客送到西，周翼早就让酒店这边联系好了出租车，四辆出租车在餐厅门口排成一排，把老师们分别送回了家。

郗羽和李泽文目送着出租车开走，又慢慢呼出一口气来。

她定了定神，正打算和自己的教授表达感谢的时候，就听到了李泽文转头看了眼周翼，问：“录下来了吗？”

周翼微微一笑，从兜里拿出一支黑色的钢笔：“这儿。”

这支笔看起来莫名有点眼熟，郗羽盯着笔看了看，猛然想起吃饭的时候这支笔就放在桌子上。周翼还用这支笔在菜单上写了几个字——原来还是支录音笔。

南都是有名的火炉之一，七月底的晚上依然炎热，三人在酒店门口只站了几分钟就汗流浃背。李泽文和周翼转身进入酒店大堂，郗羽跟在两人身边急匆匆地问：“怎么回事？教授，你把刚刚几个小时的聊天内容都录下来了吗？”

李泽文道：“普通的家长里短的八卦中也可能隐藏一些很重要的信息和线索。而人的记忆力再好也是有限度的，只有录下来并且形成文件，才不会错过可能的线索。”

“为什么不用手机录音啊？”她忍不住问。

“专业用途应该用专业设备。”李泽文回答。

周翼也进行补充说明：“收音效果更好，还不用担心来电话打断录音，因为你不知道你漏掉的是什么内容。”

想得太周到了，郗羽醍醐灌顶地点头。人家就是比她厉害，什么时候都会棋先一着。

“那暂时把录音笔给我？”郗羽说，“我今晚回家整理一下。”

李泽文对此没有意见，略微颔首，周翼于是把录音笔转交给了郗羽。

说话间几个人走到了电梯门口，郗羽没打算上楼，一行人站在电梯厅入口处交谈，李泽文说：“除了整理录音之外，我需要你做另外一件事。”

郗羽迅速点头：“什么事情？”

“你初一时的笔记本、日记本、作文本等，这些具有记事功能的本子能找到吗？”

“应该在的。”郗羽挺有把握地说，“本科毕业的时候我整理归纳过，就在家里的书房里。这几年我在美国，我爸和姐姐也不会扔掉它们。”

“那好，回去读一读这些老的记事本，看看能不能找到和潘越、程茵有关的信息。”

郗羽马上明白了李泽文的用意，她重重点头。对这桩已经淹没在时光里的旧案来说，收集信息是一切的关键。她所能记得的潘越去世前的任何事情都可能对调查有用。

“好的，我回家后就开始整理。”

电梯已经到达，门缓缓打开，看着她认真的模样，李泽文又道：“你尽力而为即可，找不到也不要紧。”

“嗯，我明白的。”

第七章

蹊跷 / *ZENG NI YI YE XINGKONG*

李泽文没有直接回房间，去了酒店的健身中心运动了半小时才回到套房内。

他坐下后打开笔记本电脑，视频电话准时响起，接通后屏幕上出现了他手下的博士生 Richard，一个土生土长的美国小伙子，相当勤奋和聪明。这个暑假李泽文安排他去北非做社会调查——李泽文回国这段时间，和他保持着远程联系，一周答疑两次。

回答了学生的提问后，他又花了十分钟处理了邮箱里的大堆邮件，最后才沉下心来，坐到沙发上，重新翻看着中午时黎宇飞带来的警方卷宗。他手畔放着一杯美式咖啡，是酒店的服务生刚刚送来的，味道浓郁，不加糖的那种。中午在中餐厅的二十分钟里，李泽文虽然也看过一次警方报告，但这样的原始资料，是值得一看再看的。不论警方的结果如何，文书工作还是很规范的，这里面的信息量不少。

报告不长，医生按照常规做了尸表检验和尸体解剖，认定全身没有打击伤痕，系高坠致严重颅脑损伤而死亡。

法医报告后就是现场勘查报告。潘越坠落地点距离楼体三米远，根据落点可以判断出潘越坠楼的起点。在坠落起点的位置处，警方发现了潘越的书包，书包整整齐齐地摆在地面上，因为书包的材质，没有检测出指纹。现场没有血迹，没有打斗痕迹；潘越的足印在多处地方出现，可见他上楼后在屋顶上逛了一圈。除此外，警方一共在屋顶发现了上百个足印。

随后是一系列走访的笔录资料，李泽文一份份开始阅读。

潘越坠楼地点大致在初三（三）班和初三（四）班的交界处，因此这两个班的学生是目击者。根据规定，初中部的学生应该是五点放学，但当时已经是五月，中考临近，因此将初三年级的放学时间推迟到五点五十分，和高中部放学时间一致。当时，初三年级的同学正在上课，教室比较安静，忽然四班有些同学听到“砰”的一声坠地声在教室外响起。坐在窗边的率先往外看，就发现了脸朝下砸落在教室和花坛之间的潘越，学生们齐齐尖叫起来。

警方记录了对初三（四）班班主任奚彬的问话，也是他报的警。

问：你当时在干什么？

答：我当时在上课，讲中考冲刺的内容，忽然听到“砰”的一声，很沉的那种，就像是米袋掉在地上的声音。

问：除此外，你还注意到什么事情吗？比如尖叫、呼救之类的？

答：完全没听到。当时窗户旁的几个学生尖叫起来，我连忙打开教室门一看，就看到不远处的地面上躺了个学生，我吓坏了，连忙报了警打了救护电话，又忙着安抚学生。

问：你怎么知道是学生？

答：他穿校服的啊。

问：当时几点？

答：五点四十五分的样子。

问：你确定？

答：不会有错，教室后面挂了一个挂钟，我一抬眼就看得到。

问：好的。谢谢。

随后还有一份学校领导的问话记录，是当年的王副校长。他是天文台项目的直接负责人，他提到初中部的教学楼楼顶最近一直开着。他说没想到楼顶的门也会成为安全隐患。

问：楼顶的门一直是开着的？

答：本来不是，但是这些天确实一直开着。

问：“本来不是”是什么意思？

答：最近常常开着，方便校领导去检查工程进度。

问：每天都要去检查？

答：是的。至少我每天都要去看一看进度。

问：教学楼有两个楼梯，都可以通往楼顶，楼顶上的两扇门都开着？

答：是的。我们的教学楼没有电梯，工人们只能肩挑背扛地把建筑材料运送到屋顶去，两扇门都开着，方便工人们提高搬运的效率。

问：你们很着急修好天文台？

答：是的，想赶进度。工期是一个月，我们预计在五月底之前修好，作为一个硬件参与评选科普基地。

问：你没想过会有学生从楼顶坠楼？

答：真没想过。谁会主动这么想呀。我第一次遇到有学生跳楼的事情。

问：以前没有发生过学生跳楼这种事情？

答：至少我当老师的二十年时间里真的没有出过这种事情。我们二中校风是很好的。而且楼顶打开和坠楼没有必然联系，其实不应该成为安全隐患的。

问：怎么说？

答：其实，这个学生的死和楼顶的门是不是打开没什么关系。一个人如果想自杀，手段是很多的。再好的安全措施都拦不住一个想自杀的人。直接从教室跳出去也是可以的，你看，我们楼顶的栏杆高度和教室窗户的高度也差不多的啊。

问：修建天文台的工人们的工作时间是什么时候？

答：学生下课后工人们就过来，我们规定的工作时间是晚上六点到凌晨五点。

问：好的，明白了。

随后就是对潘越的老师问询记录，警方问询了三名老师，分别是二班班主任邓玉梅、数学老师刘铭刚、语文老师周宏杰。

问：邓老师，你对潘越很了解吧？

答：我非常喜欢潘越这个孩子。他学习好，又懂事，是班上的班干部，还是我的英语课代表，我自认为是比较了解他的。

问：同学们都知道他告白失败后，他心情如何？

答：我跟他谈过，他当然有点难过，但是大体还是冷静的。

问：你和他具体谈了什么？

答：我跟他聊了我自己的恋爱故事，我跟他说，早恋很正常，同学们都很健忘，过一阵子就不记得这件事了。他现在受到的这些打击会成为他上升的阶梯。

问：他的反应如何？

答：他情绪比较低沉，不过说自己也明白的，不是他喜欢一个人，这个人就必须要喜欢他。我没觉得他的心情会那么差，他比很多同龄人更成熟，我不认为这些流言会对他造成很大的困扰……真的，我完全没想到他会跳楼，完全没有想到，我太震惊了，他还那么年轻啊。

问：你看看这个，我们在他的书包里发现的，是他的笔迹吗？

答：是的……是他的笔迹。他的字是很好认的。

问：你有什么感想？

答：我不知道他原来那么难过。

问：他和班上的同学相处情况如何？

答：相处得不错。

问：真的？如果相处得不错，同学们为什么都用表白失败这件事来取笑他？

答：这件事情是这样的，你要明白学生的心理。潘越比较安静，不张扬，不太参加运动，平时话也不多，爱好写作和阅读，不是看漫画的那种阅读，属于层次很高的那种学生。以他的这种性格，他本该是不引人注目的那种学生。然而实际上，他学习好，常常发表文章，常常收到稿费单受到表扬，这就注定了他受到的关注程度比较高。他和大部分男生没什么共同语言，然而做的事情又比较引人注意……

问：也就是说，潘越是那种不太合群却很有才华的学生。那一定会有人嫉妒他吧？

答：可以这么说。但我要强调一点，这种嫉妒也是普通的那种嫉妒，绝对在可控范围内。

问：什么意思？

答：不超过正常范围的嫉妒。内心虽然有不平，但是不会造成心态失衡，充其量就是开几句玩笑取笑的程度。好比你同事做了件漂亮事被领导夸奖，你站在一旁看着，心里稍稍有点嫉妒。

问：我明白了。昨天你们班是几点放学的？

答：五点整，下课铃一打我就放学了，我很少留堂。

问：潘越为什么在学校停留到那么晚？昨天并不是他做值日。

答：这个我不太清楚。但学生们迟一点走也正常，可能是等人，可能在学校写完作业才回去。

问：放学后你去哪里了？

答：我回教师办公室待了几分钟。

问：顶楼的门，最近是一直开着的？

答：是的，最近修天文台，一直开着。工人们傍晚六点就要来上工了。

问：那你有没有注意到什么奇怪的事情？

答：我没有注意，我回办公室后收拾收拾也离开学校了。

问：几点？

答：应该就是五点没过几分钟。

问：邓老师，你能想到谁会传播流言吗？

答：……很多学生都在传。

答：那你知不知道流言是谁传出来的？

答：这个不清楚。我问了班上的一些学生，他们都说是从别人那里听来的。

问：你有在班上控制过流言吗？

答：我在班会上很委婉地说了说，让同学们开放心态，没有特别地控制过。说实话，我们当老师的也就只能这样了，这些初中生正处在叛逆期，你越压着让他们不干什么，他们越要去干，反弹得越厉害。沉默永远是最好的办法，你要做出一种"这事情没什么大不了"的态度，学生们自然也会觉得"这件事没什么大不了"，流言就自然停止了。而且潘越给我的感觉是他足够成熟，能应付这个麻烦……

问：他表白的那个女孩子，是什么样的女孩子？

答：成绩非常好，相当听话的女孩子。我想，即便流言的源头是她，我相信她也不是故意的。

问：我们看了潘越的日记，他家里的事情，你作为老师知道吗？

答：我能感觉到他父母关系不太好。

问：你觉得他家里的事情对他的坠楼有什么影响吗？

答：影响肯定是有的。我之前还看到他手臂上有瘀痕，就像挨打后的那种痕迹。我问他怎么回事，他也不肯说。

问：什么时候看到的？

答：就一个多月前，三月份的事情。

问：他被父母打了一顿？

答：……他对我否认了，说不是。但我看应该是被打了。他不是个善于说谎的孩子。

问：你对潘越家庭的情况了解吗？比如潘越父母是否会有什么仇敌？

答：这我真的不知道了。我是比较偏爱他，但我班上有五十多名学生，实在无法面面俱到。

接下来是和刘老师的访谈记录，这份记录相对比较短。

问：刘老师，你知道那个流言的事情吗？

答：知道。学生们就在走廊上嚷嚷，作为老师也很难听不到。

问：你觉得潘越的心情怎么样？

答：我觉得他心情不好。他的数学成绩还是不错的，平时上课也挺认真，但这段时间都在走神，交上来的作业错误也很多，一看就是没用心。

问：你觉得他的心情会那么差吗，甚至于轻生吗？

答：说实话，我觉得什么可能都有……潘越是那种文艺的中学生，怎么说，你知道吧？很敏感，想法很多……我虽然觉得他不会因为这件小事自杀，但是谁说得准？对成年人来说什么都不算的事，但是对小孩子而言是天大的事情，足以把他们压垮。

问：你没跟他谈过？

答：最近是没有。我是初一年级的年级组长，全年级的事情都要管，精力也有限，而且他的班主任邓老师是很负责的，我对邓老师还是放心的。

问：你的意思是，那之前有谈过？

答：有的。应该说也不是和潘越谈话，还有他爸爸。前些天学校举行期中考试，潘越的数学成绩下滑了，他爸爸开完家长会后特地来找我，希望我平时多多关注潘越。

问：当时潘越什么反应？

答：感觉还算正常，他说谢谢老师，会多花时间在数学上。实际上，他数学成绩虽然有下降，但也并不太多，属于正常的波动范围内。

问：昨天你几点从学校回家的？

答：我想想，差不多五点二十几？具体时间我记不准了。放学后有学生问了我一道题，我跟他讲完了走的。

问：你常常在课余时间解答学生疑问？

答：只要有学生问，那是肯定的。老师就应该传道授业解惑。

问：问你问题的学生是谁？

答：二班的，一个叫孟冬的男生。

问：放学后还来问老师问题，这个男生成绩应该不错？

答：当然了。孟冬很喜欢数学，对这样的学生，什么时候来问我问题我都欢迎。

问：你走的时候，教师办公室还有其他老师吗？

答：一班的周老师还在，其他都回家了。

问：其他老师都走了？

答：是的，毕竟放学了嘛。学校对普通任课老师没有严格的坐班要求，如果是班主任就要求得严格一点。

问：你走的时候，初一年级这层楼里还有学生吗？

答：我记得走廊上没看到什么人。我一直跟老师们说，要提高课堂的效率，不要拖堂。

问：另外，去顶楼的门，你们有注意过吗？

答：这个知道，这些天门一直开着的，要修天文台。学生们没事就往楼顶跑去看天文台的修建进度。

问：去楼顶的学生很多？

答：非常多，高中部那边都有跑过来看热闹的。

第三份问卷则是和周老师的访谈记录。

问：你对潘越的印象是什么？

答：勤奋，听话，聪明的好学生。这件事真让人痛心。

问：最近几天时间，你有注意到他的状态吗？

答：确实可以看出来，他情绪比较低落，上课也心不在焉。

问：你有跟他谈过吗？

答：我们谈过几句，他是语文课代表，送语文作业给我的时候，我和他聊过几句。

问：你说了什么？

答：其实说得少，我主要是借了几本武侠小说给他看。

问：什么书？

答：《倚天屠龙记》。

问：我们在他的书包里看到了这本小说。为什么推荐这本书？这是武侠小说吧？

答：警察同志，我想你能理解，表白失败对一个初中男生来说是丢脸的事情吧？

问：的确。

答：设身处地地想，如果我表白失败，被全年级的同学知道，此时我最希望的一定是自己变成透明人，让这件事情赶快过去，其他人不要用异样的眼神看我，最好谁都别在我面前再提起这件事。

问：我明白了，所以你就用普通的态度对潘越？

答：是的，我希望他能转移注意力。潘越喜欢写作和阅读，我平时也会推荐一些书给他看。《倚天屠龙记》是一本非常好看的小说，文学性也是不错的。我想如果潘越喜欢上看武侠小说，沉浸到武侠世界里去，也就不会太在意目前遇到的麻烦了。

问：我们看了潘越的日记，他在日记里提到了自己的家庭情况，你知道他家的情况吗?

答:这我就不太清楚了。我毕竟是初一(一)班的班主任,潘越是二班的,虽然平时也有关心他,但不了解他的家庭情况。

问:你觉得他会因为表白失败轻生吗?

答:我原以为不会,但人类的想法与行动非常复杂,尤其是青少年。青少年的心理起伏是很大的,并不能准确预测……事情已经发生了,再说什么都没用了。

问:你看看这个。

答:啊,这是?

问:我们从潘越的书桌里发现的,夹在他的一本笔记本里。这是不是他的笔迹?

答:应该是。潘越的字是我教的两个班里最好的,其他学生的字没有这么好。

问:从你语文老师的角度看,他想用这篇文章表达什么感情?

答:……我只能读出悲观和失落……简直像是遗言。

问:你认为这是他写给谁的遗言?

答:……给所有人。原来在他心里,他对这个世界这么失望了。

问:他喜欢的那个女生,叫郗羽,是你班上的学生?

答:是的。

问:她是什么样的学生?和潘越的关系如何?

答:我知道你们的意思,我可以负责任地说,潘越不论做出什么举动,和郗羽都没有关系,她也不应该为此负任何责任。他们分别是两个班的学生,平时也没什么交集。郗羽是你能想到的那种最好的学生,很聪明,很乖巧,非常有教养,学习成绩好,她根本没到恋爱的年龄,拒绝潘越非常正常。

问:周老师,看来你非常喜欢这位女学生。流言传出后,你跟她谈过吗?

答:谈过。我可以保证,她不是流言的源头,她绝对不会做这种事情。

问:但你刚刚也说青少年的心理起伏是很大的,不能准确预测。

答:别的学生或许是不能,但是郗羽不一样。她是那种学生,你看着她的眼睛就知道她不会说谎。

问：你们还说了什么？

答：我不可能用高压式的办法让同学们不要谈论这个花边新闻，冷处理是对流言的最好方法。我给了郗羽一些建议，叫她冷处理这件事，不论其他同学说什么，不表态，不理睬，不多话。

问：潘越昨天坠楼的时候，你还在教学楼里？

答：是的。放学之后我在教师办公室，结果初三的老师打电话到办公室里，我才知道出了事，跑到楼下一看……唉……

问：那你有注意到潘越去了楼顶吗？

答：没有，我在办公室里备课写论文。

问：备课我知道，写论文是什么？

答：评职称要用的论文。我的宿舍很小，资料也不齐，我都是在办公室把工作做完才走。

问：那时候办公室还有其他老师吗？

答：陆陆续续都走了，我接到电话那会儿，办公室只有我了。

问：那学生的情况呢？你注意到整层楼的情况了吗？五点半左右走廊还有学生吗？

答：我没注意到那些细节，但是一般来说，五点半的时候，全年级的学生都走光了。

问：但是郗羽也在教室里留到了五点半后。

答：是的。昨天是她值日，她走得晚。

问：她一个人值日？

答：我们班的值日是这样，平时小扫除，两人一组，周五放学后大扫除，八个人。另外那个值日生是郗羽的同桌，但她因为身体不舒服，下午没在学校。两人做值日要二十分钟左右，郗羽一个人做值日花了四十分钟左右，所以离开的时间比平时更晚了一点。

问：另外那个值日生是身体不舒服？生病了吗？

答：不是生病，是女生的例假。她肚子疼，上午的课上完就跟我请假回家了。

问：哦，明白了。那你认为郗羽和潘越在放学后的这段时间里有见面吗？

答：啊？你这是什么意思？

问：你看，两名处在绯闻中的学生不约而同地在学校里多停留了半个小时。几天前他们也在放学后单独见面，女生拒绝了男生，流言蜚语传得全年级的学生都知道；昨天也是，两人同样延迟离开学校，然后男生坠楼身亡。

答：应该就是巧合。

问：做我们这行的，对巧合通常都是抱以谨慎的怀疑态度。

答：徐警官，我不知道你在暗示什么，但是如果你要怀疑郗羽对潘越做了什么，那我可以明确地告诉你，绝对不可能。郗羽是你能想到的最好的女生，绝对不可能做坏事。

问：不，我并没有这样的暗示。我想知道，如果郗羽和潘越两人见了面，女方说了什么话，刺激到了潘越，于是他想不开跳楼了，这种可能性是否存在？毕竟前几天他们俩之间已经发生了不愉快的事情。

答：……我认为不太可能。郗羽是个好孩子，不可能存心去刺激潘越。

问：不会存心去伤人，不等于不会伤害人啊。

答：这……

问：当然这件事还有另外一种可能，比如，潘越故意死在郗羽面前？

答：我不知道。

问：也就是说，你不能完全排除这种可能性？

答：……是的。

询问了任课老师后，警察也找了潘越的同学来问话，分别是潘越的好友孟冬和最晚见到潘越的两名男值日生田浩然和毕新宇。

首先询问的是孟冬——

问：我们问过你的老师，知道你和潘越是同桌，也是好朋友。

答：……是的。

问：那你也比较了解他吧？你从好朋友的角度，跟我们说一下潘越的情况。

答：潘越是我的好朋友，铁哥们。我家和他家在一个小区，我们放学后一起回家。他学习很好，作文写得特别好，我们常常在一起讨论问题，我一直都很佩服他。

问：他最近情绪如何？

答：不太好，最近几天他都不说话，我问他，他也不说话。他基本上谁都不理。

问：听说最近你们没有一起回家？

答：嗯……是的。

问：为什么？

答：我们有一点争执，而且他也情绪不好。

问：争执什么？

答：……一点小事。

问：什么小事？

答：……男生间的吵嘴。

问：吵什么了？

答：……

问：不想回答吗？

答：没什么可说的。

问：昨天你什么时候离开教室的？

答：不到五点半走的，走到校门口的时候我看了看表，快五点半。

问：为什么这么晚回家？

答：有道数学问题我不太明白，放学后我就去办公室问刘老师怎么做题。

问：问完题目后呢？

答：问完题目后我回教室，发现潘越已经走了，我也收拾了书包回家了。

问：但实际上他还在学校里，并且去了楼顶。

答：这件事我不知道，我以为他放学后就走了。

问：我们查过，昨天并不是他值日，他为什么在学校里留得那么晚？

答：我不知道。

问：你们不是好朋友，铁哥们吗？

答：但他不会把什么事情都告诉我，就像我也不会把所有的事情告诉他一样。

问：他有没有跟你说过自己家里的事情？他父母的关系怎么样？

答：我们在一个小区住，我知道他父母关系不太好。他有一次告诉我，有时候宁可爸爸妈妈没把他生出来。

问：你觉得，家庭的矛盾和对女生表白失败，两件事中哪一件对潘越打击更大？

答：……我不知道……

接下来就是对田浩然的问话。

问：昨天下课后是你值日？

答：是的，我和毕新宇两人做值日。

问：你们昨天几点下课的？

答：邓老师从来不留堂，下课铃响了就马上放学了。

问：你们值日的主要内容是？

答：主要是做清洁，擦黑板和扫地、倒垃圾。

问：你们清洁需要多长时间？一般会做到什么时候？

答：下了课同学们就回家了，我们也差不多那时候开始做值日，二十来分钟就做完了。

问：那时候潘越在教室吗？

答：起初是在的。我们刚刚开始打扫教室的时候，他在的。

问：他在做什么？

答：在看书。

问：看什么书？你们看到了吗？

答：我们扫地扫到他旁边时，他恰好把书收了起来……看上去是本数学书。

问：数学书？你没看错？

答：封面上写了“数学”两个字啊。

问：你确定？

答：是啊。

问：你们打扫教室的时候，和潘越有没有交谈过？

答：我们说了几句话，打扫教室的时候，教室里灰挺大的，打扫到潘越和孟冬座位的时候，我们提醒了他一句灰尘很大，他也没说话，收拾了书包，就走了。

问：那你们知道他去哪里了吗？

答：我们以为他回家了。

问：但实际上他去了楼顶，你们知道吗？

答：完全不知道。

问：他当时情绪怎么样？

答：不好说……我们没注意到，他后来收拾书包走了，没怎么说话。

问：当时教室除了你们三人还有什么人？

答：同学们基本都回家了。

问：基本？

答：嗯，还有孟冬，不过他去办公室问刘老师数学题了，所以人没在教室。

问：孟冬什么时候回的教室？

答：具体时间我不知道，但他回教室的时候，我们正好打扫得差不多了，连垃圾都倒了。我们还跟他说如果他再晚一点回来，我们只能去教师办公室找他了，不然都不知道要不要锁门了。

问：孟冬常常去办公室问老师问题吗？

答：是啊。他数学成绩特别好，还是数学课代表，没事就去找刘老师。

问：然后他也回家了？

答：是的，他回教室后收拾书包也走了。

问：他什么时候离开的？在你们离开之前还是之后？

答：他比我们先走，我们当时还嘀咕他和潘越怎么没一起走呢。我们随后锁了门才走的。

问：也就是说，你们没有看到他下楼？

答：是的。

问：你们离开教室的时候，在这一层教学楼还看到谁了吗？

答：没有。我想回家看动画片，锁了门就跑下楼梯了，没注意到其他人。

问：你知不知道和潘越有关的流言？

答：……大家都知道。

问：你知道是谁传出的流言吗？

答：……不知道，反正大家都这么说。

问：班上有同学因为他表白失败嘲笑他吗？

答：也不是嘲笑，就是开玩笑。

问：他表白的那个叫郗羽的女生，你们知道吗？

答：知道的，一班的。

问：你们对她怎么评价？

答：我就知道她成绩很好，其他不知道。

至于毕新宇，他的回答和田浩然的回答大同小异，基本一致。

问：昨天放学后是你值日？

答：嗯，我和田浩然，我们两个。

问：说说你们放学后到离开教室的这段时间所做的事情。

答：我想一想……五点钟放学之后，我和田浩然开始做值日。其他同学都走了，潘越还在教室里……哦，孟冬也在，不过他去教师办公室了，书包在教室。我们做值日的时候灰尘很大，我就问潘越你怎么还不回家？他也没说话，收拾了书包就走了。

问：你们还交流了什么情况吗？

答：没有了，我看他当时的样子也不想跟我们多说什么。

问：你们知道潘越离开教室去了楼顶吗？

答：不知道。

问：孟冬什么时候回教室的？

答：我们打扫完教室的时候，如果他再晚点回来，我们都不知道要不要锁门了……

问：你怎么知道他去教师办公室了？

答：他回教室收拾书包的时候自己说的。

问：然后你们还交谈了什么吗？

答：没有说什么。

问：你们三人谁先走的？

答：孟冬先离开教室，我们随后走的。

问：时间差多少？

答：很短……一两分钟吧。

问：所以你们不确定他离开教室后到底是上楼了还是下楼了？

答：……确实。

问：你们锁门离开教室的时候，在教学楼的走廊里还看到什么人吗？

答：没有了。一个人都没看到。

问：隔壁班级做值日的学生也没有看到？

答：我没看到。

紧随其后的，就是对郗羽问话的口供。

问：郗羽同学，我们能理解你的心情，但是有些问题我们不能不问。希望你配合我们。

答：嗯。

问：我们听说，5 月 8 号，也就是本周周一那天，潘越跟你表白，有这样一回事吗？

答：……是。

问：具体什么时候？

答：当天下午放学后，五点多。

问：后来你拒绝了潘越，有这样一回事吗？

答：……是。

问：他坠楼那天，是 5 月 11 号，也就是昨天，我到你们学校的时候，注意到你似乎也在现场？

答：……是的。

问：当时很晚了，你的同学们都放学回家了，你为什么还在学校里？

答：我做值日。

问：还有其他人跟你一起做值日吗？

答：没有人，我一个人。

问：你为什么一个人做值日？

答：我同桌当天中午请了病假回家了。

问：做值日的流程是怎么样？

答：擦黑板，扫地和倒垃圾。

问：那工作量很大。

答：我在家里也常常做卫生。

问：那你大概是什么时候离开教室的？

答：我打扫完教室，准备下楼倒垃圾的时候看了看手表，五点四十一分。

问：记得这么清楚？

答：我对数字的记忆力很好。

问：……把你的手表给我看看。

（递过手表）

问：你打扫卫生的时候，除了你，教室里还有其他人吗？

答：放学后没过几分钟，同学们都走完了。

问：也就是说，有至少半个小时的时间，教室里只有你一个人？

答：……是的。

问：你离开的时候有没有注意到走廊的情况呢？我是说，你们这层楼还有人吗？

答：没什么人了……我没有看到走廊里有人。

问：那你放学后有没有见到谁？

答：没有看到谁。

问：也没看到潘越吗？

答：……什么？

问：我有一种推测，说来给你听听。潘越放学后没有回家，去了楼顶。他为什么不回家反而留在学校里呢？我们倾向认为他在楼顶等着和你见面。他知道昨天轮到你做值日，所以特地晚走一会儿，目的是等你做完值日后再跟你谈谈。

答：……我不知道这件事情。

问：你是一班的学生，做完值日后你要背着书包下楼回家吧？你下楼梯必须要经过二班的教室，从走廊上经过的时候，你难道就没有看一下二班教室里的情况？

答：看了的。他们班没有人，关了灯，教室门也是关着的。

问：也就是说，初一年级的整个走廊都空了，你们两个班也没有学生。也就是说，你和潘越到底见没见面谁也不知道，是吧？

答：……

问：你跟其他人说过你拒绝了他吗？

答：……我跟同桌说过。

问：说了什么？你觉得他很矮？

答：没有。我没有说具体的，我没想过早恋，我不知道他为什么要跟我表白！

问：可是你们的谈话所有人都知道了，总要有人泄露出去吧？

答：不是我！我没有到处乱说！

问：你看到过这个吗？我们认为这是潘越的遗言。

答：……我不知道。

问：你觉得他的遗言是给你写的吗？

答：……我不知道。

（被询问人情绪崩溃，无法继续询问。）

最后一份问话记录是潘越的父母贝晓英和潘昱民的，首先问询的是贝晓英。

问：我知道你很难过，但有些问题我们警方不能不问，希望你配合。

答：嗯。

问：潘越平时几点回家？

答：基本准时回家。

问：你注意到潘越最近有没有一些变化呢？比如行为变化、情绪变化，诸如悲伤、愤怒、绝望这些情绪呢？

答：很好。我儿子一直很乖巧，他成绩很好，也获得了很多荣誉，吃得下，也睡得好。

问：可是根据我们走访调查，他最近情绪比较低落。

答：这也是一班那个姓郗的小贱人干的！你们问我干什么，为什么不去把她抓起来啊！

问：贝女士，请稍微冷静一点。

答：我为什么要冷静，她害死了我的儿子！

问：女士，你的心情我们理解，但你的指控无凭无据。

答：怎么没有证据！如果不是她把闲话传得到处都是，我儿子会承受那么大的压力吗？

问：没有证据证明是郗羽同学传了那些闲话。

答：你们为什么不去找出谁害死了我儿子，反而要来问我！

问：我们正在这么做。听说，你和潘越的父亲关系不好？

答：谁说的？

问：我们有做过走访调查，而且，在你儿子的日记中也有记录。

（出示了潘越的日记。）

答：……

问：你看，至少从日记里，我们可以看出，影响潘越心情的，表白失败并不是唯一的原因，不和睦的家庭关系对他的影响也很大，甚至更大一些。

答：……

问：还有一点我想求证一下，你和潘越的父亲有仇家吗？

答：我不知道，就算有也是潘昱民那边引来的！

在潘越母亲这边问不出什么，警方把视线落在了潘越父亲潘昱民身上。

问：我们做警察的，有些问题不能不问，希望你配合。

答：你问。

问：你平时和你儿子交流多吗？

答：常常交流。

问：你注意到潘越最近有没有一些变化呢？比如行为变化、情绪变化这些，有没有悲伤、愤怒、绝望这些情绪呢？

答：我这几天在外出差，但是我每天晚上都会给他打电话聊天，没有发现什么不同寻常的地方。

问：听说，你和潘越的母亲有矛盾？

答：……是有这回事，你们怎么知道的？

问：潘越写在日记里了，比较详细。

（出示日记。）

问：你什么感想？

答：……我很后悔，我应该多关心我儿子……

问：潘越是很善于隐藏自己的情绪那种孩子？

答：我儿子从小就想当作家，他比同龄的男孩子敏锐很多。我是他爸爸，我怎么能一直没看出来呢？

问：我发现你很冷静。

答：事情已经这样了啊。有一件事我想问问你们，他在学校里被人欺负了吗？

问：根据我们目前的调查，谈不上被欺负。

答：……嗯。

问：还有一点我想求证一下，潘越在日记里提到了一些家庭状况，关于这点，你有什么可告诉我们的？

答：没有……

问：他日记里记录的事情是真的吗？

答：……是真的。

问：你的家庭，有没有和谁有私人恩怨？或者和潘越的母亲的家族有私人恩怨？

答：我是建筑师，行业内肯定有一些竞争对手，但都谈不上仇家。

问：好的，我们明白了。

几份笔录看完，李泽文合上了案卷。随后他拿出最后一份材料，是由负责这次案件调查的刑侦队副队长写的总结材料。

这份总结材料分析了已有的信息，随后还指出了查案时的一个难点，那就是没有监控。二中的监控分为两部分：一部分是校园里的监控。这部分监控极少，只有极少数地点有安装，比如校门处。问题是，学校对监控设施的维护不够，一个多月前监控设施就出现了问题，至今没有维修——这就是重点中学天生的傲慢，因为觉得不会出事，所以对安全问题并不上心。另一部分是教室里的监控，南都二中作为中考高考考点之一，每个教室都安装了监控设备，不过这套监控设备不到大考时压根不会启用。

综合以上原因，警方没办法从电子监控里获取信息。

南都二中处理监控的问题很草率，但这也是十几年前的实际情况决定的，那时候技术发展尚不成熟、监控设备比较贵、人们安装安防系统的意识淡漠，出现这种情况，倒也不奇怪。

副队长最后写了结论：虽然没有目击证人、没有监控视频，但根据法医的检查判断和潘越留下来的日记和遗书判断，潘越坠楼一案属于自杀，就此结案。

郗羽回到家时，郗家祖孙三代正坐在客厅其乐融融地看选秀节目，郗羽本来准备回书房去，一眼扫过，程茵的笑脸在 60 英寸的电视屏幕上十分醒目，她下意识站住，眼睛盯着电视机无法动弹了。

郗广耀看小女儿：“你坐着看吧。”

看到老爸的表情，郗羽又和姐姐姐夫对视一眼，知道他俩信守承诺，没把潘越的事情告诉家里人——否则老爸不可能这么平静地看着程茵主持的节目。

“我站着就可以。”郗羽笑着说，“沙发上挤得慌。”

外甥黎午阳小朋友很有眼色，对郗羽伸出手臂：“小姨抱。”

相比起李泽文的妹妹，黎午阳小朋友真是可爱多了。她不会拒绝这么可爱的小朋友的要求，于是她抱着小朋友坐在沙发上，仔仔细细地开始看这个节目。

全家人已经很久没有这样和和美美地坐在一起看电视了。由此可见，一档好的电视节目对促进家庭和谐是很有效的。

电视节目里的一个三人组合正在表演自创的乐器，节奏挺美，裁判点评，然后程茵上场，她笑盈盈地和这个小组合聊了几句——这台节目有一个挺有意思的环节，就是请现场的观众和屏幕前所有观众，为这些选手评分投票评价。现场还有一块大屏幕会实时放出全国网友的评论。

直到此刻，郗羽才恍然大悟：“咿，这节目居然是现场直播的啊。”

“这也是这个节目有意思的地方之一。普通的选秀节目根本不敢现场直播。”

“原来是这样。”

郗柔意有所指地说：“程茵对这个节目出力挺大，她做得挺出色的。”

郗羽摩挲着下巴，若有所思。即便对电视媒体并不了解，也知道直播节目难度压力很大，对主持人素质要求非常高。

此时舞台上的三人组合已经被淘汰黯然出场。程茵安慰了几人几句，又读着屏幕上的一条条为他们加油打气的评论。

随后，程茵说：“我非常欣赏你们的组合，在那样艰难的环境下不断创造一个个奇迹，虽然你们不得不暂时从舞台离开，但你们来过、创造过、表演过让观众朋友们见识了不一样的音乐；你们也曾影响过，感动过，震撼过所有收看我们节目的观众。希望你们继续坚持下去。”

其实是有些煽情的台词，一碗浓浓的心灵鸡汤。但程茵表情恳切，语调真切动人。

节目的背景音乐随着程茵的结束语响起来。

郗羽的思绪有点远，她想起当年的那个漂亮的因做不出数学题就一脸委屈的小同桌，再看着屏幕上相隔千山万水巧笑倩兮的程茵——时间的力量真是强大。

郗羽感慨着她巨大的变化，也欣喜于她的成就。

郗羽最终还是没能看完这台节目。她亲了亲黎午阳小朋友，把他放下来，回到书房，有条不紊地整理自己的旧资料。

她从书架的最下层抱出两个一百升的塑料收纳箱，一蓝一白。两个箱子容纳的资料大都是她初高中时的一些笔记本。小学时代的教材保存意义不大，搬家的时候，绝大多数不太重要的旧书旧资料被父母清理掉了；而她中学时代的教材被家里的亲戚拿走，据说是因为表弟表妹等人要用——显然，学霸的光环使得她用过的资料成了珍贵的物品；至于大学时的教材和笔记跟着她去了美国，现在还放在她在新泽西的公寓里。

她耳朵里塞着耳机，听着晚上的录音，从箱子里拿出一本本笔记翻看起来。

好记性不如烂笔头，真是至理名言。李泽文叫她翻看这些老记事本真的很正确。

初一时的记忆对她而言已经相当远了，她想从这些记事本里找到可能存在的信息，还打算翻出当年的一些同学的联系方式。想调查当年潘越事件的真相，她需要信息，需要很多警察忽略的信息，这些信息掌握在当年的同学们手里。随后她翻到了初一年级的周记部分。

所谓的周记，就是记录本周学习生活情况的记录。郗羽的周记里都是中规中矩的记述文字，而且字数还比较少。她看着当年稚嫩的文字，想起了许许多多已经被遗忘的往事：一道奇葩的难题，一次有意思的实验，学校的文艺演出……包括她在周记里提到了一次潘越。

12月2日

二班的潘越收到了一张五百块的稿费单，周老师跟我们说要多跟潘越学习。五百块的稿费呀！是我五个月的零花钱！我跟爸爸妈妈说了这件事，他们说现在认识到写作的好处了吧？可以赚钱哦。爸爸妈妈还说，发表文章是很容易的，只要我按照他们的意见修改作文，就可以达到发表的标准了。

我于是把作文本交给了爸爸妈妈，爸爸改了其中一篇，妈妈又改了一篇……爸爸觉得妈妈改过的作文充满了新闻腔，妈妈觉得爸爸改过的作文毫无童趣，一看就是大人操刀的，他们都认为对方改得不好，甚至吵起来，吵得面红耳赤！妈妈最后提议，把这两篇文章投稿给作文杂志，看看人家会发表哪一篇，就说明哪一篇的水平比较高。爸爸同意了妈妈的计划。

唉，爸爸妈妈，我想说，这是我写的作文呀！

奇妙的是，她在初一下学期的一篇周记里，记录了这件事的下文。

4月5日

我的作文发表了，是爸爸修改的那篇作文发表了！妈妈认输了，说爸爸赢了比赛。

我一点都不高兴。因为这篇发表的文章和我自己写的那篇差距极大！爸爸改了好多内容。这就出现了一个严重的问题，这篇作文到底是我写的还是爸爸写的？这样算不算欺骗呢？如果爸爸只改了作文里的一个字，当然这篇作文是我写的；如果改了二十个字，肯定也能算我写的；可我统计后发现，爸爸在我的作文的基础上居然改了两百多个字！我这篇作文的总字数也仅仅只有六百多个字。

前几天我看了科普书，提到了“特修斯之船”这个悖论。它描述的是一艘可以在海上航行几百年的船，归功于不间断的维修和替换部件。只要一块木板腐烂了，它就会被替换掉，以此类推，直到所有的功能部件都不是最开始的那些了。问题是，最终产生的这艘船是否还是原来的那艘特修斯之船，还是一艘完全不同的船？

爸爸把我的作文改得非常漂亮，可这篇作文还能算是我写的吗？

在这两篇周记的触动下，郗羽想起了当年的一些细节。

原本以为文章被发表是很开心的事情，可她那时候一点也不开心，还因为这个问题和潘越聊了几句。潘越发表过的文章简直比她写过的还多，在发表文章这件事上还是有点发言权的。他以过来人的身份跟她说，文章应该是创意居上，然后是字词句的表达方式。文章被修改得这么多，到底还算不算自己的作品？应该不算了。她应该做的是从爸爸妈妈的修改中吸取养分，看看他们修改了什么地方，问问他们为什么要如此修改，这样写作水平才能快速提升。

那之前她和潘越不熟悉，聊了这番话后，两人算是熟悉了一点。

在潘越的鼓励下她铆足了劲准备再创作一篇真正意义上自己的作品——可惜没过多久她就遇到了潘越坠楼一事，于是这个关于“发表作文”的生活细节被她彻底遗忘在了脑后。

她的人生也随着转学这件事被彻底改变了，走上了另外一条路。

全家人都睡下后，郗柔轻手轻脚走进了书房。

看着戴着耳机抱着电脑盘腿坐在地上的妹妹，郗柔无奈地叹了口气："小羽，你在干吗？"

她正呈现出一种"入定"的状态，这是她痴迷于某件事的习惯性姿态了。

耳机里的录音恰好已经播完，郗羽听到了姐姐的问话，她摘下耳机挂在脖子上，解释："看看当年的笔记本。"

郗柔谨慎地问："和潘越的事情有关？"

"算是吧。"郗羽不想在姐姐面前说太多，免得她太担心。

"潘越的事件……到底是怎么一回事？"

在姐姐面前，郗羽没什么好隐藏的，她概述了一下事件经过："我跟教授提起了潘越的事情，他发现事有蹊跷，觉得潘越的死并不是单纯的自杀事件。在我的拜托下，他跟我一起来了南都，帮我调查这件事。"

潘越的死并不单纯——或者说郗羽和她那位教授觉得不单纯，这一点郗柔和黎宇飞也有所预料。黎宇飞结合了近日发生的事情分析认为，郗羽回国后因为机缘巧合重新遇到了老同学程茵，又获得了一些和潘越案件的有关新线索，于是火急火燎带着这位横空出世的李教授回了南都，想要仿效福尔摩斯、波洛等大侦探查清这件旧案。

至于这两人是否有能力查清这件旧案，黎宇飞并不看好。他不是刑警，但知道刑警的工作方式。调查旧案是一项系统性工程，需要敏锐的观察力、逻辑推理能力，更重要的是背靠公安系统的强大数据库和人手调配能力。这两个外行人是很聪明学历也很高，但他们能调查出什么呢？

但是郗柔的看法和老公又不太一样。她知道潘越的事是郗羽的心病，妹妹一直认为自己应该对他的死负责，如果他们能调查出潘越的死不是自杀，想来郗羽从此也释怀了。

"蹊跷？什么蹊跷？"

"现在不好说。"

"那你们现在有什么进展吗？"

“目前还没有。”

各种图书笔记铺了满地让郗柔没法下脚，她想了想挪开了一沓书，和妹妹一样盘腿坐在她对面，说：“你觉得李教授有能耐调查出这件老案子的真相吗，毕竟都过了十几年了。”

书房内灯光很明亮，郗羽整理笔记的手一顿：“说实话我不知道，就算教授本人也不能给我这个承诺。但我想，如果世界上只有一个人能查出来，那就是教授。而且……”

而且他也是此时此刻唯一站在她身边，愿意支持她的人。

郗柔没追问，盯着妹妹：“你相信他？”

郗羽毫不含糊，说话掷地有声：“是。”

自家的这个妹妹到底多久没有这样信任一个人了？郗柔一瞬间有些恍惚。

“但这件事可不容易……你们具体准备怎么做？需要我帮忙吗？”

“具体我还不太清楚，我不知道教授做事的方式，”郗羽说，“至于调查过程，应该不会再麻烦到你和姐夫了。”

“哦……”郗柔转开了话题，“说来，李教授应该还没有结婚？”

郗羽低下头去继续翻着下一沓笔记：“没有的。”

“那他现在有女朋友了吗？”

“嗯，没有。”

关于这位“李教授”，郗柔琢磨了一个下午，积累下来的问题简直有山那么高，此时一个个有条不紊地向妹妹扔来。

“李教授的年龄看起来不大，他到底多少岁？”

“今年三十一岁。”

“也就比我大两岁啊。”郗柔观察着妹妹的神情，且笑且叹，“想起来真不公平，有人三十岁做出的成就，另一些人皓首穷经一辈子也做不到。”

郗羽说：“这就是这个世界的运作规律，80/20 法则，其实也没有那么不公平。”

大概是因为自家妹妹也是这 20% 里的一员吧，郗柔心中感慨，笑道：“我想，这么优秀的男人，就算是在牛人遍地走的哈佛大学，在女性看来应该也是很抢手的吧。”

“是的。他很受欢迎。”

“那你呢？”

“……”

郗柔看得出妹妹不想谈这个话题，也觉得有些无奈。她并非存心要这么八卦，她对妹妹找到男友这件事几乎已经不抱什么希望。这么多年来，妹妹对异性一直心怀戒备，此刻看到她身边出现了这么一位优秀的异性，郗柔再次好奇起来。

郗柔没给她逃避的机会：“不要觉得我八卦多嘴，这么多年我从来没看到你和一个异性走得这么近，而且我觉得李教授对你似乎不像是普通老师对学生的态度。”

郗柔一眨不眨地盯着自己的妹妹，注视着她的一举一动，她很少说谎，也没有说谎的才能。

郗羽抬起手，打断了姐姐的话。

对别人，她可以打个哈哈敷衍了之，对自己姐姐，她摆不出“请你少管闲事”的态度。

“说实话，我不知道。”郗羽平静地看着姐姐，“姐姐，我暂时不想去想‘他为什么帮我’这个问题，对我来说，最重要的就是弄清楚潘越是意外死或者自杀，更或者是他杀。其他事情的重要程度在我的list的最后。”

就算她再怎么自我催眠，拒绝谈论感情话题，但作为事件的当事人，她也不可能半点察觉不到。

一个人帮你查一起冷案，不求任何回报，这种事情从概率学上来分析，虽然很渺茫，但也不能说完全没有——比如世界上就是有福尔摩斯·波洛那种人，他们有正义感，有好奇心，对复杂未解的案件很执着。当有趣的案件发生时，他们宁可百忙之中自掏腰包，耗费自己的精力，顶着38℃的高温满城跑，也要参与进来。

何况，也许李泽文的态度还有另一种答案：这件旧案里还有程茵曼妙的身影时隐时现。

李泽文的付出，没准是为了程茵。郗羽不能排除这个可能。

事情总归会图穷匕见。到了最后，李泽文教授不论对她有什么要求，当然都会开口。

反正……要钱没有要命一条。

至于李泽文开口后自己作何反应，就让那个时候的郗羽去烦恼好了。现在的郗羽太忙了，脑子里乱成豆腐渣，忙得没有任何纠结的时间。

“小羽，我希望你幸福，我会支持你的任何决定。如果你不愿意恋爱，不愿意结婚生子，这些都没问题，你想留在国外也很好，爸爸和方阿姨我会照顾，你安心做你的研究，当你的科学家，我一个人来尽孝就可以。”郗柔前倾身体握住了郗羽的双手，“但假如有那么一天，你遇到了一个喜欢的男人，或者说值得去喜欢的男人，我希望你不要逃避，多给自己一些时间想一想，你真正想要的是什么。”

“是，是的……我会的。”

郗羽盯着姐姐的瞳孔，郑重许下承诺。

早上七点五十分，郗羽迎着早高峰的人流背着挎包来到了李泽文下榻的酒店，上电梯到了三十层。她站在李泽文的套房前摁门铃——奈何无人应答，于是她拿出手机给李泽文打了个电话。

连续打了好几回电话没人接，郗羽想了想，又给周翼打了个电话，这次终于接通了。

周翼用彬彬有礼的客气语调解释两人的去向：“郗小姐，我们都不在房间里。我在外面办事，你找李教授的话，可以去酒店的游泳馆看看，早上我出门的时候他说要去游泳。”

这么早就出去办事？李泽文对他的压榨真是厉害。

“哦，好的，谢谢。”

在服务生的指引下，她费了一点劲儿才找到环江大酒店的室内游泳池。酒店的游泳池有两处，一处室内一处室外，室内恒温游泳池在酒店的地下一层，修得非常豪华，是完全参照国际竞赛的短池标准修建的。池水清澈见底，水温常年保持在28℃。

因为时间尚早，游泳馆相当空旷，见不到其他人，郗羽犹犹豫豫地往里走，脚步踩在地砖上几乎都能产生回音了。走得近了，她隐隐约约望见蓝光粼粼的泳池中有一道身影，那是标准的自由泳姿势，泳者双臂优美流畅地前后摆动，双腿姿态矫健地划开水波。

她环顾四周，泳池旁边的沙滩椅上空空荡荡，只有一张浅水区旁的沙滩椅显示出了不一样的存在感——白色浴巾搭在木制沙滩椅上，旁边的圆桌上放着一部手机，看上去十分眼熟。

不作他想，泳池里的这位一定就是李泽文了。

于是她站在岸边，安静地等着他游完泳上岸。

没想到这一等就是十五分钟，对方在泳池里始终保持着均衡的游泳速度，可见颇有余力。

在泳池里往返了二十个来回之后，随后那道身影沉入水下，急速地朝着郗羽潜泳逼近。几秒钟后，李泽文在郗羽惊讶的视线中猛然破水而出，她站在旁边距离恰好不远不近，一些晶莹的水珠溅到她的小腿上。

李泽文站在泳池里，把泳镜推到额前，微微仰起头，对郗羽微微一笑："久等了。"

"没什么，教授，我也没等多久的。"反正她穿着短裤和凉鞋，溅了水也无妨。

他站在浅水区，肩膀宽阔，水恰好没到他的胸口，水下显出结实的肌肉。这是郗羽第一次看到李泽文穿得这么少，也是她第一次看到他不戴眼镜的模样，有种别样的新鲜感。李泽文平时戴着眼镜，显得儒雅而温和，摘下眼镜后就能发现他有一双非常锐利的眼睛。

"那个，教授……周翼说你可能在游泳馆，我就找来了。"

"有时间有条件的话我会在早上游几圈，"李泽文站在浅水区，自下而上对她伸出手，"你要不要下水游一下？我让服务生给你准备一套泳衣。"

"我？不用了，我游泳不太行……"郗羽连忙摆手。

"不会游泳？"李泽文不置可否，"你怎么去南极考察的？"

郗羽无奈一笑："我是学过游泳的……不过不怎么高明。"

李泽文当然也知道她不可能现在下到泳池里，刚刚的建议无非是调节气氛的玩笑。他往边上的阶梯靠近，双臂划开水波，破水而出。郗羽垂下眼眸，就可以看到他清晰可见的腹肌和修长的大腿，他站得近，肤色匀称下的身体几乎笼罩着她了，比他穿着衣服的时候还要给人以压迫感。

她觉得脸一热，连忙错开了目光，看到了躺椅上的浴巾。

他浑身上下只有一件泳裤，极为清凉单薄，郗羽连忙从躺椅上拿起浴巾递到他手里。

李泽文微笑着瞧她一眼："多谢。"

"没什么的。"拿了条浴巾真不值得他这样道谢啊……

他换上拖鞋，用浴巾粗略地擦了擦身体后，弯腰拿起桌上的手机往外走。

"你去游泳馆外等我十五分钟。"

李泽文从来都是很有时间观念的人，说十五分钟就是十五分钟，郗羽再次看到李泽文的时候，他已经不再是那副除了泳裤外一丝不挂的模样。在这十五分钟里他已经洗澡洗头完毕，换了T恤和牛仔裤，戴上了眼镜，稍微湿润的头发耷在前额，看上去起码年轻了五六岁，走在大学校园里冒充学生都毫无问题。

两人刚刚回到房间，客房服务生便推着送餐车进屋，把丰盛的中式早餐摆在客厅的餐桌上。

李泽文瞧她一眼："吃过早餐了？"

"是的，我在家里吃过了。"郗羽老老实实地说。

"没关系，陪我再吃一点。"

眼巴巴看着别人吃早饭好像是不太礼貌，而且早餐的分量也挺多，看起来也挺可口，郗羽听话地陪着李泽文喝了点饮料吃了块小蛋糕，视线随后落到了桌子上的一本厚厚的足有三四百页的书上。书看上去是全英文的，书页中夹着一支铅笔。

她起初没太注意，但目光无意中扫过作者名字的时候才发现，这本书的作者就是面前的李泽文李教授。

在美国当教授，首先要保证每年都发表一定数量的论文；比论文更高一个档次的是，专著。这就是传说中的"著书立说"。如果你不发表自己的观点，人家凭什么给你相应的待遇？具体到社科领域，在李泽文这个年龄在名校谋得教职，必须要有一本非常像样的专著才行。

书是纯英文的，出版社就是哈佛大学出版社，书名挺长，翻译成中文大约是《全球化世界中的权力变迁》。郗羽对这本书有所耳闻，听说，李泽文就是凭借这本书脱颖而出，竞争到了哈佛大学副教授的职位。据说，在这本书里，他以一种新颖的角度、翔实的数据论证了信息社会中权力是如何被组织，被集中、迁移，最后被利用。还据说，这本书在政治理论的学术圈引起了轰动。尽管这本书中许多的观点并不是每个人都接受，但学界普遍认为这是一本了不起的专著，至少提供了一种新颖的理论方法和另一种看问题的角度。

郗羽好奇地问："这就是你的那本著作吗？"

"你知道？"李泽文抬起眼眸。

"听留学生协会的一些人说过，"郗羽有点期待地看着他，"我能看看吗？"

她对政治学的确是有一点点兴趣的，否则两年前也不会选修李泽文开设的国际组织学这门课了。

李泽文当然不会阻止。

郗羽聚精会神地翻阅起这本著作。

在美国求学五年，她的英文已经算相当不错，虽然免不了地带着本国口音，但是不论和英国人还是美国人的交流都没大问题，而且英文阅读能力比起口语能力更好一些，没想到却被这本书难住——新鲜的单词，复杂的语法，各种从句，奇特的图表，复杂的公式，专业名词一个个冒出来。看前面的概述章节倒是问题不大，一旦进入后面的详细论述章节，她几乎只能用"每个单词都认识，凑在一起就不认识了"来形容这本书。她深深觉得，自己跟李泽文要书看的举动和自取其辱也没多大差别。

"怎么？"李泽文斯文地吃着早饭，好整以暇地问她。

"好专业……"郗羽无奈道，"我觉得，每一页都比上一页更难看懂。"

李泽文道："隔行如隔山，你的专业书我也不可能看得懂。"

“确实是这样……”郗羽乖乖把书放回桌上，询问，“教授，你是准备修订这本书吗？”

她注意到书页上的一些笔记和批注，于是有此一问。这些批注里他用了大量比喻和拟人的修辞手法，看起来有趣多了，也容易理解多了。

“不算修订。出版社邀请我出一个普及的给大众阅读的版本，我要在专业版的基础上做一些修改。”

郗羽眼睛一亮：“那多好，我这样的人也可以看懂了，我到时候去买一本。”

李泽文慢条斯理地反问：“你真的会去买？”

“会呀，只要我能看懂个大概就会去买。”郗羽思索着回答，“政治上的事，挺难形容的，你觉得它离你很远，实际上却没有那么远。”

很多人认为国家大事、国家经济政策、世界局势变化、地球那边的恐怖袭击和自己无关，实际上，世界政治经济联系今天已经如此紧密，联合国的每一项决议，大国的每一项决策，政治领域里的每一件事都有可能引发蝴蝶效应，通过直接或间接的渠道和你的生活产生联系。地球那边的政策轻微一改，地球这边的物价也许就要上涨50%。正如现在郗羽面对的“丢工作”困境，就是政治斗争的最直观的反映。

李泽文是何等人，当然听出了郗羽未说出口的潜台词：“GFDL最近那边有联系你吗？”

“没有。我前几天给研究所的老板发了邮件问了下，他说美国那边没什么变化，还在审查。他叫我暂时安心。”

李泽文道：“你的工作应该暂时问题不大。”

“啊？你有消息吗？”郗羽的眼睛“噌”地亮起来。

李泽文不答反问：“全美的大气海洋研究所有多少外国人？”

“应该不低于40%。”

郗羽按照自己所里的情况，做了一个估算。土生土长的美国人对这种学习压力大、能力要求高的理工科兴趣不大，因此这一行当外来人员很多。

“不错，做理论的外国人比例很高，”李泽文伸出手在桌上一敲，“毕竟你是做理论研究的。研究所需要有人干活，美国本土学生的数理水平越来越差，微分方程都没学好还学什么大气科学？没了外国留学生，一半大气海洋研究所都无法运营。你的职位也并不要紧，暂时并不属于被‘斗争’的范围。”

“那就太好了。”郗羽略微松一口气。

和研究所的合同期是两年，她打算在这个安静的研究所安安稳稳待上两年，做两篇漂亮的论文——原以为这个目标轻而易举可以完成，没想到忽然横生枝节，此时听到李泽文说“没什么问题”，她发现自己的目标似乎还能持续下去，不由得松了一口气。

“但你也要规划后路，几年后就难说了。”

郗羽瞪起了一双大眼睛：“怎么？”

“跟国会山的人打听了一下，他们准备在接下来的几年内通过一项新的法案，内容大概是，在学术领域里将会加重政审的分量，越来越排挤外国人——针对中国人的现象会越来越严重，不会有太大的转机。”

科学界从来也不是象牙塔，美国的学界和政治界、经济界的联系非常密。科学家们也要面对人生的种种需求与冲突——你想升职吧？你想成为学界大牛吧？那就多发论文。发论文的要做研究，研究的经费哪里来，人员从哪里招？需要的时候，科学家们玩心计和手段也是在所不惜的。在这种大环境下，许多学者都身兼数职，不会纯洁得和小白兔一样。郗羽的导师就拿着几个团体的顾问费，至于李泽文这样的政治学教授不跟国会山扯上关系，反而是一件奇怪的事情。

“啊？他们真打算这么做？美国可是个移民国家啊。”郗羽瞪大眼睛，“他们是要把移民，还是高学历移民赶走？”

“历史都是相似的。”

郗羽思索着，扯了扯自己的发梢。她对美国当然没什么深刻的感情，美国的学界当然也不是天堂，但求学这几年，她多少感受到了这个世界第一大国在科研制度科研人才培养上的优越性，自己这些年的成长也受益于这个制度，此刻亲眼看着这个制度逐渐走向瓦解，心情有那么一点复杂。

郗羽想了想，又问：“教授，那你知不知道田教授的近况？”

“她找了一个专业做人权问题的律师，现在已经保释回到家里了。顺利的话，一两年应该可以解决这件事吧。”

“一两年？”郗羽对美国的法律的了解真是不太多，她吓了一跳，“要这么久？”

“美国法庭流程很慢，一年已经很快了。”

“不论如何，希望田教授可以安全无事啊。”郗羽重重叹了一口气。

第八章

两人边吃边聊，这顿早餐吃了半个小时，吃完后，服务生进了屋，清理桌面。

郗羽觉得接下来的话题务必转到正事上来——她从自己随身的大挎包里翻出笔记本和笔，清了清嗓子道：“教授，我昨晚在家里整理了老师们的聊天内容，总结出来了几点关键的线索。”

李泽文伸手拿过笔记本，大致扫了一眼，随后放到了一边：“说说看。”

“首先，昨天邓老师提供了许多线索，她和我们的观点一样，也认为潘越不太可能自杀；其次，潘越有渠道拿到国外的图书，也有能力翻译一首外文诗。

“再者，潘越很可能知道谁传播了谣言，至少他心中是有一个怀疑对象的。我想，会不会有这样一种可能，潘越去找这个传播流言的人问询，然后发生了种种事件，导致他坠楼。我们可以从这个角度入手，找到那个散播谣言的人。”

李泽文看着她的黑眼圈就知道她昨晚大概又没有睡好，大概一晚上都在想这个问题。

“除此外，我们还可以利用其他线索。”

李泽文用鼓励的语气让她继续说下去：“是什么？”

“如果潘越真的是被谋杀——根据法医报告，潘越死于坠楼这件事没疑问，但他有没有可能是被人欺骗甚至存心推下去？要是发生这种情况的话，他应该相当相信这个人，毫无戒心。”

分析相当合理，李泽文自然不吝夸奖：“不错。这的确有可能。”

难得被自家教授夸奖一次，郗羽对自己的信心更足了，继续说：“同时，此人能把他翻译的诗伪装成遗书，对他一定相当了解，有途径和机会看到他的日记本。毕竟了解他才可能知道他笔记本上的翻译诗歌并巧妙地加以利用。”

李泽文听她说完后徐徐指出：“问题在于，潘越坠楼的那个下午，没有立刻回家反而在初三楼层待到五点半的所有人都满足这两个条件。”

“……”

郗羽哑口无言。

的确，当天放学后留到五点半的人，除了她自己外，还有两位老师、孟冬以及两名值日生。两位老师对潘越相当了解，潘越对他们的信任程度绝对很高；然后是孟冬，和潘越是多年好友兼同桌，就算两人有点矛盾，但孟冬要翻看潘越的笔记本找到一首诗歌毫无困难；最后就是两名值日生，他们和潘越的关系比较疏远，但大家都是同班同学，也难说他们一定没有看到潘越笔记本的可能。

“同时，根据警方的记录，监控没有拍摄到任何有价值的东西。没有任何证据证明这五人在潘越坠楼之前就已经离开了学校。”李泽文道，“而且警方也没有对这五人的回家时间做更具体的调查，比如询问他们的家人了解他们的回家时间。”

“……”

“你可以想象这样一种可能，”李泽文接着道，“你们的教学楼有两部楼梯，分别在教学楼的两端。潘越坠楼落点在其中一部楼梯附近，倘若有人在楼顶上造成了潘越的死亡，此人可以从另一部楼梯下楼，偷偷离开，此时初三年级的人都围聚在潘越身边，极有可能根本注意不到有人下了楼。”

“是的，当时情况很混乱……”

虽然郗羽当时受刺激太大记忆有些混乱，但她到底没得失忆症，对当时的情况还有些模糊的印象——教学楼前全都是从教室里拥出来看热闹的学生，他们在一起交头接耳好不热闹，老师们忙来忙去维持秩序，在这样混乱惊恐无序的情况下，多一个人少一个人是很难被发现的。如果这个人本身又是学校的师生，那更无从发现了。

郗羽定了定神：“这样的话，我们就不能从‘谁能接触到潘越的笔记本’这件事上入手了……就要从其他角度开始查这件事了。”

李泽文不作声，示意她继续说。

“动机。”郗羽说。她好歹也看了十本八本推理小说，这点想象力还是有的，“我们要找到动机。”

李泽文以一种很小很妙的弧度弯起嘴角，对她露出一个“孺子可教”的笑容：“不错。”

被李泽文嘉许，郗羽精神振奋得很。她又翻出了一个笔记本，展示给李泽文看：“我昨天晚上在家里翻出了以前的书和笔记本，找到了几位同学曾经的联系方式，我想接下来应该联系我之前的同学，看看能不能从他们那里获取到什么有用的线索。”

李泽文看了一眼，却没接，只道：“这点不用担心，有专业人士负责。”

郗羽完全没懂：“什么专业人士？”

李泽文没解释，转开了话题：“先不提这个，我还有别的事情要问你。”

“什么？”

李泽文拿手指敲了敲她的笔记本：“跟我说说你印象中的程茵。”

从哪里说起？

初一下学期，因为座位调动的关系，郗羽和程茵成了同桌。座位调动的第一原则是同性才能同桌——女生和女生同桌，男生和男生同桌；第二原则是“好带差”，好学生带后进生。郗羽就负责“带”程茵。程茵的成绩不好，班上五十余人，她大致位于最后的几名，学习起来比较吃力。

“她是不喜欢读书，还是努力了成绩也不好？”李泽文问。

“应该都有。我想，当时的她应该是没找到读书的意义，”郗羽说，“对她来说，流行文化比读书做题更有吸引力。”

成为同桌之前，程茵给郗羽留下的印象不算很深，两人没太多接触，只在排练元旦舞蹈的时候有点接触。至于为什么能成为同桌，就要说到安排座位的第三原则，那就是身高。郗羽作为全班成绩最好的优等生，可以“带”的后进生很多，程茵是除了郗羽外全班第二高的女生，所以轮到她和郗羽做同桌。

成为同桌后，郗羽对程茵的了解逐渐加深。程茵是那种很正常的初中女生，了解很多郗羽不了解的东西。她零花钱多，花钱也大方。她喜欢漂亮的饰品，看言情小说，买许多漫画，追星，喜欢吃零食，还看八卦杂志，对歌手和明星如数家珍，很开心地借漫画给郗羽看。她嗓子好，喜欢唱歌，也喜欢听歌，书包里总是装着小巧的MP3，有好听的歌会跟郗羽分享，她的梦想是当歌手。

“虽然没有当歌手，她现在做了主持人，也算另一种意义上的实现梦想吧。”郗羽说，“我很为她高兴。”

“以她的学习情况，在南都二中是不是格格不入？”

“对的。这就是你之前说的鸡头和凤尾的选择。她这样的成绩在南都二中这样的学校，压力真的挺大。她偶尔会抱怨说，宁可去不那么重点的学校读书。”

“那她为什么没去相对差一点的学校？”

“是她妈妈的意思。程茵说，她妈妈一定要她来南都二中读书，为此交一大笔钱也不在乎，”郗羽道，“她很懂事也明事理，知道在这种情况下，不能对家长抱怨太多。”

李泽文不置可否，问：“说说你们平时的交往细节。”

郗羽和程茵的爱好相差很多。郗家有两个孩子，且对孩子的教育问题很看重，所以家庭负担一直都挺大。郗羽没什么零花钱，也没有太多八卦的动力，视学习为人生第一爱好。郗羽很尽力地履行老师交给她的职责，花了不少时间辅导程茵，在两人短暂的同桌生涯中，程茵的成绩在郗羽的带动下有了大幅度的提高，期中考试时名次提高了十多名，为此得到了程茵母亲的感谢。

除非性格特别怪异的类型，两名女生成为同桌后，关系肯定不会差。但她们成为同桌的时间是初一下学期，人际关系基本已经建立完毕；又因为郗羽和程茵志趣不一样，两人的关系一直没有达到她和王安安的“手牵手一起上课放学”“下课后邀请对方去自己家玩”“周末一起出去逛街喝茶购物”的亲密水平，她和程茵最亲密的交往就是放学后结伴走到校门口的公交站。

“也就是说，你们的所有往来都在学校里？当你在家时，程茵怎么知道你家的地址到你家找你的？”

“她问了老师。”

“她怎么知道潘越和你表白的事情？”

“如果有可能，我是想悄无声息地处理这件事，”郗羽无奈道，“但你很难瞒过自己的同桌。我们的关系虽然没有那么亲密，她已经算是我初一时最好的朋友之一了。我们那时候不住校，每天早上八点到校，下午五点放学回家，和同桌的接触时间很多……她看到我拿了一封信就问我原委，我也没想瞒着她，问她应该如何处理。”

“她那时候有这方面的经验吗？”

郗羽摇了摇头。

仔细琢磨回忆里程茵的形象，郗羽认为她对恋爱应当是比较憧憬但是没有实际接触过的类型。她会跟郗羽八卦学校的一些花边新闻，哪个男生比较帅气、谁喜欢谁这类的，她的语气比较成熟，说的话挺让当年的郗羽信服。

“她说过什么？”

还真不少，但大多数郗羽都没记住。事到如今，保存在郗羽记忆中的是她对潘越事件的评论，她说“你可以把情书退回去，彻底拒绝他”“划清界限很重要，不要给人家虚假的希望”“与其相濡以沫，不如相忘于江湖”等。

青春期的女生对爱情是很向往的，程茵这些话无非是从小说里看来的句子，再以深沉的语调讲给同龄人，顿时就有了权威感。

李泽文说：“说一说她的交友情况和家庭情况。”

程茵的女性朋友不算多，自己当然是其中之一，至于她和其他女生的交情一般般——至少在郗羽的印象里，找不到程茵和哪个女生关系特别好的证据。程茵转学后，郗羽试图联系她的时候才发现，班上和她关系最好的，就是自己了，其他同学对她的了解也是够少的，甚至连她家里的电话都不知道。

李泽文问她：“你觉得她没太多朋友的原因是什么？”

“我想应该是漂亮的容貌和较差的成绩这两个原因导致的。”

漂亮女生多半有些骄傲，成绩差的女生多半会自卑；骄傲和自卑掺杂在一起，让她的性格开朗不起来，是那种不会主动和其他女生打交道的类型。当然和人混熟了又另当别论。

“但和你关系不错？”

“大概是因为我跟她说成绩差点无所谓，她对我惺惺相惜，就把我当成朋友了。”郗羽说。

程茵和女生的往来不多，和男生的接触就更少，十几年前的初中生还是比较讲究男女大防的，在私底下，程茵当然也会对学校的某位高年级帅哥发花痴，但是真要她主动去接近人家，当年的程茵应当还是没这个勇气的。

总体而言，程茵的交友状况比较正常。她相貌漂亮，零花钱不少，穿着打扮也很时尚，性格虽然偏内向但在正常范围内，这样的女生在任何地方，人缘都不会太坏。

至于她的家庭情况，郗羽了解得也不多，她平时常常提到她妈妈——她妈妈似乎是舞蹈演员，爸爸是海员，常年漂泊在广袤的海洋上。大约是因为这样两地分居的生活状态比较糟糕，在她六七岁时，她父母离婚了。

李泽文说：“海员分为好几种，她父亲是哪一种海员？远洋、近海和内河？”

“应该是远洋的，她提过一次，说她父亲全世界都去过。”

“具体做什么工作？船长？大副？轮机长？”

“不知道，她没有说过那么细节的东西。”郗羽很肯定地摇头。

“那程茵谈过她爸爸？比如给她带过礼物吗？”

“我也没什么印象了，她不怎么提她爸爸。毕竟她父母就算没离婚，她一年到头也见不到爸爸几次。我第一次知道‘海员’这个职业就是从程茵那里听说的，所以才能记到现在。”

“她妈妈有再婚吗？”

“不知道，至少程茵没说过。”

郗羽见过程茵的母亲一次。那是初一下学期期中考试后开家长会的时候，按照南都二中的一贯作风，开家长会的时候会特意挑学生不在校的时候，但郗羽因为成绩好，被周老师叫来一起接待家长，她成为唯一一个能见到全班同学的家长的学生。家长们坐在自己孩子的座位上热切交谈，教室里也热闹得像一锅粥，程茵的母亲笑着跟郗羽的母亲道谢，说程茵自从跟郗羽当同桌后成绩上升。

那是一次印象深刻的见面，以至于数年后，郗羽依然可以想起程茵母亲的形象。

程茵的母亲非常美，五官楚楚动人，身材似乎比气质还要好，坐在教室里闪闪发光——那是一种无法被掩盖的光芒，哪怕你从教室门口走过，目光随便在教室里乱扫一眼就知道她和满教室为了生计奔波的普通学生家长画风不一样。郗羽的母亲宁辞修是在报社做记者的，相貌端庄气质大方，待人接物温和有礼，和各路成功人士站在一起都不落下风，但和程茵的母亲比起来，差别十分明显。

实际上，郗羽之所以对这次见面印象深刻，还因为回家后和母亲的一番问话。

宁辞修问自己女儿和程茵的友情进展如何，问她知不知道程茵家做什么的。

郗羽回答了自己知道的那部分。

宁辞修想了想，说了句让女儿很吃惊的话，她说郗羽现在做得很好，接下来和程茵保持同学关系就可以，不需要和程茵走得太近，比如不要去程茵家玩什么的。

当时的郗羽完全不懂妈妈是什么意思，她内心有点不服气，觉得妈妈不应该对她的交友状况指手画脚。虽说她和程茵的关系没那么好，但也不希望被武断干涉。

宁辞修当时拍了拍女儿的头，说了一番奇奇怪怪的话，大意是说世界上有很多类型的人，人和人的交情也会有许多种，比如有点头之交，比如有肺腑之交，比如有泛泛之交等。她今天和程茵的母亲坐在一起聊了半天，觉得这位母亲的想法是有问题的，而母亲的想法会影响到女儿，于是特地叮嘱郗羽和程茵保持目前的交情。

当年的郗羽没听懂母亲的意思，不过还是记住了这番话。

“这是你母亲的评价？”李泽文反问。

“是的，我没有记错。我妈妈平时不干涉我的学习交友情况，对我也很信任，她忽然说出这番奇怪的话，我就一直记得了。”

“你妈妈有没有告诉你她和程茵母亲谈话的细节？”

“没有。”郗羽说，“我猜，应该是一些三观问题，我妈妈不认同程茵母亲的一些理念，怕我被程茵影响吧。”

这是一个非常重要的细节，李泽文在笔记本上做了记录。

郗羽的母亲在大报社做了十几年记者，为人处事察言观色的水准肯定低不了，而且从郗羽姐妹俩的个性来看，宁辞修绝对是一位负责任的好母亲，她对程茵母亲的评价具有相当的可信度。

“根据《校志》，期中考试是4月24号到26号举行的，期中考试后的家长会在什么时候？”

“家长会在4月30号，五一假期前的最后一天下午。”

“后来你母亲还谈过程茵吗？”

郗羽轻声说：“没有了……你也知道，五一假期结束后就出了潘越的事情……”

在潘越的事件发生后，郗羽家不说天翻地覆也差不了太多，郗羽随后转学，南都二中的大半年就此成了过去。

关于程茵她也就仅仅记得这么多了，对现在的这个程茵，她一点也不了解——她看了看李泽文，想，也许这位教授更有发言权一些。

两人正聊着天，忽然门铃响了三声，门随即被打开。郗羽抬起头，只见周翼和一个年轻女人一前一后走进屋内。

周翼拖着一个棕色的行李箱，年轻女人手里拿着一个文件包，看上去像刚刚到达酒店入住的模样。

看得出来李泽文对这位新来的客人非常熟，连句寒暄都没有，只朝对方点头示意，示意他们落座，随后转向郗羽，介绍了两人对面落座的这位女性：“这位是蒋园。”

“你好。”郗羽连忙说。

“郗小姐，你好。”蒋园一笑，微微探身和她一握。

这位名叫蒋园的年轻女人有着清丽秀美的长相，她穿着大V领的衬衫和九分裤，似乎化了淡妆，一看就知道对方是典型的职业女性——还是事业比较成功的那类。

“郗羽小姐，你比照片上的可爱一些。”蒋园微笑着对她眨眼，一句话就拉近了和别人的距离，虽然这个拉近的方式略显诡异。

“哎？”郗羽发现自己没听懂对方的话。

这位蒋园小姐怎么知道自己的名字并且看过照片？

蒋园的工作职责显然不包括解答郗羽的疑惑，她和李泽文对视之后就从文件包里抽出一个厚厚的牛皮纸文件夹，放到李泽文面前。

“初步调查的资料就是这个，接下来需要什么就跟我说。”

李泽文说：“这两天辛苦你了。”

“李大教授，你交代的事情，不睡好也要熬夜处理吧？”蒋园拿出手机戳了戳，“电子版的资料刚刚也发到了你邮箱里。”

说着，她打了个哈欠。郗羽这才注意到她眼底的淡淡倦色，看上去和自己熬了一个晚上的状态很相似。

周翼看她实在很困倦，道：“园姐，我帮你开了个房间，就在隔壁，你先去休息一下。”

蒋园对周翼点了点头，道了谢，跟在他身后出门去了。

屋子又只剩下两个人。李泽文拿起桌上的文件袋拆开，对郗羽略一颔首：“过来一起看。”

“哦，好。”郗羽虽然不明所以，但还是听话地凑过去，坐到李泽文身边的凳子上，视线落到那一沓文件上时，忍不住发出“天啦”一声惊叫。

她已经很少这样吃惊，失态的尖叫更是少之又少。李泽文总是会给她意外和惊吓，但不得不说，今天的这个文件袋带来的震撼是实打实的，仅次于三天前的晚上李泽文那一句“潘越的死有问题”给她的冲击。

文件夹的资料主要有两份：一份是她初一时的部分老师同学如今的联系方式和背景介绍；另一份则是潘越的背景调查，主要包括他的父母、亲戚的简要介绍和联系方式。

“教授，”郗羽震惊无比，拿着文件的手直抖，声音也跟着颤抖了两下，

“这……这些资料是哪里来的？”

李泽文用一种“这难道不是很明显”的语气道：“蒋园搜集的。”

“是的，这点我知道……可是怎么收集的？这么多信息到底是怎么收集的？什么时候开始收集的？”郗羽发现自己的智商完全不够用，大脑也混乱不堪。

“昨天拿到潘越的这起案件的复印资料之后，我让蒋园对警方案卷里出现过的人重新进行了调查，查到了他们的联系方式。”李泽文的态度从头到尾都很平淡，一副“这事儿很正常很平常”好像只是家长里短地聊天的语气，“至于潘越的家庭背景调查，则在此之前几天。”

他说得轻描淡写，但郗羽深知这其中的难度，难怪他之前说过“你可以找找，找不到也无妨”的话。郗羽大脑一阵发木，心情复杂得无法一言尽数。

“那你是说，你从我这里知道了潘越的案件情况后，就马上让蒋园做背景调查了？”郗羽觉得心脏直抖，就快蹦出胸腔了。

李泽文只说：“信息收集工作自然越早展开越好。”

郗羽再一次觉得自己在李泽文面前变成了小学生，真是有给他下跪的冲动。李泽文布局之深远、调查之周详，已经远远超过了她的想象。他提早数日让人做背景调查，在去她的母校前调查卫星地图——她没以为自己有那个本事了解李泽文，她深切地知道人家和自己不是一个层次的存在，但是“知道”是一回事，切身地在每一处细节感受到他在智商、情商、能力和手段上的高明，也是非常刺激的。

她深呼吸了好几口气，让自己平静下来。

她的目光落到潘越家的背景资料上：“她是私家侦探？福尔摩斯那样的？私家侦探事务所什么的？”

“现在不是。但你要这么理解也没问题。”

郗羽脑子还是有点没转过弯：“我不明白。她到底是不是私家侦探？”

看郗羽有点发光的眼睛，李泽文就知道她想歪了。凭着她之前鬼鬼祟祟跟踪程茵的行径，关于侦探和破案这些事儿，她明显有许多自己的设定和想法。

他纠正她的错误观念：“没你想得那么有戏剧性，也不像小说和电视剧那么刺激。私家侦探和警方的工作没有本质上的区别，就是从所有能想到的渠道获取情报和信息。信息是一切的基础。”

郗羽受教地点头：“那你说‘现在不是’，那蒋园小姐现在的工作是什么？”

李泽文解释了一下蒋园的背景。简单来说，大型公司都有自己的情报部门，这些情报部门的主要职责就是收集、整理和分析信息，他们对合作方进行资信调查，获知竞争对手的底线，哪怕是招聘员工也可以先进行一轮背景调查……总之这个部门的目的是获取一切有利于公司发展的信息，并且对所有的信息进行分析，最终为企业提供决策依据。蒋园就是李泽文父亲公司里情报部门的副主管，手下有一个上百人的团队，他们做背景调查和情报分析有着丰富的经验。

“专业的事情就应该让专业的人去做。”李泽文道。

这句话是绝对的真理。只不过，从某种程度上而言，这句话跟“何不食肉糜”相差无几。在人脉广阔、金钱足够的情况下，有些人可以找到每个领域内最专业的人才为自己服务。只是这“有些人”里不包括郗羽。郗羽想，如果没有李泽文，自己根本都不知道去哪里找这种收集情报和信息的人。就算能找到，她也付不出那么多的调查费。

她知道自己又欠了李泽文的人情，很大很大的人情——虽说虱子多了不痒，债多了不愁，欠下的都不是钱的问题，她都已经把人带到南都……算了，不想了。

“话是这么说没错……”郗羽没什么底气，轻声说，“但这些资料，多打一些电话，多走访一些人可能也能问到吧？”

李泽文简单道：“是可以，但我们没那么多时间。”

郗羽猛然被提醒了。她姑且不论，但身兼数职的李泽文有多忙碌，她也有些领会到了——他不是为了让人伺候才带着助理来南都的，哪怕是现在，他要处理的事情依然很多。

李泽文把另外一份记录了郗羽当年的同学老师的资料推过来。

“警方的工作虽然不到位，但他们调查的方向是对的。我们要把他们的工作重新做一次，先按这份名单联系一下当年的人。你先联系孟冬。”

郗羽回忆了一下自己曾经和孟冬的一些往来，构思了一下交谈的内容，拨出了电话。

时间的力量是伟大的，接通电话的时候，孟冬显得有些诧异：“你哪位？”

郗羽立刻报上姓名做了自我介绍：“我不知道你对我还有没有印象，我是郗羽，我们曾经是初中校友……”

她话音未落就被孟冬打断了，他的声音抬高了至少十分贝：“你是郗羽？一班的数学课代表？我当然记得你了！”

和孟冬的沟通有非常良好的开端，郗羽稍稍松了口气，只要对方还记得自己，接下来的聊天就容易多了。

“你现在怎么样？在哪里？”孟冬的问题连珠炮似的问出来。

郗羽没想到他居然这么热情：“我回家了，正在南都。”

“真是太好了。那你最近有没有时间和我吃个饭？”

“最近？你也在南都工作吗？”郗羽正打算开口约他出来吃饭，没想到被人抢了个先。她记得邓老师说过，他在港岛工作来着？当然，他的确可能跳槽，但就算跳槽也不等于改行，南都这地方就没有很像样的投资类金融企业。

“解释起来有些麻烦，可以见面了再说。总之这几天我正好在南都，比较空闲。郗羽，你哪天有空吗？”

“我最近都有空，那今天中午见面，你方便吗？”

孟冬当然说“好”，并且很快约定好了见面的时间、地点。

效率真是太惊人。挂了电话后，郗羽对自家教授说：“居然这么快就可以和他见面了，我还以为他不在本市……”

李泽文合上手中的笔记本，慢条斯理地看她一眼，目光中大有深意。

“教授，怎么了？”

郗羽其实也没有那么迟钝，至少她能看出来李泽文眼神里有没说完的话。

从开始打电话的第一秒，她就开了手机的免提，并且按了录音功能——这是李泽文的建议，从现在开始，处理每一个和潘越事件的线索，都要存档备份。总之，李泽文听到了她和孟冬的交谈，也许他从电话里听出了什么不容忽视的细节。

“你中午单独和孟冬吃饭。”李泽文说。

“咦？教授，你不去吗？”

“至少这顿饭而言，你们单独一起吃比较好。”

郗羽听话地点头，李泽文的话总归是有道理的。

早晨的阳光透过套房的落地窗晒到了房内的一角，李泽文抬腕看了看表，把文件夹合上拿在手里，对郗羽略一颔首：“收拾东西，可以出发了。”

“这里就是潘越妈妈所在的精神卫生中心吗……”郗羽看着眼前的青田精神卫生中心，轻声道。

精神病院位于南都市城郊，是三甲医院，是规模很大、服务不错、收费较高的精神康复院，占地面积十余亩，背靠一个小丘陵，医院里绿化相当不错，旁边还有一个养着锦鲤的池塘。根据医院官网上的资料，医院现有医生数百人，护理人员也有六七百人，能有效地对病人进行药物治疗和心理医疗。

医院结构复杂，但大致分为几处病区，有封闭式、半封闭式，还有开放式。贝晓英目前住在开放式的康复区，李泽文和郗羽此行，就是为了前来拜访贝晓英。

按照李泽文的专业意见，刑侦调查就是由无数的Leg work（跑腿工作）组成的。李泽文时间有限，不可能在南都久待，要求他们在两三天内拜访完警方案卷里提到的所有人。

“只要有可能，每一个当事人都应该见一见。”李泽文说，“实实在在地和某人打过交道后，才能做出更准确的判断。”

所以，他们来到了精神卫生中心拜访潘越的母亲。这一次登门拜访只有她和李泽文两人，周翼被李泽文安排去处理一些具体的行政事务。

郗羽拎着一袋刚刚买来的水果，跟在李泽文身边，沿着绿化带朝住院部走去，脑子里想起了蒋园拿来的那份关于潘越家庭的调查资料。

那份资料主要是几份官方文件——法庭案卷，民政局文书，外加一些基本的背景资料组成，因此显得十分详尽。

潘越的母亲姓贝名晓英，医学院毕业，曾经当过医生，后来辞职在家里当家庭主妇。她是家里的二女儿，家世背景很不错，她的父母，也就是潘越的外公曾在本省建设厅任职，有那么一段时间颇有实权，不过现在已经去世；贝晓英二十七岁时嫁给了潘越的父亲潘昱民，潘昱民是建筑师，结婚时还名声不显，婚后在老婆娘家人的支持下，事业一帆风顺。在潘越去世之前，他已经当了本省建筑设计研究院一院的总工程师。

这本来应该是一个幸福的家庭，但潘越的早逝给了这个家庭沉重的打击。

夫妻本是同林鸟，大难临头各自飞——事实也正是如此，一个家庭在发生了重大变故的时候，比如财务危机、子女事故，在这种情况下，夫妻两人通常所做的一切只有一件事，那就是责怪对方。

更何况是中年丧子这样的惨剧?

在潘越去世后，夫妻二人分居。潘越的母亲没能从丧子的阴影中走出来，她身心受到极大摧残，精神彻底崩溃。于是两个月后的某一天，潘越的母亲怀揣着一把水果刀去了丈夫的住处，捅了他两刀。

幸福的家庭都是相似的，不幸的家庭各有各的不幸。潘越的家庭可能原本也谈不上多么幸福，但至此已经完全分崩离析。

理论上说贝晓英应该是被判刑的，但在随后的调查过程中，医生鉴定之后发现她患了偏执型精神分裂症，丧失自主能力，在法律上为无民事行为能力人和限制行为能力人。她因此没有被判刑，被她的哥哥，也就是潘越的舅舅送进了精神病院进行治疗，一直到现在。

贝晓英是经警方强制送来的患者，在精神病院最初的年头是经过严密监控的，不能出院，其他人也无法探望。十多年后的现在，她依然还住在医院里，两年前在她哥哥的协调下，搬到了开放式的康复区。

也就是说，她已经在精神康复医院待了整整十三年。

康复区大楼共四层，装修得不错，设备也比较完善，郗羽视线所及也只觉得干净整洁。他们路过手工室、书画室、影视放映厅和图书室。走廊上时不时走过穿着白衣服的护士和穿着条纹病号服的病人，有些病人在看书，有些在看电视，乍一眼看上去，和普通医院并无区别。

“和我想象的不太一样。”郗羽轻声说。

李泽文问：“你以为精神病院是什么样子？”

郗羽当然不会以为精神病院是阴森恐怖的地狱般的存在，但是如此和平的场景还是有点超出想象了。

“大概是更歇斯底里的地方吧……但这里看上去好像很平常。”

“至少我们所在的康复区是很平和的。要是危险的话，也不会成为开放区。”李泽文道。

“这倒也是。”

“看他们的表情和肢体语言。”

郗羽在提示下这才发现，不少病人表情呆滞、眼神冷漠，时而自言自语，还有绕着原地转圈的……几乎不跟人直视。

“大部分精神障碍患者都有交流障碍，他们的一大典型特征就是认知失调，社会属性丧失。如果是正常人，哪怕是完全陌生的人，你的注意力投射到对方身上时，总能得到不同的回应。就算对方冷漠地和你擦身而过，你也能接受到对方的信息，知道他不想被人打扰。但他们……”李泽文的目光扫过走廊，道，“几乎是一潭死水。”

在医院里待了那么多年之后，这些精神障碍患者的身体可以恢复健康，精神却永远折戟黄泉。他们的脑海里到底在想什么，他们关心什么，他们在意什么，他们能否理解普通人的感情……甚至是否还是普通意义上的“普通人”……没有人知道。

潘越的母亲就在三楼的308病房里，就在走廊的中间。病房房门虚掩，留下了一掌宽的缝隙——伸手稍微用力就可以推开。

李泽文略一颔首，看向郗羽：“做好准备了吗？”

“不，没什么，我不怕，开门吧。”

木制房门被缓缓推开，发出低沉的响声。

郗羽站在门外，惊魂未定的目光投向了坐在床边轮椅上的那个老妇人。

她完全没想到数年后再见贝晓英是在这种环境下，而她更没有想到，贝晓英竟然变成了现在这样。

郗羽还记得贝晓英的样子。她和贝晓英曾经的每一次见面都是在极其糟糕的情况下，第一次是在公安局，第二次是在她家门口。在她的印象里，贝晓英是一个红着眼睛咬着牙状似癫狂的女人，贝晓英对她说“你害死我儿子”，说“你怎么不去死”，还趁着警察不注意冲过来揍她，抓她的头发。她一直以来都怕极了贝晓英，很长一段时间内做噩梦都会梦见贝晓英那癫狂的模样。

然而不论贝晓英面目如何狰狞，不论她的情绪如何疯狂，但郗羽还是可以通过她浑身的仇恨感受到她是活着的，她是有力气的。

而现在的贝晓英面容枯槁、眼窝深陷、头发花白。她独自坐在空空荡荡的床边，目光空空地看着墙壁，脸上没有其他的情绪，干瘪瘪的脸上只剩“呆滞”这一种表情，给人的感觉并不像“活着”，活脱脱一个木偶人。

李泽文没有郗羽那么多复杂的感情，他看了看手机中的照片，和面前的女人进行对比。

“她是潘越的母亲……她……怎么会变成这样？”郗羽声音很轻。

郗羽不知道自己为什么会这么难过，她几乎想要流泪。这么炎热的天气，她居然忍不住打了个寒战。

“你们是干什么的？”

说话间，一个年轻的声音从两人背后响起。

年轻秀气的护士出现在两人身后，看上去和郗羽年龄相仿，胸卡上写着名字“刘慧”——她端着一个医用托盘，好奇地看着两人。

“抱歉。”李泽文拉着郗羽让开了门口的位置。

然而，刘慧却没进病房，目光还停留在两人身上。

“你们来找她的？”她抬起下颌，用眼神示意病房里的人。

郗羽平了平呼吸，压下嗓子的沙哑：“是的……我来看看她。”

“是吗？”刘慧有些疑惑，“已经很久没有人来看她了啊。”

“贝阿姨是我们邻居家的阿姨，我们前段时间从国外回来，才知道她在医院里，”李泽文解释，“不知道也就罢了，但既然知道贝阿姨的近况，不论如何都要来看看。”

因为天气的原因，李泽文没穿他的三件套西装，而是轻便的短袖衬衫和亚麻裤，再加上他那张极具说服力的俊朗脸庞，在异性面前可以直接刷到满分的好感度。

“哦哦，这样啊，”刘慧对李泽文和善地一笑，“那你们进病房吧。”

两人跟在刘慧身后进入病房。这间病房干净整洁，带着一个卫生间，面积还挺可观。房间里有一张单人床，床上是白色的床单，一套制式的书桌和椅子，一扇衣柜，就像是简洁版白色版的酒店标间。贝晓英没有对外人的到来露出什么特别的反应，依然坐在轮椅上，目视窗外一动不动。

“你们还带了水果啊……”刘慧熟门熟路地走到病床边放下手中的托盘，顺便指点着郗羽把手里的一兜水果放在食品柜里，“你们真是细心，她都不怎么吃这些了。”

李泽文问：“我们会不会打扰贝阿姨？”

“没什么打扰的。只不过你们可能要失望，”刘慧摇了摇头，“她基本已经没办法和外界交流了。”

“如果我们想跟她谈话也不行？”

刘慧摇了摇头，苦笑：“估计够呛了，有时候连吃喝拉撒都不知道。”

“这样多久了？”

“今年早些时候还可以回答几句含糊的话，但最近的一两个月我都没有听到她说话了。”

“她一般说什么？”

刘慧道：“没什么意义的话。一些奇怪的妄想，有影子跟着她，听到奇怪的声音，看到了看不到的人等等。”

“她提起过她儿子吗？”

刘慧想了想：“我印象中没有。”

李泽文沉默地观察了一会儿，又问这位热情的小护士：“我想，她之前生过一场大病？”

刘慧一愣，点了点头：“是的，她有心脏病的，这一两年来心力衰竭了好几次，几个月前有一次特别凶险。”

“刘护士，你当贝阿姨的护士很久了？”

“从我在康复区工作开始，三年了吧。”

“那你也辛苦了。”李泽文有些感慨，“不容易。”

“还好了，都是工作。”刘慧爽朗一笑。

郗羽一直沉默着，直到现在才恢复一点精神，开口询问：“刘护士，她家里人来看过她吗？”

“一年能来个一两次吧。”刘慧说。

“这么少？”

“其实都是这样的，最开始是每个星期来一次，后来变成每个月来一次，最后变成每年来一次。‘久病故人疏’，现实就是这样的。当然也不能说人家不负责任是不？能按时给医疗费，在我看来已经是很负责任的监护人了。”

在那份调查报告里显示，这家精神病医院的医疗费不低，贝晓英每个月的治疗费用不低于一万。在潘越的外公外婆去世之后，潘越的舅舅成了贝晓英的监护人，也接管了妹妹的所有财产——几十万的现金和三套房产。只要不是良心完全丧尽的哥哥，拿了这笔财产后也应该负担妹妹的医疗费。

“基本上是这样，天天来报到的只有一种例外，那就是母亲照顾子女。”刘慧在医院待久了见惯世情，一语道出社会凉薄。

刘慧一边说一边熟练展开手中的工作，先用了几分钟走到贝晓英面前，例行公事地对贝晓英做了一下检查，随后从托盘里的几个标着英文的小瓶子里倒出一些药物，送到贝晓英的手上，又倒了杯水给她。

正如刘慧所说，贝晓英对外界的刺激只能给予最基本的反馈，她抬起灰蒙蒙的眼睛，看着面前的护士，过了很久似乎才从自己的世界里分出来一点神智，条件反射般地伸出手去，拿起了药片和着水咽下去了。

李泽文的目光在那一堆药瓶上一停：“贝阿姨一直吃这个药？一粒氯氮平，一粒利培酮？”

刘慧把药整理好：“是的。精神分裂症的药物不能停的。”

“这些抗精神病药物恐怕会加重心力衰竭。”

刘慧再次惊讶：“是的，但我们也没有更好的办法了。李先生你怎么知道？你也是医生吗？”

“不是，看过几本心理学的书而已，”李泽文说，“她的药早晚各一次？”

“是的。”

李泽文：“医生多久来查房一次？”

“每天来三次吧。”刘慧说。

“贝阿姨在这里住院很久了，她的主治医生应该负责她很久了？”

在李泽文的亲切笑容下，刘慧有问必答：“之前是其他医生负责。现在的赵医生是从她转到康复区开始跟着的。”

“她有护工吗？”

“有的。”刘慧说，“她家里人请的，每周来六天，带她在院子里转转。今天是周末，护工恰好不在。”

李泽文佩服地感慨一声：“周末的话，那你们护士承担的压力很大。”

“还好了，我们做护士的应该照顾病人，何况她已经算是最好照顾的人。”

刘慧移开了水杯，一边说一边帮贝晓英理了理衣服，又扶着她在屋子里缓缓走了两圈，看向病房里的两人，试探着问：“我去护士站了，就在隔壁，你们呢？”

李泽文道：“难得来一次，虽然贝阿姨认不出我们，但是我还是想跟她聊几句。”

面前的两人长得实在是好，让人真的半分戒心都生不出。刘慧当然不会拒绝如此恳切的要求。

“嗯……也好吧，”刘慧虽然不知道用意，“我就在旁边的护士站，有事叫我。”

刘慧离开后，李泽文坐到贝晓英面前，伸出手在她面前晃了晃，道：“贝阿姨。”

贝晓英缓慢地偏了偏头，用一种灰蒙蒙的迟滞视线看着李泽文。

李泽文直到现在才真正走到这个罹患精神分裂症的苍老女人面前。她衣服很整洁干净，看来不论是护工还是护士都很敬业。李泽文的视线落到她的手腕上，左手腕上有几道陈旧的疤痕。

郗羽也注意到了这些伤痕，心中恻然，轻声问："她自杀过？"

"恐怕是。"

李泽文伸手抚上她干枯的手背，用温和的语调开口："贝阿姨，你好，我姓李，我认识你儿子潘越，我看过他的很多文章，这次来拜访你。"

贝晓英盯着他，没有任何反应。

李泽文示意郗羽走到她身边："这是郗羽，是你儿子的同学，你还记得她吗？"

贝晓英用一种很慢的速度抬起眼皮，看了看郗羽，除此外也几乎再没有反应。

李泽文试着和她交谈了几句，正如护士所言，她已基本没有了交流能力。

"完全不能说话了吗？"郗羽说。

"重度智能缺损外加长期木僵反应，短时间内应该是无法沟通的。"李泽文中止了交谈，起身伸手拉开了抽屉，"只能自己动手了，你去那边翻一翻衣柜。"

郗羽从善如流。她伸手拉开衣柜，柜子没有上锁，里面的衣物也着实不多，大多是医院的病号服；她探身看了眼书桌，空空荡荡，除了一支笔和一个空笔记本几乎什么都没有。

对潘越这样的文学青少年来说，留下各种各样的笔记本的数量应当是很多的。警方的案卷里有那么几页日记，但肯定是他所有作品中极少的一部分。李泽文对寻找潘越的日记这件事尤为有兴趣，这是他们来拜访潘越母亲的主要目的。

此地没有日记本，李泽文谈不上失望——本来潘越的遗物留在病房的可能性也不大。

"回去吧，另作打算。"李泽文说。

"要不要再见见护工和她的医生？"

"没必要了。他们知道的不会很多。"

对已经无法和正常人交流的贝晓英，在病房停留太久也没什么用。两人去护士站和刘慧道别后，朝停车场走去。

刚刚所见的一幕让郗羽内心沉甸甸的，她理了理自己的思路，轻轻说：

“她居然变成这样了……”

李泽文不答反问：“你对精神疾病有所了解吗？”

“大概知道一点。”郗羽说，“毕竟我有一个研究神经科学的室友啊。”

通常来说，精神疾病有两种情况：一种是物理性的损伤，就是大脑受损。这种好比一台电脑的硬件受损，你除了换掉显卡、内存和硬盘，没有别的修复办法；第二种精神疾病，和神经中枢没有关系，而是外界因素导致的“精神崩溃”，好比电脑的软件出了问题，修复工作虽然不能说太简单，但比起第一种情况简单太多。贝晓英显然属于后面的一种情况。

郗羽轻声道：“她这样的情况，应该可以看心理医生吧。”

她的语气别有一种感慨，李泽文问：“你当时看过心理医生？”

郗羽一愣，再一次感受到了李泽文的敏锐，她心中闪过一个模糊的念头——他真是太擅长揣测人心。

“是的，妈妈带我去的。她找了师大的一位教授，给我做了几次咨询。”郗羽说。

“哪位教授？”

“金新华教授。”

这是一个李泽文完全没听过的名字，但也不奇怪——本省的师大是典型的二流本科院校，知名度局限于本省范围内，心理专业也不是该校的强势专业，再说以郗家的财力也不可能找到最专业的心理医生。

“她多大年龄？”

“当时是四十多岁吧。”

“怎么做的心理咨询？”

郗羽垂了垂眼眸：“她跟我说不是我的错，让我对着一张空椅子说话。”

“其他呢？”

“还给我读了一些文章。”

李泽文摇了摇头。只看郗羽现在的情况就知道，当年的咨询效果并不好。

“这些办法对你来说，用处不大。”

“应该还是有帮助的，我是想通了一些。”

"但是夜深人静的时候，那种内疚的感觉又回来了？努力反思自己，想着各种如果，如果没有看到那封情书就好了，如果委婉拒绝就好了，如果没有说他太矮了就好了，如果当天没有值日就好了……"

这描述简直再准确不过了。

郗羽悚然一惊，她和李泽文对视一眼，轻轻点了点头："是的。"

"心理咨询要因人而异，而且是一个长期的过程，几次咨询的效果不可能很好。"李泽文还有句没说出来。他对国内老一代的心理学教授信任度不算很高。

"但是长期咨询要花钱，也要花很多时间，"郗羽说，"而且，我也觉得没必要了。那位教授后面说的话基本一样，我觉得想得通就永远想得通，想不通的还是想不通，一切的一切最后只能靠自己。"

"未见得，如果什么都'靠自己'的话，那心理学也没有存在的必要了。"李泽文毫不客气地说，"心理咨询这一块完全因人成事，好的心理医生和差的心理医生，差别极大。至少对你遇到的那种情况而言，是存在更好的治疗方法的。"

说话间，两人走到了停车场，李泽文把车钥匙递给郗羽示意由她驾车，自己坐到副驾驶的座位，拿出手机开始拨号。

郗羽发动了汽车，侧头一看发现自家教授正拨号给季时峻，下意识地问："我想，季医生就是那种很好的心理医生？"

"算不上最好，但称得上'足够好'。"

"这样啊……"

郗羽思索着发动了汽车。

在发动机的轰鸣声中，她想，既然这样的话，那么程茵找他做心理咨询，应该是找对人了吧。

"程小姐，我们今天就到这里？"

咨询室里，程茵优雅大方地站起来，脸上则是完美无缺的笑容："好的，季医生。我今天回家会试试你教我的这些办法。"

季时峻微笑道："记得随时沟通。"

“对了，季医生，要不要一起吃个饭？”程茵特别客气地询问，“我知道附近有一家餐厅不错，菜做得特别好。”

季时峻微笑着摇了摇头：“抱歉，我待会儿就要回学校。”

从专业的角度来说，医生和前来咨询的客户应该保持恰当的距离——这也是医德的基本要求。但和世界上任何一件事一样，规章是规章，执行是执行。实际上季时峻认为，心理医生和客户是一对伙伴，不是救世主和被救者的关系，和客户建立一定程度的私交，比较有利于诊断——但是绝对不能过界。所以，程茵提出一起吃饭的要求，如果有时间他不会拒绝，不过今天中午他确实已有安排了。

两个月前，季时峻的另一位客户把程茵介绍过来。据程茵本人所说，她没什么太大的毛病，主要症状是焦虑、烦躁、失眠。和很多人想的不一样，成功人士也会出现心理问题，而且成功往往意味着更大的焦虑。打个比方，在成功者的一生中，和普通人相比，肯定会出现许多偶然性事件，这些偶然性事件会逐渐改造一个人的人生观和世界观。

而程茵所在的行业更是一个偶然性很大的行业，成功者名满天下，失败者远离闪光灯，回归普通人。对程茵而言，在主播这个行业，她是绝对的后来者，但她一飞冲天，取得让人羡慕嫉妒恨的成就。她的能力是很强，但是运气比能力更好。在她成功的过程中，她遇到了一系列小概率事件，比如当年考入传媒大学，参加比赛获得第一名，认识贵人，之后进入电视台，参与了一个红透半边天的节目……她踩着无数同行上位，但她担心自己会跌下来，担心自己现在拥有的一切会在某一天像肥皂泡一样破灭。

虽然程茵的态度看起来非常坦然，一副“知无不言”的模样，但季时峻也有自己的判断。他认为程茵没完全跟他说实话，她在咨询室跟自己说的应该都是真的，但是并不包括全部情况，甚至可以这么说，她展现给自己看的情绪，甚至不到她真实情绪的十分之一。

对这种情况，他倾向认为程茵并不足够信任他。但信任的建立是靠一件件小事累积而成，是一个细水长流的活计。他不介意在现实生活中和程茵深入交往，毕竟和咨询者建立起良好的沟通方式也是一种很好的策略。

“那咱们再找时间一起吃饭？”

季时峻正打算说话，就看见自己的手机振了两下，“李泽文”三个大字在屏幕上跳跃闪烁，想忽视都难。

季时峻对程茵点头，示意她稍等，接通了电话。

“泽文，什么事情？”

“有时间吗？”李泽文说，“我需要十分钟。”

季时峻看了一眼程茵，做了个抱歉的手势，示意这通电话可能时间较长，程茵笑盈盈的，张嘴无声地说“当然没问题”。

“好了，你说。”

李泽文也没多话：“我需要你帮我诊断一起精神分裂症的病人。”

李泽文详细说了今天的所见所闻，又把查到的关于贝晓英的经历又说了一次。

听到最后，季时峻思索了一会儿，开始道：“中年丧子，尤其是突然发生的中年丧子事件，对父母的情感打击是很大的，特别是对母亲，多多少少都会出现精神和身体上的问题。如果对症下药，加上心理疏导，是有很大可能治愈的。但听你的说法，十几年后的现在，她达到了重度智能缺损的程度。这是不太常见的。”

李泽文表示同意：“就算是祥林嫂，起码还有一点正常的思维能力。”

“你有详细的病历吗？”

“当然没有。”

“之前的病症姑且不论，”季时峻说，“但仅仅依照你今天看到的情况判断，她不应该再服用大剂量的氯氮平和利培酮。”

季时峻随后又说，任何药物都有副作用，精神分裂症患者服用的药物也不例外。长期大剂量服用抗精神病药物，会产生严重的副作用。副作用主要有两个：一个是摧毁智能。药物会导致智能减退，记忆力减退，思维迟钝，工作效率下降，理解力、判断力受损，意志行为减退，严重时智力活动完全丧失，甚至不认识亲人和自我，日常生活需随时有人帮助。第二个副作用是心脏病，所有的神经药物对心脏都不好，服用抗精神病药物十年以上的病人，40% 的人都会出现不同程度的心脏疾病。

“……我判断是这样的，长期联合用药导致她的心脏问题；数次心脏病发作，又导致大脑供血不足，进一步导致大脑机能受损，形成恶性循环。”

李泽文问：“医生会不会觉得服用这样大剂量的药物没问题？”

“这不太可能。只要是正规医学院毕业的，都不会犯这种错误，精神科医生手里掌握着多种精神类药物，吃哪一种有什么后果，是很清楚的。”季时峻不赞许地说。

李泽文说：“嗯。”

“我有一个猜想，”季时峻走到窗边，看着车流来往，才道，“她是家族的负担吧？”

李泽文轻轻呼出一口气，这种可能性他第一时间就想到了。他不想以恶意猜测人，但这就是人间真实。贝晓英孑然一身，最近的亲人就是哥哥弟弟——久病床前无孝子，哥哥弟弟对她能有多关心呢？一年到头都不去探望一次，多半只觉得她是拖累。

“当然，我不是专业的精神科医生，”季时峻又说，“如果你需要，我可以去南都一次，或者帮你找几个专业的专家咨询。”

李泽文道：“多谢，暂时还不用。”

“还有一点，”季时峻最后叫住他，“听你的描述，我想，她应该没有多少时间了。”

“是。”李泽文想起贝晓英那副油尽灯枯的模样，简短地说，“她可能无法熬过今年了。”

一席话恰好说了十分钟，季时峻放下电话，感慨了下好友这个让人钦佩的时间观念——他揉了揉自己的额角，对程茵露出抱歉的笑容：“程小姐，让你久等了。”

“没关系。”程茵的脸上果然没有半点不耐，她坐在沙发上悠然地翻着杂志，现在才放下，“是李教授打的电话？”

“是他。”季时峻一脸对好友的无奈，“也只有他才会掐着时间给我打电话了。”

程茵脸上浮起一个俏皮的笑容：“季医生，莫非你今天中午的餐叙是和李教授一起吃的？”

“这倒不是，”季时峻整理着手边的文档，“他不在首都。”

程茵马上问：“去哪里了？”

季时峻抬眼看了这位著名主播一眼，笑容半点不变地回答：“他去南都了。”

几周前，李泽文回国后来找他吃饭，当时他刚刚结束和程茵的一次咨询，顺带着目睹了一场程茵和李泽文的寒暄。作为一名心理医生，他只用了几秒钟就察觉到了这位漂亮主播对自己的好友有非常浓厚的兴趣——男女关系上的兴趣。

如果她不问一下李泽文的去向反而不正常了。

“这样啊，那真是不巧了。”程茵在心里咀嚼了“南都”这两个字眼，脸上半分从容不失，“季医生，我先走了。”

季时峻笑着把她送到电梯处：“慢走。”

程茵下了电梯到了停车场，找到自己的座驾坐了进去。她没有着急启动汽车，只打开了空调，靠着椅背，合上了眼睛。

地下车库的光芒本来就不盛，她的汽车停在灯光昏暗的角落，车内更是暗淡，很适合独自一人小憩。

她之前看过一则社会调查，说随着现代社会人类的压力越来越大，许多上班族每天驾车到家后会独自坐在车中发呆一阵子才回家。为什么会出现这种情况，据心理学家说，是因为车内非常安静，而且是全封闭的空间，车子相当于是某个人身体的延伸，独自坐在车上时才会觉得这个躯体属于自己。她想，这个分析还挺有道理，心理学的确是一门有意思的科学。

半晌后，她拿出手机，翻到通讯录，拨通了马臻的电话。她和马臻是在一场慈善拍卖会上认识的，关系维持得不错，所以她才会去主持他的婚宴。

“程大主播，怎么有心情给我打电话啊？”马臻笑着问。

程茵自然也开了个玩笑：“我是不是打扰了马大公子的甜蜜蜜月啊？”

“哪有的事，”马臻笑起来，“闲着呢，都打算回国了。”

“别啊。我看你朋友圈了，照片很美，北欧的风景看上几个月都不会腻。”

两人寒暄一通之后，程茵谈起正事儿：“是这样，我想和你老婆聊聊，方便吗？”

马臻爽快道：“能有什么问题啊，我叫她来接电话。”

十几秒钟后，手机转到了王安安的手里。

王安安得知程茵想和她聊天是很诧异的，她和程茵至今为止见面不超过五次，全都发生在筹备婚礼期间——如果不是因为她和富二代马臻结了婚，程茵这样的公众人物和她这样的小公务员这辈子不可能产生任何交集。

“程小姐，有什么事情吗？”王安安客气地寒暄。

“是这样的，我想跟你打听一下你的一个伴娘，也是你的中学同学郗羽的事情。”程茵使自己的声音带上了笑意。

“郗羽？”真是件新鲜事，王安安完全想不到这两个平行线一般的人会产生什么交集，“程小姐，你问她干什么？”

“是这样的，我前几天在京看到她了，她说我是她的初中同学……所以想了解一下你的这位同学。”

“她说你是她的初中同学？开什么玩笑呢，她的初中同学也是我的初中同学，我怎么不知道？”王安安笑着说完这句话，忽然意识到了这其中的巨大 bug（漏洞），以极快的速度反应过来，“除非是她转学之前的中学同学。”

“转学？这是怎么回事？”程茵问。

“是这样的，”王安安说，“郗羽初一时是在南都二中读的，初二的时候转到了我母校安县中学，又和我成了同班同学。”

“原来如此。”

“不过奇怪，你是不是她中学同学，你自己不知道？”

程茵顿了顿，以一种无奈的语气沉痛道：“是这样的……我也没告诉其他人，我对自己念初一前后那几年的记忆是模糊的，许多事情不记得了。”

“不记得？原来还能有这种事情？”这件事大大超出了王安安的想象力，她简直跟听故事一样，声音高了八个度，“你连同学都不记得了？”

“确实如此，那几年对我来说简直是迷雾一般。”程茵也没打算和王安安详述自己的记忆问题，直接转开了话题。

王安安脑子里转过了千百个念头：“你是怎么失忆的？”

“不知道。我妈没有告诉我，我也不太在意，因为缺失一段时间的记忆不影响现在的生活，”程茵说，“现在听了你的话，我发现郗羽转学的时间和我失忆的时间有一些重合……我想问问你，郗羽到底为什么要转学？”

王安安叹了口气，道：“程小姐，很抱歉。这涉及郗羽的隐私，我不能告诉你。”

“是的，是我冒昧了。”程茵立刻说，“既然这样，你能把她的联系方式告诉我吗，我想过阵子联系她试试。”

“这当然没问题，我一会儿就发给你。”王安安说。

“那就多谢了。”

程茵挂了电话，三分钟后，她收到了一条信息，是郗羽的手机号。

她盯着这个号码好久，保存下来。

然后她启动汽车，驾车回到电视台。

两天后的晚上，电视台就要录制她主持的节目大型歌舞选秀第二季的最终决战集，今天下午是彩排。演播大厅里，各种工作人员热火朝天地用各种高科技影音设备装饰舞台。

程茵微笑着和众人打了个招呼，回到自己的工位上。她身为主持人也没多少特权，办公位依然是在大办公室里的格子间，当然，她的格子间比制作组的其他工作人员稍微大一点，这也算得上是权力的具现了。

她拿着台本进了隔壁的化妆间。这化妆间是和女嘉宾一起用的，面积不小，现在熙熙攘攘的，几位女嘉宾都在化妆，她笑着和她们打了个招呼，坐到自己的位置上。

化妆的时候，程茵默默背着台本——这是她的固定习惯了，虽然化妆间人多吵闹，可她就是能静下心来背台本，效率还挺高。

“好了！”半个小时后化妆师满意了，程茵也睁开眼睛，她看了看镜子里的自己，没挑出什么毛病。合作一年以上的化妆师，很了解她的每个喜好。

程茵对着镜子熟练地做了几个表情，又带着台本离开了化妆间，她伸手敲了敲制片人的办公室的玻璃门，带着动人的笑容开了口：

“张老师，总决赛之后我要把今年的年假都用掉……”

第九章

喜欢 / *ZENG NI YI YE XINGKONG*

郗羽踩下刹车，汽车在市中心的商业街附近停了下来。

刚刚王安安打了个电话过来把她和程茵的这一番奇妙的交流告诉了郗羽，并且对当年郗羽和程茵的这一段同学之情充满了好奇。郗羽极尽忽悠之能事才把王安安的无数问题打压下去。她把手机从支架上取下来，转过头跟李泽文说：“教授，程茵居然跟王安安要了我的联系方式……之前你堂弟结婚的时候，她还一副完全不想谈起往事的样子，你怎么看？”

刚才郗羽在开车，手机一直开着免提，她和王安安的聊天内容李泽文也全都听到了。李泽文对此事反应平稳，只说：“等着她联系你，看看她要做什么。”

“嗯，也对，现在想太多也没用。”

两人同时下了车，李泽文换到驾驶座上，又以目光示意她的手机：“记住了？”

郗羽点头：“教授，那我去见孟冬了。”

目送李泽文驾车离开后，郗羽打开手机，在导航软件里输入孟冬发来的地址，走了不到两百米，就来到了孟冬约定见面的地方——那是一间很典雅的泰国餐厅。地方是孟冬敲定的，和若干年没回家的郗羽相比，他对南都显然更熟一些。

郗羽进入了餐厅大厅，正在环顾四周琢磨是否要跟老同学打一个电话时，眼角余光看到坐在沙发上的年轻男人站了起来，微笑着对她招手。

“郗羽，这里。”

十四年时间过去，如同每一个男生一样，孟冬的变化不可谓不大，郗羽瞪了他几秒钟才确定了面前这位穿白衬衣黑西裤，皮鞋擦得锃亮，手腕上表带闪烁的年轻男人的确是当年的孟冬。

当年的孟冬在郗羽的印象中是“数学很好的运动系男生”，他飞扬跳脱，也没参加什么社团，除了学习外就是在各种球场上挥洒汗水，从羽毛球到足球，都玩得很不错。而现在的他身上已经完全看不到“运动系”的痕迹，看上去给人一种熟悉之感，就像她偶然在电视上看到的华尔街金融男一样，浑身上下透着一股职场人士的精英范儿。

可以这么说，郗羽和孟冬还是很有交情的——至少比跟潘越的交情深多了。除了体育委员这个职务外，孟冬和郗羽一样，也是班上的数学课代表。一般来说，课代表都是班上这一门功课成绩最好的，两人至少在数学这门功课交流颇多，偶尔也会生出一点惺惺相惜的感觉。两人借着一起送作业本到教师办公室的机会，时不时聊上几句，诸如“你们班作业交齐了没”“昨天的某某题目你怎么做的”之类的话题。除此外，两人还常常被刘老师拉去开小灶。

孟冬请郗羽坐下，动作中几乎没有生疏感：“郗羽，你几乎没有怎么变，所以你一进餐厅我就认出你了。”

“你变了很多了，我差点都没有认出你来。”

“男人总要成熟一点才可以。”孟冬微笑着把菜单递给她，绅士地示意她点单，“我想你在美国也吃腻了西餐，中餐的话，你回国这段时间应该也没少吃，所以就请你吃泰国菜了。”

郗羽一愣：“啊？应该我请你啊。”

“不要跟我客气。”孟冬抬了抬手，没给她反驳的机会，他在菜单加了几道菜给了服务生，“哪有让女生请客的道理。”

“呃……”

事有轻重缓急，此刻也并不是和老同学争论“谁付钱”的话题，她只能接受了这个提议。

两人多年不见，互相之间总是有难以掩饰的生疏感，但这也是“旧友”重聚的优势，随便聊聊过去这些年的事情，也是足够好的谈资了。

孟冬说起这些年的经历。他当年考入了京大金融系，本科毕业后去了港城，在世界著名投行工作了三年；随后他又回了京，跳槽去了另一家著名的证券公司工作，他在第二家公司工作的一个老板自己跳槽出来开了家私募基金公司，他也跟着这位老板独立出来，现在是这家私募基金公司的股东之一了。

就在他已经辞职但尚未到新公司工作之时，他爷爷生了病，他自小和爷爷感情深厚，于是和新老板请了几天假，回来探望爷爷。

“你爷爷病情怎么样？”郗羽问。

“人老了，各种器官衰竭，医生也没什么好办法。”孟冬说。

生老病死是人生必然经过，郗羽陪着他惋惜了一会儿人生无常又把话题转回去。

“这些年你也很厉害，能在金融圈做得这么出色。”

郗羽想起了麻省理工的诸多传说——多少理科博士觉得深陷学术毫无钱景可言，于是一头扎入金钱永不眠的华尔街。

孟冬摊手一笑：“其实也是被逼出来的。”

“什么？”

“大城市生活压力太大，房价也太贵，还要养家糊口，”孟冬道，“不拼命不行。”

“我也听说过，首都的房价是很贵。”郗羽好歹也听王安安吐槽过房价问题，于是也附和了一句。

孟冬深深看她一眼，觉得她对这些过于沉重的金钱问题可能没多少认识，于是岔开话题：“你怎么想起跟我打电话的？又怎么知道我的联系方式的？”

对于这个问题的答案，她倒是早就准备好了。

“我这次回国后，拜访了一下曾经的老师们，就是周老师、刘老师他们，然后又问了一些人，从他们那里知道了你的联系方式。”

孟冬认可了这个回答，又问：“所以，你这次来找我是有什么事情？”

“潘越……”郗羽很慢地说，“我想去给潘越扫墓……你是他最好的朋友，应该知道他的墓地在哪里吧？”

孟冬脸上的笑意散去了几分，表情逐渐凝实，看得出，对郗羽的要求，他没有很吃惊。

“是的，我知道。”他说，“吃过饭我们就去。”

餐厅上菜很快，一道道挺精美的泰菜上了桌，岔开了这个让人觉得悲伤的话题。

“说点别的，刚刚电话里没说得很详细，你当年转学到安县中学后怎么样？”

郗羽转着杯子，明知故问道：“你怎么知道我转学去安县中学了？”

孟冬也没讳言，直接道：“你转学后，我问过老师们。”

他的说法和老师们的描述是一致的。

郗羽于是介绍了自己这十多年的历程，孟冬挺认真地听着，时不时问一些细节，比如转学后的高中生活如何度过的；高考的时候，她怎么选择了大气科学这个专业；大学四年她的经历；在美国这几年的经历……看上去的确对她这些年的生活非常有兴趣。

“说实话，我还以为大学也能跟你当校友，我觉得你应该也可以考上京大的。”

“高考的时候发挥不太好，差了一点。”

“很可惜。不过塞翁失马，焉知非福，”孟冬说，“如果你在京大，也许最后未必能去麻省理工深造。”

“我运气比较好。”

这是她的真心话，能去麻省理工确实是一件相当有运气的事情，以至于她觉得本科四年大大小小的倒霉经历也物超所值，毕竟遵循了“人品守恒定律”吧。

“是的。我听说你是因为一位麻省理工的教授来到南大做短期学者，你和他交流后，他非常欣赏你，于是邀请你去美国读博士？”

孟冬轻描淡写的一句话，让郗羽十分震惊。她脑子里各种念头纷至沓来，简直没法思考，只能下意识地询问：“你怎么知道的？”

“因为我一直有关注你。”

“啊？”

“不要误会，我不是跟踪狂。”孟冬随后解释了原因，“因为你是金子，在什么地方都会发光。”

在信息时代，获得一个人的信息很简单，尤其是郗羽这样成绩出众的人。知道郗羽转学的去向后，接下来的事情就好预测了。譬如当年高考后，安县中学的网站上就挂出了光荣榜，里面就公布了郗羽的高考成绩和她考入南大的消息；在南大大气学院的网站上，也会定期公示每年的奖学金获得者和优秀毕业生的去向。尤其有意思的是，大气学院的网站上还刊登了一些学生写的“求学感言”之类的感悟类文章。在其中一篇文章里，就有人写下了“我的同学郗羽是如何得到了美国教授的喜爱，最后去了麻省理工”的故事。

在浩瀚如海的网络里，零零散散地分布着不多的和郗羽有关的信息，孟冬这样的有心人，手持一条细韧的蛛丝，把郗羽生活中的一些重点章节串了起来，便串成了她的整个人生。

郗羽慢吞吞地盛了一勺汤到自己碗里，用一种干巴巴的语气回答：“你还真是有心了……”

孟冬自然看得出郗羽身体的僵硬，也没揭破，他把那盘大虾推到郗羽面前，示意她夹一个。

“其实不仅这样，我还去安县中学找过你。”

她瞪大眼睛：“什么？你找过我吗？我怎么没见过你？”

“我去过安县一中一次，唯一一次。”孟冬语气沉缓，“就是潘越去世那一年的十月。我在安县中学校门口看到你，明明已经过了好几个月，我看到你精神很不好，瘦得快脱了形，我估计那时候你也许连八十斤都没有。我想过去的事情就过去了，所以没去打扰你。”

“你到安县中学找我，是有什么事情吗？”

郗羽瞪着这位老校友，百思不得其解。说真的，自己当年和孟冬的关系，真的没好到转学后还念念不忘的程度啊。

“有一些不确定的事情，我打算问你。”

“什么事？”

孟冬没有回答，他看了看满桌的吃剩下的食物。两个人胃口都不大，还剩了许多菜，也是够浪费的。

“吃好了吗？”

“当然。”郗羽点头。

孟冬从来不是拖拖拉拉浪费时间的人，当即叫来服务生结账。

“那我们走吧。”

潘越的埋骨之地是在城郊的灵园，距离南都市区近三十公里，孟冬开了车来，一辆黑色的大众，他说是他妈妈的车，回南都这几天，他因为要跑医院看爷爷，于是拿来开一开。

安静的公墓坐落在城郊的山上，独占了一整片山，正对着一江奔腾的河水，看上去风水不错。车子可以直接上山，进墓园的山道旁边有一些卖鲜花和纸钱的小店，今天不是什么特殊的日子，店里一个人都没有，店主坐在房间里看电视，电视机很小，在黑漆漆的房子里闪着白色的荧光。

停好车后，郗羽下了车，买了一束马蹄莲捧在手里，孟冬也买了一束白菊。

这是一片占地广大的墓园，两人沿着栽种着成排松树的道路向山坡上走了几分钟，视线所及尽是黑色的大理石墓碑。墓园没有疏于打理，墓碑看上去都干净整洁，铭文也是千篇一律，生卒年，子女何人，何人所立。在过于灿烂的夏日下，墓园依然冷清，举目望去，这片山头毫无人烟，冷清得让人连说话都怕惊扰了这些孤寂的灵魂。

但唯有一块墓碑的铭文与众不同。

墓碑上只有寥寥几行字，第一行是：爱子潘越之墓。

第二行是生卒年。

落款更加简单，无姓无名，只有五个字：爱你的父母。

除此外，墓碑上再无任何文字。

潘越的父母立碑时的肝肠寸断，积累在心中的内疚和自责，隔着十四年的时空，毫不留情地直直冲到了郗羽的鼻尖，将她所有的打算都冲得乱七八糟，毫无章法。

孟冬半蹲下身，把手中的白菊放在墓碑前的石板上。

他轻声道：“潘越，郗羽来看你了。”

太阳躲到了云层后面，金色的阳光隐去，一点点熏热的山风袭过两人的面颊。

迟迟没有得到郗羽的回应，孟冬侧过头去，然后大吃一惊。

“你哭了？”

孟冬觉得心脏犹如被人拿着木棒抽了一记，他能料到郗羽看到潘越墓地的时候情绪会起伏波动，但是没想到她居然那么伤心，已满脸泪水，远非一句“怆然而涕下”可以形容。

孟冬想，这份伤心里，到底有多少歉疚多少自责，恐怕也没人说得清了。

郗羽才发现自己流了泪，眼泪模糊了视线，视线里的墓碑被扭曲割裂。因为不想被孟冬看到自己的惨样，她背过身去胡乱地揉了揉脸。

孟冬默默地把她手里的鲜花和水果接过来放置好，又递过来一张纸巾。

“这里我也只来过两次。”孟冬凝视着漆黑的墓碑，“下葬的时候是第一次。我爸妈原本不让我来，说小孩子看到不好，但我还是说服了我爸让他带我来的。第二次是偷偷来的，就是去了安县中学看过你之后。”

“嗯……”郗羽开口后，才发现嗓子居然有些沙哑，“你去安县中学找我，是想问我什么？”

“这个问题我想了很久了。”

孟冬垂眸凝视墓碑，再缓缓抬起眼盯着她。

“郗羽，潘越坠楼那天下午，你和他说了什么？”

“什么？”郗羽完全没明白。

“这里没有别人，只有你、我和潘越，你可以对我承认的。”孟冬加重语气，“5月11号那天傍晚，潘越放学后没有回家，去了教学楼楼顶，等着跟你见面。你和他说了什么，他才会选择跳楼？”

郗羽愕然至极，愕然得连那些悲哀的感情都冲淡了不少。太阳冲出了云层，她居然觉得浑身冷得像从冰箱里跳出来似的。

“没有。我当天下午没有见到潘越，我根本不知道他还在学校里。”

孟冬目光复杂地看着她，许久没有说出话来。

“郗羽，我不是想怀疑你什么，我也不会认为潘越的死是你造成的……但是，你毕竟是最后一个见到他的人，也是他最喜欢的人。”孟冬沉默了好一会儿，才再次开口，“我仅仅想知道你到底跟他说了什么，我想了这么多年，也没有一个结论。”

郗羽冷静下来，快速地理了理思绪，理性重新回到了她的身体里。

她揉了揉通红的鼻尖，深呼吸一口气，道：“孟冬，那天是我做值日，从放学后到我离开教室回家，我都是独自一个人，我真的没有见过潘越。”

孟冬的视线锁住她，和她对视良久。郗羽定定地看回去，坦坦荡荡地与之对视。

他的手搭上墓碑，在大理石墓碑顶上滑动着，缓缓道：“那天白天的时候，潘越告诉我，他放学后要和你见面，再谈一谈。”

郗羽摇头：“你也说过，现在就我们两人在，我没有瞒你的必要。5月11号那天，不论潘越有什么计划，我真的不知道。我没有打算跟他见面，他也没有联系我，也没有任何人跟我约好见面的时间。”

孟冬此时的表情就跟一分钟前的郗羽一样。

“他真的跟你这么说，我们傍晚约好了见面？”

“是的。”孟冬斩钉截铁道。

郗羽挎包里的手机振动了几下。

离开精神治疗中心后郗羽和李泽文兵分两路，李泽文回了酒店，郗羽奔赴和孟冬的约会——不过她也算不上独自一人来的，李泽文在她的手机上外接了一个小巧的话筒，话筒别在挎包的系带上，收声效果极好，同时她的手机一直和李泽文保持通话状态——这几个小手段把她的手机改造成很灵活的窃听器，让李泽文可以随时获取谈话内容。李泽文认为，如何从交谈中获取需要的信息是一门高深的学问，郗羽的这个技能还不够熟练，需要他的指导。

之前李泽文一直没怎么表态，直到此时，他才发了第一条指示她行动的短信过来。

“不要着急，我在公墓外。你冷静地想一想，把这件事的前因后果问清楚。”

李泽文的信息就像定海神针那样稳定了郗羽的情绪，郗羽深呼吸一口气。

“如果你认为我是最后见到潘越的人，你为什么没有告诉警察？”

孟冬深深地看了一眼郗羽，冷静地说："因为我和潘越一样，当时也喜欢你。"

"……"

她今天收到的意外已经太多，对于孟冬的这句表白，她说不出话，唯有苦涩一笑。不论这种事情发生多少次，她还是没办法坦然面对异性的喜欢之情。

"如果我告诉了警方潘越留在学校是为了和你见面，你就将铁板钉钉地成了最后见到潘越的人。"孟冬平静的语气根本不像是刚刚对异性表了白，"我不想你被人怀疑，所以瞒了下来，没告诉任何人。"

是的，郗羽因为值日晚走了四十分钟，就已经被警方列入了怀疑对象，如果有了孟冬这个强力人证和强力证词，再加上强烈的见面的动机和潘越死在她面前这件已经发生的事情——就算她再怎么辩白自己是冤枉的都没用，她的可疑程度顿时会上升几个级别。如果量化一下，大概会由现在的"潘越之死和郗羽有 30% 的关系"上升到 70% 的可能性。

碍于她未成年人的身份，警方也不会怎么逼供，也不可能把她抓起来，但她之后的生活……比现在还要难受数倍吧。郗羽从来也不觉得自己是一个多愁善感的人，她甚至认为自己可能是一个比较心硬的人。这么多年，也不是没有人对她表白，他们对她的感情看上去都很真挚，但是她从未对他们产生过诸如此刻的感激之情，她甚至有点觉得麻烦。

"谢谢。"郗羽后退一步，垂下头，"孟冬，谢谢你……"

孟冬看她一眼，忽然轻笑起来："谢哪一项？感谢我当年的沉默，抑或是感谢我的喜欢？"

"都有。"郗羽心绪十分复杂。她凝视孟冬的眼睛，试图把自己最真挚的谢意告诉他。

孟冬似乎是接收到了来自郗羽的善意信号，他露出一个很浅的笑容："所以，你这是给我发'谢谢卡'？"

"'谢谢卡'？什么？"

"没什么。"孟冬失笑，"你在国外这么些年，大概不熟国内的这些网络语言吧。"

“是的……我确实不太了解。”

孟冬的玩笑驱散了两人头上的阴云，气氛也稍稍松弛了一些。

“5 月 11 号那天，潘越什么时候跟你说的和我约好了放学后见面？”郗羽问。

“中午吃过饭回教室后说的。我看他的情绪看上去似乎比前一天好些，才问了一下。”

“你们没有一起吃饭吗？”

“没有。”

“那潘越跟你说过在什么地方和我见面吗？”

“他没告诉我，实际上告诉我他打算和你见面后，他就有点后悔说漏嘴了，此后再也没谈过。但从后来的情况看应该是在楼顶。”

“也是。除此外，你们还说了什么吗？”

孟冬摇头：“没有了。那段时间我们闹得不太愉快，交谈次数屈指可数。”

“为什么不愉快？你们有矛盾？”

“还有什么原因？和你也有关系。”孟冬拍了拍墓碑，就像好友依然在自己身边一样，“因为在此之前，我建议他不要跟你告白。他可能也猜到我对你也有好感，觉得我有点自私，从那时候起我们的关系就有点僵了。我可能是有一点自私的心思，但劝他不要表白也是为他考虑。我当时和你来往比较多，自认为还是比较了解你的，你们都没说过几句话，你怎么可能喜欢他？后来他果然告白失败，他对我的心情……你也可以想象到。男生对面子还是很看重的。”

郗羽沉重地点了点头：“而且还有那些流言。”

“是的。”孟冬叹了口气。

“那你知不知道谁传播了那些流言？说我拒绝潘越，好像就在现场听到的一样。”

孟冬对着郗羽颔首：“我们想到一起了。我对这件事也想了很多年了。”

郗羽急切地问：“那你知道吗？”

孟冬在原地踱了几步，思索道：“潘越打算跟你表白，我知道他的计划。虽然我觉得你不会喜欢他，但其实也有点惴惴不安，所以放学离校后还是不太放心，又折回来。我没打算听你们的具体内容，但很想知道进展。你们谈话的那个地方，在学校的荷塘边上。我就远远站在教学楼的角落里等着你们走出来，结果，你猜我看到了谁？”

郗羽的心脏犹如一张弓弦那样绷紧，她甚至能听到自己的心跳声：“是谁？”

“你的同桌。”

郗羽瞪大眼睛：“你说的是程茵？”

“就是她。”孟冬利落地下了结论，语气干脆得好像铁锤砸在钢板上。

“你不会认错？”

“不会。她怎么说也是年级里有名的美女，我不可能认错。”孟冬指了指自己的眼睛，“你应该相信我的视力。如果不是因为成绩好，我已经当上飞行员了。”

郗羽瞬间被说服了：“当时你看到了什么？”

“你是最先离开小花园的，背着书包，双手拽着书包带子一路小跑，好像有人在追你一样。你离开花园后，过了一会儿，不超过三分钟吧，潘越很慢地走出了花园，我看到他的表情就知道他表白失败了。我本来想去安慰他又觉得自己没立场，还在考虑到底要不要出面的时候，程茵随后也从花园里走了出来。”

这番话的信息含量确实很大，那瞬间浮现在郗羽脑海的第一个念头，就是孟冬到底知道多少其他人都不知道的细节。

说到这里，孟冬语气微妙地一停。

“有意思的是另外一点。当时潘越手里拿着一个信封——我想那应该就是你退回去的那封情书，他没精打采地在前面走，程茵则一直偷偷跟在潘越身后，保持着不远不近的距离。直到潘越即将走出校门的时候，她忽然冲上去和他说了几句话。”

“什么？”郗羽觉得事情好像越来越复杂了，“程茵偷偷跟着潘越，还跟他说话？她为什么这么做？难道她认识潘越吗？”

“这一点恐怕没有人知道了。”

“你知道他们谈了什么吗？”

“我隔得远，不可能听到说了什么。但总的来说，两人的交谈时间不长，不会超过五分钟，肢体语言也并不激烈。”

郗羽喃喃自语：“我和程茵好歹也当了这么久的同桌，程茵从来没有提过自己和潘越认识啊。”

虽然两人都是同级生，但到底是两个班的学生，在郗羽的印象中，程茵和潘越没有任何认识的渠道。

孟冬缓缓道：“不错，潘越在那之前也从未跟我提起程茵。”

“那之后呢？你问了潘越吗？”

“起初我是没打算问的，因为偷偷跟着自己的朋友不是光彩的事。但第二天中午后，流言已经满天飞。当时在现场的就你们三个人，潘越自己肯定不会告诉别人你们交谈的细节，你也应该不会这么做——显然，流言的传播多半和程茵有关，所以我把程茵偷听了你们谈话的事情告诉了潘越。”

“他说什么？”

“他说没有办法，嘴长在别人身上，要传流言也没办法。”

郗羽轻轻问：“他对流言不太在意？”

“不可能完全不在意，这样的流言对任何男生的自尊心都是一种摧残。但总体而言，流言对他的影响不算大。如果说流言的传播突破了他的底线，让他难过到自杀是100分，让他辗转反侧难以忍受是40分的话，他的状态只有10分20分左右，应该就是这个档次的分数。我甚至觉得，他似乎预料到了流言的传播。”

“预料到？什么意思？”郗羽一愣。

“因为他看上去并不太吃惊。虽然他明显情绪低沉……总体而言，他对流言的吃惊程度还不如我。”

“是这样吗？”郗羽喃喃自语。

“你知道他想当作家吗？”

“知道。”

“想当作家的人，感情多半比我们这些普通人更充沛一些。一次感情失败的经历，对他们来说，当然是挫折，但也是素材，可以更好地剖析自己的内心。”孟冬说。

“你这个说法也有道理。”

孟冬看着远方奔流的长江，道：“其他人会以为流言的传播和潘越坠楼一事有关，但我比较清楚，关系可能不大。”

郗羽凝神想了想，片刻后道：“那你有没有问潘越，5月8号那天下午他和程茵两人到底说了什么？”

“问了，我还问他是否认识程茵，他只说不关我的事情。”孟冬顿了顿，发出一声叹息，“他说我偷偷跟着他的行为其实和程茵没本质的区别，当然，他其实没说错。我被怼了之后也有些郁闷，反正他自己想得开，反正被取笑的人也不是我，那就随便他好了。”

“我在想，程茵为什么要偷听我们的谈话？”郗羽揉了揉太阳穴，“肯定不是为了我才来偷听的。她早知道我会拒绝潘越，对这件事也没特别大的好奇。就算想知道整件事的细节，只要她问我，我也会告诉她。那么，她是为了潘越才偷听的。”

“显然是这样。”孟冬点头，“潘越虽然没能给我答案，但是我后来问了程茵。”

“你找过她？你们说了什么？”

孟冬说：“有意思的是，她承认偷听了你和潘越的话，但否认传播了那些流言。她说她只把那番话告诉了一个人，就是她姐姐。关于她姐姐，她没告诉我太多细节，只说她姐姐不是我们学校的学生。”

郗羽觉得无法理解的事情越来越多：“啊？姐姐？她居然有个姐姐？”

“她的确是这么说的。”孟冬看郗羽的神色就知道了答案，“程茵没跟你说过有个姐姐？”

“完全没有。”

她和程茵同桌的那几个月，关系也很到位，女生该聊的话题也都谈过，包括一些很隐秘的生理卫生的知识。谈话中，她多次跟程茵谈起自己的姐姐郗柔，但程茵从来没附和着说“我也有一个姐姐”之类的话——如果程茵有着正常的家庭关系，她不可能不和好朋友谈起这样的话题。

“那她和潘越到底说了什么？”

“她跟我说，她对潘越有些好感，因为知道他肯定会被你拒绝，想去安慰他，顺便刷一下存在感和好感度。”

郗羽忍不住发出一声惊呼：“她喜欢潘越？怎么我从来不知道？”

“我对她不了解，但她的话听上去有一定的可信度。起码我当时觉得她态度真挚，说起潘越时眼眶红红，看上去哭过。”

“这样……”

郗羽有一瞬间恍惚。程茵和自己谈起潘越时是什么心情，她简直不敢细想。

孟冬同样心怀感慨：“说起来也真有意思。程茵是你同桌，潘越是我同桌……然而我们都并不了解他们。”

“是啊。”

郗羽又问：“你和程茵的这次谈话是什么时候发生的事情？”

“是下一周星期二，重新复课后，我找到她问话。”

亲眼见到潘越坠楼的惨剧那几天，是郗羽整个人生中最混乱的一段时日，甚至记忆都是碎片化的，直到几年后，当年的一些记忆和时间线才慢慢回归大脑。

潘越于5月11号下午五点四十五分坠楼，那天是周四。她看到潘越倒在地上的身影，整个人又惊又惧，浑浑噩噩，最后是周老师打电话给郗羽的父母把她接回去的；当天晚上学校通知初中部学生第二天停课；5月12号上午，整个初一年级的和潘越稍有交情的同学，也包括郗羽在内的几个学生被叫到了学校的会议室里接受警方问讯。随后学生们迎来了两天周末，这两天时间给了学校充足的喘息时间和处理后续问题的时间。5月15号，也就是周一，警方做出了“自杀”的结论；5月16号，周二，学校复课，郗羽因为精神不稳定，暂时没回学校。但孟冬和程茵看来是回学校上课了。

“潘越去世的当天晚上我就知道了，”孟冬说，“那几天我很混乱，一直在想他为什么想不开。”

“是的，我也在想。”郗羽露出苦笑。

“我一直以为是因为你和他说了什么才让他想不开，但你现在说不是，”孟冬皱着眉头，“那我不知道是为什么了。”

“你觉得，我对潘越有这么大的影响力？”郗羽问。

“潘越去世后，我才知道‘不患人之不己知，患不知人’的意思，”孟冬伸手抚过墓碑，“但我确定一点，他真的非常非常喜欢你。”

郗羽打断他：“喜欢我到因为我的几句话就跳楼？你觉得他是这种人？”

不管怎么说，孟冬很可能是世界上最了解潘越的那个人了，郗羽还是问了他这个问题。

孟冬沉思了一会儿，慢慢道：“过了这么多年后再回忆潘越，我比当年看得更多一些。我想潘越是一个很有想法的人，更是一个热爱生活的人，他善于观察，有非常敏锐的洞察力。他身上感性的成分非常多，但理性的成分也不少。我不太相信他这样的人会自杀，除非受到了难以承受的刺激。这个世界上能给他这么大刺激的人不多，他父母可以做到，你也是一个。”

郗羽唯有苦笑：“我和他连话都没说过几句。而且那时候潘越也不过十四岁，知道什么是喜欢吗？”

孟冬摇了摇头，露出了一个百感交集的笑容：“我觉得，喜欢这种感情和年龄其实没多大关系的，一见倾心魂牵梦萦的事情不是不可能发生。生命从来不是一个只有几个自由度可以简单建立的模型，影响一个人的因素太多了。”

郗羽喉咙一哽，她对感情这事儿实在太没研究了，只觉得根本无法接话。

这正是她这些年纠结的根源。从理性上分析，她觉得自己没有这么大的本事，可以让一个男生为了自己去死，虽然也有人为她申辩，说“不是她的错”，然而事实发生在眼前，她不得不背负着这个沉重的枷锁前行，连为自己申辩几句似乎都显得很矫情。

郗羽定了定神，从漫长的沉默里恢复过来，最后开了口：“这些年来，你一直以为潘越见的最后一个人是我……但我并不知道这件事情，我也没有接到他托人带的口信，他也没有像之前那样给我一封信。如果不是我的话，你觉得他见了谁？”

孟冬深深看了一眼她，缓缓道：“有两种可能——第一种，有人以你的名义约潘越见面；第二种，潘越让某人带话给你约你见面。无论哪一种，都有一个‘中间人’。但具体的人选，我不知道。”

“那个中间人是怎么和潘越联系的……你知道吗？”

“我想过，但至今没有结论。”

她默默点头，伸手抚上墓碑——所以，潘越，在你生命的最后关头，你见到了谁？

自然不可能得到任何回答。

漆黑的墓碑冰冷沉默，就像一双深沉的瞳孔凝视着她，倒映出她苍白的脸孔。

“根据我们人才数据库里的资料……孟冬非常优秀，他第一次跳槽后就成了独当一面的基金经理，管理的资金总额超过二十亿。近两年来，国内的证券公司面临寒冬，他在这种环境下年投资回报也过了15%，可见目光精准。也难怪他老板拉着他出去开私募基金公司，还给他股权了。”

狭小的车厢内，年轻的女声交错。郗羽和孟冬的对话从汽车音响里传出来，蒋园坐在驾驶座上翻着电脑里的资料对李泽文发表着意见。

蒋园意抑扬顿挫地念完了资料：“我把孟冬的资料发给你。”

李泽文膝盖上也放着一台笔记本电脑，他收到了蒋园通过局域网发来的文件，一目十行地扫过，得出了几个结论：相当有自信、有能力、野心勃勃、有极强人生规划的年轻人。

扩音器里郗羽和孟冬的交谈还在继续，孟冬冷不防的表白让蒋园有点吃惊——她吃惊的倒不是孟冬喜欢郗羽这件事，孟冬对郗羽的好感简直是白纸黑字那么清晰，而是他恰到好处的表白时机。

“真是个善于打直球的年轻人。”蒋园笑眯眯道。

她用隐秘的目光瞟了瞟李泽文，他对这个表白的唯一态度就是没有态度，随即再次翻阅起笔记本电脑里的资料。

片刻后，蒋园说：“还好，郗羽博士的套话水平比我想象的高，没让孟冬带偏话题。”

李泽文反问：“你以为她傻吗？”

“从智商上说当然不傻，”蒋园说，“但总感觉她是那种没什么戒心的类型，被熟人问一句‘你最近研究了什么呀’，然后和盘托出，一不小心就被人骗了学术成果。”

李泽文嘴角微微上翘，露出一个几不可见的笑容。

“戒心有多种表现形式，她是很单纯，但也有自信。如果她真的告诉别人她的研究进展，那她也有把握别人做不出来。”

“看来我对她的评价又要调高一分了。”蒋园若有所思地摸了摸下巴。

李泽文转开了话题：“搜一搜孟冬社交网络里的信息，看看他的朋友圈里有没有麻省理工的留学生。”

“已经开始做了。”

专业人士的素养可见一斑。蒋园早在回答的同时就已经点开了专门用来搜索几个社交网站信息的专业爬虫软件。

数据库里的资料迅速丰富起来。

“喏，他社交网络不太丰富，发表言论不多，主要关注科技新闻、经济新闻和母校新闻，但除此外还有点内容。”

一分钟后，她眼睛一亮：“查到了。”

电脑界面上显示的众多资料是关于孟冬和一个叫钱方堂的人在社交网络上的一些互动。公开资料显示，钱方堂是麻省理工计算机系的博士，和郗羽同届。孟冬和钱方堂互相关注着对方，互动从六年前开始，两人在社交网络上针对同一件事发表意见五次，互相圈了对方四次，还有合照一张，交情可见一斑。

蒋园看着屏幕上的资料，一脸满足道：“所以我一直认为社交网络是21世纪至今为止最伟大的发明。有了社交网络，我们做背景调查起码节省70%的精力。”

“搜一搜他们交谈的内容，”李泽文说，“用‘羽’‘南极’‘男友’‘女神’当关键词。”

蒋园挑了挑眉梢，用“你怎么这么了解”的眼神看了一眼李泽文，奈何李泽文并没有解读她眼神的雅兴，连头都没有抬起来，蒋园只好乖乖做事无法吐槽。片刻后，她一拍大腿：“又一次被你说准了，孟冬的确暗搓搓地关注着郗羽呢。”

李泽文一副意料之中的神色。

“话说你怎么知道的？”蒋园追问。

虽然两人认识多年极为熟悉，但蒋园也无法随时跟上李泽文的思维模式，好在她素来爱追问到底。

李泽文道：“见面到现在近三个小时，他完全没有问过郗羽目前是否有男友。”

这理由确实说服力极强，蒋园瞬间折服。

显然，孟冬不是郗羽那种对别人的私生活毫无兴趣的类型，以他对郗羽的浓厚兴趣，不第一时间了解曾经喜欢的女生现在是否有男友才是滑天下之大稽。

“虽然我见过形形色色的富有个性的人，但不得不说，孟冬的行为在这群人中也算有代表性了。”蒋园后仰着靠着椅背，缓缓道，“设身处地想一想，我和我好朋友喜欢同一个男生，后来我好朋友坠楼死亡，临死前，她去见了喜欢着的那个男生。嗯，我可能不会认为这个女生动手把人从屋顶上推了下去，但是我好朋友的死和她一定有关系……别说，这事儿还挺微妙的。”

“你会采取什么措施？”李泽文说，“会告诉警方？”

“具体事情具体分析，这得看我对男生的喜欢和了解程度。”蒋园沉思了一会儿，大概是理性思路的缘故，话也说得极慢，“不过，毫无疑问，我还是会告诉警方，我不会把这样一件重要的事情隐瞒在自己心里。”

“如果你站在孟冬的角度，你是男生，你又会怎么做？”

“这样就有点微妙了。”蒋园的表情渐渐变得郑重起来，“如果对方是女生，还是很柔软、很单纯、很美丽的女生，这个决定就不那么容易做出了。很明显，我的一句话，会进一步摧毁她的人生。”

李泽文说：“所以性别上的差异，会让决定也产生偏差。”

“这么一想，很有趣啊。”蒋园兴奋起来，“你看，这十几年来，孟冬身负重大的秘密——至少从他的角度来看，是足以让他铭记一生的秘密——他的实际举动却完全背道而驰。这么多年，他没有联系郗羽，也从来没有试图影响她的生活，看起来也不会跟别人提起这件事，甚至可以把这个秘密带入坟墓里面去。实际上，根据我们现有的情报可以推测，如果郗羽不主动联系他，看起来他这辈子都不会主动和她产生什么交集。”

李泽文微微抬起下颌，用目光示意她继续。

蒋园得到了鼓励，兴致勃勃地往下推论：“每个人都有初恋对象——姑且认为郗羽是他的初恋对象，但是大部分人都不会暗搓搓偷窥着人家十四年，他唯一做的事情，就是以一种毫不打扰的姿态暗中关注着一个早已没有联系的老同学。仔细想的话，有点《一个陌生女人的来信》的意思——我爱你，与你无关。当然，对孟冬而言，‘爱’这个字大约过头了，但从他下决定保守秘密的那一刻的想法，应该是基于对郗羽的感情。”

“还有自我满足。为什么能保守秘密多年，在他的自我认知里，恐怕认为自己是一个富有骑士精神的人，追寻荣誉和忠贞。”李泽文说，“这么多年为了郗羽保守秘密，对他来说，必定有一种别样的壮烈感和满足感。”

“就算你这么说，我依然挺佩服他。”蒋园最后下了个结论，“十三四岁的小男孩，在最短的时间下决定把所知的‘真相’隐瞒起来，这么多年不露口风，这种定力我想想，还挺佩服。我想，当潘越去世的那一瞬间，他就彻底成熟起来了。”

“前提是，他没有说谎。”李泽文说。

冷静而理智的口吻让蒋园热切的思绪退却，她一愣：“说谎？你觉得他在什么地方说了谎？我没有从他的话里发现违和感。”

李泽文思索了片刻，打开手机，拨出去一个电话。

几秒钟之后，清脆的女声在手机那头响起来：“大哥。”

和李知行结婚之后，唐宓终于改变了对李泽文的称呼——之前她叫他“大表哥”，现在直接砍去了“表”字，变成了“大哥”。更准确的叫法应该是“大堂哥”，但李知行从来不加这个“堂”字，因此唐宓也跟着这么叫了。

李知行和唐宓这对夫妇在国外办婚礼的那次已经度过蜜月，在国内的这场婚礼办完后的第三天就上班了。

根据时间来估计，她正在工作。李泽文问：“方便说话吗？”

“没问题，我在走廊里。”

“想和你打听一个人。”

“大哥，你说。”

“你大学时的一位师兄，高你两届，叫孟冬，认识吗？”

唐宓几乎第一时间回答：“孟冬，我知道他。”

唐宓确实知道孟冬这个人，但了解极为有限，仅仅知道他是一个门槛挺高的投资研究社团的社长，挺学霸，非常能干，大学毕业后直接工作了，因为出色的成绩在面试中所向披靡，最后去了著名的摩根工作。

“……其他事情我就不知道了。这些八卦我还是听我的室友韩羽露说的，孟冬和韩羽露是高中校友，在大学时关系也很不错，孟冬还挺照顾她的，韩羽露一直把孟冬当成偶像崇拜。大哥，你要了解孟冬的话，我可以帮你问韩羽露。而且，韩羽露和她老公两口子是高中同学，他们夫妻俩对孟冬应该比较了解。”

李泽文道：“好，我告诉你提纲，你帮我了解这几个细节：孟冬的交友情况；孟冬和老师的关系；孟冬的人品如何；孟冬的学业情况和人生规划，比如读研、留学上有什么考虑；最主要问一下孟冬和异性的交往情况。”

“明白了。”唐宓一句废话也没有，“不过，我用什么理由向韩羽露问八卦？”

“说有猎头挖人，不要提到我。”

“好。我一会儿给你打回来。”

李泽文挂上电话。对唐宓李泽文其实是没抱什么指望的，她在社交上的能力还不如郗羽，打这个电话无非也就是“不放过每一个可能”的惯性思维发作。

他的手机一直开着免提，蒋园也听了个真真切切，她挑了挑眉：“你这个弟媳妇挺有意思的。你这么忽然要求她去调查一个人，她怎么一句原因都没有问？”

“她会问，不过会在帮完忙之后。”李泽文道。

和郗羽不一样，李泽文深知唐宓是有好奇心的，尤其是对自己的好奇心很重。不过她隐藏得很好，现在更是能达到收放自如的水平。

蒋园失笑：“先帮忙再八卦？挺棒的策略。”

李泽文微微一笑。

十分钟后，唐宓打了电话回来，对李泽文一五一十进行汇报。

“根据韩羽露的说法，孟冬各方面都是很不错的人。他很够朋友，比如一群同学出去吃饭，他买单的次数比较多；因为是学霸，和老师的关系也很好，常常能从老师那里弄到好的选题来做，还能分给其他人；至于人生规划，他这个人的目的性比较强，从来没打算读研究生，他认为最好在工作中提升自己，没必要把自己再局限在学校里。

“至于男女关系，因为相貌俊朗，孟冬一直以来比较受异性欢迎，高中和大学都是如此。高中时代他有过一任女朋友，后来分手了，原因似乎是因为考上大学后两人异地了；大学时代他有过两任女朋友，都是同学院的，后来也分手了，分手原因大多司空见惯，据其中一任女友说，‘比较难以走进他的心里’。韩羽露自己猜测，会不会是因为孟冬可能有点花心的原因。”

“可能？”

“韩羽露说孟冬可能曾经对她有点意思——但她不太确定。大学时他们一直在同一个协会，有一次，她向孟冬询问某件事应该怎么做，孟冬忽然叫她‘小羽’，明明之前一直叫她名字的。韩羽露说自己当时吃惊坏了，虽然孟冬随后解释说是认错人了，但韩羽露觉得当时的气氛是有点微妙有点暧昧。她开玩笑地跟我说，如果不是因为她早就有了男朋友，没准就被孟冬勾走了。”

“孟冬平时是怎么和女生打交道的？”

“他平时是比较正经的，行为非常绅士，玩笑都不怎么开。如果还有最后一个座椅一定让女生坐，一起出去玩一定帮女生拿行李，交作业的时候对女生网开一面等等。所以孟冬叫‘小羽’的时候，韩羽露才那么吃惊。

“我从她那里打听来的就这些内容，因为时间比较紧，我们没有聊很多，而且我估计她掌握的情况也只有这么多了，”唐宓顿了顿，声音里好奇起来，“大哥，你想了解孟冬是为什么？”

李泽文没有详细解释，这确实是个挺复杂的故事，他只说：“我正在调查的一桩事件可能和孟冬有关。”

这个解释里忽悠的成分很重，唐宓有点意犹未尽，声音里也带着一丝隐藏得不太好的疑惑：“是吗？”

“事情结束后详细跟你解释。”

得到了承诺，唐宓心满意足地挂了电话。

“呵呵！”

这是蒋园听完唐宓的来电后发出的第一个词。她在驾驶座上摩挲着下巴，露出了一副猫吃饱后十分满足的模样：“这个孟冬，挺有意思。‘小羽’，他喊的到底是韩羽露还是郗羽啊？”

李泽文只瞧了她一眼：“看来你很想知道答案。”

“当然了，你知道我好奇癌晚期，病入膏肓。”她兴趣盎然，“等我求证一下。”

李泽文当然没阻止她——她当然是有好奇癌的，否则也不能十年如一日地对这份探求别人秘密的工作保持高度热情。

随后蒋园再次敲了敲键盘，三分钟后她发给李泽文两张照片：“名校学霸的相关资料就是多，网络上找张照片的难度太低了。”

照片一共有两张，不知道蒋园从哪个犄角旮旯里翻出来的——一张照片明显拍摄于高中时代，照片里的韩羽露穿着南都二中的校服；另一张则拍摄于大学时代，看上去是她代表院系参加某次比赛的时候拍摄的。

“啊，还有一张。”蒋园又迅速扔了一张照片给李泽文。

第三张照片同样拍摄于大学时代，是韩羽露和几个女生的合影，几个妹子穿着同样款式印有京大标志的T恤，应该是拍摄于某一次活动期间。

“嗯，唐宓真的挺美的。”蒋园有点感慨，“和她合照对其他妹子来说挺不公平的，要说韩羽露也是小美女了，但我第一眼居然都没看到她。”

李泽文的目光扫过三张照片，片刻后道：“韩羽露和郗羽有一定的相似性。”

“一方水土养一方人，”蒋园审视地看着照片，“她们俩的共同点在于脸形和脸上的酒窝，韩羽露虽然没有郗羽那么漂亮，也挺可爱的。孟冬说自己认错人了，应当是真的。繁忙的工作期间猛然抬头，看到了似曾相识的一张侧脸，旧时记忆浮上脑海，下意识叫出‘小羽’……我简直都要被他感动了好吗！”

李泽文瞧一眼蒋园，觉得她编故事的能力又更上一层楼，她实在应该去开辟写小说这个副业的。

蒋园说笑完后，抬头看向公墓出口：“呀，他们出来了。”

不论郗羽还是孟冬，下山的心情都比上山时更轻松一些。就好比得知判决结果后人反而会轻松一些。

看着公墓停车场树荫下闪着应急灯的车辆，郗羽转过身，跟孟冬道：“那个，我男朋友来接我了。”

对孟冬来说，这轻描淡写的一句话堪称当头一击。他视线里全都是震惊，看上去比之前郗羽否认见过潘越还要震惊十倍，扭头盯着她重重地问：“你有男朋友？”

“呃……嗯。”

郗羽的思维有一瞬间的卡壳，她还是牢记李泽文的叮嘱，点了点头。她已经带着李泽文在老师们面前亮相过，如果孟冬打电话跟老师们求证，同样可以知道“郗羽有了男友”这个事实。更何况，她的眼角余光已经瞄到了李泽文推开车门下了车。

“他就是我的男朋友……来时的路上我给他发了短信，他说来公墓接我。”郗羽没什么自信地介绍了一下李泽文，随后把昨天在老师们面前的那通瞎话又简要地说了一遍。李泽文编的这套故事具有相当的说服力，昨天分分钟就说服了诸位老师，可他们今天面对的是孟冬——这是一个在商海沉浮数载的年轻人，从他微皱的眉头就可以看出来他在疑心。

李泽文没有为他答疑的想法，公事公办地对孟冬伸出手：“孟先生，你好。”

不论如何，孟冬是专业投资人，大风大浪见多了，数亿资金沉浮也不过是眨眨眼的工夫，他以让李泽文都赞赏的速度冷静下来，以完美的职场姿态和李泽文握手致意。

“你好，李先生。”

李泽文道：“真是不巧，今天中午我有一些事情要处理，所以现在才来接小羽。”

孟冬露出个很职业的笑容算是回答，随后又看了眼郗羽。郗羽看出他的未尽之意，解释说：“我和他说过潘越的事情，他都知道的。”

“原来是这样。”孟冬缓缓道。

他故意拉长了谈话的节奏，借机赢得时间，脑子里起码转过了成百上千个念头。

这人真的是郗羽的男朋友？为什么会在此时此刻出现？假如这段关系是真的，那么郗羽和男朋友间的信任度很高。

孟冬在金融界中的资历虽然不算很深，但察言观色、看人识人的本事也磨炼到了相当水准。郗羽的这位男友身材高挑、姿态挺拔，相貌即使从男人的角度来看也属上乘。但这不是重点，他的气质比外表更出挑——世界上就是有这样一种人，只需要看他一眼就知道并非池中之物。

孟冬在职场上多次见过类似李泽文的存在，这样的人举手投足都能传达出一股难以言说的威压之势，那是长期身处高位——这个高位可能是地位上的，也可能是智商上的——才有的气势。

“你吃过饭了吗？”郗羽问李泽文。

“在酒店吃过了。”

“那就好。”

李泽文虽然通过实况直播知道了她哭了一场，但现在才看到她发红的眼眶——那是最直接的伤心痕迹。李泽文伸出手，轻轻抚了抚她的黑发，这是一种显而易见的安抚态度：“哭了？我应该早点到，和你一起去扫墓的。”

“没什么的。”郗羽摇头，“我应该一个人面对。”

李泽文微微颔首，握了握她的手又很快放开。他对孟冬道：“孟先生，难得碰见小羽的老同学，如果你有空的话，回城后一起喝个茶？”

“好，没问题。”

孟冬直接应下。他对这个忽然冒出来的“郗羽的男友”当然非常好奇，丝毫不拒绝再来一次较为深入的交谈。

“我开了车来，”李泽文回头看了看自己的车，“孟先生，你和小羽是不是还要叙旧？不然你上我的车，我让助理开你的车回去？”

“这倒是不用了。”孟冬当然注意到黑色奥迪的驾驶座上还有一个年轻女性的身影，他果断摇头，对郗羽道，“我驾车跟在你们后面就好。”

郗羽当然知道自己请求孟冬一起来扫墓，最后却要扔下孟冬坐回“男朋友”车内是不太妙的行为，但在“男朋友”在场的前提下坐进别的男人的车内似乎也有问题——好在孟冬并不介意，她斟酌道谢后还是坐进了李泽文的车。

一辆奥迪里坐了三个人，两人都是来接她的。郗羽坐在李泽文身边，这才发现司机变成了蒋园。说真的，她也是算看过几篇侦探小说，福尔摩斯破案也只带了一个助手华生，波洛也只有一个助手黑斯廷斯，可李泽文居然带了两名助理。

“教授，蒋小姐，谢谢你们来接我。”

“哈，郗羽博士还真客气。”蒋园对她抛出个大大的笑容，“反正在哪里也可以做事，不如过来看看了。”

“不过，教授，其实你也没必要来的，我和孟冬本来也准备回市区的。”郗羽说。

李泽文看她一眼：“因为孟冬并不可信，而且荒郊野外的公墓不是什么安全的地方。”

郗羽骇然：“你这是什么意思？”

“孟冬和你说的并不是全部的实话。”

“啊？”郗羽一直以来都认同李泽文的判断，但是在这件事上她保留意见。和孟冬交谈的是她，她能感受到孟冬的真诚，“我不同意你的看法，我能感觉到他说的是真的。”

李泽文以一种容忍的态度看了郗羽一眼，道：“我没说他告诉你的是假话，但起码他没有告诉你全部事实。比如，他对你的了解远比他自己说的更深一些。”

前座的蒋园侧了侧身体，问她：“钱方堂，你认识吗？”

此人郗羽当然认识，他也是同在麻省读博的留学生之一，学计算机科学，和郗羽同级，在留学生协会举办的一些诸如包粽子、吃月饼、煮元宵、庆春节的活动上，郗羽和他打过几次交道。麻省理工的大陆留学生人数不多，同级生更少，满打满算也就几十号人，只要不是孤僻到大门不出二门不迈，互相之间怎么也能混一个脸熟。何况钱方堂对超算颇有研究，郗羽还曾就这个问题和他交流过几次。

李泽文把手中的笔记本电脑递给郗羽。

笔记本电脑上显示了两张校内网截图，内容很简单：

有人贴了一张在南极拍企鹅的图片，在图片下方引发了一群人的讨论。

孟冬：这样啊。// 钱方堂：听说要去近一年时间。// 孟冬：她去多久？去干吗？ // 钱方堂：南极是个好地方啊，等我有钱了也溜达去看看，哦，你的女神前几天出发去南极了。@ 孟冬

发帖时间和郗羽出发去南极的时间是吻合的。

第二条则是在三年前：

孟冬：谢谢了。// 钱方堂：多得很呢。[图片][图片][图片]。// 孟冬：有照片吗？ // 钱方堂：春节跨年活动，留学生协会的合影。

这三张图片里唯一的共同点就是都有郗羽出现。

“钱方堂本科毕业于京大计算机系，根据社交网站的信息，他和孟冬是大二认识的，认识的契机不确定，推测原因是孟冬选了计算机系双学位。不过这点也不重要，暂时略过不谈。”蒋园有条理地分析，“在公网上，我找到了这两条和你直接相关的，至于私下，更不用说。我想，孟冬大约每隔几个月就通过钱方堂了解你的近况。”

郗羽的大脑“嗡嗡”响了几秒钟，她下意识地回过头去，看了看紧随其后的孟冬的车，只觉得百感交集。刚刚吃饭的时候，她跟孟冬谈起了自己的南极之旅，他表现得茫然不知，演技还相当到位呢。

李泽文看出她的想法，说：“孟冬很准确地把握着交友的分寸。通过公开的表扬表彰了解你的近况——这是从公网渠道上获得的信息，不会侵犯别人的隐私，反而显示出他对老同学的关注，有助于拉近距离；但是私下跟朋友打探你的消息，这就进入了私人领域，所以他避而不谈。”

“这也是当然的啦。”蒋园竖起了一根食指，“这个孟冬呢，可以把

疑问在心中一藏十几年，这等功夫可不是普通人可以做到的。我建议你和他打交道的时候，最好谨慎。”

郗羽定了定神，将自己的推测说出来：“他刚刚告诉我的几条信息，比如程茵偷听了我和潘越的谈话，潘越去世的那天原计划和我见面——应该是真的。”

李泽文对这个判断也表示了同意。只有这样，线索才能被串起来，许多事情才可以解释。

郗羽想了一会儿，又疑惑地看了一眼自家教授：“教授，你既然约孟冬去喝茶，为什么中午不跟我们一起吃饭？”

“你以为他为什么带你到潘越的墓前才说那些话？有些话他肯定只愿意跟你谈，如果你的男朋友在一旁，他未必会提起了。”

蒋园补充道：“反正那些事情，他也藏在心里十几年了，再藏个几十年看起来也没多大问题。也许到老了，才会跟孙子们讲述往事呢……”

这位蒋园小姐的思维太过发散，郗羽几乎跟不上她的想法，只能对着李泽文发问：“但刚刚你为什么又邀请他去喝茶聊天？”

“之前的十几年，你对孟冬是单向透明的，”李泽文意味深长地道，“现在也应该轮到他对你好奇了。”

孟冬没想到自己和郗羽两人来扫墓，现在回去时就只剩了自己一个。

他整理着思绪，一边开车一边给钱方堂打了个视频电话。

钱方堂目前在硅谷当码农，夏令时和中国的时差有十五个小时，在中国，现在是下午三点，在美国现在是零点。孟冬不认为钱方堂睡觉了——计算机系的标准宅男都喜欢在晚上干活。

果不其然，电话一拨通，没过几秒，戴着眼镜有着一张圆脸的钱方堂打着哈欠以一脸“和代码干完仗鸣金收兵”的表情出现在了视频的那一头。

“孟冬，怎么现在给我打电话，有什么事情？”

“有点事情想问你，很快，不会耽误你睡觉的。”孟冬就打扰他休息表示了歉意之后说。

“说说说。”

“是关于郗羽的……”孟冬言简意赅地把郗羽刚才带着男友出现的事情告知了钱方堂。

“啊？她有男朋友了啊？”钱方堂吃惊地瞪圆眼睛，“她不是说一心学术专注科研不谈恋爱的？居然有男友了？你没弄错？”

“我当然不会弄错。”感觉自己被这个宅男鄙视了情商，孟冬简直有点无语。

大二的时候，孟冬选修了计算机系的双学位，除了上本学院的课程，他还常常去计算机系蹭课。他和钱方堂就是蹭课时认识的。钱方堂个性开朗很讲义气，几轮啤酒后两人成了朋友。作为计算机系的宅男，钱方堂在找女友的问题上是一名困难户，孟冬成功地把自己一位关系很好的女同学介绍给他当女朋友，两人的友情又进了一步——不过随着钱方堂出国，这段大学校园恋情也无疾而终了。

钱方堂去美国后，两人依然保持着相当不错的关系，孟冬时不时地通过钱方堂的渠道了解郗羽的事情。他的解释是，郗羽是他中学同学，是当时学校的女神，自己曾经有点憧憬她，现在对她依然有点好奇。作为男人，钱方堂挺理解孟冬对“曾经心中的女神”的这种好奇心，自然知无不言言无不尽。

不过总体而言，两人的联系并不频繁，毕竟两人的工作和学业压力都大，几个月才联系一次。

郗羽凭借美丽的容貌和相当优秀的成绩在波士顿的留学生群体，尤其是男性留学生中知名度不错，大家都了解她对恋爱的态度，而她这五年也用实际行为践行着自己的话。在她拒绝超过二十名异性之后，“郗羽嫁给了科研，以后会成为灭绝师太”就成了一个常识性的知识。而这个常识也随着钱方堂的数次重复深深印刻在了孟冬的脑海里。

在他的脑海里，他觉得郗羽就得独身才对，不论如何都不应该有男朋友。

“他们在美国时认识的，叫李泽文。你认识吗？”

郗羽的交际范围是相当狭窄的，孟冬有理由认为，她的这位男朋友也一定是留学生圈子的人，钱方堂认识的可能性相当大。

“咦，这个名字有点熟悉呢。”钱方堂果然没表现出陌生，他琢磨着，

“他长什么样？”

“相貌算得上帅，身高在一米八以上，戴眼镜。”

“稍等，等我搜一搜。”

二十秒钟后，钱方堂“噢噢噢”地叫起来，然后将一张照片甩过来：“是不是这个人？”

“正是他。”

“居然是这位李教授啊。”钱方堂一脸三观破碎的样子，他揉着头发嘀咕，“原来郗羽和他在谈恋爱……原来是这样啊。郗羽这是想开了，还是怎么的……”

孟冬急于获取信息，便打断朋友的碎碎念：“你认识他？”

“准确地说，我认识他，他不认识我。我们两校的中国留学生不知道这个人都难。大牛一位，一位超级大牛，”钱方堂用自己能想到的最夸张的语言和最快速的语速介绍了一下李泽文，“……虽然他研究什么我不知道，但履历总不会说谎的。我发链接给你。”

“他居然是政治学教授？”李泽文的履历可以震撼到世界上的绝大多数人，孟冬当然也不例外，“看起来很年轻。”

“是啊，要是一个四十岁的人取得这样的成就，我也不会说他是牛人了。我给你的学校官网里有介绍，你抽时间看看就知道了。”

钱方堂一边说，一边发了个链接过来。孟冬略略思索，一脚刹车把车停在应急车道上，伸手点开了链接。网页左侧是李泽文的正装半身照，右侧是他的履历。

孟冬手指滑动着页面，又问：“他为人如何？”

“这我怎么可能知道？我哪有机会和他打交道。”钱方堂很西式地耸了耸肩，“你看他的专著和论文，简直是闪闪发亮、熠熠生辉的存在，和我们不是一个级别的。”

“还有最后一件事，”孟冬说，“你们上个月毕业典礼的时候，这位李教授来了吗？”

“来了。”钱方堂这次答得又快又肯定，“我刚刚就想说呢。”

毕业典礼那天，开完大会之后，大陆的中国留学生们还聚在一起拍了个照。钱方堂本人对郗羽没什么特别的想法，他觉得她很有女神气质，但他内心更偏爱小巧可爱类型的女性。不过因为孟冬的关系，他对郗羽的关注度还是比较高的，会后还和她聊了几句，问她的家人来了没。郗羽当时说她家人工作忙，而且机票贵所以没来美国。拍完照后，他瞥到了郗羽和一位穿着黑色学位长袍的年轻男人站在树下聊天，当时整个学校都处于混乱状态，学生家长游客挤满了学校的每个角落，校园宛如一锅煮开的粥，他并未多想，以为是学校的哪个老师哪个博士和郗羽聊天呢，很快把这个细节抛之脑后。现在想起来，和郗羽聊天的那个人，不就是这位李教授嘛。说起来，她手里当时还拿着一束鸢尾花？

孟冬说："好的，我知道了，谢谢。"

钱方堂一边打着个哈欠，一边说"不客气"，和他道了晚安，挂了电话。

孟冬稳当地开着车，因为刚刚短暂的停车，前方的奥迪已经消失在弯道的尽头，他的眼眸逐渐暗沉了下来。

一向精明的他无法准确地形容自己的心情，就像一锅乱七八糟的八宝粥，什么情绪都炖在一起，压根分不清。

今天早上郗羽打电话给他，他是吃惊的。他和郗羽当年固然有一些交情，但这份交情不足以让她在十几年后专程给自己打电话——毕竟两人相隔可不是一天两天，而是十几年的时间啊。

为什么忽然和自己联系？答案很明显，那就是潘越。只能是潘越。

有了潘越这个联系，他认为郗羽不会忘记自己，这并非自恋，而是有着绝对的自信。

除了潘越的家人外，潘越之死给自己和郗羽带来的影响恐怕是最大的。"潘越"两个字就像一条若有似无的锁链，将自己和她连接起来，哪怕相隔千万里也是不可能斩断的纽带，因为他们在不同的地方度过了同样一段困难的时光。

他立刻约郗羽见面。见面后郗羽说要给潘越扫墓，完美地印证了自己的想法。

即便看过她在国外的照片，知道她的近况，但是活生生的郗羽给人的感觉还是不一样的。她的相貌和当年比起来当然成熟不少，但笑起来时脸颊的可爱酒窝丝毫未变，那瞬间，他只觉得昔日重来。

他们虽然身处不同的圈子，但对人生都有着一种紧迫感，都有着认真的生活态度，他们能很快地理解对方，仿佛这些年行走在不同的人生路上的经历犹如一梦。

孟冬和大部分同时代的中国孩子一样，是家里的独生子，一直以来过着养尊处优的“小王子”生活，亲人们身体健康，他零花钱充裕，还有电子游戏可以玩，每天都觉得人生最困难的事就是早起上学，压力、挫折、反思人生等情绪完全没有出现过，直到潘越的死改变了一切。他从潘越身上学到了人生的最重要一课：人的生命是有限的。

他当然知道人是要死亡的，但那之前他以为只有很老的人才会死亡。潘越是他的同龄人，两人的认识时间之久，已经超过了他人生中一半的时间，潘越会死，自己会不会也会死呢？和潘越比起来，自己简直一无是处。潘越去世了，留下了上百篇发表的文章；而他如果死了，还能留下什么呢？

什么都没有吧，大概是这样。

他困惑和焦虑了很长一段时间，最终和死亡观念达成了妥协，以一种更积极更主动的态度来生活。他在读书一事上认真了许多倍，他不敢说自己是否想要青史留名，但世界这么大，浑浑噩噩的一生能有什么意义？他原本成绩就很不错，端正学习态度后，他的人生从此进入良性循环。

他痛并快乐地忙碌着，脑细胞每天都在超负荷工作，连谈恋爱的时间都是挤出来的——这也是前几任女朋友和他分手的主要原因——在这种情绪下，他平时分不出多少脑细胞来回忆郗羽这个人，只是偶尔夜深人静清空大脑的时候，“郗羽”这个名字就会伴随着早逝朋友的身影，突如其来地冲入他的大脑。每到这个时候，他就会下意识地打开网络，在数据的海洋中寻找她的消息。

这份关注的成本极低——不论是用搜索技巧还是询问钱方堂，只需要花个几分钟就能了解到郗羽的近况，不需要付出多少精力，也不会给自己增加更多的负担——远远少于他在女朋友身上付出的时间精力。

钱方堂说过孟冬对郗羽有点执着，还问过他是否喜欢郗羽，他当时给了否定的回答。花这么少的时间在一个人身上，似乎谈不上男女之情的喜欢吧?

他想，郗羽对自己来说，像一个执念在大脑里的投影，像生活中必须要吃饭喝水的固有习惯，像农家酿造的黄酒，毫不猛烈，但入口绵长，回味悠长。

从钱方堂那里知道郗羽完全没恋爱的打算，他心情复杂，但总体而言是很愉快的。虽然他也知道，把潘越之死怪罪到郗羽头上是很没道理的事情，但他就是不想见到郗羽彻底抛下潘越，从此走向另一个男人的怀里。

然而事实让他吃惊。今天郗羽给了他天外飞仙的一击，她有男朋友了。

她居然会有男友?

孟冬看着前方的车，想，待会儿要严阵以待吧。

——郗羽和她那位教授男友，到底会在车里说什么?

——而郗羽，又是出于什么目的，才在十几年后的现在，提出要来给潘越扫墓呢?

第十章

推理 / ZENG NI YI YE XINGKONG

江淮省是产茶大省，南都人基本都有喝茶的习惯，普通人家里各种茶叶很多，街道上的茶楼茶座茶馆茶庄也少不了，环江大酒店的副楼就有一个上档次的茶馆，装修得古色古香，环境极好，相当安静，是个非常适合聊天的好地方。

李泽文让蒋园上楼休息，自己和郗羽作为主人在茶馆里招待孟冬。

服务生抱着厚厚的茶单递给三个人。

孟冬作为南都人，当然也有喝茶的习惯，他对茶叶不挑剔也知道喝茶只是谈事的幌子而已，单子都没翻直接叫了红茶；李泽文翻了翻单子，问郗羽要喝什么，郗羽对茶叶没什么研究，李泽文便点了一壶龙井。

茶很快送上来。

茶具非常精美，红茶用的是小巧精美的玻璃器皿，一壶一杯，绿茶则是紫砂壶和甜白瓷，一壶两杯，热水倒入，茶叶的香气逸散开来。

“这茶不错呀，一旗一枪。”孟冬看着茶叶沉浮，发表点评。

服务生介绍说：“这是今年的新茶。”

孟冬品了一小口自己杯中的红茶：“的确很香。郗羽，你在美国是不是主要喝咖啡？平时也喝不到什么茶吧？”

“是的。咖啡好买，到处都是，茶叶就不那么好买。”

“买不到吗？”

“也不是，亚洲超市里也有一些茶叶的。我刚到美国的时候去过亚洲超市买过一次茶叶，总觉得喝起来不对劲。”郗羽用一种历经沧桑的语气说，“我喝到最后一袋的时候，我室友把纸袋拆开看了看，然后告诉我，这种茶叶在国内，五块钱可以买一公斤。”

此言一出，孟冬笑起来：“五块钱一公斤的茶叶，确实没办法指望口感。”

李泽文也是头一次知道这个典故，他忍俊不禁：“我那里有许多茶叶，回美国后给你送过来。”

郗羽说这件旧事无非是找个话题来谈，绝没有趁机蹭李泽文茶叶的想法，下意识道：“啊，谢谢。不用了，我喝咖啡就好。”

李泽文侧目看她一眼，只道：“到时候我给你送过来。”

孟冬尽管心里有数还是故作不察，问：“李先生也在新泽西？”

“不是，我在波士顿。”

孟冬追问：“就是说，你们现在是分居两地？”

“至少一两年时间内会这样，”李泽文从容回答，“好在距离也不算远，驾车不过四个小时，我周末和假期时可以去看她。”

“但还是有些远啊，”孟冬摆出不知情的样子，“李先生做什么工作的？”

“在大学做老师。”

“是什么学校？”孟冬自然要问。

郗羽连忙介绍了一下李泽文的工作，正如每一个听说李泽文职业身份的人，孟冬也露出了实打实的佩服之色，立刻就改口称呼他为“李教授”。就算抛开身份不谈，李泽文也更年长一些，该有的尊敬也是要有的。不过在李泽文的观察中，孟冬的震惊和感慨的演技还不过关——他的吃惊程度略显浮夸。

“郗羽，你和李教授是怎么认识的？”孟冬对两人交往的细节很在意。

“我上他的课认识的。”郗羽说。

这一点对孟冬来说的确算是新闻，因为两人分属两校，专业跨度如此之大，他没想到还有“师生”这一层瓜葛。但他也没有特别吃惊——不论国内国外，男教授和女学生恋爱结婚的故事之多，已经到了让人审美疲劳的程度。坐在自己对面的这两人的恋爱经历无非又是一段异国他乡的师生恋，写成小说恐怕都没什么人愿意看吧。

闲聊之后，三个人之间的生疏感消散了不少。

“对了，孟冬，我这次回国，碰巧见到程茵了。”郗羽说，“她现在当了节目主持人，你知道吗？”

“这么说，那个中视的主持人还真是她？”孟冬抬了抬眉毛，情绪并不算大，一副“意料中事”的样子。

“是的。”

“我在证券公司工作的时候，曾经见过她两次。我当时和她打招呼，她说不认识我，也对我没有印象，中学也不是在南都二中念的。我以为我认错人了，毕竟世界上长得像外加同名的人也不是没有——虽然概率极小。怎么，她认出你了？”

“没有。她也说自己不记得我，还说自己对初中时代的事情都没什么印象。”

孟冬的表情看上去简直跟吃了个没成熟的青橘子一样：“不会吧？难道还是什么失忆之类的事？”

郗羽无奈道：“虽然我也觉得太奇怪了，但就是这样。”

“失忆之类，我总觉得有点玄乎，”孟冬皱着眉头，“我记得她在潘越去世后没几天就转学了？”

“是的，她转学得很快，甚至比我还早。”

孟冬问：“不过，郗羽，你怎么确认电视上的这个节目主持人就是你当年的同桌程茵的？”

郗羽“呃”了一声。她找当警察的姐夫查程茵的资料并不值得到处宣扬，那毕竟是在规则范围之外的事。好在此时李泽文教授进行了解释，他说自己认识节目主持人程茵，知道她就读的小学是哪一所，然后将这些信息和郗羽拥有的信息加以印证，得到了证明结果。

孟冬“噢”了一声，似有所悟的样子：“原来是这样。李教授，你和程茵关系很好吗？”

“我回国后和她打过几次交道。”

“程茵现在变了很多，我和她总共也就说了几句话。”郗羽说。

“娱乐圈大概是最能改变人的，”孟冬脸上露出奇妙的神情，“现在的这个程茵和普通人已经不是同一个物种了。”

从刚刚开始李泽文便一直扮演着很好的聆听者的形象，此时才问：“为什么这么说？”

孟冬看了一眼对面的这对情侣，手指轻轻拨了拨玻璃杯，倒是也没讳言：“她曾经是我老板的女友。后来两人分手，但依然关系极佳，我老板给儿子办满月宴都会叫她到场的那种关系。”

郗羽没有接茬，孟冬的言外之意她大概也是能懂一点的，大概是说程茵为人处事手段高超。不过，她对现在的程茵完全谈不上了解，也没打算就她的人品和人格发表任何意见。

李泽文问：“你老板是哪位？多大年龄？”

“我在证券公司的主管，谢云南，今年四十岁。”

李泽文眉目不动地发表评论：“这么说，她取得了极大的成功。”

郗羽下意识地转过脸，认真看向李泽文。李泽文八风不动地对她一笑。

郗羽默默转过脸去，她当然知道李泽文对程茵是比较欣赏的，他这么夸奖程茵也不奇怪。

“我想也是。”孟冬说。

郗羽使劲揉了揉脸，无奈道：“我发现我一点都不了解程茵。我不知道她有个姐姐，也不知道她喜欢潘越，我不知道她为什么转学，也不知道她为什么失忆……我对她几乎一无所知。”

孟冬有点同情地看着郗羽：“她能在这个竞争激烈的主播行业爬到如今的地位，总有些过人之处，当然不是你这样一心一意研究学术的人能应付的。”

“嗯……”郗羽重重叹了口气，转开话题，“说起来……孟冬，你之前说和潘越认识很多年了？”

“是，我和潘越从小学到初中都是同学。”

家境不错而且重视教育的家庭，选择房子肯定挨着名校，孟冬和潘越的家庭自然不例外。他们的父母不约而同地为孩子选择了全市最好的南都实验小学就读，而且在两个孩子六岁的时候同时搬到了距离小学不到一公里的一个新落成的名叫瀚海花园的小区里。两个小男孩同住一个小区，又是同班同学，迅速结下了深厚的友谊。上初中后两个家庭还是住在同一个小区，毕竟南都二中也在瀚海花园附近。也就是说，孟冬和潘越认识了足足七八年，对两个十三四岁的孩子来说，这是他们人生的一半的时间了。

郗羽手指摩挲着白瓷杯，问他：“那……你知道潘越家里怎么样了？我是说他爸爸妈妈怎么样？”

孟冬看着她：“你问这个干什么？”

“我想，如果我去看看他爸爸妈妈……”

“不要这么做，”孟冬重重打断了郗羽的话，“这没有什么意义。”

“嗯？为什么？”

孟冬随后介绍了潘越父母的情况。贝晓英刺伤了丈夫潘昱民，随后夫妻二人离婚，贝晓英精神分裂进了医院，潘昱民再婚，成立了一个新家庭。这些事情两人当然已经从蒋园的调查资料里获知，不过这些信息从知情人嘴里说出来，依然带着震撼人心的力量。

“而且，就算他妈妈没有精神分裂，我也不建议你去见她。”孟冬说，“要知道他妈妈视你为仇敌，实际上，如果不是因为潘越留下的日记，你遭到的指责还要更多。”

郗羽黯然。即便有了日记，还有许多人把潘越的死怪罪到她身上。

李泽文给她空掉的白瓷杯斟了杯茶，又抬眸看了眼孟冬，郑重道：“不只指责。如果你告诉潘越的父母郗羽是最后一个见到他们儿子的人，我想郗羽的人身安全都未必能得到保证。我想，这也是你隐瞒信息的原因之一，你认为潘越的母亲不会放过她——就像她不会放过潘越的父亲一样。”

看来郗羽在车上就把下午的墓前长谈转告给李泽文了。孟冬想。

他已经初步窥到这位政治学教授对人对事的洞察力——他没看错自己。

他做出隐瞒的决定的确和潘越母亲有关。潘越坠楼的第二天，在等待警察问话的过程中，他看到潘越母亲忽然冲出去厮打拉扯郗羽，他看到郗羽脸上的抓痕，看到她被扯掉的长发……虽然郗羽的父母竭力保护着女儿，但潘越母亲的哭喊声和咒骂声却几乎没有停下的时刻。

李泽文直视他：“孟冬，我要谢谢你当年的沉默。”

如果孟冬对两人的关系还存有微小疑心——他对郗羽和李泽文的关系似乎还有保留，郗羽不论眼神语言还是肢体动作都显得太客气了——但现在这种疑心已经彻底散去。

这位大教授从各个方面来说都太厉害了，他能突破郗羽的心理防线，和她建立如此高的信任度，能做到这些事情不仅仅是一句“洞察力”可以概括的，还有一个关键词，那就是“用心”。以心才能换心，他可以陪着她回南都，陪着她前来扫墓，退一万步说，即便现在他还不是她的男友，但没有大意外的话，那一天也不会太远了。

孟冬将目光慢慢扫过郗羽的脸颊，呼出好长一口气：“贝阿姨这个人怎么说……和中国所有的妈妈一样，很爱很爱自己的儿子。潘越是她人生的意义和支柱。一旦失去了儿子，她也失去了理智，所以最后才刺伤了老公。”

“孩子去世后，父母肯定会互相埋怨。但上升到持刀伤人这个程度的极少，”李泽文说，“他们夫妻的积怨一定很深。”

郗羽说：“周老师跟我说，潘越日记里写了很多关于他家里的事情，他父母一直以来感情不好。”

孟冬顿了顿，以一种肯定的姿态缓缓点了点头。

“没错，是的。”

“你看过他日记吗，还是他跟你说过家里的事情？”

“他也不怎么跟我说他家里的事情，也不会给我看他的日记，他很重视隐私。”孟冬说，“不过我和他认识这么多年，两家住在一个小区，总会知道一些事情。”

“我想，你应该看过他的日记，也许你手上还有一部分。”李泽文充当安静的旁观者好一会儿，此刻才发表了言论。

孟冬盯着李泽文看了几秒钟，视线格外复杂，但奇妙地没有反驳。

郗羽对李泽文的话是无条件相信的，连忙问：“孟冬，是这样吗？”

“对。”孟冬沉缓地开口，“我的确看过他的日记。”

拜多年来成功的事业所赐，离婚时潘越的父母已经攒下了六套房子和数十万的现金、股票等丰厚财产。潘越去世后，潘越的父母彻底分居了，两人都搬离了瀚海花园。潘昱民住在城市另一头的一套房子里，至于潘越的母亲贝晓英，则搬去和自己的哥哥同住了一段时间。

有一天，孟冬放学回家后，恰好看到了形容枯槁精神不振的贝晓英。他跟贝晓英打招呼，贝晓英当时正坐在小区花园的长椅上发呆，他有些担心她的精神状态，走过去和她说了几句话。贝晓英当时看起来比较正常，思路还算清晰，说话也很有条理。她问了几句孟冬的近况，还对他说，潘越的一些书可以送给他。孟冬也想保留一些好友的物品，就跟着贝晓英回了家。潘家空了很久，屋子积了厚厚的灰，孟冬进了潘越的书房，在睹物思人的哀伤环境下，带走了潘越的日记。

贝晓英起初不想让他带走日记，孟冬承诺说“这辈子会好好保存这些日记”，贝晓英又改变了主意，还是同意了。

孟冬沉沉道：“后来我才明白，她之所以愿意让我带走那些日记，也许是因为她自己不想活着了。”

就在他去了潘越家的第二天，就发生了贝晓英刺杀老公的事件。于是夫妻两人一个进了医院，一个进了看守所。在看守所待了几天后，精神病专家拿出了贝晓英的精神分裂症报告，她随后被自己的大哥送到了精神病院。

在病床上躺着的潘昱民和疲于处理妹妹麻烦的潘越舅舅在财产上很快达成了共识，两人进行了公证，所有财产五五分，协议离婚。

潘越的母亲住进精神病院后，她名下的财产就到了她的监护人——潘越的大舅名下。

房子虽然由潘越的舅舅管理，但是房子里的东西当父亲的潘昱民没打算放弃。潘昱民出院之后，找了一家搬家公司，把家里的和潘越有关的一切都搬走了，最后他找到孟冬，问他索要儿子的日记。

好友的父亲要日记，于情于理都应该归还，再加上孟冬的父母出于私心，不希望儿子保留早逝同学的遗物徒增伤悲——所以，孟冬不得不归还了全部的日记。

“我亲眼见到了搬家公司的车，”孟冬目光怅然，仿佛重新回到了那个下午，“斯人已逝的感觉从未那么强烈。”

李泽文问：“潘越的父亲怎么知道日记在你这里？”

“贝阿姨住进医院后，潘叔叔清理潘越遗物时没发现日记，打电话问我是不是知情，我也不能瞒着他，就实话实说在我这里，他要求我还给他。”

这个理由还算说得过去，李泽文问：“他把全部日记都拿走了？有多少本？”

“十余本的样子。潘越从小学开始写日记，小学低年级的时候差不多一年一本，后来升入初中后，一学期写一本日记。”

“他每天都写日记？”

“也未必，但每两三天肯定会写一篇。”

“难得，”李泽文说，“所有人都知道坚持写日记的好处，但能坚持下来，数年如一日持之以恒写日记的，不足百分之一。”

他的这句赞叹是由衷的，孟冬也能听出来这位教授先生的态度，附和道：“是的。他对写作确实很有热情。”

李泽文缓缓喝了一口茶：“那他用来摘抄写作素材的笔记本你也还给了他父亲吗？他应该是有这样的笔记本的。”

“没错，他的确有这样的笔记本，不光摘抄好词佳句，有时候他有了写作灵感也会记录在那个笔记本上，他把那个笔记本叫作素材本，”孟冬的确对潘越知之甚深，“但我一直没有拿到他的素材本。”

“有些可惜了。这个笔记本也很珍贵，价值也不低于日记本。”李泽文道。

“其实和他有关的一切都很珍贵……这也是他留在世界上唯一的东西了。”孟冬盯着面前的茶杯，似乎要从透亮的茶水中看出什么来，“如果有可能，我当时也会带走全部的素材本，但没找到就只能算了。”

郗羽迅速和李泽文对视了一眼，郗羽追问：“没找到？”

“对，没找到。”

随后孟冬进行了解释。因为素材和日记的性质不同，不需要每天记录，只在有灵感或者看到好词佳句的时候，潘越才会把本子掏出来记录。因此潘越的素材本比日记本少一些，只有三本，小学阶段两本，中学阶段一本。他一般把素材本放在书包里——但孟冬没在潘越的书包里找到这本记录写作素材的本子，只看到了日记本。

郗羽急切地问：“那你知不知道他初中阶段的素材本去哪里了？没在书架上？”

孟冬很肯定地摇头：“我去他家的时候也大致看了看他的书桌和书架，没有发现。”

“那素材本去哪里了？”

“我当时也觉得有点奇怪，但我再一次到潘越家里进他的书房，看到他的书包时，已经是两个月后的事情了，也许中间出了一些变故……毕竟有一段时间书包在警方手上。”

潘越坠楼的那天，他的书包就整整齐齐放在楼顶上，警方随后赶到，带走了他的书包检查，并在几天后把书包归还了他的父母。作为看过警方案卷的人，郗羽和李泽文知道警方并没有拿走潘越的素材本——连日记本他们都只复印了几页保存。

“你看过他的那个素材本吗，他写了什么内容？”

“扫过几眼，没仔细看。一来是潘越还是比较注重隐私的，几乎不会主动告诉我他又记录了什么，他曾经说过一句话‘阅读是一件隐私的事’；二来我也看不下去，我偶尔瞄到过本子上的内容，感觉是一些风花雪月的内容，”孟冬摊手，“我和潘越不一样，不太喜欢语文也不喜欢写作文，看到那些啰唆的句子就头疼，每次写作文都非常痛苦。”

李泽文盯着他：“你应该也看过潘越的遗书？对他的遗书是什么看法？”

凡是和潘越有关的谈话都会引发孟冬情绪上的震动，此时也不例外，他沉重而黯然地苦笑一声：“那遗书的确很像他的风格，看上去太伤心了……”

郗羽问：“孟冬，潘越的遗书有没有可能是写在素材本上，再从素材本里撕下来的呢？”

“有可能。我印象中他的日记本和素材本是同种类型的本子，只是封面和厚薄不同，”孟冬敏锐的视线从对面的郗羽和李泽文脸上扫过，“你问这事，是什么意思？”

郗羽说：“我刚刚一直在想，潘越最后到底见了谁？他说要和我见面，但我对此完全不知。那么，会不会有这种可能，他最后见到了某个人……在他坠楼后，这个人撕下了素材本上的某一页，再顺手牵羊地拿走了他的素材本？”

郗羽的话虽然含糊，但以孟冬的智商不可能听不懂。

他定定地盯着郗羽："你怀疑潘越的死另有隐情？"

"以已经得到的信息分析，我们无法排除这种可能，"李泽文说，"这不难想到。不是吗？"

这句话当然能打动孟冬，他严肃地紧蹙眉头："警方的结论是自杀。"

李泽文也没打算泄露更多线索，只道："这确实是警方的观点。"

孟冬盯着那渐渐散去热气的绿茶，陷入沉思。片刻后他抬头，眸子里瞳光重新聚起。他说："这件事我要再想一想。"

当然需要想一想。他已经工作五年，这五年时间里，他动辄就要经历市场跌宕起伏和经济危机的考验，也形成了谨慎冷静谋而后定的行事风格。

郗羽定了定神，最后问："孟冬，你知道潘越的爸爸把他的遗物带去哪里了吗？"

孟冬再次摇头。他对潘越一家有所了解，但也仅限他周围很小的范围内。潘昱民离婚后搬离了瀚海花园，和孟冬家的关系几乎断绝，他也不可能再知道好友父亲的情况了。

"潘家那套瀚海花园的房子现在被卖掉了吗？"李泽文问。

"这倒是没有。"

这些年房子增值明显，潘越的舅舅不可能让房子长期空置，眼看着妹妹的精神分裂症没什么好转，他就委托中介把房子出租出去收房租，一直到今天。

再之后的事情不需要详细说了。随着年龄的增长，孟冬身上的学业压力也变得极大，无暇再去关心潘家的事情，只是偶尔从父母那里得知一言半语的八卦；上大学后孟冬去了首都，他的父母也搬进新房子，和潘越家彻底断绝了往来。

而他最后一次知道潘昱民的消息是十多年前他上初三时的事情——他再婚了，和现任妻子生了一个女儿。

"这么说，那小女孩应该有十二岁左右？"李泽文说。

孟冬在心里做了一下减法，同意："应该差不多。"

"那这个小女孩也到了上中学的年龄了。"

李泽文平淡道出的一句话，让孟冬和郗羽再一次陷入了回忆中去，只觉得时间倏忽而过，又是一个轮回。

“最后一件事，”李泽文道，“潘越有手机吗？”

在十四五年前，手机已经普及，至少在城市里已经普及，至于初一学生会不会也拥有一部手机，这就要看家庭环境了。

“有的，我当时也有一部。但是他不太用。”

“出事那天，潘越带着手机到教室了吗？”

孟冬显然没想到李泽文会问这个，他必须再想一想才能回答：“应该不会。不论是我们的父母，还是学校的校规，都不会允许我们带着手机来学校的。”

孟冬说完，又看了看手腕上的表，时间过了下午五点，他不能再在外逗留了。

“我要去医院陪我爷爷了，要先走了。谢谢李教授的茶。”

李泽文和郗羽知道他还有事情，自然也不会强留，将他送到了酒店大门口。

走到门口时，孟冬像忽然想起了什么，回头看着自己的老同学：“对了，郗羽，能不能和你合影？”

“啊，当然。”郗羽连忙道。

她对拍照这事儿毫无敏感度，此前压根没想起这茬，老同学提出要求，她马上表示配合。

李泽文对孟冬伸出手：“手机给我，我帮你们拍一张。”

这是他们的第一张合影，但两位多年不见的老同学并不觉得生疏，他们并肩而立站在窗边，太阳已经西下，金光洒在两名年轻人的侧脸上，画面从此定格。

孟冬离开酒店后，郗羽意识到，这漫长的一天终于到了尾声。

她没回家，跟着李泽文回到了他在酒店的套间里。李泽文回到房间接打电话，郗羽窝在客厅里的沙发里，回忆着这一天的所见所闻，她在笔记本上进一步细化时间表，写了几行字后深深叹了一口气。今天一天的所见所闻，对她的冲击异乎寻常地大。

贝晓英形容枯槁的模样，孟冬在潘越墓碑前的那一席话，所有的一切都像一把火般烧灼着她的内心。

她深深吸一口气，低下头把额头抵在膝盖上，甚至觉得胳膊都抬不起。

“累了？”李泽文接完电话从卧室里出来，就看见郗羽把自己蜷缩在沙发上。

“不是。”郗羽宛如在课堂上被老师提问，迅速抬起头，挺直了背，挺认真地看着自己的教授。

李泽文心里有数。郗羽不是那么容易疲倦的人，看来这一天的事情对她造成了相当沉重的精神负担，而精神上的负担会直接反映到身体上。

李泽文伸手轻轻抚了她的头发：“累的话去我房间里睡一下，我的房间有一张沙发床。”

郗羽摇了摇头，正要说自己不是身体累而是心累，此时门铃响起，她起身去开了门，就见到酒店的两个工作人员进了屋。其中一个人抱着一台小型喷墨彩色打印机，另一个人抱着几沓打印纸，从照片纸到普通 A4 纸一应俱全，随后工作人员把打印机连接到了房间自带的电脑上，又测试无误后才退出去。

看来这间酒店套房的客厅要被改造成书房了。

郗羽说：“教授，其实我家里也有一台打印机，早知道你要用我就搬过来了。”

“没必要搬来搬去，酒店也提供服务，”李泽文随口问，“你爸爸和你姐姐平时应该也要用到打印机的吧。”

“国内的老师教育任务挺重，平时的讲义、教案、论文都需要打印，但是现在是暑假，打印机就没怎么用了。”

李泽文坐在书桌前，用无线网络把手机中的照片发送到电脑，又在电脑前设置了一下。几分钟后，打印机喷出了几十张彩色图片，五颜六色厚厚一沓照片在桌上摊开，蔚为壮观。郗羽翻过去一看，全是这两天李泽文在各处拍摄的照片——从南都二中的校园风光到自己和孟冬的那张合影。郗羽如梦初醒般发现，李泽文的摄影技术居然相当不错，照片主次分明，详略得当。

“打印这些照片是为了存档吗？”郗羽推测道。

李泽文挑选着照片，不答反问：“你平时遇到难题，是怎么思考的？”

“List（列表），”郗羽说，“我通常会列表，然后按照顺序来解决。”

“这是一个好办法，”李泽文说，“但对我们现在面临的情况没有太大的帮助，线索太多，可能性也太多。我们现在面临的是一个复杂关系网，所有问题交织在一起，需要一种网状的思维方式，才能找出关键。”

以郗羽的智商，只要给个提示，她便能充分理解李泽文的话，但她还是不知道他的具体策略——好在此时门铃又响了。打开门后，蒋园指挥着酒店的两个工作人员抬着一块高度超过一米五、长度超过两米五的移动白板进了房间，工作人员又依照蒋园的指示把白板放到客厅中央，再装上支架才离开。

“找打印机容易，这白板找了好一会儿。”蒋园“啪啪”两下拍着那块大白板，“刚刚才从仓库里找到的。毕竟你要的白板面积太大了，酒店里几个会议室的白板面积比较小。”

郗羽左右上下扫视了一下白板：“的确，这白板真的是很大呀。”

她很熟悉这样的白板。在麻省理工的校园里，这样的可擦写白板无处不在，它既是老师上课的工具，也是学生们交流的平台。不过，显然李泽文要一块这样的白板并没有打算用它来给谁上课——他站起来，把茶几上的几个文件袋打开，依次拿起已有的资料。他先拿起一张潘越的大头照放到白板中间部位，用磁力图钉稳稳钉好；随后，他在这张照片旁边放上了潘越死亡现场的照片；最后，其他资料再以潘越的照片为圆心辐射开来。

蒋园也在一旁帮忙递照片和文档，和李泽文交换看法：“嗯，还有些空白。”

“填满很容易，贴哪一份比较重要。”

“我看潘越父母的照片放在上面比较好？”

“不，就在这里。”李泽文说。

“好吧。”蒋园说，“你几乎都是对的。”

两人配合协调，十分钟后，白板上已经贴上了数十张照片和文档，详略得当，顿时形成了一个简单的思维导图。

郗羽终于明白了李泽文的用意：“原来是这样……一些破案的电视剧上也会这样。”

“电视剧上的这种表现方式并不仅仅是为了场面好看，现实中的警察们也是这么干活的。这的确是一种行之有效的辅助思维的办法。”李泽文说。

蒋园深有同感地补充说明：“对的，它带来的条理感，至少现在的电脑还没有办法取代。”

郗羽受教地点了点头。一桩案件的发生通常都不是孤立存在的，而会和许多人和事产生交集，把和潘越有关的线索全部摆在一起，的确会给人启发。

“嗯……”郗羽又问，“教授，你怎么对破案，或者说侦查工作那么了解呢？”

通过这几天的接触，郗羽发现，李泽文对警方的工作以及侦查的流程了解得相当透彻，她甚至怀疑他可以干刑警这份工作了。

李泽文从白板前回头，微笑着看她一眼：“你很好奇？”

“是的。”郗羽老实承认。

“最主要的原因是爱好。我确实对侦查学相当有兴趣，寻找事实的真相是一件很吸引我的事情。我想知道许多事情的真相，侦查学是通往政法之路最便捷的台阶。”

她好奇心越发膨胀：“那其他原因呢？”

李泽文拿起记号笔，在白板上写了几个日期，回头看向郗羽。

“而且，我也算有一定的实践经验。高中的时候，每年暑假我都在公安局跑腿，帮人端茶送水。”

“等等，高中生可以去公安局跑腿吗？”郗羽敏锐地抓住了重点。

“的确不是每个人都能在公安局端茶送水的，我能去当然有原因。我母亲的弟弟，我的舅舅当时是公安局的刑侦队队长，我沾了他的光。”李泽文没回避，直接回答了郗羽的疑问。他看见郗羽脸上露出微妙的表情，倒是笑了，“我知道你在想‘这就是家里有后台的好处’，你的想法没什么错。”

郗羽有点醍醐灌顶的感觉。难怪李泽文对刑侦工作这么了解——原来李泽文的知识也不是无根之木，凭空生长而来的。他的舅舅是专业人士，而他也曾在公安局里工作过一段时间。难怪他可以准确地说出警方的工作模式，知道许多外行人不应该了解的细节。

蒋园在一旁“扑哧”一笑，她竖起一根手指很有派头地摇了摇：“这可真是太谦虚了啊，李泽文大教授。”

“……嗯？”

蒋园对郗羽说：“你的教授可不止端茶送水这么简单啊，还曾经帮警方破了几个刑事案件。”

“什么案件，可以说说吗？”郗羽蓦然眼睛一亮，抬眸看着蒋园。

“不是什么了不起的事情。”李泽文瞥了蒋园一眼。

不过说归说，李泽文从来没见过郗羽对“与己无关”的事情那么有兴趣，也不会真的阻止蒋园的八卦。

作为认识多年的朋友，蒋园当然也看得懂李泽文微表情下表达的态度：虽然觉得她说了多余的话，但总体而言，不反对她对郗羽进行“科普”。

“我记得有一件比较经典的案件，”蒋园绘声绘色地讲述了起来，那生动的表情、抑扬顿挫的语调节奏简直可以和某法制节目的主持人 PK（对决）一下，“那是十五年前的事情了。三月的一个下午，首都的一所重点中学的几名女生在午后出现了呕吐恶心、脸色发紫的症状，送到医院一检查，是食物中毒。其实，几名女生中毒症状不算严重，但是其中一名女生的父亲颇有权势，所以这案子还是被送到了市公安局的案头上。公安局调查后发现，这几名女生中午的时候在校门外的一家小饭店吃了顿饭。”

“嗯嗯，”郗羽爆发出了浓浓的好奇，追问下去，“然后呢？”

蒋园说：“这个小吃店有一个老板和一名员工，一直以来都生意不错。出事的那天，员工有事没来，老板一个人又管后厨又收银，忙得不可开交。警方初步调查后倾向认为，这是因为老板在混乱中把亚硝酸盐当作盐无意中撒到几个女生点的馄饨里。但是你的李教授认为这是一起投毒案，不是普通的食物中毒案。”

虽然只有一字之差，但普通的食物中毒案和投毒案的意义是完全不同的。

“教授，你怎么发现这是一起投毒案？”郗羽追问。

李泽文回答：“因为这是一家相当物美价廉的小吃店。”

这答案简直匪夷所思，郗羽的一双杏眼瞪着李泽文：“物美价廉是好事呀，有什么可怀疑的？”

“我看到了店里的价目表。警察对在学校外开一家小吃店的成本可能不太了解，但我更清楚一些。中学外的店铺的租金非常昂贵，即使是在十五年前，那个地方的一个十平方米的门面的价格也达到了每个月三万，可这家店的定价却比较低廉，相同分量的一碗馄饨，附近的其他店卖十块，他只卖八块，比其他家的价格低了五分之一，”李泽文说，“这家店只有老板和员工两个人，人手有限，每天能煮多少碗馄饨？估算一下，就可以得出结论了。”

“也许他有其他节约成本的办法？比如以假乱真、以次充好什么的……我上中学的时候，我爸妈就常常提醒我不要去外面的小吃店乱吃东西。”

“这种情况的确常有，但这家店却没有这么做。我仔细研究过店里的进货表，都是正规渠道进货，没有以次充好，没有添加剂。冰柜里的食材放得整整齐齐，而且店铺也收拾得非常干净整洁，至少比我看见的许多校外的小吃店都要干净。”

“这很难得的。我们校门口的小吃店很少有这么干净的。”

李泽文道：“所以，这里有了第一个疑点，店主这样一个有条有理整整齐齐的人为什么会把亚硝酸盐乱放？”

郗羽试图找到逻辑上的漏洞：“证据链有些薄弱。整洁的环境，正规的进货渠道意味着成本偏高，这家店的食物价格不贵，那可能是‘降价招徕顾客’，因此我想他的店铺里生意应该比较好，店主一时间忙中出错的可能性也是存在的吧。”

李泽文说：“中毒事件发生时，是他开店的第四个月，因为之前的良好口碑，每天的客流量已经基本稳定下来，店主也有了一套自己的管理方式。店主做了二十多年厨师，属于典型的外来务工人员，在京城的大饭店小饭店都干过。这家店以前是店主的一位同乡开的，四个月前，他拿着老家房子的拆迁款，用比较高的价格接手同乡转手的店面。他有一个十五岁的女儿，和那四个中毒的女生同龄，跟着他已经离婚的老婆在南方老家读书。基本上，这个店面就是他的一切了。”

郗羽若有所思：“我似乎已经可以想象出他的生活了……”

“这正是第二个疑点。”

“啊？”郗羽没听懂，“这很可疑吗？这种人很常见吧？”

这种人郗羽也没少见，她以前的中学外的小吃店的店主很多都不是本地区人，而是从其他省市来的，一条小吃街上有各地美食。餐饮行业是外来人口最多的行业，因为投入较低，技术门槛也偏低，外来人口到达一个新地方，最容易进入的就是餐饮行业。

李泽文说：“经营一家小饭店极其辛苦，没有特别大的技术含量，比的就是谁的劳动强度更大，谁更心细，更舍得付出。早上四点起床去菜市场，白天端盘端碗，招待客人，兼当厨师上阵，晚上要熬到深更半夜，等客人走了才能关门打烊——他辛苦开店当然是为了赚钱，但再考虑到他有一个十五岁的女儿，我想他在校门口开店，每天看着来来去去的年轻学生，内心总还是有一分触动的。”

郗羽当然也听得懂这话：“教授，你的意思是，所以你认为店主有一点‘老吾老以及人之老，幼吾幼以及人之幼’的情怀，他对这个年龄的学生应比较关怀和爱护？”

“我相信，他在食品安全上应该是比较谨慎的。因为客人多就拿错放盐的瓶子，可能性很小。”

“但凡事总有万一吧？万一就是混乱中出错了呢？”

“所以我建议警方调查他的背景。结果发现，在出事的三年前，他曾经工作的一家饭店也出现了亚硝酸盐中毒的事件，那次案件造成 20 多人中毒住院，无人死亡，最后的处罚结果是罚款。”

“那也是投毒案吗？”

“不是，那次是食物污染，而且和他没有丝毫关系。实际上，他从事餐饮业二十年，只牵扯到了这一起食物中毒案。”

郗羽神情一凛：“这就有点微妙了吧。”

李泽文道："这就是第三个疑点。我不认为是巧合。凡是超出了常理和规律的事情都值得怀疑。基于这几个疑点，所以我认为这次食物中毒案件不是因疏忽和粗心大意导致的意外事件，而另有隐情。"

"……这个说法我看更像推论，没有实际的证据，万一还有其他可能呢？"

蒋园则在一旁插了句话："郗羽，我当时和你的想法一样，我觉得吧，没准是有人试图陷害店主。他店里的东西便宜，客人多，说不定是周围的店主嫉妒使坏呢。"

郗羽特别同意蒋园的话："对啊，这种可能性也是存在的。"

"这种可能性的确存在，但也容易排除。"李泽文说，"我请我舅舅查了学校附近的几个摄像头，看了看都有谁当天中午进入过这家店，随后排除了这种可能性。"

"那到底是为什么？"郗羽已经彻底被这件旧案吸引住了，"店主为什么要投毒？"

李泽文拿着记号笔往餐桌边一靠，露出了启发满教室学生的神色："动用你的推理能力，分析一下。"

那一瞬间郗羽觉得自己回到了课堂上，正在被李教授提问，她必须在三十秒内作答。

不过她打心眼不讨厌这样的智力考量，她思索一会儿，然后道："我想那会儿是中午？在他的店里吃饭的人应该不少？"

"对。"

"但只有那四个女生中毒？其他食客没有？"

"对。"

"店主的亚硝酸盐是哪里来的？"

"八年前国家才立法禁止餐饮服务单位采购、贮存、使用食品添加剂亚硝酸盐。十五年前相关法律和规定还没有出台，亚硝酸盐很容易就可以买到，这是一种允许使用的食品添加剂，基本上各种小店都有。"

"因此那些年亚硝酸盐中毒事件特别多。"蒋园补充道。

既然如此，这个疑点也被堵上了。

“那应该就是私怨了吧？”郗羽没什么把握地说，“店主比较讨厌那几名女生？或者他们曾经发生过什么不愉快的事情？”

“调查后没发现他们之间的任何联系，实际上那天是这四名女生第一次去这家店吃饭。这四名女生平时吃饭的地方更高档一些。”

这样也对。因为之前介绍过背景资料，一名女生的父亲颇有权势，她们应该不会去这种小店吃东西。

“这样的话，那店主和几名女生的家人有仇？”郗羽越说越心虚，声音也越来越轻——她小心地瞧了瞧李泽文，挺担心他会说“错误，再想一想”。

“没有任何关联，他们身处不同阶层，几乎没有产生交集的机会。”李泽文注意到她不太自信的眼神，也没有揭批她想法的意思，“正因为警方没发现任何动机，所以警方才认为，这是一起不幸的食物中毒案。”

“那总不可能是忽然发疯吧？”郗羽泄了气，“一个老好人忽然发疯报复社会？随机下毒？”

李泽文拿着笔在纸上点了点：“这倒是有点接近正确答案了。”

“啊？难道真是忽然发疯？为什么？”郗羽瞠目结舌。

“一个人正常人要发疯，总是需要原因的，”李泽文终于开始解释前因后果，“在服务行业工作的人，通常会被人们当成隐形人，如出租车司机、饭店的服务生、宾馆的客房人员，人们在他们面前谈论自己的工作、学习和生活，甚至谈论自己的隐私也毫不避讳。”

郗羽聚精会神地听着。

“而店主在上菜的时候，听到那几名女生在讨论如何欺辱他们班上的一名普通女生，颇感愤慨，于是一怒之下就往几名女生的馄饨里放了亚硝酸盐。少量的亚硝酸盐会导致人头晕恶心呕吐，但没有生命危险。他希望用这个办法让几名女生生病回家，不要再去欺凌同学。”

“校园欺凌……原来是这样……”郗羽沉默了一会儿才轻声道，“……店主的生气我大概也能理解，但一般人来说，内心情绪再激动也很难上升到动手下毒的水平吧？哪怕往他们吃的东西里掺点沙子，也没有必要给人下毒吧？因为出了食物中毒的案子的话，他也会被严厉地处罚，他之前的投入不是白白浪费了吗？你不是说他的全部身家都在这家店上？”

“是，这一点是最关键的，”李泽文继续讲述这件事的前因后果，“我说过，他有一个十五岁的女儿。他的女儿，很不幸也是校园欺凌案的受害者。在投毒事件发生的前几天，他的女儿哭着打电话告诉他，说自己被一群女生欺负了。而那几名女生讨论的校园欺凌手段和他女儿遭受到的欺凌非常相似——毕竟校园欺凌总归也就那么几种模式。店主听到几名女生得意扬扬地炫耀，仿佛看到了自己女儿被欺负的模样。在那样一个瞬间，他失去了自控力，犯下大错。”

“……”

校园欺凌事件对郗羽来说，是比较陌生的名词。从小到大，她所在的学校校风都很好，老师非常负责，不太可能发生校园欺凌事件。

她距校园欺凌最接近的时候就是在潘越坠楼之后。在家里休息了两周之后，她在父母的建议下重新回到校园——那时候郗家没打算让女儿转学，二中这样的顶尖名校难进易出，一旦离开后还能不能获取到这么好的教育资源真需要打个问号——再次回到学校，同学们用奇怪的眼神看着她，背后议论说她害死了潘越。郗羽内心本来就不平静，再加上这些流言蜚语，她的精神再次崩溃，再也没有勇气回到南都二中。而她当时也仅仅感受到了精神上的孤立和排挤，比起真正的校园欺凌还是差远了。

而身处校园欺凌事件中的“被侮辱者”，心情到底如何，她简直无法想象。

得知了原因，郗羽完全没有得知真相后恍然大悟的快感，她无奈地深呼吸：“但是……不论他的理由是什么，也不能成为借口啊。”

“的确不能，他清醒过来后就认识到了这一点，并且深感后悔，于是开始补救。”李泽文说，“他在饭店当厨师的时候经历过食物中毒的案例，知道如果是食物不干净引发客人食物中毒的话，他不会判刑很重，因为几名女生毕竟没有大碍，在医院住了几天就出院了。他会面临罚款，不会坐牢，运气好一点连执照都不会吊销；但故意投毒的话，那就是一年以上有期徒刑。如果被判刑，他的人生才是真正完了。”

郗羽长长呼出一口气来：“教授，仔细想一想这件投毒案的前因后果，其实这件案件的发生还是比较偶然的……你能发现真相真是太难得了，那时候你也就是高中生吧。”

“正因为当时我是高中生，很熟悉这个群体的生活状态，所以比警察们多走了一步。警方起初打算以‘意外事故’结案，主要原因还是对高中生这个群体并不了解。”

郗羽默默咀嚼着李泽文的话，缓缓道：“我觉得挺不可思议的。店主没什么预谋，也不是罪大恶极的坏人，犯罪动机仅仅基于一时义愤，充满了很大的偶然性……几乎没有办法预测。”

“不完全是‘偶然’两个字可以概况的，他的心理状态相较于一般人偏差值更大。大多数人即使处在他那样的情况下，也不会去投毒。如果那时候他身边有个可以商量的人，有一个可以帮他排解心理压力的人，他极有可能不会走到这样一条死路上去。”

“教授，那你觉得，潘越的案件会不会也有这样的可能？因为一系列比较偶然的因素，导致了他的坠楼？”

李泽文道：“我不这么认为。”

“为什么啊？”

“社交环境，这才是最根本的原因。”李泽文指了指那块白板，“潘越和店主的社交关系截然不同，不能相提并论。店主每天要和数百个食客打交道，潘越这样一个十四岁的少年，每天和多少人打交道？”

郗羽靠在桌旁，默默盯着面前的白板。是的，潘越的社交关系很简单。潘越照片上方有两张照片，是他父母的资料；围绕潘越照片的几个人选，则是潘越去世那天，从放学后到他坠楼这段时间可能接触到的人——把白板上所有照片加起来，满打满算，也就十余人。

郗羽说：“所以，我们把这白板上所有人都查清楚，潘越的案件就应该水落石出了？”

“孺子可教。”李泽文露出些微笑意，把记号笔放在白板下方的笔槽里，又转过身来，“走吧，下楼吃饭。”

酒店的自助餐厅环境优雅，菜色看来不错，郗羽虽然没什么胃口，还是强迫自己取了一堆食物来吃，试图获取一点营养——她想起赵蔚说过，大脑是人体中消耗能量最多的器官，平均消耗摄入能量的20%，如果大脑处于高速思考状态，耗能还要更多，甚至高达30%。她现在面对的可能是她这一生中遇到的最难的问题，不给大脑补充能量是不行的。

不过，李泽文刚刚坐下不久，就被一个电话打断了吃饭，是周翼打来的。

他走到餐厅的角落接听电话，郗羽戳了戳餐盘，问："蒋小姐，周先生去哪里了？"

除了早上的一瞥，她再没看到李泽文的这位得力助手。

"他有其他安排。"蒋园说，"别叫我蒋小姐，叫我名字就好，不用太客气了。"

"哦，好的，你也叫我名字吧。"

"哈，没问题。"

蒋园的确是很容易和人熟络起来的个性，郗羽也在随后和蒋园的闲聊中，得知了她和李泽文教授原来还是高中同学。郗羽想，她这几天内认识了李泽文的大学同学和高中同学，也很奇妙了。他们一个个都如此优秀，也是物以类聚，人以群分了。

郗羽说："难怪你对教授那么了解，还知道他高中时查过刑事案件。"

"那是，我们高中还组织了一个社团。"蒋园有点小得意。

"还有社团？是什么？"郗羽眨着眼睛。

"推理社团，以破解谜团为己任。"

"还真像小说里写的……"虽然和别人一样当学生，但郗羽这辈子都没加入过什么社团，更别说"推理社团"这种明显高大上的社团了，她问，"莫非是高中生侦探？"

蒋园"扑哧"一声就笑出来，乐不可支道："看吧，果然也是被'死神小学生'毒害过的人。"

"我偶尔也有看漫画的……"郗羽不习惯在自己不熟悉的领域发表意见，但她怎么也算半个推理粉，对这个问题还是很感兴趣，"难道不是吗？"

"当然不是。高中校园能发生什么悬疑故事？别相信那些小说写的。"蒋园大大咧咧说完，忽然发现坐在自己面前的郗羽就是当事人，"当然，我不是说你，你的经历不论如何都算是小概率……不，极小概率事件。"

郗羽有点发蔫，用筷子戳着餐盘，无奈道："你说得也没错。对大部分人而言，世界上应该没有那么多事情值得推理。”

“这就错了。”蒋园竖起一根手指摇了摇，“我跟你说，这世界上从来不缺少谜团，缺少的是发现谜团的眼睛。我们的社团很忙的，任务繁重得很。”

“哎？任务繁重？”

蒋园的几次反转弄得郗羽有点摸不着头脑，蒋园的谈话风格和李泽文实在是太像了，想必受他的影响一定很深。

蒋园说：“生活当然不是某个推理作家的故事，没有小说结构般一波三折的故事，但这不等于生活没有谜题。实际上，生活中的绝大多数事情都有分析推理的价值，比如某同学一周迟到了三次，比如某个同学的成绩忽然大幅度上升下降，比如好脾气的老师忽然某天发脾气骂人，再比如校门口的交通忽然堵塞了……我们社团的任务，便是通过观察发现偏离普通日常的细节，进一步探究某个现象出现的原因——我们的终极目的是找到事物发展的一般规律，总结出公式性的一般原则。”

郗羽再一次被李泽文震惊了。同样是高中生，在她只知道死啃课本，昏天黑地地沉浸在每天 11 节的密集课程中时，李泽文已经在探究社会发展的一般规律了！

那瞬间，她想到小时候看的寓言故事：扬扬自得的河伯以为天下的美景尽在自己身上，随后顺流而东行，至于北海，东面而视，不见水端。河伯望洋而叹，终于认识到了自己的渺小。

是的，望洋兴叹，除了这个成语，没有其他形容词可以形容她现在的心情。

“……那你们是怎么做的？”郗羽毕恭毕敬询问。

“其实比较简单，就是五个 W 和两个 H；随后再通过各种渠道获取信息，最后进一步分析，得到真相——就算得不到真相，也可以得到最接近真相的一个答案。”

所谓五个 W 和两个 H，就是 What，Who，Which，Where，Why，最后还有一个 How 和 How much。这套方法在社会科学的理论研究中很管用，不过郗羽用得不多，她一个理科生，日常生活也过得粗枝大叶，基本上没有机会把这种思维模式运用到生活里。

蒋园说：“基本上，我们这个推理社团都是在李泽文的带领下做着这样的推理训练，就像是大脑风暴一样，逻辑思维能力进步飞快。这么说吧，我现在能干这份工作，很大程度上得益于那几年时间里的训练。”

“明白了，难怪教授这么敏锐了。”郗羽觉得自己的思路从未这么清晰过，她抬眸看着玻璃墙外打电话的自家教授，“所以他可以发现我在跟程茵的车……我还真是班门弄斧了……”

蒋园顿时笑开了：“你还玩跟踪啊？跟踪程茵？说说看，你怎么做的？”

看得出对方的好奇，于是郗羽讲述了一下自己的方案——蒋园笑得更厉害：“你的方法其实没错，说明你的推理小说也没白看，但时间太紧，人手不足，准备工作也还差了点。你的教授说过一句话‘没有信息搜集的行动都是耍流氓’，还是挺有道理的。”

“……所以我就是耍流氓了……”郗羽无奈地一笑。

“当然，如果换个迟钝点的人，你的方案没有多大问题，没准也能跟上对方制造偶遇。不过如果对象是你的教授嘛……那就差点意思。他接受过反跟踪训练的。”

“反跟踪训练？”

郗羽非常困惑，以她浅薄的认知，也知道这个技能十分高大上——总之绝对不是普通人会掌握的技能。

“他为什么会进行这样的训练？”

“这个嘛……”蒋园原打算对郗羽科普一番，却忽然哑了火。

“多种原因促成，”李泽文已经和周翼谈完了事情，重新回到餐桌前，流畅地接上了蒋园的话，他没有详细解释，只大概提了提，“一个原因是我母亲的工作——外交官必须要接受反跟踪训练，我曾经跟着母亲生活过几年，又是一个很好奇的人，也跟着接受了训练。”

郗羽蓦然想起在李泽文钱包中的那张照片，顿时有了一些明悟。

“教授，两年前，在哈佛的时候，你怎么发现我撞了你的车？”

这问题在郗羽心中也有一阵子了，但之前的她秉持“多一事不如少一事”的原则，没问过李泽文这件事的具体细节——的确是她撞的车，并没有什么好辩解。

李泽文没直接回答："猜猜看？"

"嗯……"郗羽比较喜欢这样的智力考较，绞尽脑汁地开始思考，"第一种，附近有摄像头，你去查了监控视频。"

"没有。美国的摄像头没有那么普遍。"

"第二种可能性，你找到了目击者，他认出了我。"

"错误。那天天气很糟，没有那么多目击者。"

"呃……"

李泽文道："给你一点提示，你忽略了最简单的可能。"

"最简单的可能，那是什么？"郗羽觉得自己的思路还挺周全的，"还有什么更简单的办法吗？"

"我车上有二十四小时行车记录仪。"

"……"

赠你一夜星空

上册

-完-

赠你一夜星空

（下）

皎皎
JIAOJIAO
著

ZENG NI
YI YE
XINGKONG

百花洲文艺出版社
BAIHUAZHOU LITERATURE AND ART PRESS

ZENG NI
YI YE
XINGKONG

第十一章

心动 / ZENG NI YI YE XINGKONG

吃完晚饭后，三人回到房内，郗羽在李泽文的指示下给毕新宇和田浩然打电话——这也是她没有回家，留在酒店吃晚饭最主要的原因。查这件cold case（冷案、悬案）并没有具体的日程表，但李泽文在南都停留的时间不会很长，他们要在最短时间内和潘越事件的所有人重新谈话，就必须抓紧每一分钟的时间。

现在是晚上八点，不是上班时间，晚饭也都吃过了，有时间和对方进行一番长谈。

毕新宇和田浩然在李泽文的“相关人排序”中，位列最后。李泽文认为，一人为单，二人为从，三人为众。毕新宇和田浩然是两个人，两人想要无缝衔接串通谋害同学的可能性太小。从他们之后的履历看来，这两人没有超出常人的才能与智慧，也就是一般的普通人而已。再说，在富有经验的警察面前，他们如果真的隐瞒了什么是很难自圆其说的，根据笔录看来，他们俩的每一句言谈都是合理的。

基本上，有百分之百的可能，他们就是纯粹的事件经历者，和潘越不存在恩怨，也完全没有动机。在这样的情况下，李泽文认为他们掌握的信息有限，但只要条件允许，怎么说都应当和他们沟通沟通，再次核实一下细节。

“而且，他们可能还掌握了其他情报，只不过当年因为各种原因未必述之于口。”李泽文这么说，“这也是cold case的一大特点了。”

如果不是因为当年那起不幸的事件，郗羽也未必会对这两名邻班的男生有什么印象——他们分属两个班，只能说是平时在走廊里见到过熟悉对方脸的水准。

作为最后见到潘越的两人，他们在警察调查中的排位相当靠前，给人留下的印象也很深刻。这两个人当中，田浩然属于那种很普通的男生，各方面都很一般，个头一般、成绩一般、相貌一般，是会在回忆中融为背景板的那种人。倒是毕新宇的知名度更高一些，他是个长得挺好看的男生——高高瘦瘦，肤色白皙，比很多女生还白，眼睛也大，长得像当时很红的一个电视明星，比较符合“中二”女生们对美少年的幻想，因此在学校也有一定的知名度，至少郗羽常常听程茵谈起这个小帅哥。

根据蒋园给出的资料，两人从南都二中初中毕业后，直升了同校的高中。作为全省名校，南都二中的学生学习水平很高，高考的一本率能达到90%，两人高考时成绩都不错，都考上了重点高校，只不过一个去了外地，一个留在本地上大学。田浩然本科毕业后就留在当地工作，现在已经结婚了；毕新宇考了硕士研究生，现在也已经工作，尚未结婚。

郗羽构思了一下如何和这两人谈起旧事，然后才拨通了电话——任谁忽然打电话联系十四年前没有打过交道的老同学，都是一件非常考验聊天水平的事情，当然要做好一切预案才不会捉襟见肘。

果然，在郗羽报出自己的姓名后，毕新宇在电话那边倒吸一口凉气。在电磁波的背景音中，郗羽感受到了他的极度震惊：“郗羽？你是……当年初一（一）班的郗羽？”

果然，她的横空出世是让人吃惊的事情，也要留给人反应时间。

“是我。”郗羽试探性地问，“你方便的话，我们可以视频聊天？”

“当然，当然。”

从他热切的语气就知道，毕新宇对“当年的郗羽如今变成什么模样”这事儿很好奇。

然后两人的通话切换到了视频模式，毕新宇出现在手机屏幕上，他没少年时期好看，肤色黑了不少，戴着眼镜，但依然算得上很清秀的年轻人。现在的视频聊天像素足够高，即便大家隔着手机屏幕，郗羽也几乎可以看得清毕新宇的每一个微表情。

“还真是你，你真没太大变化啊。”毕新宇也盯着视频这头的郗羽，试图从现在的郗羽身上找到当年的影子，他连连感慨，“我刚刚真是太吃惊了，你居然会给我打电话。”

显然，和孟冬一样，毕新宇也对郗羽充满了好奇，针对她过去十几年的经历问个不停，郗羽只能一一回答。为时五分钟的寒暄之后，他这才兴致勃勃地问："对了，郗羽，你怎么想起跟我打电话了？"

"我想跟你打听潘越的事情，"在毕新宇面前，郗羽也没什么隐瞒的必要，"你是当年最后见到潘越的人吧？"

"是啊，不过不光除了我，还有田浩然，那天我俩值日。"

郗羽说："那天我也是值日生……你还记得潘越去楼顶前，有和你们说什么吗？"

"当然记得。"他回答得异常迅速。

这答案对郗羽来说毫不意外，当年潘越跳楼这事儿影响很大——至少对几名后来被警方叫去反复询问的人来说影响很大，郗羽丝毫不怀疑他们还记得具体的细节。毕新宇看起来也不意外郗羽提起潘越，毕竟这是他们之间唯一的交集了。

毕新宇的说法和警方案卷上的没什么区别："他起初是在看书，我们走近后，提醒他教室里正在打扫，他就收拾书包走了。"

"那天一班的值日生是我，你们在二班打扫卫生的时候，我也在一班的教室打扫。"

"哦，对，我想起来了，你那天也在做值日。"毕新宇说。

"潘越离开教室后，教室里除了你们外，还有其他人留下没走吗？"

"还有孟冬，我们快打扫完的时候他回了教室，他刚从教师办公室问刘老师题回来呢。"

郗羽说："我记得孟冬的学习成绩一直挺好的。我昨天回二中探望当时的几位老师，他们说孟冬后来考上了京大。"

"可不是嘛，他一直以来都挺学霸的。"高中阶段毕新宇和孟冬同时升入了南都二中，还同班了一年时间，他对孟冬的情况相当了解，"高中时孟冬有个外号，叫'孟神'。"

郗羽附和了两句，又问："孟冬回教室后就马上又离开了吗？"

"是的。他说我们扫地的动静太大，把他书包上弄得全是灰。"

"他是在你们下楼倒垃圾之前还是之后走的？"

“之前，”毕新宇说，“我和田浩然抬着垃圾筐去楼下倒垃圾的时候，已经看不到他的人影了。”

“孟冬当时有没有跟你们说什么？”

毕新宇想了想，爽快道：“他离开时问了一句，潘越去哪里了？我们说潘越已经走了，他‘哦’了一声，没再说什么了。”

李泽文一直在郗羽身边听着两人的交谈，听到这句后立刻在纸上写了句“跟他再确认孟冬的这句话”。

郗羽会意，问：“你确定吗？孟冬的确向你们询问潘越的去向了吗？”

“当然。”毕新宇说得很肯定，“肯定是这句，我不会记错。”

“做值日的时候，最麻烦的就是下楼倒垃圾，”郗羽循循善诱，“教室可是在五楼，一上一下起码要五分钟呢……你们在楼梯上上下下的时候，还有看到其他的老师和学生吗？”

毕新宇想了一会儿，挺肯定地道：“有的，我们抬着垃圾筐上楼的时候，看到教数学的刘老师也下楼了。”

“这样啊……”

毕新宇在敏锐程度上也许不如孟冬，但能考上重点大学的人绝对不是傻瓜，郗羽对细节的追问也足以引起他的一些疑心了，他问：“郗羽，说到底，这件事也过了十几年了，你怎么忽然想起这事儿呢？而且还问得这么细？”

这答案郗羽早就准备好了，她道：“我这次回国后，遇到了程茵，就是中视那个节目主持人程茵，也是我们的老同学。看到她后，我想起一些之前的事情了。”

毕新宇一愣，露出又惊又喜的笑容：“原来程茵真是我们的老同学啊，我很喜欢她，很漂亮而且很有气质。”

没想到老同学里还埋伏着一个“程茵粉丝”，郗羽露出一点笑颜：“是啊，她以前是我的同桌。”

毕新宇兴奋地点了点头：“对，我记得，她是你同桌。你们俩也是一班最漂亮的两名女生了，那会儿我们班的男生常常去你们班的教室外望你们俩呢。”

郗羽尴尬地打了个哈哈敷衍过去。当年的她没太注意男生们的偷窥，但程茵对这种来自其他男生的视线很敏锐，常常跟郗羽说起外面某某人又在看她们了，她依稀记得这些人中就有毕新宇。

“后来，你和程茵都转学走了，我们觉得挺可惜的。”显然，说起和程茵有关的话题，启发了毕新宇陈旧的记忆，他摸了摸下巴，忽然说起，“说起来，就是潘越去世那天，我和田浩然打扫完卫生离开的时候，似乎还看到了程茵呢。”

这件事是绝对的大新闻，郗羽反应迅速，立刻追问：“你在哪里看到她的？”

毕新宇说：“就在学校正校门的那条林荫道看到她的。我们在林荫道的右边，她在林荫道的另一边。她走得挺快的。”

“林荫道很宽阔，再加上那些大树……你们会不会看错？因为她当天中午就因为身体不舒服请假回家了。”

南都二中校门的那条林荫道是学校的景观之一，中间有一条至少可以容纳两车通行的车行道，长度约两百米，宽度不低于九米。车行道两侧则是一条宽约两米的绿化带——绿化带的香樟树长得高大茁壮，笼罩住了整条道路，林荫道也因此而得名；在绿化带的外侧，就是行人走的步行道。也就是说，两条步行道之间的距离不低于十一米。

“她请假回家了？”毕新宇倒是没想到还有这一码事，语气也不太肯定了，“这样啊……我应该不会看错吧？”

“她当时在林荫道的什么地方？”

“在林荫道的尽头，我注意到她的时候她已经基本上走完了林荫道，我只能隔着树瞧了她几眼。”毕新宇说。

李泽文在纸上写了几个关键词推过来，是英文的，郗羽完全懂他的意思。

“程茵穿校服了吗？”

“穿着。”

“发型是什么？”

“长发。”

“背着书包了吗？”

“我印象中，她背着书包。”

“她往哪个方向走？”

“就是我们教学楼的方向，”毕新宇很肯定，“我和田浩然当时聊了几句。我说明明都放学了，她怎么还往教室里走呢。田浩然说没准是有点什么东西忘记了回教室去拿。我想一想也对。”

“这不太可能。她是我同桌，中午请假回家的时候还是我帮她收拾书包送她去校门口打车的，我知道她没有把任何东西落在教室里，”郗羽说，“而且如果她不请假回家的话，应该和我一起做值日打扫卫生的。”

毕新宇遗憾地说：“那我就不知道她为什么那时候出现在学校里了。”

挂断和毕新宇的电话后，郗羽的下一个通话对象是田浩然。

电话接通后，他的反应和毕新宇几乎一模一样——由此可见，人和人之间还是有很多共性的，至少在面对新鲜事物上的反应是一致的。

田浩然在所有细节上的说法和毕新宇没有矛盾，话题很快来到了他们出校门时遇到了程茵的一幕。

田浩然用了几分钟感慨了一番如今程茵的成就，并表示“当年没想到她那么厉害”，然后才说：“也许是程茵，但我不能百分之百确定，我和她不熟，最多就是在走廊里看到几眼。”

“你和毕新宇谁先看到她？”

“毕新宇，我还是在毕新宇的提示下才注意到的。等我注意的时候，她已经走远了，我们还隔着一排树，所以我确实不能肯定是她。”

“那她当时背着书包吗？穿着校服吗？”

田浩然很抱歉地说：“她是不是背着书包、穿着校服……说实话，对于这些细节我没什么印象了。”

显然，从田浩然这里也问不出更多的细节了，郗羽向他道了谢，中断了视频。

今天的这两通电话收获不小，郗羽拿着已经发烫的手机，脑子就像手机的 CPU（中央处理器）一样高速运转起来——这条新获取的关于程茵的信息简直就如同方程里的忽然冒出来的意外参数一样，让她措手不及。

她下意识地看向李泽文，发现自家教授坐在桌子的那一边，垂着眼眸翻看着早上蒋园拿来的那份文件。

“教授？”郗羽叫他，“你怎么看？”

李泽文用行动取代了回答——他径直走到白板处，把之前贴在白板角落里程茵的那张照片移到了潘越照片的右下角。白板上潘越的照片就像磁石一样，身边围绕着的人和事越来越多。

郗羽整理着自己的思绪，说：“程茵居然会回到学校，我真的一点都没想到。”

“有些人就会在特定的场景出现，”李泽文说，“她能偷偷跟踪你和潘越一次，为什么不能跟第二次？”

郗羽思索了一会儿：“你觉得她是因为潘越又要和我谈话才返回学校的？”

“她还有其他理由必须要在放学后回到学校吗？”

郗羽默默摇了摇头。程茵在读书一事上不擅长——至少当年不擅长。她对学校谈不上热爱，是那种放学后一秒钟都不愿意多待在教室里恨不得马上离开教室的类型，学校外的各种小店对她的吸引力大多了。

“我想这也证明了她极有可能就是那个告诉潘越‘我要和他再见面’的联系人。”

李泽文不置可否：“她中午离开学校的时候，身体的确不舒服吗？”

郗羽很肯定：“看上去是比较难受的，脸都白了。虽然成绩一般，但她学习态度还是比较端正，假装生病来逃课的概率比较小。”

李泽文问：“程茵中午离开学校时穿着校服吗？”

“穿着的。”

南都二中的校服就是被吐槽许多年、未来还将继续遭到吐槽的那种蓝白色的运动服。根据校规，南都二中的学生在校要穿校服——当然如果你实在遇到了意外的情况，比如两套校服都给烧了，老师们也能理解，但通常情况下没有学生会存心挑战校规。

“她家距离学校有多远？”

“我不知道她家住在哪里，但肯定不算太远，她平时坐公交车上下学，从她平时的说法中，她家应该在公交车二三十分钟内可以到达的范围内。”

李泽文微微点了点头，中断了这个话题：“不用再想了。等见了她再说。”

郗羽摸出手机看了看时间，和两位老同学的交谈花去了足足四十分钟，也到了回家的时候了——爸爸和姐姐已经连发了好几条短信问她什么时候回家。

“那我明天早上和今天一样，也是八点半过来？”

“七点半。”李泽文从茶几上拿起车钥匙递给郗羽，“我们现在不用车了，你开车回家。”

“呃……”郗羽盯着车钥匙看了两秒钟，又和李泽文对视了两秒钟，马上把车钥匙收起来，“好的。”

虽然她觉得乘坐公交车往返自家和酒店也挺好的，但李泽文既然把车子借给她，她也不会生硬地拒绝，自己开车可以有效节约时间。

“教授，明天我在家吃过早饭再来酒店。”

李泽文微微颔首：“好，路上小心。”

蒋园把郗羽送到电梯处，又“噔噔”一路小跑回来，见到李泽文站在白板前，凝视着上面潘越的照片。

蒋园拿出手机对着白板“咔嚓”一下，又对李泽文说：“有一点，你是故意的吗？”

“你指的哪件事？”

蒋园对着面前花花绿绿的白板抬了抬下颌：“还用说吗？这个白板上可没有郗羽的照片。我看了警方的问卷了，他们的疑心是有道理的——郗羽最后见没见潘越，是否和潘越有过一番交流，除了她本人，世界上恐怕还真没人知道。她虽然说自己没见潘越，但这只是她的一面之词，没有任何证人。以你平时在这类案件中的多疑程度，你应该怀疑任何人的。毕竟，Everybody lies（每个人都撒谎）。”

她提出这样的问题一点都不奇怪。蒋园是一个极具好奇心的人，她喜欢研究人性，喜欢有意思的谜题，不然她也不会在工作上做得如此出色了。

李泽文侧目和她对视了一眼，随后回答："我认识她已经两年。"

"是的，对你来说，这真是很长的一段时间了，当然能让你把一个人看得清清楚楚。我是想知道，你有没有被蒙蔽的可能？不是有句话说，爱会蒙蔽人的双眼什么的吗？"

"你什么时候开始看爱情小说了？"李泽文上下扫了一眼蒋园，"不要看太多，对你提升专业能力没好处。"

"你知道我是什么意思。"蒋园可没放过这个话题，她盯着李泽文，表情有些严肃，"你比我更清楚，人的自我欺骗能力是很强的，为了缓解内心的愧疚感，每个人都会自我洗脑，淡化自己的责任。我也不认为郗羽会说谎，至少我觉得她不会存心说谎。但她告诉你的事情，未必是真正发生过的事情。"

李泽文当然明白蒋园的意思，他只道："我有数。"

蒋园凝视他片刻，忽然道："要不要我再做一份郗羽的背景调查？"

"不用，也不要瞒着我去做，"李泽文直接否定了这个可能，"做程茵的背景调查。"

蒋园若有所思一笑："程茵？这也是一个思路。和郗羽相比，程茵身上的谜团更重一些。难怪你对她有兴趣。"

李泽文不置可否，回房间换了身运动服："去不去楼下的健身房？"

"不去……我是宅党！能躺着就绝不坐着！"蒋园的好奇心可是不会那么容易被打发的，"说真的，关于这件案子，你到底怎么想的？你真觉得潘越的死是谋杀？可至今为止，我们没找到任何直接证据能证明，所有的一切都笼罩在雾中。"

李泽文说："起码我认为不是自杀。"

"既然不是自杀，那你觉得是谁干的？"

"你的看法呢？"

"我的看法是，这件案子的确很有趣，但伴随着有趣的，往往是max的难度。我只能说，如果潘越的死真的是谋杀，那这个人的脑子一定非常非常非常好用——重要的话要说三遍。十几年前在潘越之死这个事件上此人没留下任何线索，十几年后的我们想找到证据，难于登天。要知道，这可是件 cold case，不论我们多努力，几乎都不可能找到法律意义上定罪的物证，”蒋园一摊手，做出个“你看着办”的表情，“至今为止，连个嫌疑人都没有。”

“嫌疑人当然有，非常明显。”

蒋园吃了一惊，然而此时李泽文已经走向房门，她连忙跟上。

“啊？怎么回事？是谁？”

李泽文拉开房门，等着蒋园一脸震惊地走出来后顺手带上了门。

“回去多看几遍案卷，许多细节都在里面。”

虽然捞到了一辆车开，但这并没有节约郗羽回家的时间——她在路上转了十分钟才在附近的商场找了个车库把车停了下来，毕竟想在她家所在的小区附近找个车位难度实在太大了。

因此当她跨进家门时，时间再一次走到晚上十点，她又被老爹批判了一顿“怎么在家里了还早出晚归的”，郗羽也只能“哈哈”笑着敷衍过去，又被黎午阳小朋友叫去拼航模。好不容易歇下来后，她盘腿坐在床上，抱着笔记本电脑敲开了和赵蔚的视频通话。

在美国现在是早上九点半，又恰逢周末，赵蔚看起来也是刚起床不久，她正穿着睡衣在厨房里做早餐，手机被她放在一旁的面包架上。所谓的做早餐其实就是半成品加工，把面包用面包机烤一下，中间放上火腿、芝士和菜叶子、果酱之类的，只需要三分钟。

赵蔚忙活着手头的食物，随口问：“小白，回国后怎么样？”

郗羽的外号是“小白”，因为她皮肤白并且偶尔会问出一些很白目的问题，所以被赵蔚冠以此称号。

“很不错。国内变化很大的……”

和赵蔚闲聊几句近况之后，郗羽把话题转入了正轨。

“阿蔚，想找你咨询一点事情。”

“说。”

“是这样的，还记得我以前说过的一件事吗，我的一个初中同学坠楼去世了……”

五年前，郗羽成功申请到了麻省理工的博士学位，带着求学的理想兴高采烈去了异国他乡。可不幸的是，因为奇妙的错误，原本属于她的那间宿舍被别人抽签抽走了。

这下子她彻底走投无路，独自一个人拖着行李箱站在异国他乡举目无亲的感觉无比辛酸。好在麻省理工的中国留学生也不少，大家对同胞都怀着守望相助的热情，在留学生协会师兄的介绍下，她和赵蔚结识——然后两人成了长期室友，长达五年时间。

赵蔚的这间公寓地段极佳，就在麻省理工校园旁，毗邻查尔斯河，四周环境也非常好，距离郗羽所在的院系相当近，直线距离不到一公里，走路十余分钟，骑车只要五六分钟——其实良好的环境还是其次，一个好的室友才是最关键。赵蔚是土生土长的安江省人，她的父亲赶上了改革开放的潮流，早早下海经商，现在家里有两家厂子，经营得不错。她的家庭和大部分生意人家庭一样，宁可缴纳罚款也要多生孩子，她是家里的老大，下面还有一个弟弟和一个妹妹，因此自小养成了照顾他人的性格。

郗羽听说过这样一句话，一个好的室友代表你的第二种性格，她觉得这话很有道理。赵蔚热情大方，有同理心，非常体谅人，不计较细枝末节，又因为比郗羽高了一级大了两岁的缘故，总把她当成妹妹照顾，连房租都承担了更多的一部分——她们这套两室的公寓租金要两千七百美金，郗羽只掏一千二，除此外，赵蔚在日常开销上也尽可能负担更多的部分。

在她的无私帮助下，郗羽熟悉了环境，了解了人情，考到了美国驾照，学会了做饭，彻底融入了新生活。

独自来到异国他乡，无依无靠时遇到这么一位可靠的学姐，当然会很快对她建立起前所未有的信任感。几个月后，两个人的关系就到了相当密切、信任值极高的程度，四个月后，郗羽就告知了自己的一切过往——包括潘越的事情。

“这怎么能忘，你不是说他是自杀吗？”

“一直以来我都是这么想的，现在我们怀疑他的死不那么单纯。”

“‘我们’是怎么回事？不那么单纯又是怎么回事？难道是谋杀？详

细说说。”

赵蔚的好奇心被彻底地激发出来，忘了说，赵博士也是一个资深的推理小说爱好者，郗羽和她能够迅速地成为朋友，也有阅读喜好相同的原因。

郗羽把回国这一个多星期内发生的所有事情和盘托出。

聊天的几分钟内，赵蔚已经做完了好几份三明治，不过她却没吃，仰天发出了一声悠然长叹：“信息量好大。”

确实信息量很大，身为当事人的郗羽只觉得每天都有大量信息涌入自己的脑袋，简直要没法筛选了。

“我这毕竟隔得太远了，没办法直接帮你出谋划策，”赵蔚摸了摸下巴，“幸亏有李教授和你一起，他的判断力和鉴别能力肯定比你强。”

赵蔚和李泽文结识的契机是郗羽去年感恩节前后生的那场病——但她的交友比郗羽广阔得很多，很早就听说了这位教授，加上已在哈佛做了一年的博士后，对李泽文是有一定程度的了解的。

“除去这件事本身不谈，阿蔚，我想问你关于程茵失忆的事情。”郗羽问，“我想知道，有没有什么办法可以唤醒她的记忆呢？她的失忆有没有治愈的可能？”

“就事论事，这案例很罕见。失忆这种事情又不是烂大街的存在，概率很低，就算蹲在医院门口盯着那些脑震荡的病人，十个里也未必有一个会失忆的，更别说这些人中的 90% 以上会很快恢复记忆，怎么就被你遇到了？”

“是啊……我也这么想。但事情就是发生了呀。”郗羽无奈道，“经过了潘越的事情后，我也不敢看不起小概率事件了。”

“也对，概率的奇妙就在于不可预知。”赵蔚一边说一边敲开了自己的笔记本电脑开始搜索，这种程度的信息搜索对一个念到博士的人来说就是入门知识了，“……这个主播程茵长得还不错啊。有意思，搜索结果超过三千万条，她在国内很出名吗？”

“相当出名。她主持的节目收视率很高。”

赵蔚快速浏览了三分钟网页，又道：“根据你的说法，她失忆的情况比较微妙。”

“是的，她的原话是‘我人生中有几年的时间，我的记忆都有些模糊’。”

“还真有意思，你和她仔细聊过吗？”

“当时没机会说太多，不过她说要跟我联系……虽然现在还没有联系我就是了。”

“她有想恢复记忆的样子吗？”

“难说，但她一直在看心理医生。”

赵蔚思索了一会儿，有条有理地以专业眼光发表感想：“首先，我们先排除她撒谎的可能性。如果她说谎，那你想什么办法都没用，你不可能叫醒一个装睡的人。如果她说的是实话，根据已有的信息，我们要注意的是，她的人生几乎分为两段，前半部分是初一之前，后半部分是初一之后。之前的记忆她不记得，而且过了十几年也没恢复；在那之后，她的记忆没有受损，且她的脑袋好到可以帮她获得事业上的极大成功。”

“是的是的，你总结得很准确。”

“她这情况算是逆行性遗忘，但细节和我已知的任何症状都不太对得上。病因的话，我想有两种可能，一种是主动遗忘，其实是能想起来的，但是她的大脑告诉她，不要想起来，进行自我欺骗，你可以把这种病症理解为洗脑过程，原理类似分离性障碍，但程度轻一些。”

“洗脑洗得忘记几年的记忆，这个可能吗？”

“从概率上说，很小。大脑有自己的运行机制，没有刺激源的话，遗忘是正常的，但遗忘了长达数年的时间，这基本上是要专业人员才能做到的洗脑水平。”

“专业人员？哪种级别的专业人员？”

赵蔚说：“这么说吧，你把她交给我们实验室，应该可以做到。”

“那还真是够专业了。”郗羽如饥似渴地问，“另外一种呢？”

“心因性失忆。”赵蔚说，“简单来说就是精神创伤造成的失忆症。不过，心因性失忆通常不是单独发生的，往往产生于大脑损伤和情绪创伤的联合效应。我看过一些数据，相当大比例的心因性失忆症患者，都有脑损伤。”

“她应该是有受过脑损伤的，至少教授是这么说的。”

“我相信李泽文教授的判断，但他有没有说过，他做出这个结论的依据是什么吗？”

郗羽摇了摇头：“没有，教授没告诉我。”

“你可以问问他。”赵蔚直言，“程茵失忆这种事情，不论怎么说都很奇怪。”

“具体说说看？”

交谈过程中，赵蔚还分心看着电脑屏幕上的视频：“我刚刚看了她的几个主持视频，她的记忆没问题，甚至可以说，她的记忆力远超普通人，她肯定经过专业的记忆训练。”

“你怎么看出来的？”郗羽很吃惊。

赵蔚看着屏幕：“在这些视频里，可以看到她的反应速度非常快。她能随口说出大量的名词，嘉宾的名字、各种恰到好处的梗、名人名言，即使这些是台本上写出来的她只需要背诵，但如果她没有一套记忆方法，是不可能记住那么多信息的。”

郗羽当然也为视频里的程茵的敏锐而赞叹，但她还真没看出程茵居然接受过记忆训练——专业人士的角度就是不一样。

“她建立了自己的memory palace（记忆宫殿）。”赵蔚加重语气。

记忆宫殿这种东西，郗羽大致知道其中的奥妙。总体来说，人类的大脑擅长记忆图像信息与空间信息，而不擅长于记忆文字类信息。所以如果想要快速准确地记忆，就可以用空间图像来辅助记忆。比如可以把你最熟悉的空间——比如你的卧室看成一座宫殿，再把需要记忆的文字和你卧室中的某个物体联系起来再进行记忆，效率会高很多。

“我从来没有见到过大脑受损的人脑子能好到这个地步。你知道这种案例多罕见？”赵蔚说着来了兴趣，“你能让她来美国检查吗？想更详细地了解形成这些记忆障碍的原因，我必须要亲自扫一扫她的脑袋看看。另外，如果她真的撒谎的话，大脑成像技术可以让她的谎话一秒内被揭穿。”

郗羽想，这可没那么简单。随着神经科学研究的进展，出现了各种大脑成像技术，这些技术相当可靠而且很科学。郗羽不排斥这样的科学研究，还曾经当过赵蔚的志愿者被扫描过脑子。但不用说，大部分人都接受不了。

“唔，我想想办法吧……她之前说过要和我联系，我和她见面之后，看看能不能劝她去美国……不过我估计，可能性不大。”

“你没办法的话，李教授也没办法吗？”

“呃？”

“李教授和她关系如何？你之前说，他们平时有往来吧？”

“应该不错的，我看见过两次他们一起出去吃饭。”

“哪顿？晚餐？”

“嗯，是的。”

“这就没问题了啊。”赵蔚露出了一抹微妙的笑容，“总之呢，你不好给出建议的话，李教授可以出面给出建议。我想，程茵总不会直接回绝他。”

这言下之意郗羽大致明白。晚餐是一日三餐中最重要的那顿，如果两个未婚男女一起出去吃晚餐，那这两人之间多多少少总会有点不一样的交情——如果在美国，这点交情几乎可以等同于暧昧了；中国就算保守一些，也会有些言外之意。至少郗羽在美国这些年，几乎从来不和任何异性单独出去吃晚餐。

郗羽想了想：“我也不知道。不过，我会问问教授，看他的判断。”

“当然要问他了。对了，李教授对程茵是什么看法？”

“我不知道，我没有和他聊过这个话题。”

在若干年“和异性划清界限”的生活中，郗羽已经完全养成了“对别人私生活没兴趣”的性格，所以有意无意忽略了李泽文和程茵明显还不错的交情。

“是你没问吧，你问了我觉得他会告诉你的。”赵蔚敏锐地戳穿她，“李教授对程茵的看法很重要。在你和潘越之间，程茵的身影时隐时现……这不会是巧合。对程茵，李教授肯定有自己的判断。”

“明白。”郗羽点头。

“还有最后一个问题。”赵蔚忽然变得严肃起来，她目光端肃地盯着屏幕这边的郗羽，“你希望这件案子有什么结果？”

郗羽沉默下来。她手指搁在键盘上，轻微地颤动起来。

赵蔚和她在一个屋檐下住了太久，已经很熟悉她的肢体语言了。她斟酌着回答："如果查明潘越是被人谋害致死，这当然是不坏的结果……我想对你也是好消息。"

郗羽轻声问："你会不会觉得我这是逃避责任？想减轻负罪感……很自私的想法？"

"不，没这回事，"赵蔚打断了她的话，表情肃然，"你的做法非常正确。就算你的确是试图'逃避责任'也没什么值得羞愧的，是非常正常的心理。潘越的死是你的心结，还是非常严重的心结，打破了你的心态平衡，你内心深处觉得这是你的责任，所以这么多年你完全没有任何感情生活，拒绝异性的示好……虽然我们都告诉你潘越之死不是你的责任，没有人拿得出任何证据。你需要一个证明，证明对一个人来说是很重要的，这是人类的本能，知道自己'没有错'是一件非常非常非常重要的事情。而我们是科学研究者，一份确实可考的证明就更重要了。"

从郗羽到达美国到现在的这么多年，赵蔚对郗羽来说，一直扮演着领路人的角色。来自赵蔚的安慰让郗羽觉得心口暖和，好像也有勇气面对明天了。

赵蔚看着她："问题在于，如果潘越真的是自杀，我担心你会更失落……"

郗羽轻轻摇了摇头："没什么关系。我和教授就算没有太大的进展，生活无非是保持原样……"

赵蔚打断她的话："小白，我就是不希望你保持原样。之前我们没太多机会仔细聊这个问题。听我说，如果你没有爱一个人的能力，打心眼觉得恋爱是件麻烦事，那当然另当别论，可你是有能力去开始一段感情的——别否认，这五年时间我能看出这一点。实际上正因为你有这个能力，所以你才会自责歉疚，十几年如一日地愧疚，以至于心态失衡。也许人的感情只是大脑的多巴胺催生的，也许现实和时间会摧毁你的感情，也许你恋爱后发现科研才是你的真爱……但你不能否认，爱情本质上是一件美好的事情，也许美好的程度不如科研上取得重大突破，但那种感觉也绝对不差。"

郗羽没作声，她抱着笔记本坐在床上，和赵蔚隔着屏幕，四目相对。

赵蔚当然也知道郗羽这么多年的心结不是自己一席话可以解开的，现实又不是漫画，她的嘴炮功力可没有那么强，见好就收地转开了话题：“关于潘越的案件，接下来如果有新情况，一定要告诉我。一定，记住了没？”

郗羽轻轻点了点头：“好的，有新情况我会告诉你。”

话音刚落，屏幕那头传来一个陌生的男音——“阿蔚，电话讲完了没？”

郗羽睁大眼睛，房间里怎么多了个人呢？

接着，郗羽就看到一个男生出现在屏幕的一角又迅速消失。他出现的时间非常短，郗羽没看清人，只看到他光着上身，穿着个蓝色的大裤衩——赵蔚好气又好笑地回头说了句“三明治在桌上”，又回头对着郗羽一摊手：“哦，这就是我现在的男友了，他和我合租，住你曾经住的那间屋子。”

“啊！哦！”郗羽恍然大悟，“那真是太好了。”

除了她出海去南极的那段时间，两人在一个屋檐下同住近五年时间，感情之深厚，也远超普通朋友。去年赵蔚博士毕业，去了麻省总医院做研究性博士后，因为距离不远，她也没搬离公寓——今年郗羽毕业后去了新泽西，两人长达五年的同居生活才算走到了终点。

和赵蔚同居这几年，赵蔚也只谈过一次恋爱，对象同样是麻省理工的一个博士男，两人本来也算志趣相同，爱好相同，相当投缘，但随着男方回国，两人的关系就此中断。而现在，赵蔚又开始了一段感情，无论如何都是值得恭喜的事情。唯一的问题似乎在于，时间太快了。一个月前郗羽才结束和赵蔚的同居生活离开了剑桥市，那时候赵蔚肯定还没有这样一位男友。

“其实不算太快，我们算破镜重圆吧，他是我本科时的男友，当年分开了，现在又在美国重遇……”赵蔚笑着伸手戳了戳手机屏幕上郗羽的酒窝，“人生充满了让你意想不到的变数。对你而言，当变化来到的时候，别错过，别完全拒绝，试着考虑一下如何？”

郗羽轻轻点了点头。

“我会想一想的。谢谢，阿蔚。”

和赵蔚的通话结束后，郗羽又继续研读本专业领域的一篇新论文，又算了十几页草稿，直到时间已经过了十二点，才放下草稿本。她伸手关了灯，在那张单人小床上躺下来——就像她在美国的大多数个夜晚。

赵蔚的话对她当然是有触动的。

在此之前，赵蔚几乎不跟她谈论“恋爱”“感情”这回事，至少她的印象中，同居五年，两人谈这个话题不超过五次。赵蔚既有弟弟又有妹妹，当了人家二十多年的大姐，为人做事非常成熟，换位思考能力特别强，深知为人做事应该留有余地，不能去触碰人家的伤口。只有一次，赵蔚从专业角度劝她接受一定程度的心理治疗，她理所当然地拒绝了。赵蔚不怎么意外地笑了笑，拍了拍她的头后说“是我冒昧，不好意思”，从此便也没提过这个话题。

就是因为赵蔚是如此尊重他人，此时忽然隔着半个地球和她谈起关于感情的话题，她不触动是不可能的。

作为一名学霸，郗羽在绝大多数时候都非常有自制力，她能有效控制自己的思绪。唯一能动摇她防线的时候，就是晚上关上灯闭上眼睛等着入睡前的几分钟。她会在这几分钟内彻底放飞自己的思绪，想一想已经度过的这二十多年时光，想一想即将到来的人生，在这些不着边际的思绪中，中学同学、大学同学在大脑中轮番登场。

如果她的人生可以分为两部分，那毫无疑问，潘越的死是一条最明显的分割线。这十四年来，她每次遇到诸如“爱”或者“喜欢”这种关系，她总会条件反射性地想起潘越被她拒绝时那张委屈欲哭的脸和他躺在教学楼外的身体，甚至会出现种种不适感。

如此强烈的应激反应下，她不希望和其他异性产生过于密切的瓜葛，不想再因为这些情情爱爱的感情而带来任何麻烦，于是她完全摒弃了自己脑子里可能产生的荷尔蒙，养成了对别人的私事毫不关注的习惯。

她知道自己相貌不错，对男生是有一定吸引力的。这些年她遇到过一些条件很好的异性，每当他们对她示好的时候，她的第一个念头想的总是对方的需求是什么，第二个念头则是如果他们从自己身上无法获得需要的感情，他们会不会做偏激的事情，第三个念头就是其他人怎么看自己，会不会觉得自己是个很糟糕的人。这三个念头足以浇灭她对男女感情的任何火苗。日复一日，她对身边的异性砌了一堵心墙，哪些人是应当公事公办的，哪些人是不能深交的，哪些人是该远远避开的……

但此时，这堵墙好像摇摇欲坠。

最后她想到这几天的经历，最后出现在自己大脑里的，是李泽文那张俊美从容的脸。

她翻了个身，把脸埋在枕头里，又狠狠拍打了几下被子——睡吧睡吧，那些需要调动全部脑细胞才能做出的决定，可不是现在这样躺在床上就能想出来。

郗羽起了个大早，喝了一碗方阿姨煮的稀饭后就要出门，这让郗广耀很不高兴，老爹说她“好不容易在家待几天，天天早出晚归的”。

显然，不论父母多开通，成年的子女和父母的沟通都比较困难。她对老爹赔了个笑容，抓起自己的大书包就出门挪车，匆匆驾车赶往酒店，在七点二十分到达了酒店房间。

李大教授显然也保持着良好的作息习惯，他已经起床吃过早饭，身着正装从自己的卧室走出来，正和同样身着正装的周翼交谈着什么，一旁的服务生正收拾着餐桌。

“在家里吃过早饭了？”李泽文从周翼手里接过了一份文件夹，问了郗羽一句。

“是的……”

郗羽把车钥匙放在玄关处，然后注意到李大教授对着客厅的穿衣镜，在蓝色领带上别了一个银色的领带夹。

她不动声色地打量着自家教授。是的，李泽文虽然绝大多数时间里衣着都正式，但今天连领带夹都用上了。

“教授，我们是要出去吗？”

“是的。”一旁的周翼拿起餐桌上的文件夹，对郗羽道，“今天早上，我们去见潘越的父亲。”

在之前的计划中，李泽文就已经做下了“我们要尽快和潘昱民见面”的结论，但郗羽没想到李泽文的效率如此惊人——她还正在琢磨找怎样的理由，寻求怎样的途径才能见到潘昱民，要知道潘昱民也是成功人士，正常情况下绝非想见就可以见到的。

“我们怎么才能见到他？”

“把衣服换了，路上说。”

根据蒋园的调查显示，潘昱民和贝晓英虽然离了婚，失去了妻子娘家的助力，但因为强大的个人能力，他的事业没怎么受阻，依然就职于省建筑设计研究院，目前任设计院一所的总建筑师。潘昱民手握一级建造师、一级结构工程师两大金牌证件，绝对是本省内最有名的几位建筑师之一。他带领手下的团队在本省建有许多地标性建筑，包括市政广场、新火车站，以及商务中心的那栋金融大厦，称得上是行业顶尖的人物。

本省的建筑设计研究院从机构性质上来说是大型国企，潘昱民的级别高、资历雄厚，工作更是忙碌，想要和他见面详谈，起码也得提前几天预约，因此李泽文采取了另外一种办法，那就是混入到华耀地产的某项目团队里，去省建筑设计院和潘昱民谈一个项目的具体规划。

在去建筑研究所的路上，郗羽坐在李泽文身边，从他那里得到了整个计划的解释。

“原来是这样……”

郗羽也明白了为什么出门时蒋园给了她一套正装让她穿上——两人身材相似，蒋园比她略矮一点，但衣服大体也还算合身，就是裤子稍微短了点。至于为什么他们能混入这个项目团队，当然是“上面有人”，因为正在驾车的周翼先生正是华耀集团的董事长秘书。

华耀集团的知名度很高，行业跨度很大，地产、能源、酒店似乎都有涉及——连郗羽这样不关心外物的人都知道这家集团。

过去这些日子里所见所闻的信息在郗羽的大脑迅速整合起来，她瞪着正在驾车的周翼看了三秒钟，又侧头看了李泽文五秒钟，用自己微弱的推理能力琢磨了十秒钟，最后背过身去用手机上网搜了搜，然后问：“你父亲……是华耀的董事长？”

李泽文抬眸看她一眼，唇边露出一丁点不易察觉的笑意：“你知道华耀？”

“我也没有那么孤陋寡闻吧……”郗羽没什么说服力地为自己辩解，

她偷瞄了一眼手机屏幕上的介绍，“呃，你现在住的酒店好像也是华耀的产业？”

“理论上是这样。”

和李泽文一起参加李知行婚礼的时候，郗羽就知道了自家教授的出身背景相当牛，但具体答案总是不太确切——在只有亲属出席的婚宴上，人们当然不可能像参加商业洽谈会那样到处散名片——此时忽然得知了准确结论，心说难怪他住得起伟大首都的大房子，难怪他能调动如此多的资源，难怪他能想见谁就见谁，原来如此。

麻省理工的学生大体上还是符合正态分布的，大部分学生出自中产阶级家庭，比起隔壁的哈佛亲民多了，但学校的富N代也明显高于社会的平均数。比如她所在的实验室里就有一位同学是美国某油气集团的继承人之一，该同学学术能力出众，为人也很热情。他曾在假期里邀请过包括郗羽在内的几位同学去过他家在罗德岛的巴洛克风格的豪华大别墅玩，那地方豪华得就像另一个世界的产物，郗羽人生第一次感受到了什么是刘姥姥进大观园。

总之呢，她当时就接受了这样一件事，有人出生就好像带了浑身的光环，学术能力超群，家庭背景超好……所以，对李泽文的出身，她没有太意外，毕竟，富裕家庭出身的孩子的人生起跑线肯定比穷人的孩子的起跑线更靠近终点一些。

她想，拜李泽文所赐，自己身边聚集起了一群很了不起的人——有这样的团队，应该可以查出当年潘越坠楼事件的真相了吧。

郗羽弄清全部信息后，车子也到了省建筑设计院的停车场。

三人随后下了车，一个身材高大、体态略微发福的中年男人小跑着笑着迎了上来。

“封总，不好意思，久等了。”周翼微笑着探身，和来人握手。

“哪有哪有，我们也刚到。”这位封总特别热情，使劲晃了晃周翼的手。

这位封总全名封庆国，今年四十六岁，正是年富力强的时候，是华耀集团本省分公司的副总。目前他手头上的工作是筹建一个大型的冷链物流货运园区。这个园区也是今年华耀的重点投资项目之一，投入挺大，一旦建成能起到贯通南北东西的作用。华耀总公司此前时不时会派人前来南都考察项目进展，这一次，周翼和李泽文也蹭了个“考察团”的光。

任何一个在职场上混过的人都知道“总部来人”的意义，再加上周翼的那个“董事长秘书”的头衔实在吓人——虽然他只是几个总裁秘书之一——分公司顿时以十二万分之热情对他们介绍了这个项目，邀请他们参加和建筑设计院的商谈会。郗羽也总算明白为什么昨天一天没看到李泽文的这位助理先生了。

至于李泽文，他的头衔则是整个集团资产管理公司的顾问——让郗羽吃惊的是，他还真的拿出了一张名片和封庆国交换。名片很简单，没有那些炫目的头衔，看上去特别整洁。

“只是挂名，偶尔针对华耀在国外的投资提出一些意见。”李泽文对这个身份也不太有兴趣，但看着郗羽明显好奇的眼神于是略作解释。

经过这段时间的潜移默化，郗羽的好奇心好似死灰复燃了一般，李泽文从来都是善于因势利导的人，自然会满足她。

至于郗羽，摇身一变成了李泽文的跟班助理，因为不是什么重要人物，因此分公司的一干人等也没有特地和她寒暄，略打了招呼之后，一行人进了设计院大楼。

本省的建筑设计研究院组织机构庞杂，下面有若干个部门，员工上千人，他们几年前搬到了新的办公大楼，大楼位于南都市的经济开发区，周围绿化极佳。

整个研究院的三分之一员工都是建筑师的好处是可以把自己的办公环境做得尽善尽美，大楼外观是蓝灰色的巨大玻璃幕墙，现代感极强，整栋设计院大楼高度只有四层，足以确保每个窗口看出去都可以看到绿意。

“省建筑设计研究院看上去真是气派。”一行人边寒暄边走，周翼发表了这样的评价。

“这是他们的新楼，才修好没几年，理念比较先进，老楼就没这么气派了。”封庆国热情洋溢地解释，“请从这边上电梯。”

潘昱民和他手下的团队在设计院的会议室里接待了华耀公司的一行

人。建筑设计研究院虽然是本省最大规模的设计院，但始终是乙方，和华耀集团这种财大气粗的甲方比起来还是不在一个层次上，当然要热情接待。

这是郗羽若干年之后再次见到潘越的父亲潘昱民。当年的潘昱民对儿子的死这件事显得理智很多，和他歇斯底里的老婆不同，他没有责怪郗羽，也没上来撕扯打闹，只在公安局里隔着一条走廊看了郗羽几十秒钟后离开了。

十四年时间过去，现在的潘昱民比当年是老了一些，但即便如此，他也绝对算得上是保养得非常好的那一类，目光炯炯有神，头发黝黑，身板笔挺，风度翩翩，讲话声音沉稳有力，完全不见成功中年男人的大肚腩，让人只要看一眼就能对其产生信赖感。他和郗羽的父亲也是同龄人，但看上去比天天操心高中学生的郗羽父亲年轻了好多岁。

其实郗羽来之前是有点担心的，她问李泽文："他会不会认出我？"

"你当年见过他几次？"

"只有一次，就几分钟。"

"那就没关系。"李泽文看了她一眼。

实际上潘昱民确实没认出郗羽，她这样的小跟班在商务会议中是没有存在感的，只有"这是我的助理郗小姐"一句带过。简单地介绍了双方与会人员后，潘昱民的团队就开始展示物流园区的设计细节——毕竟现代人都知道"时间就是金钱"的道理。

前不久，作为甲方的华耀集团对旗下的冷链物流中心招标，这样的大型交通枢纽极其考验设计能力，再加上其性质和省建设厅的一些硬件要求，分公司可以选择的设计单位实在不多，举行过一轮竞标会后，本省的省建筑设计院成功夺标，双方草签了合作协议。

竞标成功是项目的开端，相当于万里长征走出去了第一步。实际上各设计单位竞标时因为展示时间有限，加上物流园区规模很大，设计单位做的方案是宏观性质的，许多细节都还没来得及讨论。而今天就是作为甲方的华耀集团和作为乙方的设计院在投标后的第一次沟通会，会上讨论的都是十分细节的东西。

"……随着冷库将趋向大型化，向空中和高层发展，土建结构的多层冷库仍会占有相当的比例，而高架冷库也会有更大的发展空间……我们的设计方案是高层冷库……选用的材料是……”

潘昱民逻辑严谨地做了一个十分钟的总体发言后，就是其他建筑师的展示时间。

大门的设计、车库的规模、建筑的材料、道路的宽窄……许许多多的细节都通过图片一一展示，再好的文本说明也没有一张张示意图和效果图来得好，至少以郗羽这外行人的眼光看，这方案堪称尽善尽美，对冷链物流中心的方方面面都考虑得很周详，她简直觉得自己上了一堂建筑设计的入门课。

经过了长达一个半小时的脑力风暴后，会议进入了十五分钟的休息时间。与会者也挺累了，大部分人离开会议室，有的去外面喝喝茶，有的去上卫生间。

设计院后勤部门的人上来给每个人送水倒茶，李泽文没急着起身，又快速翻阅了手中的资料集后低声问旁边的封庆国：“封总，分公司和省院合作很多年了？”

“是的，有十来年了，”封庆国喝了口咖啡，“大型国企的人，设计上肯定不如那些外国事务所，但功能性是首屈一指的。而且设计院的底子厚、经验足，火车站、汽车站都设计过，也不会有太大的问题。”

李泽文“嗯”了一声，不做具体的表态。

这样的态度看似平常，但封庆国是何等人精，立刻察觉他问话里的未尽之意：“李老师，你有什么意见吗？”

李泽文摇了摇头，没再说什么，只问：“刚刚一上楼就到了会议室，我想趁这个时间参观一下设计院，方便吗？”

“当然没问题。”搭话的是潘昱民，他刚刚从卫生间归来，温和笑着道，“我来带路吧。”

他虽然不知道李泽文在集团内的身份到底如何，但看着封庆国对李泽文的客气模样，也明白自己应该拿出什么态度了。

这么短的时间当然无法参观整个建筑设计院，但是参观一所的时间是足够了——毕竟一所占据了这一层楼。建筑设计院大楼内部的隔断基本上是以巨幅玻璃为主，一行人等在潘昱民的带领下，一个个办公室参观过去。

会议室的隔壁是本层的核心——一个有三五百平方米的工作大厅，五米挑空的大厅里坐了七八十人，办公室的建筑师们正伏案忙碌，每个人的工位都很宽敞，两米宽的大桌子，桌上或多或少放着绿植，还放着两台显示器。

“我们一所有建筑师三十八人，架构师五十二人，其中一半以上是一级建造师……”潘昱民用翔实的数据展现了事务所的硬实力。

办公室旁是一个展示区，放着设计院若干年来的代表性设计。

“这个模型是火车北站，这个模型……”一行人边走边说，最后在角落的办公室停下来，潘昱民笑着推开门，“这里是我的办公室了。”

一行人最后到达了潘昱民的办公室外。作为一所的总建筑师，潘昱民有一间面积挺大的办公室，他的办公室和郗羽想象中的那种老板办公室不太一样——这里没有特别高大上的家具，也几乎没有什么私人物品，反而更接近她在麻省理工看到的教授办公室——靠墙的书架，堆放了密密麻麻的书，墙上挂着若干地图，办公室里还附带着一间小会议室。会议室的桌子上正摊开摆放着若干张以上的图纸，旁边是一面棕色的立柜，整整齐齐放着许多书。除此外，房间里几乎没有私人的信息，也没什么照片。

休息时间之后，众人又回到了会议室。会议随后也进入了提问环节，分公司的众人也整理好了思路，针对设计院的方案提出了许多意见，从停车场的设计到三通一平各种细节问得十分详细。省院的建筑师们竞标过上百个项目，对甲方可能提出的问题当然有准备，有条不紊地进行了回答。会议室的气氛总体而言，非常和谐。

然后郗羽看到李泽文合上了手中的资料册——这是会议正式召开前周翼才拿给他看的——他抬了抬手，表示自己要提问。

李泽文道：“我有一个问题想问潘所，节能环保在设计方案中是如何体现的。”

“当然，”潘昱民自信道，“我们的设计方案绝对符合国家环保要求。”

“这点我看到了，但国家要求仅仅是最低标准。物流园区是能耗大户，我方给出的资料显示，园区的年耗电量峰值将超过一千万千瓦时，”李泽文说，“但在你们的建筑施工方案里，我没有看到详细的节能内容。”

“我方有考虑到安装太阳能光伏发电、雨水收集利用系统的可能性，也有预留接口。”潘昱民似乎没想到他提出这个，一愣之后很快应变。

“仅仅是这两点的话，那不成体系。”李泽文丝毫不留情面，“我知道，国外的同类型设计，最优秀的节能环保设计能节约能耗达 50% 以上。”

“你的意思我明白，但还有个经济账，节能环保初始投入会很高。”潘昱民在建筑这一行干了三十年，不可能对环保建筑没有了解，他以一种对“外行人科普”的语气道，“修一栋普通大楼造价一亿，如果给这栋大楼增加节能环保，成本可能会直接翻番，变成两亿——这和预算不符。”

“算经济账是对的，但要算未来的经济账，”李泽文小幅度地摇了摇头，那是明确的不赞许态度，“有三点：第一，在未来的几年内，能源会涨价，而且越来越贵；第二，新材料并不如你想的那么贵；第三，如果能做成节能示范项目，能得到一定程度的补贴。就算成本增加，如果在之后的十五年里可以省出来，依然是划算的。”

李泽文冷静的几句话之后，会议室的气氛越来越凝重，之前还算轻松的氛围一扫而光，华耀分公司的人眉头已经皱起来了，似乎有些困惑为什么这位“总部来人”要忽然发难；设计院的建筑师们则惊异地互相看着，坐在角落里的几名建筑师露出不忿的神色，以极小的声音交头接耳地讨论起来。郗羽和他们不熟，但似乎也能感觉到省院部分人恐怕觉得李泽文是来“砸场子”的——甲方对乙方提出修改意见很正常，但像李泽文这样，直接对整个设计方案表示不满意的情况，极少。

“早上来省院的时候，我就注意到了设计院的这栋大楼，”李泽文语气一顿，说话间略微抬了抬下颌，“外观美观内部舒适，但我推测，这栋大楼的能耗恐怕相当高。当然，对贵院来说，一栋好看的、富有设计感的大楼比较重要。但对物流园区而言，外观如何完全不重要，实用才是第一位的。”

李泽文压根没掩饰自己话里的质疑，此刻更是直接对建筑师们的水平提出了质疑。这些建筑师恐怕会觉得自己受到了侮辱。

果然，一个圆圆脸大眼睛的年轻女建筑师露出了不甘心的表情，举手提问：“你刚刚提到有的建筑设计将耗能降低 50% 以上，你能给出一个参考例子吗？我们也研究了很多物流园区，没有发现你说的这样高效的建筑。”

李泽文反问：“你们见过大型的超算中心吗？”

所有人都被这个问题问得一愣神，但能在省院工作的建筑师的求知心是有的，女建筑师试探着问：“你说的是放超级计算机的大楼？”

“不是大楼，是建筑。”

“呃……”女建筑师气息微弱了些，小声道，“还真没见过……一般人也没机会到这些地方。”

李泽文对她略一颔首，报菜名一样念出国内两处新修的超算中心：“你们有机会可以去看看。超算中心的建筑和冷链物流的建筑非常相似，要求几乎一致，节能、环保、洁净。”

郗羽盯着李泽文的背影，只觉得自己一瞬间被说服了。她可能是全会议室里出入过超算中心次数最多的人——李泽文是否去过超算中心她不知道——她在美国时去过两处超算中心，两个超算机房的总体特点就是墙壁很厚，有一处更是直接埋在地下。她当时以为这是为了数据安全着想，现在想来，这固然也是一个原因，另外一个原因恐怕也是为了隔热降低能耗。

但在李泽文说出这个可能性之前，她完全没想到超算中心和冷链物流园区的相似性，此时经自家教授提点，她发自内心地表示赞同，不由得暗暗点头。

潘昱民见多识广，这几十年间也见多了甲方各种刁钻古怪的问题。他很快镇定下来，记下李泽文的建议，从容笑道：“我明白了。我们在考察后会再对方案进行改进。”

分公司也做出了表态，封庆国立刻补充道：“我们接下来会再继续沟通。”

李泽文对诸人露出一个礼貌的笑容，似乎是为了弥补他刚刚那不客气的态度：“当然，我是外行，这只是我的一己之见，具体采用什么设计方案自然由项目组决定。”

那之后李泽文没再说话，华耀项目组的人又不痛不痒地问了几个问题——在李泽文的针对性问题之后，其他人的问题与他的比起来都是无关紧要的小问题——今天上午的这次交流会也算开完了。

时间已经到了中午，省院这边本来还安排了一顿便饭，华耀项目组也原则性地进行了回避，一行人乘车离开了省院，回到了华耀的分公司，直接去了食堂。分公司的食堂做得还不错，虽然都是普普通通的家常菜。

一群人坐在食堂的小包间里，边吃边聊。封庆国且笑且叹：“李老师，你提出之前，我们也没深入地想过节能环保的问题。国内的建筑设计方案，对这方面的考虑确实比较弱，我们这次也学习到了。”

李泽文摇了摇头，现在的他显得很谦逊：“我是顾问，也是外行，对建筑规划也并不了解，只能给出建议。实际上，追求节能和环保的确会造成成本上升，是否采纳还是要看预算是否合适，经济账也要算一下。”

封庆国极客气地问：“那你的意思呢？”

“如果不超过预算的30%，我觉得可以考虑。”李泽文道。

“这也是一大笔钱了，总公司未必会批准。”

李泽文不置可否，只道：“华耀这样的集团，应该有一些服务社会，解决社会问题的意识。”

封国庆连连点头：“这点我们有注意。”

周翼笑道：“你提问的时候，我觉得省院那边是吓了一跳的，他们应该没想到。”

“他们的确是很专业的设计师，园区的整体规划做得相当好，对成本的控制也很到位，按照现有的方案当然也不会出现问题，除了更耗能一些，”李泽文说，“但省院的问题也很明显。他们和大部分国企一样，创新性和进取心不太足，墨守成规，对新知识和未来趋势不够了解。”

封庆国叹了口气：“是啊，这就是老国企的一个问题。但拿给其他建筑设计院设计，方案很可能比现在这个还差。我和潘所打过多次交道了，他做事让人放心。”

李泽文看他："封总，你和潘所很熟悉？"

"我才到华耀工作的时候就认识他了，十几年了，"封庆国说，"他做事非常认真。一般来说，做到总工的人，每天朝九晚五不知道多规律，有什么项目，给下面的建筑师一个概念就可以全扔给他们，充其量最后过目一下。他不一样，每个环节都要过问，还要出图的。"

"怎么，他还亲自画图吗？"周翼也没想到。

"是啊，今天我们看的最大的那张效果图，就是出自他手。"封庆国说，"只要是他的项目，开工后他会尽量每周到施工现场，爬上爬下亲自检查，他年纪也不小了。在这样的领导带动下，一所的专业水平相当不错。"

李泽文说："我看资料的时候，说潘所长是一级结构工程师、一级建造师，对规划也颇有研究。"

封庆国回答："是的，业内还有一个段子，说他就是'什么都能做'，又能做设计又能计算。有一次，他设计了个挺复杂的建筑，就是现在市中心那个金融楼，下面的一群结构工程师说结构难度太高，算不出来，他把下面人骂了一顿，自己花了几天就算出来了。"

"结构师需要极其深厚的数学力学功底，"李泽文说，"依照常理，年轻人的计算能力应该更高才对，他们的知识应该更丰富，接受新知识的速度比较快，使用软件也更熟练。"

"有利有弊。很多年轻人就是太依靠软件了，知识不扎实，基础力学都没学好，"封庆国说，"潘所对手下的工程师要求挺高，进设计院后还要再次上课培训。"

李泽文道："那他岂不是天天加班？"

"算是吧，加班是常态了。"

在有意的引导下，封庆国滔滔不绝地说起和潘昱民有关的八卦，还提到了十几年前潘越坠楼事件——大约这也是出于封庆国的私心，他和潘昱民关系不错，因此也希望"总部来人"对这次项目的总工留下一个好印象。在封庆国的叙述中，儿子去世后，潘昱民受打击很大，但他的责任心促使他再次振作起来，回到工作岗位上。

周翼问："他年龄也不小了，也没必要这么拼吧？太着急事业的话，这样就不太能照顾家里了。”

“他老婆很贤惠，把家庭照顾得很好，所以没后顾之忧。”

“原来如此。”

李泽文不再多问，关于潘昱民，想知道的已经知道了。

第十二章

日记 / ZENG NI YI YE XINGKONG

工作餐结束后，郗羽和李泽文乘车离开。之前她完全没什么发言的机会，此时她才发表感想："教授，我以为今天只是去见一见潘越的父亲，没想到你还在会上提出问题……"

李泽文在导航里输入了地址，把车开出车库："我对这个项目并不了解，今早才拿到项目资料，原本没有提问的计划。"

"可是你还是提问了。"

"因为设计上的确存在问题，并借此看一看潘昱民对质疑的反应。"

郗羽一点都不奇怪——李大教授做任何事都不可能仅仅只有一个目的。

"教授，那你看出什么问题了？"

李泽文道："大体上可以认为，他做的事情符合他的身份。"

郗羽思索了一分钟李泽文的话，无奈地问："这句话什么意思？"

李泽文说："你看到了他的办公室，有什么感想？"

郗羽拿出手机翻了翻照片——这是参观设计院的时候，李泽文叫她照的——如果拿来做比较的话，照片上的这间办公室宛如小学生作文一样毫无亮点。

她述说着对办公室的感受："和我在美国看到的教授办公室区别很大。他的办公室没有照片，靠墙的书架上除了书别无他物，墙壁上没有悬挂充当装饰的书画，整个房间除了办公物品别无他物，甚至连个奖状奖杯都没有……总体而言，他的办公室看不到他自己，彻底的公事公办。不过，这是我的一己之见，我没看过几个领导的办公室。"

"有进步。"李泽文略略颔首。

"因为我是带着问题去看的，"得到了表扬，郗羽精神有点振奋，"我知道你不会无缘无故参观他的办公室。”

李泽文轻笑：“这间办公室和你当年对他的印象相比，有变化吗？”

“是一致的。”郗羽说，“当年潘越的妈妈发脾气的时候，他显得冷静理智。现在面对你的质疑时，他的态度很……怎么说呢，‘恰到好处’吧，特别稳地回答了你的疑问。”

在郗羽看来，潘昱民的态度是比较难得的。作为总工程师，他算一方权威了，不能说他们刚愎自用，但身为权威，数十年的成功经历会让他们树立起强烈的信心，若是换了别人，一个比自己小了二十几岁的年轻人（这个年轻人或许还是个外行）否定了自己的全套设计方案，估计态度很难这么镇定，就算对方是甲方也一样。以郗羽在麻省理工遇到的许多五六十岁的老教授为例，他们可没那么好脾气，怼起人来厉害得很。

“不过，这或许是因为你的提问很专业，建议也很恰当，他的态度才这样平和吧……”

李泽文道：“和我关系不大。当总工程师的人，职场上的应对水平不会差。”

“也是。话说回来，教授，我好歹也去过几处超算中心，但完全没想到超级计算机和冷链物流仓库的关系，”郗羽想了想，又道，“难怪你爸爸让你当公司顾问了。”

李泽文眉梢一挑：“我什么时候告诉你是我父亲让我当顾问这件事？”

“啊？不是吗？”郗羽仔细想了想，李泽文好像真的没提过这一点，“我就下意识这么觉得……”

李泽文却没放过她：“你为什么会这样‘下意识觉得’？”

“呃……”郗羽理了理自己的思绪，慢慢道，“我是觉得，你在美国的科研和教学工作很繁忙了，国内的职务和担子也很重，就算是暑假也忙着京大的政策学院的事情。而你给我的感觉，似乎不太想当这个顾问，如果不是因为你亲人的要求，我觉得你可能不会给自己找这些麻烦的事情做。”

“你说得没错。”李泽文在红绿灯面前停了车，侧目看了一眼郗羽，嘴角上弯露出一个很少见的微妙的笑容，“这个顾问的确是因为我父亲的要求。”

“那说明我没猜错……”郗羽小声说。其实她很少这样揣测别人，这番话说着也没太多自信。

李泽文微笑着收回落在她身上的目光，启动汽车：“相比以前，你进步不小，已经能够下意识地根据已知的信息分析别人了——只是不知道这份好奇是否只是针对我。”

郗羽问：“这是在表扬我吗？”

“那你期待我的表扬吗？”李泽文反问。

“……”

这个人真是太喜欢用问句来回答问句了。

她默默转开了话题：“对了，教授，我昨天给赵蔚打了电话，谈到程茵失忆的事情。”

李泽文点头：“她的意见是什么？”

“她觉得程茵的情况很罕见……”郗羽将昨天自己和赵蔚的谈话告诉李泽文，“她最后说，可以叫程茵去她那儿扫一扫大脑来着。不论她脑子里有什么问题，扫一扫就知道了。”

“程茵的确有去美国的打算，”李泽文道，“但她有极大概率不会同意接受大脑扫描。找回失去的记忆对别人来说可能算一件大事，对她而言却未必。”

“这事能接受的人确实不多，但有时候是话术的水平问题，”郗羽到底还是心存期许，“赵蔚对这个还挺在行的，她忽悠了不少志愿者扫描自己的大脑。”

“你和程茵见面后可以稍微提一提这件事，点到即止即可，不要说太多。”

“好的。”郗羽拿出自己的手机看了看，“但她还没给我打电话，不知道她到底还会不会联系我了。”

“她会联系你的，应该就在接下来的两天。”李泽文对这个话题很有兴趣，他笑着问，“既然赵蔚的话术那么厉害，那你有没有被她忽悠，也去扫过大脑？”

郗羽在心中默默佩服自家教授的联想能力，老老实实回答：“有那么两次……”

“得到什么结果？”

郗羽摊了摊手：“她主要研究语言和脑神经机制的关系，结果发现我大脑里的‘第二语言区’和‘语言翻译区’不太发达……”

“英语不是你的母语，这结果正常。”

“不仅仅是这个原因，”郗羽抿了抿嘴，“有不少留学生都去扫描了大脑，和其他人对比起来，我算是正态分布里标准差比较大的……大概是在尾部的30%。所以你给我的论文打低分也算有理论依据。”

李泽文双手扶着方向盘，居然“哈哈”笑出声来，郗羽诧异地侧过头去打量他——她其实一直觉得李泽文身上的“教授包袱”很重，情绪不太外露，就算微笑也总是维持在可控的、有表达力的微笑范围内，此时他的笑容简直闪闪发光，眼角眉梢十分舒展，看上去就像大学生因为考试成绩不错而雀跃。

“你依然对我给你的论文打低分的事情耿耿于怀？”李泽文笑过之后才道，“放心，你的语言能力绝对没有那么差。我给你打低分是因为你写得不够好，不是因为写得差。”

“好吧，那真是谢谢你了。”郗羽当然知道他是可以对自己做出这样的评价，不过出于学霸的自尊还是让她不太甘心，“教授，其实你也可以去扫一扫大脑，我想你大脑里的这个区域应该是比较发达的……”

“可以。回美国后你帮我联系赵蔚，安排时间。”

郗羽只是随口一说，没想到人家答应得如此痛快，连一秒钟的思考都没有。

“啊，你答应得还真快。”

李泽文一笑：“促进科学进步是每个社会公民应尽的职责。”

一下子把话题的层次抬得如此之高，郗羽彻底没了语言。

两人说着闲话，当两人的话题进展到“赵蔚有了男朋友”的程度时，郗羽发现，李泽文驾驶的汽车在市中心的老城区附近停了下来。南都和大部分大城市一样，市中心拆迁成本太高，于是这些年急剧往外扩张，所以在市中心一带留下了不少老房子。这些老房子楼层不高，外观陈旧，保持着三四十年前的老模样。因为是老城区，绿化反而不算差，楼房之间是一排排的梧桐树，看着倒是一片清凉。

郗羽对这一带比较熟悉，小时候她常来，她母亲的报社就位于这些老楼之中，因此深知这些地方的一大问题——停车难。

但李泽文就不太在乎路边停车是否会被罚款的问题，直接把车停在了拐角处。

两人刚从车上下来，就看到蒋园从路边的一家小小的冰品店走出来，在两人面前转了一圈，她笑眯眯道："两位，很准时呀。"

"资料查清楚了吗？"李泽文问。

"当然。就在这个小区。"

和昨天瞥见的职业女性装扮相反，今天蒋园的穿着非常普通，T 恤牛仔裤，扎着一个马尾，背着个帆布书包，看上去就像昨天的自己。

郗羽看了看自己这浑身上下的女性职场装扮，一瞬间产生了一种人格错位的感觉。

蒋园似乎也有同感，她看着郗羽三秒钟，又对郗羽狡黠一笑，上来挽着郗羽的手臂："我的衣服怎么样？还合身吧？"

"呃，不错，我觉得很好……"郗羽干巴巴地说。

"发现你穿着比我穿着好看，果然人还是要瘦啊，我接下来要减肥，减肥！"蒋园端详了郗羽几秒钟，又仰天握了握拳。

"为什么要减肥？你也不胖呀。"郗羽问。

"哎，小朋友，你不懂的。"

"……"不懂就不懂吧，郗羽默默转开了话题，"蒋园姐，我们这是去哪里？"

蒋园露齿一笑："当然是去找潘越的日记了。"

在蒋园的带领下，三个人从一条百米长的绿荫小巷走过，进入了一个小区。下午两点多，这片小区非常宁静——这么热的天气，除非有必要，大部分人是不会在此时出门的。

蒋园随后解释了为什么他们要在如此炎热的下午来到这个安静的老小区。

根据已有信息显示，潘昱民现有六套房子，面积最小的是两套八九十平方米的高层住宅，最大的房子就是他现在居住的别墅——就在城内西南边新区的别墅区。其中三套房是第一次离婚分割得来的，只有他一个人的名字；剩下的三套则是再婚时买的，有夫妻双方的名字。

潘昱民毕业于国内建筑院校老八校的其中一所，三十多年前国内正在大搞基建，对建筑人才需求极大，所有设计院和施工单位都狂热地招人，潘昱民作为科班毕业的大学生，一毕业就被分配到了国家建筑设计院的中南设计分院工作。

两年半后，他被调到了省建筑设计研究院，然后再也没离开过这里，在省院工作到现在，一直做到现在的职位。

而他们现在所处的位置，正是潘昱民的第一套房子楼下，这里是建筑设计所的老家属院。这套房子地段虽然好，但也有三十年的历史了，和国内大部分建筑一样规划跟不上发展，停车位稀少，空调挂在墙壁外，交通也堵塞，进出小区起码要十分钟，所以曾经的住户们大都选择把这里的房子出租。

“他的房子在这栋楼的401，一层楼两家人，隔壁的那套租出去了。”蒋园说，“这位潘总工很早就认识到了房子的升值潜力。你看，这么多年来，他只顾着买进房子，一套房子都没卖。”

“他是建筑师，这点眼光不缺。”李泽文道。

“这六套房子里，除了他们一家现在住的那套别墅，还有四套都放出去收租，每个月租金大概有两万。”蒋园说，“这也是他唯一没有出租的房子，所以我们有理由相信，他把儿子的旧物件放在这里了。”

有条不紊的办事风格让郗羽对蒋园的佩服程度又加深了。

“我早上借着租房的名义查看了隔壁那套房子，确认过潘昱民的这套房子空置多年，所以我们可以放心大胆地去找我们需要的东西。”

“可是，我们怎么才能进去？”郗羽问。

蒋园露出一个诡秘的笑容。

大约是因为此时是上班时间，楼道里很安静，一行人沿着楼梯上上下下没遇到任何人——然而郗羽站在门口时还是觉得这事儿有点突破底线——这可是违法的啊！

可蒋园和李泽文的底线看起来比她高一点，蒋园对她露出个“稀松平常”的笑容，用挂在钥匙链上的一个奇特的小工具插进钥匙孔，不到十秒钟就打开了这扇陈旧的老式门。

郗羽内心纵然有千万语言想要吐槽，也只能连忙跟在李泽文身后进了屋，还特别小心地带上了门。

客厅里全是灰，显然这房子空置了很久，三个人留在灰尘上的脚印几乎堪比当年阿姆斯特朗踏上月球的第一个脚印。

“我判断，至少有两年时间没有人进过这间屋子。”蒋园说。

“可能还不止。”郗羽下意识看了看地面的灰尘，“这是室内，算封闭环境，每天的灰尘沉降量不会超过10毫克，所以……应该超过三年时间了。”

蒋园露出大大的笑容，对郗羽伸了个大拇指：“哦哦，果然是专业人士。这个估算时间的办法很不错的样子，回去传授给我？”

“呃？”

郗羽真是惊叹蒋园的反应速度，连忙说了句“好”——她自我安慰地想，大概蒋园为了查案不得已做这种非法潜入的工作，所以有特别的需求吧。

屋子里窗帘紧闭，遮住了窗外的阳光，屋内光线不太好，但也足以看清屋内的结构和陈设。毕竟是建筑设计研究院自己的宿舍楼，房屋的设计很合理，有着很宽敞的客厅和大小适宜的卧室，客厅里的家具和电器都非常老气，让人怀疑是否还能正常运作。

蒋园宛如机器猫一样，从肩上的书包里掏出三双橡胶手套和三双鞋套，分发给他们；她又变魔术一般掏出两个一次性的塑料浴帽，她自己戴上一个，又示意郗羽也戴上帽子，随后熟练地开启房内的每一扇门一探究竟，看来她早上的探访工作没白做。

“教授，这个……我们这样是不是不太好？”郗羽站在这间较为昏暗的室内，轻声问，就像是所有第一次做坏事的人一样。

李泽文戴上手套，反问：“前几天我们还去了你中学的教室，也是非法潜入，你似乎完全没有想到要反对。”

“那不一样啊，教室里是空的，也没什么有价值的东西。”

“所以你的疑虑来自于这套房子里有价值的东西，”李泽文当然知道她的紧张感来自何处，他也没戳破，只道，“只要我们什么都不带走就没事了。”

“不，我也不是这个意思……”郗羽有点紧张地绞着手指，“感觉性质不一样。”

“可你之前还当‘跟踪狂’，这也侵犯了他人的隐私权。”

“可是我没有恶意，并没有造成什么不良的结果啊……”

“我们也没有恶意，也不会造成什么恶果。”

郗羽简直快被李泽文的诡辩弄晕了：“总觉得光天化日之下做这种事情……有点不太好。”

“你难道想半夜偷偷来？”李泽文笑着反问。

“当然更不好，好像真的成梁上君子了。”郗羽就算再怎么没经验也知道这方法不可取，“我只是觉得，真的……很对不起你。”

这位好学生的思维方式和道德标准还真是有意思——李泽文再一次感受到了郗羽与众不同的地方。

当然，他也不会瞒着郗羽。

李泽文道：“这么说吧，如果通过公开渠道能获取到某些信息，我当然不会这样做；但可惜的是，有些信息是秘而不宣的，为了拿到一些有用的资料，我有时不得已得采用一些非常手段。”

他说着，伸出手帮她理了理头上那个比较可笑的浴帽，微微一笑：“所以，不用担心。”

这时某房间内传来蒋园的声音：“在这里，你们进来。”

两人循声而入。

“这里是书房，潘越的日记如果在的话，就肯定在这一间。”

这是套两室的房子，一间卧室，一间书房。书房面积虽不大，但朝向极佳，窗帘外是个比较宽阔的阳台，正对着一株郁郁葱葱的梧桐树，有效挡住了来自其他宿舍楼的目光，三人可以放心地拉开窗帘，不再用手电筒照明了。

书房陈设不多，窗边的一套绘图桌椅就占了整个房间三分之一的面积，绘图桌和墙壁的间隙里是个简易的收纳箱，里面起码插着数十卷图纸。收纳箱旁边则是一壁书架，书架上整整齐齐放了大半个墙壁的书，从《安徒生童话》到《一千零一夜》，从《西游记》到《聊斋志异》，从《福尔摩斯探案全集》到《百年孤独》。书架上没有放书的地方，摆放着一些零散的小物件：奖状、奖杯、镇纸、笔筒……还有一些书房文具，最大件的就是一个书包。

“是潘越的书包……这是潘越的奖状……这些书全都是潘越的读物……”郗羽轻声说。

“真是可怜天下父母心，爸爸把儿子的东西都保存得很好，即便儿子已经去世很多年了。”蒋园唏嘘不已，“我们要找日记吧，可以动手了。”

“先拍照。”李泽文说。

蒋园“咔嚓咔嚓”拍了一通：“明白。”

好在这个书架不是开放式的，有玻璃窗，书架里的灰尘不多。

因为知道这里不会有人来，接下来的两个小时，三个人有条不紊地检查了书架上的物品——蒋园悉心地向郗羽传授如何翻看别人的资料最后恢复原状的技术，让郗羽深感术业有专攻。

他们成效斐然，工作不久，蒋园就找到了潘越的手机。

潘越当年的手机和充电器在书架上的一个收纳盒里放着，虽然这款手机陈旧得仿佛20世纪的东西，但接上电源后依然可以顺利开机。手机里没有SIM卡，基本信息还有显示。潘越的手机看来不常用，只保存了十多个人的联系方式，都是家人和老师，还有一个孟冬；通话记录很单调，大部分都是和潘昱民的通话，基本上每天一次，通话时间通常超过十分钟，除了和父亲的通话记录，还有和他班主任邓玉梅、语文老师周宏杰的通话记录；短信是最少的，整个手机里存储的短信不超过十条，大都是给他父亲发的，基本上都是书名，说自己要某某书，请爸爸买回来。这部手机提供的信息充分说明了潘越和大多数学生不同，相比玩手机，他更喜欢看书。

他们在书架的第二格找到了潘越的日记并拍了照，整整齐齐的十本，被潘越的父亲放在一起。除此外还有课堂笔记本和作业本，厚度起码有二十厘米。不过这些价值不大，李泽文看过之后放弃了拍照的打算。

“也不是不能理解他爸爸，为什么要把这些东西保存下来。”蒋园翻着日记一张张拍照，轻声道。

“是啊，我家还算保存得比较多，但我中学之前的笔记本也都当成废纸卖了……”郗羽道。

“所以还是要有钱，房子多。你知道我之前调查过一个作家，他特意买了好几套房子专门用来放读者来信。”蒋园说，“普通家庭就那么百来平方米的房子，根本装不下那么多的过往历史。”

随后一行人仔细查看了书架上的图书。书架上的书挺多，大都是名著，从《一千零一夜》到《福尔摩斯探案集》，从巴尔扎克到海明威，一套英文版“哈利·波特”系列就在书架的第二层，只有一到五卷。潘越没能看到后面的结局。

“这里有一些诗集，比如《泰戈尔诗选》《草叶集》，但没有其他的英文诗集，至少没看到英文原版的诗歌选集。”郗羽说。

“是。”李泽文的目光扫过书脊，简短回答。

克里斯蒂娜·罗塞蒂的诗歌可能许多英国文学书里都有收录，但潘越的藏书里，一本都没有。那么，潘越是如何接触到克里斯蒂娜·罗塞蒂的诗歌并将之翻译成了中文？

两个可能答案：他从某处借来了一本书，然后他还了回去；从某处借来了一本书，他去世后这本书被人悄悄取走，和他那个消失的素材本一样。

是的，潘越初中阶段使用的素材本也没找到——众人翻遍了书架也只找到了他小学阶段使用的素材本。

这个素材本和日记本外观相似，书页的纸张也一模一样，唯一的区别就是素材本厚很多。根据素材本里的几个时间段可以判断，他上小学四年级的时候才养成了整理素材的习惯。

李泽文说：“不用拍照了，价值不大，没有原创内容。”

“可惜没有初中的素材本。”郗羽说，“这个应该重要一些。”

蒋园目光深沉：“我有一种感觉，如果找到了那个素材本，估计事情的真相也就水落石出了。”

李泽文将这本厚厚素材本放回书架上：“这的确是一条思路。”

“拿走这个素材本的人肯定是对潘越很熟悉的人，比如亲人、同学、老师……”蒋园说着有些轻微的泄气，“说来说去还是这些人。”

郗羽微微蹙着眉心，她抬头看向李泽文：“我在想，他的素材本不见了，居然也没有人起疑吗？”

李泽文道：“恐怕的确如此。对警方而言，笔迹更重要，只要‘遗书’上的字是潘越写的，只要‘遗书’是在潘越书包里发现的，他们不会纠结这张纸的来源。并且，这素材本的纸张和日记本的纸张一样，警方很自然地认为是从日记本上撕下来的。至于潘越的父母，也不会知道青春期儿子的每一个举动，他们知道他看书的时候做了笔记，但也就仅此而已了；再说同学，就连他最好的朋友孟冬也对他做素材本的事情不以为然。同时，潘越的性格也决定了他不会告诉别人自己在看什么在写什么，孟冬转述过他的一句话‘阅读是一件相对隐私的事’。更重要的是，当时所有人的注意力都在他的日记上，这个不能确定有原创内容的素材本是否还在不是关注的重点。”

“像你这么说，”蒋园质疑，“如果大家真的都不太关心他的素材本，如果潘越的保密工作做得不错，那这个世界上还会有谁知道他翻译了一首悲观绝望的英文诗？”

李泽文没有直接回答，他转过目光看向窗外，窗外的大树葱葱郁郁，树冠宛若波涛翻滚的湖泊。在树冠里栖息的夏蝉不知疲倦地鸣叫。蝉的生命如此短暂，要在地底生存三到九年，经过这漫长的地下黑暗生活，最终拱出地面，爬上树枝，享受短暂的几十天阳光后死亡。

片刻后他收回目光，平静道：“这就是我们此刻要面对的问题。”

最后，他们发现了另外一些比较有价值的东西——两套相册。

相册里的几百张照片记录了潘越的一生，从一个胖乎乎的小婴儿变成一个清秀的男生，从蹒跚学步到背着书包上小学，还有各种旅游的照片……

每张照片后还用娟秀的字体写上了照片拍摄时间。他是个很上相的小男孩，照片里的他俊秀可爱，绝大多数时候都面带微笑。

“每一张都有日期，娟秀的字是潘越的母亲写的。”蒋园说。

照片里的一家三口面带笑容，父亲儒雅帅气，母亲知性秀美，儿子活泼可爱——再加上良好的经济条件，从照片里看上去，这一家人简直是“中国好家庭”的样本。

郗羽看得百感交集。隔着那么远的时间和空间，她第一次对潘越有了更鲜活的感受。

潘越对她来说，在大部分时间里都近似于一个符号般的存在，常常从她脑子里跳出来咬她一口。但说到底，她对他并不了解，也不知道他有着什么样的人生，现在，潘越的形象一点点从照片里凸显出来。她看到了他的过去、现在……甚至还有未来，原本可能有的未来。

直到李泽文伸手过来，修长的手指将相册合上取走，郗羽才被惊醒。

李泽文深深看一眼她：“准备走了。”

离开前，蒋园还简单清理了一下三人留下的各种痕迹——主要是脚印，她背着的书包宛如机器猫的口袋，里面装有一个巴掌大的小风扇，她用风扇对着地面的灰尘吹了三分钟，使得地上的浮尘看上去比较均匀，掩盖住三人的脚印。以郗羽大气动力学博士的眼光来看，被吹散又聚集起来的灰尘状态肯定不如正常状态下浮尘的自然堆积，但不仔细看分辨不出来。虽然这番举动没必要，以这个家目前的状况来看，也许接下来几年时间里潘昱民都不会过来。

“要谨慎一点。”蒋园说，“我们这行最需要谨慎了。”

“……”

郗羽无言，这下午的所见所闻就像一节著名教授精心准备的大课，不论她是否愿意，她都觉得自己又学到了一些知识——虽然她希望，这些知识这辈子再也不会被用到。

5月3日

妈妈很啰嗦。爸爸买回来许多可爱的草莓，妈妈说要把草莓洗干净才能吃。我于是把草莓放在水龙头下洗了洗。

妈妈问："草莓洗干净了没有？"

我说："洗干净了。"

妈妈说："真的洗干净了吗？"

我说："真的洗干净了。"

妈妈说："草莓上有很多农药，如果不洗干净吃了要生病。"

我跟妈妈说："我仔仔细细洗了。"

妈妈说："再洗一遍吧。"

我只好再洗一遍。

妈妈说："草莓光洗不行，还要泡一泡才能吃。"

……天啦，我要什么时候才能吃上草莓呢？

6月12日

妈妈像一块晴雨表。晴天的时候她笑眯眯，让我暖洋洋的；雨天的时候就容易生气了。唉，要是妈妈每天都是晴天就好了。

7月20日

外公今天给我看了他身上的伤口，他说这是当年打仗的时候留下来的。外公说当年一颗子弹穿过了他的大腿，他差点死在了战场上。我问外公疼不疼，外公说当然是疼的，不过想到那些去世的老战友，就不疼了。他毕竟还活着。

9月25日

我今天收到了一笔稿费，足足20块钱！这可是我人生中第一次挣钱！我太高兴了。老师在全班同学面前表扬了我，说大家要向我学习。爸爸跟我说，从现在开始，我每发表一篇文章，他就会按照稿费的3倍给我奖金！看来我要多写文章，才能多多赚钱了。

11月20日

妈妈生病了，爸爸说妈妈的心脏不太好。医生说她就是累出来的毛病，以后最好不要再做太累的工作。

12月30日

妈妈从医院辞职回家了，说以后就在家里当家庭主妇了。妈妈跟我说，爸爸工作那么忙，常常出差还熬夜，如果她不辞职就没人照顾我了。

爸爸也很支持妈妈的决定，说身体最重要，好好养病最重要，挣钱的事情就交给他了。

5月18日

今天爸爸带我去了他工作的建筑设计研究所。爸爸的办公室好多的图纸和模型。开会的时候，他和许多叔叔阿姨坐在一起，讨论哪种设计更好。他们还问我的意见了！我说第二个模型好看，叔叔阿姨说我“有眼光”，我也觉得自己很有眼光。

叔叔阿姨还说我也可以当建筑师，我说我想当作家，叔叔阿姨都笑了，说我志向远大。

12月5日

今天我被一道奥数题给难住了，我想了又想算了又算，但一直没有得到正确的答案，爸爸和妈妈抢着要帮我解答这道题。爸爸说女士优先，让妈妈先来算题。

可惜妈妈失败了，她在那里算呀算想呀想，还画了许多图，都没有解出这道题。

爸爸得意地把妈妈赶到一边，说：“你这个医生的数学都还给老师了，让我来。”

爸爸两分钟就算出了结果，爸爸好聪明！我好佩服爸爸！

9月12日

今天爸爸妈妈吵架了。妈妈像一只狮子，竖着颈子上的毛，对着爸爸咆哮。爸爸没说话，走进书房“砰”一声关上了门，门都差点被他甩烂了。后来爸爸妈妈对我道歉，说吵架是意外事故，他们以后不会吵架了。

10月9日

爸爸妈妈又吵架了。他们以为我听不懂他们在吵架的内容，其实我当然明白，我都十一岁了。他们的声音虽然低沉，但语气很激动。

我问孟冬他的爸爸妈妈会不会吵架，他说当然了，爸爸妈妈哪有不吵架的，习惯就好。

11月1日

大舅舅今天打电话过来说外公住进了医院，我和妈妈赶往医院去看望外公。

外公戴着呼吸罩，躺在病床上休息。我握着外公的手，觉得只有一点温度。妈妈问医生，外公的医生说情况不太好。

爸爸在外地出差，妈妈连打了三十几个电话催他回来看外公。爸爸说自己今天实在赶不回来，有工作，明天才能回家。妈妈在电话里破口大骂爸爸，还叫爸爸“这次不回来以后都不要再回来了”。

我好难过。我不知道我是为外公难过，还是为爸爸妈妈的吵架难过。

11月10日

外公今天醒了一次。他用微弱的声音对妈妈和舅舅说，别救了，没必要再浪费医疗资源了。

外公说自己活了快九十岁，相比他那些死在战场上的战友，他非常幸运。

11月15日

外公去世了，我和妈妈都哭红了眼睛，妈妈有一段时间几乎看不清路，走路都要舅妈搀扶着走。

很多人都来祭拜外公，殡仪馆来了好多好多人。大舅和二舅跟客人们握手道谢。大舅舅说市长都来了，因为外公是离休干部，参加过抗日战争和解放战争，所以很多领导都来祭拜他。

我一直以为外公会长命百岁的，可没想到外公这么早就去世了。

小时候，外公常常跟我说他上战场的那些事。他还跟我说过，以后我当了作家后，就给他写一本传记，可是我再也没有这个机会了。

12月25日

我去孟冬家看到了他爸爸妈妈送的圣诞礼物，是一艘船模，非常精致。孟冬说这艘船模是从国外买回来的，零件有五百多个。我们一起拼船模，忙碌了整整一天都没拼好。我想主要应该怪罪孟冬家的那只猫，它常常过来捣乱，还把船帆给叼走了，我们不得不把它关到笼子里。

5月30日

我考上南都二中啦。这所学校可是爸爸的母校，爸爸常常和我说他读中学时发生的种种趣事，让我羡慕不已。

现在，我能和爸爸成为校友了，这可真是件高兴的事情!

9月3日

今天中午我第一次去学校的食堂。巧得很，妈妈今天没在家，孟冬的妈妈也不在，于是我俩直接去了食堂。

食堂里飘荡着奇特的香味，仔细闻可以闻到米饭的香气和油脂的味道。食堂的人真是多，一眼望去都是密密麻麻的身影，热闹拥挤，而且最有趣的是还有一个“高三窗口”，这真是差别待遇呀。不过想到高三的学生要高考了也可以理解了。

我总觉得食堂的热闹程度比全校开大会时还要强得多。这可能是混乱度的原因吧。全校开会的时候大家都整整齐齐站着，一行一列，非常有秩序。可在食堂时就是凭着本事说话了。人高马大的高年级学生小跑到窗口抢饭，还有人试图加塞，几乎每个窗口前都站了好多学生。我们初一的学生是年纪最矮的，个头也是最小的，是学校这个生态圈的最底层，遇到高年级的同学加塞简直毫无反抗之力呀。

让我意外的是，在隔壁窗口排队的一个女生和一个试图插队的高年级的男生说：“请按照秩序排队，好吗？”

那个男生人高马大，我很为那个女生担心，生怕她被高大男生欺负，但我显然想多了。男生乖乖走到了队尾排队。

和那个女生同行的一个女孩问她：“那个高中生看起来好厉害，你不担心吗？”

女生说：“不会呀，我爸爸说过，其实绝大多数高中学生都是讲道理的，你和和气气地说话，人家多半会听的。”

我心想，说得很对呀。但是万一就是遇到了不讲道理没有逻辑的人怎么办呢？

女生的同伴和我的想法差不多，她也问：“万一遇到说不通的呢？”

女生说：“嗯，言语无法沟通的时候就没办法了，只好闭嘴不说话啦。”

她和同伴一起笑起来，我看到她有一对很好看的酒窝。两个人打了一份素菜就走了。

孟冬指了指那个女生，跟我说，她是一班的。

我问孟冬她叫什么名字。孟冬说不知道，回去可以问问一班的人。

9月9日

明天是教师节，爸爸妈妈为是否要给老师送礼吵了起来。

妈妈说要送礼，爸爸说没必要，老师最喜欢的学生肯定是听话的和成绩好的，送礼物反而麻烦。

他们两人说着说着又吵了起来。

唉，我劝了好一会儿，他们才停下来。

9月12日

今天送作业到教师办公室，我终于知道那个女生的名字，叫 xi yu。她是一班的数学课代表。数学老师刘老师看上去很喜欢她，跟她说话时笑眯眯的，叫她定期汇报班里的数学学习情况，还叫她有不懂的问题就要问。

9月15日

我偷偷看了一班的名册，知道了她的名字写作“郗羽”。

郗这个姓，左边是希望的希，旁边是右耳刀。我还是第一次在现实生活中遇到郗这个姓的人呢，我只在历史书上看到有人姓郗这个姓。我看过《世说新语》，知道南北朝的时候很多人姓郗，而且都是一个大家族的。不知道郗羽家和南北朝的郗家有什么关系呢？也许是他们的后裔呢？

9月18日

这两天，我在家里用电脑查“郗”这个姓的历史。

考上初中后，爸爸给我买了一台电脑以示奖励，不过我没用太多次，我对电脑系统不太熟悉，打字很慢，爸爸说21世纪是电脑的世纪，不会用电脑可不行。他教会我用网络搜索信息。天啦，网络实在太强大了！比我翻书查资料快多了。

根据网络上的资料，郗姓，出自姬姓，是黄帝的后裔。黄帝后人苏忿生，周武王时，官至司寇，后被封于郗邑，其子孙即以封邑姓郗。

我还查到“郗”这个字居然是多音字，现在通常念“xī”，这个发音很好听。

资料还说，现在姓郗的人通常比较集中，在几个小地方，这几个地区都不在我们省。难道郗羽家是从别的地方迁过来的？不是土生土长的南都人？我真想找个机会问问她。

9月25日

爸爸从国外考察回来，给我带了一套六本的“哈利·波特”系列英文版，里面还有最新出版的第六册。我太爱爸爸了！我一边查字典一边看，《哈利·波特》真是太好看了。我什么时候才能写出这么好看的书来呢？

10月10日

我把《哈利·波特和混血王子》带到了学校，班上的同学都很好奇，纷纷凑到我身边围观。还有人说我这是炫耀，完全可以在家里看根本没必要带到学校来，但我不理他们。

10月12日

课间休息的时候我路过一班的教室，看到了郗羽。这周一班轮换了座位，她坐在窗边，她和同桌的女生头碰头正在翻一本书，居然也是英文版的“哈利·波特”，还是“混血王子”那一本——奇怪，这本书在我的书包里呢，看来一班也有人买了英文版。

不过她和她的同桌只看了一会儿就把书给了另外的人，她对同桌说：“英文版看着真是太费力了。”

她同桌说：“是呀，我只看懂了几个主角的名字，谁有耐心看完啊。”

郗羽还说：“谁要有耐心看完这本英文版的，我可真是佩服得很。”

我想，我会看完的，我一定会的。

10月15日

放学回家的时候，我看到了郗羽。她和她同学在校门外的零食店站着，她同学买了好几袋零食，她却没有买。她同学递零食给她吃，她摆了摆手拒绝了，说不吃。

她同学强行把一小袋辣条放到她手里，她还是摇头，把辣条还给了同学，说自己不吃。虽然我觉得她有那么一瞬间确实有点动摇，但她很快控制了自己。

她同学说，哎，你就是太客气啦，你自己也有零花钱吧。

她很认真地跟她同学说，她零花钱太少，还要攒下来买书，所以不能买零食。而且她担心零食吃习惯了养成乱花钱买零食的习惯就不好了。她还说，由俭入奢易，由奢入俭难，没必要花钱的地方就一定不要花钱。

郗羽真的是很少见的女生，难怪她成绩那么好。

10月20日

学校开了为期两天半的运动会，班上的同学们踊跃参赛。而且因为不用上课，同学们都很振奋，每个人脸上都洋溢着笑容。

我没有任何比赛项目，却比运动员还要繁忙。因为周老师让我当了通信员，我的主要任务是给广播站送稿子写稿子，写一写我们初一年级学生的运动状态和精神面貌。

我很喜欢这个工作，因为可以正大光明地在操场上近距离观看每个项目。

郗羽参加了许多项目，跳远、跳高和短跑都有参加——我估计她参加这么多项目是因为人很高的缘故，她比很多初二、初三的女生都高，甚至和高中生比都不逊色。

她的跳远成绩不错，可跳高的时候却失误了，被竹竿绊了一下摔在沙坑边上，看起来摔得特别痛。我很想扶她站起来——只可惜没机会，一班的几个女生扶着她去了医务室。

我想了想，去医务室采访了她。她膝盖上贴了一块纱布，看上去也不太疼了。

我自我介绍说我是通信员，她说，你就是二班的潘越啊。

让我吃惊的是她居然知道我。

她笑着说，周老师常常在一班念我的作文，所以知道我。她还说我的作文写得真是很好。

我感觉有些不好意思，我的作文哪有她形容得那么好。

我问她接下来还有项目吗，她说还有呀，还有短跑。

我问她摔伤了还参加下面的项目吗？

她挺开心地说，轻伤不下火线，当然要参加。

这是我第一次跟她说话，我想，我们这就算认识了吧。

10月23日

我送语文作业去教师办公室，看到郗羽和孟冬两人正在聆听刘老师的教诲，看起来刘老师很喜欢他俩，说他们可以去参加竞赛班。孟冬回来跟我说郗羽非常聪明，数学成绩也很棒。

10月28日

我觉得喜欢一个人是很私人的事情，但是孟冬却发现我喜欢郗羽。

今天郗羽来教室找他，给了他一沓习题，我看着他们在走廊外说说笑笑，不知道为什么很嫉妒。我想和郗羽说几句话都那么难，孟冬就可以借着职务之便和郗羽随便聊天。

放学回家的路上，孟冬忽然问我，是不是喜欢郗羽？

我很吃惊，他怎么会发现的？

孟冬说，我看到郗羽就走不动路的样子，太明显了。

11月9日

爸爸妈妈又吵架了，如果说他们之前吵架还要瞒着我的话，现在已经不在乎我是否在场了。

11月15日

今天我和郗羽又说上话了。刘老师给了孟冬一些数学资料，郗羽那里也有一份。放学后他们俩在一起讨论这份资料，我也加入了他们的小团队。我发现郗羽真的很聪明，我都还没看懂数学题呢，她就开始说起解题思路了。

11月25日

我知道孟冬这几天中午为什么不回家吃饭了。

原来每天中午吃过饭后，孟冬都会去一班找郗羽讨论一些数学难题，难怪孟冬这几天下午都容光焕发。

我好生气。他居然瞒着我和郗羽偷偷接触。

12月29日

放学的时候，郗羽同学正在校门口的书店买东西。郗羽正在看一本漫画书，直到她同学叫她，她才依依不舍地放下书。她居然喜欢看这种漫画啊。

她同学问她为什么不买这本漫画，她很为难地说自己没有零花钱。

她同学也没说什么，直接带着这本漫画去了书店老板那里，把书买下来，然后递给郗羽说，借给你看啦。

郗羽看上去好吃惊，她眼睛瞪得圆圆的，嘴巴也张成了一个“O”字。她说：“这怎么行？”

她同学说没关系，给你你就看吧。

我当时差一点就跟她搭话了。我家里可有一整套《名侦探柯南》，我想，如果她要的话，我可以把这些漫画全部送给她。

1月29日

爸爸送了我一部诺基亚的手机，说是今年的新年礼物。这部手机可以打电话和发短信，还有几个小游戏，有一个“贪吃蛇”的小游戏很好玩。

爸爸说有一部手机会比较方便，还说我可以带着手机去上学，联系他的时候可以打电话。

不过妈妈不喜欢爸爸的想法，她和爸爸吵了起来，说我还是学生，带着手机去上课的话就无心学习了。

爸爸和妈妈争吵了一个小时后，最后达成一致，说我平时在家里可以用手机，但是不能带去学校。

2月26日

前几天我没有写日记，因为家里出了大事，我难过得根本无法写日记。

姑姑一家人和奶奶驾车出去玩，在高速路上遭遇了车祸。姑姑一家三口和奶奶受了伤，躺在医院里。奶奶坐在副驾驶的位置上，受伤最重。

3月4日

我是看着奶奶去世的。她躺在病床上，忽然间，心电监护仪上的波形就变成了一条直线……医生和护士把我从病房赶走了……过了一会儿，医生通知我们说，奶奶去世了。

爸爸哭红了眼睛，说自己没有妈妈了。他把脸埋在膝盖上，足足半个小时没有抬起头。

我很难理解，我同学的爷爷奶奶、外公外婆大都还健在，可我的外公和爷爷奶奶都去世了，只有外婆还健在。

妈妈说，她和爸爸都是家里最小的孩子，因此我爷爷奶奶、外公外婆的年龄也很大了，年龄大了不得不面对死亡这一关，所以他们没办法看着我长大。妈妈说，随着年龄的增长，你就会发现，比我们年长的会离开我们，和你同龄的也会离开，甚至比你小的也会离开。身边的人就会这样一个个地离开我们，到最后只剩下我们孑然一身。

我想，死亡到底是什么？

死亡是长久的沉睡，死亡是闭上眼再也不会醒来，死亡是躯体的腐化，死亡是意识的消亡。死亡之后，再也没有了“我”，再也没有了一切。

我之前看《道德经》说，天地不仁，以万物为刍狗，当时不明白这句话什么意思，现在才明白，人类虽然身为万物之灵，但都不过是在大自然规则下的一种生物而已。

我以前怕鬼，表姐也常常用各种鬼故事吓唬我。现在，我无比希望这世界上真的有神鬼。如果有的话，那人死后意识也不会消亡，意识即存在，如果世界上真有鬼怪，反而是最好的事情。

3 月 10 日

昨天我睡得很晚，隐约听到客厅的吵架声。我悄悄推开了门缝。

妈妈压抑地低吼：“我怎么嫁给你这么个大白眼狼，不是靠我爸，你能有今天吗？你瞒着我干了什么好事？你把钱给了哪个小狐狸精？”

爸爸说没有的事情。

妈妈说你以为我不知道吗？我问过你们设计院的人，你们最近也没大项目，其他人怎么没你这么忙，你这天天早出晚归的，是真的在上班，还是找了狐狸精？

爸爸说院长安排的工作我能不做吗？别疑神疑鬼的，我只是工作太忙。

他们吵架的声音更大了，爸爸说，好了，我们的事情接下来再讨论，你想让小越听到吗？

妈妈这才不说话了。

3月16日

放学回家后发现家里的大花瓶不见了，妈妈说花瓶碎了，我们明天去再买一个。晚上吃饭时爸爸妈妈没有说话，只有我一个人说话，看上去很蠢。我甚至觉得无法呼吸，我的家变成光怪陆离的舞台，在家里的每一分钟都像溺水的过程。

3月17日

今天我和妈妈去买了花瓶，我把花瓶放在柜子上才发现柜子下有几块瓷片，地板也破损了一些。

我想应该是妈妈砸了花瓶。

到底发生了什么事情让妈妈这么愤怒？我拿着碎片询问妈妈。妈妈眼睛红红的，勉强笑了一下，说不小心摔坏了。

我不信妈妈的话。

3月20日

今天爸爸设计的金融大厦召开落成仪式，爸爸带我去了。

这栋大厦非常好看，共有60层，在阳光下这栋大厦像一柄被擦得干干净净的宝剑般一尘不染，爸爸说这栋大厦用了一个难度很高的结构，特别特别难算。

现场还有很多记者都来采访了爸爸，有电视台的记者也有报社的记者。

回家的路上，爸爸忽然问我，如果他和妈妈离婚的话，我跟着谁？

我问爸爸：“你和妈妈要离婚？”

爸爸说，还不知道。

但我很明白，爸爸妈妈遇到了很大的危机。

这是爸爸第一次问我这种问题。小时候他们连吵架都要小声吵，生怕我知道，现在已经不在乎我了。

3 月 25 日

今天晚上，爸爸和妈妈在电话里吵了一架。爸爸挂了妈妈的电话，妈妈气得又要砸花瓶，我抱着妈妈让她不要激动。妈妈一把将我推开了，我摔倒在茶几上，胳膊摔青了，头撞到茶几，简直快晕过去了。以前看小说里写的“脑震荡”“头晕目眩”，我没有切身的感受，现在终于感受了。

头撞到的时候，我面前真的有无数的星星在我眼前飞来飞去。真的好痛啊。

3 月 26 日

妈妈因为昨天的事情跟我道歉。

妈妈今天看上去很冷静。她说，她也不想和我爸爸吵架，但实在控制不住自己。这些年她和我爸爸有争吵，但尽量不想让我知道。妈妈说我已经十四岁了，是个男子汉了，可以知道一点家里的事情了。

妈妈跟我说，奶奶去世后，妈妈发现奶奶名下有一个存折。这个账户上每隔一段时间就会收到一笔几千几万的转账，然后这笔钱又会很快地被取走。奶奶早就退休，不可能有这样大笔的收入，而且我的姑姑和大伯不可能赚这么多钱。妈妈怀疑这笔钱是爸爸给奶奶的，问了爸爸，爸爸否认了。

妈妈不太相信，于是找了舅舅帮忙查一下这件事。结果发现，这个账户的转账方都是外省的建筑相关单位，有施工单位，还有设计院。妈妈说，这个账户上的钱是爸爸给人画图或者给人提供咨询挣的外快，这件事爸爸做得很低调，除了奶奶，所有人都不知道。

而且，舅舅还查出，奶奶的存折下还有张银行卡，然而银行卡并不在奶奶的遗物里，爸爸手头也没有相应的银行卡。妈妈说只要爸爸老实交代这笔钱的去向，交代银行卡在谁那里，一切是可以谈的。

奶奶去世了，姑姑一家人遭逢劫难，爸爸根本没心思和妈妈谈这件事。他觉得妈妈在背后调查他很不好，他还说这点钱也不多，这么多年他拿回家的钱比给出去的更多。

妈妈说她这些年来一直怀疑爸爸在外面有个“小三”，但一直以来没拿到什么证据。直到她看到这个账户的时候才醒悟过来，原来爸爸一直以来那么忙碌，周末都要加班，每天都在画图的原因是挣外快。爸爸瞒着她十几年时间，她被骗得太惨了。这笔钱的去向成谜，应该就是爸爸送给了外面的“小三”。

妈妈说着说着就哭了，她说自己太蠢了，怎么会被爸爸骗了这么久。

我完全无法思考，我的爸爸，难道是个骗子？

4 月 1 日

爸爸出差回来了，叫我把行李收拾一下，和他一起搬到绿苑小区的房子里。

我不肯收拾行李，我问爸爸，我离开了，妈妈怎么办？

爸爸说妈妈已经不太适合照顾我了，妈妈的情绪太糟糕了。

我问爸爸，他是在外面找了个“小三”吗？

爸爸说，没有的事情，是妈妈多疑瞎猜。

我又问了他那个账户的事情。

爸爸沉默了好一会儿，说那个账户的钱是给我奶奶的。

爸爸还真以为我是三岁小孩？妈妈说账户上的钱超过百万，奶奶有退休金，和姑姑一家人一起住，平时的开销也很小，根本花不了这么多钱。而且那张银行卡又在哪里？

爸爸说，大人的世界很复杂，有许多复杂的纠葛，他有许多不得不做的事情，让我不要追问了。

爸爸太让我失望了。如果他告诉我真相，我也不会这么失望。

我问爸爸，他打算怎么办，现在要搬家，是准备和妈妈离婚吗？

爸爸说，现在和我妈妈在一个屋檐下，两个人一定会吵架，给一点空间让两人冷静一下。

过一会儿爸爸又说，不论事情怎么样，他都是爱我的，我是他儿子，这一点不会变。

我不相信他的话，他不值得信任。

4月3日

我感觉到身边有一些死亡预兆。

这段时间，我随机翻开一本书都会看到有人死掉。

我忽然害怕过马路，我看到来来往往的汽车我都觉得它们朝着我冲过来。

4月5日

我在想，子女对父母来说到底是什么呢？是一件物品，还是一件行李？

爸爸从家里搬了一些东西走，趁着妈妈不在家的时候。我没有阻拦，我拦不住他。

托尔斯泰说，幸福的家庭都是相似的，每个不幸的家庭各有各的不幸。我以前一直以为我生活在一个幸福的家庭，有世界上最好的爸爸妈妈，和孟冬家一样——我的爸爸妈妈通情达理，互相理解、互相尊重、对子女充满包容，尽心培养——原来一切都是假象。

妈妈回家后发现爸爸把行李搬走了，气得把家里的所有能移动的家具都砸坏了，她骂了我一顿，说我没有把爸爸留住。

我没有说话。我不知道这样的家庭维持下去有什么意义，糟糕的家庭就应该破灭消失才对。

4月7日

今天孟冬问我，我爸妈是不是分居了。

我问他怎么知道的。

孟冬说他爸爸妈妈说的，还说小区里很多人都知道这件事。因为爸爸搬东西的时候被我妈发现了，小区里很多人都看到了，两人闹得很不愉快，而且还报了警。

我觉得好羞耻，难怪我放学回来时，小区里的人用怪异的眼神看我。

4月8日

我和妈妈去大舅家吃饭。大舅跟妈妈说，当务之急是找到真凭实据。没有证据是不行的，要找专业人士搜集爸爸转移夫妻共同财产的证据，还要查清楚这么多钱转移到了什么地方。

妈妈说不想离婚，要让爸爸身败名裂。

大舅批评了妈妈，说人生还长，没必要因为一个男人这么大吵大闹的，也没必要撕破脸，这样对我影响也不好。现在妈妈最紧要的是算清账单，查出爸爸转移了多少财产，转移给了谁，而不是无目的地乱猜。证据越多，离婚时越有利。钱才是最实惠的，吵吵闹闹没有用。

妈妈生气地和大舅吵了起来，大舅很生气，妈妈拉着我从大舅家离开了，连饭都没吃。

4月9日

我今天被表姐叫出门，然后去了大舅家。大舅说，我爸爸的行为很差劲，如果钱真的给了我奶奶也没什么，可这笔钱的去向成谜，爸爸不肯老实交代，这就有问题了，而且是很严重的问题。

这句话大舅是板着脸说的。

大舅很严肃地跟我说了好几点：第一个是让我平时多安慰妈妈，告诉妈妈离婚不是什么可怕的事情，就算离婚了她也还有我；第二个建议是让我考虑我和爸爸的关系，毕竟家里的经济来源是我爸爸，虽然离婚后妈妈也不会缺钱，但生活水平可能会下降；第三点，大舅强调说，我爸在社会上已经有了地位，爸爸的名声坏掉对我这个儿子不是好事；第四点是，以目前的情况分析，我爸妈离婚的可能性很大，离婚后我跟着谁过呢？

我原以为离婚分家分割财产是电视剧里才会有的剧情，没想到真的发生在我的身上。问题是，这一切为什么要让我来决定？我做错了什么？我能做什么？

4月11日

我今天送作业去教师办公室，听到周老师说，郗羽在一本很有名的作文期刊上发表了一篇文章。我知道她数学成绩很好，没想到她的作文居然也写得很好。

巧得很，我回教室时，恰好在走廊上听到程茵问郗羽她刚刚发表的文章的事情。

程茵问她，你拿到了多少钱啊？郗羽说，有一百块。程茵说，一百块那也不少了呀，可以买好多本漫画。郗羽说，我不打算买漫画，我打算把钱捐掉，捐给希望工程。

程茵很吃惊地说，为什么要捐掉啊？你好不容易赚的。

其实我也是这么想的……最初促使我投稿发表文章的动力，很大的程度上也是因为赚稿费。我这才发现郗羽一点高兴的样子都没有，谈及她发表的文章还嘟着嘴，情绪比较低沉。

郗羽很泄气地说，因为又不完全是我自己写的呀，我爸爸改了很多内容。

程茵说，这也没什么大不了的吧。能发表就行了，而且一般来说能发表的文章不都是要改很多次的吗？而且那是你爸爸妈妈，又不是别人。如果我有你这样的爸爸妈妈，不知道多高兴。

郗羽对程茵解释说，我跟你举个例子。假设有这样一条船，有一天这条船的桅杆坏了，然后又换了一根桅杆；过了一段时间，这条船的甲板坏了，然后又换了甲板；再过一段时间，这条船的舱底漏水坏了，于是人们又把舱底换了……到了最后，船上所有的东西全都被换过一次，那么这条船还是原来的那条船吗？

程茵似乎被问住了，她想了一会儿也没个答案，最后才说，应该不算了吧。

郗羽说，我的这篇作文也是一样的，被我爸爸妈妈改动太多了，我觉得它根本不能算是我的。

我觉得她的说法很有趣，鼓起勇气和她搭话，问她说的是不是“特修斯之船”？

郗羽睁大眼睛，很高兴地说，你听说过这个说法啊。

我说在书里看到过这个概念，是古希腊的科学家提出的一个悖论。

郗羽问我，那你觉得现在的船是不是原来的那条船呢?

我说，主要看“这条船”的定义是什么，但一般来说，已经不是一条船了。

郗羽重重点了头，她说你说得对。我发表的这篇作文让我觉得很惭愧，明明就不是一条船了，我这就是一种欺骗啊。

我之前发表了那么多文章，对这个问题有一些了解。我很肯定地说，在文学作品里判断一篇文章是否为原创是有标准的。

她问我什么标准。

那时候就要上课了，我和她约好了放学后再谈。

放学后郗羽果然来教室找我，我们结伴离开学校。回家的路上，我告诉她文学作品判断模仿、抄袭、原创的标准，比如文学作品只保护表达不保护思想，判断抄袭的标准是20%，这些都有标准，并且写在了法律中。

郗羽听得特别入神，她还拿出笔记本记录了我的话，她说好佩服我，知道这么多知识。

这是我第一次和郗羽聊这么长时间，我以为她只能和孟冬聊数学，没想到我和她之间也可以谈得这么开心。

郗羽最后说，根据法律，她那篇发表的作文被她的爸爸妈妈修改的部分超过了50%，根本不算她自己的作品了，她会写信把这件事告诉编辑，而且自己也不会拿这笔稿费。

郗羽真的太不一样了。

我听过编辑说，很多小作者的投稿文章都是被父母、老师修改过的，其实是不道德的行为，但这些作者和他们的父母、老师还引以为荣。

很多人都有着美好的品格，但我想，郗羽的品格可能是我见到的所有女生里最闪闪发光的。我从来没有哪个时候像现在一样，是如此期待和郗羽成为朋友，我想靠近她，哪怕多1厘米都好。

我的身边充满了谎言和不真实。我最佩服的爸爸是一个满嘴谎言的大骗子，我最喜爱的妈妈每天不是砸东西就是骂我。

我的世界混乱无序，在这样的世界里，只有郗羽却依然如故，诚实而美好，仅仅因为她的父亲修改了她的作文就那么羞愧。

我看着她，心脏几乎要从胸腔里跳出去，无法言语。

她是我人生中永恒的一道光。

我想，活着，感受着，并且喜欢着她，真是一件幸运的事情。

4月15日

我想对郗羽表白，我写了一封长长的信，每天都修改一遍。

我坐在教室里，想着郗羽，老师上课的内容居然都听不下去。下课后我会借故走到一班的走廊外，悄悄偷看郗羽。她身上所有的一切都显得那么美好。

我写信的时候不小心被孟冬看到了。他说我最好不要对郗羽表白，他觉得我会失败。

我知道，他其实也喜欢郗羽，当然不希望我去表白。

他怎么会以为我看不出来呢？他找一切机会和郗羽相处，和她聊天，还去一班找她讨论一些他早就弄懂的数学问题。

我不想理他。

4月20日

我设想了多种让爸爸妈妈不离婚的办法：方法一，离家出走，但我应该往哪里走？而且我也不想离开学校，离开学校后我再也见不到郗羽了。方法二，装病。小时候，每当我生病的时候，爸爸妈妈的感情总是特别融洽，他们照顾我，特别默契。方法三，我死掉……就像奶奶那样死掉，再也不存在。

眼不见心不烦，随便他们怎么闹和我有什么关系呢？

也许我死了后他们会后悔，那时候他们脸上的表情到底是什么样的呢？

我以前害怕死亡。我一想到死了之后没有“我”就害怕，现在已经完全不怕了。

4月25日

我一点都不想回家。爸爸之前在家住的时候，家里就像战场，充满硝烟味；爸爸搬走后，家里变成了战争肆虐后的荒原，满目疮痍。

爸爸又出差了，妈妈情绪很差，她终于接受了舅舅为她请的律师，我回家时她打电话给律师询问进展。

我听到她问律师，如果我爸爸在离婚之前死了，那他的遗产由谁继承。

妈妈说话时的表情让我觉得恐惧，她完全变了一个人，不是我熟悉的那个温柔的妈妈。

她放下电话后，我问妈妈是不是准备离婚，妈妈只叫我不要多想。

可我做不到，只要见过她那副表情的人都不可能不多想。

4 月 30 日

今天学校开了家长会，是爸爸来开的家长会。从小到大，因为爸爸工作太忙，一般都是妈妈来开我的家长会。但这次不太一样，妈妈情绪不稳定，像个越吹越大的气球，我不知道她什么时候会爆炸。而且这次考试我得不太好，我不太想让妈妈来开家长会，我不知道我的考试成绩下降是否又会刺激她。

我也不想让爸爸来开家长会——但我不知道他怎么知道了开会的日期，爸爸说是听孟冬的父母说的。家长会后，爸爸带着我去见了刘老师，刘老师对我说，我爸爸是建筑师，我遗传了爸爸的优良基因，只要努努力，多做题，学好数学一点也不难。

但让我惊讶的是，爸爸居然认识郗羽的妈妈。

我和爸爸从教师办公室离开的时候，看到了从一班教室出来的郗羽妈妈，两个人说了几句话。爸爸跟我说，郗羽妈妈是报社的记者，曾经采访过他。我觉得自己对郗羽的了解又深了一层。

5月1日

妈妈对我大发了脾气，说为什么让我爸去开家长会。

我才知道妈妈之前对我根本不算发脾气，她气坏了，拿出皮带抽打了我一顿。

小说里说某个人“痛得像被大象踩过”，我觉得这形容一点都不妙，反而更像被毒虫蜇过。我想起小时候有一次回老家，晚上睡觉时，毒虫爬过我的身体，我浑身上下都起了大块的红斑，疼痛进入了皮肤深处。

5月5日

我今天在市图书馆看见郗羽了，她居然也来图书馆。这个五一长假，我每天都来图书馆看书，但还是第一次看到郗羽！

我到达的时候，恰好看到她在图书馆的大厅里和一个女生说话，说了几句话后，那名女生捏了捏她的脸，离开了图书馆。

这是我第一次在校外碰到她，也是第一次看到她穿常服。她留着长发，穿着一件长袖的连衣裙，裙子很长，我顿时就想到《诗经》里的“有美一人，婉如清扬”。

她随后到入口处出示了图书证，我走过去和她搭话。

郗羽看到我，也有点吃惊，后来解释说假期她做完了作业，也没事做，就跟姐姐一起来图书馆看书了。

我说我刚刚看到你和一个女生说话，那个就是你亲姐姐吗？

她得意地说当然是。

我第一次知道郗羽居然不是独生子女，还有一个姐姐！我说她和她姐姐不太像，她姐姐就没有酒窝。

郗羽得意地说酒窝的遗传是概率学决定的，她爸爸没有酒窝，她妈妈有酒窝，所以她和她姐姐有酒窝的概率是50%。

我很惊奇地点头，毕竟我还是第一次听说这件事。郗羽说多看看科普书就知道啦。

我问她来图书馆就是看科普书吗？

她说是的。

我问她，为什么她的姐姐没和她在一起？她们一起来的，也应该一起看书才对。

郗羽的答案让我吃了一惊，原来郗羽姐姐的本意不是来图书馆看书，她姐姐要和同学朋友出去玩，但担心父母不同意，所以就用“和妹妹去图书馆”看书的名义从家里溜出去。

我说，你姐姐这是拉你做挡箭牌？

她说是这样的，她姐姐这样做不是一回两回了。

我觉得这样不太好，郗羽这不是说谎了吗，还是和姐姐一起欺骗父母。她的父母不让姐姐出去玩肯定有道理的，而且，万一她姐姐出了什么事情，郗羽的爸爸妈妈肯定会生气的，说不定还会怪罪她的。

我把我的想法告诉郗羽，她愣了好一会儿才说自己没想过这些事，姐姐叫她帮忙她就帮忙了，她觉得姐妹之间有点瞒着父母的小秘密也很正常，没想到事情会这么严重。

我看她发愣的样子，也觉得不对，连忙解释说，不是说你姐姐会出事什么的，我就是这么随口一说。

郗羽对我道谢，感谢我的提醒。

郗羽这个下午在图书馆借了三本书，都是天文方面的科普图书。我问她好看吗？她特别兴奋地点了点头，说自己对天文很有兴趣。

我开心地和她聊起学校正在修建的天文台，她特别高兴地说没想到学校能做这样的好事，以后要看星星就容易多了。

我从来没发现郗羽这么能聊天。郗羽跟我聊了好多天文台的知识，她跟我说天文望远镜的分类和进步，说天文望远镜是伽利略发明的，后来开普勒、惠更斯、牛顿等科学家都对天文望远镜进行了改造。她说，我们学校的望远镜是14英寸的反射望远镜，反射望远镜是牛顿发明的。

我觉得好惭愧呀。她告诉我的知识，我之前完全不知道。我以为自己阅读面很广呢，和郗羽比起来真是差得太远啦。

郗羽倒是不介意，说我大概看文学类的作品比较多，科普类的作品比较少。

我让她给我推荐一些好的科普书看，她给我列了一长串书单。

直到阅览室关门的时候她才离开，我正打算问她这一下午看了什么书，她姐姐也回到了图书馆。郗羽的姐姐看上去比郗羽大了几岁，她没有酒窝，眼睛也没有郗羽大。她姐姐问郗羽我是谁，郗羽说是隔壁班的同学。

我们三个人一起走到公交车站，郗羽和她姐姐一起上了公交车，可惜的是我家和郗羽家在两个方向，我们不能乘坐同一班公交车离开，我只能眼睁睁看着郗羽和她姐姐先上车离开。当公交车驶出几十米后，郗羽回过头，笑着对我招了招手。

我可以肯定地说，这是我人生中过得最快的下午，也是最美好的下午。

5月9日

我对郗羽表白了，她拒绝了我，甚至说朋友都当不成。

我好难过。

我知道表白成功的可能性很小，但我没想到我会那么难过，比爸爸欺骗我，妈妈打我还要让我难过。

第十三章

温柔 / ZENG NI YI YE XINGKONG

最后一页潘越的日记翻完，郗羽默默合上手中的日记，只觉得肩膀沉重得几乎要塌陷了。

她此时坐在李泽文的套房里，身边散落着数十本打印出来的A4小册子——李泽文教授对纸质文件有种莫名的偏爱，在他的授意下，下午在潘昱民家拍摄的数十吉的潘越的日记照片已经纸张化，厚度足有半尺高。撇开警方案卷里的那几页零散的记载，这是她平生第一次看清潘越日记的全貌。

潘越从开始写日记直到去世，持续时间也仅有五六年，这五六年时间他都能保持写日记的良好习惯，这是多么不容易的一件事。

上千篇日记没有很华丽的辞藻，不太讲究字斟句酌，完整地复刻了一个人的成长过程。大概是考虑到隐私问题，之前警方保留的几篇日记里没有详细讲述潘越父母之间矛盾的细节，只有几篇记录他心情的日记。现在一切跃然纸上，真相大白。

“之前没什么感觉，看完这些日记后才发现真的挺可惜，”蒋园说，“真是个好孩子，聪明善良、温柔敏锐，是个难得的优秀男生。如果他没死的话，应该当了作家。”

蒋园是真觉得很遗憾，这种遗憾类似巴米扬大佛被炸毁，类似建福宫的一把大火，类似圆明园被英法联军烧毁，类似最后一只白鳍豚的消失。美好的东西就这样毁灭了——蒋园觉得，潘越之死，从各个意义上来说，都是一场真正的悲剧，对个人，对家庭，对社会都如此。

蒋园的话飘入郗羽的耳朵，她坐在茶几旁的地毯上，连呼吸都觉得沉重。是的，这么多年来，她一直在想“如果潘越还活着，他的未来是什么样”，每每想起都觉得夜不能寐。

李泽文看向郗羽：“他日记里提到不少和你有关的事情，你还记得多少？”

在潘越生命的最后几个月，他日记里的大多数篇幅都围绕郗羽展开，甚至比他那个破碎家庭的篇幅还要多得多。在李泽文看来，这些具体的细节描写解释了许多疑问，微妙的是，这些描述和郗羽之前的讲述有一些小冲突——她只说“我们打过几次交道，但不熟悉”，她从来没有提到自己和潘越的交往其实不算少。

实际上，从一开始听到郗羽关于潘越坠楼事件的转述时，就有一个微妙的疑问在李泽文心中盘桓，那就是：潘越为什么会对郗羽表白？

之前李泽文读过潘越在媒体上发表的文章，他已大致触摸到潘越的性格——潘越有着真诚、敏锐的心灵，完全没有任何被流行文化荼毒的迹象——很难想象这样的少年会去仿效小说漫画里的角色，在完全没有苗头的情况下对一名女生告白。那毕竟是十四年前，是老师和家长对早恋严防死守的年代，潘越是哪来的勇气对一名不熟悉的女生表白？而且更重要的是，在正常的真实的社会节奏中，告白是出现在双方建立一定感情基础后才有的承诺约定环节，而不是用在“让我们熟悉一下吧”的初始拉好感的环节。

郗羽沉默了好一会儿，才轻声说：“记得一些，印象最深的就是图书馆的那次交谈了，我后来一直想，是不是那次交谈给了他什么错觉……”

李泽文的目光落到郗羽脸上，眼神复杂，心情亦然。

他缓缓道：“世界上的事情就是这样，你和某人度过了同一段时光，可记住的细节却截然不同。”

他是见惯世情的人，过去三十年的所见所闻，对人生的简介和感悟恐怕很难有人比得上，尤其是比起还是初一学生的潘越来说，更是不知道高到哪里去了。但是他依然被这些厚厚的日记触动，比之前看潘越发表的作文触动更深。这些日记，可以说是流水账，也可以说文笔不够好，还可以说文字幼稚，但它就是能打动人心——真诚的心灵总是最能打动人心的。对这样的少年，你只要和他打过交道都不可能不被触动，即使当时的郗羽对感情这回事懵懵懂懂，但到底也会留下深刻的印象。

郗羽这么多年也无法摆脱他去世的阴影，被内疚折磨至今，真的一点都不奇怪。

不论潘越之死多么让人遗憾，但他已经去世了，他们的关注重点还是要回到案件本身。

“这些信息量挺大的，足以解释好多事情。”蒋园拍了拍茶几上的厚厚一沓文档，“接下来就是 profile time（测写时间）了。”

潘越当然是个很好的男生，才华横溢、性格温柔，各种意义上都是那种“别人家的孩子”。能培养出这么优秀的孩子，潘越父母在相当长的时间内是很尽责的父母，有涵养，不遗余力地给儿子最优质的教育——这份日记可以证明这一点。虽然潘越上小学的时候，他家里也不是没有矛盾的，但他父母尚能有效地控制，没把矛盾扩大化，也不打算让儿子知道。

“在潘越十岁前，这个家庭算得上和谐家庭，偶有争吵但还算正常。当潘越的母亲因为身体原因从医院辞职之后，家庭和谐程度直线下降，争吵较为频繁地出现。全世界的医生都很忙碌，潘越母亲做医生的时候也不例外，她有自己的事业，对丈夫的关注度应当不会太高。当她辞职后，全部心神收回放到了家庭中，就发现了丈夫行为的异常。在潘越小学六年级到初中一年级这两年，夫妻之间的矛盾逐渐突出，争吵升级，不再刻意地瞒着孩子，我想可能也瞒不住了。随后，潘越的姑姑一家出车祸，潘越的奶奶去世，引爆了所有矛盾。”蒋园支着下巴，“因为母亲的忽然死亡，导致潘昱民转移财产这件事被曝光，我想他自己也没有准备。”

“这里有一条明确的时间线，”郗羽梳理着线索，“三月初，潘越奶奶去世；三月中旬，潘昱民转移财产的事情暴露；从此时到五月份，家庭矛盾彻底爆发，夫妻二人分居；5 月 11 日，潘越坠楼死亡。”

“几个月时间，展现了一个‘中国式完美家庭’的崩塌，好像大树最终被蛀空，最后一阵风吹来，彻底倒地死去。”

很生动的比喻，郗羽思索了一会儿，又问：“园姐，你觉得潘昱民转移财产的目的到底是什么呢？”

“其实男人有一个小金库也不是很稀奇的事情，甚至可以说是一种社会现象了。”蒋园摊了摊手，“你知道多少男人瞒着老婆还有其他账户吗？”

“多少？”

“我做了那么多背景调查，发现比例是73%。也就是说，70%以上的男人会瞒着老婆藏钱，搞小金库，说明家庭中的欺骗是常态。”

郗羽对这些事儿很难理解，直觉感到这个比例太高了。

“不可能吧？”

“事实就是如此，很多老婆直到离婚也不知道老公的总收入是多少。”蒋园悠然叹息，“这件事情没得解，几乎算是社会的常态了，不论古今中外皆然。”

李泽文不赞同：“你这是偏见。是否有小金库这种事情和性别没有直接关系，而是和经济情况、家庭地位以及感情是否深厚有关。”

蒋园说：“我觉得你这也是偏见，你是男人，当然更为男人说话。我相信数据。”

“数据要分析，我之前告诉过你很多次，”李泽文说，“需要你做背景调查的那些人，都是社会上的精英阶层，他们的收入通常比妻子高许多。经济地位决定了家庭地位，在这个阶层，男人占主导地位，在家庭中往往也是最有发言权，甚至是主导家庭的那一个。”

“我怎么觉得你在为男人的自私粉饰呢？”蒋园眯起眼睛看着李泽文，表情有些不满。

李泽文放下手中的日记，看向蒋园：“如果你比你丈夫收入高许多倍，你还有很多其他的收入，那你会把你的每一笔收入都告诉你丈夫吗？”

蒋园有一瞬间的迟疑，随后勉强道：“具体事情具体分析。这得看当时我们家缺不缺钱，我丈夫的性格如何，还得看我和我丈夫的感情是否和睦。”

李泽文说：“所以，你的回答难道不是正好印证了我的话吗？”

蒋园不服气地说：“不要老说我，你呢？李大教授，作为一个成功的高收入、高地位的精英男士，你会把你婚后的每一笔收入都告诉你老婆吗？当然你现在还没老婆，但你以后肯定会有一个老婆的。”

仿佛是觉得自己的话还不够强调，蒋园说完还抬起下颌，甚至有点得意扬扬：“你能摸着自己的良心，没有丝毫忽悠成分地回答我这个疑问？”

“会。”

李泽文几乎没有一秒钟的迟疑，立刻作答，似有金石之音。

大概是李泽文回答得太干脆、太迅速，让蒋园有些措手不及，她瞪着李泽文看了几秒，然后扭过脸看郗羽：“我怎么就这么不相信呢……郗羽博士，你相信你这位教授的话吗？”

郗羽没想到蒋园调转了问题的枪口对准自己，她用九分无奈一分震惊的目光瞪了眼蒋园，然后转脸对上了李泽文看过来的视线，试图从他那儿得到几分“自己应该如何作答”的提示。奇妙的是，李泽文并没有什么提示，他只是看着她，目光仿佛还隐隐有些笑意。郗羽瞪着他看了几秒钟，只觉得他的表情里带着十分的温柔、八分的纵容，也许还有六分的期待。

很明显，他还真想知道自己的回答。

“呃……相信。”郗羽于是回答，“是相信的。”

“为什么这么说？”蒋园对她的答案抱有百分之二百的好奇。

郗羽实事求是地道：“因为没有隐瞒的必要吧。如果教授在美国，美国的税收政策很严密，要隐瞒收入比较难；如果在国内，似乎更没必要了……不过这些都不重要，我主要是觉得，教授应该不会组建一个需要进行日常欺骗的家庭吧，这样的家庭未免太沉重了。”

郗羽这话完全发自内心。

学术圈并非不食人间烟火的圣地，是一个竞争极为激烈的地方——尤其是在美国的学术圈，聚集了全世界的优秀人才，竞争只会更激烈，不见血的拼杀会出现在每一次经费申请、每一个职位招聘上。所以那些学术圈的大牛在各种颁奖典礼上感谢自己的家庭，感谢自己的丈夫或妻子的付出，他们是真的发自内心说的，绝不是一句空话。因为丈夫或妻子的支持对他们来说就是至关重要——因为他们确实忙得没时间送孩子去幼儿园，没时间去买柴米油盐酱醋茶，没时间打扫卫生，甚至连信用卡都忘了还，管理家庭的日常生活基本上需要依靠他们的另一半。

郗羽认为自己算是学术圈里比较努力的那一类，但她认为，李泽文的辛苦与自己比起来，肯定只多不少。他研究政治学，这样的学科对脑力的消耗是相当高的，她实在很怀疑，李泽文回到家后，是否还有和（未来的）妻子钩心斗角的心情——毕竟，对世界上的绝大多数人来说，希望在家庭里收获的都是支持、鼓励和安慰，而不是另一个需要燃烧精力的战场。

蒋园瞪着她半晌，低头看了看茶几上堆放的一堆日记，再和李泽文对视三秒钟，由衷地吐出两个字“服了”。

“什么？”郗羽没听懂。

“我是说，你还真是很理解你的教授啊。”

郗羽一愣：“理解？这不是很显然的事情？”

对郗羽来说，大概确实很明显吧。蒋园理解力不差，电光石火般就想明白了。一个人的经历决定了思维方式，作为世界名校的博士生，郗羽在美国学术圈认认真真度过了整整五年时间，就目前情况看，她在学术上的成就虽然不如李大教授，但两人对待自己的事业有着如出一辙的真诚。

了解，是产生感情的基础——蒋园想，难怪李泽文对郗羽另眼相看，不远千里陪着她回到南都，自掏经费帮她查这件旧案了。

“好了，不要扯远了，说回日记。”李泽文轻轻松松把话题扯了回来。

蒋园从善如流地竖起一根手指：“我们可以试着推测一下。虽然我刚刚说男人有小金库的情况很多，但潘昱民的这种情况也很少见。他的做法有几个特点：第一，潘昱民在转移财产这件事上的做法非常高明，工作的正常收入给老婆，不为人知的外快则存到母亲的账户上；第二，他转移财产的时间很长，他能做到这一点，是因为建筑设计是一个十分专业的行业，外人只能看到他在画图，根本不知道他在给谁画，也不知道他在画什么，所以他转移财产的时间长达十几年没被发现；第三，至少大部分男人不会在被老婆发现小金库后还拒不承认，哪怕家庭破裂，也不肯交代钱的去向。”

郗羽问：“那你还是见过类似的情况吗？”

“见过几例。”蒋园露出十分微妙的笑容，“两例是养情人，两例是养私生子的，还有一例最奇特，老公转移财产是因为要做好事，他一直在资助几个贫困儿童读书，但老婆太抠门，觉得有这个钱还不如改善自己的生活，逼得他偷偷开了个账户。”

“我想以潘昱民的情况，肯定不是最后这一类。”郗羽说。

“当然，如果他真是做慈善，完全可以堂堂正正告诉别人——就算会引发一些家庭矛盾，最后多半也能得到宽容。”

那么，剩下的可能性就不多了。郗羽盯着那沓日记，道：“所以潘越的妈妈怀疑丈夫在外有个‘小三’……”

蒋园道：“全职太太对老公的疑心一般来说是比较靠谱的——因为她们全部心神都扑在老公身上，所以我倾向认为潘昱民的确有出轨。”

“所以问题的关键是找出潘昱民出轨的对象，”郗羽试探着问，“蒋园姐，你能查出潘昱民那个账户的去向吗？”

“很难，几乎不可能。”蒋园斩钉截铁道，“潘越的舅舅当年都没查出来钱的去向，要知道，潘越的舅舅还是实权部门的公务员。十四年后的现在再去查潘昱民的某个账户？几乎是比彗星撞地球还要难以发生的小概率事件。”

郗羽也知道可能性不大。她经历过亲人的生老病死，母亲去世后，她和姐姐两个人也参与处理了母亲的身后事，知道一个人去世后，身份资料、银行的账户会被销户。潘越的奶奶去世十四年整，要找到这个账户的资金转移信息？这难度绝对是噩梦级的。

“看来想查出来是不可能的了。”

“未必有你们想得那么难，”李泽文道，“你们忽略了这份日记里一个十分重要的信息。”

“我忽略了什么？”蒋园不服气地问，“这日记里可完全没写‘爸爸的小三是谁’的内容啊。”

郗羽没有像蒋园那样开口质疑，她习惯了李泽文的无所不能。

果然下一瞬，李泽文站了起来，从书桌上取了那本厚厚的《校志》回来，翻到其中某两页，再将《校志》推给了蒋园。

“仔细看看这两页，有熟悉的名字吗？”

这还是蒋园第一次看到这一大本《校志》，当然她已经习惯了李泽文搜集信息的能力，当即把目光投向纸上的文字。李泽文翻开的书页上写着三十多年前南都二中某一届初中学生名册。以她的眼力，很快就看到了“潘昱民”三个字。

然而除此外，她很快发现其中一个比较眼熟的名字。

“的确，有一个我熟悉的名字！”蒋园发出了惊讶的轻呼声，她指着书页上的某个名字，“柳心艺，初中八一级二班，和潘昱民同班。程茵的母亲也叫这个名字，一字不差。”

郗羽“啊”的一声叫出来：“是吗？”

直到此时，过了十四年后，她才知道这个貌美如花到曾经给她留下深刻印象的“同学母亲”的真名实姓。这种情况也是难免，对那时候的郗羽来说，好友和好友的母亲是两种生物——只需要知道长着这样一张脸的人是好友的母亲即可，其他的信息不用在意。

和两位女士的激动不同，李泽文却很淡定，他拿起茶几上的记号笔把“柳心艺”这三个字圈了起来。

郗羽情绪激动地盯着这么大一本《校志》的书页，再一次感慨李泽文当时要《校志》的英明，冷静下来后不得不考虑另外一种可能：“会不会是重名？”

“柳心艺这个名字可不太常见，何况几十年前人们取名是没太大想象力的，”蒋园发现新大陆似的，眼中精光迸射，“而且年龄也对得上，百分之百这个‘柳心艺’就是程茵的母亲。潘昱民和柳心艺同龄，两人念同一所中学，是同班同学……潘越和程茵同龄，也念同一所中学。有意思，真有意思！”

确实太巧了，不让人疑心都不可能。

内心的震撼过去之后，郗羽不懂就问：“教授，你怎么想到程茵的母亲曾经也在二中读过书？”

“根据你的说法，程茵并不适合在南都二中这样的学校读书，这所学校对学生的学习能力、经济能力都有很高的要求，”李泽文说着，把目光从《校志》上移开落到郗羽身上，“然而程茵的母亲就是要把女儿送到南都二中上中学，我想这其中一定有原因。除开‘追寻更好的教育’这样的理由，我相信她对南都二中一定有一些执念。”

“全中国80%的父母都期待着孩子完成自己未完成的愿望，柳心艺看来就是其中之一。”蒋园经验丰富地说，“要说南都的好中学也不止二中这一所，一中、八中、外语学校这几所也是全省名校，且对程茵这样有文艺天赋的学生更友好一些。”

对蒋园的话，郗羽简直不能再赞同了，她飞快地点头：“是的，我姐姐最后也没选择在二中读书。”

“潘越在日记里说，他父亲也毕业于南都二中，在这所学校度过了美好的中学时期，因此希望儿子也到自己的母校念书；同理，柳心艺对自己的女儿很可能也有类似的期待。”李泽文坦然道，“不过这种可能性不算特别大，我没有抱百分之百的期望。”

“不是百分之百的可能性，但依然引导我们找到了方向——你的直觉还是这么好用。凭着一点微妙的不和谐就能找到案件的线索，这么多年也没错过几次，”蒋园感慨着小声嘀咕，“虽然我每次都觉得我要超过你了，但和你比起来还是差了点什么……”

郗羽默默拍了拍蒋园的肩膀，心有戚戚。

这个信息的获取是如此出其不意，也十分重要。如果说之前的重重谜题对郗羽来说犹如开场前的舞台剧一样，此时她有那么一种感觉，舞台的幕布已经被掀起了一个角落。

“好在我们现在有了方向。虽然除了这本《校志》，我们目前没证据能证明潘昱民和柳心艺有比‘老同学’更深入的关系。”

“未必。”李泽文又翻开了日记中的某一页，“潘越日记里提到，4月30号开完家长会后，你妈妈和潘越的父亲聊了两句，这个细节你还记得吗？”

郗羽绞尽脑汁地想了想，觉得有些汗颜：“我没什么印象了。我记得家长会结束后，走廊里全都是家长，还有学生老师，我妈妈和许多人打了招呼，我不知道这些打招呼的人里有潘越的父亲。”

她对当年的事情真没什么印象了，人类对自己不关心的事情是很难保有长期的记忆力的。李泽文从日记里抽出家长会的那部分内容，示意郗羽看日记上的文字：“注意这里。潘昱民和你母亲打了招呼，潘越兴奋地把这件事记在日记里，但这份日记里没有提到潘昱民和程茵的母亲打招呼。

从常理判断，潘昱民能有机会和你妈妈打招呼，也应该有机会和程茵的母亲打招呼——根据你的说法，程茵的母亲非常显眼？”

“是的，她真的相当漂亮，闪闪发光的那种，走在人群中一定是最显眼的那一个。”郗羽再一次肯定此事。

“潘昱民和你妈妈打了招呼，那没理由看不到自己的初中同学，然而他却没有跟程茵的母亲寒暄，至少从潘越日记的行文来看，他们没有交流。”李泽文道。

“如果两个人真的是纯粹的初中同学，事无不可对人言，那没有理由不和对方打招呼。”蒋园果断道，“虽然我能想到若干种‘曾经的初中同学现在装不认识’的解释，然而最通俗的一种解释是，避嫌。这两人私下估计有往来，为了不让人发现，因此没选择在人多的地方相认。”

郗羽盯着面前厚厚一沓日记，半晌后抬起头着看面前的李大教授和蒋园这两位分析专家，缓缓问：“所以，教授，园姐，你们觉得潘昱民转账的对象，是程茵的妈妈？”

蒋园断言道：“八九不离十。说句不好听的，没准程茵就是潘昱民的女儿。”

“这个……太夸张了吧，我很怀疑。”郗羽连连摇头，她觉得蒋园的想象力太丰富了，“也许潘昱民也和程茵的母亲打了招呼，但潘越没注意到这点。潘越的日记毕竟是有选择性的。”

李泽文问她：“《哈利·波特和混血王子》又怎么解释？”

郗羽“啊”了一声，连忙在潘越的日记里翻找，终于找到了那段日记。

“潘越日记里说，你正在看英文版的‘哈利·波特’，还是‘混血王子’那一本，他还说‘这本书在我的书包里呢，看来一班也有人买了英文版’，你觉得是巧合？”

郗羽弱弱地解释：“两个班同时出现了一本英文版的‘哈利·波特’的概率也是有的。”

蒋园同情地拍了拍她的肩膀：“潘昱民出差带回来了两套‘哈利·波特’，送了一套给婚生子潘越，另一套给私生女程茵。这个可能性是不是会更大一些？”

“……”

郗羽不知道用什么表情面对这件事。根据孟冬的说法，程茵喜欢潘越，就算不喜欢对他也很有好感。这算什么啊？天下有情人终成兄妹吗？

她的表情实在纠结，李泽文也不打算进一步冲击她的世界观，转而问蒋园：“你对程茵的背景调查进行了多少了？”

“有些进展，但不算太大。她是公众人物，大部分信息都广为人知，要进一步深挖她的生活细节，需要时间。”蒋园说。

“把调查重点转到她的母亲身上。”

“我已经这么做了，”蒋园道，“我正在等线人的信息，晚一点应该有消息了。”

李泽文颔首，算是认可了她的解释。他思索了一会儿，问郗羽：“说起来，你母亲当年在哪家报社工作？”

“在晨报。”

“哪个版块的新闻？”

“时政新闻和社会新闻方面的，我记得是这样的。”郗羽说。

李泽文去卧室取出了自己的笔记本电脑，放在膝盖上翻开开机。

“你母亲的全名？”

“宁辞修。辞海的辞，修饰的修。”

蒋园赞许道：“真是个好名字。”

郗羽也觉得挺自豪的：“妈妈的名字是我外公取的，我外公是那个年代的大学生。”

她一边说，一边观察李泽文的举动。教授熟练地敲开了几个期刊报纸的数据库，又在搜索栏键入了郗羽母亲的名字，开始检索。

“教授，这是……”

李泽文说：“潘越日记里提到过，你母亲采访过他的父亲——既然采访过，那应该有新闻稿。”

“你想看我妈妈写的新闻稿？这些稿子很八股文的，会有用吗？”郗羽表示严重的怀疑。

作为国内的地方性大报的记者，郗羽母亲采写的新闻稿件可读性其实不太高，甚至很枯燥，无非问一些老生常谈的问题，按照一些约定俗成的条条框框，把访谈内容填进去。这些新闻报道当然不会言之无物，但特别官方，想从中获取什么有用的私人信息，郗羽认为这概率小得忽略不计。

“信息是否有用暂且不论，但我担心搜不到，”作为一个常常使用报纸资源的人，蒋园这个内行人说，“毕竟过了十几年了。”

说话间，电脑中的几个搜索页面都弹出了搜索的条目——不算多，共有三十多条新闻稿，其中最早的那一篇发表于十三年前，完全没有十四年前的搜索记录。

蒋园凑过来看了一眼，一脸意料之中道：“我估计也是。虽然现在很多老报纸都在电子化，比如某些报社的数据库连七八十年前的新闻稿都有，但那通常是一些国家级大报刊才有的待遇，因为有史料价值；地方性的报纸就没这个待遇了，差不多是十来年前才开始逐渐电子化，在此之前的旧报纸压根就没电子版这种东西。”

“看来要去图书馆一趟。”李泽文略略思索，他十多年不在国内，对一些细节并不确定，“我记得省图一般都有老旧报刊吧？”

“肯定有。”蒋园这么回答，手上的动作一点也不慢，已经敲开了本省图书馆的官网，“哦，就在省图三楼有一个过期报刊库，有收藏新建国以来的老旧报刊。”

于是明天的行程就这么敲定了。另外李泽文还交给郗羽一个任务，让她回去联系她姐夫，问问大队长徐云江警官明天是否有时间和李泽文见个面。

“时间不用太长，只需要他抽一点时间，实在不行的话，哪怕十分钟就可以。”

“好，我知道了。”

窗外夜色已经慢慢笼罩住了城市，一盏盏路灯亮起，郗羽想到今天的任务清单已经做完，于是告辞离开酒店打车回家。她已经若干天没有在家吃晚饭了，这个假期过得像朝九晚六的上班族，引发了父亲的不满，必须要赶回去吃晚饭了。

郗羽前脚离开房间后，客房服务后脚就送来了晚餐，晚餐是西式的，较为简单。蒋园一边吃着自己的意大利面，一边问：“李教授啊，今天怎么不展示绅士风度，把车子借给郗羽让她开回家？”

“我一会儿要出门，需要用车。”

“出门，去哪儿？要我陪你一起去吗？”

“不用，你专心做程茵的背景调查。”

“OK！”蒋园若有所思道，“下一个问题，你出去见谁？”

“郗羽的班主任。”

“哦，那个周老师？”蒋园眼珠子一转，“你单独去见他？是专门趁郗羽回家之后吗？”

李泽文略微颔首。

“你在怀疑他？虽然我不知道你到底在怀疑什么，但我觉得你最好要掌握很强有力的证据。这位周老师绝对是‘教师模范’，敬业专业，很难想象他会对自己的学生下手……”蒋园思索了一会儿，又看了眼李泽文——这么多年，李泽文已经无数次证明了他卓越的判断力和分析力，她已经不会真正质疑李泽文的判断了，只能让自己的思路靠近他的思维方式，“我想最大的疑点就是时间——潘越坠楼那天他走得最晚，他有作案时间。当然他的身份也是一个极好的掩护，他是让人尊敬的好老师，潘越作为一名学生，对老师的戒心是零。如果老师猛然出手把学生从楼顶上推下去，可行性很高。”

李泽文不置可否，伸手翻了翻茶几上那厚厚一沓日记：“还有吗？”

蒋园反应速度当然不慢，整个案件的原始资料也看了若干次，当然也有一些思路：“潘越放学后留在学校里是因为有人告诉他，郗羽约他见面——如果是老师告诉潘越，放学后晚一点走，和做完值日的郗羽见面谈一谈呢？老师说这句话，可信度当然极高，潘越可能连原因都不会问就在楼顶等着郗羽值日结束了。”

李泽文对这个猜想表示认可：“我认为这是最简单合理的一种解释。”

“唯一的问题就是他的动机，接下来的几天我会仔细查一查。”蒋园移开思绪，看着李泽文露出凝重的表情，“难怪你要单独去见这位老师了，你不想让郗羽知道你怀疑她的老师吧？如果自己尊敬的老师是凶手，这对任何一个人的世界观都是一种摧毁，也许还不如继续让她认为潘越是自杀的。”

李泽文并不认为郗羽没有这份接受能力，和许多人的认知不同，她完全不是高塔里的公主，性格十分坚韧——但蒋园所说的在一定程度上也是正确的，如果周宏杰的确是让潘越坠楼的凶手，这个事实绝对会导致郗羽产生认知偏差，对人和人的信任度大打折扣。郗羽的心理状况本来就谈不上健康，再遭逢这样的打击，如何处理她的情绪和心理问题对他来说也是个难题。

一顿饭很快吃完，李泽文走到玄关处拿起车钥匙，然后驾车去了南都二中。

他把车子停在学校外，信步走进校园。

此时已经彻底入夜，偌大的校园相当空旷，除了少数几个顶着昏暗路灯光在操场上打篮球的男生外，学校几乎看不到什么人影，只有教学楼那两层的灯光隐约地照过来。

如同几天前一样，李泽文走到了教师办公室。办公室里只有一位扎着马尾的年轻女老师，她正伏案批改作业，从她一脸严肃的表情看来，她面前的那沓作业本给她带来了巨大的压力。

李泽文站在门口敲了敲敞开的门，年轻女老师抬起头，盯着李泽文看了三秒钟后，脸上的表情从“作业批得我生无可恋”变得精神抖擞起来，眼睛也闪闪发光。

李泽文亲切微笑着和女老师打招呼：“你好。”

女老师发挥出自己全部的热情来：“你好你好，请问你找谁？”

“我找周宏杰老师，他今天晚上应该在学校吧？”

“在的，在上晚自习呢。”

李泽文彬彬有礼道：“那我可以在办公室里等他下课吗？”

女老师笑得挺开心：“当然当然，教师办公室又不是什么禁止进入的机密场所，你随便找个位置坐一下。”

不得不说，李泽文的皮相和气质对于这样的年轻女老师来说简直就是大杀器。几分钟时间后，李泽文手里已经端上了一杯水，还获知了这位年轻女老师的大部分信息，譬如姓名、教龄、家住何处等。

女老师陈娟娟发挥起属于老师的独有好奇心：“李先生，你是学生家长吗？”

“学生家长？”李泽文咀嚼了这四个字片刻，眉眼荡开一个温柔的弧度，“算是吧。”

陈娟娟之前在办公室里批作业批得生无可恋，好不容易来了个活人——还是个相貌如此出众的异性，心情愉悦得简直要溢满整个办公室。恰好李泽文也是个善于聊天的人，两人的话题也从“升学考试的压力”变成“毕业班的老师真辛苦”再变成“班主任真辛苦”。

“我们当班主任的，真是压力很大，学校要升学率，年级要管理制度，家长要关注度……”陈娟娟一脸凄苦，“我连续当了六年的班主任了！我每年都跟学校申请不再当班主任了，学校都不同意！”

“班主任又忙又累不说，重要的是付出和待遇不成比例。”李泽文附和着陈娟娟说。

“对啊对啊，你说得太对了。”李泽文一语中的，再加上那深切同情和无比体谅的表情，让陈娟娟感觉简直遇到知音一般，“班主任真是难当，我头发都要掉光了。难怪人家说，上辈子养猪，这辈子教书；上辈子担粪，这辈子当班主任。唉！”

陈娟娟的段子让李泽文露出一点忍俊不禁的笑意，他道：“是啊，真的很辛苦。周老师这样的，更辛苦，他当了十几年的班主任了。”

“啊，周老师啊，他不一样的。”陈娟娟刚刚还充满愤懑的脸上浮现出佩服之色，“周老师是年级里对学生最好、最负责的老师。为了这些学生，周老师真是呕心沥血，鞠躬尽瘁。”

“那么辛苦，周老师一定顾不到家庭。”

“要说，他也没什么家庭好顾，周老师没结婚，父母也去世了。”陈娟娟心情复杂地说，“大概是因为这个原因，他真把学生当自己的孩子。”

“原来周老师没结婚？”李泽文表露出恰到好处的惊讶，短暂的思索后他问陈娟娟，“我以为重点中学的老师都是优质股。而且周老师这么有责任心，脾气也好……应该不难找对象吧？”

“当然不难了，但周老师不愿意。给他介绍对象的女老师多不胜数，我当年刚来学校的时候也打算把我大学的师姐介绍给他的，周老师拒绝了。”陈娟娟以一种格外惋惜的语气道，“这几年大家都知道他不准备结婚，没人再试图给他介绍对象了。”

“原来是这样。”李泽文缓缓道，目光落到了窗边周宏杰的座位上。

和其他老师的办公桌相比，周宏杰办公桌上的东西极多，台灯、图书、期刊、笔记本、学生的作业本都堆得高高的。不过他东西虽多，但相当整齐有序，它们被有条不紊地装在桌边一圈的小书架上，像一座小山。

此时下课铃声也响了起来，课间休息时分，几位实验班的老师拥进教师办公室，这其中也包括一边擦着手一边和同事说笑的周宏杰。

陈娟娟特别热心地笑着招手：“周老师，这位学生家长等你好一会儿啦。”

“学生家长？”周宏杰这时也看到了办公室里的李泽文，他连忙笑着迎上去，“啊，李教授，居然是你，你怎么来了？”

陈娟娟眼睛都瞪圆了：“周老师，教授？怎么回事？”

于是周宏杰又不得不对同事们介绍了李泽文的身份，于是接下来的几分钟，教师办公室里掀起了不小的热潮。

五分钟的寒暄过后，李泽文才有机会和周宏杰解释：“周老师，我不请自来，之前没有来得及通知你，真是抱歉。”

“哪有哪有，”周宏杰连连摆手，“李教授你真是太客气了。”

毕竟在一张桌子吃了顿饭，两个人之间完全可以说得上是“熟人”了，周宏杰关心地问：“李教授，你找我有什么事吗？”

李泽文点头，正色道：“我有些话想和你单独谈一谈。”

对这样的请求，周宏杰当然不可能拒绝，当即就说了句“好”，还提议找个清静的地方坐下来谈，毕竟教师办公室不是一个适合的场所。

周宏杰对南都二中这一带自然比较熟，熟门熟路地找了家挺精致的茶舍。

“我之前和学生家长来过这里，这里的环境挺好，适合说话。”

“确实不错。”李泽文当然不是来这里喝茶的，很给面子地随便夸了几句。

两人各自点了一壶茶后，李泽文开启了话题：“周老师，我这次不请自来，是要跟你谈一谈郗羽。”

周宏杰一点都不意外，两人之间的唯一交集就是郗羽了。

“好，你想谈什么？”

李泽文轻轻颔首，露出请教的模样：“周老师，郗羽跟我说过，你是她最尊敬的老师，即便当年转学走了你依然很关心她。我想你比我更了解她，所以前来求助。”

“怎么，李教授，你还不了解郗羽吗？”周宏杰奇怪地问。

“我和郗羽是两年前认识的，”李泽文说，“那个学期我开了一门专业课，她凑巧也选修了这门课，我因此认识了她……”

“等一等，李教授，你和小羽难道是师生恋？美国的大学居然可以师生恋吗？”虽然知道打断人家的话不好，可富有责任感的周老师还是着急地打断了李泽文的叙述。

作为一名敬业负责的老师，周宏杰对“师生恋”这三个字有着足够的敏感度和警惕性，这是一个严重的道德问题和伦常问题。

李泽文说：“当然不可以。我们是之后开始的。”

美国的大学在师生恋的管控上相当严格，根本原因在于老师和学生之间权力的不平等。老师们有权力，学生们相对弱势，如果老师用权力裹挟学生做什么，学生未必有能力反抗。这个政策也不是禁止一切校园恋爱，毕竟这个年龄段的老师和学生都是成年人了。倘若教授和研究生没有直接的师生关系，比如物理学院的教授和医学院的学生恋爱，就不在管束范围内。

“她是理科生，前后一共在我班上待了不到一学期——准确地说只有三个月，其中请假还超过一半时间，”李泽文从容地补充完自己的话，“不过，这几个月只能算我们熟悉起来的契机。”

这个解释也是实情，周宏杰听罢真诚地松了口气。

“那就好，不是师生恋就好，然后呢？”

李泽文垂下眼眸深思一会儿，又接着道：“熟悉之后我发现，郗羽这样的女生，在留学生群体当中是非常特殊的。”

周宏杰疑惑：“特殊？这是什么意思？”

“郗羽是我见过的最勤奋的学生，除了学业外她什么都不想，她没有任何娱乐活动，没有任何假期。她每周工作七天，每天工作十五个小时，每天早上八点前就会到达实验室，晚上十点回到公寓。除此外，几乎什么活动也不参加，最多参加一下留学生聚会——这还是因为她的室友是留学生协会的工作人员。”

李泽文这番描述极生动。周宏杰完全可以想象到自己的这位学生在美国的生活和工作状态，很单调，但更让人骄傲。

“她一直很努力，所以她最后才到美国去麻省理工这样的名校读书。”

“在美国读博士的女生，都是对自己要求很严格的，大都有完美主义倾向，即使已经很优秀，却总是觉得自己还不够好。但郗羽的情况已经远远超过这一层，”李泽文竖起一根指头轻轻摇了摇，“周老师，你能想象吗？她在美国五年时间，连一次旅游都没有，我认识的除了她之外的留学生，不论如何热爱自己的工作，基本都会选择在假期出去旅游，但她一次都没有。”

周宏杰不以为然，觉得李泽文小题大做：“这没有什么吧？如果从事的是自己喜欢的事业，这样全心全意地努力工作，从工作中获取乐趣，那么是否出门旅游并不重要。”

有意思的论调。李泽文于是说：“能够专心科研，从科研中获得乐趣，确实是一种很难得的天赋。随后我就发现了她另外一个问题。”

“什么问题？”周宏杰身体前倾，立刻问。

李泽文没有立刻回答。茶舍的服务生用托盘送来两壶绿茶，给两人斟上了茶。沉在杯底的茶叶在80℃的热水中舒展沉浮，将茶汤染得碧绿明亮，毫无瑕疵。

在适宜的停顿后，李泽文说：“以她的条件，是很受异性欢迎的，可她不谈恋爱，拒绝了每一个追求者。”

周宏杰显然不觉得这有什么大不了——考虑到他至今未婚，李泽文认为他的态度一点都不奇怪——周宏杰抬了抬下颌，语气里带着几分做了许多年老师才有的洞悉世事和骄傲：“这是肯定的，聪明漂亮的女生，在任何国家都会受欢迎。”

李泽文轻轻敲了敲茶杯，娓娓道来：“据我所知，追求她的人不少。比如有一位是她实验室的同学——美国白人，相当英俊，学术成果突出，美国著名油气集团的继承人之一，有巨额信托基金。这样的男性对任何女生都是最好的选择，好到几乎不可能有人拒绝。如果有这样的男朋友，签证、绿卡甚至入籍，所有留学生最担心的问题都不会再成为问题。她可以用最轻松的姿态跨越阶级。”

周宏杰显然不这么认为，他脸上的表情有些不以为然——似乎惊讶于李泽文这样的教授怎么会说出这样市侩的话来。

“李教授，你说了‘几乎’吧？说明这世界上的事情总有例外。也许你说的这个美国人条件是不错，但关键是小羽怎么想。虽然现在时代不同，说一个人‘不为五斗米折腰’好像在骂人，但小羽就是这么纯粹的人，一旦下定决心，恐怕对方的条件再好也不能使她动摇。”

李泽文摇了摇头，声调也低沉下来：“如果仅仅是纯粹，那么我今天就不会在这里了。我认为，如果是因为个人的志向和兴趣问题拒绝异性，这没问题，但她不是。郗羽对靠近她的异性都抱着相当强的警戒心。”

“警戒心，这是什么意思？”

“去年感恩节前后，郗羽发了高烧，在图书馆晕倒，被送进了医院——这对她来说是很罕见的，她从来都是轻伤不下火线的类型，如果不是因为身体实在承受不了，几乎不可能踏进医院的大门。”

“这么严重？”周宏杰吃惊道。

“我得知了消息以后去医院看她，”李泽文感慨地喟叹一声，“她当时高烧到39.8℃，整个人开始说胡话了，迷迷糊糊半睡半醒的时候，她在叫我‘走开走开走开’，偶尔情绪糟糕时甚至还骂我‘滚开滚开’，发完脾气后又不断地跟我说‘对不起’。”

周宏杰瞪大眼睛，露出了愕然之色。他不知道郗羽在美国的日常生活到底如何，但他和大部分普通人一样，认为“在美国名校读研究生”代表着人生已经成功了一大半。即便还没有彻底成功，成功也是指日可待的事情，哪里会知道郗羽在美国的生活远非普通人设想的一帆风顺。

“她那时候在发高烧，因此我相信她说出的话是真的。”李泽文苦笑一声，“我对心理学略有涉猎，可以判断出她恐怕有比较严重的创伤后应激障碍，如果不接受治疗，在可见的未来，甚至可能会恶化成精神分裂。”

“创伤后应激障碍吗？”周宏杰喃喃自语。作为著名师范院校毕业的大学生，周宏杰学过专业的教育心理学，当然知道这个著名的心理病症。

“撇开我对她的好感不提，她就算仅仅是我的学生，我也不可能让她的精神出问题——她需要专业人员对她做心理干涉。”

“真的有那么严重吗？这些年我一直建议她父母给她找心理医生，她的爸爸妈妈也确实这么做了，平时也很注重她的精神健康。”周宏杰难以置信，“在她去美国前这十多年，我一直和她有联系的，我每学期都会打几次电话问她学习生活情况，我能感觉，她恢复到了当年的开朗活泼，情况……不会这么糟吧？”

“精神上的伤痕从来都不容易消退，我想，她在美国的几年时间，精神状态再次变得不稳定了。在美国留学不是一件很容易的事，尤其在麻省理工，学业压力非常非常大，淘汰率极高，学生自杀率在全美高校位居前列——就在郗羽到美国的第二年，她所在的系就有一名留学生跳楼自杀了，现在网上还可以搜到相关的新闻。”

周宏杰沉默了好一会儿，随后指出：“你刚刚说小羽拒绝了很多男生，但是李教授，你现在是她男朋友，我想是不是可以说郗羽的心理包袱其实没有那么大？”

李泽文露出一缕轻笑，但很快就消失不见：“大约是我比其他追求者年长一些，也更有耐心一点，最终，她终于接受我，放下了对我的戒心，还告诉我潘越这件事。我直到这个时候才知道她的‘对不起’是对谁说的了。但随后带来了更大的疑惑。”

“什么疑惑？”

“因为……”李泽文语气沉缓，“她太内疚了。她不应该这么内疚。”

周宏杰的身上一直有一种温和的气质，但这不意味着他没有脾气，李泽文眼见着这位优秀老师的气质锋利起来，“李教授”三个字咬得格外用力：“你这话是什么意思？”

“周老师，还记得前几天那顿饭吗？”李泽文平静道。

“记得。怎么了？”

“就是那顿饭后，郗羽要跟我分手，她对我很抱歉。”李泽文呼出一口气，眼眸里写满了深切的无奈和痛楚，“她觉得自己还是不能放开过去，对不起死去的潘越，没办法跟我在一起。”

“啊？”

李泽文道：“我之前就觉得，潘越的死和她完全没有瓜葛的话，她不应该这么内疚。我不想以恶意揣测郗羽，但我思来想去，只有一种理由可以解释，那就是她隐瞒了一些事情没有告诉我。”

周宏杰不客气地反问：“你认为是什么事情？”

“有两种可能：第一种可能，潘越的死的确是被广泛传播的流言刺激所致，而流言的确是从郗羽那里传出去的；第二种可能，潘越坠楼那一天，郗羽是班级里的值日生，两个人放学后同时留在学校里……我很难想象世界上会有这样巧的事。”

这番话显然给周宏杰造成了剧烈的影响，他的情绪明显地产生了跌宕起伏，各种表情在他脸上交织而过，呼吸也急促了好几分：“你是说，你认为潘越的死和郗羽有关？”

李泽文以一种冷静克制的态度道：“周老师，两天前，我和郗羽见到了孟冬。”

“孟冬？”周宏杰一时间有些没反应过来。

“对，就是潘越的好友孟冬，郗羽联系上了他。恰好他在南都，我们见了一面，”李泽文把孟冬的话告知周宏杰，“……根据孟冬的说法，在潘越坠楼的那天，也就是5月11号，潘越计划在放学后和郗羽见面——他知道当天郗羽做值日，于是放学后没有着急离开学校，到了楼顶等她。”

周宏杰睁大眼睛，一脸愕然：“潘越说要和郗羽见面？”

“至少孟冬知道的是这样。”

“那这其中一定有什么误会。”周宏杰斩钉截铁道。

李泽文平静道：“误会？我不这么认为。”

“所以你认为，她和潘越见了面，害死了他？”周宏杰的表情已经称得上风雨欲来了。

李泽文如同做学术报告时那样冷静自持：“我要澄清一点，我不认为郗羽和潘越的死有直接关系，但极有可能有间接关系。且不说流言的问题，就算是郗羽传出去的想必她也不会是存心的；我最想知道的是，郗羽和潘越见面时到底发生了什么，我倾向认为，郗羽无意中说了什么话才导致潘越结束了自己的生命。所以，我今天才来找你，希望你可以从老师的角度给我一点建议。”

周宏杰问他：“也就是说，你认为郗羽当天放学后见了潘越，是潘越坠楼的间接原因。”

李泽文抬了抬手腕又放下，说法异常委婉：“我是一个理性的人，我认为，最合理的解释就是这种可能。”

他冷冷道：“郗羽自己怎么说？她也说自己见了潘越吗？”

李泽文摇头：“不，她说自己没打算和潘越见面，也完全不知道这件事。”

“你不相信她的说法？”

李泽文半垂着眼眸，手指轻击茶杯，脸上浮现出格外复杂的表情。

“周老师，人的大脑并不是一台精密的仪器，大脑里记住的事未必真的发生过，发生过的事情也未必能记住——有成百上千篇论文可以证明，80% 的创伤后应激障碍患者会产生认知偏差，60% 的创伤后应激障碍患者会产生记忆偏差。这样的猜想很合理，可以解释郗羽长久以来为什么那么内疚。”

周宏杰斩钉截铁地摇头：“也就是说，你不相信她的话。”

李泽文无声地叹了口气，没有表态，然而没有表态就是态度了。

“我可以负责地说，郗羽和潘越的死没有半点瓜葛！”周宏杰打破了沉默，抬高了声音——这声音实在有点高，引得服务生都看了过来。他下意识降低声音，激动的情绪半点不少，“郗羽绝对不可能和潘越的死有什么关系，郗羽和潘越分属两个班，他们甚至都谈不上熟悉，平时连话都没有说过。”

当了这么多年老师，周宏杰不可能总是保持温和的状态，他也有脾气，一张脸板起来的时候，那种严肃感是能给人带来很大压力的。

“你是大教授，你不会不知道，社会上对漂亮的女孩子存有偏见，非常大的偏见，哪怕她们什么事情都没有做错，责怪也从天而降。你能想象吗？那么多流言蜚语都集中在一个女孩子身上，说什么难听话的人都有，她这些年承受的精神压力根本不是你可以想象到的！郗羽为什么这么愧疚，是这么多年的流言蜚语带给她的压力！是因为她是一个善良的好孩子！”

周宏杰说到最后，情绪如此激昂，看着李泽文的神色也充满了无奈和失望。对他来说，李泽文身上的厚厚光环已经完全褪去了。

“李教授，我以为你这样的教授比起普通人，一定更理性、更包容，能站在郗羽的角度想问题，没想到你居然是这样的想法——如果你真的喜欢她，仅仅通过她想和你分手你就怀疑她和潘越的死有关，你让我非常失望。”

李泽文静静听着周宏杰激烈的言辞，直到他发完脾气才道：“我就是因为站在她的角度才会疑心。周老师，你可以想象这样一种场景，郗羽生了一种奇特的疾病，这种疾病带给她极大的精神冲击，摧毁了她的自信心和判断力，需要诊治才能治好。准确的诊断，需要掌握最根本的病因。毫无疑问，潘越就是病因——更具体一点，她和潘越的关系是她的病因。”

周宏杰面无表情地听着。

李泽文继续道：“我要掌握她的病因，才知道到底应该怎么对她，怎么在不触及她心理伤痕的情况下劝说她去看心理医生。因为如果她不面对现实，她的疾病永远也好不了。”

李泽文的这番话让周宏杰平静多了，至少看上去情绪稳定了。

他冷冷回答：“行，我现在就回答你，你刚刚说的两个可能是你一厢情愿的猜想而已，这是不可能的。”

“不可能？”

“第一，关于流言的问题，不可能是郗羽告诉别人的。你不是郗羽的老师——至少当年不是她的老师，你不了解当年的她……你也不了解现在的她。她是一个特别纯洁特别善良的好孩子，说起早恋的话题，她都会面红耳赤、不好意思，她绝对不是把自己和某人私下的谈话传得满城风雨的人。

“第二，潘越去世的那天，郗羽没有和潘越见过面，她没有那个时间。那天郗羽是值日生，我当时在教师办公室里备课。到了五点四十分左右，我想看她是否做完值日，毕竟当天就她一个值日生，任务还是挺重的。我走出办公室就看到她双手端着大垃圾筐下楼去了。教室是在五楼，从她下楼倒完垃圾，再上楼收拾书包、锁门，再次下楼——大约要四五分钟，潘越是五点四十五分坠楼的，她根本没有和潘越见面的时间。”

“但郗羽说那天放学后就独自打扫卫生，没有看到你，周老师。”

“这是当然，郗羽那会儿都走到楼梯的拐角处了，我也只看到她一个侧影。她那天扎着双马尾，头发一跳一跳的，我印象很深刻。”

李泽文看起来没有完全被说服：“这并不能说明她中间没有离开教室去楼顶。”

“她不可能离开教室。打扫教室并不是轻松的活儿。我总结过，如果是两名值日生一起打扫教室的话，大约耗时二十五分钟；那天郗羽一个人做清洁，但只用了不到四十分钟，时间很紧张。她下楼倒垃圾后，我到教室里看了看，教室干净整洁，和两名值日生打扫教室的效果一样——甚至还更好一些，因此她根本没时间到楼顶去和潘越见面交谈。”

“原来如此。”李泽文抬起手揉了揉眉心，此前他表情严峻，此刻才有了舒缓的迹象，“关心则乱啊……看来也许是我想得太多了。”

“正是如此。李教授，郗羽没有瞒着你任何事，她告诉你的就是实情——她和潘越的死真的没关系。”周宏杰说，“李教授，我希望你能反思自己，信任她。倘若你做不到，就离开她。对郗羽来说，信任是一件极其重要的事情。她不应该再承受怀疑和责怪。”

李泽文露出了后生晚辈听到金玉良言时的受教表情，正色道：“谢谢指点，我记住了。”

虽然这位教授之前的话让周宏杰很不愉快，但他态度还算可嘉。周宏杰当了这么多年老师，自然也有容纳别人犯错的胸襟，他神色慢慢回暖，僵硬的谈话氛围渐渐有好转的迹象，但李泽文心里有数，自己在这位周老师心中的印象恐怕是不可能恢复了。

周宏杰的表情充分说明他完全没有任何谈兴，他招来服务生果断结账——没给李泽文机会——结完账后，他利落地站起来：“好了，话说完了。我要回家备课了。”

目的已经达到，李泽文不会阻拦。

两人离开茶舍，李泽文最后客气道：“周老师，我的车就在附近，要不要送你回家？”

周宏杰指了指学校的东北角：“不用，我就住在学校的宿舍，穿过学校就到了。不过，还有一件事……”

“什么事？”

“你和郗羽会不会分手？”

“我希望这样的事情不会发生。”

周宏杰盯着他看了好一会儿：“也就是说，你没有十足的把握。”

李泽文拿着车钥匙站在汽车旁，在路灯的暗淡光芒下，漆黑的车身上映出了他隐隐约约的侧影：“这件事的主动权不仅仅掌握在我手里。实际上，如何处理我和郗羽的关系是我最没有把握的事情之一。”

就算周宏杰至今独身一人，但他知道感情的事情从来都不是一个人说了算的。他感觉李泽文的人品相当复杂，但不论如何，李泽文对郗羽是关心的。

“不论你和郗羽最后会如何。李教授，既然你们都在美国，还请你多关心一下她。如果有可能的话，在她遇到困难的时候能帮她——比如你刚刚说她生了病的时候，去医院看看她。”

说话时，周宏杰表情异常郑重，隐约让李泽文有了一种“托孤”的感觉。饶是以李泽文的双商，在这一瞬间居然也不知道应该选择哪一个答案。

他端详着面前这位普普通通的中学老师，整理着自己的心绪。周宏杰不高，仅有一米七，身材很是消瘦，仿佛常年营养不良，他站在李泽文面前明显小了一号，不够显眼也不够夺目，仿佛扔在人堆里就会湮没。

可以说出口的回答有千万个，但李泽文最后选择了最简单的一种。

“我会的。”

第十四章

细节 / ZENG NI YI YE XINGKONG

李泽文推门进屋，他出门仅仅两个小时，客厅的状况就有了较大的改变。

这是一套商务套房，客厅不小，保守估计也有五十平方米——此时，豪华的客厅似乎变成某公司的会议室，喷墨打印机“呼啦呼啦”勤劳工作；前几天搬来的白板从客厅中央移动到了右侧墙壁处；客厅中央的沙发被挪开，立式投影仪巍然矗立，投影仪五米开外，三脚架支起了100英寸的投影幕布。

周翼靠着书桌，正取下打印机上的打印纸——他半个小时前结束了和华耀分公司负责人的聚餐回到了酒店，就被蒋园指挥着干一些文员的工作。

蒋园坐在地毯上，手里抱着一台笔记本电脑正在查资料，看到李泽文进屋，她直接从地毯上蹦了起来，志满意得地宣布：“程茵的背景调查有进展，我查到了非常有意思的消息！”

蒋园的办事效率一如既往地可靠稳定，作为整个集团的情报部门的副主管，蒋园有许多获取信息的渠道。虽然这次她办的是私事不是公事，许多渠道不能轻易使用，但同时，她侦查的对象的难度也降低了，一不是政要，二不是大型企业，三不是名流富豪，因此即便是仅剩的手段也足够查清楚许多事情了。

李泽文放下车钥匙，一边换鞋一边问：“都查到什么？”

蒋园拿着自己的手机在客厅里踱步，一五一十地汇报进展。

“昨天开始，我就做了一些初步的调查工作，我的线人刚才反馈了基本信息给我。两方面的信息相结合，我整理出了一条时间线……”蒋园是做习惯了这种总结，讲起话来抑扬顿挫，富有节奏感，“柳心艺今年五十三岁，和潘昱民同龄。我的资料来源缺乏，查不到她早年的信息，但从她初中开始，一切就有迹可循。根据《校志》，我们知道她的初中在南都二中读的。在南都二中念了三年中学后，她没有直升高中，考入了省里的艺术学校——这是很不错的去处了，八十年代早期，选择读高中的人不多。”

李泽文在沙发上落座，随口问：“有没有她的照片？”

“有，这是标准程序。”蒋园对周翼挥了挥手，周翼微笑着敲了膝上的笔记本上的某个键，投影屏幕上弹出一张准备好的照片，“这是柳心艺的证件照。”

这张照片应该有相当的年头，像素很低却让人眼睛一亮，照片里的年轻女子肤色白皙，双瞳剪水，柳叶细眉，嘴角弯弯——毫无疑问，是个真正的美人。

“她跳民族舞的，长相也满古典的。”蒋园赞叹道，“郗羽说她在家长群体里十分醒目，绝对没夸张。”

其实，柳心艺的长相有点类似现在的网红脸，比起那些动过刀子，不自然的网红脸，柳心艺的五官是清水出芙蓉的美丽，她的证件照是纯素颜，和那些浓妆艳抹的网红脸比也不相上下。周翼动了动手指，屏幕上又跳出一张程茵的照片，两张照片放在一起，完全展现了遗传学理论的正确性。

“一般来说，美貌在遗传时会打折扣，我估计程茵卸了妆，很可能不如她妈好看。”蒋园对李泽文一挑眉，“李教授，你见过程茵素颜的样子吗——哦，这个比较难，淡妆的样子呢？”

“没有，我和她没见过几次。”李泽文当然也习惯了蒋园的习惯性跑题，回答得很快，“别转移话题，继续说柳心艺。”

“好吧。”蒋园奉命又换上正经脸，“从艺术学校毕业后，柳心艺被分配到了省里的歌舞团当舞蹈演员。刚刚周翼总助在本省的年鉴、大事记和文艺志里搜索过，发现她不是只有脸好看，舞蹈事业发展得更好，她年轻时的独舞《天问》《驼铃》两次获得过本省的舞蹈比赛的一等奖，尤其是《天问》还获得过一次国家级舞蹈比赛的二等奖。考虑到一等奖的获奖人选只有三名，她的二等奖含金量很高，这绝对是相当了不起的成就。”

她说这话时，语气中满含敬佩之意，她一向很佩服在自己的行业内取得了很高成就的女性。

配合着蒋园的解说，周翼控制着笔记本电脑，让投影幕布上展现出与之相应的资料。

“这是我们在艺文志、年鉴中找到的几条和柳心艺有关的记录。”

李泽文看着投影幕布上的截图，瞬间估算出她获奖的年龄，分别是二十岁、二十二岁、二十四岁。

他问：“二十五岁后，再也查不到她的获奖记录了？”

“是的，完全搜不到，一条也没有。”

“柳心艺哪一年结婚的？”

“正是二十五岁这一年。”蒋园很是遗憾地叹了口气，“她和一个叫谢小林的男人结了婚，几个月后生了一个女儿。我认为她的婚姻是她的人生转折点，一个才华横溢、本可能成为舞蹈家的青年舞蹈演员从此泯然众人。”

周翼补充说：“结婚生子是女性舞蹈演员的一大劫难。大部分女性舞蹈演员生孩子之后，专业技能都会荒废，要付出无数的努力才能保持状态。更何况柳心艺的情况更复杂一些，我想她面对的环境让她很难维持最佳状态，她不得不花更多时间在家庭上。”

“说说她的家庭。”

蒋园道：“查不到太多资料，只知道这次婚姻的时间很短，不到一年时间，谢小林去世了，他当时二十八岁。而柳心艺此时正在坐月子。”

“死亡原因是？”

“查不到。”蒋园摊了摊手，“你知道档案法的规定，到今年，他已经去世了接近三十年，且他没有直系亲属，毕竟三十年前没有电子档案。”

国家的档案保存有一套严密的措施和一套法律来保证。简单来说，如果一个人没有直系亲属，也不是什么富有纪念意义的重要人物，其存在各部门的档案经过二十五年后会被销毁。

“你们在数据库里查过‘谢小林’吗？”

柳心艺在自己的专业内获得了很大的成功，很难想象她这样的舞蹈演员会找一个毫无名气的老公。

“当然查了，颇有收获。”蒋园很有气概地一挥手。

投影幕布上显示出一张截图，这是南都市地方志编纂委员会在三十多年前编撰的一本《南都地方志：经济卷》中的一页，里面记载了某领导和本市青年企业家某某、某某、谢小林等人进行了座谈。

“青年企业家的头衔充分证明，”蒋园宣布，“谢小林有身份，还有钱。”

周翼补充：“估计长得也不算差。否则就算他有钱，也很难娶得到柳心艺这样的舞蹈演员。在外人看来，这两人应该是比较相配的。”

“柳心艺和他的结婚日期是哪天？”

蒋园明白李泽文的意思，带着微妙的笑容：“她的结婚日期和潘昱民的第一次婚姻的结婚日期很接近，前后相差一个月零十七天。”

说到这里，蒋园微妙一停。正如说相声有逗哏和捧哏这两种分工，李泽文很配合地问：“柳心艺的第一个孩子的出生日期是？”

蒋园的笑容更微妙了：“孩子是在婚后七个月出生的。这孩子是不是第一任老公的，很值得商榷。”

周翼摇头：“还有一种可能，孩子是早产儿。”

在蒋园接收“线人”的资料时，周翼也配合着在公网上做背景调查，对此案件的前因后果很了解。他说这话，不是要和蒋园抬杠，只是要指出所有的可能性——所谓真理越辩越明，道理越讲越清。

“如果是普通的家庭，孩子在结婚后七个月出生，我肯定认为孩子是早产，或者是带球结婚；但对柳心艺这个复杂的女人来说，她老公‘喜当爹’的可能性极大，”蒋园翻了个白眼，“至于谢小林知不知道这孩子的生父是谁……说这个也没意义了，老婆还在坐月子时，他就死了。”

李泽文点了点头：“说说她的第二任丈夫。”

“歌舞团的女孩子，长得又漂亮，在什么地方都不缺乏人追求的。柳心艺二十六岁时，也就是她老公死了一年后，她结了第二次婚，丈夫是一名海员，叫程致远。婚后一年，她和程致远又生了一个女儿，这就是程茵。她的大女儿也跟着后爹姓，叫程若。”

“能让大女儿跟着后爹姓，可能有那么一段时间，这一家四口的家庭关系还是可以的。这一次婚姻持续了六七年时间，就在程茵上小学的那一年，柳心艺和程致远离了婚，两个女儿都跟着母亲。接下来的这些年，柳心艺没有再婚，一个人带两个女儿生活。”

李泽文问：“她的经济情况如何？”

“一个离异的女人带着两个女儿生活，日子肯定是比较艰苦的，但柳心艺不属于这一类。第一任丈夫是企业家，第二任丈夫的经济条件也不错，要知道二十几年前海员的月薪是工薪族的十几倍，他们是拿美元的，”蒋园说，“更别说也许还有潘昱民给钱。”

“程致远的联系方式找到了吗？”

“毫无难度。他现在是中恒远洋集团一艘远洋油轮的船长，每年工作半年休假半年。线人给了我程致远的手机号，但没用，打通后语音提示不在服务区。很可能他此时正漂泊在海上，要联系只能打卫星电话——但我没拿到卫星电话号码，我们手头也没有卫星电话。”

周翼接上她的话：“我一位朋友就在中恒的总部做 HR（人力资源），我问了他，他表示明天上班后就会在系统里查询程船长的卫星电话号码。”

“程致远的照片呢？”

“照片我还没来得及找，我想没难度，随便一搜应该就有。”

信息时代里，每个行业里能做出成就的人都不可能毫无踪迹可寻。几乎是眨眨眼的工夫，周翼就在远洋集团的官网上找到了程致远船长的照片并将之投影到幕布上——看到屏幕上那位穿着白色水手服、颈上挂着望远镜、肩章四道杠的中年男人后，饶是李泽文素来冷静，看到照片的一瞬间也陷入了无语。

周翼谨慎道:“这位程船长和早上见过的那位潘总工长得……比较像。”

“简直和三流小说一样，”蒋园发出“呵呵”的冷笑声，“如果说之前是间接证据，现在这个就是铁证了！就算是郗羽恐怕也只能承认潘昱民和柳心艺有私情了吧。”

的确是十分巧合，巧合得堪称“无可辩驳”。

真是复杂的一家人，李泽文给自己倒了一杯水：“说说程茵的姐姐程若。”

蒋园的精神再一次振奋起来，她重重拍了下茶几，就像几百年前的县太爷升堂后拍惊堂木一样。

“这就是我要说的，最有意思的一点——程若死了。”

说不好是因为声音的刺激还是因为这句话的刺激，李泽文停下了喝水的动作，猛然抬眸看向蒋园。

蒋园显然为自己放了如此大的一个卫星而得意，而李大教授吃惊的表情有效地刺激了她的表演欲。

“没想到吧？”

蒋园从墙壁旁拖过白板，用力地将手中一张照片钉上白板上空余的地方。

“这就是程若的照片，线人给我的。”

程若的照片也是证件照，因为年头久远，像素同样不太高。照片里的程若留着长发和刘海，和程茵有八九分相似——这也难免，姐妹俩的五官特征明显遗传自母亲。

周翼看着蒋园的举动，忍不住莞尔，他没忘记自己的本职工作，立刻在投影幕布上展示了一张死亡证明。

李泽文盯着屏幕——死亡证明是警方开具的，十分简略，仅有时间、地点、人物和事件这几个要素，上面写着，十四年前的5月16日，程若在南都市的崇光湖溺水死亡。

“最有意思的是时间，5月16日就是潘越坠楼后的第四天。”蒋园说得意味深长。

李泽文转过身看着蒋园：“这是命案，警方一定有程若溺死事故的调查报告。”

“我虽然很能干，但还没有那么能干，”蒋园兴奋的神色退却不少，“公安系统的档案保管是很复杂的，纸质文件、电子文件，不同权限能查到的资料不一样的。我已经委托线人进一步查询了，大概在两天内可以拿到案卷。”

李泽文点头表示做得好。

“我敢保证，程若的溺死事件里面一定有很多名堂。”蒋园发出微妙的笑声，“在柳心艺和潘昱民这样微妙的关系下，两个人的儿子女儿在一周时间前后死掉——没准这两个还是同父异母的兄妹……”

是啊，任何一个稍微有点社会经验的人恐怕都会觉得这里面不单纯。她这么兴奋也情有可原，不论从哪个角度说，这都是一条极其重要的线索。

“至于程若死后发生了什么，这就是我们已知的内容了。当年六月，柳心艺和程茵母女两人的户籍资料迁移到了相邻的安江省。之后，柳心艺就完全没有任何消息，我也完全找不到她工作的证据。在程茵参加高考那一年，柳心艺去了加拿大，改了国籍，这也是我了解到的她在国内最后的记录。”

“查不到她回国的记录？”

“查不到。至少以‘柳心艺’这个名字来查，没有任何出入境记录。”

“程茵跟我说过，数年前她母亲和一个加拿大华人结了婚，随后去了加拿大。柳心艺既然是通过婚姻移民去的加拿大，那她有极大可能改了姓。”

“我怎么完全、丝毫、一点都不奇怪呢？”蒋园加重语气，“柳心艺长得很漂亮，哪怕她已经年过四十，也很漂亮。对她这样漂亮的女人来说，找一个有钱的男人作为长期的饭票，一点都不难。哪怕她有情人，嫁了两次，死了一个老公一个女儿，有很复杂的过去，也总有男人不介意这些。”

“……”周翼低下头轻笑，“总觉得这话不太对。”

蒋园“哼哼”冷笑着瞪了一眼周翼，又说：“你要不要查柳心艺的近况？你想知道的话，我通过加拿大那边的渠道来查。”

作为大公司的情报部门副主管，蒋园的办法确实很多——这些年国内移民加拿大的富人非常多，向加拿大转移资产的人也很多，为了彻查某个人的背景，她在加拿大当然有着丰富的人脉。

“不要动用加拿大的关系。那边办事效率太差，起码需要好几天时间，真的想要知道柳心艺的近况，还有许多更有效的办法。”李泽文说。

“对啊，更直接的办法就是你直接问程茵了，虽然我认为她未必会告诉你实情……但也没准是吧？她明显对你有意思呢。”蒋园深沉地摸了摸下巴，“程茵这一家人，迷雾似乎比潘家还要浓呢。”

李泽文没作声，他面前摆放着蒋园今晚的累累成果，垂着眼眸思索了一会儿。

蒋园提示他：“还有一点，今天这些发现，要不要告诉郗羽？”

周翼也说：“还可以让黎警官再去档案室查一下？他既然能找到潘越事件的案卷，应该也可以找到程若溺水事件调查的卷宗。”

李泽文当即否定：“这件事情暂时不要告诉郗羽，也不需要让黎警官去查了，这不合规定，对他在系统内的发展不好。”

“又一次不告诉郗羽？”蒋园反问。

李泽文看她一眼：“是。这件事我要想一想。”

“好，你说什么都对。那明天的计划呢？你还去图书馆吗？”

“我去图书馆的计划不变，”李泽文说，“你继续调查柳心艺。”

“OK, 对这神秘的一家人，我兴趣越来越大了。”蒋园的眼睛闪闪发亮，那是强烈的自信光彩。

和所有大城市一样，南都市有好几个图书馆，省图书馆、市图书馆还有一个少儿图书馆，毫无疑问，规模最大的当然就是省图书馆。郗羽当年常常来省图书馆看书，当然也有借书证，不过几年时间过去，证件早就到期失效——于是她和李泽文一道在图书馆一楼的前台办理了临时借阅证，随后两人到达三楼，进入了旧报刊阅览室。

“今天没看到园姐？”郗羽问他。

“她有其他事情。”

省图书馆的旧报刊阅览室面积不大，只有不到二十套桌椅，里面空无一人——实际上整个省图书馆也没有多少人，让郗羽为本省的阅读率而担心。李泽文和图书馆工作人员简单沟通后，旧报刊阅览室的负责人——一个五十岁左右的阿姨取出了厚厚的几大沓报纸递给两人。

成效非常可观，十几分钟后李泽文就在当年的旧报纸里翻到了郗羽母亲的那篇采访稿——文章标题中规中矩，“我市地标性建筑落成”。文章发表于十四年前的三月份，就在潘越出事的两个月前。

这是一篇很正常的新闻稿，图文各占二分之一。在这篇采访稿里，作为总设计师的潘昱民讲述了自己为什么要这样设计金融大楼，这个结构代表了这个城市的什么寓意等等。

李泽文拿出手机，对着报纸上的新闻稿拍摄了几张照片，又继续翻阅报纸。

郗羽当然不会以为两人来图书馆只是为了查一篇旧新闻，还没等她问，李泽文就示意她继续翻看：“在旧报纸里找一找和潘昱民、省建筑设计研究所、中国建筑设计中南分院的有关的旧新闻。”

“好，明白。”

既然自己的母亲采访过潘昱民，必然还有其他记者也采访过他。诚如李泽文所言，潘昱民的过去也许是解开潘越之死的钥匙。

图书馆的阅览室全天开放，两人把自己当作人肉搜索引擎，开始翻阅大量的旧报纸。在晨报之后，晚报、日报都被借了出来。前后二三十年的旧报纸堆在一起，其分量相当惊人。时不时地，李泽文还在随身带来的笔记本电脑上查询一些资料，以期加快搜索速度。

“人肉搜索”不是容易干的工作，枯燥又乏味，幸亏两个人都是名校博士毕业，阅读的专注力和图书馆的“坐功”起码都练到了十级，在图书馆待上一天完全是小 case（事情）。哪怕省图书馆的座椅又硬又木，比起美国大学图书馆里遵循人体动力学的座椅逊色多了。

连见多识广的管理员阿姨都深深佩服两人，在李泽文再一次请她拿旧报纸的时候，她终于没忍住自己的好奇心，试探着问：“你们是做研究的吧？”

李泽文笑着回答：“是的。”

“我想也是，”阿姨深深觉得自己的眼光还是挺准的，“除了做研究的，我再没见过谁能这么一坐就是一天了。你们看旧报纸是研究什么啊？”

“研究本省近三十年的建筑风格。”

“这有什么可研究的啊，”高大上的名词显然糊弄住了阿姨，她挺满意地点了点头，“但报纸上的资源比较少，你们还可以去看一些建筑专著。”

李泽文笑着回答：“谢谢阿姨，我们下午就去。”

整整一上午的辛苦，两人翻看了成千上万份报纸，找到的旧日新闻超过了两百条，和潘昱民有关的大约有五六条，剩下的就是他曾经待过的两家建筑设计院的相关新闻。从这些新闻稿里可以看出，不论潘昱民的人品到底如何，他对自己的这份职业投入了百分之百的热情。当然也只有投入这样的热情，事业才能取得成功。这五六篇新闻稿还有配图一张，是潘昱民在自己的办公室内的照片，照片里的潘昱民神采飞扬，自信满满。

中午时分，两人随便在图书馆边上的小饭店吃了一碗面后又再次返回图书馆，这次两人不再去旧报刊阅览室，而是去了二楼的大阅览室。

李泽文在电脑上查询了片刻，然后找到了一大堆诸如《江淮省建筑与设计 1980-1985 年》《中国建筑年鉴 1990 年》《中国建筑设计作品档案 2000 年》之类的著作。

这些建筑类的汇编丛书都是大部头，堆在桌子上足有一米高。

“真是多啊，什么时候才能看完？”

李泽文不但不觉得多，还有些轻微遗憾：“在图书馆查资料有时候就是会遇到这样‘不完整’的事情，毕竟不是档案馆。”

的确，从书脊上的年份来看，这种总结性的图书有漏掉的年份。郗羽完全理解李泽文在图书完整性上有轻微强迫症——基本上每个学者都有这样的小毛病：“你看这些建筑书是为了解潘昱民设计了什么建筑吗？”

“去住建局、规划局找备案的设计档案要走流程，我们的时间太短，寻找公开资料更快一些。”

于是两人对着复杂无比的建筑类图书看了两个小时，在郗羽觉得自己即将成为一个建筑专家时，她接到了来自黎宇飞的电话。

“小羽，我和徐队长说过了，你们现在就过来分局吧。”

昨天晚上郗羽回家后就对黎宇飞提出了“见一见你们徐队长”的要求，黎宇飞没什么犹豫就点了头，第一次见面时李泽文就给黎宇飞打了预防针，因此他早就有安排见面的打算。

今天一早上班后，黎宇飞就问了徐云江是否同意和自己的小姨子郗羽见面，徐云江一愣后就反问：“是你那个在美国名校读博士的小姨子？”

公安队伍的袍泽之情是很深厚的，警察们值班加班的时间很多，每天的相处时间比普通上班族多，少不得常常要聚在一起谈天说地。“小姨子是在美国读博的学霸”也被黎宇飞当成新闻和同事们都说过。

“是的。前两天，我老婆跟我说了这样一件事，就是我小姨子当年在南都二中读书的时候，曾经遇到过一起案件……前几天我去档案室找周大姐把案卷的资料找出来看了看，发现徐队你也参与调查了这件案子。”

徐云江挺安静地听着下属说完了前因后果，点了点头：“是的，这件案子我记得。”说着他掏出烟来点了一支，黎宇飞立刻掏出打火机帮他把烟点燃。

“我记得那个自杀的男孩叫潘越，而你那个小姨子，是叫郗羽吧？”

那瞬间，只能用“呆若木鸡”来形容黎宇飞的表情。

三秒钟后，黎宇飞才回过神来：“队长，你记忆力真的太好了！”

徐云江的确参与了潘越坠楼一案的调查，可这是十四年前的案件了——徐云江当刑警超过八年时间，参与调查的刑事案件起码超过了一百起。

这上百起案件里什么稀奇古怪的案件都有，相比较而言，潘越坠楼这一案应该是很不起眼的小案子，相隔十四年后，队长居然可以报出自己小姨子的名字，这是何等的记忆力啊！

徐云江显然也很满意自己的话给下属带来的震撼感，他说：“这件案子有一定的特殊性，所以我记得细节。”

黎宇飞也并非泛泛之辈，他顿时抓到重点：“特殊性？”

“和你也有点关系。”

“什么？”

徐云江把烟灰抖进烟灰缸里，说：“几年前你结婚的时候，队里的人都去你的婚宴上喝了喜酒。我在婚宴上看到了你的小姨子，当时觉得她眼熟，你老婆一家姓郗，这不是个常见的姓——然后我想起了我十几年前调查命案时问过她的话，虽然过了十几年，她模样变化不大。”

“我这个小姨子这次回国不是一个人，她还带了她老师，美国哈佛大学的一位教授。”黎宇飞无奈地摊了摊手，表明自己对这起旧案的无能为力，“看过卷宗后，那位教授的态度很微妙，他似乎认为这件案子可能有隐情，潘越……可能不是自杀。”

徐云江深深抽了一口烟，意味深长地看了眼自己的下属，暂时先没追究“下属拿案卷给外人看”这件事——他知道黎宇飞不是这样公器私用的人，恐怕也是觉得这案子没什么大不了才申请借阅。

“不是自杀？”徐云江说，“这个教授是基于什么原因得出这个结论的？”

“我不知道。他看上去对这件案子有自己的想法。”

李泽文的身份对任何人都是有说服力的，徐云江思索了一会儿：“他是哈佛大学的教授，那他教什么？”

“听我小姨子说，教政治学。”

“政治学，和犯罪学不搭边啊。”徐云江说着，两条浓眉竖了起来，“这位教授看完后有没有说什么？”

“他没有告诉我具体细节，但他说想趁你方便的时候和队长你见一见面，和你聊一聊这桩旧案，哪怕只有十分钟就行。”

“好，你给他打电话，叫他来分局。”徐云江把烟头灭了火扔到垃圾箱里，“回分局后，你再去资料室一趟，把当年的案卷拿出来给我看看，我马上给资料室打电话。”

徐云江到达一楼大厅后，黎宇飞充当介绍人，现场的几人握手寒暄，李泽文的教授身份和他的年轻脸庞往往会让人吃惊，徐云江见多识广，但看得出来他一样很震惊，握手时挺客气地恭维了几句。

毕竟是来麻烦别人的，李泽文的姿态做得很足：“徐队长，在你百忙之中打扰，真不好意思。”

徐云江好脾气地摆了摆手，把目光转向了郗羽，倒是笑了：“你就是当年那个小姑娘，当年调查取证的时候就是我问的你。”

“是，我也觉得您的声音有点熟悉。”

刚刚徐云江开口说话的时候，她就依稀觉得这把声音似曾相识，现在终于弄明白这个似曾相识来自何处。当年她被警察问话的时候，内心惶惑到了极点，紧张到了极点，大脑更是浑浑噩噩，绝大多数时间都垂着头，根本来不及看问话的警察的脸是方的还是圆的，眼睛是大还是小——但那有些沙哑、不算太标准的普通话说话方式她是牢牢记住了。

李泽文看她一眼。大脑对声音的记忆力其实挺强的，在郗羽的身上又得到了证实。

徐云江态度挺和蔼地一笑：“你当时都快崩溃了，也难为你还记得我的声音。”

郗羽有些轻微的尴尬，她很好地把这种排斥的心理排除掉：“徐队长，我和教授今天来拜访您，就是想就当年的这起潘越坠楼案件和您沟通一下。”

来访者目的性极强，徐云江也不是浪费时间的人，他把话题转入了正轨：“那你们想知道什么？”

李泽文回答：“徐队长，我想知道当年调查过程中那些没有记录在卷宗里的细节。”

徐云江没接话，只说：“李教授，你看了案卷，应该也已经了解这件案子的前因后果，你对这个案子怎么看？”

所谓明人不说暗话，李泽文很明白这位徐队长的意思——你想从我这里套出信息，那就要拿出我有兴趣的信息。

李泽文说：“这几天，我和郗羽拜访了当年的部分当事人，得到了一些新线索。有些线索我认为很有价值。”

他说着拿出手机，摁下了播放键。手机里放出的是几天前郗羽和孟冬在潘越墓前的那段交谈。

“这个说话人是孟冬，潘越的好友。”李泽文说。

徐云江脸色凛然。作为干了十多年刑侦的人，徐云江当然能感受到这条线索的分量。

“这个男孩我记得，我当年询问过他。”徐云江沉声道，“李教授，你相信他的说法？”

“到目前为止，我没找到孟冬说谎的动机和证据，我认为他说的是真的。”李泽文没有隐瞒自己的看法，“这是一件早已尘埃落定的案件，说谎毫无意义。如果郗羽没有主动去找他，他显然可以再隐瞒十几年。”

一旁的黎宇飞下意识地看向自己的小姨子，心说她的人生还真是传奇——随后他摇了摇头，觉得不可思议：“这个孟冬当年也就十三四岁，他真能说谎话把那么多老警察骗过去？”

徐云江伸手从衣兜里掏出一盒烟，重重道：“中学生常常说谎，他当时的表现非常正常，我没从他身上看到有隐瞒的迹象。”

李泽文看得出来徐云江的遗憾，他不打算刺激这位老警察，解释了几句：“初中生大抵偏执、幼稚和肤浅，成年人看穿他们很容易，但孟冬这样的就未必。我和孟冬接触过，他的性格里最明显的特征就是自信。我猜想，他还是初中生那时候就已经树立了‘我很厉害，我很聪明’的认知。他认为自己的做法是对的，他认为自己很勇敢，勇敢的内心会让他的每句话都显得很有说服力。”

徐云江没有反驳，他的表情相当复杂：“这都不是理由。这么看来，我们当时处理这个案件或许是太急切了。”

一旁的黎宇飞神情一凛，他想起了几天前李泽文看完案卷后的那一番话——

“调查取证时间太短，仅用了三天时间就结案，问询笔录不超过十人，法医的检查也做得不算彻底，没有做详细的病理检验和毒理检验。”

徐云江刚刚的话和这番话不谋而合。

徐云江沉着脸摇了摇头，看向李泽文的表情更平易近人了一些，像是认可了李泽文能在这件案子上和他平等交流的权利：“你想知道什么？”

李泽文说：“徐队长，我对为什么没有找到目击证人有点疑虑。”

“那是因为我们确实没有找到。”

徐云江简述了一下当年这起案件查证的经过，他记忆力出众，加上之前从黎宇飞那里了解了见面原因，他刚刚重温了案件档案，回忆起了许多细节。

潘越坠楼事件发生后不到一分钟，初三（三）班的班主任就拿出手机报了警；派出所接到了报警后马上出警，然后同时通报给了公安分局。这起高坠事件是在全省名校南都二中发生的，影响比普通的高坠案件更大。

分局接到报案后非常重视，刑侦队立马出动，副队长亲自带领人手驱车出发，到达现场时大概是六点——潘越坠楼后十五分钟。一行人到达现场后，有条不紊地行动起来，当时医院的救护车也到了，医生对潘越进行了一番检查，断定没了生命体征，于是把人盖上白布，抬上救护车运走了。局里的法医也跟着救护车一起离开了。

这是一起命案，必须要按照程序办事。警察们开展现场工作——痕迹检验人员进行现场拍照又去楼顶收集证据，徐云江和他的搭档，再加上派出所的几位民警对留在学校的师生走访调查。

走访调查这样的跑腿工作是警察破案时最大的倚仗。在这个过程中，警察会大量、广泛地询问所有可能涉案的相关人员，初步获取原始信息——如果在这个过程中获取到什么重要的线索，警察才会把人叫去认真做一次笔录，签字画押。当年的技术条件远远没有现在这么成熟，执法记录仪这种神器还没出现。

“当时我们在校园里进行了大规模走访，学校里的老师、学生、清洁工、门卫都问过，他们都没有提供有效的线索。”

“高中部那边有问过吗？高中部教学楼的顶层靠窗边的同学应该可以看到初中部教学楼的楼顶的一些动静。”

因为初高中学习压力不同，南都二中的初中部和高中部的作息时间略有差异。初中部是五点下课，高中部是五点五十分下课。因此，在潘越坠楼的那个时间内，学校里出现了这样一种情况：初一初二的学生已经基本离校，初三年级和高中部的学生还在上课。这个阶段，在学校的人着实不多，而这些人里能够有闲心抬头往人家楼顶上看的更少了。

高中部教学楼和初中部教学楼隔着一个大操场，遥遥相对，高中部教学楼和初中部一样，楼前有两排香樟树。这些香樟树阻碍了大部分楼层较矮的高中班级的视线，但总有那么几个可以看到对面初中部的动静的。

李泽文冷静地分析：“初中部教学楼距高中部教学楼的直线距离是一百六十米，视力超过 0.8 的眼睛都可以看清初中部楼顶上是否有人。在高中部教学楼里能看到初中部教学楼楼顶的班级是在楼顶的高一年级的六个班，每个班平均有七人靠窗坐，总人数是四十二人。中学生的近视率也很高，假设这四十二人里有三分之二的近视率，经过矫正后，视力能达到 0.8 的学生大约还有二十人。这二十名学生只要侧一侧头，大致可以看到初中部教学楼的动静——更别说当时初中部的楼顶还在修建天文台，在上课的间隙，往初中楼教学楼楼顶看的人应该是有的。”

纵然徐云江当了这么多年刑警，也极少听到这么冷静的数据分析，他苦笑着摇了摇头：“你的数据分析可能有道理，实际上，这四十多名学生中的大部分学生都盯着黑板的，南都二中是名校，大多数学生在学习上很认真，上课时不会往外看。最关键的是，还有可靠程度的问题。”

“怎么说？”

“当时发生了这样的一件事，我们询问那些高一年级的学生时，大部分高中生都说自己没注意初中部楼顶的动静。不过有个高中生说自己看到了几个人在初中部的楼顶上——我们当时觉得这是条大线索，可仔细一查才发现，那个男生是近视眼还有散光，虽然戴着眼镜但眼镜的度数不匹配，他不可能看得清初中部楼顶上的细节。我们跟他求证的时候，他才说，因为自己平时在学校没存在感，老师也不重视他，所以决定编造新闻，找一点存在感。”

郗羽莫名惊诧：“怎么能这样啊？”

徐云江看了她一眼，道：“提供虚假线索的人一直不少。”

“你们是不是批评了这名学生？”李泽文问。

“当然。”徐云江一脸理所当然，“这是误导。”

李泽文短暂一默。就中国高中生的生存状况而言，在同学被批评的情况下，就算某人真的看到了什么也未必会说了。

李泽文又问：“那操场上的体育生有没有看到初中部楼顶的动静？”

南都二中的体育不算强项，但高考是最强力的指挥棒——只要高考有体育加分，中学就不可能完全不重视体育。所以南都二中也有一些体育生，人数不多，依然以学习为主，体育对他们是一种加分的手段。每天的下午四点到六点，体育生就会在操场进行跑跳投等各种训练。在潘越坠楼的那个时间，操场上应该也有一些体育生，如果他们在运动之余抬起头，应该也可以看到初中部楼顶上的一些动静。

徐云江眯了眯眼，他再次感受到了，这位教授确实是做了很多功课才来找自己的。他已经全面掌握了 5 月 11 号那天南都二中的方方面面。

“我们问了，当时体育老师们带着体育生参加运动会去了，所以当时操场上一个人都没有。”

“这样就能说得通了。”李泽文微微颔首，“《校志》上有记载，当年的五月，体育生在全省的中学生运动会上取得了优异的成绩，看来他们参加的就是那一次的运动会。”

徐云江说：“这就是我们当时面对的现实情况，没有目击证人。”

黎宇飞虽然没当过刑警，但也觉得不对劲：“这也未免太巧了。”

是的，太巧了。一个完美的时机。

李泽文又问：“除此外，徐队长，你们有没有核实最后见到潘越的一些师生是否真的如他们所说，按时离开学校？”

“核实过，但用处不大。”

在天网诞生之前，在学校的摄像头沦为摆设的情况下，警察只能依照口供核实师生的口供。对田浩然、毕新宇和孟冬这三名学生，他们的父母都证实他们准时回了家——但父母对自己子女的证明没说服力。至于老师，他们住在学校教学区旁边的教职工小区，小区刚刚建成，监控力度不怎么样，连个专业的保安都没有，调查某位老师是否回家也只能依托于口供。”

李泽文听完，略略点了头：“所以没有对老师多调查？”

徐云江道：“要彻查一个人——还是老师，要有起码的怀疑理由，我们没发现老师们有什么可疑的。”

徐云江又从烟盒抽出了一支烟拿在手里，似乎准备点燃——他握在手中的烟盒已经瘪下去了，他手里的那支烟是最后一支。李泽文转过脸：“郗羽，去给徐队长买一盒烟。”

郗羽当即点头说“好”。她对烟毫不了解，又仔细看了看徐云江手中烟盒上的字，是“玉溪”。

徐云江不可能让才见面的人给自己买烟，打算开口阻拦时却和李泽文平静的目光对上了——于是他顿了顿，从钱包里掏出五十块钱递给黎宇飞：“那我也不能叫你买烟去。你带郗羽去买烟，别让她掏钱。”

“好。”领导交代了任务，黎宇飞不可能拒绝，爽快地接过钱，叫上郗羽两人一起出门去了——虽然他稍微有点奇怪队长的举动。

瞧着这对姐夫和小姨子的身影消失在玻璃门外，李泽文转眸看向徐云江：“徐队，郗羽已经走了，当年对郗羽有什么看法，你可以告诉我了。”

徐云江意味深长地看了李泽文一眼，他再一次为这位大教授的敏锐暗暗惊叹。

“之前说的原因我想不是主要的。没有彻查老师的原因，是因为郗羽吗？”李泽文问。

“没错，我们的主要怀疑对象是郗羽，我们认为，郗羽和潘越的死脱不了关系。”徐云江说。

“为什么你们会这么想？是因为当年她离开学校的时间和潘越坠楼的时间一致？这件事是可以解释的。”李泽文道，“从体形上判断，她的力气也不可能有这么大。”

“李教授，当年接到报警后，我们刑侦队马上就出动了。我和我同事是最先来到现场的一批人，基本上和医院的医生同时到达的现场，毕竟我们分局和二中的距离挺近的。案发现场还算有秩序，老师们控制了现场，让一些看热闹的学生不要靠得太近。我就是这个时候第一次看到郗羽，”徐云江意味深长道，“她也是在场所有学生里唯一一个校服上有血迹的。”

“有血迹？潘越的？”

李泽文凛然，这个细节他第一次知道。

“是，我们问了现场的老师。老师们说，潘越坠楼后，初三年级的学生们纷纷拥出教室看怎么回事。现场的老师比较有常识，一边维持秩序，一边赶走看热闹的学生，郗羽却挤进人群走到潘越的身边，她推了推潘越的身体，试图看清是谁。”

“她怎么推的？”

“我们也问了这个细节。潘越是脸朝下摔在地上的，老师们说，她当时扶着潘越右侧的肩膀处往上推了推，让潘越的脸露出来。在这个过程中，她的校服沾到了血迹。”

李泽文眸色深沉，缓缓道：“除了血迹外，潘越的校服上还留下了郗羽的指纹？”

徐云江看向李泽文，再一次露出了惊异的神色。

“对，指纹虽有些残缺，但没错，就是她的。你怎么知道？”

“我在国内读过中学,”李泽文指出,“我想,指纹在校服的荧光带上?”

这十几年来，国内中学生的校服都没什么大变化，基本都是宽松的运动服造型，面料多是粗糙的化纤材料，很难留下什么指纹。但为了学生安全起见，校服上往往会点缀一些荧光条纹。

“我看现场照片时注意到，南都二中的校服的肩膀处和手臂处有白色的荧光条纹，这种材质容易留下指纹。”

“非常准确。当时我们在潘越校服上发现了三组指纹，分别是潘越自己的、潘越母亲的，还有郗羽的。”

潘越的校服上有郗羽的指纹，这是一个非常严肃的事实。摆在警察面前的事实是：郗羽是唯一一个在潘越坠楼后还触碰过他的人，而她很可能也是潘越生前最后见到的人。

所有人都会提出这样的问题：潘越校服上的郗羽指纹有没有可能是潘越坠楼之前留下的?

“徐队长，你有没有问郗羽为什么要去翻潘越的身体？”

“在现场我就问了。我当时并不知道她和潘越之前发生过‘表白失败’的事情，只是因为看到她身上有血迹，问她为什么要去翻潘越的身体。她回答说自己打扫完教室下楼离开时，走到一楼看到有人趴在地上，她看见地上的那个身影有点像潘越，但不知道到底是不是，所以就想去看看……虽然我觉得这个女孩子胆量太大了一点，但这个解释也行得通。”

“当时你们已经知道那是潘越了？”

“知道。刚到现场就有老师说了，他在学校里也是个名人。”

李泽文说：“徐警官，你当时和郗羽还谈了什么？”

“我倒是想问，但没能问下去。她当时情绪已经有些崩溃了，如果不是因为她老师在一旁安慰她，估计连我的问题都答不了。”

“她的老师是哪位？”

“一个年轻的男老师，是她的班主任，态度很强硬地要我们不要再问了。”

“姓周？”

“应该是的，我对他印象不太深。”

“这段记录没有留在警方的报告里。”

“有几个原因。”

“都是什么？”

“第一个原因，市里发话了。当时市里省里好几个领导的孩子都在南都二中读书，二中校长找到他们，要求警方低调处理坠楼一案，因为闹大了对学校影响不好。市里自然要给人家校长一个面子，敦促我们快点结案。”

“第二个原因是什么？”

“和郗羽的母亲有关。”

“郗羽的母亲？”李泽文说，“她是报社的记者。”

“记者厉害啊。要知道，潘越家也不是无根基的，在系统内也颇有一些关系，他们通过渠道，找到了局里的人，知道了我们调查的进展，发现我们对郗羽有点怀疑，又弄到了郗家的地址。潘越的母亲冲到郗羽家里去大吵大闹，要郗羽偿命。郗羽的母亲是日报的记者，还是比较出名的那种，人脉关系很广，她愤怒地找上分局，要我们对泄露信息负责——更重要的是，她还联系了许多外省的媒体要曝光我们，说真的，局里当时非常被动。”

李泽文听到此处已经明白，这段小插曲才是徐云江对这件案子印象深刻的导火索。

“第三个原因，也是最重要的原因，案件没有线索。我们没有找到目击证人，潘越的情绪不好是事实，日记里的悲观情绪也是真的，死亡的特征也完全符合自杀的特征——法医实在找不出他杀的证据。我们内部倾向认为，潘越和郗羽放学后见了一面，两人或有争执，甚至发生了肢体接触，然后她离开，潘越想不开坠楼。”

“没有人怀疑是她推人下楼的？”

“个别人有这样的想法，大部分人不认为如此。第一，郗羽是女生，虽然长得高，但是非常纤细，潘越虽然矮一点，但看手腕的粗细也知道他的力气比郗羽大多了；第二，郗羽这个女孩子……”徐云江的表情凝重起来，“不论从哪个角度看，都完全不像能干坏事的人。”

早年的犯罪学里有一种对罪犯相貌的研究，这些研究者试图总结出重刑犯们的长相的规律，从他们的外表判断他们是否可能犯罪——这种理论类似我国古代的“面相学”，很快被斥责为“奇谈怪论”消失在历史的舞台上。但不论怎么说，人们在自己的内心总会对其他人的长相做一个下意识的判断。而郗羽的的确确长了一张“最不可能犯罪”的脸。

要怀疑一个品学兼优、人人夸赞，眼神清澈且笑起来有一对美丽酒窝的女生犯下了谋杀罪，也相当挑战人的三观——警察们不想接受这个现实。

李泽文说：“但无论一个人的长相如何，都不能凭面貌洗脱嫌疑。”

徐云江说：“当然不能以貌取人。但没有实证的基础上，我们就会倾向相信她没有。退一万步说，就算是她把潘越从楼上推下去又能怎么办？她不满十四岁，不用负刑事责任——就算我们找到了目击证人证明是郗羽把潘越推下楼，这案子也送不到法院去。”

李泽文说：“查案之时，疑罪从有，断案之时，疑罪从无。”

现代的刑事调查案件认定犯罪靠的是证据为本的原则，比如指纹、足迹、DNA、视频监控等硬性的证据作为支撑，才能办成铁案。如果没有这样的证据，即便有明确的犯罪嫌疑人，也未必会受到应有的惩罚。

“正是如此。在自杀证据充分，没有他杀证据的情况下，我们以自杀结案。”

李泽文加重语气：“第四天就结案了。”

“这是正常流程，”徐云江表情坦荡地看着李泽文，“‘紧3快7慢30’这种说法，李教授听过没有？”

李泽文知道这个说法。所谓“紧3快7慢30”，是指的许多刑事案件，尤其是杀人案件有一个规律，大多数案件，3天之内可以破案；略微复杂有大体线索轮廓的案件，7天之内可以破；一个案件超过30天还没有侦破，那就遥遥无期了。大数据显示，前面这两类案件基本占了所有杀人案件的95%以上。

徐云江的解释完美地诠释了警方案卷上的自杀结论的由来——李泽文终于弄清当年潘越坠楼后警方的所有举动，也解开了心中的疑团。

如果把警方当成一个解决问题的机构来看，警方办理潘越高坠死亡这件案子时没有疏忽，一切合情合理，距离办案失误还有遥远的距离。在“紧3快7慢30”的原则下，警方用了四天时间结案，也谈不上草率。

然而，如果用较为苛刻的观点——或者用人们理想中的精明强干、不错漏任何一条线索的警察形象来要求——警方的工作是有欠缺的，欠缺就在于最先到达现场的一线民警的工作不到位。这些最先到达现场、最先接触案件当事人、最先获取原始信息的一线民警的业务能力谈不上出色，现场的处置措施也不够得当，他们在坠楼现场的疏漏很多，最起码，他们到达现场后，居然没有拍摄围观人群的照片，这不能不说是一个很大的遗憾。

两人说话间，郗羽和黎宇飞已经回来了，黎宇飞把烟和剩下的钱递给徐云江。徐云江拿过烟，极其熟练地撕开包装，抽出一支，却没有抽，拿在手里把玩着，挺客气地宛如一个邻家大叔般对郗羽表达谢意。

“不用谢的。”

郗羽微笑着摆摆手，嘴角的酒窝十分甜美。她在许多事情上很粗心，但也不会什么都不知道。李泽文支开她和黎宇飞，恐怕是有什么事情要和徐云江单独谈一谈。

“还有一件事，李教授，我发现你对刑侦调查很了解？”徐云江把烟从左手换到右手。

“谈不上很了解。”在这样的场合下，李泽文没打算隐瞒来意，他轻描淡写道，“我舅舅做了二十年刑侦工作，我耳濡目染，也了解一二。”

二十年对任何工作来说都是一个足够长的年份了，足以让某个人成为行业内的专家。

“二十年？那你舅舅一定是一个很有经验的老刑侦人，”当警察的人好奇心比普通人更重，他们的职业特点就是追根问底，徐云江也不例外问，“你舅舅在什么地方工作？”

李泽文没打算让这位徐队长的疑惑持续太久，直接道：“我舅舅叫陶景森，也许徐队长你听说过他。”

“陶景森？”徐队长只迷茫了两秒钟，脸上的表情就变成了震惊，“陶局长？是部里的陶局长？他是你舅舅？我手上还有他编写的教材呢。”

实际上，黎宇飞在一旁也瞪圆了眼睛。他是学计算机的，大学毕业后考的公务员进了公安局，一入职就分配到了治安大队，主要做信息辅助的工作，对刑侦了解较少。但他到底也做了这么多年警察，各种专业教材也看过，“陶景森”这个名字对他来说属于“有些印象不算耳熟”的级别，不过在徐云江的提示下记忆复苏，关于这个人的事迹也浮现在他脑海里。

陶景森，知名政法大学侦查系毕业，大学毕业后被分配到了一线当刑警。他在这一行干得十分出色，并且还掌握了绝大多数一线刑警都没有的技能——那就是从实践中提炼理论的能力，换句话说就是写论文。在长达数年的时间里，他写出了数十篇论文和好几本专著（虽然仅限内部发行使用），既有经验又掌握了理论工具的人在任何工作单位都极受欢迎，因此他受到提拔一点都不奇怪。随着时间的推移，陶景森身上的头衔越来越多，多到上百字都无法完全形容，而他现在主要的头衔是刑事侦查局的副局长。

黎宇飞震惊道：“我想起来了，我也学过陶局长编写的教材。”

“他有时候会去公安大学上课。不过最近几年忙于行政工作，已经不太写作了。”李泽文道。

“当然，当然。”徐云江不得不再一次刷新看李泽文的眼光，“职位不一样做的事情也不一样了。”

李泽文在说出“陶景森”这三个字时就有九成把握，只要这位徐队长业务素质过硬，那一定会知道舅舅的名字。

起初徐云江对李泽文的教授身份还有点轻微的不以为然——他不怀疑这位年轻的大教授的能耐，也认为对方对刑侦工作也有一些了解，但是这种了解类似“外行因为好奇广泛查阅资料从而对内行有一定程度的了解”，现在，他觉得，自己必须把对方当成“内行人士”对待。

郗羽的吃惊程度和姐夫相差无几。之前李泽文和她说起过他有一位舅舅是刑警——她当时没多想，也不觉得有什么了不起，她自己也有个姐夫是警察。此时听到徐云江的这种语气，她才明白李泽文的那位舅舅显然是刑侦界里武林宗师般的存在，凭着一个名字就让一个老警察心悦诚服。

对面的人如果只是个教授，那态度可以随意一些，当他还有一个有权力的舅舅时，一切都不一样了。徐云江凝神想了一想：“李教授，陶局长知道这桩旧案吗？”

“尚且不知道。”

徐云江听得出这话的潜台词，尚且不知道，不等于以后不知道。而他要从“不知道”变为“知道”甚至“重视”，也就是李泽文一个电话的事情。看过陶景森著作的人一定明白，他对冤假错案的态度是什么。潘越坠楼一案如果真的是错案，他们这些调查人员应该不至于受到什么大处分，但一个记过是少不了的。

“这个旧案，李教授，你会继续查下去吧？”

李泽文道：“我不认为潘越坠楼是自杀，但截至目前，我没有找到明确的他杀证据，所以我会查下去。”

“我会重新过一遍这起旧案，”徐云江郑重道，“虽然我现在已经不在刑侦队，但是李教授，如果你要我帮忙，请尽管开口，好歹我在局里还有点影响力。”

“既然如此，那我就先多谢徐队长了。”李泽文客气道谢。

他知道徐云江这个承诺的分量，并且准备加以利用——他此前道出舅舅的身份当然不是为了炫耀，只是通过这种方式让徐云江提高对这件旧案的重视程度。

现在看来，收效良好。

一席话谈到这里，李泽文的目的已经达到，于是带着郗羽告辞离开。

看着郗羽和李泽文离开公安局，徐云江转头就看着自己的这位下属，表情分外严肃：“你对这位李教授到底了解多少？”

“基本上一无所知。”黎宇飞的表情格外无奈，他觉得李泽文今天是在扮猪吃老虎，“队长，我和你知道的一样多。我也刚知道李教授的舅舅是刑事侦查局的陶局长，他之前没有提及。”

徐云江追根问底：“你知不知道你小姨子和这位教授到底是怎么回事？在我看来，他对你那个小姨子有点意思。”

“我和我老婆都觉得有这种可能性，”黎宇飞说，“否则他不可能如此奔波。”

徐云江瞧了瞧黎宇飞，倒是笑了：“也就是说，你和这位教授要成连襟。还不坏，拐弯抹角地和陶局长成了姻亲。”

好像确实是有吸引力的前景，黎宇飞拧着眉头思索，片刻之后，他放弃了思考——抱歉，他想象力贫乏，实在想象不出来这一幕。黎宇飞和郗柔这两口子，和郗羽、李泽文这两人的差距实在太大了。

徐云江终于把烟点燃了，他用力地猛抽了一口。

“晚上加个班，帮我重新过一下这个旧案。”

第十五章

酒窝 / ZENG NI YI YE XINGKONG

李泽文和郗羽在图书馆翻阅布满灰尘的旧报纸时，蒋园也没闲着，她难得地睡到自然醒，随后又拉着周翼在酒店附近的服装商店进行了一番采购，同时办了张假证。

为了让自己看上去更像初出茅庐的大学生，他们换上了T恤和牛仔裤，背上了两个大学生常用的帆布书包。

“很久没穿这种衣服了吧？”蒋园看着这位穿着T恤和牛仔长裤的周助理，忍俊不禁道。

“还行，”周翼比较淡定，“有点旧日重来的感觉。”

从外表来看，周翼现在和校园里的大学生相差不大，可蒋园很不满意，于是指点他：“关键是表情，要注意表情。”

周翼瞧她，慢吞吞地露出一个笑容。

“这个笑容不对。不要露出那种‘一切尽在掌握中’的高智商笑容，你需要露出阳光灿烂发自内心的笑容。”

“什么是阳光灿烂发自内心的笑容？”

“想一想你在大学时候期末考试考完时的样子就行了。”

周翼无奈地摊手：“总感觉你在以奥斯卡影帝的标准要求我。”

蒋园决定不再提示他，反正到时候总会要他好看的。她把书包扔给他：“不废话了，走吧。”

酒店提供的车被李泽文开走了，两人就在酒店门口叫了一辆出租车，直接往江淮省歌舞团而去。

江淮省歌舞团坐落在南都的老城区里，环境不错，有一栋属于自己的大楼——在来时的出租车上，善于言谈的出租车司机就已经眉飞色舞地介绍过歌舞团的基本情况，比蒋园从百科上查询的资料生动多了。

这些年来省歌舞团经营得还算不错。歌舞团主要依靠拨款，平时的慰问演出任务很重，但任何单位都有自己的体制问题，为了让员工多一点收入，除了固定的演出外，歌舞团会在外接一些演出类私活赚点钱。因此，歌舞团也会有一些市场部、宣传部之类的接待部门。

蒋园和周翼下车后，带着“大学生出门采访”的青涩表情走进歌舞团大楼，他们对前台说明了来由，又将学生证递上。在前台的长椅上坐了十五分钟后，两人被接待人员请入了小接待室。二十分钟后，他们终于见到了歌舞团宣传处的一名叫赵佩茹的中年阿姨。

“你们久等了。”赵佩茹挺亲切地笑着。

虽然赵佩茹自我介绍是宣传处的工作人员，但蒋园和周翼这两个眼光老辣的人依然从她窈窕的身段中看出她曾经也活跃在舞台上。

随后，周翼用“赵老师，您的身材保持得这么好，曾经是舞蹈演员吗”的奉承句式成功讨得了她的欢心。

赵佩茹热情地带着两人去办公室坐了坐，进行了简单的沟通。

他们两人此时的身份是首都舞蹈学院艺术史专业的研究生，两人正在准备写一篇论文，论文主要研究国内有名的编舞大师乔盛的艺术风格。

蒋园扑闪着眼睛，表达着自己对知识的渴求：“乔老师三十多年前曾经在贵团工作过几年时间，这几年时间是他形成自己艺术风格的关键时期。我们希望能从贵团获得帮助，拿到乔老师的一些原始资料。”

这个借口是精心准备的，柳心艺曾经在国家级舞蹈比赛中获得二等奖，“台上一分钟，台下十年功”，她的背后绝对有比较强的编舞老师。蒋园搜索了一下文艺志上的编舞者乔盛，果然，乔盛是古典舞圈子著名的人物，只可惜他五年前就已经因病去世了。

她和周翼一合计，于是想到了“冒充学生做论文前去了解资料”的策略。

现在看来，这个策略非常有效。赵佩茹一秒钟的怀疑都没有，点了点头说：“是的，乔老师曾经在我们歌舞团工作过七八年时间，后来因为工作调动去了首都。”

“我记得乔老师最出色的舞剧《敦煌》就是在那个时间段有了雏形……”

“是的，其实乔老师还在我们这儿的时候已经在编这出《敦煌》了。”赵佩茹看起来有些无奈，“原以为我们能演出呢，没想到乔老师很快调走了。”

“可惜了。”两人于是摆出遗憾表情。

既然要冒充艺术史的研究生，蒋园和周翼连夜突击看了十万字的古典舞相关资料——和专业人员当然还有距离，但也达到了闲聊时不会掉链子的水平。

一番交谈后，赵佩茹对两名年轻人的好感攀升到高点，她慷慨地带着两个年轻人到了资料室，查阅和乔盛有关的资料。

三十年前数码相机还未诞生，但胶卷相机已经广泛使用，乔盛在歌舞团工作了七八年时间，留下了大量的照片和影音材料。从获奖履历可以看出，乔盛在江淮省歌舞团的几年时间里，柳心艺绝对是他手下最出色的舞蹈人才，因此和乔盛有关的资料中一定会有柳心艺。

蒋园已经有了心理预期，但真的看到柳心艺的舞蹈视频，蒋园依然觉得有些震惊——她知道柳心艺很美，也能料想到这样的美人跳古典舞时一定极为迷人，但她还是低估了“真美人＋曼妙舞蹈”的魅力。

屏幕上的柳心艺身着一套淡红色有修长衣襟的长袖飞天舞衣，正在跳舞。她动作轻盈柔软，身姿曼妙灵动，水袖在空中翻飞舞动，镜头偶尔会拉近，落在她脸上，她含着笑意的美丽脸庞在屏幕一闪而过，时间不算长，像素也不算高，但就是美得让人屏住呼吸。

一曲终了，蒋园发出一声悠然感慨：“好美。”

赵佩茹解释说：“舞蹈是《天问》，是乔老师编的，还得了许多奖。”

周翼和蒋园对视了一眼，开口道：“赵老师，我觉得跳舞的这名演员……很眼熟。”

赵佩茹惊诧得很：“怎么，你认识她？”

“看着是非常像……”虽然两人之前没有商量过，周翼也清楚地知道自己要说什么，他伸手指了指屏幕，“这位舞蹈演员很像我叔叔婶婶的一位朋友，我叫她柳阿姨，她全名是柳心艺。”

“你叔叔婶婶的朋友？”周翼的话音刚刚落下就被赵佩茹打断了，她看上去也挺激动，“对，这名舞蹈演员就是柳心艺，她曾经就在我们舞蹈团工作。”

“这个世界真是太小了！”周翼由衷地感叹，“我知道柳阿姨曾经是舞蹈演员，没想到这么巧合，居然在这里看到了她的照片。”

赵佩茹看起来比两人还欣喜一些：“小周，你怎么认识她的？在哪里认识的？”

来之前两人其实没有商量好每一个细节，但周翼随机应变的水平显然已经满格了，他理所当然地说：“是在加拿大的时候。”

赵佩茹迷惑了一秒钟：“加拿大？你们怎么在加拿大遇见的？”

周翼说：“我叔叔婶婶二十多年前就移民到了加拿大，我这些年常常去加拿大玩，就住在我叔叔婶婶家。柳阿姨就是我叔叔婶婶的邻居。赵老师，听你的意思，对柳阿姨也很熟悉？”

赵佩茹连连点头：“怎么可能不熟悉？我刚刚到歌舞团时，她已经是团里的台柱了，她为人很好，也很照顾我们这些伴舞的新人，我们叫她心艺姐。”

“真的看不出来，”周翼露出恰到好处的恭维，“您看上去好年轻。”

果然任何女人一旦被恭维“年轻”就会高兴，赵佩茹的脸顿时笑开了，对周翼的态度更加热情起来。

赵佩茹说：“如果不是遇到你，我真不知道她去了加拿大。当年她从歌舞团辞职后，我们再也没有联系上她了。小周，她什么时候去的加拿大啊？”

周翼编了个故事：九年前，她和一个有加拿大国籍的华人结了婚，然后就移民到了加拿大，然后和自己叔叔婶婶成了邻居。加拿大很多华人，交往比较密切，又因为是邻居，交往更密切。

“心艺姐现在过得怎么样？”

“很不错的，她丈夫收入很高，他们现在挺幸福的。”

“那就好。”

“我听我婶婶说过，柳阿姨这一生很坎坷。她原本可以成为很出色的舞蹈演员，后来家庭拖累太大，不得不放弃了舞蹈这项事业。”

虽然开局一张纸，故事全靠编，但周翼真诚的表情很有说服力。赵佩茹如同她这个年龄的大部分人，开始八卦起柳心艺的人生。

“对啊，心艺姐这一生真的挺坎坷的……”赵佩茹唏嘘着，“第一任老公死了，留下一个女儿；和第二任老公的婚姻也不长久，又留下一个女儿，独自带着两个女儿，真的没办法继续下去。我们这些搞舞蹈的，真的需要家里人的支持。”

“她有两个女儿？”周翼吃惊道，“难道不是一个女儿？”

“她有两个女儿的。”

“她只说自己有一个女儿，就是中视的节目主持人程茵。他们家都很有艺术细胞。”

赵佩茹眼睛都瞪圆了：“呀，中视那个很有名的主持人程茵，果然是她的女儿啊。”

“赵老师，难道你不知道程茵是她的女儿？”周翼说。

“我不说了嘛，她当年辞职后，我们再也没联系上了。这都过了十几年了，就算名字一样，长得也像，谁能肯定电视上那个节目主播就是心艺姐的女儿呢？程茵在电视上也没说过自己身世，是不是？”

周翼连连点头，一脸被说服的样子：“不过我真不知道程主播还有姐妹，柳阿姨完全没有对我叔叔婶婶提起。”

“我想她不提大女儿也是人之常情，她大女儿已经去世了。”

“啊？”周翼露出了可以得到奥斯卡影帝的惊愕表情，“去世了？”

“是啊，十几年前就去世了，她当时辞职也是因为这个原因……”

“怎么去世的？因病去世的？”

在歌舞团这种漂亮女生极多的地方，各种流言最容易发酵扩散。赵佩茹显然知道不少当年的内情，满脸遗憾地对两人解释了一下原因：十四年前，柳心艺的大女儿程若不幸坠入湖中，溺死了。

“溺死……当时她年龄还不大吧。”

“十五六岁的样子。”

“如果她不因为这样的意外去世该有多好啊，”周翼说，“大概也会和妹妹一样取得很高的成就，也许也会成为一名主播吧。”

赵佩茹摇了摇头，一脸欲言又止。

“赵老师，怎么了？”

“心艺姐的大女儿啊……”赵佩茹的表情十分复杂，大概就像每一个她这个年龄的妇女听说了一件遗憾事的表情，摆明了想要八卦却又因为某些道德问题欲言又止。面对这种情况，只要稍稍鼓励，她们就能撇开疑似存在的道德问题往下说。

周翼于是用试探性的语调委婉地询问：“赵老师，怎么回事？难道有什么不好的事情？”

“程若这个孩子……哦，心艺姐大女儿的名字叫程若，”赵佩茹的本性就不是什么能保守秘密的人，加上人已经去世多年，再说点八卦也不会伤害任何人，“她的性格有点怪，我觉得……这孩子可能精神不太健全。”

“精神不健全”绝对不是一个好评价，周翼循循善诱：“比如说？”

今天的“偶遇”唤起了赵佩茹的深沉思绪，她一边回忆一边说：“我记得有一次，心艺姐的腿摔伤了，没办法登台表演，就是因为程若把她从楼梯上推下去摔伤的。”

“还有这种事情！”周翼一脸愕然，“那时候她多大？”

“十二三岁吧。据心艺姐说，是因为程若不希望妈妈离开她出去演出，”赵佩茹摇头说，“如果说这件事只是不小心的话，这孩子后来完全是个问题少女。”

“是吗？”

“我知道的就有好几次，跟其他人打架，结交一些不好的朋友……总之三天两头就请家长。心艺姐也没办法，管不住，”赵佩茹深沉地说，“后来更可怕了，程若还参与了一系列抢劫案，伤了人，还进了少管所！”

“少管所？”

“我亲眼见到警察到我们团里找心艺姐，把她带走配合调查。后来一打听才知道她女儿犯了抢劫罪，判了刑。”

赵佩茹说这话的时候眼睛发光，看得出来这才是让赵佩茹对程若印象如此深刻的原因。

蒋园和周翼对视一眼，这个消息可能是他们今天获取的信息中最关键的一条。

“少管所？程若当时超过十四岁了？”

赵佩茹点头：“对，刚刚满十四岁，就卡在那个点上，否则也不会被关进少管所。”

“她在少管所关了多久？”

“一年半左右。”

“您确定吗？”

“不会错，因为她才从少管所出来一两个月，就溺水出事了。”

“她到底是怎么溺水的，细节您知道吗？”

“具体的不太清楚，当时听说是姐妹俩一起去湖边玩，妹妹掉进湖里，姐姐下水去救妹妹，结果妹妹救上来了，姐姐却去世了……”赵佩茹叹息着，“程若这个孩子平时问题虽然不小，但最后能救妹妹，也很难得了。”

周翼于是感慨：“难怪柳阿姨说自己只有一个女儿，大概是因为大女儿去世，太伤心了吧。”

一番热切交谈之后，两人又让话题回归正轨——装模作样地打听了一下乔盛的创作风格和作品后，两人道谢离开。

走出歌舞团大门的一瞬间，两人对视一眼，脸上的“装嫩”表情一扫而光，恢复了日常的干练本色。

“今天没太费劲儿就弄到这么多信息，真是要感谢你的精彩演出。”两人在道旁的树下躲避烈日，蒋园赞许地看着周翼，“你的演技还真是不错。故事编得很圆，加拿大、邻居什么的，完全找不到任何破绽。”

周翼可不打算居功：“因为我叔叔婶婶确实在加拿大生活，要取信于人，编故事就是要来源于生活，否则很快就会被揭穿。”

蒋园微笑：“很有经验嘛周总助，看来经常说谎话？”

周翼淡定道：“不敢当。能取得进展就好。”

他做了几年的总裁秘书，说一句日理万机不算夸张——相比起来他现在跟着李泽文查这个旧案简直是在度假——这些年他常常要看送到案前的各种信息报告，但他很少有时间去想这些报告到底是经历了什么样的波折才得到的，此时亲身体验了一下，深觉这份工作还蛮考验人的。

“这件事的难度本来也不会很高，”蒋园说，“柳心艺当年是歌舞团的台柱，长相还如此出众。只要找到和她共事过的人聊一聊，肯定能从交谈中获知许多的八卦。”

周翼扶额：“唯一的问题是，这些瞎话你完全可以自己编，为什么要让我来编？好几次我都差点圆不上了。鄙人演戏的功力肯定不如你的。”

“不用谦虚，你的演技虽然可能拿奥斯卡有点够呛，但是拿其他的奖还是可以的。”蒋园戳开手机叫出租车，“如果带我们看老资料的人是个中年大叔，我就自己去编了……但既然是位中年阿姨，你出马的效果显然最好。对大部分人来说，‘同性相斥，异性相吸’是真理。你知道你这个形象多讨人喜欢吗？年轻、英俊、充满活力，你和赵佩茹聊聊天，她起码能多说 50% 的话，恨不得把所有知道的八卦都一股脑倒腾给你。如果是我和她聊天，她怎么可能如此热情。”

周翼无言。在他平时的工作圈子都是绝对的能力至上、公事公办，要做成一件事靠的是翔实的方案和卓越的管理能力，基本不会有靠着脸来刷好感度的行为。

两人在树下交谈着，周翼的手机传出了短信声，他看了眼内容，道：“拿到了程致远海事卫星电话号。所以，接下来和程茵父亲的联系，就请你打电话吧。”

“好吧。”蒋园瞪他一眼，又道，“程致远的其他信息呢？

“不太多，只有基本的信息。程致远住在宁海，妻子姓吴，有一对正在上高中的双胞胎儿子。他的家庭和大部分海员家庭类似，妻子是全职主妇，在家照顾老人孩子。”

“听上去是挺和谐的一家，也许离婚对他来说是好事。”蒋园说。

周翼大致赞同这个说法。因为一方长期出海，海员家庭不稳定的很多。但到了程致远的这个年龄，家庭多半很和谐——不稳定的家庭早就散伙了，能维持二十年以上的家庭都找到了自己的相处之道。

交谈着，蒋园叫的出租车已经到了，上车后，她快速报了地址。

“长安路的移动营业厅。”

海事卫星电话这种小需求的东西不会每个地方都有，在此之前，蒋园就已经在网上查到了南都市有哪些地方可以买到海事卫星的电话卡。不算多，但有那么几家，毕竟海事卫星电话通话费极贵，按照美元计价，但只要有需求，那就有市场。

在营业厅里，蒋园买到了海事卫星电话的电话卡和充值卡。为了更好的通话效果，她和周翼返回酒店，在安静的室内凝神静气，拨通了和程致远的卫星电话。

应该说，蒋园自工作以来，做过的各种调查数以千计，这其中需要动用卫星电话的概率很低——目前的体验对她来说也是很新鲜的。

电话发出“嘟——嘟——”的声音，蒋园并不着急。她确信自己能打通电话，一个在海上工作了几十年的老船长不会不知道海事卫星电话的重要性，不可能不接。

果然，下一秒钟，电话接通了，一个低沉平稳的男声从电话里传来。

“哪位？”

因为强烈的电流声，让这通电话充满几十年前的风采，堪比电影里的战场通话一般。

蒋园娴熟地询问：“是程致远船长吗？”

“是我。”

“程船长，您好。”

卫星电话都是双向收费的，不论是蒋园还是船长本人都不会交不起这个钱，但她还是很专业地用最快的语速最清晰的逻辑，将打电话的原因说了一遍。

她当然不会说自己是要做程茵的背景调查，只宣称自己是电视台的编导，最近他们要做一部轻松的纪录片，介绍下电视台最出名的几个主播的日常生活，程茵就是其中之一。为了让节目效果更好，他们这群电视台的编导决定给同事程茵一个惊喜，因此想方设法联系到她的父亲，希望他谈几句自己的女儿，在节目的最后制造一些惊喜的效果，当然能煽情就更好了。

蒋园精心编造的这个小故事，细节也有，内容也有，十分翔实，且非常合理。她相信，只要对方对程茵有点父女感情，就不可能拒绝这个合理的要求。

可电话那头的程致远沉默了几秒钟后才说：“你们怎么知道我是她的父亲？”

蒋园预料到了这个问题，准确地回答：“她告诉我们的。”

程致远似乎因为这个答案而吃惊，他沉默了几秒钟才回答：“我和她很多年都没有见过，你们找我是找错人了。”

“我知道您和程茵的母亲离婚了。既然如此，您更需要参加我们的节目——让你们父女有一个交流的机会。”

程致远果断地回答：“抱歉，我不会参加。”

蒋园想做最后的努力：“我们不会给您添很多麻烦，您也不用上电视的。语音也可以，就是通过打电话的方式录一段语音表达祝福，可以吗？”

显然，蒋园的温言劝说没有起到什么作用，程致远的回答比刚刚更果决，几乎毫无转圜的余地：“不行。”

“那可真是太遗憾了，”蒋园用一种遗憾的语气道，“本来我们还联系到了程茵的妈妈，想让你们一家三口在节目上团聚，现在看来是不可能的了。”

“程茵的妈妈现在怎么样？”程致远忽然问。

看来他们俩也很多年没有联系了，真是有意思的一家人，互相都不往来。蒋园道：“她妈妈目前在加拿大，她和一个华人结了婚，就移民了。”

程致远道：“既然她母亲都拒绝了，我更没有答应的可能。”

“程船长，您知道吗？我在做编导之前也做了许多年的记者，什么奇奇怪怪的家庭都见过，但是像程茵主播这种姥姥不疼舅舅不爱的，我还真是没见过。”

程致远没有被蒋园这种隐含讽刺的话气到，他极冷静地说：“她没有我的帮助和支持，也获得了现在的成功，那我的祝福对她来说也没有必要。”

非常理性的一句话，不愧是一个当船长的人说出来的。

海上是非常讲究尊卑的地方，船长在船上的权威独一无二。普通的企业还能发挥一些民主意识，但这种事情很难发生在船上。因为复杂的历史原因的积累，船长对整条船负责，他的要求，下面的人必须要执行。蒋园一点都不想挑战一个当了二十年船长的人的权威。

“……”蒋园无言以对，“我明白了，程船长，谢谢您，我们不再打扰您了。”

挂了电话，蒋园对周翼摊了摊手：“生硬的语气、公事公办的言辞都说明了程致远对这个女儿一点好感都没有。用一句网络流行语来说——这是亲生的吗？”

“不好直接断定。”周翼说，“并不是每位父母都会无条件爱自己的孩子，这不算特别罕见的事情。”

“你这句话用在普通人身上，大概能说得过去。但对一个和大海打了几十年交道的人来说，我不相信他的心胸会那么狭窄。”

“这只能说明一件事，程茵压根不是他女儿。我敢保证，如果程茵真的是他的亲生女儿，他绝对不会摆出刚刚那种‘与我何干’的态度。估计他和程茵母亲离婚的原因就是这个了。”

周翼拿着手机检索了一番，若有所思道：“搜索结果显示，程茵从未在任何公开场合提到过自己的父亲。”

“如此避而不谈，我想程茵很清楚自己的身世。”

蒋园盯着客厅里的白板，有价值的信息他们都会贴在白板上。白板上和程茵相关的信息越来越多，几乎占了三分之一的版面。她上前一步，拿起红色的记号笔在程若的照片上画了个圈。

“不论怎么说，今天获取的情报非常有价值。最有价值的就是程茵居然有这样一个少年犯姐姐。”

周翼说：“李教授都亲自出马了，这案子可没那么简单。”

“你还挺相信他。”

“这么说吧，自我认识他开始，没有发现他错过。”

“他没有那么神，还是犯过错的——虽然次数很少。”

周翼来了兴趣：“都有什么错？”

蒋园耸了耸肩：“有那么一段时间，他对身边人总是习惯性高估。这大概是聪明人的通病了。因为自己太聪明且身边也是聪明人，于是习惯性用自己的思维去评估别人，殊不知世界上 95% 以上的都是普通人，思维方式还处于原始社会。”

“有意思。”周翼问，“所以你一开始对李教授的判断不赞同？”

“是。我最开始觉得，在潘越高坠死亡这件事上，他的判断是错误的，这就是个单纯的自杀案，没那么多阴谋。我疑心他其实假公济私，为了追女生故意将这件案子说得很悬疑。郗羽这个人像一个谜团，她引起了李大教授的兴趣，可惜的是，李大教授一直也没什么接触她的好机会。此时机会来了，两人一起查旧案这事儿会产生明显的吊桥效应，他当然会抓准她的软肋，用最快的方法毕其功于一役。”

周翼指出：“我相信这确实是他的主要目的之一。从男人的角度来说，用不长的时间——很可能只有几天——查旧案换回一位夫人，这是一笔划算的生意。”

蒋园“扑哧”笑了：“你看问题的方式真是实际，这是精英男们的普遍思维。”

“但另外一个目的就是正义感了。就算案子和郗羽无关，只要他对这个案件产生了疑虑，我想他也不会完全坐视不理。”

蒋园陷入了沉默，过了很久，她轻轻叹了口气：“是的，他不会坐视不理。”

周翼看着蒋园：“有一点我很好奇。你们认识多年，是高中同学，一起查了这么多案子，但似乎没有产生什么感情？”

蒋园耸了耸肩：“吊桥效应对我们不起作用，大概是因为我们不是对方的茶吧。”

离开公安分局后，李泽文再一次把汽车的驾驶位让给了郗羽，让郗羽驾车返回酒店。

和只能在一个时间处理一件事的普通人比起来，李泽文绝对称得上是注意力控制大师，有必要的情况下，他可以同时处理几件事，但这并不包括他进行深度思考的时候。到南都的这几天时间里，今天是他收获最丰富的一天。如果把围绕潘越坠楼一案的线索看成蜘蛛网，现在有些蛛丝已经亮起来了。

郗羽似乎已经习惯当李泽文的司机了，她认真驾车，不多问不多说话，留出安静的空间给他。

李泽文从深思中回过神，把视线投到郗羽身上。现在太阳西晒，汽车行驶的方向迎着绚丽的落日，夕阳的金红色光芒照得郗羽肤色透亮，也让她脸上的酒窝更明显。

郗羽本来是全神贯注驾着车，但车厢如此狭小，她就算和树懒一样迟钝也感觉到李泽文长久投在自己身上的视线。

两分钟后，车子在红绿灯前停下，她忍不住转过头和李泽文对视，开口说：“呃，教授，我脸上有什么东西吗？”

李泽文揉了揉太阳穴，对她露出微笑。

“没有。只是觉得你的酒窝很好看。”

“……”

这么多年郗羽听过不少关于她酒窝的夸赞，对这话应该有足够的免疫力，往常的她都会以“谢谢”“天生的”之类的话敷衍过去，但考虑到说这话的人是李泽文——她觉得脸上发热，差点想不出完整的回答。半晌，她才说：“没什么特别的，酒窝是一种基因缺陷。”

“一种非常讨人喜欢的基因缺陷。”

如果不是因为李泽文的表情很真诚也很正派，郗羽会有一种被调戏的错觉。她意识到自己是不可能在语言上战胜李泽文的，于是假装没听到，在红灯变绿的一瞬间踩了汽车油门。

“你的驾驶技术比两年前好一些。”李泽文笑了笑。

“驾驶本质上是技术活，这两年我不是完全没有练习的。”

“你在 GFDL（地球物理流体动力学实验室）稳定下来后，可以考虑买一辆车。”

郗羽想了想：“暂时没有打算，普林斯顿的公共交通还蛮方便的。”

“如果出去旅游的话，有一辆车会方便很多。”

郗羽老老实实道：“我没有出去玩的打算……”

对绝大多数人来说，在美国没车挺不方便的，但对郗羽来说，问题不大。她在美国时每天乘坐班车往返于公寓和实验室，除此外什么地方都没打算去。

李泽文莞尔：“因为穷吗？”

“没钱也是一方面，真要仔细说的话，旅游对我的吸引力不算很大。”郗羽说起自己的本行来眼睛发光，“教授，我们实验室有卫星的。如果我对某些地方好奇，只要调动卫星看一看就好了。这么说吧，地球表面上几乎没有地区我没看过。”

李泽文摇头失笑。他知道郗羽对旅游没有兴趣，以为她是醉心学业，却没想到还有这样一层理由——一个相当贫穷又奢侈的理由。

“分辨率如何？”

“只要需要，可以看到比谷歌地球分辨率更高的地球。”

“看完了就觉得自己全世界到处旅游了？”

郗羽理直气壮地点头：“如果我觉得工作太忙，需要放松的话，就会拉近卫星照片俯瞰地球，相当解压。”

这种感觉当然很棒——李泽文认为，在谷歌地球上俯瞰地球这可能是有史以来性价比最高的最让普通人接近神的举动。不过，俯瞰地球始终是远观，身临其境的感觉是截然不同的。

想归想，他也没打算短时间内说服郗羽。毕竟她是科学家，没有社会学知识也可以做出伟大的发现；而且她很顽固，想说服她可不是一时半会儿的事情。

看着前方的环江大酒店大楼依稀在望，李泽文提起了新话题。

“郗羽，我今天晚上的飞机回京。”

郗羽一愣：“是峰会的事情吗？”

来之前李泽文已经告知郗羽这件事。简言之，为了配合政策学院的落成，京大召开了首届政治经济学峰会，议题围绕政策和经济的关系展开，会议虽是首届召开，但声势浩大——没什么比举行一场活动更能扩大新学院的知名度。作为学院的副院长，李泽文必须要参加这场峰会，与会的不少演讲人都是李泽文邀请来的，而他在现场也有一场主题演讲，当然不可能不参与。虽然郗羽的事情对李泽文也很重要，但优先级必须要排在峰会之后。

“教授，你乘坐几点的航班，我送你去机场吧？”

“不用，你把车停在酒店的停车场后就回家休息。我和周翼晚上九点的航班回京，蒋园会送我们去机场。”

“我明白了。这几天我仔仔细细再过一遍案情。”

“可以试试，”李泽文道，“我估计，程茵会在这两天联系你。”

“啊，是的。我记得今天晚上是她主持的《中国新音乐》本季最后一期了。”

“你看过这个节目？”

“之前在家里看了一期重播，我爸我姐姐很喜欢这个节目，连重播都看得津津有味，”郗羽把车开进停车场里，“教授，见到程茵后我应该说什么？”

李泽文不答反问：“你看了《中国新音乐》，对程茵的观感如何？”

郗羽毫不犹豫地夸奖自己的前同桌：“思维敏捷，目光独到，知识全面，反应迅速。一句话总结，她很聪明。”

李泽文道：“所以，用你最自然的一面和她接触就好。”

郗羽默默地把汽车停在几天前的车位上，思索了一会儿李泽文的话才取出车钥匙下车。

她有点明白他的意思，但又觉得自己什么都没明白。

“教授，你对程茵很了解吗？”

酒店的地下车库有着明亮的灯光，李泽文迎着明亮的灯光看了郗羽一眼，不动声色道：“至今为止，我和她见过五次，包括知行结婚那一次。我们在一起吃了两顿饭，你为什么会觉得我会了解她？”

“吃了两次饭，我想这应该可以让你了解她了。”郗羽敏锐地指出。

她是有自知之明的，如果是她，和一个人见面这么几次不会太了解对方，但对李泽文来说，这点时间足以了解一个人了。

“你对我还挺有信心？”李泽文不动声色地反问。

郗羽抿了抿嘴，接着问：“你和她吃这两次饭……是聊什么？”

“你想知道？”李泽文淡定反问。

两人走进电梯里，强劲的电梯空调吹来凉爽的风。在外奔波一天产生的热量一下子被冷风驱走，郗羽冷静下来，整理自己的思路，最后深吸了一口气。

“对，我想知道。”

李泽文刷卡，摁下楼层：“首先，你要知道，如果没有原因，我不会和程茵出去吃饭。”

她乖乖点头，问：“其次呢？”

只要她想知道原委，李泽文就不会拒绝。

今年六月中旬，李泽文回国出任京大政策学院的副院长，回国后的某天，李泽文去找自己的老朋友季时峻时，遇到了前来做心理咨询的程茵；第二天，李泽文应邀参加了一场慈善晚宴，在晚宴上他和程茵再次碰面——她是这场晚宴的司仪。得知他的身份后，程茵说自己想去美国读一个人文学科的硕士学位，比如社会学、新闻学等专业，希望李泽文帮忙介绍学校和老师。

对于程茵这种身份的人，想去美国深造不是难事，她在国内有相当的知名度，美国绝大多数大学都会乐意接受这样一位具有社会影响力的学生，至少可以扩大在中国的知名度；当然，程茵的目标更大一些，她瞄准的目标是美国的顶尖高校，这些学校的门槛相对高一些。

此时能遇到李泽文，对程茵来说不外乎是意外之喜，李泽文虽然现在还没能成为正教授成长为真正的学术圈大佬，但在社科圈也算得上是一条可以抱住的金大腿。如果说程茵之前的想法是去芝加哥大学级别的学校念一个硕士的话，现在她内心的期待已经被抬高了，目标变成了哈佛等级。她热情洋溢地约李泽文见面，希望从李教授那里知道自己和常青藤学校的距离，如果可能，李泽文能充当介绍人就更好不过了。

李泽文身上的研究者光环很重，但他也是教育工作者，不会拒绝一颗渴求知识的心灵，于是和她见了几次面，介绍了美国高校的一些情况。

“原来她想去美国读研究生！”郗羽震惊极了。

“她希望从我这里拿到推荐信。”李泽文道，“我要为她未来的老师负责，也要为我写的推荐信负责。她不是我的学生，我对她一无所知，所以我和她接触了两次，评估她是否有做学术研究的能力。”

郗羽瞪大眼睛消化这份震惊，连电梯门打开也后知后觉才发现，她连忙跟着李泽文的脚步冲出电梯。

“难怪你能拿到她的履历！”

“我告诉她，”李泽文说，“我要全面地了解她的受教育经历。”

“原来如此……”郗羽捏了捏脸，让自己的表情尽快恢复正常，“不过，很难想象，她在国内的事业发展得如此之好，为什么要去美国念硕士？”

美国的硕士学位念下来，起码需要两到三年的时间。这两年的时间，足以让国内的主持界更新换代了。要知道，她自己就是在两年时间从一个小主持人变得声名鹊起。她在自己的行业内已经做得很成功，没有必要再去开辟一个全新的领域。因为很多时候，读书的性价比并不是很高。

“她有她的考虑。关于这件事，你可以自己去问她。”李泽文说。

“也好。”

郗羽想，李泽文避而不谈，这其中自然有缘由。

“教授，你推荐了什么学校给她？”

“我给了她一份名单，但也许她不需要。”

“怎么回事？”

“去美国深造这件事，她应该筹备有一段时间了，准备做得比较充分。她对美国顶尖高校的人文专业比较了解，可以说出不少教授的名字——这绝非临时抱佛脚可以获得的信息。基本上，我给她的名单和她掌握的信息相差不大，只看她如何选择了。”

郗羽已经从震撼中平复了心情：“不过，她居然跟你要推荐信，我有点没想到。”

李泽文略显疑惑地看了她一眼，这是他罕有地跟不上郗羽思路的时候。

“为什么？”

“我还以为她想读你的研究生……”郗羽老老实实道。

“不，她不会提这种要求，”李泽文闻言莞尔，露出一个有意思的微笑，“她只请我推荐一些教授给她。”

“这么说，程茵很有自知之明，政治学确实是一个很艰涩的课题。”郗羽感慨。

她曾在李泽文的课堂上了十余节课，能感觉到要当李泽文的研究生挺困难，他对自己手下学生的理论水平要求极高，课堂上随随便便开的书单都有好几十本，程茵这样半路出家的学生大概会被嫌弃。

李泽文看她：“和自知之明无关。”

“嗯？”郗羽没太明白。

李泽文不解释，从她手中拿过车钥匙，又带着她穿过恢宏的酒店大堂，来到大堂门口处。

门外停着几辆出租车。

“天气不太好，你先打车回家。几天后见。”

和刚刚的阳光灿烂相比，天气的确显得有些阴郁，但和“不太好”还有着遥远的距离，郗羽这时才发现，李泽文这是打算“送客”了。现在还不到晚上六点，她没那么想回家，很想和李泽文再聊一聊他的查案思路，奈何“下雨天留客，天留我不留”，她只能无语地和自家教授对视几秒。

“我回京的这几天，蒋园会待在南都，你有问题就给我打电话。如果我因为忙没有接听，就给蒋园打电话。”

“哦……好……”

李泽文拉开一辆出租车的门，回头看着她。

郗羽无奈地钻进车内。等他关上车门，她坐在车内，自下而上地看着他，那瞬间她有种奇特的感觉——只要在他身边，就能像这样，一直被保护着吧。

送走郗羽后，李泽文回到套房内，蒋园正对着贴满照片的白板一脸沉思，周翼正在自己的房间内收拾行李箱——晚上九点的航班，现在已经接近下午六点，剩余的时间已经不多了。

李泽文返回自己的房间内收拾行李箱，一旁的蒋园对他汇报今天的卓越收获。和蒋园的估计一样，李泽文对其他信息敏感度不高，唯独“少年犯”三个字让他脸色微变。

“程若参与抢劫？”

事实胜于雄辩，蒋园靠着墙边的立柜，拿出手机悠然播放了录下来的聊天内容。

“我让线人在系统内找程若的相关资料，不论是死亡事故调查报告和犯罪记录都仔细找了一下，应该很快就有结果。”

李泽文把一沓衣物放入行李箱中，又回头冷静地看了蒋园一眼：“问题在于，犯罪记录是否还存在。”

蒋园摊了摊手：“的确，我的线人也有这样的担心。他说，拿到死亡事故的报告不太困难，他已经查出这份报告收录在派出所的档案室，最迟后天就可以拿出来。但程若的犯罪记录不好查。你知道的，著名的未成年人犯罪记录封存制度。”

这些年来，国内的司法系统学习美国的倾向很严重，这样的“学习”是好是坏暂且不论，但一个具体的措施就是对未成年犯罪者的保护力度加强。

这样的举动大体上是无可厚非的，青少年代表着未来，世界上的任何国家对青少年都秉持保护态度。偌大一个中国，人口众多，的确有很多年纪轻轻却误入歧途的少年，他们犯罪的原因大多是不懂事和不得已，国家应给他们改正回归正途的机会，所以少年犯的记录保管得相当严密。

严密又指两方面，比如犯罪的时候不满十八岁，被判处五年有期徒刑以下刑罚的，法律规定对相关犯罪记录予以封存，这样的封存不是说笑的，严格保密，查询权限极高——至少普通警察是绝对查不到的。

“如果仅仅是封存着，还是有办法可以想。问题是，程若死了。”蒋园神色凝重，“根据档案法，如果没有特别情况，少年犯的犯罪档案会在人死后的十五年销毁。也就是说，如果赵佩茹没有记错，程若进了少管所一年半，那今年就是程若犯罪后的第十六年。如果司法机关严格执行了档案法，程若的档案大概已经被销毁了。”

李泽文“吧啦”一声扣上行李箱的盖子，又设置了密码锁。

“这件事我来想办法。”

“嗯？”蒋园直眨眼，“什么办法？”

李泽文的回答是拿出手机，拨通电话。

“徐队长吗，你好。”

和徐云江见面之后，李泽文与他互留了联系方式。虽然李泽文身边已经有了蒋园这个极为强力专业的消息来源，但既然徐云江承诺“有事可以找我帮忙”，李泽文也不会客气。

寒暄之后，李泽文切入正题：“徐队长，有件事想请你帮忙。”

“你想知道什么？”

李泽文能从电流声中感觉到徐云江的轻微愕然。

徐云江的确有些吃惊，他有些吃惊于这通电话的速度——距两人刚刚的见面才过了仅仅一个小时，显然，这位大教授托人办事的效率真是绝顶的高。

“在十五六年前，南都曾经发生过一起青少年抢劫事件，一个叫程若的女孩是这起案件的犯罪人之一……”李泽文三言两语简述了一下程若和潘越坠楼案的关系，“如果有可能的话，我想看看她的详细犯罪记录。不过，我猜测她的案卷应该被销毁了。徐队长，你有时间的话，能否帮我询问一下当年经办此事的刑警案件经过？”

人物关系有些复杂，但不难理解。徐云江敏锐地感觉到潘越坠楼一案和程若溺死一案之间的微妙联系。

“没问题。”徐云江短暂沉思后就答应下来。

作为系统内的人，他和李泽文的判断一样，程若的犯罪记录应该已经被销毁了。不过记录没了不要紧，人的记忆还在。抢劫案是刑事犯罪，也由刑警侦破的。这起抢劫案发生于十六年前，他当时是刑警，在各区的刑警队也有一群好哥们，这一帮好哥们现在大都升到了不错的位置，想打听当年的案件细节并不困难——尤其是程若已经去世，说起来更没顾虑了，不会违反任何一条规章制度。

“多谢。”李泽文道谢后挂了电话。

蒋园眨眨眼，拊掌一笑，露出明显有些夸张的佩服神情：“只见了一面就能让人家大队长帮你打探消息了……真厉害。”

李泽文随口道：“这位徐队长乐于帮忙，80% 是看在我舅舅的面子上。”

“哈哈……”蒋园愉快地笑出声来，一旁拖着行李箱过来的周翼也忍不住失笑。

在“利用关系获取好处”这种事情上，李泽文从来不遮掩什么。这种坦然的态度让他极具魅力——至少蒋园是这么觉得的。

李泽文已经收拾完所有要带走的行李，把行李箱从床上拿下来，三人推着行李箱到达车库，驱车前往机场。

因为下了暴雨再加上晚高峰，道路有些拥堵，李泽文在车上继续交代接下来的事宜：“蒋园，我和周翼回京后，你继续调查。”

“我明白，”蒋园兴致勃勃道，“程茵这一家人的谜团太多了。我们今天收获不小，但还有许多谜团尚未解开，接下来我会再细致地把她家的背景仔细理过一遍。”

“暂时调整一下工作重心。程家的事情暂时放一放，你把精力放到周宏杰身上。”

“郗羽的班主任周老师？调查他？”蒋园完全没想到，她用了若干个反问句表达疑惑，“你确定？抛开浑身谜团的程茵一家人反而去调查一名获奖众多、爱岗敬业，看似人畜无害的老师？”

“对，”李泽文加重语气，“用你所有的手段，仔仔细细地把他的过往查个透彻。查的时候尽量找到他和潘昱民之间的联系。”

这些年来，她基本上已经习惯了李泽文出其不意的作风，但时不时还是会觉得太难追上。这位大教授的思维实在是太活跃了，看得比一般人远太多。

蒋园一边开车一边道：“所以，你今天在图书馆查阅旧报刊就是为了找出他们的联系？”

李泽文没否认。

“潘昱民是建筑师，看样子也不是那种能做出谋财害命的事儿的人啊。”蒋园说。

“他是建筑师，建筑安全决定了上百人的生死。”

“好吧，也有道理。你在报纸上有什么收获吗？”

“时间仓促，旧报刊上的新闻也不全，收获不大。”李泽文用手机发送了几十张图片给蒋园，“这是多年前发生的一些建筑事故的新闻，你仔细查一下这些事件和周宏杰是否有关。”

“好。我有数了。还有什么要注意的？”

李泽文垂眸，片刻后道：“周宏杰的精神状态谈不上正常，这点你可以特别关注一下。”

蒋园先是一愣，诧异地看了他一眼。

“明白……”

世界上大部分人的性格中都有阴暗的一面，周宏杰应该也不例外。蒋园认为，他年逾四十依然独身一人是很让人觉得奇怪的一件事。如果他特立独行奉行独身主义也就罢了，可他是老师，工作稳定、性格温和且对学生充满关怀，通常情况下，这种喜欢孩子的人就算为要个孩子也会选择结婚的。

一旁的周翼此前没有说话，一直在思考什么，此时他发问：“为什么不怀疑潘越的母亲？潘越的母亲贝晓英曾经是医生，这也是要和许多人打交道的职业。”

李泽文对他点头：“我最初也有过这个猜想，但大致排除了。”

“为什么？”

“因为时间不对。”李泽文说，“潘越坠楼发生在期中考试之后不久，期中考试后的家长会是潘昱民第一次到学校。如果此前没有特别的巧合，周宏杰应当是在这次家长会上才第一次看到潘昱民。在此之前，负责潘越学业的是贝晓英，也是她和老师联系。如果周宏杰和贝晓英有瓜葛甚至恩怨，那他应该更早就认出她了。”

周翼恍然大悟：“有道理。”

“不过也有一些价值，”李泽文对蒋园说，“如果你有时间，可以排查一下这条线索。”

“明白。”

蒋园说着，拍了一下方向盘，对李泽文诡秘一笑：“最后我们来说说郗羽。你回京的这几天，我要不要主动联系她？”

李泽文沉思了一会儿，摇了摇头：“暂时不必要。你做你的事情，暗中留心她就好。”

第十六章

男友 / ZENG NI YI YE XINGKONG

早上七点时，郗羽醒了过来。

她下意识地准备翻身下床，随后才失落地想起今天她没有安排。李泽文回京了，她不用在南都跑来跑去，可以好好在家里休整几天——可她静不下心来。郗羽想，习惯的养成就是这么迅速，和李泽文才同进同出几天时间，她已经有些怀念他的各种指示了。

然而郗羽毕竟不是高塔里的公主，更不是那么容易认输的人。吃过早饭后，她哪儿都没去，谢绝了家里人的各种邀请，坐在空无一人的家中，翻出笔记本，回顾这几天来打探到的所有线索，像计算微分方程那样一条一条列出潘越坠楼前后的时间表。

对潘越坠楼一案，这几天他们收获颇丰，查到了许多线索。不过，以她那薄弱的推理能力，尚且没有发现这些线索之间的瓜葛。她相信李泽文已经有了一些发现，也有一些安排和计划，但他没打算和她分享。昨天和徐云江见面时，他还使用了“买烟”的理由故意支开她。

她不认为自己的洞察力能超过李大教授，但她也有自己的独特优势，她是潘越坠楼案的当事人。她相信自己能以独特的视角观察这起案件。

她对着笔记本写写画画，直到自己的手机响起，她才回过神来——来电号码陌生，但随着听筒那边传来悦耳动听的“你好”，郗羽由衷地感慨，李大教授的预言太准确了。

“你好，”程茵柔美的声音带着亲切的笑意，“是郗羽吗？”

“是的，是我。”

简单地说明“我是从王安安那里拿到你的电话”后，程茵提出要和郗羽见一面。

郗羽等这通电话已经很久了，当即约定了一个小时后在华天酒店的西餐厅见面，可以一起吃顿午餐。

程茵入住的华天酒店当然也是五星级酒店。就算为了安全，她这种身份的人也不会住低档次的酒店。郗羽走进西餐厅后，视线在餐厅一转就在角落的沙发上看到了程茵，作为一个人气很高的主播，程茵显然不想太高调，她坐在角落。

酒店的西餐厅幽雅安静，客人亦不多，非常适合交谈。

郗羽和程茵一照面，两人就认出了对方。程茵从沙发上站起来，和郗羽握了握手，率先开口："之前虽然见了两次，但一直没有正式地自我介绍，我叫程茵。"

郗羽伸手和她一握，心情百感交集："你好，我是郗羽，你曾经的同学。"

之前和程茵的两次见面都谈不上愉快，交谈时间也相当短暂，此时在悠扬的钢琴声中，许多之前无法谈起的话题似乎也可以聊一聊了。

两人相视一笑。

郗羽落座，仔细观察程茵。

昨天晚上，郗羽陪着家里人看了《中国新音乐》，镜头下的程茵是巧笑倩兮，光彩夺目，知性自信，以郗柔的话说是"主持人中气质最接近女神"的人；今天的程茵比之昨晚，已经变回了一个普通人。她依然很漂亮，但明显有些疲劳过度，肤色苍白，眼睑下似乎还有点青灰色，似乎是素颜的——郗羽几乎不折腾自己的脸，也看不出来别人素颜和淡妆的区别。

"程茵，谢谢你来南都见我。"郗羽由衷地道谢。

从时间上判断，程茵昨天晚上主持完了本季最后一期的《中国好音乐》后就进入了休假阶段，今天一早就乘坐飞机到了南都，马不停蹄地赶往酒店，住下后就给她打了电话，约她见面。这么看来，程茵对这次会面相当重视。

"和你无关，我也有我的目的。"观察是互相的，郗羽打量程茵的时候，程茵自然也在观察郗羽，此时她很小女孩地托着下巴，呼出一口气来，"说实话，虽然说你曾经是我的同学，但真的很抱歉，我确实不记得你了。"

"程茵，你到底怎么失忆的？"郗羽问出自己百思不得其解的问题。

程茵优雅的表情瞬间退却，她苦笑着摇头，能露出这样的表情，她的过去一定过得不太轻松。

“你不想说吗？还是因为失忆，所以不知道自己到底怎么失忆？”

“我知道，因为我姐姐。”程茵揉了揉额角，眼角眉梢都是无可奈何的沉重，“我大概明白，我的失忆和我姐姐有关……我妈妈认为我害死了我姐姐。”

“啊？”郗羽瞪大眼睛，“害死你姐姐？怎么回事？”

程茵看了她一眼，轻声叹了口气。

接下来的半个小时内，郗羽从程茵嘴里得知了一个悲惨的故事。

程茵并非独生子女，因为母亲多次结婚的缘故，她有一个同母异父的姐姐，姐姐全名程若。在潘越去世后没过几天，姐妹俩去小区旁的湖边散步时，程茵不小心坠入湖水中，程若跳入水中救她，不小心溺水而死。姐妹俩都不会游泳，程茵溺水后，大脑短时间内缺血乏氧，这对她的记忆造成了伤害，引起了一定程度的失忆。

溺水导致的失忆通常是短时间的，一段时间后就能恢复，但接下来的情况就不太妙了。

因为失去了大女儿，柳心艺变得悲伤、易怒，南都对她来说是个伤心地，她决定搬家离开江淮省。接下来的一段时间，每当程茵询问母亲有关姐姐的事情时，母亲就会大发脾气，甚至上升到家暴。被母亲用板凳、直尺殴打数次后，程茵本来就受损的大脑雪上加霜，许多记忆就此消失了。

程茵表情黯然：“心理医生告诉我，出于对疼痛的畏惧，我的自我保护机制启动，规避那些让我遭受家暴的诱因，于是，我脑海中的一些记忆变得模糊，到最后彻底被遗忘。”

这个故事太沉重，让听到这番话的郗羽久久无言，让她的任何安慰都显得苍白无力。对于一个从小到大从来没挨过打的女生而言，她完全无法想象程茵的心情。

“仔细想起来，我失忆的阶段大概是从小学六年级到初一的近两年时间，”程茵调整了一下情绪，语气回复平淡，“我上大学后意识到自己的记忆缺失，我想原因大概是我妈再婚去了加拿大。她不在我身边，我的压力没那么大，以前回避、拒绝思考的一些问题可以稍微想一想。”

“有什么结果吗？”

“失败了。我试图找回那两年的记忆，但我一想这些问题就会头疼，根本没办法继续思考下去。”

难怪她不愿意提到过去。郗羽想起了赵蔚对程茵失忆案的点评，赵蔚认为程茵的失忆有两种可能，一种是洗脑式的主动遗忘，一种是脑损伤和心因性失忆。专业人士果然够专业，程茵的情况太特殊，这两种情况都占全了，难怪能形成如此罕见的失忆案例。

过了一会儿之后，郗羽犹豫地问：“你还想找回这段记忆吗？”

程茵喝了口水，用一种询问的目光看着她。

郗羽告诉她：“我想，只要你真的想找回记忆，是有办法的。我好朋友在哈佛的麻省总医院做大脑神经的研究，如果你想要恢复记忆，她可以帮上忙。”

“嗯，”程茵垂着眼，沉默了一会儿，“我想一想。”

“明白，”两人间的气氛有点凝重，郗羽想缓和气氛，她叫来侍者，“不说这个了，我们点餐吧。这顿饭我请，你要吃什么？”

程茵倒是没像普通人那样客气，她对郗羽露出了表示谢意的微笑，然后点了个蔬菜沙拉，还提醒侍者不要放各种酱料。

侍者响亮地回答“好”，从他有点发红的脸庞看，他绝对认出了程茵。如果不是因为职业素养，他没准已经扑上来要签名了。

郗羽目瞪口呆：“啊，沙拉？你就吃这个？”

“我要保持身材，”程茵叹了口气，“镜头始终会嫌你胖。”

“的确，你看上去确实比电视上瘦一些。”

“在电视上一个人的脸看起来是比实际给人的感觉大一圈。只要还想上镜继续干主持人这份工作，我就不可能像普通人这样想吃什么就吃什么。”

郗羽深表同情。她对食物不挑剔，平时也吃得很简单，但“不挑剔”和“不能吃”完全不是一个概念。看来，名满天下也并不轻松，每个行业都有不为人知的辛苦。

侍者拿着菜单离开后，程茵端详郗羽一眼，笑道：“要我说，你就是很上镜的那种人。”

“嗯？”

“你的脸偏小，五官立体，上镜会非常好看。”

郗羽对这样的话题不擅长也没什么兴趣，又不想说出败兴的话让程茵不高兴，只能干瘪瘪地回答了一句：“是吗？”

程茵问她：“你同学安安婚礼的录像，你看了没有？”

“什么？”郗羽不明所以。

程茵拿出手机，点开了朋友圈，然后把手机递给她：“当时的视频片段你看一看，依我看，你是所有伴娘里最好看的。”

手机屏幕上的视频提醒了郗羽，她的确想起了在婚礼的当天，有几位摄影师扛着摄影机在那儿拍来拍去，至于他们拍摄的成品如何，她在此之前完全没有想过。视频不长，大约几分钟，主要就是新娘新郎上台的那一段，十位伴娘伴郎站在这对夫妻身后充当背景板。

“你之前没看过？这是安安朋友圈里发的。”

“没有啊……”郗羽随口回答，“我不看朋友圈的……”

程茵很理解地露出微笑：“也是，你是科学家，当然不会和普通人一样，抱着手机用大把的时间刷朋友圈。”

郗羽坦陈：“除了每隔几天给家里打电话，我确实不太用手机。”

“完全可以想象。我也耳闻在麻省理工念博士很辛苦。”

“确实很累。”郗羽从来没有和别人抱怨的习惯，很快转开话题，“对了，程茵，我听教授说，你想去美国读研究生？”

程茵不意外，以李泽文和郗羽的关系，郗羽当然会知道自己的计划。

“是的。”

“我有些没想到，”郗羽说，“很多人都觉得读研究生比较浪费时间。”

“我想念硕士，一是因为我想要尝试换个视角看社会，二是为了职业发展。”

“职业发展？”

简单来说，程茵现在的职业路径发展得确实不错，但主持人是一个竞争非常激烈的行业。她靠着不错的能力和绝佳的运气进了中视，但是能力和运气是个相对值，并不会一直跟着她。当主持人的前途虽然不能说差，但被取代的可能性依然很大——中视的内斗是相当惨烈的——为了自己的职业路径考虑，她希望变成电视台里真正无可取代的重要人物。

郗羽问她：“你现在名气这么大，离开去读书不是很可惜吗？”

“我把这称之为‘磨刀不误砍柴工’。不论从哪个角度上讲，我现在去读书才是最恰当的时机。”

郗羽露出了一脸愿闻其详的表情。

根据一般情况而言，一台选秀节目的黄金期，也就三年。程茵接下来还将继续主持一年《中国新音乐》，三年时间之后，节目不可避免地就会陷入消退期，到时候不论她的主持多么完美都会让人产生审美疲劳。换个角度来说，这三年时间将是她人生当中的一个高峰期，她后面不论去主持哪个节目，都很难超越之前，观众总会拿她现在的节目和之前的节目相比较，此时用出国读书来“急流勇退”正恰到好处。

如果程茵还是新人，她不会选择在这个年龄出国读书，主持虽然不是很吃年龄的职业，但“出名要趁早”也是真理。现在她已经成为全国皆知的著名人物，这段时间她所积累下来的名气，足以支持她离开这个舞台两三年时间还能被观众惦记。

如果她拿到了美国名校的学历归来后，那她身上就有一层光环，可以进行华丽的转型，摇身一变，晋升为台里的管理层。

以郗羽的社会阅历，自然想不到“知名主持人去国外念硕士”这件事里包含着如此复杂的博弈过程，但程茵解释之后，郗羽由衷地理解了。

“能拿到美国顶尖名校的学位，对我的事业发展很有好处，”程茵转了转水杯，笑盈盈道，“所以认识李教授的时候我很开心，就请他帮我写推荐信。不是有这样的例子吗？某位教授到中国来访学习或者做讲座，机缘巧合下发现了合适的人才，于是就把学生带到国外去读研究生了。我也希望这种事情能发生在我身上。你不会觉得我很功利吧？”

“完全不会。”郗羽对她的想法很赞同，“有了机会就要抓住，脸皮厚一点也在所不惜。我其实也做过类似的事。”

当年她还在南大念大三，某天一位麻省理工的教授来南大做报告，作为接待员之一，郗羽和这位教授有一些交流，她对教授提出自己的想法并且得到了他的称赞。郗羽不是傻傻等着机会上门的人，当教授再一次赞赏她的时候，她询问教授，自己能否去美国读研究生。教授当时就说，你到我的手下来读研究生就好，于是事情就这么定下来了。

虽说事后有不少同学怀着羡慕嫉妒恨的心情，说她是巴结了美国来的教授才得到了麻省理工的机会云云，但她并不在意。

“和教授套磁是必备技能，”作为过来人，郗羽认真传授技能，“老师们也很欢迎这样的交流。以我导师的说法，谁都希望手底下有一批好学生，只要你对自己的学科有热情，绝对不会缺少机会。”

“好的，我也学习到了。”程茵笑开了。

此时，两人之间的气氛已经相当不错了。有一个瞬间，郗羽甚至觉得两人的关系回到了初一阶段，当时的她们也可以这么开心闲聊且不用在意对方的心情。

程茵笑完后才慢慢收起笑容：“不说我了。你呢？我想你也有话要跟我说吧？”

“嗯，是的。我一直想从你这里拿到一个问题的答案，但现在的你失忆了……”郗羽无奈摇头。

“这件事对你很重要吗？”

郗羽斩钉截铁：“很重要，非常重要。”

程茵沉默了一会儿：“你先说说看。”

郗羽整理了一下语言，按照时间线和程茵谈起潘越坠楼一案。程茵深谙听往事的原理——那就是安静、投入、不要多嘴。这是件悲惨事，程茵的脸上当然也浮现出了一种悲痛，但那种悲痛不会深入到人心中，就有点像路人甲看到惨烈社会新闻的那种浮于表面的悲痛感。

“原来如此，”程茵喃喃道，“之前两次和你见面时，我都觉得你有话要说……原来是这样。”

郗羽苦笑，默默颔首。

程茵凝神想了想，问："我想，警方对这起事件有结论？"

"警方认为潘越是自杀。"

"那你现在提起这起旧案的原因？"

"前一段时间，我告诉了教授这件旧事……"郗羽说，"教授认为，这起坠楼案可能另有隐情，潘越坠楼很可能并非自杀。"

凡是事关人命的消息总会让人大吃一惊，程茵亦明显愣住了："难道李教授认为这是谋杀？"

"他确实是这么认为的。"

"哦……"程茵应了一声，眸子里有轻微的光泽浮动，郗羽想起电视屏幕上的那个程茵，她猜测，这是程茵在思考。几秒钟后，程茵美丽的脸上浮起一些明悟，"所以李教授和你一起回到南都，帮你查这件旧案？"

郗羽对她颔首："是的。"

"那你们调查到了什么线索？"

郗羽有一瞬间的犹豫。在潘越坠楼案中，程茵的身影总是时隐时现，她不确定是否应该将这些天调查的线索告诉程茵。

程茵察觉到了她的犹豫，只是看着她："怎么，不方便告诉我？

"……"

对方如此敏锐，而对一个敏锐的人说谎是件挺难的事情。左右为难时，她想起李泽文交代的话——不，他其实什么也没交代，只说了一句"用自然的状态和她相处"。

"我确实有点顾虑，因为我们调查到的一些信息和你有关。"

程茵很平静，似乎已经预料到了这种情况："是吗，都有什么？"

郗羽思索了片刻，觉得也没什么必要隐瞒。程茵失忆多年，现在的她和初一时那个漂亮的小女孩是截然不同的两个人，将这些线索告诉她应当是没有问题的。

郗羽的讲述非常清晰，程茵的眉毛逐渐拧起，脸上的意外之情也越来越浓。

程茵慢慢喝着水，随后她放下水杯，开了口："我来理一理。也就是说，根据你和李教授目前获得的信息，可以找到我的行踪是这样的——在潘越跟你告白的那天，放学后，我偷听了你和潘越的交谈，且将你们交谈的内容转告了我姐姐；5 月 11 日，潘越去世的那天中午，我生病请假回家，当天放学后五点半左右，有人在学校里看见了我；5 月 16 日下午，我到了你家，和你短暂交谈，跟你说‘潘越的事情，对不起’——这是若干年前我和你见的最后一面。”

不愧是业内最出色的主持人之一，程茵思路清晰，很快抓住了重点。

“是的，这就是我们现在调查到的事情。”郗羽说。

“所以，你和李教授怀疑我和潘越的坠楼事件有关？”

程茵如此直截了当地问出这句话，让郗羽有些措手不及，但她也早就想好这个问题的回答。

“没有的事情。我们同桌一年时间，我很了解你也相信你。”郗羽想起和程茵同桌的那段愉快的时光，脸上情不自禁地浮上笑意，“但我想，当时的你可能掌握了某些情况。”

“谢谢你对我的信任。”郗羽的信任让程茵有些感动，她抓起郗羽放在桌上的手重重一握，“不过，我想你没有猜错，当时我可能的确掌握了一些信息。毕竟，你说我当时喜欢潘越。”

郗羽想了想，从包里摸出手机翻开相册，调出潘昱民的照片展示给程茵：“这个人，你有印象吗？”

虽然程茵有过失忆，但她小学时代的记忆还在，而她的母亲和潘昱民是初中同学，根据蒋园的分析，他们之间也许有什么暧昧故事，那程茵有一定概率记得潘昱民。

不过，郗羽的想法落空了。

程茵仔细地端详着照片，隔了一会儿后道：“气质和我爸有几分像，但我不认识他。他是什么人？”

“是潘越的父亲。”

程茵轻轻“啊”了一声，眉心微微蹙起，又问：“潘越的照片你有吗？”

郗羽默默调出潘越的照片，再一次将手机摆在程茵面前。

程茵低着头，无声地凝视照片上的清秀少年，用的时间比之前任何一次停顿都要长。

“我对他没有任何印象，我当年的失忆真够彻底的，”隔了一会儿后，程茵轻声说，“但我明白当年的我为什么会喜欢他。郗羽，你能把他的照片发给我吗？”

郗羽无声地把潘越的照片发到程茵手机上。

程茵垂着眼眸沉思了足足一分钟之久，随后她抬起头，澄澈的目光看向郗羽：“我想我有责任弄清当年发生了什么，我会找心理医生咨询，想办法找回记忆。吃过饭后，你陪我回南都二中看看？我既然曾经在南都二中上过学，这次旧地重游，也许能想起什么。”

郗羽由衷地高兴：“好。”

虽然她恢复记忆的可能性非常微小，郗羽依然为她积极的态度而振奋。

吃过午饭后，两人按照之前的计划，打车去往南都二中。

出门时，程茵戴上了一副宽大的墨镜，几乎遮住了她二分之一的脸。对自己的举动，程茵有些抱歉地解释说“不想被太多人认出来”，郗羽对此抱以百分之百的理解。

因为遭遇到了堵车，出租车在南都二中附近停下。昨天下了一场雨，今天气温比较适宜，不算热，两人沿着步行道闲逛到南都二中。

程茵看着身边的景致，觉得有些新鲜：“自从搬家后，我这么多年再也没有回到南都，十几年过去了，感觉南都变化很大。”

郗羽挺理解她。程茵脑子中的南都还是十几年前的模样，当然会觉得自己的家乡变化极大了。

随着两人走到校门，也明白了为何会堵车了——南都二中校门口的车辆排成了长队，许多家长和学生拉着大大小小的行李箱、拎着大包小包走出校门。等两人进入校门后更是发现，校门中的林荫道更是像一个菜市场，人头攒动，拥挤不堪。

郗羽和程茵打量四周一圈之后就明白发生了什么事情：参加统一补课的初三、高三学生们放假了，虽然两个月的暑假已经过半，但假期总让人开心的，学生们无比振奋，喜气洋洋。

“好怀念的感觉，”程茵说，“我们当时就是这个样子吧？”

“应该是。”

城市也许会一日千里地发生着变化，但世界上有些事情是不会变的。比如因为放假，学生们脸上的开心表情。

两人一边交谈着，一边沿着林荫道往校园深处走。

群众的眼光总是雪亮的，郗羽再一次领教了这句话，虽说程茵戴着大墨镜，穿着打扮也相当低调，但还是有眼光犀利的人认出了她——认出她来的人是一位学生家长。

这位学生家长一手拖着一个孩子的行李箱，盯着程茵上看看下看看，左看看右看看，最后再凑过来问：“你是那个节目主持人程茵吗？”

郗羽为这位阿姨的眼神叫绝。

在被人认出的情况下，程茵犹豫了几秒钟，才摘下了墨镜，对中年阿姨露出了久经训练的拍照笑容。

“是我。”她声音不高，但很清晰。

一旦摘了墨镜，程茵那张脸暴露出来，简直就像是往油锅里滴入了一滴水，林荫道上的家长、学生的目光全都扫射过来，还有人拿起手机开始疯狂拍照。几乎是转瞬之间，程茵身边便围了一圈热情的人，郗羽被迫后退三步，把位置让出来。

郗羽一直觉得只有大明星才能得到这样的围观待遇，没想到程茵的号召力也不差。

“终于见到活的程茵了”“比电视上看到的漂亮一些”“比电视上看到的瘦一些”“她为什么来南都二中”这几句话以极高的频率出现在诸位学生和家长的口中。

程茵没有回答各种好奇的提问，她对提出合影要求的人说“抱歉”，但表示可以签名。看到她那么好的态度，连那些本来对明星签名没什么感觉的学生和家长都拥了上来要求签名。

这趟混乱持续了十几分钟后终于消散，诸位学生和家长对程茵虽然有一定兴趣，但他们毕竟还是要回家的。

人群彻底散去后，校园大致恢复了宁静。郗羽松了口气，然后她看到了林荫道对面站了一个熟悉的身影。

“周老师。”

周宏杰看来是刚从超市回来，他手中拎着一个超市的塑料袋，塑料袋里装着些食物和日用品。他微笑着对郗羽点了点头，随后目光转到程茵身上，看上去有毫不掩饰的惊讶。

郗羽拉着程茵走到周宏杰面前，为两人介绍。

虽然程茵也曾经是周宏杰的学生，但相隔十几年不见，这其中的变化也够大的。

“周老师，您好。”程茵上前一步，和自己曾经的班主任握了握手，“抱歉，我没能认出您来。”

“你好。上次见你还是十几年前了。”周宏杰看起来对程茵为何出现在这里深感诧异，他问郗羽，“你和程茵怎么又回了学校？”

“我叫她来的。”

郗羽简要地解释了整件事的原委。

周宏杰也如同每一个听说程茵失忆的人一样，震惊、遗憾和感慨的表情全写在脸上。

“程茵之前因为意外事故，不记得在南都二中读书的这大半年经历。不过她现在想试着找回这段记忆，所以我带着她旧地重游。”郗羽说。

周宏杰表情复杂地看着两位学生，语气满怀感慨：“原来是这样，难怪程茵当年忽然转学了。找回记忆是好事，否则会觉得人生缺了一块。”

“是的，我也这么想，”程茵诚恳道，“试一试总比放弃要好一些，也许会有什么成效。”

校园里实在不是适合聊天的地方，交谈期间，阴了一天的太阳公公似乎有重新冒出头的迹象。郗羽仰头看了看天色，觉得眼看着就要热起来：“周老师，您有时间吗？我们这次来南都二中也想和您聊一聊的，如果没在校门口碰见您，我们也打算直接去敲您家门的。”

程茵附和地点了点头：“周老师，毕竟您是我和郗羽曾经的班主任。”

“当然。”周宏杰对学生宽容又温和，“放假了，我的时间多得很。”

今天上午的课程之后，补课的初三高三学生就放假了，周宏杰也和学生们一样，迎来了难得的休假。在住校的学生和家长收拾行李准备回家时，周宏杰去了趟附近的超市采购了一趟，东西不算少，看得出沉沉的。

程茵看着老师手上的大塑料袋，提议："不打扰的话，我们去您家？"

周宏杰犹豫了几秒钟，又低头看着自己手中的塑料袋，里面的蔬菜瓜果需要马上放进冰箱。于是他说："当然。"

周宏杰的房子就在南都二中北门外的那片教师宿舍区——教师宿舍共有八栋楼房，每栋二十二层，他家在第六层——南都二中作为全省名校，自然有许多开发商来和学校谈合作，他的这套房子就是学校和开发商联合下建好的，价格相当便宜。

三人乘电梯上楼，程茵问："师母在家吗？"

"没有，我一个人住。"周宏杰摇了摇头，"我没有结婚。"

"是吗？周老师，您还独身？"程茵眨了眨眼，看上去很为这个消息吃惊。郗羽也很意外，之前他们虽然在一起吃了一顿饭，但谈话中没涉及周宏杰的个人生活——李泽文或许发现了端倪，但没有告诉她。

"没遇到合适的对象，宁可不结婚。"周宏杰笑了笑，温和地回答。

程茵怀着深切的理解："周老师，我完全理解您。我就认为凑合是不行的。哪怕一个人过，我也绝对不会随便凑合。"

郗羽也同意。某人是否找对象、是否结婚在她看来是个人的选择，和其他任何人都无关。

说话间，电梯到达楼层。周宏杰开了门，请两位曾经的学生进屋，又拿出多余的拖鞋给两人——周宏杰虽然独身，但每到寒暑假总有学生前来拜访，所以多备了一些拖鞋。

他家收拾得极其干净、整洁，地板瓷砖光滑雪亮，客厅内的摆设井井有条。

招呼两名学生坐下后，周宏杰便去厨房放置超市购买的东西。郗羽和程茵惊奇地对视了一眼。

郗羽轻声说："我的公寓最干净的时候也做不到这个程度。"

程茵心有戚戚："比我家也强多了。"

谁说单身男人就不爱收拾的？

片刻后，周宏杰从厨房出来，他给两人端上了茶，还切了一盘水果。

程茵品尝了一口：“啊，这茶很不错啊，好香。”

“同事送的，说是自家茶山上摘采炒制的。”

郗羽也觉得这茶的确有点不一般，香气鲜爽，沁人心脾，比她喝过的绝大多数茶都好得多。

“水也不错，这种茶用自来水泡就可惜了。”程茵说。

“是的，我一直用纯净水泡茶。”周宏杰说。

一杯茶品完，程茵环顾四周，很客气地问：“周老师，感觉您的房子和我房子的户型很像……我可以参观一下您家吗？”

不愧是靠说话技能吃饭的人，同样是一句话，程茵的恳求就是很难被人拒绝。

周宏杰笑着点了点头。

郗羽跟在程茵身后参观了整套房，周宏杰解释说自己的这套房子是最小的户型，套内面积约八十平方米，是两室一厅的结构，其中一间是卧室，一间书房，卫生间就在卧室旁边。

“果然，”程茵参观完毕后开心地宣布，“您的房子和我家的结构特别像，面积也基本一样。”

为了证明自己的话，她还拿出手机给周宏杰看自己的屋子的照片。郗羽凑过去看了一眼，倒是笑了。户型确实很像，但程茵的房子装修得明显更好一些。

周宏杰显然也发现了这个细节，他温和地笑了笑：“面积差不多，但房价不一样。”

“那是，首都的房价太离谱了，”程茵叹了口气，“我还欠着上百万的贷款呢。”

“上百万？”郗羽感慨得很，要知道她这辈子所有财产加起来都没有上百万。

“我已经算是运气不错了，”程茵也不讳言，“因为我好歹还有点名气，能借到钱，地产商也给我面子打了折扣，否则真不可能买得起房。”

“南都的房价这几年也涨得吓人。”周宏杰说。

聊房价永远都是最好的话题，对房价的吐槽，可以让任意两个人找到话题的共同点，建立起亲密的战友关系。

吐槽了一通国内的房价后，程茵又问郗羽：“说起来，美国的房价怎么样？”

“美国和我们这儿一样，不同地方的房价差距很大，大城市通常都很贵。”

在美国生活的五年，郗羽有时候会被动地关心一下房价，这主要得益于赵蔚的熏陶。有段时间，赵蔚家打算在波士顿买房，一打听房价，麻省理工、哈佛附近的房子起码要上百万美元。

“你目前在新泽西，房价怎么样？”

“比波士顿好一些，”郗羽说，“比如说，我现在工作的 GFDL（地球物理流体动力学实验室）研究所旁边有一大片独栋别墅，价格要四十到五十万美元。”

“听上去还好，不是完全无法承受的价格，我帮你算一算。”程茵说，“假设接下来几年，你平均每个月到手收入五千美元，每年存款两万美元，一栋房子四十万，存五六年时间才能给得起房子的首付。这不是一个无法实现的目标。”

“对，差不多是你说的这样。我短时间内买房子的可能性很小。”

程茵感叹道：“是啊，而且你也不会选择‘啃老’吧。”

的确，国内的年轻人遇到买房问题还可以“啃老”，但郗羽的选择里完全没有这个选项。

“一个人如果有困难，两个人会容易一些。”周宏杰说。

“嗯？”郗羽没听懂。

周宏杰看着她，缓缓道：“李教授在美国应该买了房子吧？”

“也许，应该有吧。”郗羽随口道。李泽文既然能在伟大首都有那么一套大房子，可见经济实力很雄厚，那么他也肯定能买得起波士顿的房子。

“怎么，你没去过他家吗？”程茵问，“李教授和我说过，他的房子就在剑桥，开车去哈佛大学只要几分钟，你过去应该很方便的。”

郗羽一时间没跟上她的思路，下意识地回答：“是的。我没去过。”

“啊？真的？”程茵丝毫没有掩饰自己的诧异，“我还以为凭你们的关系，你对他一定很熟悉了。”

“郗羽，”周宏杰也开了口，“李教授是你的男朋友，你怎么都不了解他？”

“呃……”宛如忽然断电的电脑，郗羽思维卡壳。

“一个人买房比较难，两个人就没有那么困难了。”周宏杰严肃着一张脸指出，“我不是说你要靠男人，但你应该把你的男朋友加入到你未来的计划里。”

经老师提醒郗羽才觉得不妥——没错，理论上说李泽文是她的男朋友。而她今天沉浸在和程茵重逢的复杂心情里，早就把这件事忘了干净。

“呃……我们……”郗羽彻底卡壳。

如果是李泽文在的话，他肯定能够把这些谎言说得天衣无缝，但不幸的是，郗羽本人完全没有现编谎话的天赋。

她甚至有些奇怪，为什么自己现在才想到这些？以绝大部分中国人的思维里，当他们知道你有了一个感情很好的男朋友之后，下一步肯定会问你什么时候结婚，什么时候生孩子，什么时候买房。

面对周宏杰温和的目光，她觉得圆谎实在是件难事，干脆说了实话：“周老师，抱歉。之前骗了你们，李教授不是我的男朋友。”

“怎么回事？”周宏杰瞪着她，毫不掩饰一脸意外。

程茵不语，一眨不眨地盯着她。

郗羽微微低头，叹了口气：“李教授冒充我的男朋友，是有原因的。他到南都是来帮我查清潘越坠楼这件旧案……如果没有男女朋友这层关系的话，他很难取信于人……”

真相总是容易说服别人的，周宏杰不作声，凝神听着她的讲述，眼中的迷惑渐渐褪去，表情也复杂起来，他以一种奇特的目光打量着郗羽。

郗羽被他的目光看得有些惶然，试图努力解释：“周老师，您相信我。我不是存心说谎的。”

“我明白，和你无关。”周宏杰如梦初醒般，他谈起别的话题，“郗羽，你在麻省理工时，你认识的人中有跳楼自杀的吗？”

郗羽完全不知道周宏杰为什么问这个问题，但好学生的秉性让她诚恳地回答了老师的提问：“有的。我到美国的第二年，我所在的学院就有一名师姐跳楼自杀了。”

“自杀的原因是？”

“据警方的调查，是多种原因促成的，最主要的原因是学业的压力。”

“学业压力？你怎么看待这件事？”

郗羽揉了揉眉心，叹了口气：“我觉得非常遗憾。但我不知道她为什么要走这条路。麻省理工不是无法沟通的地方，学业上的压力总是可以排解的。周老师，您怎么知道这件事的？”

周宏杰顿了顿，才说：“那天在网上搜麻省理工的新闻，无意中看到的。”

“呃……”郗羽隐约觉得周宏杰没有说实话，但她的学生和后辈身份决定了她不可能追着周宏杰寻根问底，而且她的手机响了。

她从挎包里拿出手机一看，来电人正是话题中心人物李大教授。

现在的智能手机屏幕太大，于是周宏杰和程茵都看到了来电人。

郗羽对着曾经的同桌、老师露出抱歉的表情，拿着手机去了阳台。几句之后进入正题，郗羽将今天发生的事情一一告知：“……教授，我刚刚告诉周老师和程茵，你不是我的男朋友。”

李泽文在电话里轻声笑了一下：“是吗？”

如果李大教授现在站在她面前，郗羽有五成把握可以从他的表情里看出他的心情，但如果她接收到的全部信息只有听筒里的一道很轻的笑声，信息太少，她无法判断。然而解释工作还是要做的，两个人一起编的谎被戳破，自己是有责任的。

她复述了一下过程：“我实在不知道怎么圆谎了，就干脆说了实话。”

“没关系。”李泽文轻描淡写道，“这样挺好。”

“啊，那就好。”郗羽松了口气，“接下来我应该怎么做？”

“顺其自然。除此之外，你什么也不必做。”

郗羽垂着眼眸，握住手机的手紧了紧。

“教授，你是不是有了一些推理结果？”

李泽文没有承认也没否认："等我回南都后再说。"

语调里没有商量的余地，仿佛他在课堂上布置作业般。郗羽瞪着手机看了几秒后无奈地返回客厅，看到程茵正在对周宏杰提议："周老师，现在快六点了，晚上一起吃饭吧？"

难得师生重聚，一起吃顿饭也合情合理。

学校附近不乏美食，周宏杰这个地主对附近的餐厅了如指掌，师生三人先在校园里逛了一圈，随后在周宏杰的带领下，去了附近一家据说服务很好、好评率极高的连锁火锅店吃饭。因为程茵是公众人物，三人选了个小包厢坐下。

郗羽环顾四周："我记得这家店以前似乎不是火锅店，是家书店。"

"是的，差不多是五年前开始，书店改成了火锅店。"周宏杰说，"现在是信息时代，书店很难生存下去，就算在校门口也很难维持。"

程茵深有感触："我现在买书都是通过网络了。再过一些年，等到我们的下一代，他们恐怕不会再有在书店中翻开带着墨香的书籍的感受了。"

这番话勾起了郗羽丝丝缕缕的回忆，她说："程茵，当时我们是这家书店的常客。放学后，我们会结伴来这里看书的。"

"是吗？"程茵微微前倾身体，"我当时看什么？"

"主要看漫画，"郗羽抬起手臂指了指包厢门外，"当时的一楼大厅是期刊、漫画和小说，我们每次都会来看很久。你零花钱比我多，看见我没有钱买，就买我喜欢的漫画，再借给我看。"

"看来当年的我们关系真的很好，"程茵开心地笑起来，露出整齐雪白的牙齿，"虽然失忆过，喜好还是没变化。我现在依然很喜欢漫画，实际上，我家还有一箱子漫画的。不过因为工作很忙，我看漫画的时间很少了。"

她开心时眼睛闪闪发亮，郗羽看着她，觉得眼前的程茵和当年的程茵重叠起来——这是重逢这么久以来，程茵距离她最近的时候。

周宏杰也说道："有一段时间你们的确秤不离砣，就连转学几乎都是同时发生的。"

"是吗？"程茵眼睛亮起来，她有点兴奋地侧过头去，"郗羽，你有没有旧资料，比如我们的合影什么的？”

“没有。”郗羽摊手，“我之前在家里翻了几圈，没找到。我们当同学的时间毕竟太短了。”

“周老师，您那里有吗？”

周宏杰略略想了想。作为一名敬业的班主任，他会保存每一届学生的照片，但具体到程茵和郗羽身上就很难说。

“不好说，应该没有。如果有毕业合照我会好好保存，可你们当我学生的时间太短了。”

一阵灵感从郗羽脑子里闪过，她抓住灵感连忙问：“活动的照片呢？周老师，您家里会不会保存？”

“活动照片啊……只要摄影师给我了，我就一定会保存。”

郗羽肯定道：“那天我从您这里拿了一本《校志》，《校志》里有一条关于当年的元旦晚会的记载，我们班的舞蹈获得全校二等奖。我和程茵是舞蹈队的成员，我记得我们上台领奖时有摄影师拍了照片。这组照片您那里会不会有？”

周宏杰陷入了思考：“我不确定，可能性不大，一会儿回家找找看。”

程茵接口道：“好的。您如果找到了照片，一定要通知我啊。这可能是我在南都二中的唯一一张照片了。”

“没问题。”周宏杰说，“程茵，说说你转学后的经历？”

程茵不会拒绝回答老师的问题，回答了声“好”，在火锅沸腾的翻滚中，讲述着有记忆的往事。

当年转学后，程茵被母亲带到了安江省的省会赵州，在母亲的安排下进了赵州七中读书。因为失忆的原因，她以新生的身份进了赵州七中的初一，中间缺失的一年被解释为“生病休学”。

赵州七中虽然和南都二中比起来略逊一筹，但也是当地的知名学校之一，这对程茵来说是件好事，她不再需要和全省最优秀的学生在同一个课堂上，学业压力略略减轻，还有余力发挥自己的特长。

在赵州七中读高中时，她树立起当节目主持人的梦想，于是开始上播音主持的专业课，成绩也还可以。在她的努力下，她成功考入心仪的学校和专业。

与此同时，她母亲柳心艺和一个加拿大华人结了婚。在她拿到大学录取通知书后不久，她母亲就移民去了加拿大。

程茵耸了耸肩：“我妈觉得对我尽责了，所以一去不复还。”

“不复还？什么意思？”周宏杰问道。

“我上大学那会儿她回国看过我一次，那之后再也没有回国了。现在，她完全不会主动联系我，我给她打电话也交谈不了几句就挂掉。”

“你和你妈妈的关系这么不好？”周宏杰吃惊地问。

“不是每个父母都会喜欢自己的孩子。我觉得我可能没有父母缘分……习惯了就好了。”

那之后程茵上了大学，她努力学习，寻找一切可以出头的机会。播音主持是一个竞争非常激烈的行业，为了成功，程茵的大学生活比高中时代更累，寒暑假都不得休息，她要提高自身的各种技能，参加各种可以让自己出头的活动和比赛。

她的努力没有白费，毕业之后，她成功进入了电视台工作。

“电视台和娱乐圈很像，人际关系极为复杂，但只要你会做人，还有比较出色的业务水平，还是能找到机会的。”程茵说。

周宏杰看她一眼，温和地说：“还是要遇到好人。前几年我带的班级里有个学生的家长是电视台的领导，颐指气使，耀武扬威，非常难打交道。”

“周老师，我认为是这样，如果想要在学术圈成功，需要 90% 的实力和 10% 的运气。”程茵对周宏杰说完后看了看郗羽，郗羽颔首表示赞同这个说法，于是程茵接着说下去，“那么在电视台这个地方，想要成功则需要 30% 的背景、40% 的能力和 30% 的运气。而我就是每一样都沾边的那种，在综合评价中略微占优，于是拿到了比别人更多的机会。”

国内所有的主持人中能达到程茵现在这样的人气的不会超过五十个，她的运气和能力毋庸置疑。

周宏杰看着她，有些困惑：“你说的背景是什么意思？”

“某人的背景”这个话题通常相当敏感，但程茵没有避讳，她坦白道：“因为我遇到了一些对我帮助很大的人。比如我的前男友，我能进中视工作，他出了很大的力。”

周宏杰问：“前男友？现在分手了吗？”

“是的，已经分手好几年了，他儿子都两岁了。他是很好的人，但我们相遇的时机不太合适，”程茵轻轻叹了口气，“大部分是我的错，我太想成功，对如何维系感情懈怠了。”

合情合理的解释，也是大部分男女关系的常态。周宏杰也点了点头。

“除了他以外，我还有一些朋友，在必要的时候，他们也会支持我。”程茵说。

这番解释听罢，周宏杰面露释然，他对程茵举了举杯：“程茵，你能取得这样的成绩，老师真的很为你高兴。”

程茵郑重回敬：“周老师，谢谢您。”

一顿火锅吃完，时间过了晚上八点半。

程茵抢先结账之后，告诉郗羽：“对了，明天我打算回一次赵州。”

“回赵州？”

“是的。我想也不能完全寄希望于周老师身上，也许我家还有什么线索也说不定……至少我希望有，”程茵期盼地看着她，“郗羽，你有空吗？你要不要和我一起去安江省？”

郗羽当然同意，她没有别的安排，不想错过进一步了解程茵的机会。

在饭店门口辉煌灿烂的灯光下，周宏杰郑重道：“很好的想法，是应该回家看看。可能的话，和你妈妈联系一下。母女间的矛盾再大，总有挽回的机会。你在工作中那么出色，和那么多人相处融洽，会找到最合适的办法和你母亲交流的。”

“好的。”程茵清了清嗓子，又道，“周老师，除了潘越的事情外，我想总应该有一些东西能证明我当年在南都二中存在过。我原来曾经有你们这样好的老师和同学，不论如何都不应该忘记你们的。”

郗羽轻轻握住她的手：“程茵，不用着急，我们慢慢想办法。”

鉴于时间已经不早了，目送周宏杰步行回南都二中后，郗羽和程茵约定了第二天的见面时间后分头打车回家。

郗羽刚一下车就接到了周宏杰的电话，他告诉她，他的确在旧资料里找到了那场元旦晚会舞蹈队的合影。

“原本没有抱太大希望，但居然找到了。”他在电话那头充满感慨。

随后，他通过软件发了一张手机翻拍的照片过来。

因为是手机翻拍的照片，效果不算很好，但也足够清晰了。照片中的五个女孩子穿着仿古长裙，脸上化着色彩浓郁的妆。

郗羽站在照片的最中央，手里捧着学校领导发的奖状，程茵站在她身边，两个人对着镜头笑得傻乎乎的。

当时的她们那么开心，只觉得手中的奖状就是一切。

第十七章

旅途 / ZENG NI YI YE XINGKONG

江淮省和安江省毗邻，程茵跟着母亲转学后去了安江省的省会赵州，南都到赵州的距离大约有三百四十公里，本来坐高铁是最合适的，但程茵毕竟是公众人物，出行还是私密一点比较好。

“我可以租一辆车，两个人轮着开，三四个小时就可以到赵州。”程茵问她，“你应该会开车吧？”

郗羽当然可以充当驾驶员，于是事情就这样确定下来。

第二天早上九点，郗羽到酒店和程茵碰面。程茵的准备工作做得很足，租用的车子是毫不起眼的黑色大众，打开车门后，郗羽发现后排座上还有两大兜零食。

郗羽基本上没有和同龄好友一起自驾游的经历，体验非常新鲜。虽然理论上说她和程茵还不算很熟悉，心境上却不觉得疏远——她很久违地有了小学生出门春游时的心情。

程茵看着她，笑道：“是不是觉得有点像小学生去郊游？”

郗羽莞尔：“不错，我刚刚也这么想。英雄所见略同。”

两人一起大笑起来，笑声驱散了两人间的最后一缕陌生感。

“对了，你看这个。”程茵递过一张照片。

郗羽低头一瞧，正是昨晚周宏杰找到的那张获奖照片的实物。

“你怎么拿到照片的？”

“周老师昨晚给我发了照片的电子版，”程茵说，“我看着照片，觉得有种莫名的熟悉感。当时我还在出租车上，于是直接让出租车开回学校，去找周老师拿了照片。”

郗羽从座位上弹了起来，连声追问：“熟悉感？难道你想起什么了？”

“不好形容，我想不起什么细节。但总感觉这个场景我似乎在哪个梦境中经历过，那身裙子也有些熟悉。”程茵敲了敲自己的脑子，“最重要的是，在看到照片的一瞬间，我感觉到一阵莫名的喜悦。我想这次领奖对我来说很重要。”

“是啊，对当时的你很重要。”郗羽喟叹。

和从小就广受赞誉的郗羽不同，程茵一直以来很缺乏赞许，她在班上的存在感不强，成绩不好，基本没有获得荣誉的机会。这次晚会获奖是程茵初一阶段唯一一个获得的奖项，当时的程茵打心眼为这件事振奋，她抱着郗羽又蹦又跳，难怪她虽然失忆了，但精神上依然残留着这份喜悦感。

“可惜，我昨晚拿着照片看了几个小时，直到最后睡着，也没想起更多的事。”程茵说。

“欲速则不达，慢慢来。”郗羽宽慰她，“这件事也说明，你的记忆有找回来的可能。”

“是的。至少是个好苗头，说明还有希望。”

程茵说着，戴上墨镜，开启导航启动汽车。

两个同龄女性坐在一辆车里，又相隔十四年未见，当然有着聊不完的话题。程茵对郗羽在美国的经历很有兴趣，毕竟她准备去美国留学，从过来人那里了解一些储备知识也是好的。

“你在美国的时候，应该会经常和同学一起自驾游吧？”

“的确大部分人会在假期出门，但我是例外，旅游对我来说乐趣不太大，”郗羽摸了摸下巴，“而且我比较穷，基本都在学校。”

“你简直过着苦行僧的日子，”程茵道，“我猜测，你到现在应该还没有交过男朋友？”

郗羽摇了摇头。

“感情经历呢？也没有？”

“没有。”

“说实话不太能想象。我这些年也见到了不少混娱乐圈的美女，她们卸了妆未必有你好看，你五官底子非常好。”程茵笑，“真的，你在李知行婚宴上的打扮相当惊艳，和新娘子比起来也不逊色，我那桌的好多男人都在打听你。你在异性中应该很受欢迎。”

如果换其他任何一个人问她这样的问题，郗羽绝对会随便说几句忽悠话把人家敷衍过去，但现在提问的人是程茵，她不由自主地想起当年两人同桌时的细节，当时的她们头并着头，愉快地畅谈和男生的恋爱事宜。

“我没想过感情的事情。”郗羽慢慢摇了摇头，“我非常满意一个人的生活，没有想到要改变。”

“一分钟都没想过？”

郗羽有极短暂的迟疑：“基本上是。”

程茵无声地看她一眼。因为忙于学业不谈感情不算奇怪，从古到今这种人都不少，但一分钟都没想过就很罕见了——对感情的憧憬是刻在人类基因里本能的东西。

“难道和潘越有关系？”

郗羽诧异于程茵的敏锐，她顿了顿，眼中因为这次出游带来的兴奋情绪褪去：“我想，确实有一定关系。”

也不待程茵询问，她继续说道：“我不是没有见过死亡，我也知道人总有一天要死掉。我上小学时爷爷去世，大二时我妈妈去世，我难过、伤心甚至绝望，我恨天恨地恨不得以身代之，但我知道，他们去世不是我的责任，是任何人都无法抗拒的自然规律决定的。可潘越不一样，不论潘越是他杀还是自杀，或多或少地和我有关。如果不是因为喜欢我，坠楼那天他绝不会到楼顶去。我是有能力改变这件事的，甚至只需要我一个想法，我都能改变这件事的结局，可是我什么都没能做到。”

过了这许多年，郗羽讲述往事的语气很平静，但程茵清楚地知道，她现在的心情就像只剩余烬的火山口，这么年过去，绝大多数的激烈情绪都被生活磨平了。

“我亲眼看到潘越死在我的面前。当时他面朝下摔在地上，我不知道我在想什么——可能我不相信他死了——我在他身边推他的肩膀，他的脸侧了过来，我看到了他的眼睛……他的眼睛是睁开的，很奇怪吧，他眼睛居然是睁开的，清澈透亮地看着我，就像他之前看着我的样子……我不知道别人遇到类似的情况怎么处理，但我无法忘掉那双眼睛。”

郗羽沉默下来。

“抱歉，我不知道这件事让你这么难过。如果不是因为我在开车，我会拥抱你的，”程茵单手掌控着方向盘，伸出右手握了握她的手，叹息里充满深切的悲悯，“我们不要再说这个了。”

郗羽调整呼吸，定了定神，目光落到前方的高速公路上。

小轿车在铁灰色的柏油路面上急速行驶，沿线的绿色丘陵一闪而过。也许，当年的程茵就是沿着这条路离开南都的。

“不说我了，你呢，感情如何？”

为了缓和气氛，郗羽如同一个正常的“好闺蜜”那样，用一种闲聊的口吻和程茵聊起八卦。

“我现在是单身，但我和你的情况不一样，”程茵直接道，“我眼光太高了。”

“以你的条件，眼光不高才有问题。”

程茵说：“有时候我也觉得自己挺难伺候的，我希望对方有不错的经济实力，更要有才能，有情趣，年龄不能太大，当然，长相也一定要好。”

普通女性提出这样的择偶条件无异于痴人说梦，但对程茵来说完全不困难。在她生活的圈子，不会缺少优秀的男人。

郗羽说：“对你来说，选择面应该很广吧。”

“确实有一些选择，但真正的决定不是那么好下的，尤其我接下来还要去美国读书，就更不好选了。”

郗羽随口说：“实在不行，可以到了美国再找的。”

“找得到合适的吗？”程茵看上去有些怀疑这个结论。

郗羽实事求是道：“当然了。留学生里有很多条件相当好的。”

程茵笑言：“那你到时候给我介绍一个‘条件很好的’？”

“啊，我不能保证，我对这些事情不太了解，”郗羽连忙摆手，努力澄清自己，“但我的好朋友——就是之前说的在麻省总医院研究神经科学的那位，她人脉关系很广，认识很多人，到时候介绍给你？”

程茵“扑哧”一声笑了：“我开玩笑的。你对这种事情不擅长，我怎么可能给你添麻烦。”

郗羽也微微一笑，觉得自己有点多事了。程茵这样的身份哪需要自己介绍？只要往那儿一站，自然有男生靠近。

“我对‘找对象’不擅长，但你去美国后万一需要帮忙，可以联系我。虽然能力有限，我可能帮不上什么忙，但总还可以想想办法的。”

“好的，谢谢你。”程茵对她眨眨眼。

这趟去赵州大约耗时四个小时，下午两点时，她们到达目的地。汽车在程茵的驾驶下缓缓驶入一处看起来颇为高档的小区，她找了个树荫下的临时停车位停下来。

“我和我妈搬到赵州后，就在这里买了房，”程茵指了指百米开外的一栋六层洋房，“就在那栋的五层。我在这里生活了六年。”

“小区环境不错。”

“价格也不便宜。”

“有个问题我想问……”郗羽犹豫道，“你和你妈妈到南都后，是靠什么生活？如果不方便说，你可以不用回答我的。”

“不用这么委婉，想问什么就问，”程茵带着郗羽走进楼房里，“主要是靠房子。我妈的投资眼光不错，她看准了房价上升的趋势。南都和赵州房价差不多，我家在南都有好几套房，搬到赵州后，我妈卖掉了南都所有的房子，在赵州也买了三套房，剩下两套房长期出租。何况我妈到赵州后也没闲着，有段时间，她和别人合伙开了一家瑜伽馆，收入很不错。不过，现在我在赵州也就剩这套房子。”

“其他两套都卖掉了？”

“我妈去加拿大前把那两套房过户给我了。我犹豫了几年还是卖掉了，不然你以为我哪儿来的钱买首都的房子？”程茵对郗羽露出一个无奈的笑容，“中视主持人收入不高，靠工资十年都凑不起首付。”

说话间，两人已经走出电梯。电梯旁边有一扇挺大的落地窗，程茵带着郗羽站在窗边，朝外一指：“那里就是赵州七中，我真正意义上的母校。”

郗羽远眺了一会儿，点评：“校园很漂亮。”

“我妈这个人对名校有一种执着，”程茵表情有些奇特，“她觉得我一定要在好学校读书才行。”

郗羽想起《校志》上的“柳心艺”三个字，默默觉得自己应该稍微改变一下对柳心艺的认识。柳心艺也不是一无是处的母亲，至少给了女儿不错的经济环境和教育条件。

程茵开门进屋。因为前几天私闯潘昱民老房子的经历，这套屋子里的一切都让郗羽似曾相识——宽大的客厅里满屋灰尘，目光所及的沙发、茶几、餐桌、椅子等上面都盖着报纸或者防尘布。

“自从工作后，我再也没回这个家了。”程茵小心翼翼地掀走沙发和茶几上的防尘布——看起来是张旧床单，“四年时间了，积了这么多灰。”

布下的沙发挺干净，程茵把随身的挎包放在沙发上。

“我们打扫一下吧，”郗羽提议，“扫把在哪儿？”

程茵看了看四周，笑着接纳了郗羽的提议：“也好。难得回来一次，就辛苦你和我一起打扫了。”

“不会，”郗羽还挺有干劲的，马上进入角色，“我们当年都是一起值日，这是小意思了。”

“最后那天我没能和你一起打扫卫生，”程茵从卫生间拿出各色工具，“现在也算补齐了吧。”

随后，两人扎好长发，挽起袖子，开始清除整套房子的灰尘。大家都是独立女性，在外闯荡多年，打扫收拾屋子不在话下。一个小时后，这套一百平方米出头的房子已经恢复了相当程度的洁净。

休息几分钟后，程茵带着郗羽进了她的卧室。

程茵家是三室，母女两人各占一间卧室，还有一间房被改造成了健身房，房间里放着椭圆机、跑步机等器材，墙边还卷着几卷瑜伽垫。程茵解释说“我妈为了保持身材一刻不停地锻炼”。

程茵的卧室面积很大，摆了一张床之后还可以容纳一套书房设置，她拉开抽屉和书架门，对郗羽示意。

“来帮我找找。”

接下来的时间里，郗羽和程茵开始翻看各种资料：书架上的图书、柜子里的旧笔记本。这些陈旧的资料内容主要集中在程茵高中阶段，初中阶段较少，程茵小学阶段的完全没有，程茵说“大概是离开南都时被我妈扔了”。

郗羽点头表示理解，随后提议找找相册看看照片。

“老照片？”程茵苦笑着摇了摇头，“答案会让你失望的，我家基本没有什么老照片。”

“没有照片？”

这当然会让人奇怪，在郗羽看来，相册是每个家庭的标配了。

程茵叹了口气，她走进柳心艺的卧室，片刻后拿出来一本极薄的相册递给郗羽。

“我妈去加拿大时带走了绝大多数照片，这是我家中仅有的一本相册了。”

这本相册极薄，只放了十余张照片，大致按照年份排列。里面有柳心艺年轻时的单人照，还有她抱着孩子的照片。

“你妈妈……真漂亮。”郗羽看着照片由衷地赞叹。

“如果外表不够出色，她怎么可能和那个有钱的加拿大人结婚？”

郗羽下意识看了她一眼。程茵点评自己母亲的语气相当微妙，有些无奈，有些疏离，还有些隐含的愤怒。

“她手里抱着的是你？”

“这张是我，这张是我姐姐。”程茵修长的手指点了点相册里相邻的两张照片。

照片里的两个小女孩继承了母亲的好基因，粉妆玉琢，格外可爱。郗羽的视线在照片上停留几分钟后，又翻开一页相册，些微吃了一惊。

“这是你？”郗羽指着照片里的少女问。

程茵瞄了眼照片，嘴角上扬，轻快回答：“是我。高中时拍的。”

程茵当然是个漂亮姑娘，全国人民都通过电视屏幕鉴定了这点，可照片里的程茵看上去实在是太不起眼了。她留着很长的刘海，戴着一副黑框眼镜。虽然当然不难看，甚至很清秀，但是那种稍不留心就会被人遗忘的清秀。

“眼镜是怎么回事？”

“我近视了，所以戴了眼镜。”

“你近视了吗？你初一那会儿没有近视的。”郗羽震惊。

程茵反而很稀奇地反问：“现在有几个高中生不近视？我初三开始戴眼镜了，高三时我做了视力矫正手术。”

郗羽如实说：“照片里的你和现在不太像。”

“觉得不够漂亮，非常土气？”

“很难想到你会这么打扮，”郗羽道，“初中的时候，至少我和你同学的那一年时间里，你的穿着打扮就算不是全年级最好看的，也可以排前几位。”

程茵再次失笑，看得出郗羽的直接让她很愉快。

“怎么说呢，郗羽博士，”她摸了摸下巴，“我想你应该能理解，美貌也是技术活，是要花精力的。衣服如何搭配最好看，哪种妆容更适合自己，什么发型最体现个人特质，如何做表情最漂亮……如果我有时间也会把自己捯饬得好看点，可那时候是高中，学习压力太大，我没时间折腾自己了。”她摊了摊手，“我小时候想当歌手，不过到了高中才知道艺术道路很难走。唱歌这种事情很依靠天赋的，我的嗓音天赋确实没多好……高一时我决定走播音主持这条路，播音主持对文化课要求比音乐表演类高得多，高考对我的重要性一下子就提升了。为了提高高考分数，我要拼命学习，实在没办法打理自己的外形了，凑合凑合就行。”

郗羽心悦诚服，也开了个玩笑：“以一时的颜值降低换来现在的美貌，很划算的。”

“如果说高中三年我学到什么，那就是最关键的时刻做最重要的事情。”

“精辟，”郗羽想给她鼓掌，“难怪你取得了现在的成功。”

程茵脸上的笑容收拢起来，她摇了摇头说：“我不觉得我现在非常成功。实际上，当你站在我这个位置的时候，你真的不会为自己沾沾自喜的。我现在看着光鲜，但也没有办法决定自己的命运。如人饮水，冷暖自知。台里领导的一句话，都可以让我从现在的位置上滚下来。我不会把无法掌控自己命运的这种状态，称之为成功。”

士别三日，当刮目相看。这么多年过去，程茵成长为这样坚毅、果敢的人物，郗羽由衷地感到钦佩。

郗羽看完所有照片，合上相册还给程茵。

这趟来赵州，除了进一步加深对程茵的了解外，估计也不可能取得什么惊天动地的成果。要是程茵家里的事物可以唤起她的记忆，她恐怕也就不会惨遭失忆了。

程茵收好相册，和郗羽一起重新盖好茶几沙发，准备撤退。

时间已经过了下午五点，郗羽给李泽文打了个电话——这是她和李泽文约好的。

昨天晚上回家后，她告诉李泽文自己要和程茵一起去赵州，李泽文就对她提出了“每天至少三通电话汇报进展”的要求，她不太理解，但是从命。

电话那头的李泽文刚刚从会场出来，四周人声嘈杂。郗羽用最快的语速汇报了今天的行程，李泽文听完后没有明确表态，说了句“我现在很忙，晚上九点后打给你”后挂了电话。

对于她这通汇报行程的电话，程茵有些好笑地询问：“你和李教授联系很多啊。”

至少这段时间里是事实，没有必要否认——郗羽点头。

“感觉他有点不放心你，还要你随时汇报行程。”

“谈不上放心不放心，我觉得他可能想从我身上得到什么线索，也许是考验我。”郗羽思索着李泽文这一直以来的表现，“比如潘越坠楼这起案件，他明显知道得比我多，但他基于种种理由，没有告诉我全部信息。”

程茵问：“什么意思？具体一点？”

郗羽沉吟：“我觉得，他是那种人——你能知道的一切事情都是他不介意让你知道的；如果他不希望你知道某件事，就有办法让你永远不知道。”

程茵在某些事情上非常敏锐，她一眨不眨地看着郗羽：“那是对别人，以你和他的关系，不可能一点细节都感受不到。”

郗羽和程茵对视：“对潘越坠楼这件事，教授一直很有把握地认为是谋杀……任何谋杀案都有一个凶手——或者不止一个凶手，可他从来没有跟我谈过他怀疑谁，一句话都没提过。”

“他应该有自己的想法。”

“也许吧。”郗羽对此不太有把握。

程茵端详她一会儿，片刻后露出轻松的笑容，拉着她离开房间。

“好了，我们不说李教授了，去吃晚饭吧。附近有家饭店非常好吃，我好多年没尝过了。”

李泽文回京后的第一天就被无限多的接待和应酬工作占满了全部时间。作为这次活动主办方的副院长，这些工作也都是分内之事，按照正常流程，他这几天都不应该离京的——所以这么忙也是他自找的。

晚上十一点时，他终于到了家，可以休息一下，他强打精神吞了颗解酒药。为了照顾从国外请来的各位大佬学者，今天的晚宴是西式的，不要以为只有中国才有烦人的酒桌文化，西方也不逊色。在西式的晚宴上，美酒同样是必不可少的，而李泽文的酒量不算太好，干掉几杯红酒后他已经有了轻微醉酒的征兆。

吃下醒酒药后不久，他的手机就响了，他把手机放在支架上，打开视频通话。

蒋园生机勃勃的脸出现在视频的那一头。

“有什么发现？”

这么晚的时间，这么好的精神，由此可见，她一定是有了重大发现。

“动机，”蒋园高声宣布，“郗羽的班主任，那位完美老师周宏杰的杀人动机。”

李泽文眉梢不动，示意她说下去。

“你在旧报纸里翻出了几条线索，我一一查证，发现了一件和周宏杰有关的事。”

二十九年前，南都的一栋叫“南滨大厦”的商住楼发生了火灾，随后大厦的部分楼体在火灾中坍塌，这起事件造成了五人死亡，二十多人受伤。这栋楼房是新楼，落成不到一年时间就坍塌，这显然是一起重大的建筑安全事故。依照规定，政府成立了调查组调查事故原因，调查结果是大厦的管理方负主要责任，施工单位负次要责任。当年豆腐渣工程横行，或许因为死亡人数不够多，也或许是那时候没有网络，这事谈不上特别出众，执法力度谈不上很强，处理结果是罚款和缓刑。

李泽文问：“这栋楼是潘越的父亲潘昱民设计的？”

“正是。是他在中南设计分院工作时的作品——那时国内大搞基建，设计院的活儿堆成山，潘昱民虽然年轻，但学历好，可以接到独立设计一栋大厦的工作。”

南滨大厦是商住楼，地上的一、二两层是商场，周宏杰的父母在大厦里开了个商店。这次事故的五名死者里的其中一人是周宏杰的母亲，二十多名伤者里有一人是周宏杰的父亲，他是所有伤者里最严重的，大面积烧伤，卧床一两个月后也去世了。

周宏杰当时只有十三岁，还是未成年人。父母去世后他被舅舅收养了，舅舅不知道出于什么考虑，把他的姓改了母亲的姓氏。

“因为他改了姓名，所以我之前做背景调查时，没查到他还有这样的过去。”蒋园为自己的疏漏感到遗憾。

李泽文有轻微的了然，周宏杰不愿意结婚的原因恐怕和他的家庭背景有关。单身的人群里分为很多类：没遇到合适的、不愿意将就的、有心理阴影的，等等。周宏杰应当就是最后一类，他父母去世后，他寄居在舅舅家里，在这样的家庭里的寄养少年恐怕很难感受到家的温情，这也影响着他对婚姻的看法。

李泽文问：“南滨大厦的事故调查组的结果可信度有几分？”

“建筑设计是相当专业的领域，不是外人可以随便看出原委的，”蒋园说，“好在你之前在图书馆翻出了南滨大厦的设计图纸，我拿着图纸问了几位建筑学的学生。他们表示，这图纸存在问题，安全出口设计不合理。放在现在是绝对不合格的。”

“求证过其他人吗？”

“我已经拿到了潘昱民在中南设计分院的几位同事的联系方式，我明天去跟他们打听一下细节。大楼出事后潘昱民从分院调去了省院工作，时间间隔很近——我估计这些老同事不会为他遮羞的。”

这件事是明摆着的，任何一起建筑安全事故的发生，其背后都有几十个或是上百个隐患，设计单位、施工单位、管理方往往都有责任——可这次事件的调查结果完全撇开了设计单位，潘昱民没有受到任何处罚，这并不合理。

“看一看时间线，一切都明白了。潘越日记里曾经提到父母的吵架，贝晓英说‘不是靠我爸，你能有今天吗’。”蒋园说，“很明显，潘越的外公干涉了调查。除了权力，还有什么能让一个人逃脱应受的处罚呢？他是建设厅的老厅长，虽然那会儿已经退休了，但在行业内肯定还有影响力。”

南滨大厦在四月发生坍塌；这一年的六月，潘昱民换了工作，和贝晓英结了婚；同年八月，柳心艺和第一任丈夫谢小林结婚。时间不会撒谎，这两场过于匆忙的婚姻未必是因为爱而结合的，也为十几年后的惨剧埋下了伏笔。

李泽文轻轻呼出一口气，他觉得有些遗憾。帮未来的女婿遮掩失职事故，和潘越日记里描绘的那个一身正气、刚正不阿的外公形象差得太多了。但人性总是复杂的，人的底线在不同情况下也会有所改变，贝晓英的性格很强势，如果她寻死觅活地要求父亲包庇男友，潘越的外公很难拒绝来自女儿的恳求。

李泽文转而问：“周宏杰怎么知道他父母的死和潘昱民有关的？”

“他如何把父母的死和潘昱民联系起来目前是未知数，我有一些想法，但需要查证。但我能肯定，他应该是在十五六年前确认了这点。”蒋园说，“根据你的指示，今天上午，我拜访了周宏杰的家——说句题外话，他家太整洁了，我险些不知道如何下手——我主要检查了他的书房，发现他书架上有十余本建筑、火灾方面的图书，这些书籍的出版时间都在十五六年前，书上还有不少笔记。一个中文系毕业的语文老师为什么看建筑方面的书籍并做笔记？显然，他在调查当年父母遭遇的那场坍塌事故。”

“在他家还发现了什么？他的性格应该相当恋旧，不太可能扔掉旧物。”

“正如你所预料的，潘越的素材本，就在他家。”蒋园对着屏幕重重点了头，“那是能证明他和潘越坠楼事件直接相关的证据。”

这句话的信息量很大。蒋园即便隔着手机屏幕也能看到李泽文的眉目从紧绷的状态舒展开来。李泽文的洞察力和知识面让他随时随地都处于思考状态中，浑身上下总有一种微妙的紧绷感，在处理潘越坠楼一案时，他比平时更严肃，蒋园已经有阵子没看到李泽文露出“松了一口气”的表情。

潘越的素材本神秘消失一直困扰着李泽文。在排除所有不可能的选项后，他认为这本素材本极大可能在周宏杰手上，因此他叮嘱蒋园仔细查找。

“他藏得很隐秘，在书架最底层的夹层里，和一本陈旧的《英文诗歌选集》放在一起。”蒋园说，“潘越的素材本被撕掉了一页，就是大家认为的‘遗书’的那一页。素材本和书我没拿走，拍了照，一会儿把照片发给你。”

李泽文点头。这两本决定性的证据当然不应该拿走，也不用担心周宏杰会销毁——既然他能保存到如今，以后也不会改变。

“检查了他的电脑吗？”

“我在他家待了不到三个小时，只来得及翻看书架，至于电脑，大概翻了翻，时间太紧，没有什么发现，只看到电脑里上百吉的与教学相关的文档视频。不过慎重起见，我留了后手。”

“其他发现呢？”

“和你猜测的一样，他的确有抑郁症。”

李泽文点了点头：“做得不错。”

“谢谢夸奖。”蒋园愉快地做了个鬼脸，“你知道吧，郗羽和程茵两人去了周宏杰家拜访，这师生三人看上去还挺和谐的。”

“她之前打电话告诉我这件事了。”李泽文说，“你休息去吧。明天继续追查线索，最好能找到人证把周宏杰和潘昱民联系起来。”

“明白。”

蒋园在镜头那边比了个剪刀手，随后挂了电话。

一通电话后，李泽文也起身去休息，明天的开幕式才是重头戏，下午他要做一场为时两个小时的主题演讲。郗羽的事情固然重要，但为了应对明天，他必须暂时把这件旧案从脑子里抛开。

因为准备充分，第二天的演讲非常成功。演讲后，他从会场刚一走出，就被一群热情的学者围住了。他作为活动主办方的主要负责人和新任副院长，外加做了两个小时精彩的演讲，自然是人群的焦点。

李泽文虽然博闻强识，但如此多的人他也不能完全记住，也得益于助理的提醒。

“这位是经济学家张教授……”

“这位是社科院的王研究员……”

“……”

“这位是中金投资公司的谢总，谢云南。”

李泽文微笑着，和面前的男人握了握手。

“谢总，你好。”

有意思的是，这是一场以政治为主题的峰会，金融圈的人却来了极多——李泽文不太欣赏这些金融圈人士，对他们能避则避，但他不介意花点时间和这位谢总聊一聊。

谢云南这个人此前在李泽文和孟冬的交谈中出现过一次，给他留下的印象和面前这个人还挺相符。谢云南实际年龄四十出头了，但从外表上看说三十四五岁也会有人信。他五官端正，相貌堂堂，像孟冬这样做金融投资的年轻人身上总有一些锐气，而他的身上已经完全没有，反而是一种很深沉的柔和感。

作为深谙社交礼仪的成年人，就算两人是初次见面也可以相谈甚欢。谢云南和其他所有人一样，赞许这场峰会。一番寒暄过后，谢云南表示，自己所在的公司想去某国投资个项目，想听听李泽文的意见。

李泽文和谢云南聊了几句，随后拿出手机，对谢云南露出抱歉的神色：“我女朋友的电话。”

谢云南自然表态不在意，他很敏锐地注意到这位教授在电话接通的一瞬间，眼里就蓄起了一层笑意，原本和自己交谈时那种公事公办的语气也变成绕指柔。

“你和程茵已经到了赵州……一路上顺利吗……你开车了吗……”

十来个问题后，李泽文挂了电话，用一种略显无奈的神情道：“抱歉，久等了。我女朋友和她同学一块出去自驾游，我担心她的安全，所以有些唠叨。”

“理解理解，女朋友当然应该宝贝着，”谢云南理所应当地说，“李教授，我倒是听到你说了个名字，程茵？是你女朋友的同学吗？”

李泽文不动声色道：“是的。就是现在很知名的那个中视的节目主持人，和我女朋友是初中同学。”

“啊！”他对李泽文露出了一种只有男人才懂的笑容，“好巧，我也认识程茵。”

李泽文惊讶：“是吗？”

“实际上程茵还是我的前女友。”

“前女友？怎么，你们分手了吗？”

“早就分手了，我儿子都两岁了。”说起儿子的时候，他一脸幸福，看得出对和程茵的这段关系已经彻底释然。

谢云南乐于利用男人间共同的话题和这位才华横溢的年轻教授拉近关系，笑着解释了分手原因。

两人是七年前认识的，当时程茵还是传媒大学的女大学生，谢云南的公司举办的一个活动，邀请了部分传媒大学的学生，正好程茵有参加。于是两人顺理成章成为朋友，并且发展了一段感情。

“后来为什么分手？”

谢云南叹了口气：“大概是因为我们都太忙了。”

男女之间感情的产生大部分基于容貌。程茵的容貌、气质相当有吸引力，但在天长日久的相处下，这些外在的优势会慢慢地褪去吸引力，一些现实的问题就会浮上水面。

对谢云南这样的成功男士而言，他们当然希望身边有一朵解语花，有一位美丽的红颜知己。但如果这美丽的解语花沉迷事业无法自拔，不能在他有需要的时候出现的话，情况又另当别论。谢云南欣赏程茵那种拼搏的性格，但当程茵的努力和拼搏影响了两人的见面时间，变成进一步发展感情的障碍时，两人只有分手这一条路可以走了。

谢云南感喟道：“程茵是我见过的最努力最自律的女人，我真的一点都不奇怪她能得到现在的成功。”

李泽文失笑：“和我女朋友很像，难怪她们是同学。”

“怎么，也是工作狂？”谢云南半开玩笑地问。

李泽文极为赞同地点头：“她没有周末，没有假期，可以住在实验室里三天三夜不出门，我再见到她时完全认不出来。”

如果说之前谢云南还有附和李泽文的嫌疑，现在他完全觉得自己遇到了半个知己。他觉得自己和李教授可以去某乎上回答“有一个工作狂女友是怎样的体验”。

“我完全理解，”谢云南且笑且叹，“程茵也一样，对时间利用到了极致。她有一份极为严苛的时间表，每天早上什么时候起床，什么时候睡觉，什么时候该干什么都非常详细，一周七天都是如此。好多次我制订了出国旅游的计划，她都不去，宁可在录音室训练发音。总之，她对工作比对我用心多了。”

李泽文摊手一笑：“这也没办法，要怪只能怪我们的魅力不如工作大吧。”

玩笑般的抱怨一下子更加拉近了两人的距离。两人愉快地交换联系方式，和助理核定时间表，敲定了“几天后一起吃饭”的约定。谢云南拿到了李泽文的承诺，格外满意地离开。

谢云南离开后，更多人犹如众星拱月般把李泽文围了起来，李泽文和众人交谈寒暄了几句，把混乱的场面扔给了助理，自己走到略微僻静的角落，注意力转移到手机上。他演讲期间，徐云江给他打了两个电话，想必是自己拜托他的事情有了进展。

“徐队长，你好。”李泽文解释了一下自己刚刚不能接电话的原因。

“没关系，我理解。”徐云江知道李泽文是个大忙人，“李教授，我打听到了程茵的姐姐程若当年的犯罪细节。”

电话那头，徐云江首先确认，程若的犯罪档案已经通过正常的手续被销毁——但这不重要，徐云江通过关系找到了当年调查这起案件的警察和负责起诉的检察官，打探到了案件的具体情况——因为负责起诉此案的检察官有一个喜欢做笔记的好习惯，他翻到了起诉案件时的笔记，还原了整个犯罪行为。

李泽文打开了手机的录音功能，听着徐云江叙述。

根据检察官的记录，程若当时正在读初一，她和同校一个叫项邵阳的男孩组成了一个小抢劫团伙。这个小团伙的作案地点主要集中在城市里的地下通道，作案时间是深夜，专门针对晚归的上班族。首先，由程若假装搭讪问路，她这样的漂亮小姑娘会大大降低路人的戒心。然后，身材高大健硕的项邵阳会跳出来，直接抢了对方的包就跑——如果抢不过，就给对方一棒，接着再抢。

李泽文说："这套方案很成熟，抢劫成功率应该很高。"

"是的。"徐云江说，"因为配合默契，这个小团伙三个月内作案十余起，抢劫财物超过两万元。这个案件比较典型，影响也很恶劣，警方组织了抓捕行动，抓获了两人。项邵阳判了两年，程若则判刑一年零六个月。"

李泽文问："判刑时间相差不大，法官认为项邵阳是主犯？"

"法官认为，程若过错小一些，项邵阳毕竟是动手的那个。而且程若那时候刚满十四岁，项邵阳即将满十六周岁。"

"也有道理。项邵阳的家世背景如何？"

"检察官认为他俩搅和到一起去完全不奇怪。项邵阳和程若都是单亲家庭的孩子，心灵上颇有共同语言。项邵阳的父母很早就离婚了，他跟着父亲，他父亲是上市公司的高管，平时忙于工作，没时间管儿子。这也是很有意思的一点，绝大多数这样的少年团伙去抢劫是为了钱，但他俩是例外。在后面的盘问过程中，他们承认自己去抢劫只是因为'抢劫很好玩'，并不在乎抢了多少钱。"

"两人是什么时候入狱的？"

徐云江道出了时间，李泽文略一估算就得出了结果。程若在潘越出事前的两个月刑满释放，离开少管所。

"检察官对他家回访了吗？项邵阳出狱后情况如何？"

根据法律规定，检察官对未成年当事人的案件必须进行定期回访，追踪训诫效果。李泽文因此有这样一问。

“检察官进行回访时得知，因为儿子进了少管所，项邵阳的父亲深觉丢人，干脆送儿子去国外读书，眼不见心不烦。二十二岁后项邵阳再也没有回国，至少我没有查到出入境记录。”

“我了解了。徐队长，谢谢你。”

李泽文挂了电话后，又给郗羽打了个电话，了解她的近况。两人的谈话时间不长，确认她已经到了赵州后，他又拨通了蒋园的电话。

蒋园显然处于一个不能高声交谈的环境，她压低声音悄悄说：“别着急。周宏杰的调查取得了很大的进展，我正在和重要的相关人物见面，过一会儿告诉你后续。”

“和周宏杰无关，”李泽文道，“我想问你，程若的死亡调查报告拿到了没？”

“拿到了，今天中午线人给了我一份，我还没发给你。”

“现在发给我。”

“好吧，不过依我所见，整个事件看来完全和潘越坠楼案一样，是个悲惨的意外事故。”

一分钟后，李泽文站在酒店的走廊尽头，点开了邮件。

根据蒋园发来的资料显示，十四年前，柳心艺和两个女儿住在南都市中心的崇光小区，小区环境很好，紧挨着南都的崇光湖——这就是小区得名的原因。崇光湖是南都市的天然湖泊，风光很好，水域面积有数千平方米，绕湖一周需要两个小时，平均水深超过三米。

崇光湖公园是市政工程，也是市民休闲的好去处，维护工作做得比较到位，沿湖有一条长长的湖边小径。5月16日那天晚上八点左右，程若、程茵两姐妹在崇光湖的沿湖小径散步时坠入湖中。

邮件里还附带上姐妹俩出事的那段湖边小径的照片。小径是常见的公园石板路，宽度约为一米，距离湖面的高度约为七八十厘米，小径旁有大约三四十厘米高的矮栏杆，和湖面几乎成直角，远处还有块牌子，上书“此处水深，请勿逗留”。

在警方的案卷里有几名目击证人，目击证人甲在湖对岸看到两个漂亮小姑娘肩并肩地沿着湖边小径散步——忽然靠湖那边的小姑娘似乎是滑了一下，身体一歪，就栽进了湖里，然后另一个小姑娘趴在湖边喊着“救命”，喊了两声后她也跳到湖里去了。目击证人甲在湖对岸，和姐妹俩的直线距离只有一百多米，但要绕到对岸则需要走上一公里——他不会游泳，只能打报警电话。目击证人解释说，湖边小径旁有路灯，但路灯距离较远，灯光也不算很亮，湖面很昏暗，他隐约看到两个小姑娘在湖里靠近了又分开，距离湖边越来越远，沉沉浮浮了几分钟，直到十来分钟后被人救上来。

目击证人乙也证明了甲的这段证词，他当时和姐妹俩在湖的同一边：“……我看着后面那个小姑娘‘扑通’一下跳到水里，我连忙跑去公园的管理站找人。当时那段路人很少，我嚷了一会儿有人来了，跳下水去救人。”

目击证人丙：“……我听说有人落水了，连忙去救人——我可是游泳高手。当时两个小姑娘分散了，我只能救起一个……”

目击证人丁：“……距离湖边最近的小姑娘被其他人救起了，我就救了另一个……唉，我当时就觉得她没有什么心跳了……听说是两姐妹来着……”

警方的最终报告称，姐妹俩被救起来的时候，先救起来的还有微弱的呼吸，送到医院后她醒了过来，但她对于当时坠湖的细节记得不太清楚了，这一位就是程茵；后面那个被救起来的没了呼吸，是姐姐程若。从警方的角度看，这起事故清晰简单。有目击者，不止一个；有时间线，前后十余分钟；有医生报告，证实程若死于溺水；出事的是两姐妹，两人的母亲没对此提出什么质疑，少了最关键的“家属质疑”环节，因此警方的报告只需要讲清楚事件原因，附上几个目击者的证词，这件案子就这么收尾了。

李泽文拿着手机陷入高密度的思考中，这些日子查到的所有线索一一从眼前划过，回过神时，手机屏幕已经由亮变黑，助理正从大厅里小跑过来。

“李院长，方校长找您。”

李泽文揉了揉眉心，收了收脸上的表情，回到大厅，和方校长寒暄了几句，随后很抱歉地表示，晚上的这顿工作餐去不了，只有拜托校长出面了。方校长对李泽文有一定程度的了解，知道他极少临时修改计划。

“发生了什么事？还和你女朋友有关？”方校长看他脸色不算太妙，于是询问。

李泽文神色凝重地抱歉：“是的，她遇到了大麻烦。”

话说到这个份上，方校长自然也不会拦着，挥手让他晚上自由行动。

作为一名备受期待的年轻学者，季时峻有着一间不错的办公室，外间是他的办公室，里间是小会议室和资料室，门虚掩着。李泽文屈起手指在门上敲了敲，不请而入。

季时峻正在办公室批改论文，被学生论文折磨得焦头烂额的他，抬头看到李泽文进屋，长长松了口气。老同学没空着手，在桌子上放下了这一行的见面礼——一盒精美的寿司外卖和半打啤酒。

“请你吃饭。”李泽文道。

季时峻伸了个懒腰，把论文推到一边：“看来我忘了吃晚饭是对的。”

在美国加州读书的时候，两人就是饭搭子，每周总有两三个晚上，会待在公寓里一边吃寿司，一边谈天论地。许多灵感就在这样的谈话中迸发出来，就像“噼里啪啦”燃烧的干柴一样，砸出一地火星。

老同学之间不需要任何寒暄，季时峻愉快地问：“无事不登三宝殿，什么事？”

李泽文身上还是西装三件套，这么热的天气穿西装，应当是直接从会场过来的。

“我记得你曾经系统地研究过中美少年犯的心理特征的异同。”

“对，这正是本人擅长的一个领域。”

“那你对中国的少管所制度也很熟悉？”

“当然。而且我正在指导手下一个博士生做这个课题。你想知道这方面的情况？”

“是的，”李泽文说，“我需要和少管所相关的全部原始文件，录音材料和视频。”

“那你需要忙一会儿了。”

季时峻走到墙边的文件柜边，拉开一个抽屉，取出一个体积较大的文件盒放在李泽文面前：“全部资料都在这里。”

呈现在李泽文面前的是大约有十公斤的文字资料和上百吉的视频——

这些视频材料是季时峻手下的博士生这一两年时间的采访记录，人数超过两百人，总时长超过三十个小时。

季时峻指了指其中最厚的文件夹："录音材料和视频都整理成了文本，就在这儿。"

"我去会议室看。"

这么多的原始资料，要看完肯定需要一定的时间。但李泽文自有一套从海量信息中提取重要信息的方法，他先翻阅了目录，再从纸质材料里抽出一部分内容阅读。

"说说，怎么回事？"季时峻愉快地大嚼着寿司，对李泽文抬了抬下颌，"是不是和你现在查的郗羽的案子有关？"

这显然是肯定的，能让李教授衣服都不换赶到自己的办公室，当然和郗羽有关。

"确实相关。"李泽文一边看文档，一边回答。

"说说看？"

李泽文看了眼他："可能不行。"

"怎么说？"

"这件事可能和你的客户有关，我不知道这些信息是否会影响你的判断。"

"和我的客户有关？"季时峻一愣，脑子里的思维图顿时浮现出来，"程茵？"

李泽文专心阅读文件，没有否认。

"她怎么和少年犯扯上关系了？"

李泽文简单叙述了一下程茵、程若这对姐妹的相关信息，并在季时峻的强烈要求下转发了蒋园两个小时前发来的邮件。

季时峻拧着眉头说："这件事很重要。"

在季时峻看邮件的期间，李泽文一目十行地阅读这百来份少年犯访谈记录，几乎所有的少年犯都有严重的原生家庭问题。

"……我爸妈在我很小的时候就离婚了，他们不管我，我很饿，没吃的，只能去偷去抢了……"

“……少管所的规矩虽然严，但我很高兴。我在这里第一次感受到了被人管着的感觉……”

“……我好后悔，不应该去偷窃的……我现在是少年犯，出去后别人看我是不是都会认为我是罪犯……”

李泽文猛然从座位上站起来，座椅发出“哗啦”一声响动，惊到了坐在会议桌对面的季时峻。

季时峻已经看完了姐妹俩的溺水事故报告，这起不幸的事故让他感到了一丝违和感。就在他思索这违和感从何而来时，李泽文毫无征兆站起来的举动打断了他的思考。

作为心理学家兼好友，季时峻非常了解李泽文，但这么多年来，他极少在李泽文脸上看到这样的表情——李泽文的表情可以说得上瞬息万变，震惊、紧张、懊悔，所有激烈的情绪在两三秒钟内退却，最后变成肃然和凝重，仿佛他面前忽然出现了一道万米深渊，而他不得不在最短时间内思考如何应对这天崩地裂的一瞬。

几秒钟后，李泽文拿出手机摁亮屏幕，看上去准备拨打电话，不过在他拨出之前，他的手机先响了起来。

格外安静的会议室内，李泽文听到蒋园紧张的声音从听筒里传来。

“李泽文，出事了！”

第十八章

星空 / ZENG NI YI YE XINGKONG

“这家店的风味确实与众不同。”

郗羽由衷地感叹。

离开程茵家后，两人去了程茵一直以来很想去的老字号，大吃了一顿。程茵对这家店怀念已久，罕见地不再想着维持身材大吃了一顿。

“这么多年来，我很少觉得什么东西特别好吃，”程茵高兴地宣布，“原以为我的味蕾退化，看来并没有，我还是能感觉到美食的滋味的。”

郗羽对此很有感触，心有戚戚地点头。在美国的这些年，她无数次地怀念国内的美味佳肴。据赵蔚说，味觉记忆向来是很长久的，往往直接和家乡、过往的经历联系在一起，这份记忆甚至会让我们看清来路、找到归途——大量漂泊异乡的学子为什么最后回到祖国，不能不说，家乡的美食是相当强烈的诱因。

吃过晚饭后，时间已近八点。出发前两人已经商量好晚上开车回南都。根据来时的经验，从赵州市区开车回南都市区需要四个半小时，也就是说，如果顺利的话，两人回到南都时差不多是十二点。时间有些晚，但明天两人没有别的安排，正好可以舒舒服服地睡个懒觉。

“来赵州的时候就是你开的车，回去我也可以开一段。”郗羽征求程茵的意见。

“你开前半段，”程茵说，“我开后半段好了。”

于是就这么愉快地决定了汽车的驾驶权。两人离开餐厅，郗羽启动汽车，一旁的程茵打开手机软件开始导航。晚上驾车固然有视线不好等弊端，但好处也很明显，路上车辆明显减少，二十分钟后，郗羽驾车离开城区，上了高速。

回程的路和来时是同一条路，但景色完全不同。高速路上没有路灯，大城市的灯光随着疾驰的汽车褪去，天地间呈现出原本的模样，面前只有漆黑的夜色和偶尔闪过的车灯光芒。

郗羽和程茵有一搭没一搭地聊天，郗羽的手机响了。她开着车自然没办法接听电话，于是示意程茵把她的手机从包里掏出来打开。

“李教授的电话。”程茵看了看屏幕上“李泽文”三个大字，说。

郗羽想起李泽文说九点给她打电话，她瞄了眼时间，正是九点整。李泽文的时间观念永远都那么强。

她说：“你帮我打开免提吧。”

程茵依言照做，把郗羽的手机放在汽车的仪表台上，李泽文略微低沉的声音传来。

“郗羽？”

“你好，教授。”

“你在哪里？”

“我和程茵在回南都的路上，我在开车。”

李泽文问：“开着免提？”

两人曾数次同车，李泽文相当了解她的开车习惯。

“是啊，我不可能一边拿着手机一边开车的。”

“不错，安全第一。”

程茵轻笑一声：“李教授，你好。”

李泽文道：“你也好。晚上开车，你们注意安全。”

“好的，你放心，我们会很小心的。”程茵说。

李泽文问：“程茵，你今天回家后，在家里发现了什么吗？”

“我和郗羽把家里都翻了一遍，可是我什么都没想起来，”程茵的声音满含歉意，“抱歉，没有帮上你和小羽。”

“没关系。找回记忆不是那么容易的事情，我本来也没有抱很大的期待。”

“你能理解就好。”程茵笑了笑，转开话题，“李教授，我看到京大政策学院的峰会成功召开的新闻了，还看到评论说你的演讲非常成功。祝贺你。”

“谢谢。”李泽文带着笑意回答，“你有心了。”

“不是故意看到的，我关注的微信和微博都有提到，”程茵笑着说，“既然决定读研究生，我需要一些知识储备。你说是不是？”

“这是个好习惯。”李泽文回答。这句话没怎么拿架子，听上去就像个兄长鼓励妹妹一样。

“我看评论说，你演讲的内容特别生动，如果方便的话，我想看看演讲稿，学习一下，你这边方便吗？”

“不用着急，几天后就会全文上网。”

“那太好了。”程茵欣喜道。

“我还有事情，先不聊了。郗羽，开车小心。”

再一次叮嘱郗羽小心开车后，李泽文挂了电话。

手机屏幕暗了下去，郗羽目视前方的道路，心情复杂难言。程茵和李泽文愉快自如的谈话让她觉得有些羞愧，也有些震惊——她知道李泽文回京是为了峰会的事情，但她居然完全没想到问上两句“是否顺利”“进展如何”。相对李泽文对她的关怀，她实在太粗枝大叶了，半点人情世故都不懂。

理论上说，她和李泽文认识的时间更久，交情更深远。而程茵和李泽文认识的时间满打满算也不会超过两个月，连他们认识时长的十分之一都不到，可程茵就是能如此自如淡定地和李泽文交谈。实际上，如果不是李泽文主动终止了这通电话，他们俩显然还可以愉快地继续聊下去。

程茵帮她把手机收好，又道：“不好意思，我废话太多，耽误你和你教授的通话了。”

“不，没事……我和教授也没什么好说的。”

“是吗？”程茵反问。

“……”

车厢里陷入了奇妙的安静状态。

一分钟后，程茵开口：“我记得你之前说过，你不打算恋爱结婚，是吧？”

“是的。”

程茵冷不防说：“所以，就算是李教授跟你表白，你也会拒绝他是吗？”

如此出其不意的问题，让郗羽热血上头，她猛然侧头看了程茵一眼。巧的是程茵也在看着她，夜色漆黑，她匆匆一瞥其实看不清程茵的脸，但两人的视线有了极短的对视——程茵反射着车灯光芒的眼睛里有一种让人吃惊的力量。

“你看上去很吃惊，我不觉得这有什么可吃惊的，”程茵以一种理所当然的冷静语调说，“他在百忙之中陪你查潘越这起旧案，当然是因为喜欢你了。我以为这一点很明显，就算你对感情的事情不敏感，也不至于想不到这点。”

郗羽完全没有想到程茵毫不避讳地谈到她一直回避的“男女感情问题”，她木然地张了张嘴，却没能说出任何话来。

“……”

“所以你是默认了吗？”

郗羽艰涩地道：“说实话，我不知道。我和教授没谈过这方面的话题。”

“那我强烈建议你想一想，我可以等你一年时间。”

“一年时间？”郗羽居然没听懂，“什么意思？”

“是的，一年时间。”程茵心平气和地重复了一遍，“我不愿意当破坏别人感情的恶人，所以我等你一年时间——明年我去美国后，如果你和李教授没有进展，我会用尽办法追到他。”

郗羽震惊无言。她脑中浮上许多念头，最后留在脑海中的是程茵昨天谈起择偶标准时的那番话。她说“有不错的经济实力，更要有才能，有情趣，年龄不能太大，长相也一定要好”，毫无疑问，李泽文完全满足她的所有要求，简直不能更好。

半晌后，郗羽轻声道：“程茵，我没想到你会这么……开诚布公地和我谈这件事。”

“李教授这样的男人在任何地方都是稀有资源，”程茵声音有些缥缈，“我是一个很善于为自己争取利益的人。”

不错，她过往的所有经历、她辉煌的履历都证明了她为自己争取利益的决心。

汽车空调吹出的冷风让郗羽的头脑清醒了一点，她想明白了一件事，满含苦涩地问：“所以你不申请成为他的学生？”

“当然。如果我是他的研究生，我们之间一点可能性都不存在了。你这样的临时学生无妨，但如果是亲手带出的学生，李教授绝对不会出手，就算学生毕业了也不可能。他的底线是很高的。”

郗羽不作声地开着车，理性告诉自己，程茵说得对，她态度真诚坦率，没有冒犯之处，她对李泽文的好感非常正常——教授当然很讨女人喜欢。她要追求李泽文是正当行为，自己和李泽文什么都算不上，更没有立场去反驳和干涉她的举动。可不知道为什么，她觉得怒气在肺腑郁结起来，犹如迪拜塔的高速电梯一样，一股脑就冲到鼻尖。伴随着怒气升腾的，还有大脑里杂乱的只言片语，她想说你别自作多情、别自我感觉太高，就算你是个著名主播也配不上教授……

然而在她说出任何漂亮的反击话语之前，道路前方的一辆慢腾腾行驶的黑色丰田汽车猛然冲入了她的视线——这辆汽车的车灯坏了一只，另一只的光芒也很昏暗，几乎要和夜色融为一体。

“郗羽，前面有车！”程茵大声叫了起来，“刹车！”

郗羽浑身的怒气在零点一秒内被惊恐取代。

在冷汗浸透全身之前，郗羽已经用力踩下急刹车。仅仅刹车尚且不够，郗羽发现两车的距离只有不足二十米，丰田时速不快，很可能不足五十千米，而郗羽的驾车速度中规中矩，时速约为九十迈，再加上反应时间，刹车距离至少需要二十米以上。

前车的车屁股越来越近，近到几乎占领了两人的全部视线。

“右变道！”程茵大叫。

这条通往南都的高速路是三车道的，郗羽一直在最右侧的车道上行驶，她在最短的时间打了转向灯把方向盘朝右一拨——险之又险地避免了追尾事故，但因为方向盘打得太急，应急车道太窄，另一桩事故也随之而来，在“砰”的沉闷巨响声中，汽车以四十千米的时速撞上了高速路旁的防护栏。

汽车的车头、右侧车身和防护栏以弯曲和变形的状态抵消了汽车的巨大动能。两秒钟之后，随着郗羽“哗啦”一下换P挡，汽车彻底静止下来。

“抱歉，抱歉。”郗羽只觉得大脑一片混沌，心跳起码过了一百八，她重重喘息转头看程茵，“程茵，你没事吧？受伤了吗？”

“没事，我没事，”程茵也是惊魂未定，“先开灯，开灯，应急灯。”

“好好。”

郗羽连忙打开应急灯，又打开了车里的灯。

谢天谢地，两人除了被吓一跳外没有受伤，安全带发挥了卓越的作用。她们定了定神，解开安全带，下车查看车子撞击情况。因为那一下子冲撞太猛烈，防护栏凸出，汽车右侧的两个轮胎已经脱离车道，卡在路基下方。如果不是因为防护栏，汽车绝对会滚到高速路路基下的田里去。因为防护栏卡着右侧车身，右侧车门无法打开，程茵不得不挪到左侧的驾驶座上，从左侧车门下车。

“我们需要找道路救援车，费用我来出。”郗羽打开手机，在网上搜索，急于用承担责任的方式来减少内心的愧疚感。

“不用着急。”程茵是见过大场面的，对这样的擦剐事故保持足够的冷静，“没关系的，有租车合同，包含了保险，不需要你掏钱。”

“是我开车的，”郗羽坚持，“我有责任。”

如果她当时没那么生气，变道的幅度没有那么大，这一切事故就不会发生了。

“先不说这个，”程茵摇头，“先打电话吧。”

交通事故的发生通常都是在一瞬之间发生，但处理交通事故就需要几小时甚至几天的时间。两人给汽车拍照，打电话通知交警、租车公司和保险公司——因为时间有些晚，有些电话不是那么好打通的。所有电话结束，时间已经过了九点半。

漆黑的夜晚，空旷的高速公路，两人靠着防护栏，终于有心情针对事故聊上几句。

“我刚刚走神了，真的很对不起。”郗羽苦笑，“我们回到南都肯定很晚了。”

自从两年前她驾车擦剐了李泽文的车之后，郗羽在驾驶上一直相当小心。李泽文曾经严肃地批评过她，说她在平时的生活中过于心不在焉，才会导致生活中小事故不断，强烈要求她一心一意地开车。

诚然，前面那辆引起事故的缺了一只灯的破车也有一定的责任，但如果她更细心一些，早早变道，是可以避免这场车祸的。

“没什么的，”程茵从车子的后座拿出两瓶纯净水，递给了郗羽一瓶，“开车出点小剐擦事故太正常，只要人没受伤就好。而且，我也有责任，我不应该在你开车的时候和你谈这么严肃的话题，让你分神了。”

郗羽默默接过水瓶，拧开，喝了一口。她的的确确被程茵那番话刺激了情绪，所有的思维能力都用来思考，对路况的注意力也降低了。

程茵轻轻叹了口气：“但你要明白，我说的是真心话。”

“我明白……”郗羽心情平静多了，在这样一场惊心动魄的事故后，她已经无法对程茵生气了，“不说我和教授怎么样……你真的有把握追到他吗？我对教授的感情生活不了解，但我也知道，他不缺少爱慕对象。”

“这事有些难度，但我有一定的信心。”这个问题让程茵露出了很奇特的笑容，“我请他给我写推荐信，约他吃晚饭，他都答应了。如果他对我一点兴趣都没有，完全不可能答应我的邀约。”

郗羽想起回国后第一次见到李泽文，就是他开车来接程茵去吃晚饭那次。后来李泽文解释说是因为需要了解程茵是否有做学术的能力才同意邀约——她当时并未多想，完全接受了这个说法，但仔细一想不太站得住脚。李泽文要了解程茵有千百种办法，没必要郑重其事地去吃晚饭。

单身男女一起吃晚饭，是有些暧昧的，李泽文不可能不知道这样的社交常识。

“依我所见，男人，至少绝大多数男人，”程茵伸手把耷到耳畔的头发拨到耳后，“对来自异性的主动示好没太大抵抗力。李教授不论多理性都是男人，很难违背本能。”

郗羽注意到程茵撩头发的姿势优雅又美丽——她于是想，当这名异性又年轻又美貌的时候，男人的抵抗力更差了。

“我明白了。你的话，我会慎重考虑的。”郗羽沉默了一会儿，指了指远处低矮的房子，“救援车和租车公司的人还需要一两个小时才能来，我们不如去村里坐坐？”

高速路修筑在比地面高半米左右的路基上，而路基之下则是一片绵延不断的田地，抬头看去，远处有一片星星落落的小房子，根据导航显示，那是一个名叫“赵家屯”的小村子。

程茵摇了摇头：“不了，走到村里也要一段时间。晚上的郊外也挺凉爽，我们等等就好。”

郗羽也无所谓。她连南极这样的无人区都待了，更不介意在高速路旁等救援，提出这个主意是为了程茵考虑，让这么一位知名人物陪着她在路边等车，总觉得很对不起对方。

程茵仰着头，轻声“呀”了一声：“这是银河吧，好美啊。”

一道茫茫的银白色光带从北到南横跨天空，光带宽窄不一，确实是极美的景色。

“那就是银河，”郗羽道，“夏天是看银河最好的季节，能看到银河最明亮壮观的部分。”

“我不知道多少年没有看到过真正的星空了，现在能看到这么壮美的星空，忽然觉得撞车也值了。所谓祸兮福所倚。”

现代文明程度越高，光污染也就越严重，看到星空的可能性也越小——程茵这些年生活在首都，确实是想看星空而不可得。

“是的。”郗羽凝视天空，虽然她看过的星星比许多人一辈子看到的还要多得多，但依然发自内心地感慨，“不论什么时候，什么地方，看星空都觉得那么震撼。”

“我要拍下来。”

“有些难，不过你试试吧。”

正如郗羽所言，手机拍摄星空的效果很差。

“曝光时间不够，要用专业相机才可以。”

“那就不拍照了，用眼睛记录就好，”程茵爽快地把手机揣兜里，“那颗很亮的星星是……”

“那是织女星，织女星是天琴星座中的亮星，是北半球第二亮的星。”

“有织女星，那牛郎星呢？”

“在银河系的那一边，和织女星遥遥相对，”没有指星笔，郗羽于是伸出手指向天空，“看到那颗星了吗？银河系中间那颗，那是天津四，它和牛郎、织女星组成了一个很大的三角形，这就是著名的夏季大三角，北半球都可以看到。”

“你对天文很了解？”

“这也是我的一部分工作内容，我所在的实验室和天文台有长期合作，我们为他们处理天文照片里的大气扰动，尽可能还原真实的星空。”

“你所从事的真是伟大的工作。北斗七星在哪里？”

“那边的星座是北斗七星，斗柄指着南方，说明夏天来了，古代有句话——‘斗柄指南，天下皆夏’。”

“哦，对，长得真像一个勺子。北极星又在哪里？”

“北斗七星的那个勺子的外侧的两颗星连线，朝勺口方向延长约 5 倍远，就是北极星。北极星和地平线的夹角就是我们所在地的纬度。”

“是吗？北极星好像不是很亮啊？为什么我记得北极星是天空最亮的星？”

“北极星是北天球上最重要的星星，但亮度排不上前十。不过一万年后织女星会成为北极星，这就是有史以来最亮的北极星了。”

“啊？这是怎么回事？”

“这是因为地球的进动……”

程茵对天文学很有兴趣，她很有求知欲望地指着天空不断询问，郗羽一一解答。一问一答中，时间过得飞快，等待救援也不那么辛苦了。

程茵兴致勃勃道：“今晚我学到的天文知识比我看十本书还强。你不觉得很巧合吗？一个能看到星星的晚上，身边有一个对天文学极其了解的同伴。”

郗羽露出复杂的笑容：“程茵，你知道吗，十几年前我们也约定一起看星空的。”

“是吗？”

“对的。当时学校楼顶在修建天文台，我们约好，等天文台修好后，我们就一起看星星，”郗羽说，“你说要跟我学着认识天上的星星。”

程茵若有所思地一顿：“原来我们有过这样的约定……呵，十四年后实现的约定，有些宿命感。”

“是啊，我也这么想。”

“那我们约定吧——”程茵看着她，“什么时候我们去天文台看星星？”

“好的。等你到美国后联系我，”郗羽说，“美国的天文台大都对外开放的，你可以看个饱。”

“那就这样说定了。”程茵伸出右手和她击掌。

说话间，一颗流星划破晴朗的夏夜，剧烈燃烧着，发出璀璨的白光，把夜色这块黑色幕布撕开了一条缝隙。

两人再次仰起头看着星空，陷入愉快的静默。遥远的恒星释放出的光子飞过几百、几千光年的距离到达地球，静静地落入两人眼中。

等两人把北天球的几十个星座认了个遍，时间已经到了晚上十一点，救援车和租车公司到达现场；十五分钟后，卡在高速路上的汽车终于被捞起来。

郗羽由衷地感觉到了身边有一个名人的好处，拖车的司机非常热情，绝口不提大半夜赶到现场的辛苦；租车公司的工作人员本来没必要来，但因为程茵的名气，还是驱车到达现场，以百分之一百二的热情处理后续——根据租车协议，这是单车事故，走保险即可，不需要特别赔钱。

汽车被拖上了救援车，租车公司的工作人员把她们送回南都，凌晨三点时，她们回到了酒店。

郗羽考虑到时间颇晚，家里老的老少的少，偏偏还都睡眠不太好，于是不打算回家制造麻烦，和程茵一块住在酒店——程茵订的房间是一张商务大床房，睡两人完全没有问题。

疲劳不堪的两人很快洗漱妥当，躺到床上沉沉睡去。

郗羽是被一阵柔和的门铃声吵醒的，她迷迷糊糊地坐起来，瞪着面前的电视墙几秒钟后清醒过来。

旁边的程茵也被吵醒了，她瞪着眼看了十秒钟的天花板之后，才闷声反问：“有人在敲门？”

“是的。”

“几点了？”

“十一点了。”郗羽从床上爬起来，冲着门问“是谁”，没有得到回答，酒店的门厚度足有十厘米，相当隔音。

两人也睡够了，爬起来换衣服、开门——郗羽换下了睡衣，她没有多余的衣服，身上的睡衣是程茵的。

打开门后，郗羽大吃一惊。

站在门外的是一男一女两名警察，看上去两人年龄不大，脸上带着客气礼貌的笑容。

“是郗羽吗？”那位女警察微笑着问她。

“是我啊。”郗羽满脸迷茫，“有什么事情吗？”

程茵也换好衣服从房内走了出来，显然，她头顶的问号也不比郗羽少：“警察？你们有事吗？”

在郗羽的印象中，普通人看到程茵后多多少少都会浮现出一缕激动，但这两位警察的脸上完全看不到这一点，他俩很有默契地对视一眼后对程茵点了点头，看来是早有预料。

“我们是开云区分局的警察，想请二位跟我们到局里帮助调查一起案件。”两名警察中那位略有些娇小的女警察看出了她俩脸上的迷茫，挺客气地出示证件。郗羽才知道他们是市分局刑警大队的两名警察，女警察叫胡雅，男警察叫赵向东。

“刑警？你们是刑警？”郗羽瞪大眼睛，“是什么刑事案件需要我们帮忙？”

两名警察避而不谈，只是说：“到局里就知道了。”

“不会是我们家里有事吧？”郗羽追问。

“不是。”胡雅的笑容看起来挺真诚。

两人对视之后表示同意，用十分钟时间洗漱、拿好随身物品，跟着警察下楼，上了警车。

郗羽心中隐隐有不妙的预感——这种预感非常微妙，她知道应该是发生了和自己有关的大事，可大事是什么她却无法得知。她只能用“家人没事”安慰自己，让自己不那么焦灼。

程茵还是有些困，上车后她打了个哈欠。

女警察胡雅笑问：“抱歉，是不是打扰你们睡觉了？”

“当然。”程茵说，“我们昨晚四点才睡，否则怎么可能日上三竿了才被你们叫醒。”

“这么晚睡觉？”

郗羽讲述了昨晚的倒霉汽车意外事故——胡雅对此深表同情。

“看来我们耽误你们吃早饭了，”男警察赵向东说，“不过别担心，耽误不了多久。”

程茵说：“希望如此。”

半个小时后，警车在公安分局大门停下，郗羽注意到，这里就是姐夫工作的开云区公安分局——前几天她和李泽文来过，当时两人没能被邀请上楼，只在大厅里站了半个小时。但这次，她和程茵在两名刑警的带领下长驱直入，直接去了四楼的刑警支队办公室。

一眼看上去，刑警们的办公室和教师办公室很像，每人一张大桌子，桌上堆满各色文件夹。瞧见两人进屋，一屋子起码有一半人站了起来，他们好奇的视线直直落到程茵身上。

作为专业人员，程茵非常淡定，她面带微笑对着满屋子警察点了点头，作为招呼。

郗羽做不到程茵那么淡定，她满脑子疑惑地被胡雅带到了一个小房间。程茵则被赵向东带到了另一个房间。

郗羽落座后，先环顾四方。这小房间非常简单，一张不大的桌子，几张椅子，能容纳七八个人开会，墙角边有台饮水机，重要的是有窗户，窗台上还放着两盆生机勃勃的多肉植物——一切都说明，这里是会议室，不是审讯室。

胡雅给她倒了杯水，问：“在看什么？”

郗羽回过神来：“就觉得中国警察局的会议室和美国警察局的会议室……长得差不多。”

胡雅"呀"了一声，微笑着问："怎么，你去过美国警察局，因为什么事情去的？"

"我遇到了抢劫，去警察局报案，警察就把我带到一个小会议室，让我写笔录，"郗羽顿了顿，"那个会议室和这里挺像的。"

"我们要做的事情也差不多，"胡雅拿出一个软皮笔记本和一支中性笔，做好了记录的准备，"接下来我要问你几个问题。"

"你说。"

"我想知道你前天的行程，比如你去了什么地方？见了什么人？"

"前天早上十点左右，我出门去见了程茵，我们曾经是初中同学，她来南都和我见面……"郗羽叙述了这一天发生的事情，"和周老师吃完饭，我就回家了。"

"你吃过饭之后就回家了，再也没有返回南都二中是吗？"

"对。"

"那程茵呢？"

"她和我一样，回酒店了，"郗羽又想起一件事，"不，她回去过一次，她去拿照片。"

"什么照片？"

"我和程茵尚未转学之前，曾经有一张合影，就在周老师家里。"

"能给我看看吗？"

郗羽拿出手机出示照片的电子版，并解释了照片的前因后果。

胡雅仔细查看照片半分钟后，笑着说了句"你们都很漂亮"之后把手机还给郗羽。

"那昨天呢，你们去哪里了？"

"昨天一早，我和程茵自驾去了赵州，今天凌晨三点才回到南都。"

胡雅颔首，在笔记本上画了个钩。这是警方早就掌握的信息，之所以要郗羽再说一遍，是为了核实她话语的真实性。

"你们和周宏杰老师见面时间很长，都谈了些什么呢？"

"周老师是我们的班主任，我们聊的大都是我们当学生那时候的事情。"郗羽说。

“根据我们的调查，你和程茵不在南都二中读中学？”

“开始是，后来不是。初一下学期的时候，我和她都转学了。”

“能详细说说为什么转学？”

胡雅问话的表情一直很温和，但郗羽觉得自己有点抓住警察的套路了——你想从警察那里获得信息，那么你必须要把你自己知道的东西说出来，再从警察的举动和问话判断他们究竟知道什么。

“我转学和当年的一起事故有关……”郗羽叙述了当年潘越的案件。

“潘越坠楼这件案子，”胡雅用一种很深沉的目光看着她，“当时警方的结论是自杀？”

郗羽心下闪过一丝了然，能让刑警郑重其事地带她到公安局谈话的案件，当然会是大案。除了当年的潘越坠楼案，她想不到自己还会牵涉到什么案件里去。

“是的。”

“为什么你和周宏杰老师又谈起这件案子？”胡雅用笔尖戳了戳笔记本。

郗羽看了胡雅一眼，沉默了一分钟之久。

现在李泽文不在她身边，她得想清楚自己是否应该把这段时间自己和李泽文的调查和盘托出。李泽文没有特意和她强调信息保密，那说明这些调查的细节没有隐瞒的必要；而且，程茵在隔壁办公室接受问讯，她知道自己和李泽文正在重新调查潘越坠楼案，自己也没提醒她保密，毫无疑问，程茵会将这些事情告诉警察，自己的隐瞒完全没必要。

“因为我和我的教授在重新查潘越坠楼这起案件。”

“详细说说，你和你的教授调查到什么。”

郗羽一五一十地将这几天发生的事情交代，并且展示了一些图片，播放了一些音频当作佐证。

“……胡警官，这就是全部的经过。”

随着她的讲述，胡雅的表情越发凝重。她不会怀疑哈佛教授和麻省理工博士生的智力水平，不谈其他，仅仅从搜集资料的条理性来看，这对师生的调查远远走在警方的前面。

郗羽注视着胡雅，她知道自己触碰到了这场谈话的核心——胡雅非常想知道潘越坠楼案的细节。

“我明白了。”到底是做刑警的人，胡雅迅速整理好脸上的惊讶之色，“你们认为潘越并非自杀，并且找到了一些辅助证据。”

“目前是这样。”郗羽问，“到底发生什么事情了？你们总不会因为这起旧案就叫我和程茵来公安局问话的。难道潘越坠楼这件事有新的进展吗？”

胡雅不否认：“确实有新的进展。”

“是什么？”郗羽前倾身体，专注地盯着胡雅。

“你的老师周宏杰，”胡雅的目光同样专注，从她的神态来看，她试图抓住郗羽脸上的每一个微表情，“前天晚上去世了。”

郗羽和程茵分别被带到两个小会议室之后，办公室的刑警们从对名人的好奇状态恢复过来，各位刑警的八卦欲望被满足，愉快地各抒己见争论不休时，治安分队的徐云江在刑侦队副队长王文海的带领下走进了刑侦队的办公室。

“队里很热闹啊！”

徐云江第一时间就注意到办公室内不同寻常的热烈气氛。刑侦队是个压力很大的地方，警察们绝大多数时间都在处理恶性犯罪，如此齐心八卦某件事的情景出现得很少。

“来了个大名人，大家心情有点激动是可以理解的。”王文海笑言。

徐云江哈哈一笑。开云区公安分局的刑警队和治安队都在一栋楼里，大家楼上楼下，抬头不见低头见，还常常一起配合行动，关系很熟，更别说徐云江曾经也是刑侦队的一分子，上上下下人头更熟了，也知道大伙其实也是普通人，八卦之心人皆有之。

“王队，到底发生什么事情了？”

徐云江做了近十年的刑侦工作，深知刑侦工作的流程——刑警的办案过程需要保密，哪怕是对其他部门的同事也需要保密。王文海会邀请自己来参与某个案件，说明他需要帮助。

“徐队，事情是这样的。昨天晚上，派出所的民警接到了一个报案电话。报案人是南都二中的一位老师，姓李，”王文海介绍整个案件的前后经过，“报案人有一个在上中学的女儿，语文成绩不太好，于是就请自己的同事，一位叫周宏杰的语文老师在暑假给自己的女儿补习语文。”

徐云江咀嚼着“南都二中”四个字，脸色渐渐凝重起来。他已经有了不妙的预感——在他多年警察生涯中，这样的预感出现过若干次，每次出现，就意味着要发生大案。

“两人约定补课时间是昨天下午三点到五点半。下午两点五十分的时候，报案人李老师带着孩子下楼敲同住在教工宿舍周老师的门，敲了很长时间，周老师都没有开门，打电话也没人接。报案人有些奇怪，他对自己的同事很了解，知道同事是个信守承诺的人，很担心同事出了什么意外。何况他的这位同事是个单身男人，一个人住，如果真的出现什么紧急情况连个帮忙的人都没有。于是，他打了110，请派出所联系一位开锁的师傅去开锁。下午五点时，民警带着开锁的师傅开门进屋。这一进去就发现出了事——这位周老师躺在卧室的床上，已经去世了。”

王文海把徐云江带到某位刑警的办公桌前，递给他一个文件夹。

“这是现场照片。”

作为一个老刑警，不论经历多少次，观看死亡现场照片都会让人心情抑郁。照片里那个穿着睡衣蜷缩在床上的男人和他印象中那个温文尔雅的老师相去甚远——徐云江深呼吸一口气，别开视线，问：“看上去，应该是中毒？”

“对。法医给了初步结果，是毒鼠强。”

“毒鼠强？”徐云江把文件夹放在桌上，“哪儿来的？这些年我们多次组织过对毒鼠强的清理整顿工作，这种毒药应该已经在市面上绝迹了。”

毒鼠强是国家早已禁止生产和使用的化学物质，但这东西合成工艺简单，成本低利润高，一直以来屡禁不止，各种毒鼠强中毒事件时有发生。因为毒鼠强的危害性太大，国家组织过若干次专项活动，清查制造毒鼠强的企业，最近一次是三年前。

“还不知道。我们在他家搜了一遍，但几乎没有收获。”

徐云江疑惑：“一点都没发现，包装袋？药渣？杯子？碗？”

“技术处还在对他家里的东西化验，不是很乐观。要知道他家里极其整洁，茶几可以照出人影，沙发上连个褶子都没有，垃圾袋里也空空如也……我老婆已经算是很爱干净的那种，他家比我家还要干净十倍以上。”王文海摩挲着下巴，下了结论，“死者有着相当程度的洁癖。”

两人正聊着毒药来源，一名警察打断他们的谈话，递过来一张技术处的化验通知。化验单显示，洗碗槽的下水道入口处发现了微量毒鼠强。

“看来，毒鼠强是被冲进了下水道。”

消灭毒鼠强这样的毒药是治安队的工作，徐云江马上表态：“我这边马上安排人在市面上彻查一下，看看能不能找到毒鼠强的来源。”

王文海不太乐观：“根据我们的经验，最近几年查到的毒鼠强中毒案件，无一例外都是用存货。”

的确，毒鼠强的毒性极大，稳定性极强。如果某人把毒药在家里存十几年，那就完全不可能查到来源了。徐云江说：“不论如何，查一下没坏处。”

因为政策原因，每次有人因毒鼠强中毒，警察就必须将这些毒鼠强的来历调查得清清楚楚，这是固定流程了。

徐云江又问：“周老师的死亡时间是？”

“应该是前天晚上十一点到十二点之间，因为屋子里开着空调，对死亡时间的估计误差有点大，但误差不会大于一个小时。”

“你们对这起案件的判断是？投毒还是服毒？”

王文海从徐云江手里拿过化验单放到一边：“徐队，对死亡案件的调查我们一开始都当作他杀来处理……根据现有证据，我们认为自杀的可能性很大。”

“为什么这么说？”

“主要有三个原因，”王文海递过一张打印好的A4纸，“第一个原因，遗言。这是我们在他电脑里找到的文档，写于他去世前一两个小时，这文档明显带有遗言的性质。”

遗言当然是至关重要的决定性证据，作为一名优秀的语文老师，周宏杰的文学水平很不错，这封遗言展示了他卓越的文字控制能力。

汉字的造字是神奇的。疚，病部，下面一个代表时间的“久”字，意味着长久的病态。而内疚，意思是内心长久的病态。用这个字来描述我此刻的状态是很合适的。十四年前，因为我的一己之私，导致我的学生潘越坠楼而死。理性告诉我，我没有做错；可感性告诉我，我身负一条人命。十四年来，我的内疚感一日重过一日，以至于我夜不能寐寝食难安。我的良心每时每刻都正在审判我，我想这就是我应该得到的惩罚。

“潘越”两个字深深刺痛了徐云江的神经，最近这段时间，这个名字在他生活中出现的次数确实太多了。

“徐队，查到这封遗言后，我们去档案室调查了潘越坠楼一案的案卷，发现你曾经参与调查这起案子，而且最近你和你队里的黎宇飞都借阅了这起旧案的卷宗，”王文海笑着说，“所以我就把你请来了。”

“是的，我前几天重新回顾了这起旧案。”徐云江不意外，他也猜到自己被请来的原因了，“先不谈这个，你们认为周宏杰自杀的第二个原因呢？”

“第二个原因，我们发现死者患有长期的抑郁症。”王文海出示了一张照片，“我们在死者的橱柜里发现他治疗抑郁症的药，分别是马普替林和氟伏沙明，还发现了病历本。根据病历本得知他有十年以上的抑郁症病史，中间几年曾经有所好转，最近两个星期，他又在重新服药。我已经安排警察去找他的心理医生问话了。”

自杀行为是抑郁症常见及最严重的并发症，据统计，自杀者里抑郁症患者占到了40%。

“第三个原因呢？”徐云江问。

“现场的一切细节都说明，他没有求救行为。”

毒鼠强不是传说中那种见血封喉的毒物，从中毒发作到意识不清有个过程，这个过程的长度和中毒量成反比。

“根据法医的检验结果，他摄入毒鼠强的剂量较高，但从中毒发作到意识不清有几分钟时间，打个电话没问题的，他的手机就放在卧室的床头柜上。”

“应该还有其他发现吧？”徐云江继续问。

从昨天下午警方发现案情到现在过了十几个小时，依照“命案必破”的要求，刑警们应该已经把周宏杰查了个底朝天了。

“调查过程中我们发现，死者基本没有朋友，日常生活固定、沉闷、单调，总是在固定的时间做固定的事。但死亡的几天前，他的生活忽然起了波澜，他和几个人有接触。比如，在去世的两天前的晚上，他和一位据称是哈佛大学的教授见了面；去世当天，他和两名年轻女人见过面，并且邀请她们去了自己家。”

“是程茵、郗羽和李泽文？”

“对，就是这三人。徐队，这也是我请你过来的另一个原因。我们在调查这三人时发现，三天前你在分局大厅和这位教授，还有郗羽见过面。你们在大厅里太显眼了，不少人注意到你们，后来你又跟队里的小张打听过程茵的事。我猜测你之前就潘越的案件和他俩交流过，掌握了一些我们还不知道的情况。”

“我的确掌握了一些情况。”徐云江解释，“你们看了案卷，应该已经知道，郗羽是潘越坠楼案的相关人，她还是我队里黎宇飞的小姨子。这起高坠死亡案已经结案十几年，我本来就忘得差不多了。可几天前，黎宇飞跟我说，郗羽和她的一位教授想见我一面，这两人正在用自己的手段重查潘越坠楼这起旧案。那位李教授认为，潘越坠楼自杀……”

随着徐云江的叙述，王文海眉心皱了起来。

中学政治课告诉我们，事物之间是有着普遍联系的。作为一名刑警，王文海对这句话的感受很深。世界上复杂的案件没有那么多，除了极少数不可控的意外事故，每一起有预谋的事故（包括自杀和谋杀）都有着深刻的原因。

“这位李教授凭什么这么说？”和绝大多数专业人士一样，王文海也下意识怀疑外行人，“他一句话就否定你们十几年前的调查结果，而你相信他的话？”

徐云江对此很坦诚：“起初，我和你观点一致，认为他是外行人。见面之后，我发现自己低估了对方。”

“真的？”王文海怀疑地反问。

“在我看来，他是一个很有说服力的人，”徐云江表情复杂地看着手中的A4纸，“至少从周宏杰的这封‘遗言’看，潘越很可能确实不是自杀，他的推测有道理。更可能的是，周宏杰的死和李泽文、郗羽重新调查潘越坠楼真相有关。”

王文海沉思了一会儿，试图理清这相隔十四年的两起命案之间的关系。

徐云江把A4纸放下，道出自己的想法：“我想，也许是李泽文的手里可能已经掌握了强有力的线索，周宏杰被逼到绝境，所以服毒自杀。”

“强有力的线索？这可是十四年前的案子，证据恐怕不好找吧？”

“这位李教授的舅舅可是陶景森，他掌握了一套专业调查方法。”

“陶景森……这名字……”王文海的脑子打了个转，目光落到最近的办公桌上的书架上，他颇感震撼地伸手指了指书架，“写《刑事侦查学》的那位陶局长？部里的刑事侦查局的局长？”

“就是这位。”

“真的假的？”

“真的。我已经证实了。”

或许是因为陶景森的名字太给力，王文海不再怀疑，他一秒钟改正态度：“看来我们必须要联系上他了。一个小时前我们给他打过电话，但没有打通。”

“我昨天还给他打了个电话，我试试看。”

于是徐云江拿出手机拨通了李泽文的电话。电话仅仅响了两声后，李泽文的声音就清晰地传来。

“你好，徐队。”

“李教授，我们这边出现了一桩新案子，可能需要你帮助调查……”

“我知道，”李泽文的声音非常平稳，“徐队，我五分钟内就将到达开云区公安分局，麻烦你帮我办理访客手续。”

“好，没问题。”

徐云江和李泽文沟通时是开着免提的，手机挂断后，他对着王文海露出一个意味深长的笑容：“你看，他什么都知道。”

“即将到达开云区公安分局”，如此有目的的行为，李泽文早就知道出了事。

五分钟后，徐云江在分局的大厅里接到了李泽文和他的随行人员蒋园和季时峻。他诧异地发现，这三人还带着一个不大的行李箱。对此，李泽文解释说，这是因为他和这位季教授刚从首都来南都，五十分钟前才下飞机——下飞机后他们就直奔这里。

大厅里不是聊天的地方，徐云江为三个人办好了访客手续，带着他们进了刑侦队所在的大办公室。

因为案件的压力，不论是李泽文还是王文海都没有过多寒暄。

握手致意后，李泽文介绍了自己身边的两人，做了解释：“王队长，我之前在飞机上，所以没有接到你们打来的电话。”

王文海不动声色地打量这位教授，说话很客气：“李教授，我们请你过来，是因为一桩案子需要你的帮助。”

李泽文道：“王队长，如果你说的是周宏杰中毒死亡一案，他不是自杀，是遭遇谋杀。”

“啊？”

普普通通的一句话石破天惊，让见多识广的王队长一下子不淡定起来。他心里已经给这起案子加上了“自杀”的标签，做好了两天内结案的打算。李泽文的这句话不但意味着暴增的工作量，还意味着自己在这起案子上产生了严重的误判，这简直是在否定自己的能力。

“李教授，你开玩笑吧？”

“请你立刻派出警员去南都二中附近的几家可回收垃圾站找这样的纯净水瓶。”李泽文出示了一张 4 升的某品牌纯净水的照片，“这是极其重要的物证。”

王文海没有表态，他显然还没有理清思绪。

蒋园上前一步，略有些急切道：“毒就在这个纯净水瓶里，这个纯净水瓶于前天晚上十一点三十分左右被周宏杰扔到了垃圾堆里。南都二中教工宿舍区产生的生活垃圾是物业负责，物业的清洁人员会在每天早上九点到十点收拾全小区的垃圾，对垃圾进行初步分类。这种塑料水瓶是可回收垃圾，每天中午，南都二中附近的可回收垃圾站就会和清洁人员联系，把这些可回收垃圾运走，这是可回收站的电话。”

“你们确定毒在这个纯净水瓶子里？”王文海打断她的话。

蒋园说：“一个小时前我已经确认了，昨天下午四点到五点，可回收垃圾站的工作人员接收了南都二中教工宿舍区的可回收垃圾。截至目前，这些可回收垃圾已经运走了一部分……王队长，我们力量有限，没有人力、物力追踪这个纯净水瓶的去向，请你安排警员出面追踪，手续也更齐全。”

“王队，我觉得应该找找。”徐云江说。他和李泽文打过交道，知道这位李教授会对自己说的话负责。

显然，李泽文不是信口开河的人。到目前为止，这位教授身上的光环一秒钟都没有褪去过。

王文海也是果断之人，思索了三秒钟就做了决定，他当即就点了正在探头看热闹的几个刑警去追查那个纯净水瓶。

“李教授，如果你们掌握了警方没有的信息，请提供给我们。”王文海沉着脸道。

“请稍等。”李泽文略略放心下来，又问，“王队长，郗羽和程茵在哪里？”

对他抛下了一个炸弹又转移话题的做法，王文海有些无奈，但他也知道，从现在开始，破案的节奏掌握在对方手里。

“在旁边的小会议室里，我们正在跟她们了解前天的情况。”

“可以旁观吗？”李泽文提出请求。

王文海有短暂犹豫，不过在和徐云江交换眼神之后，爽快地答应下来。王文海的迟疑其实没有必要，就算不让李泽文旁观，他也可以从郗羽嘴里获得信息。他走到自己的办公桌前，示意他们看办公桌上三台显示器的其中两台。

显示屏里播放着两个会议室的监控，视频里的郗羽和程茵正在回答两名警察的问话。

这边，郗羽说“在饭店吃过晚饭后，我们就回家了……时间大约接近晚上九点，八点五十分左右”。另一个监控屏中的程茵则有条不紊地轻声回答：“回酒店的路上，周老师给我打个电话说找到了照片，我就让司机掉头返回南都二中。因为记忆缺失，我对当年的照片很好奇。周老师把照片拿下楼来给我，我们在小区的花园里聊了几句……”

“你没有上楼去？”

“我之前和郗羽结伴去周老师家拜访没问题，但当时我独自一人，不可能晚上去单身男人家里……这和是否怀疑对方的人品无关，赵警官，我是公众人物，一切都要慎重……”

无处不在的监控摄像头是警方查案的最大助力，时间线非常清晰，这充分说明两名当事人的说法无懈可击。

“王队长，监控有没有拍摄到他们谈话的地方？”李泽文问。

“没有拍摄到。”王文海摇了摇头，“教工宿舍的小区不大，也就八栋楼，小区花园没有摄像头，只有电梯里和大门处有监控。”

“那摄像头能否核实程茵的这番话？”

“没问题。昨晚我们调取了电梯和小区出入口的监控。正如她俩所说，第一次接触发生在前天下午三点二十分左右，死者和她们一同乘电梯回了家；当天六点左右，三人从屋子里走出来；八点四十六分时，死者独自回到了家。九点八分的时候，他再一次出门，九点二十五分左右，他独自再一次上楼，再也没有下楼过。与此同时，摄像头也拍摄到了程茵从南都二中教职工宿舍区的大门离开。”

李泽文“嗯”一声，不再就此发表意见，视线重新落到屏幕上。王文海注意到，这位大教授的视线主要都集中在程茵所在的那台显示屏上。

赵向东又问那十几分钟内程茵和周宏杰聊了什么。根据监控，程茵毕竟是最后见到周宏杰的那个人。

程茵说：“……看到照片后，我觉得有些似曾相识。我因为意外事故导致一段时间的记忆缺损，不记得自己在南都二中那一年的经历了。看到照片后，我觉得似乎想起了什么，就跟他说了我的感觉……周老师的反应啊……他有点吃惊，追问我一些细节，比如是否想起了什么人，是否想起了什么场景。”

赵向东问：“你觉得他当时态度奇怪吗？”

程茵思索着道：“当时不太觉得。知道我失忆的人通常都喜欢追根问底，但现在想来，他的态度有些奇怪的。”

“你仔细回忆一下当时的具体情况。”

“当年的事我没有印象。但郗羽告诉我，她和李教授在重新调查当年潘越坠楼案时，发现潘越去世那天，我放学后又回到学校里。周老师对这个细节很在意，很想知道我回学校到底干了什么，是否回到了教学楼，他有些焦急，有些慌张，不断问我记得什么……”

“那你想起了什么吗？”

“……我虽然觉得照片上的场景似曾相识，但我的记忆不是U盘，想读取什么内容就可以读取什么。”程茵歉疚地摇头，“我说我还要再想想，回京后会问问心理医生，他的表情有些奇怪……那之后我就告辞离开了。”

“程茵还失忆过啊。”王文海低声说。

“就在潘越坠楼事件发生后第几天的事情……”徐云江解释了姐妹俩溺水一事，“档案室也有案卷，我前天借来看了看。”

他马上吩咐距离他最近的年轻小刑警：“小吴，你去档案室把这起旧案的案卷拿来，编号是D060516013。我前两天刚刚看过。”

小吴警官利索地离座而起，五秒钟内就已经从刑警办公室内消失了。

监控摄像头里，赵向东和程茵进入了下一个话题。

“你怎么失忆的？”赵向东问。

程茵调整了一下坐姿，表现出对这个问题的不适应：“赵警官，我怎么失忆这件事和你们要调查的案子有关系吗？你们在调查什么？”

话说到这个份上，自然也没什么可隐瞒，赵向东告诉程茵，就在她九点多见完周宏杰之后，他就去世了。

1080P的高清摄像头下，屏幕上的程茵露出了完全难以置信的表情，她眉毛微抬，双唇微张，若干秒之后才从嗓子里挤出一声：“开玩笑的吧？这怎么可能啊？”

赵向东说：“事实如此。”

“不可能啊，我和郗羽那天才和周老师一起吃了晚饭，他当时好好的！”

程茵前倾身体，所有激烈的情绪都清清楚楚地写在脸上——会议室内的主次变换，她对赵向东提出了一连串的问题，问周宏杰的死因、问到底发生了什么。

“看到了吗？”李泽文盯着屏幕。

“嗯。”季时峻同样目光不移屏幕，惜言如金。

“千锤百炼的演技，毫无破绽。”蒋园说。

王文海不可思议地反问：“你们什么意思？程茵在说谎？”

“美女蛇见过没有？这位就是了。”蒋园嘴角微扬，露出一个肉眼可见的冷笑，“我建议你们延长对程茵的问话时间。”

王文海的心猛然向上一跳，神情凛然地盯着蒋园：“什么意思？”

“马上你就知道了。”蒋园说。

李泽文把目光转移到另一台屏幕上，对王文海道：“王队长，让我去会议室见见郗羽。”

监控屏上的郗羽也知道了周宏杰的死因。她迷茫、震惊、举止失措，她从椅子上跳起来提出质疑，大声反对。当胡雅第三次说“真的，你的老师已经去世”后，她跌坐在原本的座椅上，双眼发直，她肤色原本就很苍白，现在一张脸彻底失去血色，就好像有什么人拿着一个巨大的针头，把她身体里的精气神全给抽走。

郗羽当然是个勇敢的女生，但李泽文实在不希望她独自面对这样让人意外的惨剧。

“相信我，她除了已经告诉你们的事情，剩下的情况一概不知。你们不可能从她那里问出什么细节了。”李泽文说。

他态度温和，语气也很客气，但眼底的神情中一点商量的成分都没有。

王文海和徐云江对视一眼，应允了李泽文的请求，带着他走到大办公室角落的小会议室门口。李泽文伸手推开会议室的门，走进屋内，迎上郗羽的视线。

第十九章

真相 / *ZENG NI YI YE XINGKONG*

郗羽大脑混乱不堪，各种念头在脑子里飞舞，她迷茫地抬起头，看到了李泽文推门而入。

她不知道李泽文为什么会在这个时间出现在公安局的会议室，她也不想知道。她脑子里翻滚着许许多多的问题只有他能回答，周老师的死因是什么？在她不知道的时候发生了什么事情？周老师的死到底和他们调查潘越坠楼一案有没有关系？

“教授，你知道吗，周老师去世了？”

郗羽从椅子上跳起来，像抓住一根救命稻草一样抓住了李泽文的西装袖子。

“教授，你知道到底发生了什么事吗？”

李泽文脸上浮现出格外复杂的表情，各种说不清道不明的思绪情感藏在他的双眼里。他抬起手轻轻擦拭掉停留在郗羽脸颊上的眼泪：“抱歉，是我大意了。”

郗羽一把抓住他的手：“什么，大意？你早就预料到了吗？”

李泽文一句话让她从极度震惊中恢复过来，她一眨不眨地盯着他。

李泽文的外形任何时候都经得起考验，他态度自如语气沉稳，可郗羽就是从他身上感受到了愧疚和疲惫。虽然这两种情绪很淡，就像夏日清晨的薄雾般，但毫无疑问地笼罩在他俊逸的眉目之间。

她后退两步，跌坐回椅子上。她的大脑刚才卡了太久，分管逻辑思维的左半球此刻才恢复了正常。李泽文的这句话已经说明了许多问题。

王文海和徐云江此时才走进办公室。显然，之前的几分钟并不是适合谈话的时机。

王文海拖过一把椅子在胡雅身边落座，他盯着李泽文：“李教授，你说周宏杰死于谋杀，现在可以告诉我们你掌握的信息了吧？”

“是的。”

李泽文对蒋园点头。

蒋园不作声，拿出了一个U盘，顺着桌子推过去给王文海。

会议室有笔记本电脑和投影仪，一分钟后，U盘的内容出现在正前方的幕布上，里面有三个文件夹，其中一个写着“视频”，另一个写着“文档”，最后一个写着“音频”。点开视频文件夹，里面还有三个文件夹，分别写着“客厅”“厨房”“书房”，每个文件夹里都有上百吉的视频文件。

蒋园清了清嗓子，说：“先看客厅，从DCM0012看起。”

徐云江拉上了会议室的窗帘，屋内光线为之一暗，每个人的注意力都集中在那块投影幕布上。

在视频播放开始的一瞬间，应该说，这间屋子里除了李泽文和蒋园之外的所有人都倒吸一口凉气。

“这地方不是——”送旧案卷进会议室的小吴警官最吃惊。在他发出更多感慨之前，王文海冷冷的“闭嘴”两个字让他成功地变成了哑巴。

视频的前几秒是一片黑色，然后这片黑色就像幕布一样被徐徐揭开，有人出现在客厅里，正是房子的主人周宏杰以及两名客人程茵和郗羽。

郗羽脑子里已经炸开了。从视频的拍摄角度来看，摄像头应该在客厅的角落处，高度和人差不多，那地方放着一台柜式空调。她记得，她和程茵进屋后，周宏杰打开了空调。毫无疑问，摄像头就在空调的出风口处。

接下来可看的地方不多，三个人坐在沙发上聊天、喝茶、吃水果，王文海用十倍速播放着，偶尔在蒋园的要求下暂停。

“注意这里，程茵第一次离开了客厅，离开了八分钟。

“这里是程茵第二次离开了客厅，离开了五分钟。”

徐云江说：“根据去向，她应该去了卫生间。”

“呵呵，继续看。”蒋园说。

随后，“厨房”这个文件夹的视频解释了程茵的去向。

周宏杰家的厨房和卫生间相邻，且通过一个生活阳台连接起来，生活阳台上放着一台洗衣机。从第二个摄像头的拍摄角度来看，这个摄像头正是安装在生活阳台上，透过窗户，将厨房的一举一动拍个正着。

下午三点多的时候，周宏杰拎着一包蔬菜瓜果回了家，随后他把蔬果放进冰箱，从冰箱里拿出一瓶 4 升的纯净水，纯净水大概还有一半的余量，他将纯净水倒入电热水壶加热，又将余水极少的纯净水瓶放回冰箱，又开始切水果摆盘；五分钟后，水果切好，水也烧开，他泡了一壶茶，放在果盘上端了出去。

半个小时后，摄像头拍摄到程茵从生活阳台走进了厨房，她环顾四周，再在五分钟内把厨房的橱柜冰箱全都打开看了一遍——需要注意的是，她先从挎包里拿出一个塑料手套戴上后，才拉开橱柜门和冰箱门；一个小时后，周宏杰端着托盘回到了厨房，把吃剩的瓜皮等倒入了厨房的垃圾箱；二十分钟后，程茵再一次通过生活阳台进入厨房，这一次她目标很明确，她直接走到冰箱处，戴着手套打开冰箱门，从冰箱里拿出那个 4 升的纯净水瓶。她从随身的挎包里拿出一个很小的玻璃瓶——大小和 160 万单位的青霉素瓶类似，瓶子里有半瓶白色粉末。她旋开纯净水瓶的瓶盖，又揭开玻璃瓶的瓶盖，将瓶中的白色粉末倒入纯净水瓶——通过摄像头可以看到，她收回小玻璃瓶时，瓶子里还剩下约四分之一的白色粉末。随后，她摇了摇纯净水瓶，将之放回冰箱，合上冰箱门。随后她再次环顾四周，穿过生活阳台从卫生间回到了客厅里。

到了晚上十一点左右，视频中又有了人影活动。周宏杰进入厨房，此时他已经换上睡衣，看样子是准备睡觉了。他从冰箱里拿出了那瓶 4 升的纯净水，将之倒入了从橱柜里取出的玻璃杯之中，再从橱柜最左侧的格子里拿出一个纸盒——从他之后的举动看来，那是一盒药，他就着纯净水吞下了两颗药。

那瓶纯净水彻底见底，他洗掉了杯子，擦干了水槽，提着垃圾袋和空空的纯净水瓶离开了厨房，最后关掉了灯。

视频播完后，会议室里陷入了死寂——所有警察，再加上一个郗羽都好像被时速 250km 的高铁迎面撞击了一下。

且不说在场的人到底有没有看过程茵主持的节目，但程茵的外形和气质实在很难让人把她和“投毒犯”这三个字联系起来。

视频里程茵神态从容、表情自如，每个动作都很沉稳，甚至很优雅，好像她所做的不过是拿出纯净水添加了一勺糖后又放回冰箱里。程茵美好的外形、优雅的气质和她所做的事情形成了强烈的反差——绝大多数人都有一种以貌取人的非理性行为，哪怕警察也不例外，诸位警察的感性和理性发生了激烈的碰撞，几乎无所适从。

直到会议室的门被推开，诸位警察才得以解冻。赵向东和季时峻先后走入会议室，季时峻之前一直在大办公室盯着监视屏，了解程茵的问话细节，现在问话告一段落，他一脸疲惫，默不作声地在李泽文身后的空椅子上落座。

赵向东注意到会议室不同寻常的气氛，俯下身，轻声问王文海："王队，我已经问完程茵了，接下来应该怎么办？"

李泽文对季时峻点了点头，示意他坐在自己身后的椅子上。

王文海略略收拢了脸上的表情。视频的出现猝不及防，他的心情很复杂，甚至不知道自己应该生气，还是应该庆幸——公安队伍是比较排外的群体，不喜欢外人的介入，可李泽文提供的证据太有力，让他心中又有些不舒服。但他毕竟是专业人员，作为整个案子的负责人，他得迅速调整自己的思维模式和工作态度。

"送她去审讯室，我一会儿去问话。"

"审讯室？"赵向东吃惊了。之前程茵和郗羽是以协助办案的目的被请来的，现在把程茵送进审讯室，就意味着她身份上的转变。

如果是普通人倒是问题不大，可程茵并不是路人甲，和她相关的事情当然要慎重，百分之两百的慎重。对她这样知名度很高的节目主持人，只要执法过程稍有疏漏，她对外发个什么微博说警方有执法问题，分分钟点击过万，开云区公安分局立马就会陷入困局。

"我们的证据足以让她去审讯室待一会儿了。"王文海道。

和很多人想的不一样，刑警不是福尔摩斯，他们破案的动力来自于责任心并非好奇心，程茵的身份虽然敏感，但如果证实她的杀人罪，那就是绝对的大案。

李泽文道："她是嫌疑人，依照规定，没收她的随身物品并戴上手铐。"

这个建议让赵向东吓了一跳，立刻用请示的眼神看着王文海。

“呃？戴手铐？”

如果说没收随身物品还在正常操作范围内，上升到戴手铐这种强制措施就是个很强烈的对立信号，很容易引发冲突。

“戴手铐，这过了吧？”王文海委婉地提醒。

李泽文淡声道：“那瓶毒鼠强还没用完。”

王文海神情一凛，立马吩咐手下：“照做。”

“另外，王队长，尽快把潘越的父亲也请到公安局。”李泽文从文件夹里拿出一张名片递给王文海，“这是他的联系方式。”

请受害者的家属来了解情况也是应有之举，王文海之前没安排是因为觉得还没查清楚，现在提前把潘昱民找来，也不是坏事。王文海把这张印着“建筑设计院总工程师”的名片转给了赵向东，叫他通知民警去干活。

“有一点要说明，如果那个小瓶子里装的是毒鼠强，也许她已经销毁了。”会议室里再一次恢复到正常的议事流程中，王文海提出这个可能性。

李泽文摇头：“她善于利用环境消灭所有威胁，且在此之前从未失败过。她不销毁毒鼠强的概率比销毁的概率大许多。”

王文海想了想，默认了李泽文的猜测。这位大教授带来的视频是他最强力的护身符，任何试图质疑他的人都会意识到自己的想法可能不明智。

“说说这些视频，”王文海锋利的目光在李泽文和蒋园脸上停留，“到底怎么来的？我们搜查房间的时候没有发现摄像头。”

蒋园淡定地回答：“我安装在非常隐蔽的地方。”

“我让她安装的。”李泽文说。

会议室里不知从什么时候起已经挤进了两三位刑警，人满为患。此言一落，所有人都“唰唰唰”把目光转向了李泽文。

这么多道目光中，也包括了郗羽的。

从视频播放开始，郗羽一直无声地盯着投影幕布，一言不发。就像一节正在充电的电池，此时她终于蓄能完毕，有了思考和质疑的能力。

“我有问题，”她侧过身体，盯着自己身边的李泽文和蒋园，“既然拍摄到了程茵投毒的视频，你们为什么不打电话告诉周老师？”

应该说，此刻待在这间办公室的近十个人中，只有郗羽最震惊。从视频开始播放的那一秒开始，郗羽就没再说过一句话。她目不转睛地瞪着这些偷拍的视频，脑子里想起两日前和周老师相处的点点滴滴。

“我安装好摄像头就离开了，本打算三天后，等李教授结束会议回南都之后再取走。”蒋园对郗羽抛去一个满含歉意的眼神，“抱歉，能力有限，我不可能随时掌握周老师家里的情况，更想不到程茵会忽然投毒。”

“……”

郗羽目光一滞。是的，她不应该责怪蒋园，蒋园也不可能预料到这一切。如果真的要找一个人来责怪，那责任人是她自己。是她带着程茵去了周老师家，给了程茵下毒的机会。而程茵为什么叫上她一起去拜访老师，一起自驾游，恐怕就是让她做自己的不在场证明。

李泽文看着她暗淡无光的表情，又注意到她搁在膝盖上的双手——十根手指死死绞在一起，像怕冷一样轻颤着。

他伸出手去覆住了她的手，低声道：“你在不在现场都无法阻止程茵，她不是你能应付的。我也没想到。”

郗羽抬起眼看着自己的教授。据说人的手掌大小和身高成正比，李泽文的手掌果然很大，手心干燥，很宽厚，很有力，而且很温暖。

这样的温度让人无法拒绝。她眼眶一热，双手上的力度忽然卸去，她很轻很轻地反握住这双异性的手——是的，只有他会在这个时候伸手过来。

在场所有人都有着比常人更敏锐的观察力，两人的互动瞒不过会议室的其他人，当然也没想瞒。

桌子对面的王文海咳嗽一声，视线转向蒋园：“那你什么时候去事故现场取走了摄像头？”

蒋园交代得很快：“昨天晚上九点时，我回到南都二中的教工宿舍区时才听说周老师去世了，我当时就知道他的死一定不单纯。深夜三点时，我偷偷进入了他家，拿走了摄像头。”

面对王文海不赞许的表情，她举起一只手，做了个小学生发言的动作：“我知道那里是罪案现场，所以我戴着手套，且用手机拍摄了我从进屋到离开的所有经过，保证没有触碰到任何物体。另外，这些摄像头也拍摄下来我的举动，警方如果怀疑，可以核实U盘里的全部录像。”

蒋园的话完全堵住了王文海的质疑。

“合理采用视频的理由可以写出一百条。”李泽文接过话端，冲着王文海点了点头，交换了一个眼神，“王队长，我只是提供证据，如何使用证据由你们警方决定。”

“……”

王文海和徐云江不作声了，两人心知肚明地对视一眼。

“视频只能算间接证据。我们要想到最坏的可能，就是找不到那个纯净水瓶子。”徐云江继续提出质疑，“那我不能证明程茵手中的玻璃瓶里装着毒药，而程茵的律师可以提出合理怀疑。”

“对啊……她也可以说瓶子里的是盐。”小吴警官附和领导，并且用自己的分析能力指出了这种可能性。

蒋园对这位年轻警官露出一个“你还太年轻”的眼神：“谁会戴着手套往瓶子里放盐？谁自杀前还要吃治疗抑郁症的药？”

“……”小吴警官哑然。

李泽文说：“我相信你们已经检验了冰箱里的食材，应该没有发现毒鼠强的痕迹。”

“是的。他冰箱里还有剩菜剩饭，应该是前一天煮的，化验后都没有毒。”

“程茵是经过深思熟虑才决定把毒放到纯净水瓶里。她第一次进入厨房时没有动手，因为她要考虑如何投毒才能完全将自己的嫌疑撇开。经过一个小时的思索后，她有了答案。将毒鼠强放在水里是最合理的，毒鼠强无色无味，且微溶于水，100毫升的水里可以溶解25毫克的毒鼠强，10毫克毒鼠强就可以毒死一个成年人，”蒋园说，“而且，只要去了周宏杰的家，就知道他有严重的洁癖，喝完水之后一定会马上扔掉这个瓶子，他还是独身居住，那么，等到案发任何证据都不会留下了，垃圾也会被销毁了。”

“这里还涉及一个问题，他为什么不求救？”徐云江插话。

季时峻自进会议之后沉默到现在，现在才说：“因为他吃了两片氟伏沙明。氟伏沙明的最明显的效果就是嗜睡，再加上毒鼠强的作用，他就算想求救也未必有这个力气。你们可以做详细的毒理检测——或者病理测试。”

警察们互看一眼，季时峻这样级别的心理学教授的话有着很大的可信度。

王文海道：“但周宏杰还留下了一封‘遗言’，你们怎么看？从这封遗言看，他的确和潘越之死有关。”

季时峻轻叹一口气：“那不是遗言，只是情绪发泄——他是语文老师，每天都要写教案，于是写出自己的想法。”

王文海一愣，他还没来得及给这高学历三人组展示周宏杰的“遗言”，而他们从哪里得知周宏杰去世前写了什么？

蒋园微微抬起下颌，不轻不重地提醒满屋子的警察：“各位，别忘了，视频还没看完呢。”

王文海这才想起U盘里一共有三个文件夹，他点开那个叫“书房”的文件夹。

这一组视频拍摄于周宏杰的书房。绝大多数时间里摄像头里的景色好像凝固了一样，只随着时间的流逝变得越来越暗淡。到了晚上八点四十七分时，书房里第一次有了人的影子，周宏杰进入书房后就在靠墙的整壁书架上翻找什么。片刻后他从书柜下侧抱出一个收纳箱，从收纳箱里取出一张照片。因为摄像头的角度问题，拍不到照片的内容，但从照片的颜色判断，就是数年前郗羽和程茵的那张合影。

他带着照片离开了书房，书房再次陷入黑暗；二十几分钟后随着他再次进入书房才重新亮起来。

他以一种很缓慢的姿态走到书房，表情有些奇特，在书房中呆呆站立了一会儿后，他从书架最底层的夹层里取出一个笔记本。他随后坐在地上，一页页翻看着这本笔记本，慢慢地，他垂下头，似乎是哭了。

片刻后，他把笔记本放回原位，又打开电脑，对着屏幕发了会儿呆后又开始敲击键盘——这恐怕就是他最后留下来的那则“遗言”了。

“摄像头拍摄下了电脑屏幕，我对图像进行了处理，得到了你们说的

‘遗言’。”

“你到底在几个地方装了摄像头？”王文海不得不提出质疑。

“三个摄像头，分别装在客厅、厨房和书房。”蒋园正直道，“虽然我希望查出周宏杰的秘密，但是有底线的——我不可能在卧室和卫生间安装摄像头。”

从满会议室刑警的表情来看，他们对蒋园说的话并不太相信。

“真的，其他地方没有安装摄像头吗？”

“没有啊，你们相信我。”蒋园完美地无视了刑警们的表情，还无辜地摊了摊手，“你们不会以为我有很多这样的器材吧？这只是试验版，而且，这是触犯法律的呀。”

“……不谈这个举动本身，”王文海深呼吸一口气，他看向李泽文，“李教授，说说原因吧，你怎么想到在周宏杰家里装摄像头的？”

李泽文道：“潘越高坠一案是早已结案的旧案，循规蹈矩不可能有收获。而我从一开始就对周宏杰产生了疑心，所以让蒋园采取非常手段。”

“一开始？”郗羽敏锐地插话，她直视李泽文，“具体时间呢？”

“准确地说，是看完案卷后。周宏杰有洁癖，常年抑郁，更喜欢安静。你们去过他家，应该明白这一点。潘越坠楼前后，初中教学楼楼顶上正在修天文台，天文台的位置正在教师办公室楼上，根据装修进度和现场照片，施工现场的噪声和灰尘非常大。”李泽文说，“案卷的问话记录中，周宏杰说潘越坠楼时自己在办公室里写评职称用的论文，并且还解释说‘在办公室把工作做完才走’。通常来说，写论文需要在舒适的环境下进行较长时间的思考，以他的洁癖和细致程度，他不可能会喜欢这种环境，更谈不上在这样的环境下工作。”

李泽文一边解说，王文海一边“唰唰唰”地快速翻看当年的案卷，并提出自己的看法。

“……有道理。但案卷上说施工队六点到达，也许他准备在施工队到达后离开。”

“案卷还告诉我们一点，那天放学后，周宏杰是距离潘越最近的人，从教师办公室走到楼顶潘越坠楼处只需要四十秒，下楼的速度更快，只需要三十五秒，他有充裕的时间实施犯罪。”

相当缜密且独到的推理。

除了技术手段，在不寻常的小细节里发现矛盾之处是刑警的主要工作，王文海认可他的说法，没有提出质疑，只问：“李教授，以你的谨慎，应该还掌握其他线索吧？”

“还有一个事实加深了我对他的怀疑。”随后投影屏幕上出现一张照片，李泽文就像是在阶梯教室里给学生上课那样，冷静道，“这是我第一次去南都二中楼顶时，拍摄的通往天台的门锁的照片。”

徐云江看着亮晶晶的挂锁：“这锁很干净。”

“自然状态下的锁不可能有这么干净，说明最近一两天内有人仔细地擦了这把锁。南都二中绝大多数学生放了暑假，只有少数初三年级的班级在补课，那几天的最高气温是39℃，如此炎热的夏日，我相信不会有初三学生跑上初中教学楼的五楼将一把旧锁擦干净。只有有洁癖的人才会习惯性地把自己双手接触到的东西都擦得干干净净。我和郗羽去了初三年级的教师办公室，教师办公室最整洁的桌子就是周宏杰的，去完卫生间后，他花了两分钟洗手。”

王文海说：“但他为什么要去楼顶？”

“正如他遗言说的那样，愧疚。之前几天，郗羽去南都二中祭奠潘越，且遇到了周宏杰。对郗羽和潘越，周宏杰深感愧疚——这种愧疚促使他再次走到潘越坠楼的地方，因为本人的洁癖习惯，他下意识地擦干净了锁。两个疑点都不大，但已经可以构成合理怀疑。”

蒋园抬了抬下颌，向众人宣告了她的存在：“还记得书房里的视频吗？周宏杰从书架里取出的笔记本是潘越的素材本。王队长，你可以让人去他家把本子取出来。”

“素材本？是什么？”

刑侦队调查周宏杰死因时主要集中在卧室，对书房的搜查很草率，只拿走了他的电脑，当然也不会找到这个被周宏杰精心藏好的素材本。

李泽文道：“调查中我们发现，潘越坠楼后，他书包里的素材本不见了。警方认定的那封遗书就来自于潘越的素材本。”

蒋园从王文海手里拖过笔记本电脑，掌握了这台电脑的控制权，她点开了文档文件夹的一张图片，左侧是书页的照片，右侧是遗书的照片："潘越的这封'遗书'是屏幕上这首英文诗的翻译版，被人利用当成了遗书。"

在场的警察们大部分英语都不怎么样，正面面相觑中，一个年轻刑警举了举手，又前倾身体小声告诉王文海："对，两首诗确实是一回事。"

郗羽静静看着投影大屏幕，这封遗书是一切的起因。就是因为知道了遗书的内容，李泽文才跟她回到南都，重新调查潘越坠楼的。

此时，季时峻说："我和泽文看完了潘越发表过的几十篇文章，对潘越的性格做了一个测写：他性格坚韧、阅读广泛，梦想是当作家，除非理想彻底破灭，家庭变故、爱情受挫这类琐事不会让他自杀，反而会成为他成长的养分；退一万步说，就算他要自杀，也不可能用别人的诗当遗书，他会自己写的。"

满屋刑警安静了两秒，专业人士的话是有力度的。徐云江更是愧疚，他是当时参与调查的警察之一，深知整个调查组完全忽视了"伪造遗书"这样的可能。

王文海点了会议室里最年轻的小吴警官："你去一趟犯罪现场，把这个素材本取出来。"

小吴警官领命而去。

王文海继续问："你们还调查了什么？"

李泽文道："基于对潘越的性格分析，我认为潘越坠楼一案中最关键的线索就是潘越的素材本，我大多数时间调查都围绕这个素材本的去向。"

徐云江道："然后发现这个本子在周宏杰手里？"

"最简单的排除法。第一，潘越的性格决定不会大肆宣扬自己翻译了一首外文诗，能知道他素材本里写了什么的人，只有语文老师和英语老师，通过孟冬的证词，可以知道潘越的父母、同学对他在素材本里记录了什么并不在意；第二，有人告知潘越，5 月 11 号放学后留在学校里等郗羽，潘越对此毫不质疑，我想，只有老师的话和郗羽的好友说的话才具有这样的说服力；第三，警方案卷显示，五点半后还留在教学楼第五层的人，只有郗羽和周宏杰。"

“明白了，”徐云江百感交集，“三者的交集只有一个——周宏杰。”

“周宏杰的疑点越来越大，我能查到的种种证据指向他，但他的性格——”李泽文很罕见地顿了顿，“至少在我看来，他不是漠视生命的那类人，他没有杀人者的天赋。”

“是的。周宏杰真的不像能杀人的人，更何况是对自己的学生下手。这也是我们当年完全没有怀疑他的原因之一。”徐云江深深吸了口气。

王文海不笨，他飞快地说：“我记得你前几天见了周宏杰一面，你们谈了什么？”

“我最后对他进行了试探。他对我承认，当天下午五点四十分左右，他离开了教师办公室。具体的谈话录音在 U 盘的音频文件里。”

李泽文和周宏杰三天前单独见过一面，这是警方早就掌握的信息，但由于刚刚他带来的线索太过石破天惊，诸位警察暂时把这不太重要的细节抛之脑后。

王文海下意识地打开了音频文件夹，看到里面密密麻麻的已经编号的音频——他长长呼出一口气，这档案、证据、文书的归类水平，比许多在职的刑警还要强得多。

从入行的第一天开始，王文海就知道“充分、透彻的准备是办案工作的一切”，但说来容易做来难，机构问题、时间问题、人员问题都让这句话变得有些浮于表面，文书工作难做。这位大教授的准备工作做到了这个程度，让人心悦诚服。

他看着李泽文，默默想，这个人恐怕从来不做没有计划的事情，恐怕也从来不会出错。

“那动机？他这样一位人人称赞的老师杀害学生总有动机吧？”王文海看着李泽文和蒋园，真心诚意地发问，“我相信二位已经调查清楚了？”

李泽文对角落的一名年轻刑警微微颔首，他注意到这位跃跃欲试的警察有一阵子了。

“让这位警号是 212344 的警官发言更好。”

虽然场景如此严肃，但郗羽还是觉得眼前这一幕似曾相识——李泽文在课堂上让学生发言，被点到的那个人还高兴得很。

年轻刑警进入这间会议室已经有十分钟了，但此前存在感薄弱。之前办公室内的交谈信息量极大，他一直没有找到说话的机会，现在终于找回了自己的存在感。

“关于死者，我从心理医生那里知道了一些信息，基本和李教授分析的情况一样。”

王文海也懒得纠正下属的称呼顺序问题，用眼神示意他快说。

年轻警官拿出一个U盘递过来：“这是我们对周宏杰心理医生陈医生的访谈记录。”

出现在屏幕上的陈医生已经年过半百，她面目柔和，说话不徐不疾，得知周宏杰去世后，她有些悲痛，却不显得太意外。

“他还是选择了这条路啊……”看完他电脑上的留言后，她这么说，“……他的抑郁症病史至少有十五年，我大概是十四年前认识他的。”

“他有一个相当不幸的童年……”陈医生叙述了周宏杰的履历，“父母因火灾去世后，他被寄养在亲戚家长大，寄人篱下的日子当然不好过。当然他还算有一定的自我调节能力，他说服自己，父母去世是一起小概率事件，是他父母运气不好，谁也无法预测，无法估计，无法避免。靠着这种信念他长大成人，可问题是，他长大后才发现，造成父母死亡的意外事故的根源是建筑师的设计问题，而且，大厦的建筑师是自己学生的家长。”

说到这里，陈医生停了停，蒋园趁机补充道：“他曾经有过一段恋情，女友是建筑师，他就是从她嘴里得知南滨大厦的建筑问题的。”

“周宏杰无法接受害死父母的人过得那么舒心。他写了检举信，但石沉大海。他想过通过法律程序，但启动司法系统烦琐的程序和冗长的时间让他失去信心……他没办法通过合法渠道让潘昱民受到应有的惩罚，于是只有一个选择——自己动手。

“这个过程就像酿酒。成长过程中，他通过自我安慰化解了自己所受的苦难，而真相就像藏酒开窖，多年酝酿的喷涌出的痛苦和仇恨会像火一样燃烧起来。所谓的海格力斯效应，‘以牙还牙，以眼还眼’。潘昱民害死了自己的父母，自己杀死潘昱民儿子，他觉得很合理。

“他抑制不住自己复仇的欲望，又不想牵连到自己，唯一的办法就是让潘越的死看上去是自杀。首先，他引导潘越翻译了那首英文诗——他是语文老师，潘越对他信任有加，这不难做到；其次，要选择一个合适的时机，毕竟一个心情愉快的人不会想到自杀的。幸运的是他是老师，还是潘越十分信任的老师，潘越时不时会和他沟通一些情况，因此他知道潘越的家庭情况糟糕到了极点，再加上潘越对一位女孩子告白失败，这两件事给了他相当好的时机和操作空间。

“在潘越告白失败后的几天，他用老师的名义让潘越到楼顶等待那个女生，他自己则在办公室里度过了此生最长的四十分钟，最后他下定决心，上到楼顶准备动手。他穿着学生们最常穿的鞋子，还准备了手套。和潘越见面后，他坐到楼顶的栏杆上，并且让潘越也坐上去。老师的一举一动会形成模范效应，潘越毫无戒心，和周宏杰并肩坐在栏杆上。

“他告诉我，那是一个完美的时机。充足的自杀动机，足够高的教学楼，空无一人的操场，距离两人最近的建筑物就是一百多米远的高中部教学楼，基本不可能有目击证人。他一伸手就能把潘越从楼上推下去。”

陈医生说到这里，情不自禁地摇了摇头。

“实际上，除了极少数反社会的人，当某个人真的决定结束其他人生命的一刹那是很难下决定的——尤其是他采取的办法是即兴的，我称为‘可以收手’的那种。在准备下手时，潘越回过头，两人目光对上，周宏杰告诉我，他就像被看透了一样——潘越几乎是一瞬间就意识到老师想杀他。”

会议室的众人下意识地屏住呼吸。

郗羽想，在那一瞬间，两人的心理变化足以再写一整本《尤利西斯》了。

“周宏杰被一个十四岁的少年看透，他知道自己下不了手了。潘越问他为什么，周宏杰激烈的感情需要一个出口——在此之前，他从未和任何人谈起自己父母的死因。他冷冷地告诉潘越，潘越的父亲害死了自己的父母，随后离开了楼顶。”

警官不可思议地反问：“他离开了楼顶，没把潘越推下去？”

“他的确是这么告诉我的。”陈医生回答。

警察提出不同意见：“但他告诉你的未必是事实，也许他把潘越推下楼，再告诉你他没有动手。”

“我不觉得他有犯罪行为，”陈医生很温和地说，“我的专业知识和分析能力告诉我，他说的是事实。他的心理非常典型，孩童时期的不幸遭遇让他积累了大量压力和焦虑，社会的不公平又让他仇恨社会，但长期以来接受的教育又扭转了他部分偏激的思维——尤其是大学教育对他来说很关键，这导致他准备在潘越身上释放压力最终却无法真正付诸实践。”

“就算是这样。他有预谋，有杀人动机，他的举动依然是犯罪，只不过是谋杀未遂。心理咨询的保密原则里不包含为犯罪行为保密。”

“我不认同你的观点。如果仅仅以某个人的想法来定罪，那我估计监狱里早就人满为患。实际上，我这些年接触到了成百上千个有心理问题的人，他们要么想伤害自己，要么想伤害别人，有很多人在挣扎中举起了屠刀，但最后都没有真正动手。他们或许谈不上是人们印象中的那种好人，我们可以从道德上批判他。但没有犯罪就是没有犯罪。”

警察不再说话，似乎是认可了这个解释。

“周宏杰怀着对自己的愤怒和失望回到教师办公室，等着自己的结局。在他的设想中，潘越会投诉他、报警。他谋杀未遂，将会受到法律的惩罚，至少他老师的这份工作保不住了。

“没想到，他听到楼下传来了尖叫声和喧哗声，他站到窗边，看到了潘越坠在楼下。他及时收手，但潘越依然如同他的计划般坠楼。他告诉我说，当时他大脑一片空白，有些震惊，有些惶恐，还松了口气。他不希望警察怀疑自己，趁着还没人上楼，他赶到楼顶，在潘越的书包里找出他的素材本，戴着手套撕掉了潘越翻译的那首英文诗放在他的书包上，又清理了鞋印，藏好素材本下楼。如他所料，警察完全没有怀疑他，甚至连疑问都没有，很快将这起案件以自杀结案。

“他事后分析，潘越坠楼有三种可能性：第一种是潘越不小心失足坠楼，因为他离开楼顶时潘越还坐在栏杆上；第二种可能性是潘越的确深受刺激，跳楼自杀；第三种可能是两者都有，因为沮丧和失落，导致他不小心坠楼。周宏杰说，潘越是个很敏锐的孩子，那段时间是他人生中的最低谷。破碎的家庭，充满谎言的父母，喜欢的女孩子拒绝自己，被同学们嘲笑，父亲是杀害老师父母的凶手，老师想要杀害自己……这一系列事情对这个小男孩的打击未免太大，所以他不慎坠楼。

“仇恨对象的儿子死了，他发热的大脑冷静下来，良知、道德、正义、责任这些情绪回到他失控的大脑里。吾虽不杀伯仁，伯仁由我而死。他意识到，谋杀计划是如此的荒唐可笑，夺走仇人儿子的生命不会让他快乐。

“全校所有人的关注点在被潘越告白的那个女孩子身上，那个女孩子承受许许多多的指责，精神几乎崩溃。让学生承担老师的过失是他不愿意看到的局面，但他没有自首的勇气。愧疚产生的心理负担跟事情的大小成正比，接下来的所有时间里，他都沉浸在内疚中。

“他焦虑、紧张、恐惧、忧愁，再加上原生家庭的不幸，他毫不意外地得了抑郁症——这些年我治疗过许多抑郁症患者，他算得上比较有特点的一个。他想过寻死，但他又理性尚存，能控制自己的抑郁症，不至于达到那种‘死比活好’的程度。他毕业于著名师范大学，在学校里受过心理学教育，有一定自我治疗的能力，他知道这个时候应该寻求心理医生的帮助，于是找到了我。我给他开了三四年药后，他终于告诉我前面提到的事。

“……他的抑郁症多次反复。曾经两三次有好转的迹象，中间断断续续停药了五六年时间，直到最近他又来找我。

“两周前，他来找我要求开药，在此之前他已经三年没走进我的办公室了，我以为他的抑郁症已经好转了。我问他为什么要再次吃药，他说，他的学生，就是那个受到牵连的女孩子回到了南都二中，她现在依然因为潘越坠楼无法释怀。周宏杰说，既然无辜的学生都无法释怀，他这个始作俑者怎么能无忧无虑活下去。他的愧疚感也因为那个女孩子再次回归。

“你们知道，抑郁症的药只能一周开一次。一周前他来见我，这一次他看上去比之前更焦虑。他说，那个女孩子和她的教授在重新调查潘越坠楼一案。我告诉他没什么可担心的，因为他确实没有动手杀人。我的安慰对他来说可能没用。这些年我们交谈太多，他对我的方法很熟悉。对他这样的病人我很无奈，要知道，心理医生并不是万能的，战胜抑郁症的主要力量还是来自自己反复的思考和行动。我不知道他能否听进去我的话。

“……他拿着药走了，那是我最后一次见到他。这些年他在我这儿有好几次露出过自杀的念头，但最后都凭着自己的意志力克服了。这一次，大概确实不太好过。”

陈医生最后说：“这就是我知道的全部事实了。”

陈医生的访谈视频播完，会议室再一次安静下来，所有人都在思索。

“真可怕啊，”蒋园慢悠悠开口：“真可怕啊。程茵真可怕。”

众人的目光落到她身上。

蒋园说：“想想看，如果没有我偷拍到的视频，周宏杰电脑上的遗言，再加上心理医生的证词，警方会百分之百认为周宏杰是自杀的——就算找不到毒鼠强的来源，你们也会这么下结论。更何况这起案子不会引起任何的质疑，周宏杰一个直系亲属都没有，养父养母也去世了，亲戚朋友也不多，自然也不会有人会因为他的去世来申诉。”

王文海不语，蒋园说得没错，当刑警的人大都有这样的共识：工作中最难的事情不是面对受害人，而是面对受害人的亲属。周宏杰没有直系亲属，确实减轻了他们的负担。

王文海转头看向季时峻：“季教授，你的观点呢？”

季时峻似乎在思索什么，实际上视频的最后几分钟他没有认真听，被蒋园扯了扯袖子后才回过神来，他道：“我基本上同意陈医生的判断，周宏杰说的是实话，他没有对潘越下手。”

“这些也没必要讨论了，”蒋园敏锐地指出，“想弄清潘越坠楼前五分钟发生了什么，问问程茵好了。”

众人连午饭也没吃，转战审讯室。郗羽和李泽文一行人站在玻璃后，看着审讯室里的程茵。

郗羽怀疑这全世界所有警局的审讯室都是一样的，昏暗没有窗户的房间，土气暗淡的桌子椅子，犯罪嫌疑人的座位对面是一面单向透视玻璃墙，暗淡的桌椅和装修犹如一个黑洞，吸走了所有的光。

此时的程茵依然如女王般坐在黑色桌子后的椅子上，面无表情地看着玻璃墙。她那张久经训练的美丽脸庞就好像一张白板面具般，看不到愤怒、焦急、喜悦，任何人类应该有的表情都没有。但毫无疑问，从她的眸子可以知道，她在思考、在审视、在反思自己为什么变成犯罪嫌疑人。

隔着玻璃，郗羽看到王文海信步走进审讯室。他有证据在手，自然从容不迫，程茵的“著名主播”的身份让他对审讯充满期待。

“程小姐。”

王文海从容落座，他用较为轻松的语气介绍了自己的身份。

程茵垂下目光，看着手腕上的手铐，冷冰冰地问：“程队长，我记得我是你们请来提供信息的，为何现在我成了你们的犯罪嫌疑人？”

她的美貌，再加上她现在凌厉的气势，简直就像一朵带刺的玫瑰花。

“应该说，一个小时前我们的确是请你来提供信息的，但现在事情起了变化。我们发现了几条新的线索，这些线索指向你，所以请你到审讯室里配合调查。”王文海平静道，“你的身份我们是非常了解的，如果没有十拿九稳的证据，也不可能请你到审讯室来了。”

“证据”这两个字是很重的，程茵抬起眼睛，嘴角上扬，露出了奇特的表情：“你们伪造的证据吗？”

王文海非常淡定，他现在手中握着王牌，根本不害怕嫌疑人的虚张声势。他抬起手，审讯室后的技术人员开始播放视频。

视频有无可辩驳的说服力——她面具一般的脸出现了情绪的裂纹。情况太严重了，她光辉灿烂的事业，她无比远大的前程，随着警方出示的视频消失殆尽。她就像一个建筑师发现自己设计的摩天大厦的地基是一根细微的发丝一样，慌张了起来。

郗羽清晰地看到，某个瞬间程茵的脸上浮现出了难以掩饰的惊慌和绝望，她手臂轻颤，手铐“哗啦”轻响了几声。她是专业人士，明显修炼过矫情镇物的功夫，有泰山崩于前而色不变的气质，又或者刚刚被撂在审讯室的半小时她已经想好了各种可能性，做好了最坏的打算，也做好了足够的心理建设，所以她的情绪来得快去得也快，甚至很快开始反驳。

“伪造的。”片刻后，程茵说。

“技术人员对此会发表意见。”

“既然如此，那你还在这里和我讨论什么？”程茵表情冷淡。

真是一朵奇葩。

王文海意识到程茵和自己以前审的犯罪分子都不太一样。程茵是名人，和她有关的案件是大案，他希望办得完美一些，没有程茵的口供是可以定罪，但总有难以解释的地方，也会给人留下口舌。如果能从她身上问出犯罪原因，整个案子就会更完美。

“说说看，你的毒鼠强是哪里弄来的？这种毒药十几年前就禁止生产了。”

程茵微微垂着眼睛，不说话。

“我们的政策是，坦白从宽，抗拒从严。如果你能主动交代自己的犯罪行为和犯罪经过，我们算你自首。”

程茵继续沉默。

王文海和数以百计的犯罪分子打过交道，知道恐惧是最好的武器，他调整了一下座位，继续说：“抗拒从严是什么意思，你明白吧？就是死刑，毫无疑问的死刑。你还这么年轻，死了多可惜啊。”

按照王文海以前的经验，说到这里的时候，犯罪分子基本都会害怕，但程茵却不然，她表情犹如一块冰。

“你可一定要想清楚。程茵，我告诉你，我办过好几起投毒致死的案子，只要嫌疑人坦白，都会酌情轻判。”

程茵依然不语，所有话就像石头沉入马里亚纳海沟，半点回音都听不到。

这时候王文海的手机响了，他接通电话，一分钟后他慢条斯理地关掉手机，指了指屏幕——屏幕上的画面定格在程茵拿出纯净水瓶子的一瞬间——他轻松地告诉程茵：“技术队在几个可回收垃圾站找到了好几个纯净水瓶子，正在送回来的路上，只要我们能检验出毒鼠强，我们不需要你的口供就能定罪。”

程茵终于抬起眼睛，但也不是看向王文海，而是盯着玻璃墙。程茵的目光极有穿透力，至少在郗羽看来，她丝毫不怀疑程茵通过墙看到审讯室外的所有人。

“让李泽文进来。”

“啊？”

“想让我开口？让他来。”

虽然是问句，但话里的肯定不容置疑。

“这事儿，不太合规……他毕竟不是警察。”

“让他来。”

说完之后，程茵垂下眼眸，不发一言。

王文海很难在没有准备的情况下撬开程茵的嘴——面对如此强力的证据依然镇定的程茵显然已经做好了心理建设，拍桌子拍板凳威逼利诱恐吓红脸白脸很难起到作用。这位刑侦副队长短暂思索，起身离开了审讯室。

玻璃墙的另一边，所有目光都聚集在李泽文身上。徐云江和李泽文打交道的次数较多，他帮着众人问：“你认识程茵？”

“打过几次交道。”李泽文说。

“难怪她要见你，”王文海对李泽文点了点头，“你的意思呢？”他心中清楚，对付程茵这样的聪明人，当然需要更聪明的人出马，李泽文显然可以完成这一使命。对他来说，只要程茵能认罪，谁让程茵开口都不重要。

李泽文不置可否：“我可以和她谈，但你最好问问上级的意思。”

于是十分钟后，还有半年就要退休且已经谢顶的张局长匆匆赶到了审讯室门口。他本来在食堂吃饭，忽然听到下属汇报“刑侦队正在审讯犯罪嫌疑人程茵”，惊得筷子都快掉了，饭也不吃了跑上楼了解情况。王文海和徐云江用最简单的语言汇报了已经掌握的情况之后，张局长很纠结地看了李泽文一眼。审讯室是警察的工作重地，不是什么人都可以越俎代庖的，但有意思的一点是，刑警的办案手册里也没说公安队伍以外的人不能参与审讯。

“可以用‘专家协助’的名义。”王文海献计，“我们也常常要请一些专家来帮忙对一些精神有问题的嫌疑人做鉴定。”

“确实是个办法。”

张局长摸了摸自己的光头，很快下了决定——让这位李教授去审。毕竟本案所有的线索都是这位李教授提供的，怀疑李教授做不好审讯显然有点小看人了——尤其是在徐云江不动声色地告诉他李泽文的舅舅是陶景森后，他就更肯定了。

张局长和李泽文握了握手，客气道：“那就麻烦你了，李教授。”

李泽文点头，提出了自己的要求：“我需要潘越坠楼案、程若溺水死亡案和周宏杰这三起案卷的卷宗。”

没有质疑，张局长一声令下，大家照办。

“另外，给我们端两杯水进来。”

“没问题。”

几分钟后，三本案卷到了李泽文手上，再加上蒋园递过来的另一个文件袋，他拿着四份文件走进了审讯室。

审讯室的面积是如此小，李泽文拉开审讯者专有的座椅坐下后，这屋子里似乎就再也容不下别人。程茵下垂的目光慢慢抬起，扫到他丝毫没有暖意的眼神。更极端的形容是，毫无人类情感的眼神。

李泽文对她略略颔首，当作招呼。

郗羽在玻璃墙外看着，心情比任何人都复杂。这一幕真是匪夷所思，不到二十四个小时前，三个人在返回南都的汽车里用电话聊天，气氛和谐愉快。

“果然是你。”程茵道。

李泽文点头：“是我。”

“今天早上的飞机到南都？”

“我一个小时前到达南都机场。”

这番交谈是如此的随意平和，如果不看两人的表情，简直就像熟人的闲聊一样。

话音未落，门被打开，胡雅拿着一瓶纯净水和两个塑料杯进了屋，在两人面前摆下后退了出去。

李泽文扭开瓶盖，往两个塑料杯里添了水，又把其中一杯推到程茵面前，自己拿起另外一杯，喝了一口，又放下。他做这一切的态度就好像在家里招呼客人一般。至少郗羽觉得眼熟，她在李泽文家里过夜的那个晚上，他就用这个态度给她煮了咖啡。

"可以补充一些水分。"

程茵盯着杯子几秒后拿起来，将里面的水一饮而尽，随后用要刺穿人的目光盯着他，问："这一切是你设计的？"

李泽文语气冷淡："如果我知道你的投毒计划，我绝不可能放任郗羽和你单独相处一天。"

审讯室里逐渐燃起了硝烟味道。程茵脸色不好——或许是审讯室的灯光缘故，她嘴角隐约勾起了一丝讥讽的笑容。

"但你依然利用她来给我设局。这也难免，她是一个很好操纵的人。"

李泽文当然不是会被别人控制谈话节奏的人，他的态度很从容，声音里甚至带上了一丝笑意："不，你操纵不了郗羽，甚至连我都不行。"

审讯室外的众人整齐划一地朝郗羽看过来，表情普遍都相似，然后似乎又注意到自己有些不太礼貌，纷纷把注意力放回审讯室内，仿佛刚刚的奇特表情从来没有出现在他们脸上。

蒋园就站在郗羽身边，她说："别被程茵误导了，她故意说给你听的。李教授绝对没有用你设局的意思，他昨晚几乎没睡，今早才飞过来。"

郗羽转过头，真诚地看着蒋园，轻声说："我知道。"

因为角度问题，她只能看到李泽文的背影。这也是难免的，一个人只能看到另外一个人的某一面。她一直都知道李泽文隐瞒了许多事，李泽文也知道她知道他的隐瞒，两个人对此心照不宣。

蒋园看得出她的真诚，也不再多话，再一次在心中感慨李泽文看人的眼光之准。

程茵似乎被李泽文这句话噎住，她过了一会儿才问："郗羽也在外面？"

"是的，"李泽文说，"她的老师死于中毒，她当然希望在第一时间知道到底发生了什么事。"

程茵只冷冷看着李泽文，调整了自己在椅子上的坐姿。

李泽文也不在意她的态度，他甚至懒得看她，好整以暇地再喝了一口水，垂眸浏览着手中的一沓文件。他看得很专心，宁静的审讯室内，只有纸张翻动的声响。

“既然你叫我进来，说明你愿意谈一谈，我们就不再浪费时间，进入正题。”李泽文从某个案卷中抽出一页推到程茵面前，“首先，我们来纠正一下称呼问题，程若小姐。”

此言一出，审讯室外一片哗然。

张局长吃惊地问：“什么意思，程若？她不是程茵？”

显然，审讯室里坐着的“程茵”和局长大人思想完全同步，她说：“我想全国人民都认为我是程茵。”

“你的存在再一次证明，欺骗所有人是相对简单的。”李泽文说。

其他人目瞪口呆，郗羽几乎要跳起来——程茵居然不是程茵？可她们长得那么像！

蒋园就站在郗羽身边，很理解她的想法，解释说：“她和程茵是亲姐妹，继承母亲的基因又很明显，本来就长得七八分像，再加上微整容和化妆技术，当然可以骗过那些十几年不曾见面的同学了，比如你和孟冬。”

“我完全没想到……”郗羽喃喃道。

“是啊，谁能想到呢？”

蒋园盯着审讯室，实在不想错过面前这一幕。这些天来辛苦调查的结果输入到李泽文的大脑里变成了真相，她必须坐在前排看着这幕精彩的戏剧开演。

审讯室里的程茵——姑且还是叫她程茵好了——态度冷静，连刚刚的些微讥讽也没有了。蒋园认为她在情绪控制、心理控制上绝对是大师级的人物，被破戳身份后还能保持如此冷静的态度。

“说我是程若，证据呢？”程茵的眼角余光扫到那页案卷上，“这是我姐姐程若的死亡证明，为什么给我看？”

“想证明你是程若确实有难度，”李泽文并不讳言，“你和程茵是亲姐妹，相貌相似，身高相仿，体形接近，年龄只差了一年零五个月。你冒充程茵足有十四年时间，这段时间足够你在外表上提升和程茵的相似度，也足够你抹去和程茵有关的一切，她的照片、指纹、DNA因为火化亦不复存在。”

的确，郗羽想。在赵州时翻看程家相册时，她就觉得很怪：这个家庭几乎没有照片留存，连母亲和两个女儿的共同合影都找不到。

“但只要做过的事，总能找到线索。”

“那你打算怎么找线索证明我是程若呢？”程茵反问。

李泽文话锋一转：“我和郗羽仔细地谈过当年的程茵。你和当年的那个程茵相差太大。除了外貌，我很难从你身上找到当年那个略有些羞怯、心地善良的同桌的影子。”

“我那时候才十三四岁，人是会变的，而且我曾经失忆。”

“且不说你失忆这件事本身就相当罕见。我最奇怪的是，你的母亲明明在加拿大生活，可你直到现在才打算出国读书。”

“这居然也能成为理由？”程茵反驳，“我当年不出国是因为我和我妈关系不佳，现在准备出国是因为时机成熟。”

李泽文手指轻轻敲了敲桌子：“我昨天在京参加峰会，在会议上遇到了你的前男友谢云南。他告诉我一件有趣的事，你和他在一起时，他若干次安排出国旅游都被你拒绝了。”

“那是因为我工作忙碌。”

“不，指纹，”李泽文微微抬起下颌，淡声道，“这才是你不出国的原因。出国要办护照，办理护照需要录入指纹，而你不愿意留下指纹记录。”

李泽文抬眸，视线轻轻扫过程茵，拿过他面前那个空空如也的塑料杯，手指轻轻弹了弹外壳，发出“咚”的一声脆响：“猜猜看，这个杯子上是否有你的指纹？”

程茵说：“也许吧。”

“那你应该不介意我让人取走杯子？”

“你可以试试。”

李泽文转过身体，对审讯室外的众人点了点头。片刻后，胡雅走进审讯室，用证据袋装走了塑料杯。

“我想你确实很有信心。”李泽文轻轻靠着椅背，“根据档案法，少年犯的犯罪档案会在当事人死后的十五年内销毁。这份档案里包括照片、指纹等信息。对你来说，就像一份定时炸弹。时至今日你才考虑出国读书，因为今年年初，你的少年犯档案记录被销毁了，属于少年犯程若的指纹消失殆尽。所以你才会胸有成竹地在公安局的审讯室拿起杯子喝水。”

“少年犯是我姐姐。”程茵依然坚持。

李泽文不理她的抗辩，只道：“不过，我想你弄错了一点。程若的档案已经被销毁，不等于其他地方也找不到你的指纹。”

他翻开另一个文件夹——郗羽注意到，这个文件夹是蒋园给他的。他从文件夹里取出一张照片推到程茵面前。

“这个地方，熟悉吗？南山少管所，你因为抢劫罪曾经在里面住了一年半。有趣的是，我们在少管所的仓库里找到了你十四年前制作的工艺品……你觉得，工艺品上是否还有你的指纹？”

少管所还是以改造人为主，对少年犯的管束虽然严厉，但也不忘记培养他们的爱好。少管所会定期请来一些老师给学生们上课，这些课程包括绘画、音乐、艺术、手工等。

“我想这也是一个选择，”程茵说，“也许可以找到我姐姐的指纹。”

李泽文笑了笑，至少郗羽从他的肢体语言上看出他正在微笑：“的确，没有什么指纹可以在物体表面停留十四年，所以你完全不用担心我们在少管所的仓库找到你的指纹。这十几年时间，你已经把自己变成了犯罪专家和刑侦专家。你知道犯罪档案的销毁日期，也了解指纹的降解周期。你考虑得如此周详，根本不怕留下指纹。”

“李教授，你真是高看我了。”

“我从来没说你不够聪明，”李泽文说，“如果你看过我给你写的推荐信，你会更确信这一点。”

程茵动了动手臂，坚冰一样的眼神里蹦出了一缕奇特的光。就是这缕光让郗羽觉得她有点像“人”——至少她也有普通人才有的欲望。

“你在推荐信里写了什么？”

“我们可以随后再讨论这个问题，”李泽文避而不答，“先讨论你是如何从程若变成程茵的，你冒名顶替变成程茵需要你父母的配合，尤其是你母亲。截至目前，你的母亲、生父、继父对此都采取了默认的态度，但如果他们知道你谋杀了程茵和潘越呢？你确定他们还会帮你圆谎？”

审讯室外又是一片哗然。

如果李泽文在郗羽面前，郗羽一定马上抓住他的胳膊问清楚到底怎么回事——可现在李泽文和她隔着一块厚玻璃，她只能退而求其次地抓住蒋园的胳膊：“程茵是被程若害死的？这怎么回事？”

“我也不知道，”蒋园面露惊奇，“李泽文没告诉我。”

警察们也为这个消息震惊。以他们的眼光看，如果说潘越坠楼这件事还有不少疑点，但姐妹俩溺水这件事是百分之百的意外，现场有多位目击证人证明了这一点。

“你想太多。”程茵冷声道，“你当教授真是可惜了，你为什么不去写小说呢？”

李泽文打开另外两份案卷：“我来推测一下发生了什么，如果我说错了，欢迎纠正我。”

程茵一眨不眨地盯着他。她的脸没在阴影里，只有眸子里的冷光可见。

“我们先从潘越坠楼这桩案子说起。”李泽文道，“十四年前的5月8日，潘越和郗羽告白，可因为两名当事人都有一个热心八卦的同桌，南都二中的荷花池边并非只有他们两人。根据孟冬的证言，他和程茵偷听了他们的谈话。程茵回家后，把这件事告诉了你。”

“基于种种原因，你打算让潘越难堪。第二天你混入南都二中——这不难，只要你穿上程茵的校服就可以了。趁着中午人多，你在食堂里散布了流言。这些流言当然让潘越难堪，但依然没达到你想要的效果。”

“三天后，5月11日那天中午，程茵因为身体不适向周宏杰请假，”李泽文道，“和周宏杰请假时，因为种种巧合，程茵听到周宏杰叫潘越放学后不要着急回家，去楼顶等郗羽，两人再好好谈谈。回家后，程茵如同几天前一样，将这个细节告诉你。于是，你再次换上妹妹的校服，背上了妹妹的书包，在下午五点三十分左右到达了南都二中。你在时间把控上一直极有天赋，这是个完美的时间点。我相信你选择这个时间点是有考虑的，这时初三学生在上课，初一、初二学生基本上已经离校，你不用担心被人认出。

“虽然你希望低调地出现在南都二中，但你进入校门时被初一（二）

班的两名值日生，毕新宇和田浩然看到了。两人在校门口的林荫道和你相遇——因为光线、距离、服饰等原因，他们把你错认为程茵。”

说到这里，李泽文端起水喝了一口。作为教授，长篇大论的能力他当然有，但他不介意用“喝水”这样技巧性的手段控制谈话节奏。

所谓的审讯，简单来说就是控制权的争夺。

可能是心理作用，郗羽只觉得李泽文的喉咙经过水的润滑，声音似乎更清晰了一些，声调居然有点微妙的上扬：“说句题外话，毕新宇是你的粉丝，还是很死忠的那类。正因为如此，他才能在若干年后清晰记得你们在校门口的那次相遇。”

郗羽注意到，程茵的手臂在轻微颤抖，她脸上的肌肉似乎也有些控制不住了。

审讯室里弥漫着难以言说的紧张气氛，审讯室外的气氛也非常非常微妙。

除了最轻松的蒋园外，其他人的神经都是紧绷的。郗羽觉得自己的心跳已经过了一百二，季时峻的脸部表情相当冷峻，警察们也不太淡定，张局长在一旁跟王文海嘀咕“这位教授的审讯技巧是从哪里学的”，王文海也给不了答案，只凶巴巴吩咐手下们好好学一学。

“……5 月 11 日下午五点左右，你到达初中教学楼的楼顶。楼顶原本并不适合藏人，但当时的初中部楼顶正在修天文台，堆放着各种建筑器材再加上已经修到第二层的天文台，这是极佳的藏身地。你躲在未完工的天文台里，等着潘越和郗羽见面，想听他们说了什么。

“出乎你意料的是，上楼的并非郗羽而是周宏杰。我假定你对他有所了解，毕竟他是程茵的班主任。你目睹了潘越和周宏杰的互动，看到周宏杰下了楼。周宏杰离开后，潘越依然坐在栏杆上，毫无防备，‘父亲害死了人’和‘老师要杀自己’这两个消息让他震惊、沮丧，任何人在这样的情绪下反应速度都不会太快。你认识到这是一个千载难逢的机会，可以把一个很讨厌的人除掉并且不会引发任何怀疑。你从天文台中走出，推他下楼，从容不迫地进行撤离。你穿着校服背着书包，谁也不会怀疑你。

“你谋杀潘越，我认为是机缘巧合下的行动，周宏杰为你搭好了架子，而你只要伸伸手就可以达到你复仇的目的——周宏杰没有杀人天赋，但你有。如果你决定杀人，唯一的困难便是外在条件的限制，你的内心从来不会告诉你‘不应该做’。

“我对潘越深感同情。他身边有两个人都不希望他活下去，这两个人一个是他信任的老师，另一个是他同父异母的姐姐。万幸，他长到十四岁，虽然朋友不多，但总有人真诚地希望他活下去。

“希望他活下去的人包括你的妹妹程茵。因为潘越坠楼一案，你和程茵产生了矛盾。你们姐妹俩的争执我不确定，从程茵和郗羽最后见面时说的‘潘越的事情，对不起’这句话分析，她知道你杀害了潘越，且打算对警方检举你，你不能让这种事情发生。潘越坠楼后的第五天，5月16日那天晚上，你和程茵一起到崇光湖散步，走到尚无防护的深水区时，你‘一不小心’掉进湖里——然后你向程茵呼救，程茵为了姐姐，即便不会游泳依然跳入湖水中救人。水中溺死的过程一般持续五到七分钟，当救援人员到达把你们从水中捞起时，程茵溺水而亡，而你获救。

“你们是两姐妹，只要你母亲指出：活着的这个是妹妹，死掉的是姐姐，警察绝对不可能仔细鉴定你们两人的身份，他们也懒得启动调查。溺水是青少年意外死亡的重要原因，你们的这起事故不过是每年五万多例溺死案中的一例罢了。以旁人的目光看，妹妹不小心坠湖，姐姐跳湖救援，妹妹成功获救，姐姐溺水身亡，这甚至是个非常感人的故事。

“程茵死亡后，你和你母亲达成了某种协议，你从此变成了程茵，而你的妹妹程茵则以程若的身份火化。

“你和程茵虽然相貌相似，但要瞒过同学、朋友很难。于是，你和你母亲跨省搬家，这样可以大大减小被认出的概率。你曾入狱一年半，这段时间你不熟悉妹妹的生活，为了避免‘路人相见不相识’的情况出现，你编造了失忆的谎言。

“对你来说，冒名顶替是很好的选择。程若有犯罪记录，当时未成年犯罪保护法还没有出台，每一位警察都可以轻易查出你的犯罪记录，这对你以后的发展不利；程茵则清清白白，没有任何案底，警方没有她的指纹、DNA，所以你用妹妹的身份重新开始了新生活。”

李泽文说到这里，终于停下了叙述。

程茵咬着唇，她一直以来都没太多肢体上的小动作，现在，随着李泽文的叙述，她的表情就像解冻的冰湖一样，撕裂的程度越来越大。

“她要崩溃了。”季时峻说。

“不错的故事。”程茵许久后才说，“证据呢？你说我是程若，说我杀害了程茵和潘越，证据呢？”

“在来公安局的路上，我给你的继父程志远船长打了电话。”

李泽文拿出手机，点了两下，放在程茵面前，清晰的声音回响在小小的审讯室内，无比清晰。对李泽文的来电，程致远有些不耐烦，但在李泽文表态“我的问题非常重要”之后，他态度放缓，表示可以回答。

“我想问问您，程茵、程若两姐妹会游泳吗？”

这个问题似乎卡住了程致远的喉咙，他沉默着，完全无视高昂的卫星通话费用那样沉默着，很久后才说：“为什么问这个？”

李泽文说：“我很难想象一位远洋船长不会游泳，也很难想象您不了解女儿是否会游泳。”

郗羽目不转睛地盯着，她知道李泽文说得有道理。她好歹也是出海几个月的人，知道游泳不是写在船员的必备技能手册里的能力，但为了增大求生概率，除了少数奇葩外，每个海员都会游泳，技术往往还相当不错。郗羽当时乘坐的那条考察船的船长就曾经有过在南极畅游五百米的壮举。

程致远终于还是回答了：“程若会，程茵不会。”

“您确定？”

“是的，程若的游泳还是我教的，当时她八岁，程茵六岁。”

“程茵学不会？”

“和程若比起来，程茵的脑子没那么灵光，胆子也小，学技能的速度很慢。而且，学游泳时程茵有一次险些溺水的经历，她更不想学游泳了。”

“好的，我明白了。”

李泽文摁下了音频播放的中止键，他用一种饶有兴趣的目光看着程茵。

程茵面无表情道：“是的。这能说明什么？我学不会游泳，我姐姐会游泳。”

“忘了告诉你，”李泽文轻描淡写道，“我和程船长的通话还有一半未播放完。”

修长的手指点了点手机屏幕，刚刚播放了一半的通话记录继续，程致远的声音再一次回响在审讯室里。

“……柳心艺虽然嫁给了我，但心中想着的始终是潘昱民。我选择了离婚，我原本想带走程茵，但她告诉我，程茵不是我的女儿，是她和潘昱民的女儿……几年后，我想通了一些事情，找机会验了我和程茵的DNA，确定她是我的亲生女儿。”

“当年的DNA鉴定报告还保存着吗？”

“在我家里。”

“我想，你应该知道程若冒名顶替了程茵的身份？”

“我知道……”程致远发出长长叹息，他大概是在甲板上打电话，隐隐约约的海浪声和他无奈悲伤的话语一起传来，“她们姐妹虽然很像，但哪位父亲连自己的女儿都认不出来？她们姐妹俩出事后，柳心艺找到我跟我哭诉，请我不要揭穿这件事。”

“你前妻怎么告诉你这件事的？”

“她说姐妹俩在湖边玩的时候，程茵不小心掉进湖里，程若跳到湖里去救她，但没能救上来，”程致远声音里是显而易见的苦楚，“和现在一样，我是通过卫星电话知道这件事的，我当时在印度洋上，和现在一样。我没看到我女儿的最后一面。”

“你答应了前妻的恳求？”

程致远说：“程若和我没有血缘关系，但我是看着她长大的，她毕竟也跟着我姓‘程’。”

这通通话录音播放完毕，手机屏幕的光亮熄灭，进入待机阶段。

李泽文道：“程若，恐怕你之前一直认为自己和程茵同父同母，否则你不会如此有恃无恐。只可惜你母亲比你想得更有节操一些，程茵并非她和潘昱民的私生子。不论你是生是死，有没有改变容貌，都不重要。你的DNA清晰证明了你是程若。刚刚的水杯上除了有你的指纹，还有你的DNA——你的生父潘昱民正在前往公安局的路上。一个简单的DNA测试，我就知道你是程若。”

难怪他之前让人送一杯水进去——这是审讯室外所有人的共同心声，众人的视线整齐划一地落到了胡雅的手上。因为她沉迷观看审讯无法自拔，手里还拎着装着水杯的塑料袋。

王文海给胡雅一个“快去干活的”眼神，她赶紧拿着杯子冲去技术处。

“如果说对潘越下手是机缘巧合下的行动，但我没想到，你会对自己的妹妹下手。”李泽文的声音逐渐变得冰冷，他的语调从头到尾都没什么起伏，现在终于带上了鄙夷和愤怒，“毫无疑问，你是高功能的反社会人格者，你天生冷漠，没有愧疚，没有良知。但是，你居然利用善良的妹妹，即便不会游泳也要跳下湖救你的妹妹，施以处心积虑的谋杀。

“我想，潘越坠楼一案给了你不少的启发，你发现伪装成意外事故的谋杀才是完美犯罪。世界上绝大多数完美犯罪基本上都发生在熟悉的人中——这起也不例外。为了让妹妹溺水而亡，自己‘不慎’掉入湖中，你了解程茵，知道她会跳湖来救你，哪怕她自己不会游泳。”

他声音不高，但因审讯室外一片寂静，他的声音直击在每个人心上。

随着这句话的尾音消失，程茵——不，现在终于可以叫程若——终于崩裂，她冷静镇定的面具破碎，她完全换了一张脸。她得体的微笑、自信的眼神伴随着谎言的破碎一去不复返。

不需要任何提示，郗羽下意识地意识到，这才是她真正的表情。

程若非常愤怒，她几乎要从椅子上跳起来，隔着玻璃郗羽也能看到她脸上的肌肉不受控制地抽动。她发出了进审讯室后最激烈的声音：“我不希望她真的去死，我只想让她听话！”

“我想程茵应该很听你的话，”李泽文说，“不过在你入狱的一年半时间里，她逐渐脱离了你的控制，有了新朋友，有了新生活，是吗？”

程若重新跌坐回自己的位置上，露出极度讥诮的表情：“她还有了喜欢的人。你知道她说什么吗，她居然喜欢潘越。”

“因为有违伦理？”李泽文的语气微妙地停顿，“当时的你以为他们是同母异父的兄妹，但你犯下了那么多起罪案，每一起都无视道德与法律，你居然会在意这点。”

“她不应该因为潘越和我对抗。”

“也就是说，为了惩罚程茵，而不是因为潘越是你同母异父的弟弟，在楼顶时，你把潘越推下楼，并导致他死亡？”

最初的愤怒之后，程若气息平静下来，她冷然一笑：“既然我能做到，为什么不做呢？”

审讯室外的警察们对视一眼，程茵的这句话相当于是承认自己犯罪了。

“是啊，杀人不难，”李泽文的声音有些感慨——这对他来说是很罕见的，面对任何事情他都用理性分析，因此很少会发出这样感性的叹息，“对你这样有着超强学习能力且不会被愧疚感折磨的人来说，学习谋杀技巧一点不难。大部分人自我保护能力低得可笑，这个世界都是你予取予夺的乐园。”

程若沉默了许久，李泽文也没有开口，他留出时间给她思考。

许久之后，程若的脸上忽然露出了一个奇特的笑容：“每个人都是这样的，都试图从这个世界获取自己需要的金钱、权力……可绝大部分人没有能力做到。而我有这样的优势，为什么不去利用呢？”

“有人利用自己的才华，有人利用自己的勤劳，你的冷漠也是一种能力，”李泽文难得地表示同意，“某种意义上来说，你的确适合研究社会学。”

“这是你推荐信的一部分？”她反问。

李泽文没有否认：“程若，如果我无法证实你的犯罪行为，我会为你写推荐信的。”

“程若……这个名字真是久违了。”至少三分钟后，她以一种奇特的语气说，“这么多年来，你是第一个叫我‘程若’的人。”

“冒名顶替会带来心理偏差，即便对于你来说也不容易，我相信这也是你一直在看心理医生的原因之一。”

恐怕不是简单的心理偏差，郗羽不寒而栗。她也有一个亲姐姐，如果要她冒充姐姐的身份生活，这是多么可怕的一件事。明明是叫别人的名字自己却要答应，这么多年时间扮演程茵，心灵的扭曲程度恐怕是外人难以相信的。

“你真的对我做了很多的研究，是季时峻告诉你的吗？”

“他是你的医生，他有强烈的职业操守，不会和我谈起和你的交谈内容。”

程若目光微微闪动，没有说话。

李泽文问：“你什么时候知道你的身世的？”

“八岁时。”程若再次挂上了无所谓的嘲讽，“我妈还试着瞒我，可惜她是比程茵还蠢的笨蛋，连隐瞒都做不好。”

“你对你母亲的评价不高。在我看来，你妈是一名优秀的舞蹈演员，人生并不失败。”

“曾经是。”程若掀了掀眼皮，没任何语气冷冰冰道，“为了所谓的爱情，她人生中的所有选择都是错误的。”

李泽文缓缓道：“她放弃了自己的事业，养大了你们姐妹两人，我认为这是一种伟大的牺牲精神。”

程若嘴角轻微扬了扬，再配合上她纹丝不动的眉眼，那是个怪异到极点的笑容。

“如果没有我和程茵，她靠什么来控制潘昱民呢？”

“既然如此，她为什么通过婚姻移民去了加拿大？”

“这是我和她的协议，我要求她陪着到我高中毕业。”

“控制往往是互相的，你也操纵了你母亲。你是怎么做的？”

程若垂下眼，她似乎在回忆什么：“程茵已经死了，如果她不想再失去另外一个女儿，她只能听我的。考虑到她对潘昱民那种炽热的爱，而我是她这段爱的唯一证明，她无论如何都要保全我。”

说到这里，程若的表情比之前的正常多了，郗羽甚至能感觉到她的真诚。一个说真话的人给人的感觉是不太一样的，即便她说的内容让人不适。

“在你的价值观里，一切都在于控制和操纵，”李泽文停了停，“你和项邵阳的关系也是这样？你出谋划策，他实施抢劫？”

“那段时间我们都很缺钱，我妈不给我零花钱，他爸也拒绝给他钱，我们打算去抢一些钱，就试了试。”在谈及自己的犯罪经过时，程若一直很冷静，现在更是如此，和之前的几起命案相比，对这件早已尘埃落定的案件，她似乎更愿意谈起，“没想到效果那么好，那就多做几起了。”

李泽文说：“毒鼠强是这段时间拿到的吗？”

“我在少管所里认识一个女生，她用毒鼠强毒死了自己的父母。”程若淡声说，“我出狱后，找到了她没用完的那些。”

这件事李泽文确实不知道，蒋园也还没来得及调查出来——李泽文心中的最后一个疑惑被解开。

他说：“原来如此，谢谢你的配合。”

他开始整理桌面上散乱的文档和案卷，看来要为这场审讯画个句号。

程若盯着他，双手撑在冰冷的桌面上：“我解答了你的疑问，你也回答我一个问题。”

李泽文把卷宗叠好，头也没抬地道：“当然，有来有往才是正确的谈话方式。”

程若冷静地问：“我是什么时候露出纰漏的？”

李泽文抬起视线，和她对视若干秒后道：“从我们的第三次见面开始。”

程若眼睛忽然睁大，这是她在审讯室里露出的第一个类似吃惊的表情，显然这个答案出乎她的意料。

“你对我太处心积虑了，”李泽文抬起右手，摁了摁太阳穴，“你分析、研究了我的每个喜好，你和我交谈的内容都带着强烈的目的性，你对我展现你的美貌、聪明、幽默、乐观。我几乎没有见过这样处心积虑的追求。”

“我想，绝大多数男人都会以为我在追求他，”程若用一种奇怪的“我不能理解你”的眼神看着他，“而你开始怀疑我？”

“你做得太准确，没有忐忑，没有羞涩，没有慌张，没有迟疑——真正的爱情不会那么准确。和你的每一次见面，你都比上一次更了解我。在我面前，你的每一个举动都那么完美，没有疏漏，就像大屏幕上的演员一样。我当时就意识到，你在表演，你在舞台上展示你高超的演技，只有一种人才有这样的演技，那就是反社会人格者，他们没有普通人的感情，只能通过观察和模仿来学习，他们是天生的演员，”李泽文突兀地转了话题，“你玩过策略游戏吗？”

“我基本不玩游戏。”程若说。

“对高功能的反社会人格者来说，生活像是一场策略游戏，而且是一场必须要赢的游戏，我要赢，我要获胜，我要控制所有NPC（非玩家角色），不论采取什么手段都无所谓，”李泽文说，“而我成为你新游戏里的BOSS级人物，你想控制我，就像你控制程茵、潘越、你的同事一样。”

“既然有所怀疑，你还是和我一起吃晚饭。”

李泽文淡淡道：“不和你一起吃饭，怎么知道你想做什么？”

“哈哈……”程若猛然笑起来，笑声很畅快，“你说我精神有问题，那你能好到哪里去呢？当你凝视深渊时，深渊也在凝视着你。”

李泽文拿着案卷站起来，居高临下地看着她：“你知道你错在哪里吗？”

程若下意识地往后一缩，笑声慢慢收住。

“实际上，如果你不是极端地想要操纵我，不允许自己失败，你现在根本不会被关在这间审讯室内。你知道我和郗羽在调查这起旧案，知道我对你和周老师都产生了疑心，为了维持你在我心中的完美印象，你不希望自己受到一丁半点的怀疑。所以你设计了周老师的中毒案，你希望他当替罪羔羊，彻底撇清自己，所以这两天你和郗羽同进同出，你利用她当目击证人。我不会怀疑郗羽，自然也不会对你产生疑心。

“实际上你几乎要成功了，只差一点点，就让潘越坠楼案彻底埋入旧纸堆里，只可惜，你的自信毁了这一切。对潘越和程茵实施的两起谋杀案给了你相当强烈的自信——这么说可能不太对，因为你很可能还犯下了其他尚未被查出的罪行。

“这点很有意思，你没有因为谋杀潘越和程茵受到任何惩罚，但他们的幽灵始终环绕着你，让你过度自信，让你原形毕露。”

程若的脸上只剩下绝望，就算之前王文海展示录像时，她的脸上也未出现这样绝望的表情。

李泽文最后道：“你知道吗，眼前的一切是你这类人注定的结局。当反社会人格者被操纵别人的兴奋冲昏了头时，其他一切目标都暗淡无光，你们的人生也就这样走向毁灭。”

审讯室的门打开，一缕光照射进来又很快消失。

门是唯一能让审讯室和外界产生联系的关键。程若把目光从那扇金属门上收回，她缓缓把头埋在膝盖里。

第二十章

郗羽收回目光，和其他人一起离开这间房间，朝着李泽文走去。警察们的情绪相当振奋，张局长首当其冲地向李泽文示感谢，说“今天多亏了您，教授就是教授”，旁边还有小警察热切地鼓起掌来。

虽然这一个小时内众人唯一做的事情就是站在玻璃墙前当观众，但如此惊心动魄的审讯过程在整个开云分局的历史上鲜有。

王文海再三道谢，并告诉李泽文最新的消息。在回收站找到的几个纯净水瓶子已经被送回来了——经过技术处的初步鉴定，其中一个纯净水瓶上有周宏杰的指纹，瓶子里有毒鼠强。

这是个很重要的突破，意味着证据链彻底完整——也说明周宏杰中毒一案基本尘埃落定，可以进入文书环节。但对警察来说，对程若这个人的研究并未画上句号。

王文海问：“李教授，你觉得程茵，不，程若还犯下了其他杀人案吗？”

“这就需要你们警方去查，”李泽文说，“如果有，我也不会感到奇怪。”

“好，我们会调查的。”

王文海随后邀请李泽文去自己的办公室谈一谈。

郗羽转过身，跟王文海提出请求：“王队长，我想去看看周老师，可以吗?

王文海犹豫着，委婉道：“你知道吧……法医刚刚对他进行了尸检……”

“我知道，我有心理准备。拜托了。”

这是一个十分微妙的请求，王文海无奈，用一种征求意见的眼神看了看李泽文。

李泽文点了点头。

“那行，我给法医室打个电话。”

法医实验室就在分局办公大楼的负一层，空调开得极低，郗羽还没进门，就冷得打了个哆嗦。

因为事先通知过，所以法医鉴定人员已经做好准备。和郗羽在各种影视剧里看到的一样，周宏杰躺在一张冰冷的不锈钢的金属床上，身上盖着一块医用白布，只有脸露在外面，他双眸紧闭，面色惨白，从表情看，他去世的过程并不平静。

法医是个年轻的男医生，他摘下口罩，道："我们初步鉴定，认为他毒发至身亡大约不到十分钟。"

听上去是安慰，但郗羽没从这句话里得到太多慰藉。

"谢谢。"

生命是很奇怪的事情，只有当它消逝的时候，才会感觉到它的沉重。郗羽估计自己将有许多年无法忘记这一幕，但这是她应该遭受的惩罚。

尽管她在竭力忍耐，但眼里依然蓄起了泪水。李泽文没有参与过郗羽的少女时代，不可能知道郗羽目睹潘越死后的状况，现在他大概能了解一二了。

郗羽真的不是那种喜欢流泪的人，可此情此景，她没办法控制住自己的泪水。她长久地凝视着老师的容颜，意识到一切都徒劳无功，老师的人生因为她的参与画上了句号。

她后退一步，朝着老师慢慢鞠了一躬。

"我曾经以为，知道真相后会解脱，可现在完全没有这种感觉。"

李泽文不说话，只握住她因冰冷而战栗的手，等着她的手再次温暖起来。

王文海站在法医室门口处看着他俩，很有眼色地不去打扰。一刻钟后，两人离开了法医室，三人乘坐电梯上楼。

王文海在电梯里接了个很短的电话，随后将信息告诉李泽文："李教授，潘昱民已经到了，你要不要去见见？还有，程若提出，想和郗羽见一面。"

和潘昱民见和或者不见并不重要，问题在于是否要让郗羽和程若见面。程若的每根发丝都充满了易传染的负能量，谁也不能保证和她打交道之后不会被传染。

李泽文看向郗羽，简短道：“你决定。”

“我要和她见一见。”郗羽说，“我还有几个问题想跟程若确认。”

实际上，就算程若提出不见她，郗羽也会想办法和程若谈一谈，毕竟昨夜她们还相亲相爱地睡在一张床上。

为了加强他的信心，郗羽更紧地握住李泽文的右手。她不是那种需要李泽文在她面前遮风挡雨的女生，她有能力面对这一切。

李泽文不说话，只抬起左手，轻轻拍了拍她的头发。

王文海在此前招待程若的小会议室里见了潘昱民。他今天已经说了太多话，此时也不多解释，只播放了程若的作案视频和审讯视频。程若招认的一切对潘昱民来说显然刺激相当大，他愣了三分钟，呼吸声逐渐加重，泪水从通红的眼眶里流出来，淌过灰白的面颊。

哭完后，他对所有人说出了自己知道的一切。

和李泽文推测的一样，潘昱民和柳心艺曾经是中学同学，并且是一对很恩爱的恋人，两人本来已经走到谈婚论嫁的这一步。可天有不测风云，南滨大厦突发火灾，他对此有不可逃脱的责任。为了避免自己的事业毁于一旦，他娶了一直暗恋自己的贝晓英——因为贝晓英的父亲可以把他从悬崖边拯救起来。

“那时候我太自负，总以为我的设计不可能出现问题……”潘昱民缓缓道。

五十多岁的男人哭起来并不好看，他额头上的皱纹分外明显。

那时候柳心艺已经怀孕，她对潘昱民的选择抱有一定程度的理解，没有过多的埋怨。后来她和别人结婚，把孩子生下来。

柳心艺大概就是传说中的“红颜薄命”，她运气也谈不上好，遇到了不靠谱的男友不说，第一个女儿刚刚生下来，丈夫就去世了，没多久她又再婚，生下了程茵。

在接下来的十余年里，潘昱民和柳心艺的关系一直持续着，感谢这些年国内的疯狂基建，他挣到的钱足以满足两个家庭的物质需求。

他知道自己的双面人生活总有一天要崩塌，一直等着那一天的到来。

但他没想到，这场畸形的人生彻底崩坏是从潘越的生命结束开始。

讲述了往事后，潘昱民的悲伤散去不少，他理了理思绪，道："一切都是我的错。但我不能理解，程若怎么会变成这样？她怎么能杀人？"

他求助似的看向李泽文："李教授，你说她是反社会人格，这到底是怎么回事？"

李泽文道："这是一种精神病态。这种人最大的特点就是没有良知，没有负罪感。"

潘昱民想了许久，才问："如果我当年和柳心艺结婚，她是不是就不会变成这样？"

李泽文用怜悯的眼神看着他，道："先天和后天因素对反社会人格的形成都有影响。反社会人格者变成罪犯的概率相较于普通人更高，但并不是每个反社会人格者都会变成罪犯。我认为，如果程若能在一个较为正常的家庭长大，她犯罪的概率会小得多。"

这就是真实的社会，没有最直接的因果，没有任何人能给出最肯定的答案。

潘昱民苦笑一声，他看向王文海，关注重点落到程若可能面临的判罚上，不论程若做了什么，她始终是自己的女儿。

王文海对此的回复是："这事法院说了算。"

潘昱民最后提出要见程若，说要和她沟通一下，为她请律师。王文海没有拒绝，父女要见面合情合理，请律师也是每个人都应该享受的权利，当即做了安排。

这场父女见面会依然在审讯室里，程若对自己的生父表现得相当冷淡，针对潘昱民提出给她请律师的问题，只抬起眼皮看了看他，吐出两个字："随便。"

对于程若的态度，潘昱民有所预料，他慢慢道："阿若，我对不起你们母女……我知道你恨我……可你为什么不直接对我下手，而对阿越下手？”

这番话对潘昱民来说一定很不容易说出口，他停顿了若干次才能说完。

“为什么？因为你是我的亲生父亲啊！”

这本来应该是一句充满情感的话语，可经过程若又硬又冷的声音说出，简直像恐怖片的旁白一样。

程若冷漠地看着潘昱民：“我很小的时候就知道自己和别人不一样，大多数时间我都觉得无聊透顶。当程茵为了蝌蚪变成青蛙、蚕变成蛹而高兴的时候，我只想弄死这些恶心的动物；当她为了野猫死掉而掉泪的时候，我毫无感觉，只觉得她哭兮兮的惹人厌；就算捉弄程茵，顶多能让我兴奋半个小时——而你，是我生活中为数不多的乐趣。虽然你像躲避毒蛇一样躲避我和我妈，但我还是很早就知道你是我的父亲，大一点后我还仔细调查过你。”

说到这里，程茵嘴角上扬，露出一个微妙笑容。

“调查结果让我很高兴。我知道，你害死了不少人，你抛弃女友和女儿，你背叛妻子和儿子——你做了那么多坏事，可你依然过着世人眼里成功人士的生活。这么多年来，你没有感觉愧疚，也不会想到跟自己的受害者，比如周宏杰这些人道歉。

“我有三个父亲，我名义上的父亲死得很早；我继父是像大海一样的男人；只有你，我的生父——我很高兴地知道，自己不是独特的，我们是一类人，我的父亲和我一样，都没有所谓的‘良知’。”

这席话宛如一颗子弹击碎了潘昱民的头，他凝固在座椅上良久，之后也没说过一句话。许久后，他沉默地从椅子上站起来，木然着一张苍白的脸，一言不发地走出审讯室。

刑警们看着这位建筑师，又看向屋子里的程若，觉得这父女两人前所未有地相似。

王文海抬了抬手，派了个警察送潘昱民离开。

很快，郗羽成为今天第四个和程若在审讯室见面的人——要知道今天一早她俩从同一张床上醒来，不过几个小时，两人像隔了一个平行世界。

郗羽迎着程若冷漠的视线敛衣落座。她想，面前这个人和程茵长得如此像，可两人一个是恶魔，一个是天使。由此可见，心灵的差异的确比相貌的差异大多了。

郗羽先开口：“程若，就算你不提出见我，我也想见见你。有个问题我想问你，这个世界上也只有你才能回答我了。”

程若反问：“和程茵有关？”

“是的。5 月 16 号那天下午，程茵到了我家，她是放学后来的，当时的时间是五点到六点，她跟我说‘潘越的事情，对不起’……她溺水的时间是当晚八点多，是不是因为她对我的承诺导致你杀了她？”

程若不接她的话，转而说：“我认识你的时间比你想的要更早一些。”

“是不是我和她当同桌的那时候？”

推理过程并不复杂——郗羽和程若的唯一交集就是程茵，初一上学期时程若还在少管所，那一定是下学期发生的事情。

程若说：“你对程茵的影响够大的，在家里的时候，她开口闭口都是你怎么怎么样。潘越对她的重要性也许都不如你。”

“我不以为我有那么重要。我们是同桌，应当互相帮助。”

程若盯着郗羽的脸，像是要把她彻彻底底看清楚：“你太低估你自己了。程茵处处为你考虑，哪怕在她死前的最后十分钟，她依然坚持己见，告诉我‘不能让郗羽被冤枉’。”

“……”

郗羽恻然，“最后十分钟”就是程茵的最后时刻，而她依然为自己考虑。

“仔细想起来，这事儿很荒唐的，我的弟弟妹妹居然都很喜欢你。你到底有什么好？为什么能吸引他们呢？我想这个问题已经很多年了，”程若微微抬起下颌，“但我和你接触时发现，除了优异的成绩外，你没有任何特别之处。”

郗羽不语，垂下眼，陷入思考。

审讯室外的蒋园觉得有点不妙，她小声问李泽文：“要不要去干涉一下？程若的话杀伤力很大啊。”

李泽文轻轻摇了摇头：“她应付得了。”

审讯室内的郗羽经过一分钟的思索，抬起头，用她微微发红的眼睛看回去："程若，你是不是嫉妒我？看到潘越、程茵对我的重视程度那么高，你嫉妒我？"

程若反问："你的自我感觉总是这么良好吗？"

"怎么说呢……"郗羽以一种写论文的实事求是的态度道，"我对人情世故不感兴趣，通常情况下我懒得管别人怎么看我，可有一种感觉我绝对不会错认，那就是嫉妒。从小到大，我都是在别人的嫉妒视线中长大的，你不过是其中之一罢了。"

程若目光闪烁。

"我猜测，你跟我说这番话是想打击我，让我感到挫败，就像刚刚对你父亲所做的一样。但如果你以为我是这么轻易被挫折击倒的人，那你就错了。昨天在车上，你问我在美国读书的情况，当时我怕打击到你留学的激情，没有告诉你全部的实情。

"我可以告诉你，读博士的这几年，我清醒的每分每秒都是焦虑的，吃饭在想，洗澡在想，做梦都在想……你能理解一下子从全学院最聪明的人变成全学院最笨的那个人的感觉吗？低年级时担心自己的英语不够好，不知道自己能不能掌握某学科；高年级时不知道自己是不是适合做科研，不知道自己能不能走到终点……那种自信心崩溃感，比我在你这里受到的打击大得多。"

"……"程若的表情有些扭曲，她的话没起到作用出乎她的想象。

郗羽顿了顿，她也需要调整自己的情绪，让自己回到那个冷静自制的状态中。

"昨晚回南都的路上，你和我说起教授，说要追求他，我当时就想告诉你，这是不可能的，且不说他自己怎么想，但我不可能给你这个机会。李泽文是我的，他整个人都是我的，明白了吗？"

说到最后，郗羽一片凛然之色。

她和程若的见面目的已经达到，她也不想再等程若的回答，头也不回地离开审讯室。

被审讯室外的空调一吹，郗羽发热的头脑冷静下来，她注意到刑侦队办公室里微妙的气氛。因为“‘程茵’是连环杀人犯”这个惊人的事实，刑侦队的办公室气氛相当压抑，可此时办公室里的阴霾散去了不少。

她就像一个圆点，其余所有人的视线就像射线一般投来，他们齐齐对她露出了促狭的笑容。

有人对她竖起大拇指，还有人对她鼓掌，胡雅特意走过来拍着她的肩膀说“不要到处给人喂狗粮啊”。

天啦，自己在审讯室里到底说了什么？

她简直想马上乘坐“土星五号”飞往月球，不，这还不够，她意识到自己最好还是和“旅行者1号”一起离开太阳系比较妥当。

她最后才强迫自己看向李泽文。

他站在两米外，什么话都没说，只微笑着看着她。

郗羽自有记忆以来，还从未见过李泽文这么温柔的笑容。

郗羽很难得地微红着脸颊，尴尬地蹭到他身边去。

李泽文一脸教授风度地对她颔首，一字千金地给出评语：“态度不够淡定，可以改进。”

“……”

这似曾相识的语气和态度简直就像他在自己的论文上画上一个圆滑优美的“C”一样，郗羽想，也许这辈子都不可能从他嘴里听到表扬自己的话了。

微妙的尴尬感不翼而飞，在郗羽想出一个漂亮的反击之前，李泽文已经转过视线跟王文海告辞，他说自己来公安局的所有目的已经达到，准备回京了。

从昨晚他猛然意识到“程茵”的真实身份，再加上周宏杰中毒身亡这起突发事件，他再次向峰会的组委会请假一天，这种做法非常不专业，自己的学院筹办的会议，作为主办方的重要人物一而再再而三地请假，是极不负责任的。李泽文能在学术圈取得今天的成功显然不可能是任性得来的，现在事件解决，他必须回归自己的工作轨道，他现在回京勉强能赶得晚上那场重要的聚餐。

“季教授还会在南都待两天，如果你们有需要他会提供帮助。”李泽文把继续参与调查的机会留给了季时峻。

“好的。”

“还有，”李泽文又说，“你们最好尽快找到那瓶毒药。”

“当然。”王文海应允。

交代完情况后，李泽文乘车离开了公安局。郗羽原本想送他去机场，可还没走到电梯口就被姐夫黎宇飞拦下了。黎宇飞本来正在忙工作，但接水时从休息室同事的八卦中获知了“著名主播杀人事件”，并得知小姨子牵涉了一起命案。他马上给老婆打了个电话，随后又接到了老丈人的电话，老丈人威严地告诉他“马上把她给我带回来”，他只能从命。

对此，郗羽也只能感慨公安局内部的保密制度看来也执行得不怎么样，于是在分局门口和李泽文道别，目送他的车子离开并且自己被姐夫拎着回了家。

如果可能，郗羽并不想告诉家里人自己这几天遭遇到了什么，但黎宇飞说了，他从徐云江那里得知了案情梗概，并将之告诉了家人。

对郗家人来说，这件案子让人震惊和感慨的地方太多。他们震惊于周老师的忽然死亡，也吃惊著名的主持人“程茵”其实不是程茵，是个深藏不露的杀人犯——杀人犯这种生物距离普通人来说实在太远了。

随后郗家人想起郗羽前两天和这个杀人犯同进同出还睡了一张床，所有人背脊上都浸出了冷汗。

郗广耀拿出父亲的威严，狠狠训斥了姐妹两人。

“你们也太自作主张了，这么大的事情都不告诉我！你有没有意识到，你处在一个非常危险的境地。程若能对周老师投毒，也能对你投毒！”

“小羽也是怕您担心啊。”郗柔为妹妹说话，“您知道的，小羽为潘越坠楼这件事愧疚到现在，发现了疑点要追查下去也是人之常情。”

“这种旧案就像一池平静的湖水，你们要重查旧案，像外力搅动了湖底的淤泥，沉渣泛起，谁知道会遇到什么……好吧，你们就算要查旧案，至少应该先让我知道！”

面对生气的父亲，郗羽没有为自己辩解什么，只能唯唯诺诺地点头。

郗柔继续说："关于这点，我想李教授和小羽都是有数的……"

黎宇飞用道理说服老丈人："爸，总的来看，能查到程若的真面目是好事，否则谁知道程若接下来还要害多少人呢？"

"好了，别生气了，"方慧宽慰老公，"这件事不是已经解决了吗？这说明咱们家小羽还是有福气的。我看啊，周末去华觉寺里烧个香，去去晦气。"

"……"

满脑子唯物主义思想的郗羽当然不信神佛，但她不想辜负方阿姨的好意，当即同意周末去庙里走走的提议。

家里人的劝说让郗广耀的气息平稳了一些，他只是关心则乱，并非不懂事理。

他仿佛不经意地问："还有，那位李教授去哪里了？"

"他回京了。"郗羽这才开口。

"等他下次来南都，叫他来家里吃个饭。"

郗羽的眼角余光瞄到姐姐姐夫促狭的视线，她顿了顿："……好。"

方慧看到气氛缓和，连忙去厨房把做好的菜端上餐桌。

"好了，吃晚饭了。"

这顿饭正是时候，郗羽这一天别说饭，连水都没喝几口。早上十点半她被警察叫起来，在公安局待到下午三点，回家后又惨遭盘问——这几个小时里，她大脑接收的爆炸性新闻比得上之前若干年的总和，为了处理这些信息，她的大脑消耗了身体的大部分能量，她的肠胃正对她提出抗议。

事实证明，郗羽这一天或许就不应该吃饭，她才端起饭碗，一通电话打到她的手机上。蒋园只说了五个字，就成功打消了郗羽的饥饿感——

"程若自杀了。"

晚上八点半，郗羽和季时峻一起回到了开云区公安分局。

蒋园在电话里告知郗羽，如果她想知道程若自杀的具体细节，那就和季时峻一起去公安局，程若自杀这件事让警察们有点蒙，连忙请季时峻去答疑。

事实证明，李泽文的安排相当有道理。

和季时峻一起去公安局的路上，郗羽才知道他为什么来南都——他是为了对程若做进一步深入的研究才来的。

昨天晚上这个时间，李泽文在季时峻的办公室里阅读少年犯访谈记录时顿悟，意识到了这几起案件的幕后黑手就是程若。作为三十岁就当上心理学教授的人，季时峻对人性的洞察力相当高明，他早就察觉到“程茵”身上的矛盾之处，此时再对李泽文的推理加以印证，他意识到李泽文说的是真相，并且深深为之震撼。

可以这么说，程若是他留学回国以来认识的第一个反社会人格者，是一个相当典型的案例，所以今天一早他跟着李泽文来了南都。

刑侦支队的办公室灯火通明，参与调查周宏杰中毒一案的刑警们表情严肃地等着他们的到来。

王文海说：“下午五点时，我们走完了流程，准备把程若转移到看守所去。我们安排了一辆较大的警用 SUV 运送她，然后……”

他沮丧地叹了口气，让两人看自己电脑上的监控视频。

这辆警用 SUV 的内部经过了精心改造，也许常常被用来押送嫌疑犯，车内的安保工作做得不错，有摄像头，前排和后排座椅用金属栏杆隔开，车窗全黑，后排纵向摆着两张长凳。

程若坐在靠左的长椅上，两名押送刑警坐在她对面，郗羽注意到其中一人是胡雅，三个人这样脸对脸地沉默，车内气氛相当凝重。

汽车开出去八分钟后，程若戴着手铐的双手捂上胸口，她脸色苍白，冷汗直流，然后从长凳上摔下来，手足抽搐。两名警察吓了一跳，男警察拍着栏杆叫司机停车，胡雅搀扶着她，问她到底是哪里不舒服。

在警用 SUV 掉了个头准备去医院的时候，程若痛苦的模样不翼而飞，她重新坐回长凳上，淡淡地对两名警察说了句：“逗你们的。”

从两名警察脸上惊魂未定的表情来看，他们恨不得咬死程若。

以郗羽这个外行的目光来看，程若刚刚展现了奥斯卡级别的演技。

“装得好像。”

季时峻说：“高功能的反社会人格者都是天生的演员。”

汽车又回归到预定的线路上，行驶十五分钟后，程若再次捂着胸口，露出了和刚刚一模一样呼吸急促，手足抽搐的模样。两名警察无言地看着她，胡雅说“别演了，不要妄图拖延时间”。

两分钟后，程若的症状逐渐加重，她浑身痉挛，口吐白沫，胡雅这才意识到这次不是演技，而是真的出事了。

在胡雅的催促下，汽车再次变道冲往医院。

“……就是这样了，”王文海沉痛地点了点头，“当时是晚高峰，警车到最近的大医院用了二十五分钟，错过了最佳抢救时间，人已经救不回来了。”

这起突发事件对王文海来说不是好消息，本来可以完美收尾的案件因为嫌疑人的自杀变得难看起来，他很难将之写到自己的履历里。

郗羽想了想，问：“是毒鼠强？”

“是的。”

王文海懊恼地呼出一口气：“下午的时候，我们去程若住的酒店搜查取证，没发现毒药，当时我就应该想到她随身携带着毒药。”

季时峻插话：“她是什么时候服毒的？”

王文海说：“我们看完了所有监控，发现只有五分钟时间她离开了我们的视线，就是转移她之前，她提出去卫生间……胡雅在格子间外等着，我们也不能盯着人家上厕所吧。”

“从中毒时间分析，也应该是这个时候。”

郗羽百思不得其解：“她把毒药藏在哪里？”

现在是夏天，大家穿得都少。程若穿着轻薄的雪纺衬衫和九分裤，实在不像能藏毒药。

“估计在贴身衣物里。”季时峻看了看赵向东，“对她的搜身应该就进行了一次，就是之前带她去审讯室时的那次，那次搜身估计不太彻底。”

赵向东惭愧地笑：“说得对。”

他没办法否认这一点，长期生活在镜头下和荧幕里的程若的气场极强，他不敢对她太强硬。

“我们都有责任……”王文海再次无奈地叹息，把季时峻请到了会议室里。

在会议室里，王文海问出了这个困惑他很久的问题：“我不是推卸责任，但我真的没想到她会自杀。我们当警察的看多了‘祸害活千年’的人，她就是这一类。”

郗羽也有同感并深感困惑：“对啊。程若那么漠视别人生命，杀人后也不会有任何愧疚，她居然会自杀？我以为她即便在监狱里也会过得很好。”

季时峻说：“所以，她并不是因为愧疚才自杀的。”

“到底怎么回事？”

程若已死，医患保密协议失效，季时峻终于开始发表自己的看法。

“最主要的原因是，无法控制自己人生带来的绝望感。”

“怎么说？”

“在美国时，因为好奇，我曾研究过反社会人格者，”季时峻转开话题，“反社会人格者在美国出现的概率很高，大概是4%；在我国低得多，概率连美国的1%都不到。”

“程若天生的基因让她没有感知感情的能力，但扮演程茵的十几年对她影响不小。别忘了，她扮演程茵的时间几乎和成为程若的时间一样长。”

季时峻说：“程若精心修饰自己的外表使自己变成妹妹，那也会让自己的性格更接近妹妹。李泽文今天说得对，长时间扮演另一个人，就算对程若来说也不容易。程茵温柔而善良，程若几乎是她的反面，大脑还是原来的那个，要表现出温柔善良，这只能模仿，演的时间过长，‘程茵’和‘程若’两种人格的界限也模糊了。

“李泽文推测，她在这十几年里可能还在继续犯罪，我对此有些怀疑。如果她还是程若，这推测没问题，但她这十几年是‘程茵’，程茵是不会杀人的。”

郗羽反驳：“可她还是杀了周老师。”

季时峻说：“因为她的机会不多了。李泽文就是这个危急时刻出现的最佳选项。”

“什么意思？她不是很出名吗？”王文海问。

“盛极而衰，一个人站在顶点时也是走下坡路的开始，最近一年，电视台出现了几个有潜力有后台的新人，威胁到了她的地位，她时常情绪失控，一分钟内可以从兴奋变为暴怒，也可能从愉快变成焦虑。有些同事甚至认为她是神经病，领导对她也有了怨言。她在电视台内部很不受欢迎。她感到生活正在走向失控，为了更好地控制自己，她找到心理医生，希望通过咨询校准自己。”

“原来如此……”郗羽轻声说。

难怪她说“我现在看着光鲜，但没有办法决定自己的命运”，难怪她想通过留学的办法提升自己，变身制作人，成为掌握棋子的那个人而不是棋子本身。

季时峻说：“然后她遇到了李泽文，她不想错过这个机会。他的背景、人脉、能力可以让她攀上另一座事业的高峰。”

王文海忍不住问：“李教授有这么厉害吗？”

季时峻点头：“这是毋庸置疑的。”

“这份工作能全方面地展现她的优点，赋予她话语权和控制权，她一定会牢牢掌握住。为了自己的事业，她不惜做任何事情。可现在，她的犯罪过程被拍摄下来，铁证如山，她找不到任何出路，也没有任何挽救的机会，即便法院不判死刑，她的未来也已经终结了。她像个普通人一样，这辈子第一次感到了绝望。”

季时峻看向王文海：“你审问她的时候，她对你说的‘死刑’无动于衷，那时候她就冷静地安排了自己的‘退路’，就像对待她的其他受害者一样。”

这个夏天最劲爆的新闻莫过于著名主播“程茵”杀人后再自杀的事件，这个消息以爆炸般的速度霸占了新闻头条，网络上的各个团队、各路人马都拼命地对这起事件发表意见，仿佛谁不发表意见谁就落伍了一样，刷屏次数之多足以让人对“程茵”这个名字产生视觉疲劳了。

在这起事件中，开云区公安分局赚足了眼球，而为这起案件立下汗马功劳的李泽文教授就像侦探行业的先驱者福尔摩斯先生一样，完全藏在幕后，就算在警方的内部报告中都没有出现他的名字，深藏功与名。

警方的公告很官方腔，案情很简略，没有揭穿程若的真实身份，也没有提以前的旧案，只提到了她投毒一事，全文加上标题、标点、日期不到三百字——但官方腔调挡不住人们八卦的心，郗羽陆陆续续接到了若干个亲友的电话问她案件细节，每个人的关注重点都不太一样。

王安安是抓狂的那类："你说我要不要重办婚礼？她是我婚礼的司仪啊，我以后每次回忆婚礼的时候都会想到这个杀人犯啊！"

"……"郗羽无言以对。

的确蛮心塞的，换位思考，如果是她的婚礼主持人出现了这种事，她也想重新办了。

王安安说的是气话，她不可能因为这事真的重办婚礼，痛定思痛后她总结了几条真理并传授给郗羽。

"由此可见，请名人出书、请名人题字、请名人代言、请名人参加活动都是风险很大的事情。你如果办婚礼一定要仔细考察所请嘉宾的人品！"

郗羽情绪不佳，但也被好友说得莞尔起来："好的，我知道了。谢谢您的指点。"

赵蔚也打了电话回来询问案件细节，郗羽同样没有解释过多，但赵蔚本来掌握的信息就足够多，郗羽的解释虽然简略，她也大致想明白了前因后果。

她在视频那头露出一个仰天长啸的表情，发出悠长的感慨："世界上果然没那么多失忆事件啊。"

"其实……反社会人格者的出现概率也很低。"

"可惜她自杀了，要是她没死，我真想扫一扫她的大脑，看看到底是什么部件出了问题导致她如此特殊。"

"大脑切片？"郗羽问。

"这难度就太高了，她死前也没表态说要捐献大脑啊。"赵蔚不想继续扯专业问题，换了个话题，"只要你没事就好，现在回想起来，你真是太危险了，简直就是在鬼门关走了一圈。"

“我想不会的。”经过了几天的沉淀，郗羽想明白了一些事，“程若不会对我下手的，她要留着我当证人。”

“难说。她的智商是很高的，只不过暂时被自大蒙蔽了双眼，没想到李教授在给她下套，否则你很危险。这点就是李教授的责任了，他尚未考虑周全时就把你推出去。”

“这不是他的责任。”郗羽说，“就算是他，也不可能事事算无遗策。”

“也是，”赵蔚公允地说，“我想，他应该很懊恼吧。”

“他确实有些后悔，我能感觉到。”

“这对你来说是个好消息。会出现这样的失误，说明他还是普通人，而不是什么超强人类级 AI 之类的。”

郗羽笑起来。

她想，李泽文听到这样的评价，可能会淡定地说“我离超强人类级 AI 还差得远”。

第三个打电话来询问“到底发生了什么”的是孟冬。他绝对是给郗羽打电话探听消息的所有人中最冷静的一个，那个沉稳的口气充分说明他在金融圈大风大浪见多了。

他长长地松了口气，好像从肩头放下了 100 千克的包袱。

“困扰我十几年的谜题解开了，我觉得从来没有这么轻松过。”

郗羽也有同感，心有戚戚的两人定下了一起参加周宏杰的葬礼。

周宏杰的后事由学校出面安排打理，下葬那天下着细雨，但依然来了不少人，放眼望去全都是年轻的面孔，都是这么多年他教过的学生。

学校领导念追悼词的时候，有人在默默地流泪，郗羽身边一个看起来正在读大学的小女生哽咽着和她的同伴说“没想到再见到周老师时，他已经躺在冰棺里”“如果不是周老师，我的人生就毁了”。

“不论如何，他是好老师。”孟冬说。

“是的。”郗羽回复。周老师为学生付出的心血不是假的，当然有人记在心里。

随后两人又去给潘越扫墓。

两人上次扫墓时的鲜花已经凋谢，孟冬放上了一束新的百合，轻轻拍着墓碑，就像拍着自己的老友一样：“潘越，你安息吧。”

郗羽凝视着漆黑的大理石墓碑，和上次相比，她终于能坦坦荡荡地走到潘越的墓碑前给他扫墓了。

两人原本还想去给程茵扫墓，但不知道她的骨灰到底去了哪里。柳心艺销声匿迹，潘昱民对此一无所知，郗羽求助王文海，奈何警方的力量也是有限的，查不到骨灰的去向。

至于程若的后事，两人都不关心——只隐约听说是潘昱民处理的。这大概是他这辈子表现得最像父亲的时候。

在这个任何新闻都活不过三天的时代，在“程茵”事件带来的网络狂欢泛起又沉淀下去之后，郗羽也拖着行李到达首都机场和李泽文会合。

两人的假期即将用完，要返回美国开始工作。美国学术界当然不完美，槽点多多，但地球物理流体动力学研究所毕竟是她目前能找到的最好的工作了。

机票是李泽文安排订的，座位是公务舱。

郗羽想着自己银行卡上的几千美元，没有提出“我付钱给你”这种煞风景的话——“虱子多了不痒，债多了不愁”这句俗语比较适合描绘她现在的状态。

何况她也确实有事要和李泽文谈，两人总不能一个坐公务舱一个坐经济舱吧？这还能不能愉快地聊天了？李泽文回京后忙于峰会，忙完后又被临时安排参加了另外一个十分重要的学术会议，没时间来南都，两人只每天通个电话，电话里也谈不了重要的事情。郗羽心中积累了无数问题要问他。

国航的公务舱位置宽大舒适，晚上可以把座椅放到180度躺下来，让乘客们可以躺平睡个觉，极大地减缓坐飞机的疲劳。空姐更是笑容甜美，贴心地送来拖鞋、睡衣和毛毯。

李泽文换上拖鞋，并且示意她也换上。

“服务真好。”郗羽宛如土包子一样感慨。

“一般坐经济舱？”

“我很穷，没有别的选择。”

李泽文把拖鞋拆开放到她面前，如此周到体贴的服务让她有些不太适应，于是她准备找个话题来说。

“居然不是头等舱……”

“你想坐头等舱吗？”李泽文听到了她的吐槽，笑问，“你需要的话可以升舱，头等舱恰好还有两个座位。”

这位教授大概随时都在观察身边的情况吧，郗羽默默想，然后决定吐槽回去：“不，我是说你居然不坐头等舱。”

“一般而言，我的日常开销不大。”李泽文说，“公务舱的性价比是最合适的。”

郗羽不怀疑这点，自家教授还真是那种外表低调更喜欢用智商砸死人的生物。

李泽文取代了空姐的工作，教她用各种设备，这样的轻松叙话中，飞机在轰鸣声中起飞。

通常而言，郗羽都会在飞机上看书或者算题，这样难熬的时间也会过得很快。但她已经打好了长篇腹稿，要和李泽文好好谈谈。

“程若自杀这件事，你有预料吗？”郗羽问他。

“为什么这么说？”李泽文取下眼镜，揉着太阳穴反问。

“我和季教授聊过程若，他对程若选择自杀并不奇怪，我想你应该也有同感。”

镜片下李泽文的眼睛非常亮，甚至有些锐利，看上去毫无任何近视的样子。郗羽想，他戴着眼镜也许是为了让自己看起来更文质彬彬一些。

“心理学确实可以大致找到一个人的行为逻辑，但并不能准确预测对方的每一个行动。何况程若是一个特别复杂的人，她自杀或者不自杀的可能性都是存在的。”李泽文沉吟着，“如果你一定要量化的话，大概三七开。”

“那你为什么再三提醒警察找到那瓶没用完的毒药？”郗羽这话不是质疑，她是真的很疑惑。

“你没进过看守所吧？”李泽文微微抬起下颌。

“我当然没进过！”

“进看守所时，会进行彻底的搜身、更换衣物，程若有进少管所的经历，她熟悉警方的套路。如果她决定自杀，时机不会太多。”

“有道理。”郗羽思索着，又说，“我和‘程茵’去拜访周老师之前，我曾经问你‘见到‘程茵’后我应该说什么’，你给我的答案是‘用最自然的一面和她接触’。当时你掌握的信息比我多得多，但都没有告诉我，比如那时候你已经知道她们姐妹溺水的事，却没有告诉我。”

“程若是个出色的演员，她基本上是个人形测谎机，你则完全相反，完全没有撒谎的天赋。你如果在她面前撒谎，不可能瞒过她。”

“果然是这样……”

这一点她很清楚，此刻从李泽文嘴里证实，只觉得松了口气，又说：“我当时掌握的信息有一些，但不太多，但程若以为这就是我和你掌握的全部信息了。听完我的话，她认为我们对她起了疑心，所以决心把周老师推出来顶罪。”

李泽文微微摇了摇头：“我当时并不知道她的想法。我认为周宏杰和她都有嫌疑，因此不妨通过你的渠道透露一些信息，来个打草惊蛇。出乎我意料的是，这条蛇居然是银环。”

“我想也是。不过，程若为什么会有把握可以把潘越坠楼一案嫁祸给周老师呢？她差一点就成功了。”

“程若比大多数人都更懂得未雨绸缪。她会收集有用的信息，她知道周宏杰有抑郁症——也许十几年前就知道，也许在她第一次知道我们认识时就让人调查了周宏杰的信息——我相信她手机的通讯录里一定有某位私家侦探的联系方式。再加上她在他家看到了抗抑郁症的药物，那就更有把握了。”

郗羽陷入长时间的沉默。

程若自杀后，季时峻没有着急离开南都，他根据蒋园提供的信息，在南都进行了为期两天的走访调查，试图更深刻地剖析程若这个人。

“……就像她弄到毒鼠强并小心地保存这么多年一样。”郗羽说，“季教授说，那个毒死父母的女孩子判的死缓，现在还在狱中，她完全不知道自己藏好的毒药已经被程若取走了。程若选择从一个绝不会告发她的人那里拿到了可以毒死一操场人的毒药。”

李泽文再次戴上眼镜，徐徐点了点头。

“是的，这个女人……确实非常厉害。”

他们乘坐的飞机是直飞纽约的，走的北极航线。航班晚上十点起飞，起飞半小时后，飞机穿过云层，郗羽支着下巴看着舷窗外，璀璨星辰逐渐浮现在漆黑的夜空之中。

“教授，”郗羽说，“你知道吗，我一点都不为她的死难过，她应该是这样的结果。”

李泽文没作声。郗羽盯着星空看，头也不回地继续说。

“这几天我在网上突击看了几千份法律文书，我发现，如果真到了法庭上也只能以周老师被害的那起案子来起诉程若。前面的几起案子，只有口供没有物证，恐怕会被检察官排除在外。再加上周老师没有直系亲属，法官不会考虑到亲属的感受，判决一定从轻，最重的判罚不过是死缓，死缓还可以减刑，再加上一个好律师，最多二十年最少十三年她就能重获自由。那时她也不过四十多岁，可她毕竟还活着，活着就有希望，可那些被她杀害的人要么化成了灰烬，要么躺在停尸房，完全没有了未来。她付出的和她的受害者付出的根本不对等，你知道吗？”

“我同意你的说法。”

郗羽回头，在温暖的灯光下和他目光对视。

李泽文说：“从社会科学角度来说，她自杀不是好事，可研究的样本又少了一个；但你说得没错，宏观意义上，她的确不应该活着。”

空姐正在分发饮料，听到李泽文的话，似乎吓了一跳，迟疑了几秒才问两人要什么。

李泽文给自己和郗羽都要了一杯纯净水。

郗羽喝了一大口水，继续道：“你知道吗，那天晚上，我和程若从赵州回到南都，路上车子出了问题，在路边临时停车的时候，我们在路边看了两个小时星星。”

“车子出了什么问题？”

郗羽垂眸看着杯子，硬着头皮道：“我开车撞到路边的栏杆上。”

李泽文很轻地“啧”了一声，锐利的视线扫过她：“你们当时在说什么，具体一点。”

“程若告诉我她的择偶要求，‘有不错的经济实力，更要有才能，有情趣，年龄不能太大，长相也一定要好’，她还表态，她明年去美国后，不论用尽什么办法，都会想办法追到你。”

“她说了那么多条件，却唯独没说‘喜欢’吗？”

郗羽一愣：“的确没说。”

“也就是说，她不在乎是否有爱，她的择偶标准是对方是否有用。”

“也许吧。”郗羽的思绪再次飘远，“那晚和她一起看星星的时候，我感觉到她对天文学真的很有兴趣，假装有兴趣是不会提出那么多问题的。我想，她会不会有哪个时刻稍稍感觉到宇宙浩渺，从而想要约束自己的行为呢？”

“除了她本人，恐怕没有人能回答你了，我也不行。”李泽文说，“康德说过，这世界上有两样东西，人们越是持久地对之凝神思索，惊奇和敬畏就会日新月异，不断增长，一是我头上的星空，二是我心中的道德。对星空的好奇是人类与生俱来的本能，对道德的追求不是本能，但星空的确在一定程度上能激发人的道德感——所以才有‘人在做，天在看’这句俗语。问题是，即便有那么一个瞬间她感受到了道德的约束，她依然走向了不归路。”

郗羽凝神静气，慢慢咀嚼李泽文的话，慢慢把杯子里的水喝光。

李泽文从她手中取过水杯交还给空姐。

“问题结束了吗？轮到我问你了。”

“你说。”郗羽从善如流。

李泽文微笑着抬了抬下巴：“在公安局的时候，你宣告说‘李泽文是我的，他整个人都是我的’，显然我现在不是你的，我想问你对此有没有什么计划？”

搬起的石头总有一天会砸到你的脚，说出的大话总有一天会要吞回去，山不朝你走来，你就要主动走过去。

至少此时郗羽是这么想的。好在她对此早有预案，她两年前就已经清楚李泽文不会轻易地放过自己。

“……有想过的。”

“说来听听。”

郗羽凝神静气，举起了右手的三根指头：“有三点。第一，回美国后，每到周末我都去波士顿看你，和你一起过周末，两年博士后结束后，我会想办法回到波士顿，和你在一个城市；第二，我会陪着你去做你喜欢、有兴趣的事情，嗯，哪怕是打网球、游泳也可以奉陪，”每提到一点，她就弯下一根指头，显得特别专业的样子，“第三，我可以有限地改进自己的穿着打扮和厨艺。”

李泽文淡定地问：“就这样？”

郗羽也蒙了：“你还想要什么啊？”

讲道理，这三条对以学术为老公的郗羽来说已经很不容易了。

“第四，每天一个十分钟左右的电话，汇报近况；第五，定期和我出去旅游；第六，不准把工作带回家里；第七，删掉电话里异性的联系方式；第八，有限地改进穿衣打扮不行，你要把自己提升到专业水平，厨艺亦然；第九……”

郗羽起初还在认真听着，越往后听他的要求越过分，霸气地一挥手：“想都不要想！只有前面三条，你接受也罢，不接受也罢。”

“好吧，看来我只能接受了。”李泽文摊手。他说得无奈，但眉眼弯弯的模样像个无辜的本科男生遭遇女神表白一样。

郗羽瞪他，两人目光对上，都轻轻笑了出来。

李泽文握住她的手，脸上的笑意慢慢敛去。

“谢谢你能走出这一步。这对你来说，很难得了。”

“我以前是因为对潘越的愧疚，一朝被蛇咬十年怕井绳，”郗羽这段时间仔细剖析了自己的内心，“现在的我依然很愧疚，对周老师。但和以前不一样的是，错误我会尽力承担，但这不意味着我会放弃我的未来。我要努力解决问题而不是逃避问题。如果我没有喜欢的人也无所谓……但现在有你了。”

心扉一旦打开，就知道自己早就动了心，以前的城墙没必要守着。

郗羽深呼吸一口气，微笑的唇边浮现出深深的酒窝。

“教授，谢谢你能等我到现在。”

李泽文握住她的手放到唇边，轻轻吻了吻她的指尖。

“不客气。”

时间过了晚上十二点，机舱的灯光被调暗，乘客们进入了梦乡，正是睡觉的时候。

郗羽和李泽文道了晚安，又抱着被子睡下，伴随着发动机的轰鸣声，她梦到自己回到了南极。

此时正是南半球的极夜，南极的星空又高又远，宁静清澈，星星就像洒满的麦穗一样，闪烁着银亮耀眼的光芒，一切就像是一首诗。

她站在雪原上，独自一人调试着望远镜，可手指又冷又僵，这时两双小手探了过来，脆生生的声音响起：“郗羽郗羽，不是说好了一起看星星的吗？为什么你先来了？”

郗羽看到两名小伙伴的脸，眼泪不自觉地掉了下来。

亘古不变的星空，照耀着千里外的故人到来，就是此时此刻的情况吧。

郗羽慢慢睁开眼睛，迎上李泽文的视线。

“醒了？飞机要降落了。”他轻轻拍着她的脸颊。

这是这么多年来，郗羽睡得最长的一觉。她想，或许这是因为在李泽文身边的缘故。

“睡得好吗？”李泽文问。

“很好，真的很好……我做了一个很长的梦。”

她想起梦里的两个小伙伴——她原以为程茵和潘越的容貌从自己的记忆里淡去，可这个梦告诉她并非如此。梦中的他们还是十四岁的模样，容颜栩栩如生。

她没学过如何从梦境中获取精确信息，但她意识到，这个梦境可能是一个暗示，也可能是一个启迪。

李泽文没有问她做了什么梦，只递过衣服让她去洗漱。

一个小时后，飞机在肯尼迪机场徐徐降落。

机舱门打开，人群有条不紊依次离开飞机，轮到他们的时候，李泽文不徐不疾地问她：“准备好迎接新生活了吗？”

她抓起李泽文的手，牵着他迎着纽约的热风一步三跳地跃下飞机。

“Certainly，my boyfriend（当然，我的男友）！”

正文完

番外一

毕业季 / *ZENG NI YI YE XINGKONG*

每年五月开始，北美高校的毕业季轰轰烈烈开始了。

波士顿的剑桥市逐渐人满为患，从全美国乃至全世界赶来的学生家长们逐渐将剑桥市的饭店、酒店，乃至大街小巷慢慢填满。

麻省理工也不例外，整个校园提前一个月就开始张灯结彩，大活动小活动不断，洋溢着毕业生的欢乐之情。郗羽完全理解同学们的热情，在用“羡慕嫉妒恨”的眼神目送了四届毕业生离开之后，今年毕业的学生们好不容易能身体力行参与到这项活动中，大家不可能不兴奋。

波士顿纬度较高，到了六月一点也不炎热。郗羽起了个大早，在清晨舒适的气候中，走到公寓的穿衣镜前换上博士袍。美国大学的博士袍都是大同小异，宽袍大袖，差异仅在于缝绣在袖子上布条的颜色，和垂在领口上的挂带。

“就差一根魔杖就像魔法师了。”郗羽得意道。

“不错了，当博士的人都是半个大魔法师啦。”赵蔚吐槽她。

郗羽随后戴上四方帽，在穿衣镜面前转了两圈。

她心情愉悦，也有心思欣赏自己的打扮。这是郗羽到美国之后过得最为轻松愉快的一段时间。在经过了那么多的汗水、泪水和不眠之夜之后，最后拿到了博士毕业证和一个完美的博士后职位，任谁都会轻松一些的。

她把手机递给赵蔚：“再帮我照两张，我要发照片回去给我家里人看。”

赵蔚失笑，她觉得违和感特别重。

“清晨对镜冶容色”这事儿对郗羽来说挺稀罕，以前她对着镜子梳妆就是纯粹的“正衣冠”而已。

“不着急，我帮你化个妆再拍。”

“那样就过头了吧。”郗羽犹豫了一下还是拒绝，“我只是想让我爸我姐看看我在拿到毕业证的样子。”

“稍微搽个粉涂个口红而已。今天毕业典礼，不要给咱中国人丢脸吧。”

这位学姐上纲上线的能力真是一级棒！郗羽马上被说服了，她摘下帽子，坐到了小梳妆台前。

郗羽基本不化妆，她甚至没有化妆品——连口红都没有，平时只抹一点护肤品就素颜朝天地去学校。说一千道一万，化妆太浪费时间，她又不想用容貌取悦别人，自然怎么简单怎么来。

赵蔚和郗羽不同，常常参加一些社会活动，对化妆这门技术掌握得还算不错。

只用了十五分钟，她就帮郗羽抹了粉底，涂了口红，稍微勾勒了眉毛。总体来说，妆很淡，对郗羽容貌的提升不算大，但肤色看起来透亮了一个色号。

郗羽对镜子里的形象也较为满意，看起来精神不错，至少爸爸和姐姐会觉得自己精气神十足。

赵蔚拍完照，把手机还给她：“你家人来不了，挺可惜的。”

郗羽仔细地梳理了头发，拿起帽子小心翼翼地戴上：“没办法，没钱。等我以后挣了钱再把家人接来美国玩一次吧。”

两个月前，学校准备广发邀请函和入场券的时候，郗羽问了问父亲和姐姐要不要来美国，得到来自家人无可奈何的回答。

一般情况下，没钱是终结谈话的最好话题。但赵蔚不然，她犀利冷静地吐槽自己的室友。

“也可以给其他人。真是难以想象，除了我，你居然连一张邀请函都没送出去，全拿去做好人好事了。”

由于场地原因，每个毕业生最多能拿到三张入场券。郗羽自己用不上，原计划全部送人——赵蔚则出于同情，要了一张。当郗羽从校长那里拿毕业证的时候，她作为友人，起码拍个视频作为见证。

“就是因为有我这样的人存在，你这样的人才能多拿到几张入场券啊！”郗羽振振有词。

赵蔚莞尔，也提不起吐槽她的欲望了。

“话说回来，没想到五年博士读完，你的人脉关系依然乏善可陈，连邀请函都送不出去。”

郗羽笑了笑，不以为意。

赵蔚的话当然有道理。一个人的时间用在哪里是看得到的，她缺少娱乐及社交生活，没把时间花在人脉关系上，自然会有这样的结果。

“我最震惊的是李教授居然都不要你的邀请函。我以为，就凭着你去年年末生病了他来照顾你这个情分，他起码值得一张邀请函。”

这件事郗羽也没料到。

她想感谢他对自己的照顾，因此两个星期前她给李泽文打电话询问他是否愿意来参加自己的毕业典礼，说有多余的邀请函可以赠送，可他拒绝了。

“我以什么身份来？”李泽文当时在电话里这么问。

“老师的身份啊。”郗羽说。

按照美国人的观念，这种毕业典礼的邀请函，通常只给自己的家人、另一半和朋友。李泽文和她的关系哪一条都靠不上，所以只能以老师身份出席。

李大教授当时在电话那头笑了笑，慢条斯理道：“我明白了。谢谢你的邀请，但邀请函就不必了。”

人家都拒绝了，郗羽也不会那么不知趣再邀请，于是“请李泽文来参加毕业典礼”这个想法就这么胎死腹中，剩余的两张入场券也被她转赠他人，去为其他留学生做贡献去了。

郗羽此时想到这件事情，无奈地解释：“可能是因为他最近忙着评associate professor（副教授），没时间来参加这场起码要浪费半天的毕业典礼吧。”

“呵！”赵蔚挑了挑眉。

“……”

赵蔚说：“有些关系，不善于维护就会消失。”

“嗯。”郗羽顿了顿，她转过身，看着镜子的自己，“我明白。”

两人整了整衣服一起出门去麻省理工的会场中心——赵蔚站到了观众席长蛇般的队伍末尾去，她虽然曾经是麻省理工的学生，此时也没啥特权，一样要排队入场；身为学生的郗羽站到自己的方阵里，和自己的同学们一起等待荣耀时刻的到来。

浩浩荡荡的入场仪式结束后，进入了各种讲话的环节，校长、学生、校友社会名流陆续登场讲话，现场掀起了一阵阵高潮。虽然在美国待了这么几年，但郗羽还是不太能够接受美式价值观和美式幽默，不过这不妨碍她的好心情。

但这无妨，就像一群在外征战多年凯旋的将士一样，等待皇帝接见的过程虽然有些枯燥，但大家并不在意，熬了这么多年后，起码这样的等待是值得的。

同学们依次走上前，自信飞扬地从校长手里接过毕业证。

郗羽亦然。

她说不清自己是什么感受，如释重负、欣喜若狂、百感交集什么情绪都有，拿到毕业证的一瞬间，除了最纯净的喜悦外，随后脑中涌起的话是十几岁在父亲要求下背诵的课文——

生命对人来说只有一次，因此，人的一生应当这样度过：当一个人回首往事时，不因虚度年华而悔恨，也不因碌碌无为而羞愧。这样，在他临死的时候，能够说，我把整个生命和全部精力都献给了人生最宝贵的事业。

有些奇怪，有些不合时宜，但她第一时间想起的是这段话。

这五年来，她学习了世界上最新的知识，她掌握了一套科学的思维方法，她和世界上最优秀的头脑一起工作。她每一天都过得充实至极，没有浪费一分一秒，这张证书和头脑里的一切知识是一种荣誉，她可以坦然受之。

时近中午，这一天的毕业典礼终于收尾，会场真正意义上进入了“欢乐的海洋”——更准确地说，是“拥抱的海洋”和“合照的海洋”。

郗羽当然不会是例外的那个，仪式结束后她就被拉入了一拨拨疯狂的合照旋涡。十人以上的合照，五人的，三人的，两人的……各种自拍杆飘荡在众人的头顶，“咔嚓”声不绝于耳。

郗羽好不容易喘了口气，就看到了自己的同学 Steve Davis。

Steve Davis 是个很典型的美国男生，棕色头发，五官深邃，身材高大，笑起来非常爽朗。

此刻，他笑着对她伸出手臂，郗羽犹豫了一秒，和他轻轻拥抱了一下。

这位 Steve 几年前曾追求她几个月，事情还闹得挺大，她早就拒绝并解释了自己专注学业的情况，Steve 当时不太理解她的行为，对此深感遗憾，并且直截了当地告诉她：“你是我见到的最奇怪的亚洲女生。”

当时的郗羽不想和他做过多解释，美国人的大脑是很难理解中国人的纠结的，她肯定了他的说法，直接承认“是的，我是很奇怪”。

合影结束后，Steve 对她一笑：“I know, you are just like those Chinese students who studied abroad under Boxer Indemnity Scholarship（我知道，你就像一百年前到美国的庚款留学生）。”

郗羽些微一怔，觉得有些感动。美国人知道庚款留学生的人极少，Steve 能说出这番话，说明他曾努力了解中国留学生这个群体。

当然，郗羽不认为自己能和百年前的这帮人相比，谦虚地道谢。

Steve 说：“Wherever you go, whatever you do, I will bless for you（不论你去哪里，不论你做什么，我将永远祝福你）。”

投之以木桃，报之以琼瑶。她能感受到 Steve 的真诚，也回之以真诚。

“你也是。”郗羽郑重回答。

虽然看起来 Steve 还想和她聊几句，可郗羽的眼角余光扫过热闹的学校广场时，看到了一个熟悉的身影。她当即和 Steve 道别，抱着自己的学位证书朝着自己更熟悉的人走去。

“李教授，你怎么在这里？”郗羽有点吃惊。

李泽文站在树下等她过来。他今天没穿他的西装三件套，穿的也是一袭黑色打底、红色镶边的博士袍，袍子上的颜色和花纹说明这是一套社会科学博士生的服饰——他看上去真是年轻，绝对不会让人觉得他是学校的教授，只会误以为他也是今天毕业的风华正茂的博士生。

他手里拿着一束小小的紫色花，对她微微一笑：“我来观礼。”

“啊，你从别的地方拿到了入场券吗？”郗羽疑惑。

要混入麻省理工的毕业典礼可没有那么简单，入场券是唯一的通行证。

“学院里的老教授们对围观别的学校的毕业典礼兴趣不大，而我想到我曾经的一位学生今天也要毕业了，于是就主动请缨来承担这个艰巨的任务。”

麻省理工每年也会向自己隔壁的邻居赠送少量观礼票，李泽文是拿着这张票进入会场的。

郗羽指了指自己，反问：“这位曾经的学生……是……指的我？”

因为两所学校的培养制度有交叉，李泽文在麻省理工的学生当然不仅仅只有自己——考虑到他拒绝了自己的邀请函，答案更是呼之欲出。

“除了你还有谁？”李泽文道，“既然我是以老师的身份前来，那就不必要你的邀请函了。”

“啊，这样。”郗羽明白了。

李泽文微微一笑，把手里那束紫色的鸢尾花送给她：“郗羽博士，恭喜你毕业。”

郗羽睁大眼睛，开心地接过这小小的花束。今天现场的各色鲜花很多，但她觉得，自己手中的这一束是最好看的。之前他拒绝她的邀请函，她内心是有一点失望的，就算是对人际关系没什么期待的她，也盼望着有什么人可以感受到自己的成功和喜悦。

她这样想着，也这样说出来了。

“这花很好看，”她抱着花束和自己的毕业证，开心得很，“李教授，真的谢谢你。”

她化了妆，气色极佳，脸上的酒窝也比李泽文之前见到的任何一次都要明显。

李泽文再一次微笑。五年博士生生涯是一场背负着沉重行囊又不得不攀登高峰的历程——就算对李泽文来说都是如此。愉快吗？大部分时间都不愉快，甚至可以说是磨难。这些磨难是一场对心性和品格的漫长考验，是一场自我实现，当你历经磨难，终于攀上高峰，你会为别人从来没见过的美景而喜悦。郗羽证明了自己的抗压能力和学术能力，这是足以自傲的一件事。

“不客气。”李泽文问，“什么时候去新泽西？”

两人的联系一直没有中断，几个月前李泽文就已经知道她在普林斯顿找到了一个不错的博士后职位。

“后天出发。”

“住处找好了吗？”

“已经找好了。”

有刚到美国时的前车之鉴，郗羽提前几个月就已经找到了合适的公寓，连押金都交了两个月的。

李泽文问了几句住宿条件的细节：“那到时候怎么过去？”

任何一个人在某个地方待了五年，也会积攒起许多物品——床上用品、衣服鞋袜、图书笔记、电子设备、日用日杂等。从剑桥到普林斯顿有四百多公里，是那种坐飞机复杂，坐大巴不便的距离，最方便的就是开车载过去。

果然，郗羽说：“赵蔚也要去普林一趟，她会开车送我过去。”

李泽文不意外，郗羽贫乏的社交圈里，赵蔚占了超过三分之二的分量。

“如果有东西带不走，可以暂时放我家。”

“好，不过应该不至于，”郗羽说，“我东西不算多，一车就能装个七七八八了。”

李泽文点头。

他清楚，郗羽不缺乏生活能力，绝大多数事情都能自己搞定。

“还有，”郗羽拿出手机，振奋地看着他，“教授，我们合张影？”

李泽文看了她几秒后，才在她期待的目光中点头。

郗羽于是拉住一个路人，请他帮自己拍张合影。

路人愉快地答应，示意两人站到一起去。

郗羽抱着自己的学位证和鲜花规规矩矩站着，李泽文则伸手帮她拨了拨博士帽上有些歪斜的流苏，理了理因为有些宽大有些歪斜的博士袍。

然后他对路人点头，示意路人拍照。

暖洋洋的阳光，喧闹的庭园，得意扬扬的学生，远处有人吹口哨、起哄，近处有人喝彩，放大大的礼花筒。各种声音混杂在一起，就像一首肆意舒展又生机勃勃的摇滚乐。

半分钟后，照片拍好，郗羽道谢拿回手机。

“嗯……”

这个路人的拍照水平出乎意料地好，她很满意这张合照，李泽文也没有发表意见。

这是一个不发朋友圈、没有微博，别说自拍，连去了一趟南极回来手机中的照片也不超过一百张的理科女博士主动提出的合影——这其中意味着什么也许她自己都不清楚。

在她看来，这大概是一场结束。

然而，在他看来，这只是一个开始。

番外二

林中歌 / *ZENG NI YI YE XINGKONG*

1

男朋友第一次到你家是什么体验？

这是某乎上的一个热帖，有超过五百人回答了这个问题。

在某次上网查资料的过程中，郗羽无意中看到过这个奇葩的问题——当时的她在男女感情这类事儿上缺乏好奇心，没有点进去看，因为她不觉得“男朋友”这个词和自己会有什么关系。

但计划不如变化快，现在的她，觉得自己也许可以去回答这个问题了。

男朋友第一次到你家是什么体验？

那还用说吗？当然是很辛苦了！

郗羽如此想。

从周一开始，她就已经为男朋友的到来做准备了。郗羽以做化学实验的细致和周密开始打扫屋子，扫地，擦桌子，清洁家具，清理厨房，所有的餐具都被重新洗了一次，甚至连书架上的每本书都被拿出来，好好擦了一下封面——历经四天的打扫，周四晚上入睡前，这套小公寓像一枚刚出炉的硬币那样闪闪发光，光彩夺目。

周五她正常上班，忙忙碌碌到下午五点，然后麻利地关电脑，脱下白色的实验服，拿上自己的背包准备离开研究所，此举迎来了同事们惊奇的眼神——郗羽在 GFDL（地球物理流体动力学实验室）已经工作了一个半月，诸人已有公论，她是全组来得最早走得最晚的人，一个相当勤奋的人。

同组的法国女研究员梅拉尼和她一起离开研究所，问她：“去约会？”

“呃……”

郗羽差点被噎住。这位梅拉尼姐姐即便已婚已育，想法却依然像法国少女一样浪漫。

不过，考虑到梅拉尼一直以来对她非常友好，郗羽也不想瞒，短暂迟疑后回答“是的”。

梅拉尼饶有兴趣地眨眨眼，露出过来人才懂的微笑，对她比了个“赞”的手势后，就从另一条路离开。

郗羽一向选择骑自行车上下班，不过今天例外。为了赶时间，她坐上了五点十五分从法瑞斯特校区发车的班车，二十分钟后到达本部校区。郗羽步行了五分钟后回到所住公寓附近，于五点四十五分见到了远道而来的李泽文大教授。

公寓外空闲的停车位挺多，李泽文把车停在树下，拉开车门下车。

他穿着非常休闲，一副准备出门踏青的模样。

郗羽深吸了一口气，摆出一副主人应该有的样子，带着大大的笑容迎了上去：“从剑桥过来开了四个半小时的车，路上顺利吗？”

虽然两人平时有通过视频联系，李泽文也有一周时间没见到她本人了，看到面前鲜活的人，对上她期待的眼神，瞧着她明媚的笑容，自然地伸手过去轻抚了一下她的脸颊。

“很顺利。”他微笑着说。

从小到大，除了父亲以外没有任何一个异性碰过她的脸，郗羽的脸腾一下全红了，热度节节攀升。

李泽文莞尔，手一触即离，又打开后备厢，拎了一个小型的行李箱出来——他计划周日回波士顿，要在郗羽这里住两个晚上，所以带上了自己的日常用品和工作用的电脑。

郗羽指了指旁边：“我住在这栋公寓，这边走。”

“好。”

李泽文像一个称职的客人那样环顾四周。

“环境不错。”

“是的，我也很喜欢这里，我能申请到真是运气好啊。”郗羽由衷地说，“难得我也有人品爆炸的一天。”

普林斯顿大学就坐落在新泽西州的普林斯顿镇上，除了主校区外，镇上的大部分地方基本也是大学的地盘，能提供足够多的公寓给教职工和学生。在主校区的东南西北都有学生宿舍，郗羽的公寓就在主校区边上的卡内基湖旁边的湖畔公寓里。

湖畔公寓由二十多栋建筑组成，包括低矮的别墅、五六层的小楼、高层的公寓，高高低低的红墙房屋掩映在绿色森林之中，鸟雀声清脆，景色十分优美。

"怎么申请的？"

"嗯，要感谢吕子怡……"

郗羽绘声绘色地和李大教授讲述自己申请这套公寓的过程。

四个月前，她通过了面试，确定到普林斯顿做博士后之后，就开始找公寓。赵蔚和这位学妹关系好，聊天时无意中说起郗羽找公寓的事，就请普林斯顿的中国留学生中的外交部长，人脉广博、消息丰富的吕子怡帮忙提供点信息。

一番前因说完，电梯也到达了第八层。

"我就住在这一层。"

这栋楼一共十二层，每层楼四套公寓，两大两小。大的有两间卧室，八九十个平方，小的只有一间卧室，五十多个平方米，郗羽住着的就是小的那一套。

她拿出钥匙开了门，请男朋友进屋，还不忘给他打预防针。

"嗯，比较简陋，做好思想准备。"

李泽文的视线徐徐扫过她的脸，不紧不慢地说："相信我，让我吃惊不是一件很容易的事情。"

"……"

确实不容易，你面对连环杀手都那么镇定啊！郗羽想起前几周那段惊心动魄的遭遇，内心默默吐槽。

整洁、简单得堪比军寝，这是李泽文对公寓的第一印象。

户型很简单，一眼就可以看穿。开放式厨房和客厅连在一起，整体风格以白色和棕色为主。浅棕色的木地板和深棕色的餐桌，白色的橱柜和白色的墙壁，浅蓝色沙发和玻璃茶几，每一件东西都摆在最合适的位置，除了茶几上花瓶里插着的几支鲜花，几乎没有装饰物。

“你真是费了很大的力气打扫房间，比我想象中的更整洁。”李泽文的手指擦过了开放式书架，一点灰都没有感觉到，“打扫了多长时间？”

“总的时间也不长。周二开始，我每天下班回家后打扫一个多小时。”

李泽文微笑道：“你辛苦了。”

“谈不上辛苦啊，”郗羽介绍说，“我这套房子也不算大，何况才搬过来没多久，没太多东西，打扫起来也很快。”

“嗯。”

“家具大部分是自带的？”

“对的，只有沙发、床是我新买的。”郗羽指了指茶几下面那块地毯，“嗯，还有这张地毯。”

沙发和床颇有些私密性，没有人喜欢躺在前一任租客睡过的床和沙发上。

李泽文低头瞧了瞧这块素净的灰蓝色地毯：“地毯是怎么回事？”

“我搬来时，屋子里没有沙发，只有餐桌和三把椅子，吕子怡说要帮我庆祝乔迁之喜，还叫了好几个人来。我灵机一动，就买了块地毯——至少有个地方让大家坐吧。”

李泽文莞尔：“不错的变通之道。”

郗羽得意地扬了扬眉毛：“当然了。我只是有时候不太介意生活。”

“租金是多少？”

“一个月一千五百美元。”

“在新泽西州来说，价格不算便宜。”

“是的。但比剑桥区好多了。而且景色也好得多，我最喜欢这套房子的视野，看得非常远。”

郗羽带着李泽文走到窗边，打开窗户，清爽的凉风灌入室内——这套小公寓没有阳台，但有一扇大而明亮的平开窗，站在窗前可以看到湛蓝的天空和一片安静清幽的树林。

“我从小到大都没有住过可以看到这么一大片森林的房子！价格贵一点也觉得物超所值了。”郗羽一脸满足地感慨着。

在李泽文看来，这窗口的景色还算不错，树林郁郁葱葱，但说到底，美国绿化率很高，这样望之满目凝翠的景观在美国其实挺多的，算不上稀奇。

李泽文侧目看郗羽，道："你对环境的要求不高，很容易满足。"

"当然，对物质要求不高，这是做科学家的必备素质吧。"郗羽大大方方地说。

李泽文笑："大致如此，但有时也有一些特例。"

郗羽双手撑在窗台上，任凭风吹过自己的头发。

"对了，"郗羽指了指森林里隐隐约约的几栋红色房屋，"那边的一片是劳伦斯公寓，另一处是研究生宿舍。吕子怡和很多中国留学生就在那里住。"

"我记得高等研究院也在这片森林里？"李泽文伸出手指了指西北方向，"那里？"

"对啊，"郗羽侧目看他，"你看地图了？"

李泽文瞧她，露出笑容："我之前来过普林斯顿大学一次。"

"好吧，你赢了。"

果然要让李泽文吃惊是一件很难的事情。

参观完公寓后，郗羽帮李泽文收拾行李。她清理出一格衣柜让他放衣物，随后提出下一个议题："出去吃晚饭？"

李泽文微笑着说好，一脸"听从安排"的模样。

普林斯顿大学也有类似国内大学美食街的地方，从郗羽的住处出发，走过一条林荫道，二十分钟后就到达目的地了。

"吕子怡推荐了三家餐厅给我，一家意大利风味、一家法国风味，还有一家日本料理。你想吃什么？"前往美食街的林荫道上，郗羽期待地询问李泽文。

岂料李泽文没有选择，只问："你预订了吗？"

郗羽眨眨眼："嗯？"

看来就是没预订了。李泽文示意她看周围，郗羽注意到，往常平静的校园此时颇有些热闹。

“今天是周五，餐厅的客流量一定非常大，我猜，你提到的这几家饭店都没有多余的位置了。”

“啊，对！”郗羽醍醐灌顶，不由得感慨，自己真是生活经验太少。

“那我们过去了再看看？”郗羽弱弱地建议，“哪家有位置就在哪里吃？”

“好。”

李泽文的预言总是很准的，在周五晚上六点左右要在餐厅找一个位置，果然不是件简单的事。吕子怡推荐的三家餐厅人满为患，其他餐厅也没好到哪里去——两人在美食街寻觅，最后在一家汉堡快餐店坐下了。快餐店人很多，但人群流动的速度也快，他们叫了最常规的薯条汉堡套餐，五分钟后等到了座位。

“下次我一定提前预订。”郗羽双手合十，默默检讨。

李泽文帮她整理餐盘，又道：“没关系，我不是为了吃才来普林斯顿的。只要和你在一起，吃什么都无所谓。”

郗羽拿薯条的手顿了一下，她下意识地看向李泽文——这算甜言蜜语吗？

她和李泽文确定男女朋友的关系，距现在仅有一周时间，因为分居两地的关系，只能在网上交流，谈论的话题都很平常，无非是工作和生活，她不知道李泽文说甜言蜜语的模样。

“嗯……”

郗羽心口发热，盯着李泽文的眼睛：“……我也很高兴你能来看我，真的。”

先贤有云：“存乎人者，莫良于眸子。眸不能掩其恶。”听其言，观其眸。十个博士九个近视，郗羽作为剩下那没有近视的十分之一，她的眼眸保持着最自然的状态，清澈又明亮。从她的眼睛里，李泽文已经得到了答案。

他别开话题：“你平时在研究所的时候，午餐吃什么？”

“大部分时间是自己做，中午用微波炉热一下，剩下的时候就在研究所餐厅吃一点。”

“餐厅里有什么？好吃吗？”

“和这里差不多，汉堡薯条，味道也差不多，”郗羽咬了一口汉堡，中肯地评价，“以价格来衡量的话，还算好吃。”

李泽文看着郗羽鼓着脸颊啃汉堡的样子，不禁失笑。郗羽是一个对物质条件要求很低的人，对饮食更是不会挑剔，这种个性反而让她变成了一个生机勃勃的人。

李泽文于是单手拿着汉堡开始吃：“回来这一周，工作情况如何？”

“暂时没有什么变化，也没感觉受到排挤，同事们对我和之前一样。”

“工作权限变了没？”

郗羽摇头：“完全没有，领导直接把工作牌还给我，叫我好好工作。我已经做好了被限制查询卫星数据的权限，结果居然没有……我们研究所的中国人建了个群，大家会在群里分享讨论，认为应该问题不大。”

“是的，美国学术界有一些纠错能力，短时间内不会波及理科的博士后。”

美国社会不是铁板一块，政界、工业界、教育界、学术界的想法并不完全一致。这些冲突和矛盾自然会造成某些政策实施的滞后。

“这说明我们还有时间，是好事。”郗羽迅速啃完了汉堡，她擦了擦手，又问李泽文，“你这边呢？还好吧？”

李泽文道：“如果要排序的话，社会科学类的研究者比理科更安全。”

郗羽并不是那么容易被忽悠的人。有限的历史知识告诉她，政治学领域的研究往往不鸣则已，一鸣惊人，会带来什么变化实在很难预料。

她认真道：“如果，万一有什么变故，你一定要告诉我。我知道你很厉害，而且我可能也想不出什么办法……但不论发生什么，我至少可以陪在你身边啊。”

李泽文想，这是这么多年来第一个想要保护他的女孩子。所谓澄澈，心若琉璃也不过如此了。

“你到底是怎么长大的啊。”李泽文笑着轻声叹息。

“……怎么？”

郗羽疑惑，再一次跟不上李泽文的思维了。

李泽文隔着餐桌伸出手去，拿着纸巾在喧闹的餐厅帮她擦了擦嘴角。

“好，我记住了。”

一顿饭吃完，两人离开快餐店，然后去看了场电影。美国的夜生活很单调，娱乐项目很少，两人对酒吧毫无兴趣，看电影基本上是唯一的选择了。

电影是爆米花科幻片，剧情乏善可陈，特效做得不错，超级英雄和外星人打打打。

郗羽对电影的要求不高，觉得这电影总体而言还可以，只是有点担心李泽文是否会觉得浪费时间。

李泽文说“不觉得”，得到了郗羽怀疑的眼神。

“这种爆米花电影偶尔看看也很有趣，有些启发意义。”他愉快地说，“不过，如果我们的现实社会真的像电影里描述得这么简单主观，我们这种社会科学领域的研究人员都要失业了。”

郗羽笑得开心：“没错，有些剧情实在太无脑了。”

“说得对。电影里的政治情况归根结底是现实社会的政治学留在人们脑海里的残影。两者的关系很有趣，可以拿来做本科毕业论文题目。”

两人走出电影院，路灯早已亮起。李泽文站在温暖的路灯下，微笑着对郗羽伸出手臂。

“冷吗？”

郗羽抿了抿嘴，然后上前一步，以一副“我是来取暖”的模样挽住了他的手臂。

李泽文今天穿着亚麻衬衫，布料非常柔软，郗羽感觉到他身体的温度。

“嗯，不冷了。”

“好。”

普林斯顿镇上的治安不错，两人沿着森林旁的林荫道步行回公寓。夜色悄悄地溜进了森林里，暮色已经把高高的树冠包裹起来，夜色宁静而让人感到舒适。

难得如此安静又舒适的晚上，郗羽愉快地和李泽文说起自己知道的一些八卦新闻。

“对了，你知道吗？”郗羽用空闲的右手指了指林荫道深处的一些漂亮的独栋房子，兴致勃勃道，“据说爱德华·威滕的家就在那边的某栋房子里。”

李泽文当然知道爱德华·威滕是哪位，他问：“你是从哪里听说的？”

郗羽的语气充满了向往：“我同组有一个从法国来做访问学者的姐姐告诉我的。她老公也在高等研究院当访问学者，和爱德华·威滕有些来往。她老公是个非常有名的数学家，他们曾经受邀去过他家。”

说话时她手臂用力，李泽文感觉到胳膊些微一沉。

“这么说，你看来也很想去他家拜访。”

“好奇，是好奇，对活着的传奇人物的好奇，”郗羽一脸“重要的话说三遍”的气势，“麻省理工也有一些相当厉害的科学家，但比起这位，传奇程度还是差多了。”

李泽文点头，表示同意：“他的人生的确很是传奇。”

“很多人认为他是全世界所有活着的人里最聪明的人，仅次于爱因斯坦，”郗羽说，“不过，这话可能有点夸张。但就算他不是最聪明的人，一定也是最聪明的那几个人之一。”

李泽文不太赞同郗羽的这句话，“聪明”这个标准太模糊了，他内心自有一套评判体系，不过想归想，他没有反对郗羽的观点。

他是理解郗羽的。作为一名理科生，向往爱德华·威滕这样的人，实在是太正常了。对科学工作者来说，人生于世，所求的无非也就是在科学史上留下自己的名字，然而这件事何其艰难？当你在科学的泥沼里艰难跋涉时，有人闲庭信步地飘然而过，到达了你永远无法达到的高度，你当然会产生崇拜感。

“还有什么感想？”李泽文跟着她的话题说下去。

“你看这条路，想到爱因斯坦、爱德华·威滕每天都通过这条林荫道去上班，觉得人生的轨迹真是难以预料……几年前我绝对想不到有朝一日，我居然离他们这么近。”

李泽文低头，看着她白皙的额头。两人身高差十二厘米，这个角度看上去，她的眼睛在路灯下也闪闪发亮。

“你在波士顿的时候，似乎感想没有这么多。”

“大概是因为身份变了。”郗羽从来不缺少自我剖析的能力，此时她微微仰起脸和李泽文对视，和李泽文分析自己的心理，“我现在才感觉到，读博士和做博士后是人生的两种阶段。做博士时我比较焦虑，每天想着的是能不能毕业，自己适不适合研究这些问题；现在，我知道自己能在学术圈生存下去，紧张感消失很多，也有时间感慨了吧。”

李泽文同意她的分析，但愉快地指出：“你还忽略了一个原因。”

“什么？”

李泽文笑着低头瞧她一眼：“你的收入也增加了，这也是个重要原因。”

“啊！有道理。”郗羽发出由衷的赞叹声。

郗羽对钱不是很看重，但她也深刻地明白，收入水平和心态、情绪直接相关。钱越多，越自信，越乐观。读博士那几年，她收入低，开销大，那种朝不保夕的不安全感时时刻刻都围绕着她，想否认都不行。

“银行账户的存款数额的确会影响一个人的心态。”郗羽想着自己的心态变化，又推而广之地想起其他人，“难怪我认识的有钱人大都非常自信。”

李泽文笑，和郗羽在一起，不论谈什么，总是轻松的。她的思维模式总体而言非常理科生，直接、爽快，有标准的程序和步骤，再加上她天生的善良和真诚，猜到她的行为模式并不难；但“大部分时间”不等于全部，在他猜不到的那部分，郗羽的言行总是可以给他带来惊喜。

“独自一个人生活的感觉怎么样？这两三个月应该才是你真正意义上的独立生活吧？”

“独自一个人生活的感觉啊……”

半句话说完没了下文，郗羽陷入了长久的思索。

李泽文没有说话，他给她一些梳理自己的生活的时间。

中学和大学本科阶段，她一直过着集体生活，统一起床，统一学习，统一吃饭，不论做什么都是统一的。不论做什么，身边都有人和她做着同样的事情，晚上也不会独自一个人睡觉，就算半夜被噩梦吓醒，惊魂未定之时，听到室友们平缓的呼吸声也会冷静下来。

在美国的这几年，她幸运地和赵蔚成为室友。赵蔚不但是她的室友，还是她最紧密的朋友和可以信赖的人。她知道自己不论出了什么事情，总会从赵蔚那里得到安慰和支持。

但现在，她是真正进入独立生活。一个人居住，一个人上下班，一个人吃饭，和同事保持着礼貌疏离的关系，方圆一百公里内只有吕子怡这一个熟人。

“独自一个人生活的感觉，其实还好。绝大多数时间我觉得很充实，”郗羽顿了顿，说道，“但偶尔还是会觉得不太习惯……”

“‘偶尔’，那是什么时候？”

郗羽慢慢把脸贴在他的肩头，从记忆里抽出一些印象深刻的片段。

“上个月，回国的前两天，我在研究所工作到晚上八点，又一个人从研究所骑车回公寓。之前在剑桥城，我不论多晚回去，都知道公寓里还有人在等我，就像很多文学作品里提到的，‘城市里一定会有一盏灯为你点亮’。当时我意识到，已经没有了。”

李泽文“嗯”了一声，道：“孤身离开熟悉的环境到达一个新的场所，任何人都会有一些不习惯。在普林斯顿大学，你除了吕子怡基本没朋友，这种孤独感会更重一些。”

郗羽下意识更紧地搂住了他的手臂：“应该不会了。那之后我就回国了，然后遇到了你……”

李泽文微微笑了，他左臂动了动，抓住了郗羽的右手，十指交缠。

“好了，不说我了，”郗羽抬起脸，问男朋友，“你呢？我是独自生活，你不也是？你独立生活的时间肯定比我久得多，你难道不会觉得孤独吗？”

“我十七岁到美国上大学，从那时起，我基本都是一个人独立生活，”李泽文不否认，“但我的业余生活比你丰富得多。”

“哼，”郗羽仰起脸，“不过，我总觉得你话里有话，是在说我生活单调吗？”

李泽文停住脚步，侧过身抚了抚她的脸颊：“话里有话？我难道不是一直都这样？”

“好吧，你赢了。”

2

看了电影后再散步回家，时间已经不算早，两人洗漱完换上睡衣，准备睡觉。

郗羽的公寓只有一张一米二的小床，两个人要睡在上面就显得比较小——作为主人，她果断地安排了李泽文去睡那张小床。

“沙发太短，你睡着肯定不舒服，我去睡沙发。”

李泽文没有提出任何反对意见，只站在卧室门口淡定地问了一句：“你确定？”

郗羽坚定无比地点了点头，然后事情就这么确定下来。

李泽文在卧室门口微微俯下身，伴随着轻轻的呼吸声，一个吻落在她的额头。

郗羽还没反应过来，他已转身走进卧室，还顺手带上了门，留下她一个人对着紧闭的门发愣——第一次被人关在自己的卧室门外真是挺新鲜的体验啊，怎么感觉哪儿有点不对劲呢？

吐槽归吐槽，郗羽还是躺到了布艺沙发上——不愧是自己选的沙发，很舒适啊，但不知道李泽文能不能适应自己的硬板床——她怀着这样奇特的联想，脸颊感受着柔软的布料，沉入了梦中。

她没有择床的毛病，睡眠质量也不错，直到早上六点半，她醒过来，准备两个人的早餐。

郗羽平生第一次经历和恋人一起吃早餐这种事情，她不想出什么差错。她煮了一锅粥，凉拌了一盘黄瓜，当她准备开始煎鸡蛋饼的时候，李泽文从卧室走了出来，同时进入客厅的还有一缕金色的阳光。

郗羽看了看时间，七点整。她想，属于学者的可怕自律性和时间观啊。

任何一个人刚起床的时候都不会周正到哪里去，李泽文也不例外。他没戴眼镜，头发乱糟糟的，还有一绺翘了起来。

“现在的你，和平时反差有点大。”郗羽很新奇地说，“我从来没见过你这样。”

李泽文压了压自己乱糟糟的头发，淡定地回答了一句“你不能对一个刚刚睡醒的人要求太多”后走进了卫生间洗漱。

郗羽对他隔空喊话：“昨晚睡得好吗？”

“很不错。”

“我的床比较硬，你适应吗？”

“还可以。难为你在美国也买得到这么硬的床垫。”

“选了很久才找到的。”

“为什么选这么硬的床？”

“习惯了，我从小就睡硬板床。”

“从小？为什么？”

郗羽煎着蛋饼，说：“我有没有跟你说过？我小时候得过哮喘，咳了两个月，脊椎都要咳弯了，我妈妈怕我脊椎变形长不高，就让我睡硬板床。”

“哮喘？严重吗？”

“很快就好了。我患的是突发的小儿哮喘，不吃药也可以自愈的那种，吃了药就好得更快了。因为长期睡硬板床，所以我长得很高。”

“有研究表明睡硬板床和身高有直接联系吗？”

其实郗羽也不知道是否有这方面的论文，她一阵心虚，然而还试图解释：“应该是有关系的。比如我和我姐，我姐就睡软床，比我矮了近十厘米。”

“我宁愿相信是基因差异，你和你姐姐不同之处很多。”

李泽文说着离开卫生间，此时的他看上去精神奕奕，属于教授的气质又恢复了。

郗羽把最后一块鸡蛋饼铲起放在盘子里，招呼李泽文来吃早饭。

“我平时很少做中式早餐……味道可能不好，你将就一下。”郗羽说。

李泽文坐到餐桌旁，看着桌子上的粥、小菜和鸡蛋饼，不算复杂，但看得出她的用心，她竭尽所能让早餐变得精致。

“味道不错。”他品尝后对郗羽道。

“那就好。”

郗羽松了一口气，眉眼不自觉弯了起来，脸上的酒窝一闪一闪的。

“郗羽，”李泽文连名带姓地叫她，“其实我之前有些担心。”

“担心什么？”

“担心你不能适应有我的生活方式，但现在看来，你似乎还算适应。”

郗羽顿了顿，诧异地看着自己的男友。

“嗯？不适应有你？你什么意思？”

“单身的人有最大程度的自由，而恋爱乃至婚姻是不自由的，充满了各种隐形的限制与约束。单身太久的人往往不会很好地接受这种变化，或者低估了这样的变化对自己的影响。我很担心你是其中之一。”

郗羽思考了一会儿，她知道李泽文的这番谈话触及了两人关系的核心。他们确定男女朋友关系时日很短，没时间好好谈一谈过去和未来。

然而这又是一个无法回避的问题，他们早就不是十几岁的青少年，都是极度理智的成年人，他们需要一场真正意义上的沟通。

“你说得有道理，我已经非常习惯按自己的方式生活。这些年来，从潘越死在我面前开始，我已经做好打算，这辈子不谈恋爱不结婚。起初，我可能是为了避免罪恶感，想要对潘越弥补才产生了这样的想法；上大学后，我意识到自己想成为科学家，我想出国读博深造，两种想法交织在一起，互相影响，我更坚定了独身的念头。”郗羽很少这样一口气说这么长的话，这番话在她心里也盘桓许久，今天对着李泽文说出来也不失为一种好的选择，“我认为，科学成就才是永恒的，看看牛顿，他没有结婚生子，但世界上又有谁不知道他呢？至于普通人，结婚生子又如何，人死如灯灭，就算子孙后代最多也不过记住上溯三代人。比如，我连我曾祖父曾祖母叫什么都不知道……我是用这样的态度看待自己可能要度过的一生的。”

李泽文没表态，听着她继续说下去。

在郗羽这里，一定会有一个“但是”的。

“我大致上算是意志比较坚定那类，一旦下了决心，就会照着这条路往下走，不再考虑别的路径。所以认识你时，我不认为我们会发展出什么关系。更何况，你堪称完美，外形无可挑剔，才智超群，就像赵蔚说的那样，‘是绝大多数年轻女性的理想对象’，”郗羽伸出手丈量了自己和李泽文之间的距离，“我和你简直不是一个世界的人。”

李泽文明白她对自己的心态，但此时听到她亲口说出来，心情也有些复杂。她有一定的自我能力否定倾向，往往不会意识到自己的优秀。

“你这么看待自己吗？”

“嗯？”郗羽没听懂。

“你非常优秀。”

“我不这么觉得，我只是比较勤奋而已。”

李泽文没让这场谈话变成商业互吹，他转开话题：“除了我之外，在你的追求者里，也有一些非常出众的人。比如 Steve Davis。”

“你知道他？”郗羽有点吃惊。

“剑桥城的中国留学生基本上都知道他追求你的事，也传到了我这里。”

郗羽长长呼出一口气。Steve Davis 是那种较为少见的美国人，出身富豪之家，居然沉迷科学，两人在同一个课题组，在学术观点上颇有共同语言，相处得很愉快。然后不知怎么回事，在学院的某次集体活动中，他居然当着数十人的面对她表白，没想到居然还传到了李泽文耳朵里。

“他是个很好的人，每个人都觉得我错过他很可惜，甚至包括赵蔚都有些遗憾，”郗羽轻轻摇了摇头，“但我对他，真的只有同学之谊。感情真的完全勉强不了。”

李泽文看着她，笑意从他唇边慢慢溢开。

郗羽说：“教授，你的出现对我来说，是一个意外。我自己都不知道，是从什么时候开始，你在我生活中的分量越来越大……也许是你在我论文上的批注，也许是你给我的人生建议，也许是在南极时你发给我的每一封邮件，还可能是我昏倒后在医院醒来时，一睁开眼就看到你……如果是一道数学题，我可以分析出解题的每个步骤，但感情的产生和酝酿则不然，这是非理性的东西，我也拿它无能为力。”

清晨的阳光照着他的侧脸，有一种迷惑人的魅力。

“你说得没错，对于选择走进一段恋爱关系，我内心深处的确存在着一些不习惯，还有很多对未来不确定的怀疑，”郗羽直视李泽文，眼睛亮晶晶的，“但不论如何，现在的我已经明白，我喜欢你，想和你在一起，并且愿意承受失败的结果。”

李泽文摘下眼镜放在桌上，对她伸出手来。

“坐过来。”

两人原本相对而坐，李泽文这么一说，郗羽微微一怔，准备起身拖动凳子坐到他身边时被他揽住腰，然后跌坐到他的大腿上。

身体落入温暖怀抱的时候，一个不容抗拒的吻果断地迎了上来。

对这一幕郗羽不能说完全没有心理准备，她是成年人，当然知道男女朋友之间会发生什么。但有心理准备不等于身体也做好了准备，她觉得这一切有点快，快得让人头晕，她想要避一避，可她挣扎了几下，反而把自己更深地推到了李泽文的怀里。她头一次意识到，原来男女之间的力量差距有这么大，原来李泽文也会有如此有侵略性的一面。

这个吻并不是她所看电影中的那种一触即分的吻，而是更具掠夺性和控制欲。如果不是因为已经坐在李泽文的腿上，郗羽早就因为双腿发软滑到地面了。

可能因为太过聪明太容易看透人心，能在最短的时间里评估每一件事，李泽文对所有的事情都胸有成竹。因为一如既往地占据上风，所以他看上去特别有风度，有气度，从容不迫——至少在郗羽的印象中是如此。大概就因为他身上这样的特质，郗羽意识到自己可能忽略了李泽文身上的另外一个特点——他极强的控制欲。

李泽文的手臂紧紧箍着她的腰，他的呼吸和她的交织在一起，她后退一分一毫都做不到，无处可逃，无处可避。气息交错间，郗羽看到了他的眼睛，他的眸光那么闪亮，比清晨的阳光还要灼热，就像火种一样，燃遍两人的身体。

“专心。”李泽文在她耳边轻轻吐出这句话。

“……”

郗羽明白了，李泽文就没打算放过她。

他正在索要这两年来的利息。

这个吻持续的时间比郗羽想象的长很多。

不知道过了多长时间，两人的气息终于平稳下来。

郗羽有很长一段时间紧张到几乎忘记呼吸，此时近乎虚脱，只能搂着他的脖子，整个人像没力气的蔓藤般攀在了他身上。身体如此之近，郗羽感觉到他胸膛的震动，感受着他温热的呼吸，她知道，他的心情很愉快。

“……太过分了，你太过分了。”

她的脸靠在李泽文的脖颈处，她忽然很想模仿某个吸血鬼咬李泽文的脖子一口，但……埋藏在她基因里的本能告诉她，现在最好别惹李泽文。

李泽文“嗯”了一声，并不否认她的指控，轻轻拍着她的后背。

“因为我爱你。”

郗羽还能说什么呢?

有人说两情相悦是世界上最快乐的事情，大概就是此时此景了。

李泽文把她抱到沙发上，然后收拾了餐桌并洗了碗。

他当然不能完全当客人，他的教养也不允许他看着女朋友做饭洗碗，自己什么都不做——郗羽看着他做家务，只觉得这种熟练程度和自己不相上下，甚至还要更高明一点，果然是独立生活多年的人。

这个白天两人没有什么别的安排，郗羽陪着李泽文把普林斯顿附近的博物馆全都刷了一遍。作为一个学习压力极大的理科生，郗羽对博物馆兴趣不太大——至少绝对不会主动寻找博物馆来参观。她在波士顿这样的历史重镇待了五年时间，一处博物馆都没去过。

李泽文恰好和她相反，他相当喜欢逛博物馆，这简直是他日常生活当中的一个爱好了。他到任何一个地方，只要时间允许就一定会去参观。

“想要最有效率地了解一个地方，逛博物馆是最好的选择。”李泽文如此说。

“要看人，只有跟着你逛博物馆，才会有这样的收获。否则不过是浮光掠影，也不能从中获得什么。”

郗羽的确受益匪浅。以李泽文知识面的广度和深度，再加上他的钻研精神，自然可以把博物馆里的每件文物、艺术品讲得头头是道，郗羽觉得他比最专业的导游还要出色。

中午的时候两人还是在家里吃的，郗羽发挥毕生功力，做了几道拿手菜。李泽文倒是也想参与，他认为厨房不是女人的阵地，俩人都应该参与，被郗羽拒绝了：“让你看看我的手艺，如果你要展示你的厨艺，等我去你家再做给我吃。”

桌子上摆上了四个菜：糖醋排骨、糯米蜜藕、酸辣土豆泥，还有个西红柿牛尾汤，就是郗羽最拿手的几个菜，堪称她厨艺的巅峰。

“尝尝看。”她说。

李泽文对她的厨艺做了表态并用了“色泽红亮”“酸甜适宜”“鲜美滑嫩”等华丽的形容词来赞赏她。

也许他的话有夸张的成分，但郗羽照单全收。所谓入乡随俗，他既然选择了自己当女朋友，那自然要接受自己好或不好的厨艺了。

“尤其是考虑到你做这顿饭的用时，桌上的几个菜就显得更美味了。”他继续夸赞。

郗羽做饭的时候，他也时不时搭把手，注意到郗羽的时间控制能力非常高超，这四道菜的统筹安排简直天衣无缝，一个锅里同时煮着土豆又蒸着糯米蜜藕。

郗羽理所当然地道：“这是很自然的，想要吃得好一点，又想要快一点，只能抓紧时间了。”

李泽文给自己盛了一碗汤，眼睛带上了浓浓的笑意：“嗯，好习惯。”

郗羽做了一大锅糯米蜜藕和糖醋排骨，中午的时候她和李泽文只吃了一小部分，剩下的她用饭盒装好，带到了晚上的留学生聚会现场。

早在几天前，吕子怡就打电话给郗羽，请她参加在自己公寓办的留学生聚会——郗羽原本想拒绝，但李泽文认为她应该多参加这种聚会，建立起一定的社交关系不是坏事，更何况聚会的参与者都是数学和物理系的学生，一群站在智商巅峰的人，在学术界互通有无是必要的，许多研究成果就是在这样的交流中产生的。

聚会的场所就在吕子怡的公寓里。客厅很是宽敞，大约有三十多平方米，容纳十多个人聚会不成问题。刚到普林斯顿大学的时候，郗羽因为吕子怡的邀请来过她家一次，现在熟门熟路地找到了地方，然后敲门，进屋。

吕子怡原本是笑着的，在看到李泽文之后睁大眼睛：“学姐，你的男朋友难道就是李教授吗？”

之前在电话里，郗羽已经和她沟通过“我可不可以带着男朋友过来”，吕子怡听了之后吓了一跳，但立刻说没问题。

李泽文对她点头：“打扰了，谢谢你的邀请。”

吕子怡的社交能力十分卓越，她连忙摆手：“李教授，你太客气了。你能来我很开心。两年前我和叶一超还在你家里吃过一顿火锅呢……是不是，叶一超？”

站在窗边和别人说话的高个男生回过头，走过来和两人打了个招呼。

“原来你们认识？”郗羽也有点吃惊。

面对郗羽有点困惑的眼神，李泽文三言两语地解释了原因：吕子怡、叶一超两人和李知行、唐宓两人关系不错，他和这两人也因此结识。

公寓里已经有六七个面熟的男生，正围着茶几玩一款桌游。

介绍了李泽文后，郗羽带着自己做的食物到了厨房，和吕子怡一起加热众人带来的食物。吕子怡举办的聚会大都是potluck（百味餐）制，每个人带上自己做的一两道菜或者买的菜，能凑成琳琅满目的一桌。

吕子怡整理着餐具，郗羽守着微波炉。

“学姐，你今天好惊艳。”吕子怡说。

郗羽今天确实是仔细收拾了一下自己，她化了妆，放下了长发，换上了自己最漂亮的裙子——还是在国内参加李知行婚礼时李泽文出资买的那套。看到她换上这身裙子，李泽文当时就笑了，那种“忍俊不禁”的笑容保持了半分钟之久——郗羽知道他在笑自己当时拒绝这身衣服然而又巴巴地带到美国来——郗羽恨不得咬他一口，她只是因为这么贵的裙子不穿可惜了才带来的！

“呃……还好吧。”郗羽有点不好意思。

吕子怡看了客厅一眼，压低了声音问她：“是因为女为悦己者容吗？”

不得不承认，郗羽是有点这个心思的。没有男人不希望女友漂亮，就算再看重女友精神内核的男人也不会例外。

吕子怡已经从郗羽脸上看到了答案，她道：“之前，赵蔚学姐告诉我，你对恋爱没什么兴趣。所以有点好奇你的男友，更没想到你的男朋友是李教授……你们刚刚确定关系不久吧？”

“我以前的确是这么想的，但是此一时彼一时，”郗羽承认，“我回国这一个月发生了许多事情，我意识到必须改变自己了。”

“那真是很难得了。学姐，你的博士后合同是两年吧，这两年时间就要像牛郎织女那样分居两地了？”

“是的，我们周末和节假日见面，这周他来新泽西，下周我去波士顿，是这么说定的。”

吕子怡想了想，忍不住摇头：“感觉很辛苦。两年后呢？”

“我还没怎么想过，只能过一段时间再看再确定。”郗羽说。

正常情况下，两年后李泽文应该可以评上正教授，而她可以回波士顿找教职或者做第二轮博士后。问题是美国政局变换，李泽文也打算几年后回国，她很难提前两年定下方向。

“是啊，计划不如变化快，”吕子怡顿了顿，“以后的事情，谁又说得准呢？”

烤箱“叮咚”一声，吕子怡快步上前，从烤箱里端出一大盘非常漂亮的比萨——这就是今晚的主食了。

比萨上桌的时候，李泽文已经通过玩桌游和屋子里的几位男生熟悉起来。李泽文今天穿得非常休闲，印着校名标志的网球衫和牛仔裤，看上去和众人完全没有年龄上的差距感，大家相处起来也就自然多了。

所谓的留学生聚会，无外乎吃喝玩，每个人都带来了不少食物，在吃吃喝喝中，本来没有关系的人，都可以迅速建立起良好的关系——对中国人来说没有什么交情是不能在吃饭中建立起来的，如果没有，那就再吃一顿。

各种学术进展、各种恋爱故事、各种悬疑故事构成了餐桌上的聊天主题。

这里面还包括了今夏最热门的“知名主播‘程茵’谋杀自杀”事件，因为警方的公告在关键细节上语焉不详，此时男生们发挥了自己的想象力，想法也五花八门，谋杀理由也想了几十个，这让知道内情的郗羽简直无语。

吃饱喝足后众人又开始玩桌游，由若干张微观粒子的图片制成的牌和骰子、旗帜等小道具组成，郗羽闻所未闻。

李泽文指了指一个叫崔维的男生：“是他原创的游戏，一款非常有趣的博弈游戏。”

崔维不好意思地笑了：“李教授，过奖了。”

郗羽原本不打算玩这款桌游，但被李泽文推了上去：“去吧，我教你。”

“这才几分钟，你已经学会了？”

李泽文笑了笑，看着众人征求意见：“我当郗羽的场外指导，各位介意吗？”

大家当然不会介意。

在李泽文的教导下，郗羽迅速掌握了游戏规则——这是一款脑洞很大的游戏，就是利用制定的一些规律，让不同种类的微观粒子进行PK（对决）。

“很有趣。”郗羽由衷地感慨，“崔维，你很厉害啊。”

崔维被夸奖后，腼腆一笑，脸都有点红了。

这是以物理知识为背景的博弈类游戏，数学物理系的诸位有天然优势，但郗羽有李泽文这个场外指导，居然也不落下风。又一轮结束，郗羽居然占了上风，第一个跑完手中的牌，叶一超第二个。

在众人的称赞声中，李泽文对崔维道：“这款桌游的思路非常好，你有没有考虑做APP游戏？”

“嗯？”崔维一愣，他作为一名专业方向是弦论的理论物理研究生，在商业上的敏感度非常低，“改手机游戏？会有人玩吗？”

“游戏有些小众，但在成熟的细分化市场里会有好处，选择合适的推广方式，将来很有市场潜力。我认识一些游戏开发商，如果你需要，我可以代为介绍。”

崔维连忙道谢，和李泽文交换了联系方式。

聚会持续到晚上十点，然后众人告辞离开。看得出吕子怡还想再留叶一超再坐一会儿，不过被他拒绝了——他解释说要回去赶论文。

留学生们大都在劳伦斯公寓住，和郗羽所在的湖畔公寓在两个方向，路线并不是同一条，下楼后就应该分道扬镳，不过两人没走几步，叶一超叫住了李泽文。

李泽文显然早有预料，他在树下停住了脚步："什么？"

"我想请问你一件事，"叶一超问，"听说李知行和唐宓结婚了，是吗？"

"是的。一个月前结婚的。"

叶一超站在树下，只垂了垂眼后又抬起头来，态度很镇定——至少在郗羽看来，他情绪很稳定。

"唐宓在李家过得好吗？"

饶是李泽文，一时间也有些哑然。他知道这问题的答案，也知道叶一超为什么要问这个问题。李泽文知道叶一超有着一颗数学天才的大脑，当这颗大脑处理起感情时又会怎样？

他最后只道："我相信他们两人能处理好家庭关系。"

"我明白了。谢谢。"

叶一超思索了片刻，又平静地点点头，转身离开。

郗羽听了半天哑谜一样的交谈，半晌才回过神，她握住李泽文的手。

"你们在谈什么？叶一超和唐宓怎么了？"她大脑里存储的八卦不多，只知道两人是高中同学，并不觉得他们有什么暧昧关系。

"这是一个很长的故事，你想听吗？"

"想听。"

李泽文徐徐说起往事，二十分钟后，郗羽了解了所有的前因后果——一个失去和拥有、错过和坚持的故事。

而这就是人生，每个人都在一条无法逆行的单行道上行走，直至走向未来。

郗羽思索了一会儿，开口问："我们会这样吗？"

没头没脑的一句话，李泽文依然瞬间跟上了她的问题："不会。"

“这么肯定？”

“因为我会将生活的不可控性降到最低。”

李泽文捧着她的脸颊，在她眉眼间轻轻一吻。

森林树影憧憧，一阵夜风吹过，树叶沙沙作响，如潮起潮涌一般，这可能是地球上最古老的歌曲了。

这首树叶之歌在两人身边稍作停留，又卷走两人说话的尾音，飞往人力不能及的遥远天际，直至化作这颗星球上大气层中的小小涟漪。

番外三

平行世界 / ZENG NI YI YE XINGKONG

1

郗羽和李泽文分居两地的事实两年时间内无法更改，她又坚决不肯让李泽文每周都跑新泽西看她——恋爱是两个人的事情，她怎么能让李泽文每周末花七八个小时往返？所以她和他约定，这周你来我这里，下周我去你那里。

第二周周五下班后，郗羽启程前往波士顿。晚上九点时，她已经坐在李泽文的客厅里了。

这是她第一次来李泽文的家。这套房子坐落在哈佛大学西北边，距离大学四五公里，和她那渺小的公寓不同，这是一套非常典型的临街美式独栋小楼，被一圈白色的木篱笆环绕着，屋子前方有一个很小的花园，一层是客厅、厨房、书房，二层有三间卧室，除此外还有两间阁楼和地下室。

至于室内装修布置，和他在首都的那套大房子有些相似，空间很宽阔，装修简洁舒适，什么东西都摆放在最适合的位置。

房间足够多，自然不会再出现“睡客厅”这种悲催的事情。李泽文带着她穿过客厅，走上楼梯，把她带到二楼的某间卧室，告诉她这就是她的房间。

这间卧室使用面积比较大，主题颜色是灰蓝色调，装修简洁美观，除了必然有的床之外，还放了书桌、书橱等家具。

“我还有一些东西在赵蔚那里，我可以拿过来放在这里吗？”郗羽问。

李泽文揉了揉她的头发：“这里也是你的家，你想放什么都可以。”

“好的。”郗羽又问，“我告诉赵蔚我们俩的事情了，她说明天请我们吃饭，和她男朋友一起，来个 double date（四人约会）……嗯，你有时间吗？”

李泽文当然不会说不好：“明天中午吧，我来请。晚上有别的安排。”

“嗯，也好。”

“赵蔚也有男朋友了？”李泽文问，“你们还真同步。”

这事儿确实有点巧，郗羽重重点头：“是她大学同学，也是前男友，具体我就不知道了。明天可以仔细问问。”

她在卧室里放下自己的行李箱，迅速收拾了一番，又和李泽文去到楼下的书房里。

李泽文的书房比她此前见过的任何一位教授的书房都更像书房。超过三十平方米的书房铺着厚厚的地毯，有一面窗，三面书墙，中央摆放了书桌和三张休闲绒椅。书架上的书跨越了两千年的时间和多种语系，使得这里不太像某个人的书房，反而更像一家书店。

以欧美图书的价格，这书房里的藏书也堪称一笔可观的财富了。

李泽文微笑，拉着她的手在休闲椅坐下，给她泡了一杯咖啡因含量较低的咖啡，又端来一盘三明治放在茶几上。

“为了赶飞机你多半没吃好，再吃点。”

郗羽其实不太饿，但为了李泽文的心意，还是吃了一块三明治，又把自己的身体完全交给这舒适得过分的休闲椅上，长长呼出一口气。几个小时的车船周转后，休闲椅上的天鹅绒面料是那么的松软，她觉得浑身的骨头都放松了。

“这才是真正的藏书破万卷吧。”

“不到万卷，差不多六千册。”

“……”

“我看到还有很多法语和德语的书？”

“查阅资料用的。”

“你懂法语和德语？”

“不算精通。研究哲学和政治绕不开这两门语言，汉译和英译多多少少都有一定程度偏移原文的精髓。”

“不算精通”就是“比较擅长”的意思，一个相当谦虚的说法。郗羽没说话，只看着李泽文抿嘴笑。

李泽文很难得地完全抓不到她笑容的意思，不得不问：“……怎么？”

“我在想你的头脑到底有多好用啊……你能过目不忘吗？”郗羽问。

“太夸张了，我没有你想象得那么天才，”李泽文摇了摇头，他单手支着下巴，“告诉你一个秘密，我挂科过。”

“啥？”

郗羽的眼睛腾地亮了：“快说说看！”

看到她兴奋得好像一节刚刚充好电的电池，李泽文有些无言，也有些好笑，不过他还是满足了郗羽的好奇心。

“我之前告诉你，我十七岁到美国上大学，因为未成年，大一一年我住在一位表叔家中，我表婶是斯坦福大学的教授，平时会监督管理我。大二时，我成年了，于是搬了出去，租了一间公寓独自生活——我平生第一次没有人管束，得到了极大的自由。当时学校的学习压力很大，再加上课程里学的东西我不以为然，于是，我像每个堕落的大学生那样，沉迷于社交和娱乐，考试的时候临时抱佛脚，所以挂了一科。”

郗羽自认为和天才有遥远的距离，但从小到大，她还真没松懈到挂科的境地——最差的成绩就是在他的课上得到的。但李泽文给她的感觉就是拿着人生攻略书，一路走捷径的那类人，挂科这种弯路应该不会出现在他的人生里。

“原来你也还有这样的一天啊，也会偷懒，也会玩世不恭……”郗羽感慨，“感觉还挺可爱的。如果能在那时候认识你，应该会很有趣吧。”

李泽文看着她，眼眸带着笑意：“那时候认识我，恐怕你不会对我留下好印象。”

郗羽想了想，李泽文十八岁的时候，自己十三岁——那时候的自己正沉浸在潘越去世带来的一系列精神创伤中，整体状态极差，看异性如同恶鬼，大概真的不会对他留下好印象。

“嗯……可能是这样的。”

李泽站起身走到她身边，轻轻拍了拍她的头顶：“不论你怎么想，但我希望，能在那个时候遇到你。”

“嗯？”郗羽抬起头。

李泽文没再说什么，只伸手拉她站起来。

“很晚了，去睡觉吧。”

2

头一次在男朋友家过夜，郗羽还算习惯，睡得很不错，还是被手机闹钟叫醒的。

一看时间恰好早上八点，她换衣服、洗漱后就下了楼。或许因为屋子太大，门与门的隔音效果太好，郗羽听不到什么声音，无法判断李泽文所在，只能一间间房间找过去。卧室空的，客厅、厨房也空空如也。

书房门虚掩着，郗羽推门进入，李泽文已经一身正装，正坐在书桌前专注地瞧着电脑，手指击打着键盘。

郗羽朝他走过去，准备来个清晨的早安，然后差点跳起来——这一大早的，李大教授居然端坐在电脑前，一心一意地操作键盘和鼠标，正在打游戏。没错，在这早上八点、凉爽舒适、空气中充满了负离子的美好时刻，李教授坐在书房打游戏。

“你这……是在打游戏？”她吃惊得几乎要结巴了。

“稍等。”

李泽文没有回头，继续操作键盘鼠标。郗羽看向屏幕，屏幕上是张花花绿绿的大地图，几十号动画小人儿在发生激烈的战斗，李泽文在操作界面点点点，两分钟后战斗似乎结束了，李泽文终于侧头，看着她。

郗羽眼睛睁得浑圆，双唇微张，一脸难以置信的样子。这样的表情让李泽文觉得很受用，于是笑着伸手戳了戳她的酒窝。

“这么吃惊？”

“是啊，我很意外，你居然玩游戏！”

作为一名一心一意读书的学霸，郗羽对游戏没什么了解，也不打算去玩，毕竟太浪费时间。以己推人，李泽文也不应该对游戏产生什么兴趣。

“这游戏好玩吗？”郗羽问。

“相当有趣。”

“是吗？叫什么名字？”

“《Strategy（运筹帷幄）》，一款战棋策略游戏。”

听名字就十分高深，郗羽猛然想起，前不久李泽文审问程若时说过一句“你玩过策略游戏吗”。估计他那会儿就在玩这个游戏了吧。

“这家游戏公司准备推出一款新的策略游戏，请我帮他们做新游戏的背景设定。所以我要玩他们以前的同类产品，初步了解游戏的框架。”

这个理由听起来还挺充分。

“要不要来试试？”

能让李泽文一大早就玩的游戏，郗羽也真有点好奇，当即说“好”。于是李泽文起身，让出自己的座位，站在她身边开始教她玩游戏。

这游戏的剧情梗概很简单，在一个复杂的奇幻世界里，群雄争霸，玩家作为某个群体的代表，要尽快让自己的族群发展壮大而进行一系列战争。郗羽理解能力不差，再加上有高人指导，十分钟后她已经明白游戏的核心在于玩家的战略规划能力。

郗羽移动鼠标，建起了一个瞭望塔，和李泽文交流心得感想：“看来玩好这款游戏，要掌握很多知识——地图学、运筹学、博弈理论……”

“是的，这也是策略类游戏有趣的地方。不过游戏难度也没有那么高，毕竟游戏不可能达到现实世界的复杂度，掌握这些学科的入门级知识即可。”

“嗯嗯。”

“那你准备做设定的游戏是什么？”

“一款科幻背景的策略游戏，《星河》。”他话很短，但每个字都很关键。

“星河？科幻？策略游戏？”

李泽文俯身接过鼠标，从电脑里调出几份文档给她看。

《星河》这款游戏的背景相当简单：作为银河系的某个文明，如何在最短的时间最有效率地占领银河系，发展为银河帝国。

在李泽文的设定中，《星河》这款游戏自由度很高，玩家的出生地、星球周围的文明程度不同，玩家所在的文明可以通过多条路线来达成目标。比如可以简单直接地发动战争完成目标；可以用“高筑墙，广积粮，缓称王”的策略；可以用合纵连横、发挥嘴炮功能来完成目标；还可以通过发展经济，建立经济联合体完成目标；甚至可以通过不结盟，发展生物科技来完成目标……

脑洞如此之大的游戏，郗羽的佩服之情油然而生。

“要是我当年玩了这种游戏，大概文科成绩会好上不少吧。”

“这家公司之前出品的策略游戏，好几个都被美国教育机构选为政治学和企业管理专业的入门辅助教材。”

“这才叫真正的寓教于乐吧。”

“策划不止我一个人，还有两位哈佛的教授。”

“嗯，”郗羽盯着电脑屏幕思考了一会儿，又抬头看着李泽文，很谨慎地提问，“问个问题，你们应该不是义务帮忙吧？有报酬吗？”

“当然有，”李泽文道，“差不多是我两年的薪酬。”

郗羽知道教授除了工资和科研经费外，其他赚钱的方式也很多，比如做公司顾问、写专栏、接各种项目。但她真的没有想到，居然还有从游戏公司赚钱的操作。

“那这个收入还可以。”

李泽文瞧她一眼，笑道：“我说过，我会把婚后的每一笔收入都告诉我老婆的。”

郗羽一愣，想起了前不久有一番类似的话，脸颊慢慢红起来，下意识道：“啊……我又不是你的老婆……”

李泽文露出意味深长的笑容，徐徐道：“嗯，所以说你准备食言了吗？你打算放弃对我的所有权？”

“没有，没有啦……”她从椅子上蹦起来，牵住李泽文的手，眨眨眼道，“好了，咱们去吃早饭吧？一会儿还要出门呢。”

李泽文失笑，关上电脑，任凭郗羽牵着自己去吃早饭。

吃过简单的早饭后，两个人又去刷波士顿的历史博物馆——郗羽此前在这座城市待了几年，除了剑桥区的几处科学博物馆，别的博物馆完全没有兴趣。此时和李泽文一道，才知道波士顿居然有着各种类型的历史博物馆。

正值周末，参观人数众多，“宪法号”的甲板上人满为患。郗羽好不容易才抓到机会，仔细观摩两百多年前的船用滑膛炮。

然后她对李泽文发表意见：“我总觉得，就美国这么两百来年的历史，还能称之为历史吗？”

李泽文点头：“是短了点，但信息密度很高。”

“嗯？”

“美国建国时间虽短，但历经多次变革，每一天都有新的发现、新的变化，出现新的事物，从历史研究的角度来说，价值非常高。”

“有道理。赵蔚说过，人类对时间的感知与我们对外界信息的接受量有关，接触的新鲜东西越多，大脑就会感觉时间越长。历史是时间的累积，所以也是如此吧。”

“对，”李泽文牵着她的手穿过桅杆和密密麻麻的绳索，“我喜欢历史。”

“那你没有学历史专业？”

“历史是原材料，加工后才能进行食用，我现在做的就是其中一种加工工作。就像这艘船，它是18世纪历史在21世纪的投影。你可以对投影进行妥善的加工，读出你需要的知识。要知道，除了自然科学之外，社会科学也是很生动的。”

郗羽抬眸看着这艘风帆时代的木质大帆船，甲板上有火炮、绳索、船轮、水手结……此时再看，和之前上网看的感想也已经完全不一样了。

生活中充满了这么多的惊喜和未知。郗羽想，只要和李泽文一起，恐怕永远都不会觉得无聊吧。

3

刷完了博物馆后，两人去了预约的日料餐厅——赵蔚和她男友韩肃已经到达了。

韩肃人如其名，相貌很端正，不笑的时候五官天然有些严肃，但笑起来显得非常爽朗。

点单后，韩肃和郗羽开玩笑：“你的房间现在被我接收了。”

郗羽莞尔：“作为赵蔚的前任室友，我要提醒你，赵蔚是百里挑一的好室友，你有福气了。”

“是的，认识她是我一生的荣幸。”韩肃认真道，并和郗羽碰了碰杯子，“为我们共同的好室友，干杯。”

赵蔚对他俩人这样无脑吹的行为表示了无视，转而和李泽文说话。

“李教授，你给郗羽论文打 B 打 C 的时候，我当时就告诉她，你对她有好感，她完全不信。”

郗羽掩面：“哎，别说了。”

她猛然体会到了“损友”的感觉，明明赵蔚之前从未体现出这样的特质。

李泽文对赵蔚点头：“你看人很准。”

“其实也谈不上，你做得很明显，只有她这样迟钝的人发现不了，还以为你存心针对她。”赵蔚笑，“当然，后来她生病了你照顾她那会儿，我就更肯定了。”

郗羽在一旁咳嗽，试图找回存在感，然而两人并不理她。

“谢谢你这么多年照顾她，”李泽文说，“有时候我都觉得，这几年你把她保护得太好了，恐怕会提高她对男朋友的要求。”

赵蔚狡黠一笑：“那你能达到要求吗？”

李泽文摊手：“因为距离原因，大概很难比你做得更好了。”

赵蔚“扑哧”一声笑了：“如果你们是在她毕业之前确定关系，也许不必分居两地。就像我一样，做博士后现在还在剑桥区混。”

李泽文道：“普林斯顿已经很近了。她当时的其他选择距离更远，所以我还是很幸运的。”

赵蔚知道郗羽当时的选择，不得不承认李泽文说的是事实：“所以啊，这两年辛苦你了。”

“应该的。”

韩肃瞧着两人：“你们一本正经的，好像政府部门在交接工作一样啊？”

郗羽也提高了嗓门：“喂，你们不要当我不存在啊！”

她这句话声音提高了八度，恰好此时餐厅里所有人在这个瞬间都陷入了静默状态——于是这句突兀的中文忽然变得极有存在感，餐厅里的许多客人都看了过来，郗羽简直囧得想钻到桌子下，一桌人都笑了。好在此时一道道海鲜端上了桌，四个人边吃边聊。

赵蔚作为一个侦探小说谜，吃饭时仔细打听“知名主播杀人事件”的前后细节，好奇心得到极大满足。

末了，她对李泽文道：“李教授，幸亏有你在。如果没有你的参与，程若依然逍遥法外，真相依然被掩埋着，真可怕啊。”

郗羽不寒而栗：“是啊，在某个平行世界里，她的确可能还在电视上耀武扬威。”

说着，赵蔚举起杯和两人碰了下：“感谢你们的感情，解决了人类社会中的一个特殊的犯罪者。所以，爱情不论如何都是好事。”

似乎有点文不对题的感喟，但大家都笑了。

一顿饭吃到下午两点后，四个人兵分两路，奔赴下午的安排。

李泽文专心驾着车，郗羽坐在副驾驶位置上，默默观摩了一番这辆车的内饰——李泽文的另一辆车还停在她公寓楼下，这辆是他新买的，一辆白色的丰田凯美瑞，朴实无华。

她有感而发：“我再一次意识到，我们的经济条件差距太大了。”

这一点两人都心知肚明，但郗羽提出这件事的时机明显值得商榷。

“为什么有这样的感慨？”

“刚刚赵蔚提醒我的。”

刚刚的午餐是李泽文结账的，等两名男士取车的时候，赵蔚对郗羽发表了如此感慨：“我以为你就算恋爱也是会和男人 AA 制，现在你总算能让男人付账了，是好的变化。”赵蔚的说法让郗羽无言以对。

李泽文平稳地开着车，语气也不动声色。

“关于这件事，你有什么想法吗？”

“以前安安跟我说过，和马臻家境差距太大的事，没想到我也遇到了这种事。”郗羽瞧着熟悉的街景，以一种很稀奇的语调说。

古人有云，富贵如浮云，得不足喜，失不足忧。郗羽独身的时候的确能做到这样超然，但现在的她已经很难做到这一点，对比起李泽文和她的经济差距，她意识到自己也不过是凡人一个。其他人要面对的问题，她终究也要面对。

“都有哪些事情，说来听听。”

“生活中的方方面面都能感觉到这种差异，比如买礼物、吃饭谁结账这类，”郗羽抱着自己的水杯，说，“大事的话，王安安的爸爸是县招商局的领导，有比较重的招商引资的任务。马臻知道这件事后，就去安县里搞了个投资项目，帮她爸完成任务。”

李泽文问：“王安安怎么看待这件事？”

“她说有种很奇怪的感觉，像在一个人面前展示弱点，很尴尬，很无力。”

“你怎么回复她？”

“我当时说她这是奢侈的烦恼，”郗羽说，“现在终于有点体会到她的心情了。”

“确实是奢侈的烦恼，王安安是怎么克服这个问题的？”

“她直到现在也没完全克服这个问题，只说‘走一步看一步’。但不论如何，保持自己的心态，留好退路是起码的。”

“你准备和王安安保持一样的态度？”李泽文问，他也想知道郗羽的答案。

郗羽往往会给他带来意外，他也无从得知她的每个想法。

汽车在林荫道上行驶，午后阳光被树荫分割成一块块的光斑，从车子里高速掠过。

两人间的经济差距使得她开始思考“钱对恋爱有什么影响”——她当然可以不思考，但是李泽文一定会思考，她做不到把这些现实的问题全都扔给他来想。

“我的原计划是一直打算还你钱的。你之前往返南都那么多次，还有蒋园姐那边的支出，花销应该不少，但现在，我不是很确定了。”郗羽的眉头轻轻皱了两下。

“不确定什么？担心我不高兴？”

“我设身处地地想了想，假设我很有钱，而你……”郗羽咳嗽了一声，然后颇有气势地挥了一下手，“是个北美穷博士，我一定完全不介意在能力范围内挣钱养你。如果你勤奋工作，攒钱后非要还钱给我，为了顾及你的自尊心，我也会收下。”

李泽文抚额，然后放声大笑。

“我真的太荣幸了，你是世界上第一个说愿意养我的女人。”

郗羽瞪他：“有那么好笑吗？”

李泽文的笑容慢慢收住，踩了一脚刹车，把车停在路边的树荫下，然后解开安全带，倾身过去抱了抱她。

“我很开心。”

“嗯……好吧，你开心就好。”

看着他眉眼间的浓浓笑意，郗羽瞬间有“能博美人一笑，于愿足矣”的感想。她内心虽然不愿意承认，但李泽文这张极其符合她审美观的脸确实是动摇她死水般心境的主要原因之一。

“不过，我想归想，我们的实际差距是存在的。我们的经济差距不是我的几个想法能改变的。纵观我这一生，变富的概率低到忽略不计，独身一人的话大概奋斗到四十岁才能攒足房子首付的程度——这还是不发生通货膨胀的前提下。”郗羽以理科生的实事求是精神说。

李泽文道：“关于这件事，你完全搞错了重点。我们和王安安夫妇，还有知行、唐宓是不同的，他们的经验无法套用在我们身上的。”

“嗯？”郗羽一愣。

“因为我们的身份和他们不同，我们都是科学领域的研究者，是这世界上最理智的人之一。我们研究的事物虽然不同，但人生的最高目标都是追求真理而非物质享受。我们是实事求是的人，这才是你我之间最大的共同点。”

郗羽觉得眼前的迷雾正在散去。

“探索未来、追求真理是我们生活的重心，我们充分理解并支持对方的工作，其他因为经济差距带来的生活习惯问题，都可以通过商量解决。正如此时此刻。”

郗羽的表情彻底放松下来，她有点兴奋地抓住李泽文的手摇了摇：“对啊，我真是想得太多。三观相同的情况下，哪还会有解决不了的问题？”

李泽文和她十指相扣，抓着放到自己唇边，温柔地吻了吻她的无名指。

“你知道，我由衷地为你骄傲。”

“有你这样的男朋友，我也很骄傲。”

李泽文拍了拍她额头，再次大笑，是那种十七八岁的年轻人才有的青春四溢的笑容。

“想想看，如果把我的这番话播放给世界上其他沉浸在热恋中的年轻女性听，大概是不会被理解的。她们恐怕会觉得我已经走火入魔了，甜言蜜语时会说‘追求真理’‘实事求是’，又不是上政治课。”

郗羽想起那一幕，也在座位上笑得前仰后合。

从任何角度来说，现在发生的交谈都太不言情了。然而，李泽文的话对她来说，的确是最让人开心的甜言蜜语——你理解我，并且知道我能理解。

她到底是何等幸运，能得到世界最好的感情。

在汽车再次启动时，她倾身过去，在李泽文脸上印上一个吻。

你为我骄傲，并且知道我也为你骄傲。

4

剑桥区不大，几分钟后汽车在一栋白色的独栋别墅前停下，李泽文把车停在路边的临时停车位上，从后备厢拿出一瓶红酒，带郗羽敲门进屋。

前几天，李泽文就跟郗羽介绍了周六下午他们将参加的这次聚会。每到周六的下午，凡是有人的地方就有团体，哈佛大学社会科学类关系交好的几位教授举办聚会，谈天说地，交流思想，联络感情。

此时屋子里已经是济济一堂，分别是社会学家弗兰克教授、政治学家泰勒教授、经济学家杨辉教授，最后还有这套别墅的屋主历史学家马丁教授和他的妻子南希，她是哈佛的生物学教授。几位教授齐聚一堂，年龄跨度从三十岁到五十岁，再加上他们的伴侣，显得非常热闹。

郗羽作为李泽文的女朋友，受到了热情的欢迎。

“李，你总算有女朋友了。”马丁教授拍打着李泽文的肩膀。

“上周你没来就是为了见女朋友？”弗兰克教授问。

郗羽还能说什么呢？只好傻笑。

这套房子比李泽文的那套还要大一些，有专门的会客厅，摆放着茶几和四五张沙发。除了李泽文带来的酒之外，其他人也带来了一些食物。酒杯注入红酒，众人在客厅的沙发上坐下。

最先开口的是马丁教授，他是个体重大约有二百斤的高大胖子，此时舒舒服服地坐在主人独属的一张安乐椅上，开启了今天的聊天话题：“我最近遇到另一件相当奇怪的事。”

马丁是一个见多识广的历史学家，能让他觉得震惊的事情，世界上也没有多少。于是众人期待地等着他说下去。

“大家都知道，我是基恩基金会的顾问，这个基金会致力于收藏名人的宅邸。一个月前他们请我去帮忙鉴定休·埃弗莱特的旧宅。”

在场的诸位教授对这个名字不陌生，郗羽当然也知道他。

休·埃弗莱特是一位传奇人物，1930年出生，1953年进入普林斯顿大学的数学系攻读博士学位。他相当热爱物理，在校期间，他转到物理系就读，并且四年时间就写出了博士毕业论文，在论文中提出了多重宇宙构想，也就是人们常说的平行世界理论——多重宇宙和平行世界不完全一样，但可以大致认为一样。这伟大的构想在当时并不受重视，所以自物理系毕业后，他没能在大学找到职位，只能进入五角大楼工作，后来又开了一家软件公司，赚了很多钱。他有妻子和一子一女，但和家人关系极差，常年抽烟与酗酒，1982年，他心脏病突发，死于自己家中。

“他的这套老宅子无甚可说的，价值不大，不过我们在地下室的一个旧纸箱里发现了一批文稿，这才是最有价值的东西。”

科学家的文稿当然比其他有形的东西更有价值。

马丁说："这些文稿由两部分组成，一部分是他本人写的，一部分是他女儿伊丽莎白写的。"

"文稿里有什么？"

"大都是他七十年代末写的，一些计算的草稿纸，一些讲述平生经历的手稿，大致写于七十年代末期到八十年代初，"马丁说，"他在手稿里说，他能提出这个理论和自身的经历有关。"

"嗯？怎么说？"

"休·埃弗莱特是个很敏锐的人，他从小就感觉得到，世界有些不对劲，至少他的手稿里是这么说的。他说，他小时候就发现自己和别人不太一样，他的记忆可能出了问题。比如他记得自己做了某件事，但事实却并非如此。比如他记得自己在三年级的暑假去叔叔家拜访，但其他人，包括他的父母都认为他哪儿都没去，在家里宅了一个暑假。这种情况持续到他成年，直到他开始酗酒抽烟才有所好转。"

"这种情况也常见，所谓的曼德拉效应。"弗兰克说。

马丁呵呵一笑，用笑声表明这件事并没有这么简单："……他在文稿里说，他的亲身经历，他从事量子物理研究时有了灵感，为了解释薛定谔的猫，他提出了理论，观察者会'分裂'，进一步提出了多世界解释。

"当然，后来的事情大家都知道了，他离开了物理学界。但在 70 年代末期，他的理论在物理圈得到了一小部分人的认可，于是得到了几次外出演讲参与学术活动的机会。有一次活动时，他和一位英国数学家彭罗斯交谈的时候，对方提及，人脑可能是一种量子计算机。

"彭罗斯认为，和传统计算机储存方式不一样，量子计算机的每个存储单元能够同时储存多个量子比特，在人脑的结构和发生在量子水平上各种效应之间一定存在着某种联系，那么人脑就像一台量子计算机，它们都是在整体水平上发挥作用。"

"彭罗斯后来还专门写了本书来阐释这个理论，争议是很大的，"南希跟自己的丈夫说，"神经元受到刺激并传导的时间比大脑中发生的任何量子过程的时间至少慢 100 亿倍。"

"对，他的手稿里也提到了这一点，他认为大脑里发生的是'慢量子效应’，不过具体的物理原理和数学原理没有多谈，”马丁说，“休·埃弗莱特被这个想法迷住了。当然，他虽然提出了平行世界理论，但认为‘不同状态下的观察者之间不可能互相沟通’。到了七十年代末期，他已经不这么想了。他回忆起自己小时候的经历，觉得自己是那极小概率的能保留平行世界记忆的抵抗退相干效应的观察者。他决定再次尝试一下。”

“经过一段时间，他发明了一种刺激大脑的装置，可以让自己的精神穿越到平行世界里——至少他在手稿里是这么写的。”

郗羽目瞪口呆，这故事的展开实在太像小说了。在场的其他教授也是这么想的。

“听上去怎么像小说一样？”杨辉说，“他怎么能搞到装置？原理是什么？怎么制成的？”

泰勒比较冷静：“这几十年来，他一直和五角大楼进行合作，也许确实能弄到什么装备。”

南希皱眉：“休·埃弗莱特酗酒，有严重的精神疾病，他文稿里写下的可能是幻想。李，你怎么看？你对心理学和精神病学有一定的研究。”

“我认为目前的一切的确能用精神病的解释，不过马丁应该还有其他发现。”李泽文说。

马丁点头：“对，孤例不证。那一大堆手稿里，还有他女儿伊丽莎白的手稿，她手稿的数量才是最多的。”

“伊丽莎白阅读了父亲的手稿之后，也开始使用那套装置，刺激自己的大脑，让自己的精神可以穿越到平行世界去。”

郗羽瞪大眼睛：“为什么？”

“伊丽莎白在手稿里说，她穿越到平行世界是为了拯救父亲。休·埃弗莱特是个非常典型的天才型人物，完全算不上好丈夫和好父亲，冷漠，无情，对情绪和人的理解是有限的，一生都沉浸在自己的世界里，连自己的孩子都很少拥抱。他酗酒、抽烟极其严重，就是这两个原因导致他的死亡。

“伊丽莎白希望她父亲可以更好一些，在改进了父亲的一些装置后，她的精神穿越了上百、上千个平行世界，得到了一些断断续续的记忆。她说，这些世界里，她父亲的去世时间不再是1982年，往往会晚一些，可能是1986年，可能是1989年……但总之，也不会晚很久，大约十来年时间，最后他总会因为各种原因去世，有时候是心脏病发作，有时是酒后开车，有时是自杀……她凌乱的手稿里说，自己做什么也无法拯救父亲，不堪重负，选择离开这个世界。”

会客室里安静了一段时间，大家都在消化这个故事。

“据我所知，埃弗莱特家族有遗传的精神病史，伊丽莎白同样也患有精神分裂症，这些事情很可能是她想象出来的。这样的幻想是明显的精神分裂症的表现。”南希理性分析。

弗兰克说：“平行世界理论确实像一个人格分裂者：精神散落在不同的世界里，但对彼此一无所知。”

李泽文问：“她说的那个设备有线索吗？”

“没有。”马丁说，“我问了休·埃弗莱特的儿子，他说不记得家里有这样一套装置……但他也不能百分之百肯定，因为父亲去世后，他就没有和姐姐一块儿居住了。”

泰勒长长地呼出一口气：“所以，这个故事的可信程度又降低了一些。”

“其实我自己也不太信，她的手稿相当混乱，大家可以自由心证嘛。”马丁摊了摊手，“但换个角度来说，这个世界难道不会更有趣一些？”

众人都笑了。

“是的，的确会有趣得多。”

李泽文笑了笑：“我有个建议，将手稿送到出版社，请出版社决定是否要出版这样一本书。”

马丁摸了摸下巴，对李泽文赞许地点头。

“不错，我已经这样建议了。手稿的拥有者也采纳了我的建议，也许不久的将来市面上就会出现这样一本科幻小说了。”

下午五点时，客人们纷纷离开了马丁教授家，郗羽还沉浸在下午听到的事件中无法回神。

“刚刚马丁教授说的，你相信吗？”她问李泽文。

李泽文说："这是一个哲学问题。我希望自己能相信。"

"其实我也希望如此。"郗羽若有所思，"我的理智告诉我，这是两个患有精神疾病的天才的幻觉；但我的感性告诉我，如果是真的就好了。"

"如果多宇宙理论是正确的，在每一个宇宙都是一个无限可能的世界，"李泽文凝视远处，"人类能做出的选择太少了，如果多一点选择也不坏。"

因为不同的选择，每个世界的自己的状态都不一样，尽管我和另外一个"我"的距离遥远得不可逾越，哪怕是这样，想起另外的"我"，心灵上依然会感到一些慰藉。这个世界错过的所有时机，在其他世界也许就能抓住。

"如果平行世界真的存在……"

郗羽的声音微弱下来。

如果真的有平行世界，那妈妈可能在某个世界里健康生活，不会因为癌症去世；那潘越可能在某个世界长大成人，成为著名的作家；程茵会在某个世界变成了漂亮时尚的年轻美女，也许成为明星，也许成为歌手；周老师也在某个世界继续当某一群初中生的老师……

"也许在某个世界里，十八岁的我认识了十三岁的你。"李泽文道。

郗羽从沉思中回神："……嗯。"

这种可能性不大。不过，担心什么呢？只要概率不为零，就一定存在。

"不过，我们也很难发展出什么啊，我和你那时候的差距比现在的差距还要大得多，"郗羽展开双臂，"就像这么大。"

李泽文"嗯"了一声："但我应该可以让你这些年过得更开心一些。人生有很多种前行方式，负重前行或者轻装上阵。你是前者，但我还是希望，你可以轻松一些，那些负重由我来背。"

"……"

郗羽抱住他的腰，把脸埋在他的颈侧。

"……谢谢。"

她现在生活的这个世界虽不完美，有那么多那么多的遗憾，但终究还是很好的。